Bernd Frenz

DIE BLUTORKS

Der Krieger

Bernd Frenz

DIE BLUTORKS

Der Krieger

Roman

blanvalet

FSC
Mix
Produktgruppe aus vorbildlich
bewirtschafteten Wäldern und
anderen kontrollierten Herkünften
Zert.-Nr. SGS-COC-001940
www.fsc.org

Verlagsgruppe Random House FSC-DEU-0100
Das für dieses Buch verwendete FSC-zertifizierte Papier
Holmen Book Cream liefert Holmen Paper, Hallstavik, Schweden

2. Auflage
Originalausgabe Dezember 2009 bei Blanvalet,
einem Unternehmen der Verlagsgruppe
Random House GmbH, München

Umschlaggestaltung: HildenDesign München
Illustration: © Kerem Beyit
Karten: © Jürgen Speh
Lektorat: Peter Thannisch
HK · Herstellung: RF
Satz: Uhl + Massopust, Aalen
Druck und Einband: GGP Media GmbH, Pößneck
Printed in Germany
ISBN: 978-3-442-26608-1

www.blanvalet.de

INHALT

AUF BEUTEZUG
9

GEÄCHTET
127

FELSNEST
185

DOPPELHERZIG
235

AM VORABEND DER SCHLACHT
399

Personenliste
413

Danksagung
415

Zeit des Sterbens.

So wie jeder Tag am Abend stirbt und jede Nacht im Angesicht des Morgens, so stirbt auch jedes Jahr im Winter seines Lebens. Doch am schnellsten starben zur Zeit des Schwertes die Menschen.

Königreiche zerbrachen im Wirbel des Krieges, ganze Völker verbrannten im feurigen Atem eines Tyrannen. Selbst die Stärksten unter ihnen waren nur flackernde Kerzen im Sturm.

Welche Geschichte ein Chronist aus dieser Epoche auch erzählte, zu welchem Zeitpunkt er die Handlung auch betrat, die kalte Hand des Todes lag stets nur eine Klingenlänge weit entfernt.

AUF BEUTEZUG

1

Von einem dichten Wall grünen Blattwerks umgeben, drang die dunkle Schar durchs Unterholz. Trotz ihrer wuchtigen Erscheinung bewegten sich die in Leder und Eisen gewandeten Hünen nahezu lautlos vorwärts. Ab und an zerknackte ein trockener Zweig unter ihrem Gewicht, oder die mächtigen Stiefel strichen raschelnd durch kleine Laubanhäufungen, doch in einem wildreichen Gebiet wie diesem waren solche Geräusche allgegenwärtig. Selbst ein gut positionierter Späher hätte Mühe gehabt, das kampflustige Dutzend in dem dichten Meer aus Blättern, Stauden und Zweigen zu entdecken.

Blutorks auf Beutezug verstanden es, mit den Wäldern zu verschmelzen. Und auch Tabors Raubschar blieb im Schatten der Bäume, obwohl sich nur zehn Schritte entfernt eine Lichtung öffnete. Der heimische Grund lag weit entfernt, und ihre Anwesenheit sollte geheim bleiben. Alle Krieger verhielten sich ruhig und diszipliniert. Erst der über die freie Fläche heranstreichende Wind, der einen feinen Schweißgeruch ins Dickicht trug, sorgte für Irritationen. Ein Ork nach dem anderen verlangsamte seinen Schritt, bis die gesamte Raubschar wie auf ein lautloses Kommando hin innehielt.

Plötzlich lastete eine unsichtbare Spannung über der Gruppe.

Selbstverständlich stand es dem Ersten Streiter zu, für Klarheit zu sorgen. In gebeugter Haltung schob sich Tabor auf die Lichtung und hob das fleischige Gesicht. Der Geruch, der seine bebenden Nasenflügel füllte, zauberte ein Lächeln auf seine Lippen. Nach hinten gewandt, rief er halblaut: »Ich rieche Menschenfleisch!«

Seine Ankündigung lockte umgehend die anderen hervor.

Urok, ein noch junger, aber voll ausgewachsener Krieger, verließ zuerst das Dickicht. Hinter ihm folgten weitere Schatten, deren Umrisse sich ebenso rasch vom grünen Hintergrund lösten. Orkhaut war kaum heller als die Oberfläche eines frisch sprießenden Blattes, und die aus Leder gefertigten Harnische passten ebenfalls perfekt in die Farbpalette des Waldes. Selbst die matt schimmernden Helme und Brustplatten boten keinen großen Blickfang.

Doch außerhalb des Halbdunkels, im prallen Licht der Sonne, war die geballte Ansammlung grober Muskelkraft nicht mehr zu übersehen. Schnaufend und grunzend scharte sich die Gruppe um ihren Anführer.

»Ein Mensch? Hier?«, stieß Urok hervor, bevor sich auch seine Nasenflügel witternd blähten. »Was verleitet diesen Narren, sich so weit von den abgesprochenen Handelsplätzen zu entfernen?«

Händler … Allein das Wort besaß für die Ohren eines Orks einen fremdartigen, beinahe widernatürlichen Klang. Dinge, die sich nicht jagen oder mit eigenen Händen herstellen ließen, stahl ihr Volk für gewöhnlich. Trotzdem waren Händler die einzigen Menschen, die sie innerhalb von Arakia duldeten. Denn Händler führten schöne Dinge mit sich, die Orks nicht rauben oder anfertigen, sondern nur eintauschen konnten. Dafür durfte man schon mal über das hässliche Äußere der Hellhäuter hinwegsehen.

»Dir tropft zu viel Schleim aus der Nase«, fuhr Tabor den Jungkrieger an. »Rotz dich aus und zieh den Gestank tief in deine Lungen. Dann bemerkst sogar du, dass das viel zu viele Ausdünstungen für einen einzelnen Menschen sind.«

Uroks Miene verfinsterte sich, denn es war nicht der erste grobe Rüffel, den ihm Tabor erteilte. Seit er der Raubschar angehörte, hatte es deren Anführer auf ihn abgesehen. Vielleicht, weil Tabor erst seit kurzem über eine eigene Schar gebot. Doch falls er dachte, er könnte sein Ansehen auf diese Weise stärken, täuschte er sich. Keiner der Veteranen feixte. Nicht mal Grimpe, der doch Tabors Vaterbruder war und ihm daher von allen am nächsten stand.

Ohne auf die Reaktion der Schar zu achten, fuhr der Erste Streiter fort: »Hinter diesem Gestank verbirgt sich garantiert mehr als nur ein verirrter Händler. Das riecht eher nach fremden Scharen, die die Clans der Blutorks berauben wollen. Aber das lassen wir uns nicht bieten, oder?«

Diesmal kamen Tabors Worte besser bei seinen Mannen an; sein Beifall heischender Blick in die Runde erntete Zustimmung. Selbst Urok vergaß den wallenden Zorn in seiner breiten Brust.

Menschen jagen machte großen Spaß und war obendrein äußerst einträglich. Die anderen Scharen würden vor Neid erblassen, wenn sie bereits mit vollen Beuteln zum Treffpunkt kamen.

Zwischen ihrer Raubschar und dem heimischen Grund der Madak-Sippe klafften noch zwei breite Täler. Sie konnten also ungestört agieren. Hier gab es keine fremden Späher, sonst hätte längst Verwesungsgestank statt Menschenschweiß in der Luft gehangen. Die Hellhäuter, die sich so tief ins Reich der Orks vorgewagt hatten, waren bislang unentdeckt geblieben, doch nun stand ihnen eine Begegnung mit scharfem Blutstahl bevor.

Urok zupfte an dem langen Wangenhaar, das sein wuchtiges Gesicht zu beiden Seiten bis an die Kinnlinie herab einrahmte.

»Ziehen wir endlich los?«, fragte er ungeduldig.

Statt zu antworteten, zog Tabor einen Streithammer aus der Halteschlaufe des Wehrgehänges und schritt wortlos voran. Daraufhin griffen auch die anderen zu ihren Waffen. Mit nagelgespickten Keulen, doppelschneidigen Äxten und schweren Schwertern in den Pranken, folgten sie der sanft abfallenden Wiese – ein muskelbepackter, vor Stahl starrender Haufen, der Tod und Verderben bringen würde.

Alle Tiere auf der Lichtung spürten die anrückende Gefahr. Die gesamte Natur hielt den Atem an, selbst das Zirpen der Grillen verstummte. Kniehohes Gras schluckte die schweren Schritte, nur das Knirschen von Stiefelleder störte die bedrückende Stille.

Ein starker Regenguss hatte das Gelände erst kürzlich ins Rutschen gebracht. Der Hang endete abrupt an einer frischen Bruchkante, dahinter ging es zwei Körperlängen tief hinab. Aus dem dunklen, wie durch einen Pflug aufgebrochenen Mutterboden sprossen bereits neue Kräuter und Gräser hervor.

Land der Blutorks war so fruchtbar wie kaum ein anderes. n Ende des Sommers würde ein dichter Pflanzenteppich alle Spuren der Erdbewegung überdecken. Noch bohrten sich aber dort, wo die Schar in die Senke sprang, tiefe Abdrücke in das aufgelockerte Erdreich.

Die umliegenden Hügel erzitterten so sehr, dass ein dichter Schwarm blutroter Falter aus dem Gras emporschreckte. Einige Herzschläge lang schien die Luft von flirrenden Totenschädeln erfüllt. Zumindest wirkte es so, da ihre schwarze Flügelzeichnung den Konturen eines skelettierten Hauptes ähnelte. Zwei schwarze Augenhöhlen und ein weit aufgerissener, nur vom schlanken Hinterleib durchschnittener Mund; diese Silhouette hatte den *Totenköpflingen* ihren Namen eingebracht.

In verschiedene Richtungen davonstiebend, gab der Schwarm den Blick auf die schroffen Bergkuppen frei, die weithin sichtbar die heimischen Gründe der Madak markierten. Scharf umrissen hob sich der ferne Gebirgszug vor dem blauen Himmel ab. Auf einigen Spitzen glitzerte noch ein Rest von Winterfrost, doch keiner der Orks hatte einen Blick für die grandiose Aussicht, die sie von dieser Position aus hätten genießen können.

Das weite, urtümliche Land war ihr Zuhause, seit sie die Augen öffnen konnten. Darum hielten sie die allgegenwärtige Pracht für selbstverständlich.

Alles, was Urok und die Seinen in diesem Moment interessierte, war der immer stärker anschwellende Geruch, der ihre Nasen kitzelte. Auf halbem Wege zum nächsten Waldrand wurde ein monotones Hämmern laut. Es klang wie der regelmäßige Schlag eines Ambosses, nur nicht so rein und so klar.

Auf Tabors Wink hin spritzten die Krieger auseinander. Tief nach vorn gebeugt, damit die hohen Halme sie so gut wie möglich verbargen, kreisten sie das Gebiet ein, in dem die Menschen lärmten.

Obwohl die Grasspitzen beinahe ihre Helme berührten, kamen die Hünen schnell und geschmeidig voran. Die Baumgrenze rückte rasch näher, ohne dass ein Posten Alarm schlug.

Wie achtlos die Menschen doch waren.

Auf weiter Front tauchte die Schar ins Unterholz und arbeitete sich in Richtung des Lärms voran. Dieser Wald war lange nicht so dicht bewachsen wie der, den sie verlassen hatten. Die Schar verringerte das Tempo erst, als fremde Stimmen erklangen.

»Was haben meine Soldaten an der Steinmühle verloren?«, drang es verzerrt an Uroks spitz zulaufende Ohren. »Der militärische Teil dieser Expedition untersteht meinem Kommando, und ich habe diese Männer auf vorgeschobene Posten abkommandiert!« Trotz des mehrfach von den Bäumen widerhallenden Echos war die Erregung des Sprechers deutlich herauszuhören.

Urok musste unwillkürlich grinsen. Menschen und Orks mochten sonst nicht viel miteinander gemein haben, doch Zank und Missgunst gärten in beiden Völkern.

»Vorsicht, Hauptmann – Sie übertreten Ihre Kompetenzen!« Die Antwort hinter den Bäumen wurde von einem erstickten Laut untermalt, der übergangslos in ein trockenes Knacken mündete.

Urok kannte das Geräusch. So hörte es sich an, wenn ein menschliches Genick zerbrach. Irgendeiner aus ihrer Schar hatte einen feindlichen Späher überwältigt und für immer zum Schweigen gebracht.

Nun konnten sie bedenkenlos näher rücken.

Gleich darauf verlangsamte Urok erneut den Schritt, denn nur wenige Längen entfernt brach das Gelände erneut steil nach unten ab. Hinter einigen dicht belaubten Ästen suchte er Deckung und spähte vorsichtig in die vor ihm aufklaffende Schlucht. Er sah den Geländeeinschnitt zum ersten Mal, doch der Wildbach, der dort unten entlangschoss, war ihm geläufig. Er entsprang weit unterhalb des Heiligen Horts und schwoll stromabwärts zu einem der vielen Flüsse an, die in die Schwarze Marsch mündeten.

Am Ufer des schnell abfließenden Gewässers standen zwei streitende Männer und einige weitere Hellhäuter, die gespannt den Zwist der beiden verfolgten.

Für die meisten Orks sahen alle Menschen gleich aus, doch Urok stellte Feinheiten in ihrer Kleidung, der Haltung und des Charakters fest. So gehörte der, der gerade sprach, zu der Sorte, die den Hellhäutern den Ruf eingebracht hatte, von Natur aus Schwächlinge zu sein. Seine Haut schimmerte weiß und weich wie die eines Nesthockers, der kaum einen Schritt vor die Hütte tat. Statt Waffen und einer Rüstung trug er nur eine Tunika aus feinem Stoff, die von einem Leibgurt gehalten wurde. Seine Füße steckten in leichten Sandalen, deren Verschnürungen bis kurz unter das Knie reichten. Er war kein Mann der Tat, das war deutlich zu erkennen. Den schlanken Händen nach hob er selten etwas, das schwerer als ein Federkiel wog.

»Vergessen Sie nicht, dass ich über diese Expedition gebiete«, verkündete er mit hochrotem Kopf. Sogar die kahle Stelle an seinem hinteren Scheitel, nur von einer Handvoll schütteren Haares gerahmt, leuchtete weithin sichtbar. »Wenn ich befehle, die Abraumarbeiten zu beschleunigen, ist dem Folge zu leisten, verstanden? Oder Sie müssen die Konsequenzen tragen, wenn ich meinem Bruder, dem Herzog, Bericht erstatte.«

So schrill und befehlend er sich auch gab, in seiner Stimme schwang ein ängstlicher Unterton. Der Mann wollte keinen Lidschlag länger in Arakia bleiben als unbedingt nötig. Deshalb hatte er die vorgeschobenen Wachen abgezogen, um sein Vorhaben zu beschleunigen.

Wie dumm von ihm. Und wie unsagbar menschlich.

Einen Mann wie ihn zu erschlagen brachte nur wenig Ehre, doch erst einmal von Fleischkäfern abgenagt und in Salzlauge gewaschen, würde sein Schädel den Türbogen ebenso schmücken wie der eines Helden.

Der Hauptmann, der die ganze Arie über sich ergehen ließ, stand vor seinem Herrn, und die Art, wie er seine herabhängenden Hände unentwegt öffnete und schloss, ließ erahnen, wie stark es in ihm rumorte.

»Nicht so laut, Magister Garske«, warnte er, nur wenig leiser als sein Gegenüber. »Sie wollen es vielleicht nicht wahrhaben, aber wir befinden uns mitten im Reich der Blutorks.«

Er war von hochgewachsener, schlanker Gestalt und trug sein

Langschwert in der Rückenscheide. Den schweren Stiefeln sowie dem abgewetzten Lederwams nach handelte es sich um einen altgedienten Krieger. Sicherlich hatte er genügend Kraft, den aufgeschwemmten Tunikaträger niederzuschlagen, doch er tat es nicht.

Darin unterschieden sich die Menschen von den Orks – bei ihnen regierte die Dummheit über die Tatkraft.

Dass der Dümmste aus ihrer Mitte das Kommando führte, war aber bei Weitem nicht das Erstaunlichste. Urok faszinierte vielmehr ein beinahe fünf Beinlängen großes Rad, das die Hellhäuter inmitten des reißenden Wildbachs errichtet hatten. Bei dieser Konstruktion handelte es sich nicht etwa um eine jener kompakten, runden Holzscheiben, wie sie die Menschen für Schub- oder Lastkarren verwendeten, sondern um ein aus vielen Einzelteilen zusammengezimmertes, mit Schaufelbrettern versehenes Gebilde, das durch den reißenden Wasserstrom unentwegt um die eigene Achse getrieben wurde, ohne sich dabei von der Stelle zu bewegen. Und als ob das noch nicht verwunderlich genug gewesen wäre, entwuchs diesem *Wasserrad* auch noch eine rotierende Stange. Die wiederum setzte ein Zahnrad in Bewegung, welches, über weitere Stangen und Zahnräder verbunden, eine schwere Gesteinsmühle drehte.

Zwei Büsche weiter spuckte Tabor verächtlich aus.

Urok wusste, warum. Echte Orks hielten Räder, Flaschenzüge und andere Hilfsmittel für ein Zeichen von Schwäche. Jeder mit einem gesunden Körper drehte gefälligst ohne zu klagen seine Mühle mit bloßer Muskelkraft, selbst wenn erzhaltige Brocken zerkleinert werden mussten. Nur Menschen drückten sich vor dem angenehmen Schmerz, der den Leib nach getaner Arbeit plagte.

Urok bewunderte zwar insgeheim, wie sich die von Natur aus schwächlichen Hellhäuter zu helfen wussten; für das, was sie sonst hier trieben, fehlte ihm allerdings jedes Verständnis. Es war nicht zu übersehen, dass die ungebetenen Gäste einen Stollen in die Erde gruben, um darin nach den Erzen zu suchen, die die Orks für ihre allseits gefürchteten Blutschwerter verwendeten.

Was schwebte diesen Menschen wohl als Nächstes vor? Bis zum

Heiligen Hort vorzudringen, um das größte Geheimnis der orkschen Schmiedekunst, den legendären Blutstahl, zu rauben?

Unbewusst drückte Urok den Stiel seiner doppelschneidigen Axt so fest, dass er unter den Fingern knarrte. Nein, das würde Tabors Schar verhindern. Und wenn sie dafür das eigene Leben hergeben mussten.

Urok war bereit loszuschlagen, doch statt des Angriffsbefehls drang ein Warnruf durch die Schlucht.

»Blutorks! Blutorks!«, erklang es, und dann: »Alarm, wir sind umzingelt!«

Die weiteren Worte endeten in einem Röcheln. Der bisher übersehene Wachposten hatte endlich, wenn auch viel zu spät, orkschen Stahl zu schmecken bekommen. Für einen sorgsam abgestimmten Angriff fehlte jetzt allerdings die Zeit. Von nun an hieß es: vorwärtsstürmen und auf den Feind einschlagen!

Obwohl sich das kaum von ihrer üblichen Taktik unterschied.

Ohne sich zu vergewissern, ob die anderen folgten, brach Urok aus dem Laub hervor und sprang, die Füße voran, in die Tiefe. Nach einigen Armlängen freien Falls prallte er mit seiner Kehrseite auf eine vorspringende Grasnabe. Sofort zog er die Beine an und warf sich mit dem Rücken nach hinten, um auf dem ledernen Waffenrock abwärtszurutschen.

Den Axtstiel mit beiden Händen an die Brust gezogen, nahm er gehörig Fahrt auf. Links und rechts von ihm bot sich das gleiche Bild; dort sprangen oder schlidderten Tabors Mannen unter lautem Gebrüll den Hang hinab. Weder hervorstehendes Wurzelwerk noch scharfkantige Steine stoppten ihren Angriff. Orkhaut war dick und widerstandsfähig.

Die Menschen am Bachlauf schraken beim Anblick der herabstürzenden Horde zusammen, obwohl die Mehrheit der Orks nicht auf den Füßen landete, sondern sich, am Boden angekommen, zuerst mehrfach kräftig überschlug.

Der Magister und einige Grubenleute gerieten sofort in Panik. Blindlings rannten sie davon, während der Hauptmann und all jene, die wie Soldaten wirkten, ihre Schwerter zogen.

»Vorwärts!«, brüllte Tabor. »Macht die Feiglinge nieder!«

Der Erste Streiter sah keinen Unterschied zwischen jenen, die flohen, und denen, die sich mit dem Schwert in der Hand dem Feind stellten. Urok schon, doch spürte er keine Furcht, sondern nur Freude über den bevorstehenden Kampf.

Noch hielt er die Doppelaxt kurz unterhalb der geschwungenen Klingen, doch sobald es zum Kampf kam, würde die Waffe wie eine Verlängerung seines mächtigen Arms durch die Luft schneiden – und durch Fleisch und Knochen!

Das wussten auch die beiden mit Rundschildern gewappneten Soldaten, die Urok im Laufschritt entgegenstürmten. Nur ihre von eisernen Krempen beschirmten Augenpartien lugten über den mit Metallbuckeln gepflasterten Holzschutz hinweg. Sie fürchteten nicht nur die Muskelkraft des Orks, sondern auch die dreißig Pfund scharf geschliffenen Blutstahls in seinen Händen.

Urok stoppte ab und ließ den Axtstiel durch seine Linke gleiten, bis er den mit Leder umwickelten Griff zwischen den Fingern spürte. Sollten die Kerle ruhig versuchen, ihn zu überrennen. Er hatte die größere Reichweite.

Schaft und Griff seiner matt schimmernden Waffe waren so lang wie der Arm eines Orks und bestanden aus geölter Eiche. Die identischen Axtköpfe trugen mit Säure eingeätzte Symbole, die dem Feuerriesen Vuran huldigten. Nur im Blut der Erde geschmiedeter Stahl durfte diese Zeichen tragen.

Die Soldaten stürmten mit unverminderter Geschwindigkeit weiterhin auf Urok zu. Was blieb ihnen auch anderes übrig?

Lässig ließ der Ork den linken Arm kreisen, bis die Schneiden durch die Luft pfiffen wie zu Urvaters Zeiten. Sein Axtstiel war zwar neu, doch das Herzstück der Waffe, die weit nach innen geschwungenen Schneiden, wurde schon seit Generationen von dem Vater auf den Sohn vererbt. Der glänzende Stahl, der aus der großen Schmiede am Heiligen Hort stammte, hatte schon zahllose Knochen zerhackt und Gliedmaßen durchtrennt, trotzdem war er immer noch so scharf wie am ersten Tag.

Dagegen muteten die Waffen der Soldaten geradezu minderwertig an. Nicht umsonst war Orkstahl in den Ländern zwischen Frostwall und Nebelmeer heiß begehrt. Schon viele Hellhäuter hatten ihr Leben riskiert, um das Geheimnis der orkschen Schmiedekunst zu lüften, doch bisher hatte jeder von ihnen den Kopf verloren, bevor er etwas hätte ausplaudern können.

Die Soldaten wichen nicht zurück, als sie den wirbelnden Tod sahen, doch sie begannen zu schreien, um sich selber Mut zu machen. Urok hielt einen Moment in der Bewegung inne, als würde er erschrocken zusammenfahren, dann schlug er mit aller Macht auf den von rechts Heranstürmenden ein.

Muskelkraft, Waffengeschick und Blutstahl wirkten gemeinsam auf die emporgerissene Deckung ein, spalteten das Holz von oben nach unten auf, und der Schildarm, der innen in zwei Lederschlaufen steckte, wurde durchtrennt.

Feurig rot brach es aus der Wunde hervor.

Urok spürte warme Tropfen, die sein Gesicht benetzten, während der Soldat entsetzt auf seinen blutenden Stumpf starrte, an dem noch eine Hälfte des zerschlagenen Schilds herabbaumelte. Während er schreiend in die Knie brach, schreckte sein Kamerad zwei Herzschläge lang davor zurück, auf Urok einzudringen.

Lange genug, damit der Ork zur Seite weichen und erneut ausholen konnte. Diesmal rasierte er die obere Schildhälfte mit einem waagerechten Rundschlag ab, knapp oberhalb des Arms, den der Soldat nur retten konnte, weil er seine Deckung reflexartig fallen ließ.

Fingerlange Splitter brachen aus dem berstenden Holz und stachen dem Hellhäuter in die ungeschützten Bereiche zwischen Helm und Harnisch, einige davon drangen tief in seine weichen Wangen, die verglichen mit Orkhaut etwa so widerstandsfähig wie überreife Früchte waren.

Wütend schleuderte der Soldat den verbliebenen Schildrest ab und stach mit seinem Schwert zu. Es war eine kraftvolle Attacke, die einen Lederharnisch durchaus zu durchdringen vermochte, doch Urok drehte seinen Körper behände zur Seite und wich dem Stahl aus.

Die Augen des Soldaten weiteten sich vor Überraschung. Er war nicht der Erste, der Blutorks für plump daherstampfende Muskelhaufen gehalten hatte, bis er im Kampf eines Besseren belehrt wurde. Ehe der Narr sein Gleichgewicht wiederfand, packte Urok die Doppelaxt bereits mit beiden Händen und stieß das Griffende nach vorn.

Der halbkugelförmige Knauf knallte dem Soldaten hart unters Kinn und ließ ihn nach hinten kippen. Stöhnend stürzte er zu Boden und schlug dabei so unglücklich auf, dass sein Helmriemen zersprang. Das schützende Eisen rollte zur Seite. Darunter quoll langes blondes Haar hervor.

Urok fragte sich einen Moment, ob eine Menschenfrau vor ihm lag. Er konnte es nicht recht beurteilen, da er noch nie eine gesehen hatte. Jedenfalls keine junge, ohne Übergewicht und mit dicken Runzeln im Gesicht.

Ob Mann oder Frau spielte allerdings keine Rolle. Die Hellhäuter waren in Arakia eingedrungen, um die Blutorks zu bestehlen – das allein zählte.

In einem silbrigen Halbkreis flirrte die Axt zu Boden, doch statt den Soldaten zu köpfen, fuhr sie ungebremst in sattes Moos. Das eben noch so sicher scheinende Opfer war blitzartig zur Seite geschnellt und sprang mit wehendem Haar davon.

Kein ehrenvoller Gegner. Uroks Mundwinkel fielen herab, trotzdem nahm er die Verfolgung auf. In so einem Scharmützel konnte es leider nicht nur Helden geben.

Ein Schlag vor die Brust irritierte den Ork kurz, ohne ihn im Schritt innehalten zu lassen. Der gefiederte Schaft, der plötzlich seinem Harnisch entwuchs, hatte das mit Eisenfäden durchwebte Leder nicht durchdrungen. Pfeile jagten Urok keine große Angst ein. Nicht, wenn sie von zitternden Schützen mit minderwertigen Bögen abgeschossen wurden.

Ein zweiter Schatten zischte dicht an seinem Hals vorbei. Das beeindruckte ihn immerhin so weit, dass er die doppelköpfige Axt zum Schutz emporschwang. Auch um ihn herum wurden Scharbrüder von Pfeilen getroffen, doch die kaum mehr als doppelt so starke

Menschentruppe hatte schon zu hohe Verluste erlitten, um ihnen noch wirklich gefährlich werden zu können.

Von den drei Bogenschützen, die das Gelände bestrichen, verdienten nur zwei überhaupt diese Bezeichnung. Bei dem dritten handelte es sich um einen Grubenarbeiter, der seine Hacke zwar gegen eine aufgeklaubte Waffe eingetauscht hatte, aber keinen einzigen Treffer zu landen vermochte. Grimpe und einige andere waren längst zu den dreien aufgerückt, sodass die Schützen plötzlich – nun auf kürzeste Distanz – um ihr nacktes Überleben schossen.

Der blonde Schwertkämpfer, den Urok verfolgte, hielt dagegen seine Chance für gekommen. Abrupt machte er auf dem Absatz kehrt, überbrückte die zwischen ihnen liegende Distanz mit einem großen Satz und wirbelte das mit beiden Händen gepackte Schwert durch die Luft.

Das junge Gesicht hinter dem flirrenden Stahl war vor Anspannung verzerrt. Urok war nun sicher, dass es sich um einen Mann handelte. Rasch wehrte er eine Serie von wild geführten Hieben ab, die ihn tatsächlich in die Defensive drängten. Die Vernunft hätte von ihm gefordert, zwei Schritte zurückzuweichen, doch das wäre zu viel der Ehre für einen Gegner gewesen, der schon einmal die Flucht ergriffen hatte.

Verärgert stieß Urok mit dem Knauf zu, um den Kerl auf Abstand zu bringen. Nur so ließ sich ein sauberer Schlag führen.

Rasselnd wich dem Blonden die Luft aus den Lungen. Er taumelte zwei Schritte zurück und klappte weit stärker vornüber, als nötig gewesen wäre. Tatsächlich war der Schwächeanfall nur eine Finte, um einen Schlag gegen Uroks Beine zu führen.

Die Täuschung gelang immerhin so weit, dass er den Ork unterhalb des linken Knies verletzte. Es war nur ein harmloser Schnitt, trotzdem musste Urok zurückweichen, um Schlimmeres zu verhindern.

Das machte ihn wütend.

Der Blonde witterte Morgenluft. Knurrend richtete er sich auf und holte mit dem Schwert aus, als ob er das zwanzig Schritt entfernt stehende Wasserrad gleich mitspalten wollte.

Urok sackte in die Knie und zog einen Halbkreis mit der Axt. Obwohl der Blonde noch in die Höhe sprang, wurden ihm die Füße abgesäbelt. Ziemlich genau so, wie er es kurz zuvor bei dem Ork versucht hatte, nur dass Urok sein Handwerk besser verstand. Weitaus besser.

Ohne den schreiend am Boden liegenden Mann eines weiteren Blickes zu würdigen, schritt Urok davon. Er suchte nach einem würdigeren Gegner, der mehr Ehre versprach, doch der Hauptmann, gegen den er gern angetreten wäre, führte bereits einen Zweikampf mit Tabor.

Der Hellhäuter verstand es durchaus, sein Schwert zu führen, doch gegen das Geschick des Ersten Streiters musste er auf Dauer unterliegen. Dem Flackern in seinen Augen nach dämmerte ihm bereits, das er verloren war. Dennoch kämpfte er verbissen weiter.

Statt dem absehbaren Kampfverlauf zu folgen, wandte sich Urok lieber dem Gegenstand zu, der ihn von Anfang an am meisten interessiert hatte – dem knarrenden Wasserrad, das weiterhin unermüdlich die Gesteinsmühle drehte.

Im Schatten des Ungetüms hockte ein junger Mann, der einige Pergamentrollen zusammenraffte und in einen Ledersack stopfte. Bisher wurde er nicht beachtet, denn überall dort, wo die Kämpfe beendet waren, eilten die Orks den flüchtenden Grubenarbeitern nach, und an den am Boden kauernden Jüngling, der die Welt um sich herum vergessen hatte, verschwendete niemand einen Blick.

Niemand außer Urok, der neugierig auf den Knienden zuging, bis sich ihm eine in Leder gekleidete Gestalt in den Weg stellte. In der Rechten hielt der Fremde ein mit Blut besudeltes Schwert, die Linke streckte er mit gespreizten Fingern in die Höhe, als ob er den Ork mit bloßer Hand aufhalten wollte.

Urok hielt tatsächlich inne, um den Mann näher in Augenschein zu nehmen. Dem vernarbten Gesicht nach handelte es sich um einen Veteranen, der schon manches Scharmützel überlebt hatte.

Urok straffte zufrieden die Schultern. Es gab also doch noch einen ehrenvollen Gegner für ihn.

»Ragmar, du Idiot!«, rief der Veteran, die unerwartete Verschnaufpause nutzend. »Mach, dass du fortkommst, solange es noch geht!«

Der Jüngling im Schatten des Wasserrads drückte sich den vollgestopften Ledersack an die Brust und sah furchtsam in die Höhe. »Aber …« Mühsam rang er nach Worten. »Aber ich soll doch diese Unterlagen wie meinen Augapfel hüten.«

Der Veteran verkrampfte sich unmerklich, schaffte es aber, den Blick konstant auf Urok gerichtet zu halten. »Scheiß auf den Magister!«, fluchte er aufgebracht. »Der liegt längst irgendwo im Dreck und knetet seine hervorquellenden Därme. Mach, dass du nach Hause kommst. Denk an deine Mutter und lauf so schnell du kannst. Das ist deine einzige Chance!«

»Es gibt kein Entkommen mehr«, mischte sich Urok ein und benutzte dafür die Sprache der Hellhäuter. »Für keinen von euch beiden. Aber ich freue mich, dass du dein Leben für deinen Kameraden opfern willst. Dafür sollst du im Kampf sterben, wie es einem echten Krieger gebührt.«

Sein Gegenüber wusste die ihm zuteilwerdende Ehre nicht zu würdigen. »Du blödes grünhäutiges Monstrum!«, grollte er laut. »Keinen Schritt weiter oder ich schlitze deinen aufgeblähten Balg der Länge nach auf.«

Die unflätigen Beleidigungen des Söldners zeugten von Furcht, doch seine Hände zitterten nicht im Geringsten. Er hatte die Erfahrung eines alten Kämpen, der jeden einzelnen Muskel seines Körpers zu kontrollieren verstand. Sicher war er kein berühmter Schwertmeister, sonst hätte es ihn nicht in diese traurige Truppe verschlagen. Doch in seiner Zunft erreichte niemand solch ein Alter, wenn er nicht zu kämpfen verstand.

Sein kurz geschnittenes, bereits grau durchzogenes Haar mochte schon vierzig oder mehr Winter gesehen haben. Er wirkte erschöpft. Nicht körperlich, sondern im Inneren. An diesem Eindruck waren seine Augen schuld, die kalt und ausdruckslos schimmerten wie bei einem Mann, für den der eigene Tod längst jede Bedeutung verloren hatte. Seine Sorge galt einzig und allein Ragmar, dem jungen Kameraden, dem er sich aus irgendeinem Grund verbunden fühlte.

»Lauf endlich!«, forderte der Veteran und drang dabei auf seinen Gegner ein. »Lauf doch, du Idiot!«

»Ich kann nicht.« Ragmar schluchzte mehr, als dass er sprach. »Ich kann nicht, Orgur. Meine Beine sind wie gelähmt.«

Eine kurze Bewegung mit der Axt reichte aus, um Orgurs Angriff abzublocken, doch statt zurückzufedern und neu auszuholen, wirbelte der Veteran auf dem rechten Absatz herum und drängte sich mit einer geschmeidigen Körperdrehung ganz dicht an Urok heran. Der Hellhäuter wusste, dass die Streitaxt Platz brauchte, um ihre vernichtende Wirkung voll zu entfalten. Deshalb begab er sich in einen Bereich, den Menschen normalerweise stärker fürchteten als Fliegen das klebrige Netz einer Spinne: in die unmittelbare Reichweite zweier kräftiger Orkarme.

In der eben noch leeren Hand des Veteranen funkelte auf einmal kalter Stahl, der sich nur einen Herzschlag später seinen Weg zwischen Brustharnisch und Gürtel suchte. Urok wusste nicht, woher die schmale Klinge so plötzlich kam, doch er spürte, wie sie sich oberhalb seiner Hüfte ins Fleisch bohrte.

Verärgert schlug er den rechten Arm nach unten, um die Attacke abzublocken, doch es war zu spät. Der Dolch blieb in der Wunde stecken, als er den Hellhäuter zurückdrängte.

Dunkles Orkblut strömte entlang der Klinge hervor. Obwohl Urok jede sichtbare Reaktion unterdrückte, schmerzte die Wunde höllisch.

Ehe er seine Axt emporwuchten konnte, erfolgte schon der nächste Schwerthieb. Während er ihn abwehrte, zog Orgur einen weiteren, beidseitig geschliffenen Dolch aus dem Saum seines Wamses hervor. Die Klingen steckten kopfüber in eingenähten Scheiden, kamen aber erst zum Vorschein, wenn er nach ihnen griff.

Was folgte, war ein schmutziger, auf engstem Raum ausgefochtener Kampf, wie ihn Urok noch nicht erlebt hatte.

Orgur verstand sein Geschäft. Sicherlich hatte er auf diese Weise schon unzählige Gegner in den Tod geschickt. Gerade im dichten

Getümmel war seine Kampftechnik von tödlicher Präzision. Dabei benutzte er das Schwert nur dazu, die Waffe des Gegners zu binden – die tödlichen Attacken führte er ausschließlich mit dem Dolch aus, dessen kurzer Rundgriff vollständig in seiner Faust verschwand.

Urok bekam den wendigen Kerl einfach nicht richtig zu fassen, sondern immer wieder nur seinen Stahl zu schmecken. Abgesehen vom ersten Stich steckte er zwar nur oberflächliche Schnittwunden ein, doch sobald er sich eine größere Blöße gab, würde ihn das unweigerlich das Leben kosten.

Dieser elende Mensch, der ihm gerade eben bis zum Kinn reichte, war ihm stets einen Schritt voraus; Urok konnte auf seine Attacken stets nur reagieren. Kaum hatte er die eine abgewehrt, folgte bereits die nächste.

Verbissen kämpfte er ums nackte Überleben. Auf die Hilfe der anderen Orks brauchte er nicht zu hoffen. Wer von ihnen nicht selbst kämpfte, war bereits damit beschäftigt, die Beute zu sichten. Außerdem wäre nie jemand auf die Idee gekommen, dass ein Scharbruder Hilfe gegen einen einzelnen Hellhäuter benötigte.

Dass Ragmar die ganze Zeit über wie angewurzelt am Boden hocken blieb, statt die Gelegenheit zur Flucht zu nutzen, entnervte Urok beinahe ebenso sehr wie seinen Gegner. Dann gelang es ihm endlich, Orgur auf Abstand zu stoßen.

Urok rollte mit den Schultern, als ob er zu einem mächtigen Schlag ausholen wollte. In Wirklichkeit packte er seine Axt kurz unterhalb der geschwungenen Klingen und behielt sie dicht am Körper, als er dem erneut attackierenden Veteranen entgegentrat.

Statt das heransausende Schwert zu parieren, pendelte Urok mit dem Oberkörper zur Seite und hielt dem Vorbeistolpernden die Axt auf Bauchhöhe entgegen. Es gab keinen Moment des Widerstandes, fast so, als ob sie sich überhaupt nicht berühren würden, doch sobald sie einander passiert hatten, waren Uroks Axtköpfe bis zur Hälfte mit Blut besudelt.

Der Hellhäuter hatte sich mit dem eigenen Angriffsschwung aufgeschlitzt. Zäher Veteran oder nicht, Orgur klappte in der Körpermitte zusammen. Schwert und Dolch entglitten seinen Händen, während er zu Boden stürzte. Er wollte leben so wie jeder Sterbende, darum presste er verzweifelt die auseinanderklaffenden Fleischlappen zurück an ihren Platz, doch keines Menschen Hand fügt wieder zusammen, was eine Blutaxt durchtrennt hat.

»Oheim!«, rief Ragmar entsetzt.

Der Schnitt lief über die gesamte Bauchdecke und war bis tief in Orgurs Magen gedrungen. Statt die Blutung abzuklemmen, hätte er lieber seine Gedärme herauszerren sollen, um so die Zeit des Schmerzes abzukürzen.

Urok baute sich über dem Sterbenden auf, um sein Leiden zu beenden. Er visierte gerade den Hals an, als er Schritte in seinem Rücken hörte. Ein Blick über die Schulter offenbarte, dass Ragmar heranstürzte, den Ledersack unter den linken Arm geklemmt, ein Kurzschwert in der rechten Hand.

So ungeschickt, wie er die Waffe hielt, gehörte sie nicht ihm, sondern hatte irgendwo im Dreck gelegen. Urok bereitete es keine große Mühe, sie dem Jüngling aus der Hand zu prellen und ihn danach durch einen Schlag mit dem flachen Axtkopf ins Reich der Träume zu schicken.

Ein gequältes Seufzen von unten bewies, dass Orgur alles bei vollem Bewusstsein miterlebte. Urok baute sich erneut über ihm auf.

»Es ist gleich vorbei«, versprach er. »Sei unbesorgt. Du sollst kein Friedloser werden, sondern im Blut der Erde aufgehen.«

Der Veteran wälzte sich unter großen Schmerzen auf den Rücken und schüttelte mühsam den Kopf. In seinen Augen lag ein flehender Blick, seine Lippen bewegten sich, ohne dass sie zunächst Worte formten. Blut sickerte aus seinen Mundwinkeln, trotzdem fand er schließlich die Sprache wieder.

»Ich weiß, was ihr mit den Überlebenden macht«, würgte er gurgelnd hervor. »Ich bitte dich, erschlag meinen Neffen und foltere lieber mich dafür.«

Neffe. In der Sprache der Menschen bedeutete das Schwester- oder Brudersohn. Daher die Sorge und Selbstaufopferung. Tief im Inneren einiger Hellhäuter verbarg sich wohl doch der gute Kern eines Orks.

Urok tastete nach Orgurs Dolch, der immer noch in seiner Seite steckte. Obwohl er weder schwankte noch sonst ein Zeichen von Schwäche zeigte, erschöpfte ihn der Blutverlust allmählich.

»Zu spät«, sagte er mit einer leisen Spur des Bedauerns. »Selbst wenn wir wollten, wir könnten dich nicht mehr opfern. Du bist bereits tot. Und das weißt du auch.«

Sicher hatte der Veteran keine andere Antwort erwartet, trotzdem sank er enttäuscht zurück ins Gras. Seine Augen wurden langsam glasig, er hatte nur noch wenige Atemzüge zu leben.

Urok wollte ihn trotzdem köpfen.

Der Mann hatte es sich verdient.

Doch zuerst musste er seine eigene Blutung stoppen, bevor ihm noch die Knie weich wurden. Der Ork spürte ein scharfes Ziehen, als der Runddolch aus dem Stichkanal glitt. Rasch ließ er den blutbefleckten Stahl in der schmalen Tasche seines Waffenrocks verschwinden, in der er auch das Wundmoos mitführte, und holte mit der gleichen Handbewegung ein kleines, nicht mehr als daumennagelgroßes Knäuel hervor, das er ohne große Umstände tief in die Wunde stopfte.

Ein belebendes Prickeln zeigte, dass die Kräuter sofort ihre heilende Wirkung entfalteten. Die Blutung stockte beinahe augenblicklich. Der Maulbeersaft, mit dem sie getränkt waren, beugte außerdem Wundbrand vor. Und was dieser und die anderen Zutaten nicht zu unterdrücken vermochten, schwitzte ein echter Blutork ganz normal im Schlaf aus. Oberflächliche Schnittwunden fanden bei diesem Volk keine große Beachtung. Mit solchen Kleinigkeiten wurden ihre robusten Körper von ganz alleine fertig.

Ohne weiter auf das Versiegen des Blutstroms zu warten, packte Urok wieder mit beiden Händen zu. Seine Axt schwebte gerade über dem Sterbenden, als von hinten der Ruf erklang: »Stellt den Kampf ein! Alle noch lebenden Menschen werden Vuran übergeben!«

Urok drehte sich zu Tabor um, der zwei bluttriefende Köpfe an ihren Schöpfen hielt und direkt zu ihm herübersah. Die übrigen Orks waren alle längst damit beschäftigt, die Toten auszuplündern. Nur Grimpe stand neben dem Ersten Streiter und wachte über ein zitterndes Bündel, das sich erst auf den zweiten Blick als der gefangene Magister entpuppte.

Für Urok war klar, dass Tabors Absicht einzig und allein darin bestand, ihn daran zu hindern, dem Menschen die Gnade eines schnellen Todes zu gewähren.

Der junge Ork blickte auf den Sterbenden herab. Er sah in die zerschnittenen Därme und auf den Brustkorb, der sich nur noch flach hob und senkte. In wenigen Atemzügen würde das Leben ohnehin aus Orgur gewichen sein. Trotzdem ließ Urok die Axt in einem vollendeten Bogen herabsausen und trennte den Kopf des Sterbenden sauber vom Rumpf.

Der Schädel sollte einen Ehrenplatz in seiner Hütte erhalten, denn Urok hatte in diesem Kampf viel gelernt.

»Hast du Raupenschmalz in den Ohren?« Tabors Stimme schraubte sich unangenehm schrill in die Höhe. »Wenn ich befehle, die Überlebenden fürs Feuer aufzusparen, haben alle zu gehorchen!«

Urok nickte dem Leichnam ein letztes Mal zu, dann wandte er sich um, fixierte Tabor mit ruhigem Blick und setzte seine Axt kopfüber auf den Boden. Beide Hände auf den Knauf gestützt, sammelte er geräuschvoll eine große Menge Speichel im Rachen und spuckte ihn seitlich ins Moos.

Wer bisher noch nicht auf Tabor und ihn geachtet hatte, schenkte ihnen spätestens nun die volle Aufmerksamkeit.

Der Erste Streiter starrte ihn mit weit aufgerissenen Augen an. Mit dieser Antwort hatte er nicht gerechnet. Uroks Benehmen war ein Affront stärkster Güte, ebenso wie die kurz darauf folgenden Sätze.

»Niemand darf von mir fordern, dass ich mein Wort breche«, erklärte Urok laut und vernehmlich. »Nicht mal der Erste Streiter meiner Schar!«

Seine Hände weiterhin auf die Axt gestützt, wartete er Tabors Antwort ab, doch der Erste Streiter schwieg. Sicher vor Verblüffung, doch auch mit einem kalten, hasserfüllten Funkeln in den Augen.

Außer Ragmar und dem Magister gab es keine Überlebenden unter den Menschen. Alle anderen lagen tot im Dreck, die meisten ihres Kopfes beraubt. Urok bedeckte die Wunde an seiner Hüfte noch mit ein paar frischen Blättern, die Staub und Ungeziefer fernhalten sollten. Danach beugte er sich zu Ragmar hinab, packte den Bewusstlosen am Kragen seines Leinenhemdes und schleifte ihn zu dem anderen Gefangenen.

Die Orks hatten ebenfalls einen Toten zu beklagen. Urok hatte Artak von Kindesbeinen an gekannt. Und obwohl er seinen Verlust bedauerte, erfüllte es ihn mit Stolz, dass der Scharbruder einen von Orgurs Dolchen im Herzen trug. Einen Orkbezwinger im Zweikampf zu töten, bedeutete Ruhm und Ehre.

Magister Garske, der aus einer Platzwunde über dem rechten Auge blutete, sah nicht einmal auf, als Urok seine menschliche Last neben ihm ablegte. Statt zu frohlocken, dass er nicht mehr allein war, schlang er beide Arme um seinen zitternden Leib und stierte mit glasigem Blick ins Leere. Vielleicht dämmerte ihm gerade, dass er seine Lage selbst verschuldet hatte, oder er musste erst noch verdauen, dass er von nun an nichts mehr zu befehlen hatte.

Tabor, der jede von Uroks Bewegungen mit grimmiger Miene verfolgte, trat auf ihn zu.

»Dein Ungehorsam gehört bestraft«, verkündete er, laut genug, damit es alle aus der Schar hörten. »Ich streiche deinen Anteil an der Beute. Du wirst vollkommen leer ausgehen. Hoffentlich lernst du etwas daraus.«

Betont gleichmütig zuckte Urok mit den Schultern. Seine Ehre war ihm wichtiger als die paar Waffen und der Proviant, den sie den

Toten abnehmen konnten. Sonst gab es kaum etwas von Wert, das überblickte er bereits. Höchstens ein paar Ringe oder silberne Halsketten, die kaum etwas bei den Händlern einbringen würden. Nur der Magister trug einige Schmuckstücke, die zum Tausch taugen mochten.

Unter diesen Umständen war es leicht, Tabor den nötigen Triumph zu gönnen, den er zur Festigung seiner Stellung brauchte.

Dass Urok keine Verärgerung über den Verlust seines Anteils zeigte, wurmte den Ersten Streiter. Ehe er sich allerdings noch weitere Sanktionen ausdenken konnte, trat Grimpe zwischen die beiden.

»Geh nur«, gebot er Urok, die Hände der mit Narben übersäten Arme in die Hüften gestemmt. »Ich achte schon auf unsere Opfergaben.« Sein abfälliger Blick auf die Gefangenen zeigte, wer gemeint war.

Tabor ließ ein ärgerliches Knurren hören, wagte aber keinen offenen Widerspruch. Grimpe war sein Vaterbruder, den er zwar in der Schar befehligte, der aber innerhalb der Familie über ihm stand. Seine Worte besaßen ein Gewicht, das der Erste Streiter nicht so einfach beiseiteschieben konnte.

Es war ohnehin kein Geheimnis, dass Grimpe die Geschicke der Schar mitbestimmte. Immer wieder traf er sich mit seinem Brudersohn abseits der anderen, um mit ihm unter drei Augen zu sprechen.

Unter drei Augen … Diese Bemerkung kursierte, weil ihm als junger Krieger eine Messerspitze über das rechte Auge gefahren war. Seitdem bedeckte ein milchig-weißer Belag die Pupille, die niemanden mehr zu fixieren, sondern nur noch leblos geradeaus zu starren vermochte. Grimpes gesundes Auge leuchtete dafür heller als das jedes anderen Orks. Zum ersten Mal auf diesem Beutezug glaubte Urok darin ein belustigtes Funkeln zu entdecken. Ob Grimpe dem überheblichen Brudersohn den Widerspruch aus den eigenen Reihen gönnte?

Urok wusste die verschmitzte Miene nicht recht zu deuten, doch er nickte dem Veteranen, der ihn bisher weder besonders freundlich noch irgendwie abwertend behandelt hatte, respektvoll zu. Danach kehrte er zum Wasserrad zurück, um es näher in Augenschein zu nehmen.

Trotz der Blutströme, die über das abschüssige Ufer in den Wildbach flossen, drehte es sich unbeirrt weiter. Das Wasser färbte sich zunehmend rot. Von den hölzernen Schaufeln schaumig geschlagen, rauschte es den Lauf hinab, um in den unteren Tälern von der Schlacht zu künden.

Uroks Blick wanderte über die Zahnräder bis zur Gesteinsmühle, die allmählich leer drehte. Unter dem eisernen Trichter häufte sich der klein gemahlene Abraum. Neugierig nahm er einige aus dem Erzflöz geschlagene Brocken, die in einer Schubkarre lagen, und warf sie in die obere Öffnung.

Polternd fielen sie herab, wurden dann von rotierenden Metallhaken erfasst und umhergeschleudert. Wieder und wieder knallten sie unter der Kraft des Wassers aneinander, bis sich Erz und Gestein voneinander lösten und klein geschlagen durch den unteren Rost fielen.

Orks führten solche Arbeiten mit schweren Hämmern aus. Trotz ihrer überlegenen Kraft benötigten sie viel länger, um das gleiche Ergebnis zu erzielen.

»Menschliche Schwäche – menschlicher Dreck.« Urok war so in seine Gedanken vertieft, dass er Tabor erst bemerkte, als er neben ihm zu fluchen begann. »Wir reißen den ganzen Mist nieder und übergeben ihn dem Blut der Erde.«

Offenbar brodelte Tabor noch immer vor Wut, sonst wäre ihm die Anlage vollkommen gleichgültig gewesen. Er wollte sie zerstören, weil er Urok damit zu verletzen hoffte. Der junge Ork bereute umgehend, dass er sein Interesse so offen gezeigt hatte, gab sich aber nach außen hin völlig gelassen.

Ohne auf die Worte des Ersten Streiters einzugehen, kehrte er zum Wasserrad zurück. Das gleichmäßige Schlagen der Schaufelblätter zog ihn irgendwie in seinen Bann.

Trotz seiner imposanten Gestalt überragte ihn die Konstruktion um weit mehr als das Doppelte. Auf dem Scheitelpunkt der Umdrehung lösten sich rosafarbene Tropfen von den Schaufeln und rieselten auf Urok herab. Angesichts der prallen Sonne empfand er sie als erfrischend. Dass ihm Tabor erneut folgte und dabei so nah aufrückte, dass sein Atem im Nacken zu spüren war, brachte sein Blut dagegen in Wallung.

»Möchtest du das große Rad gern mitnehmen?«, fragte Tabor, gehässig lachend. »Falls du noch ein zweites baust, kommt deine Schwester sicher schneller voran.«

Die Worte trafen Urok bis ins Mark. Er spürte ein scharfes Ziehen in der Brust, weil sein Herzschlag abrupt beschleunigte. Das Blut in seinen Adern begann zu rauschen, und Tabors Stimme klang plötzlich gedämpft, als würde ein Wasserfall zwischen ihnen herabstürzen.

»Es heißt, sie wünscht sich einen Menschen zum Spielgefährten«, stichelte der Scharführer weiter. »Vielleicht solltest du einen aufs Rad flechten und zu ihr bringen. Ich gebe dich dafür frei.«

Das Hämmern in Uroks Brust wurde wilder und stärker. Sein Hals begann zu zittern, weil das Blut immer kräftiger durch die hervortretenden Schlagadern pumpte. Ehe er richtig wusste, wie ihm geschah, wirbelte er schon auf der Ferse herum und ging dem Ersten Streiter an die Kehle.

Sein Bewusstsein setzte aus. Er reagierte rein instinktiv, ohne die Folgen zu bedenken, als er die Linke tief in den Hals des Spötters grub.

Orkhaut ist zäh und widerstandfähig, doch Orkmuskeln können sie mit Leichtigkeit durchdringen. Für Tabor kam die Attacke völlig überraschend. Erst viel zu spät versuchte er, die Umklammerung abzuschütteln; sein Kehlkopf stand bereits unter tödlichem Druck, und die kleinste Anspannung der Finger würde reichen, den empfindlichen Atemweg für immer zu verschließen.

Er ließ ein gequältes Röcheln vernehmen, während Uroks Gesicht ganz nahe an das von Tabor wanderte. Auge in Auge standen sie sich gegenüber. Der eine mit vor Angst flirrenden Lidern, der andere pure Mordlust im Blick. Beider Atem vermischte sich zu einer heißen Wolke, doch sie waren viel zu sehr aufeinander fixiert, um den beißenden Brodem zu bemerken.

Erst das Getrampel der herbeieilenden Schar riss Urok in die Wirklichkeit zurück. Ganz tief unten, in einem verborgenen Winkel seines von heißem Zorn durchflossenen Bewusstseins, begriff er, in was für Schwierigkeiten er sich gerade brachte. Doch noch diktierte blanke Wut sein Handeln.

»Nie wieder…«, stieß er abgehackt hervor, bevor es ihm gelang, sich so weit zu zügeln, dass er seinen Unmut in Worte fassen konnte. »Hast du verstanden? Erwähne Ursa nie wieder in Zusammenhang mit einem Menschenrad!« Tabors Kehle weiterhin fest umschlossen, senkte er die Stimme zu einem Flüstern herab. »Mach von mir aus weiter blöde Bemerkungen über mich, um deine eigene Schwäche zu überspielen. Das ist mir egal. Aber ziehst du noch einmal über meine Schwester her, schlag ich dich tot! Das schwöre ich dir. So wahr das Blut der Erde durch Vurans Adern fließt.«

Seine Drohung schwang noch in der Luft, als er Tabor mit einem harten Stoß zu Boden schickte. Gerade noch rechtzeitig, um ungeschoren davonzukommen. Nur einen Atemzug später stand Grimpe vor ihm, den Streithammer zum Schlag erhoben.

»Bis du wahnsinnig?«, fuhr er Urok an. »Wie kannst du es wagen, deinen Ersten Streiter anzugehen?«

Richtig geführt, streckte so ein Streithammer selbst den stärksten Ork nieder. Das war nicht der einzige, aber der entscheidende Grund, warum Urok keinen Gedanken an die Axt in seiner Linken verschwendete.

Es gibt Zeiten des Kampfes und Zeiten des Wortes, lautete eine Weisheit seiner Schwester. *Meistens sind die des Wortes vorzuziehen.* Normalerweise lachte er über Ursas friedfertiges Wesen, aber diesmal war es ratsam, sich ihrer Taktiken zu bedienen.

Urok sah, dass die gesamte Schar gegen ihn stand.

Wieder vollkommen ruhig, wiederholte er deshalb, womit ihn der Erste Streiter provoziert hatte. Die Mienen der übrigen Orks verhärteten sich, während er sprach. Selbst in Grimpes gesundes Auge trat eine Spur von Verachtung. Mütter oder Schwestern des Clans zu beschimpfen, galt gemeinhin als ehrlos. Jeder Ork, der etwas auf sich hielt, stellte in so einem Fall die Familie über militärische Belange.

Während sich die Stimmung gegen ihn drehte, kniete Tabor immer noch am Boden und rang nach Atem. Sein Körper erbebte so stark, dass die Platten des Harnischs leise aneinanderklapperten. Was für ein jämmerlicher Anblick. Gerade weil es sich um eine Prachtpanzerung aus Lindwurmschuppen handelte, deren mit zwei Hörnern besetztes Schulterstück ihn als Ersten Streiter auswies. Als Tabor endlich wieder so viel Luft bekam, dass er sich in die Höhe kämpfen und zusammenhanglose Drohungen ausstoßen konnte, stellte sich der Vaterbruder direkt vor ihn.

»Urok ist noch sehr jung, sieh ihm sein ungestümes Wesen nach«, bat er übertrieben freundlich. Dabei packte er seinen Brudersohn so hart im Nacken, dass Tabor vor Schmerz zusammenzuckte. »Und bedenke stets, dass abfällige Bemerkungen über eine Hüterin des Blutes deiner Stellung als Erstem Streiter unwürdig sind.«

Tabors Augen weiteten sich furchtsam, als er begriff, dass Grimpe in dieser Sache gegen ihn stand. »Danke für deine weisen Worte«, dienerte er eilfertig. »Ich habe mich gehen lassen.«

Grimpe lockerte den Griff, behielt die Hand aber weiterhin auf der Schulter des Brudersohns, nun jedoch, um ihn für alle sichtbar zu stützen.

»Was steht ihr hier dumm herum?«, wandte er sich an die Schar. »Ihr habt die Befehle eures Ersten Streiters gehört. Reißt alles nieder, was die Menschen auf unserem Grund errichtet haben, und übergebt die Trümmer den Flammen! Und was dich angeht«, sprach er Urok an und fixierte ihn mit durchdringendem Blick, »du bewachst von nun an die Gefangenen. Das gibt dir Zeit, darüber nachzudenken, dass du dem Ersten Streiter in Zukunft mit etwas mehr Respekt begegnen solltest.«

Urok neigte das Haupt, ohne sich deshalb zu schämen. Grimpe verfügte über Weisheit und natürliche Größe. Zwei Dinge, denen sich Urok bereitwillig unterordnete. Allein wie es der Einäugige verstanden hatte, Tabor zuerst vor aller Augen herunterzuputzen und gleich darauf seinen Führungsanspruch wieder völlig herzustellen, nötigte ihm Respekt ab.

Urok entfernte sich einige Schritte, um die Situation weiter zu entspannen. Nicht weit von Orgurs Leiche entfernt nutzte er die Gelegenheit, seine Axt im Gras zu reinigen, um sie dann zurück in die Rückenhalterung zu stecken. Dabei fiel sein Blick auf den Ledersack, den Ragmar so fest an sich gedrückt hatte.

Was mochte er beinhalten, dass es selbst einen solchen Feigling veranlasste, sein Leben dafür zu riskieren? Neugierig nahm Urok den Sack auf und setzte seinen Weg fort.

Rowan, der die Gefangenen bewachte, begrüßte ihn mit einem breiten Grinsen. Er war genauso jung wie Urok und wusste Befehle und Regeln fast ebenso wenig zu schätzen wie er.

Ragmar lag immer noch besinnungslos am Boden, während Magister Garske eine frische Wunde am Hinterkopf betastete. Wahrscheinlich hatte er versucht, die ganze Aufregung für eine Flucht zu nutzen, und war dabei grandios gescheitert. Oder Rowan hatte sich einfach die Langeweile mit ihm vertrieben.

Urok fragte nicht danach; es war ihm egal.

»Was glaubst du eigentlich, wer du bist?« Rowan lachte leise. »Der kommende Erzstreiter?«

»Falls ja, stell dich besser gut mit mir.«

Rowans Mundwinkel wanderten so weit in die Höhe, dass seine Eckhauer in die Länge zu wachsen schienen. Lachend schlug er Urok auf die Schulter, dann eilte er davon, um den anderen beim Zertrümmern der Gesteinsmühle zu helfen. Urok mochte nicht mit ansehen, wie das Wasserrad zu Bruch ging.

Das Krachen und Splittern des Holzes so gut wie möglich ignorierend, ließ er sich auf einen flachen Granitstein nieder. Dann öffnete er den Ledersack, stülpte ihn um und schüttete den kompletten Inhalt heraus.

Mehrere Pergamentrollen und ein dicker, mit Leder bezogener Klotz fielen ins feucht schimmernde Gras.

»Hey, was machst du da?«, brauste Magister Garske auf. »Diese Unterlagen sind unersetzlich!«

Urok hob den Kopf und sah den Gefangenen an.

Hastig wich Garske zurück und hob die Arme vor sein lädiertes Gesicht. Erst als er sicher sein konnte, dass keine neuen Schläge drohten, kamen die gebrochene Nase und seine blau anschwellenden Augen wieder zum Vorschein.

»Was wollt ihr von uns?«, begann er zu jammern. »Wir haben euch doch nichts getan.«

Sein Greinen übertönte das Splittern des Holzes, deshalb ließ ihn Urok gewähren, während er sich dem Inhalt des Ledersackes zuwandte. Zuerst tastete er mit den Fingern unentschlossen über die unterschiedlich großen Schriftrollen, dann nahm er eine von ihnen auf, brach den Verschluss entzwei und entrollte sie. Raschelnd glitt das durchscheinende Pergament auseinander.

Mit den darauf befindlichen Zeichen wusste Urok wenig anzufangen. Die Sprachen der Hellhäuter und die der Orks ähnelten einander zwar, aber die Menschen verwendeten völlig andere Schriftsymbole. Enttäuscht warf er die Rolle beiseite und nahm eine andere auf.

»Ich kann dich unermesslich reich machen«, flüsterte Garske, plötzlich ganz nah herangerückt. »Zum reichsten Blutork von ganz Arakia, verstehst du? Du musst uns nur von hier fortschaffen und zu einer der Grenzsiedlungen geleiten. Mein Bruder ist König Gothars größter Vasall. Wer mir hilft, hat für immer ausgesorgt, glaub mir. Du musst nie wieder arbeiten, sondern kannst ein sorgenfreies Leben voller Trunk und Völlerei führen.«

Urok hob die Linke drohend in die Höhe. Beim Anblick der riesigen Pranke verstummte Garske sofort.

Weiter auf Urok einzureden, wäre auch sinnlos gewesen. Blutorks gefiel das Leben, das sie führten. Zwar tranken sie gern heißen Wein, aber maßlose Völlerei war ihnen ein Gräuel. Und einen besseren Zeitvertreib, als hin und wieder zu jagen, zu raufen und kleinere Beutezüge zu unternehmen, konnten sie sich ohnehin nicht vorstellen.

Nachdem er auch die übrigen Rollen auseinandergezerrt hatte, ohne auf etwas Interessantes zu stoßen, griff Urok zu dem Lederklotz. Zuerst wusste er nicht recht, was es mit dem Ding auf sich hatte. Doch als er es in die Hand nahm, klappte es von ganz allein in der Mitte auf und gab den Blick auf kleine, rechteckig geschnittene Pergamente frei, die an den Längsseiten aneinanderklebten.

»Das ist ein Buch«, versuchte sich Garske abermals einzuschmeicheln. »Es enthält einzelne Seiten statt eines langen Lesestreifens.«

»Maul halten«, befahl Urok, ohne den Blick zu heben. »Sonst reiß ich dir die Zunge raus, damit endlich Ruhe ist.«

Ein leises Plätschern erklang. Dort, wo Garske saß, lief plötzlich ein Rinnsal durchs Gras. Nun ja, Orks zogen es vor, die Hose zu öffnen, bevor sie ihr Wasser ließen, aber solange der Gefangene schwieg und sich nicht von der Stelle rührte, durfte er machen, was er wollte.

Urok strich mit dem Zeigefinger über die Blätter und drehte sie lustlos von einer Seite auf die andere. Die hier verwendeten Symbole waren für ihn genauso unverständlich wie die auf den anderen Schriftstücken. Er wollte das Buch schon achtlos fallen lassen, als er eine Seite aufschlug, die ganz anders aussah als die vorherigen. Statt Wörter und Sätze war darauf etwas zu sehen, dessen Bedeutung er auf den ersten Blick erfassen konnte.

Eine Zeichnung.

Ein von Menschenhand gemaltes Bild, aber mit so feinen und dünnen Strichen ausgeführt, dass es wie der Blick auf eine echte Landschaft wirkte. Niemand in Arakia war in der Lage, etwas Vergleichbares zu erschaffen.

Natürlich konnten auch Orks einen verkohlten Holzstab schwingen und die Umrisse eines Baumes, Hauses oder Tieres nachzeichnen. Doch dieses Bild, diese mit Rot, Blau und Schwarz ausgeführte Malerei, wirkte so echt wie das wahre Leben. Wie eine wundersame Wirklichkeit, die zum Betreten einlud.

Urok konnte sich gar nicht satt daran sehen. Und er jauchzte vor Freude laut auf, als er entdeckte, dass sich auf den nachfolgenden Seiten noch weitere, weitaus schönere und unglaublichere Abbildungen befanden.

Stellenweise konnte Urok bestenfalls erahnen, was die Bilder darstellen sollten, aber das machte ihr Studium nur umso aufregender. Bei einem ausufernden Werk, das sich über zwei Seiten erstreckte, erkannte er lediglich an den Fenster- und Türöffnungen, dass es sich um eine riesige Hütte handelte, die unendlich viele Clans zugleich beherbergen konnte. Das Bollwerk musste komplett aus einem riesigen Fels geschlagen sein, anders konnte er sich die Bauweise nicht erklären. Winzig kleine Menschen im Vordergrund bewiesen, dass die Dächer bis in den Himmel ragten.

Andere Blätter zeigten dicht bevölkerte Straßenzüge, in denen Händler die Waren feilboten. Auch ihre Hütten schienen aus einem Stück zu bestehen, doch dann folgten Zeichnungen von halbierten Gebäuden, deren Mauern aus übereinandergestapelten und mit Lehm verputzten Steinschichten bestanden.

Diese verblüffende Darstellung stellte Urok vor neue Rätsel.

Wo gab es nur solche Mengen ebenmäßig geformten Gesteins, mit geraden Kanten an allen Seiten? Hatten sie die Menschen etwa alle einzeln mit Hammer und Meißel gefertigt? An dieser imposanten Aufgabe würden selbst die vereinten Orks von Arakia scheitern.

Fasziniert suchte er nach weiteren Bildern, die seinen Herzschlag beschleunigten. Eine andere Seite zeigte eine endlose Wasserfläche, auf der mit Leinen bespannte Boote fuhren. Das musste das Meer sein. Urok hatte davon gehört, sich aber nie recht vorstellen können, wie das aussehen mochte: eine endlose Wasserfläche, so weit das Auge reicht.

Nun konnte er es.

Das war ein erhebendes Gefühl.

So hatte er sich zuletzt als Kind gefühlt, an langen Winterabenden, wenn an den Herdfeuern Geschichten erzählt wurden. Alte Legenden über die Liebe, die Jagd und den Tod oder über Vuran, den Feuerriesen, dem sie alles verdankten. Manchmal, nach einigen Bechern heißen Weins, ging es auch um zurückliegende Beutezüge in die heimischen Gründe der Hellhäuter, in denen es so unglaublich viel zu sehen, zu plündern und zu zerschlagen gab.

Damals, als Kind, war es Urok noch leichtgefallen, in ferne Welten zu schauen. Er brauchte dafür nur seine Augenlider zu senken. Verglichen mit dem, was in diesem Buch stand, waren seiner Vorstellungskraft aber enge Grenzen gesetzt gewesen. Die Bilder, die er auf diesen Seiten zu sehen bekam, inspirierten ihn zu neuen, weitaus gewaltigeren Träumen. Den Träumen eines Erwachsenen.

Das Wasserrad und die Gesteinsmühle waren längst vergessen. Urok versank so tief in Gedanken, dass er nicht mal registrierte, dass seine Schar die klein geschlagenen Trümmer zu einem großen Holzhaufen auftürmte. Er fühlte sich wie auf einer Reise durch eine ferne Welt.

Erst als Ragmar zu stöhnen begann, kehrte Urok in die Wirklichkeit zurück. Inzwischen sah er den Gefangenen mit anderen Augen.

Dieser junge Kerl mochte ein Feigling sein, der nichts vom Kampf oder der Jagd verstand. Dafür aber verfügte er über ein anderes, weitaus spezielleres Talent. Er war der Schöpfer dieser wundervollen Bilder! Abstreiten war sinnlos: Ragmars schwarz und blau gefärbte Finger bewiesen es. Sie trugen den gleichen Farbton wie die aus dem Ledersack gefallenen Kreidestücke.

»Ist das Sangor?«, fragte Urok atemlos. »Oder nur eine Stadt, die du dir ausgedacht hast?« Noch immer bediente er sich der Sprache der Menschen, damit ihn Ragmar auch verstand. Für das Wort *Stadt* gab es in der Orksprache keinen entsprechenden Ausdruck, aber Urok konnte sich ungefähr vorstellen, was damit gemeint war.

Statt auf das Buch zu schauen, tastete Ragmar lieber über die Stelle an seinem Hinterkopf, an der ihn die flache Klingenseite niedergestreckt hatte. Als er die nässende Beule berührte, die dort prangte, zuckte er wie unter einen Hieb zusammen.

Urok bereute umgehend, so kräftig zugeschlagen zu haben. Hoffentlich plagte den Hellhäuter keine Sehstörung. Manchmal verschwanden die nicht wieder.

Eine vorübergehende Kurzsicht befürchtend, hielt er Ragmar das Buch direkt vors Gesicht. Der Gefangene sah trotzig über den Rand hinweg und fixierte ihn mit zusammengekniffenen Lippen.

Sehen konnte er schon, er wollte bloß nicht antworten.

Der Ork ließ das Buch sinken.

Manche Menschen nahmen es einem übel, wenn man ihren Vaterbruder im Kampf erschlug. Ragmar gehörte offenbar dazu. Vielleicht brauchte er aber auch nur etwas mehr Zeit, um sich zurechtzufinden …

Urok tippte ungeduldig mit dem Zeigefinger auf die Zeichnung. »Ist das Sangor?«, fragte er erneut. »Die weiße Stadt am Meer?«

Sangor, im Schatten der Schwebenden Festung

So stark in sich zusammengekauert, wie Benir zwischen den getünchten Dachzinnen klebte, war er vom Basar aus nahezu unsichtbar. Dazu trug nicht nur der weite, weiß melierte Kapuzenumhang bei, der seine Konturen perfekt verwischte, sondern auch der Atem des Himmels, der die Luft um ihn herum zum Flirren brachte.

Ein geschulter Beobachter, der seine Umgebung gezielt absuchte, ließ sich natürlich nicht auf diese Weise täuschen, doch solange die Händler mit dem Anpreisen ihrer Waren und die Kaufwilligen mit dem Herunterhandeln derselben beschäftigt waren, reichte diese Vorsichtsmaßnahme vollkommen aus.

Wegen der anschwellenden Mittagshitze wurden die meisten Geschäfte ohnehin im Schatten der bunten Markisen getätigt, die bis weit in die Straßenmitte ragten. Und falls doch einmal ein Schaulustiger in die Höhe blinzeln sollte, so würde er höchstens die Umrisse eines Lichtbringers entdecken und es lieber vorziehen, rasch in eine andere Richtung zu schauen.

Ein schlechter Ruf hatte eben auch seine Vorteile. Allerdings nur, wenn man sich nicht an der kaum verhohlenen Abneigung störte, die einem dafür entgegenschlug. Benir war es zum Glück egal, was Menschen über ihn dachten. Seine Gedanken galten ausschließlich Nera und der prekären Lage, in der sie sich befand.

Ein metallisches Klappern, viel zu hell für massiven Stahl, ließ ihn kurz zusammenzucken. Es war nur seinen überreizten Nerven zuzuschreiben, dass er überhaupt darauf reagierte. Nachdem er die Quelle des Geräuschs unter einer rotweiß gestreiften Markise ausgemacht hatte, die einen Stand für Kupfertöpfe überdachte, entspannte er sich wieder.

Zu dieser Zeit glich der Basar tatsächlich einem Hort der Friedfertigkeit. Die Stadtwache ließ sich entsprechend selten sehen. Und falls doch einmal eine Patrouille des Weges kam, schlenderte sie müde und desinteressiert vorüber.

Diese nachlässige Haltung konnten sich die Soldaten durchaus leisten. Seit die Lichtbringer über Sangor wachten, bekamen sie kaum noch Gelegenheit, ihre zusammengerollten Lederpeitschen oder gar ihre Krummsäbel aus den Gürteln zu ziehen. Das zwielichtige Gesindel, das sich in jedem Basar einer jeden Stadt zwischen Händlern, Gauklern und Marktbesuchern herumdrückte, war inzwischen äußerst vorsichtig geworden.

Doch König Gothars Herrschaft wirkte sich nicht nur lähmend auf das Treiben der Diebe und Bettler aus, sondern auch auf das Leben der gesamten Bevölkerung. Wer wie Benir von oben auf das Gewirr der Gassen hinabblickte, bemerkte rasch, dass Sangor etwas fehlte, was jeden anderen Marktplatz des Landes auszeichnete: das Lärmen und das laute Feilschen der Besucher, aber auch ihr Lachen.

Tatsächlich. Seitdem die Schwebende Festung über ihren Köpfen thronte, war vor allem das Lachen der Menschen verstummt.

Zwar linderte der Schatten, den Gothars Residenz über die alte Hafenmetropole warf, an manchen Tagen die sengende Hitze, doch bedrückte er auch die Menschen, die in seinem Halbdunkel lebten. Benir erging es da nicht viel anders als den Einheimischen. In diesem Moment hätte er sich allerdings ein wenig mehr Schutz vor der unbarmherzig vom Himmel brennenden Mittagsglut gewünscht. Zu dieser Tageszeit spendete die Festung nur eine senkrecht abfallende Schattensäule, die sich auf das unter ihr liegende Hafenbecken konzentrierte.

Trotz seines dünnen, luftigen Umhangs, der sich in der leichten Meeresbrise blähte, spürte Benir, wie ihm am Rücken und an den Armen immer mehr Schweißperlen aufquollen, um seine Haut mit einer hauchdünnen Schicht klebriger Feuchtigkeit zu bedecken. Es gehörte schon einiges dazu, einen Elf zum Schwitzen zu bringen, doch gegen die Unbilden der Natur war auch Benirs Volk nicht gefeit.

Es waren Momente wie diese, in denen er mit jeder Faser seines Körpers spürte, dass er einfach nicht hierhergehörte. Seine helle, äußerst lichtempfindliche Haut war für ein Leben im Schatten dichter Laubkronen geschaffen, nicht für diesen felsigen, von der Sonne verbrannten Landstrich.

Obwohl er die dichten Wälder seiner Heimat nur aus Erzählungen kannte, sehnte sich sein Herz dennoch danach, zwischen hoch aufragenden Stämmen über weiches, feucht glitzerndes Moos zu laufen und bis zu den Fußknöcheln darin zu versinken.

Für die Länge eines kurzen Atemzugs erwachte in ihm der unbändige Wunsch, einfach alles hinter sich zu lassen. *Nur fort von hier*, schoss es ihm durch den Kopf. *Über die Dächer davon und zur Stadt hinaus.*

Ja, genau das wünschte er sich, obwohl niemand von ihnen den Weg in die Heimat kannte. Schlimmer noch, weder er noch die anderen wussten, wie das Land eigentlich hieß, aus dem ihre Urmütter stammten. Stattdessen mussten sie alle davon ausgehen, dass die Wälder der Ahnen nicht einmal mehr existierten.

Sie waren Gothar dem Allmächtigen unterlegen gewesen, und das schon vor drei, vier oder sogar fünf Generationen. Seitdem gab es kein Volk der Elfen mehr, das unter sonnendurchflutetem Grün umherwandelte. Nur noch Geschöpfe der Nacht, die ihr Gesicht vor der sengenden Himmelsglut verbargen. Nur noch Leibeigene, die ihr Leben am Tag der Geburt verwirkten und von geborgter Zeit lebten.

Wandelnde Tote im Dienste des Tyrannen.

Benir verspürte den Drang, vor Schmerz laut aufzuschreien. Rasch unterdrückte er die aufwallenden Gefühle, die ihn zu überwältigen drohten. Dazu dachte er an ein massives Portal, das sich direkt vor seinen Augen schloss.

All die Ohnmacht und Trauer, die er über das Schicksal seines Volkes empfand, verschwand hinter tonnenschwerem Stahl, als die beiden großen Torflügel mit einem dumpfen Knall aneinanderstießen. Ein schwebender Querbalken, der wie von unsichtbarer Hand in die Halterung sank, sorgte dafür, dass sie verschlossen blieben, sodass ihn die dahinter verborgenen Gefühle nicht mehr aus der Ruhe bringen konnten.

Einen Moment lang sah er dieses Tor so deutlich vor sich, dass er jede einzelne schmiedeeiserne Niete, jeden Rostfleck und jede sich noch so klein auf der brünierten Oberfläche abzeichnende Schramme zu erkennen glaubte. Dann verschwand es mitsamt den ausgesperrten Gefühlen, und Benir wurde wieder der entschlossene Schattenelf, der nicht an Flucht, sondern an Widerstand dachte.

»Seht nur, dort oben!« Die Stimme, die aus den Tiefen des Basars emporstieg, zischelte wie die eines Schädelreiters. »Geflügelte in Menschengestalt!« Der Rufer konnte sich noch nicht lange in Sangor aufhalten. Kein Einwohner der weißen Stadt brach noch in überraschte Rufe aus, bloß weil zwei Lichtbringer von der Festung herabsanken.

Mit flatternden Gewändern, die von weitem tatsächlich an schlagende Flügel erinnerten, schwebten sie aufrecht über die Türme der kasernierten Einheiten hinweg. Nahe der Stadtmauer gingen sie nieder. Dort, wo die Schädelreiter mit ihren Lindwürmern Quartier bezogen hatten und es regelmäßig zu Spannungen mit den Einheimischen kam.

Wie auch immer der Befehl der beiden Lichtbringer lauten mochte, er hatte nichts mit Benir zu tun. Zufrieden senkte der Elf den Blick zurück in die Tiefe. Das grelle Sonnenlicht hatte die schneeweiße Kleidung der schwebenden Wächter derart zum Gleißen gebracht, dass seine Augen zu tränen begannen. Er musste einige Male zwinkern, um den feuchten Schimmer zu vertreiben.

Trotz der verschwommenen Sicht bemerkte er zwei wendige Gestalten, die sich unter ihm an einem straff gespannten Sonnensegel und mehreren hüfthohen Tonkrügen vorbeidrückten. Ohne ihre dunkle Lederkleidung, die sich deutlich vor dem hellen Pflaster abhob, wären sie vielleicht gar nicht aufgefallen.

So aber verfolgte er verblüfft, wie einer von ihnen vor einer hölzernen Pforte niederkniete, die den Zutritt zu einem engen, zwischen zwei Gebäuden verlaufenden Gang versperrte. Geschickt nutzte der zweite den Buckel seines Gefährten, um darüber in die Höhe zu springen. Oberhalb des Hindernisses spreizte er die Arme weit genug ab, um sich mit beiden Händen zwischen den dicht beieinanderstehenden Hauswänden festzuklemmen. Seine Füße folgten dem Beispiel.

Als er auf diese Weise sicheren Halt gefunden hatte, löste er die Hände wieder, ließ sie in die Tiefe sinken und zog mit ihnen den Gefährten in die Höhe.

Die beiden Kerle machten das nicht zum ersten Mal, dazu waren sie zu gut aufeinander eingespielt. Es dauerte nicht mal zwei Herzschläge, bis sie die gut mannshohe Pforte überwunden hatten, ohne sie auch nur ein einziges Mal zu berühren. Nacheinander tauchten sie lautlos in dem schmalen Gang ab, der erst zwanzig Schritte später in einen von hohen Mauern umgebenen Innenhof mündete.

Benir überquerte das lang gestreckte Flachdach, um zu sehen, was die beiden vorhatten. Als er die Rückfront erreichte, standen sie schon inmitten des Atriums und ließen ihre Blicke über Fenster und Fassaden gleiten.

Es handelte sich tatsächlich um Schädelreiter. Statt der klobigen Helme mit den großen Augenhöhlen trugen sie nur schwarze Kappen, doch ihre knarrende Lederkleidung mit den spitz zugefeilten Metalldornen, die den Ellbogen- und Schulterpolstern entwuchsen, wischte jeden Zweifel beiseite.

Einer von ihnen deutete gerade auf ein kleines Eckgebäude, über das sich bequem die mittlere Arkade auf Höhe des zweiten Stockwerks erreichen ließ.

Benir zögerte nicht länger, als er sah, wie sich die Schädelreiter wieder in Bewegung setzten. Rasch stieß er sich von der steinernen Dachkante ab und sprang ins Leere.

Doch im gleichen Moment, da die Erdkraft an ihm zu zerren begann, sog er den Atem des Himmels tief in seine Lungen. Ein kaltes Prickeln durchlief seine Brust und breitete sich über seine Arme und Beine aus. Er spürte, wie alles Schwere von ihm abfiel. Alle Bürden, die auf seinen Schultern ruhten, aber auch sein Körpergewicht.

Der Atem des Himmels …

Er machte ihn so leicht wie eine Feder und trug ihn doch zielgerichtet auf das harte Pflaster zu.

Der kurze Moment völliger Schwerelosigkeit war stets ein Genuss. Leider fehlte die Muße, ihn diesmal auszukosten.

Die Schädelreiter verharrten mitten im Schritt, als sie das Rauschen seines flatternden Umhangs vernahmen. Überrascht sahen sie in die Höhe. Keineswegs erschrocken. Eher mit einem Anflug leichter Verstimmung.

Benir hatte mit ihrer überstürzten Flucht gerechnet, stattdessen traten sie ihm entgegen. Offen und ohne jede Furcht in den haarlosen Gesichtern, die Hände weit von den Wehrgehängen entfernt.

Aber das hatte nichts zu bedeuten. Sowohl die langen Zungen als auch die Giftdrüsen der Schädelreiter waren eine stete Gefahr, und das galt auch für die fest installierten Klingen in ihren Lederärmeln.

Ihr selbstbewusstes Auftreten war so irritierend, dass Benir ein wenig aus dem Gleichgewicht geriet. Auf der letzten Körperlänge, die ihn von dem rasch näher kommenden Pflaster trennte, sackte er schneller als beabsichtigt nach unten.

Mit einem harten Knall kam er auf. Seine Fußsohlen begannen zu brennen, obwohl er in den Knien leicht nachfederte. Es war nicht so schlimm, dass er ins Wanken geraten wäre, trotzdem ärgerte er sich über seine Nachlässigkeit.

»Was führt euch hierher?«, fuhr er die beiden Schädelreiter härter als beabsichtigt an. »Ihr seid weit weg von euren Quartieren.«

Nur zwei Schritte von ihm entfernt blieben sie stehen. Nicht die geringste Ausflucht drang über ihre schmalen Lippen. Etwa dass sie sich verlaufen hätten oder nur eine dunkle Ecke zum Wasserlassen suchten.

Stattdessen musterten sie ihn aus gelb geschlitzten Pupillen. Ihr Versuch, unter seine tief ins Gesicht gezogene Kapuze zu spähen, schlug dabei fehl. Trotzdem schienen sie zu ahnen, was mit ihm nicht stimmte. Vielleicht weil sie die Silbermasken kannten, hinter denen die echten Lichtbringer ihre Gesichter verbargen.

Benir hob beide Hände und ließ sie seine offenen Handflächen sehen. Auch das entlockte ihnen keinen einzigen nervösen Wimpernschlag.

»Du bist nicht das, was du vorgibst zu sein«, sagte ihm der größere der beiden auf den Kopf zu. »Sonst brauchtest du nicht zu fragen, was wir hier wollen.« Seine Stimme klang genau wie die des Rufers, der vorhin so aufgeregt auf die beiden schwebenden Lichtbringer hingewiesen hatte.

Entweder waren die beiden Kerle einfach nur ungeheuer abgebrüht, oder sie wussten ganz genau, was sich hinter einem der umliegenden Innenhoffenster verbarg. Mühsam kämpfte Benir die Panik nieder, die in ihm aufzusteigen drohte.

»Folgt mir!«, befahl er mit einer Festigkeit, die ihn selbst verwunderte. »Ihr werdet euch für diese Frechheit verantworten müssen.«

Statt davonzurennen, blieben sie einfach stehen. Herausfordernd. Selbstbewusst. Ohne sich ein einziges Mal durch Seitenblicke miteinander abzustimmen.

Ein Moment unangenehmen Schweigens entstand, das mehr als jedes weitere Wort bewies, dass Benirs Täuschungsmanöver vergebens war. Spätestens jetzt hätte seinen Handflächen ein Lichtball entweichen müssen, das war allen dreien klar.

Der größere der beiden Schädelreiter legte den Kopf in den Nacken, um sein geschupptes Gesicht der Sonne entgegenzurecken. Einem Kaltblüter wie ihm konnte es gar nicht heiß genug sein, während Benir den kochenden Schweiß spürte, der ihm über den Rücken strömte.

Die gespaltene Zunge des Schädelreiters zuckte unruhig aus dem breiten Maul. »Sag schon, Schattenelf«, forderte er überraschend heftig. »Wo hast du das Balg versteckt? Wenn du redest, töten wir dich auf der Stelle. Müssen wir es erst aus dir herausprügeln, übergeben wir dich den Lichtbringern. Ich möchte gar nicht wissen, was sie mit jemandem anstellen, der sich als einer der ihren ausgibt.«

Benir fragte nicht, woran sie ihn erkannt hatten. Er beging auch nicht den Fehler, sich das Geschwätz des Schlangengezüchts bis zum Ende anzuhören. Lieber griff er in die Falten seines wallenden Umhangs, raffte sie mit schnellen Fingerbewegungen zusammen, schleuderte den Stoff unversehens nach vorn, und erneut vom Atem des Himmels beseelt, drückte er sich mit beiden Füßen ab und sprang aus dem Stand heraus über die Schädelreiter hinweg.

Für die Dauer eines Lidschlags füllte sich der Raum zwischen ihnen mit seidigem Nebel. Weißen Schwaden gleich wirbelte der Stoff umher. Hier noch ballonförmig aufsteigend, sank er dort bereits wieder zu Boden und raubte dabei allen die Sicht.

Im Rücken seiner Gegner kam Benir wieder auf. Wie geplant hatten die beiden Schädelreiter nach dem umherflatternden Stoff gegriffen, um ihn an der Flucht zu hindern, und während sie noch mit dem Umhang kämpften, hatte er längst wieder festen Stand gefunden. Augenblicklich wirbelte er herum und zerrte selbst an seinem Gewand, um die verwirrten Gegner aus dem Gleichgewicht zu bringen.

Trotz seiner hageren Gestalt hatte der Elf ungeheuer viel Kraft in den Armen. Das feine Gewebe ächzte unter der Belastung, als er so fest daran zog, dass die Schädelreiter nach vorn stolperten. Sie prallten so heftig aneinander, dass sich ihre Schulterdornen ineinander verhakten. Beim Auseinanderrucken streiften die Dornen über die ungeschützten Hälse des jeweils anderen. Feine Blutperlen spritzten durch die Luft und benetzten das umherwirbelnde Weiß.

Fluchend lösten sie sich voneinander und sprangen, wild um sich schlagend, auf Benir zu. Der scharfe Stahl, der aus ihren Unterarmpolstern schnappte, schnitt durch das fließende Gewebe, in dem sie sich immer stärker verfingen. Mit roher Kraft versuchten sie sich freizuschneiden und gleichzeitig den Gegner aufzuspießen.

Es war der Kampf dreier Fliegen, die im klebrigen Netz der Spinne zappelten, doch Benir verstand es weitaus besser, mit dem allgegenwärtigen Gespinst zurechtzukommen. Geschickt tauchte er unter den blitzenden Stichen hinweg und passierte die Schädelreiter erneut. Diesmal auf Kniehöhe.

Während er nach der Zwillingsklinge in seinem Stiefel langte, schrammte ein nadelspitzer Dorn über seinen Rücken. Obwohl sein Lederwams das Schlimmste verhinderte, spürte er doch seine Haut aufreißen. Er biss die Zähne zusammen, trotzdem drang ein leiser Schmerzenslaut über seine Lippen.

Die Schädelreiter triumphierten erfreut, verschwendeten aber keinen Atem für lautes Geheul. Stattdessen wirbelten sie herum und bauten sich gleichzeitig, wie von einer übergeordneten Kraft geführt, vor dem Elf auf, fest entschlossen, den Spieß umzudrehen und dieses Mal *ihn* von den Füßen zu ziehen.

Statt sich dem harten Ruck an seinem Gewand entgegenzustemmen, nutzte Benir jedoch den Schwung, den ihm die beiden gaben, und verstärkte ihn noch, indem er aus der Hocke aufsprang und sich mit den Fußspitzen kräftig abdrückte.

Verglichen mit den Lichtbringern war er nur ein Stümper, wenn es um die Kunst der Levitation ging. Doch für niedere Schergen wie die Schädelreiter reichte es vollkommen aus.

Den Dolchgriff fest umklammert, schnellte er auf den größeren der beiden zu. Dank des weit vorgestreckten Arms drang die Doppelspitze schneller in den ungeschützten Hals, als das bloße Auge folgen konnte. Mochte die geschuppte Haut auch äußerst widerstandsfähig sein, den beidseitig geschliffenen Schneiden hatte sie nichts entgegenzusetzen.

Gleich vierfach drangen sie tief in die Kehle des Schädelreiters, bis das breite Heft an den durchtrennten Kehlkopf stieß.

Für immer verstummt, sank der Schlangenkrieger Blut spuckend hintenüber. Als er auf das Pflaster schlug, rutschte seine Kappe zur Seite. So wurde der Blick frei auf einen kahlen, von abwechselnd hellen und dunklen Flecken überzogenen Schädel, der an der Oberseite leicht abgeflacht war und – wie bei diesen Reptilienwesen üblich – in hervorstehende Augenwülste überging.

Schlangengezücht, dachte Benir angewidert und wandte sich dem anderen zu.

Völlig überrascht stand der da. Wie aus Stein gemeißelt, die Arme mit den weit über die Fäuste hinausragenden Klingen halb erhoben. Schulter an Schulter waren die beiden Schädelreiter stark gewesen. Ihre aufeinander abgestimmten Attacken und ihr gleichzeitiges Handeln hatten sie gefährlich gemacht. Doch nun, da der ältere von ihnen tot am Boden lag, wirkte sein Waffenbruder hilflos.

Ein Zittern durchlief seine erhobenen Arme, und die blutleeren Mundränder des Schlangenmauls begannen zu zucken. Wer Scharmützel dieser Art kannte, wusste, dass der Kerl gleich lauthals nach Hilfe rufen würde.

Benir kam dem zuvor, indem er ihm die Doppelklinge mit einem harten Stich ins Herz trieb.

Ein Teil des weißen Umhangs zerriss, als der darin Verfangene einknickte und zu Boden fiel. Benir störte sich nicht daran. Er musste den mit Blut durchtränkten Stoff ohnehin so schnell wie möglich loswerden. Wo er sich nicht schnell genug abstreifen ließ, schnitt er ihn auf und drapierte das zerschlissene Gewand anschließend, so gut es ging, über die beiden Toten.

Die vage Hoffnung, sie dadurch aus der Höhe unkenntlich zu machen, erfüllte sich nicht. Rasch sog sich der leichte Stoff so stark mit Blut voll, dass er bald einem leuchtend roten Signaltuch ähnelte, wie eigens dazu gefärbt, die Lichtbringer anzulocken.

Ein verhaltener Schrei, der mehrfach von den Innenhofwänden widerhallte, erinnerte Benir daran, dass er sich nicht allein in der Wildnis befand, sondern in einer der größten Metropolen östlich des Frostwalls. Ein schneller Blick in die Runde offenbarte zwar keinen unliebsamen Zeugen, trotzdem stand fest, dass der Kampf und die beiden Toten nicht unbeobachtet geblieben waren. Von nun an war es nur noch eine Frage der Zeit, bis es hier vor Wachen und Lichtbringern nur so wimmelte.

Gehetzt wirbelte er herum und rannte auf das Vorderhaus zu. Ohne das wallend weiße Gewand fühlte er sich geradezu befreit. Weiches Leder und ein fester Umhang, so sah die Kleidung aus, die zu ihm passte. Leider hatte der Umhang keinen Platz unter dem Gewand des Lichtbringers gefunden, sodass er nun ohne Kapuze war. Benir spürte, wie ihm die Sonne in die empfindliche Haut biss, während er auf die Fassade zueilte. Er vermisste aber nicht nur den schützenden Schatten, der ihn vor den sengenden Strahlen bewahrte, sondern auch die Bedeckung, die sein Gesicht unkenntlich machte.

Ein Grund mehr, sich zu beeilen.

Ohne das Tempo zu verringern, lief er auf eine abfallende Tonröhre zu, die dazu diente, abfließendes Regenwasser in eine unterirdische Zisterne zu leiten – zumindest an den wenigen Tagen, an denen die Wolken über Sangor so gnädig waren, sich für kurze Zeit zu öffnen.

Benir schöpfte den Atem des Himmels, bevor er sich vom Boden abdrückte und an dem Fallrohr emporschwang. Sein Körper verlor dabei nicht wirklich an Gewicht, wurde aber für kurze Zeit den Kräften der Erde entzogen.

Mit ein paar Handgriffen hangelte sich der Elf mühelos an dem Regenrohr empor. Gerade schnell genug, um sich über die steinerne Brüstung des zweiten Stocks zu schwingen, bevor die Erdschwere wieder nach ihm griff.

Hinter den verschnörkelten Gitterfenstern, die zur Belüftung von Werkstätten und Wohnungen dienten, glitzerten vereinzelt Augenpaare, doch niemand war so verwegen, nach draußen zu treten, um nachzusehen, was der Tumult im Innenhof zu bedeuten hatte. Die Bewohner der weißen Stadt hatten schon vor langer Zeit gelernt, sich nur noch um ihre eigenen Belange zu kümmern. Laute Schreie oder gar Kampfeslärm wurden geflissentlich ignoriert. Ganz besonders, wenn kurz darauf ein Untoter vorübereilte.

Falls es eine Befragung durch die Stadtwache gab, würden die meisten sicherlich leugnen, überhaupt etwas gesehen zu haben. Und falls nicht, war das auch nicht weiter schlimm. Für die Menschen sah ein Schattenelf wie der andere aus.

Die Tür, auf die Benir zueilte, schwang langsam nach innen. Hinter dem offenen Spalt wurde zunächst ein sanft gewölbter Bauch sichtbar, dann eine schmale Gestalt mit langem, weißblondem Haar.

»Was soll das?«, zischte Benir erschrocken. Eigentlich wollte er noch anfügen: *Du sollst doch nicht aufstehen!* Zum Glück wurde ihm gerade noch rechtzeitig bewusst, wie unsinnig dieser Satz gewesen wäre.

Nera hatte vollkommen richtig gehandelt. Schließlich mussten sie hier weg. Und das so schnell wie möglich.

Seinen Umhang hielt sie bereits in der Hand.

4

In der Blutschlucht

»Du hast meinen Oheim getötet.« Das war nicht die Antwort, die Urok hören wollte, doch sie bewies immerhin, dass Ragmar sprechen konnte. Leider verschwendete der Hellhäuter seinen Atem für haltlose Drohungen wie: »Dafür bringe ich dich um, du verdorbener Fleischberg, das schwöre ich dir! Und wenn ich deine Kehle im Schlaf aufschlitzen muss!«

»Du und mich abstechen?« Urok zog das Buch zurück. »Du bist doch zu blöd, die Klinge richtig herum zu halten.«

Ragmar sprang erbost auf und hob die Rechte zum Schlag.

»Setz dich«, beschied ihm Urok ohne die geringste Regung. »Wenn meine Scharbrüder dich so lebhaft herumspringen sehen, muss ich euch mit Stricken und Seilen verknoten. Das wird sehr unangenehm.«

Ragmar zögerte. Zu lange für Garskes Geschmack. Wütend packte der Magister den Jüngling am Hosenbein und zerrte ihn zurück ins Gras. Sicher hätte er dabei gern einige Flüche ausgestoßen, aber seiner Kehle entstiegen nur angestrengte Laute, keine Worte. Uroks Drohung, ihm notfalls die Zunge herauszureißen, hielt ihn weiterhin konsequent vom Reden ab.

Ragmar begriff allmählich, in welcher Gefahr er schwebte. Ein Zittern durchlief seinen Körper. Er versuchte es zu unterdrücken, doch es gelang ihm nicht. Betreten umschlang er die Knie und zog sie dicht an den Brustkorb.

Natürlich hätte Urok die gewünschten Antworten mit Gewalt aus ihm herauspressen können. Doch der Ork glaubte mehr zu erfahren, wenn er dem Hellhäuter etwas Zeit ließ, um sich mit seinem Los abzufinden.

Er wollte gerade erneut die Sprache auf Sangor bringen, als er schwere Schritte hörte, die sich näherten. Sofort klappte Urok den Ledereinband zu und verbarg ihn unter seinem Waffenrock, eingeklemmt zwischen der steinernen Sitzfläche und dem rechten Oberschenkel, hob eine der Schriftrollen auf und tat, als versuche er darin zu lesen.

Die stampfenden Schritte langten neben ihm an. Natürlich gab es nur einen Ork, der so laut trampelte, als würde ihm der Wald allein gehören.

»Was machst du da?«, blaffte Tabor. »Ich habe dir doch gesagt, dass du keinen Anteil an der Beute erhältst.«

»Gilt das auch für dieses Geschmiere?« Urok gab sich gebührend überrascht. »Ich wusste nicht, dass jemand Anspruch darauf erhebt.« Er hielt Tabor das Pergament hin. »Hier, nimm ruhig. Ist eh nichts drauf zu erkennen.«

Grimpe, der seinem Brudersohn wie ein Schatten folgte, neigte den Kopf, bis das linke Ohr die Schulter berührte. Aus dieser verrenkten Stellung heraus sah er genau auf die Stelle, an der das Buch unter Uroks Oberschenkel steckte.

Alarmiert ließ der junge Ork die freie Hand auf den Waffenrock sinken, damit der Ledereinband völlig darunter verschwand. Grimpes Mundwinkel zuckten in die Höhe. Nur ganz kurz, aber deutlich sichtbar.

Danach verfolgte er mit unbewegter Miene, wie Tabor die dargebotene Schriftrolle an sich riss und dabei knurrte: »Dieser Mist wird dem Blut der Erde übergeben. So wie die beiden da!« Er deutete mit einer kurzen Geste auf die Gefangenen, bevor er die übrigen Schriftrollen aufzuklauben begann.

Garske begann lauthals loszujammern, und Ragmar riss die Augen auf und wurde noch bleicher. Er begriff erst jetzt, wie schlecht es um ihn stand.

Urok bedauerte, dass er den Hellhäuter nicht mehr würde befragen können. Fieberhaft überlegte er, wie sich das Unvermeidliche hinauszögern ließ. Tabor wandte sich bereits zum Gehen, als ihm Urok nachrief: »Ist es wirklich klug, die beiden jetzt schon zu opfern?«

Der Erste Streiter erstarrte mitten in der Bewegung. Beide Hände zu Fäusten geballt, drehte er sich langsam um. Der Blick unter seinen zusammengezogenen Augenbrauen kündete, wie bei ihm üblich, von Tod und Vernichtung.

Grimpe schaute genauso unfreundlich aus dem Harnisch und signalisierte mit einem Stirnrunzeln, dass Urok gerade den Bogen überspannte.

»Du zweifelst erneut meine Entscheidungen an?«, grollte Tabor. »Du verdammter …«

»Bava Feuerhand überlegt seit einiger Zeit, wie er die Madak aus ihren Hütten locken kann«, unterbrach Urok ungerührt. »Unser Streitfürst wird ausgesprochen dankbar sein, wenn du ihm die beiden Gefangenen dafür zur Verfügung stellst.«

Der Erste Streiter schnaubte verächtlich, doch die Miene seines Vaterbruders hellte sich schlagartig auf.

»Du meinst …«, dachte Grimpe laut nach, »… wir opfern die Hellhäuter in Hörweite der Madak?«

»… und verwandeln so den Boden unter unseren Füßen in Heiligen Grund«, malte Urok seine Idee genauer aus. »Während die Hauptstreitmacht …«

»O ja.« Grimpes Augen begannen zu glänzen, denn er setzte den Plan bereits in Gedanken fort. »Das hat vor uns noch kein Clan gewagt. Das ist eine wirklich bodenlose Frechheit, die du dir da ausgedacht hast. Der Plan gefällt mir! Und Bava sicher auch.«

Tabor sah den Vaterbruder verblüfft an.

»Das ist doch …«, schnaubte er.

»… ein ausgezeichneter Vorschlag, mit dem Urok dein Wohlwollen zurückerobern möchte«, führte Grimpe den Satz in seinem Sinne zu Ende. »Für den Streitfürsten wird es nämlich so aussehen, als ob der Vorschlag von dir stammt. Richtig?«

»Selbstverständlich«, bestätigte Urok. »Mir genügt es, dass der Glanz unseres Ersten Streiters auf die ganze Schar abstrahlt.« In Wirklichkeit ging ihm Tabors Ansehen am behaarten Arsch vorbei, aber wo eine scharfe Klinge versagte, behalf sich ein listiger Ork mit Lügen. Das galt schon seit Vurans Zeiten.

Tabor trat unentschlossen von einem Fuß auf den anderen. Entweder misstraute er dem Plan, oder er verstand ihn nicht ganz. Was im Endeffekt auf dasselbe hinauslief.

Dafür war Grimpe Feuer und Flamme. »Geh sofort zu den anderen und verkünde, was du dir ausgedacht hast«, befahl er dem Ersten Streiter. »Sollst sehen, dieser Beutezug wird der wichtigste deines Lebens.« Aufmunternd schlug er dem Brudersohn auf die Schulter.

Tabor hörte auf den Rat des Vaterbruders. Mit breit nach vorn gewölbter Brust kehrte er zum Scheiterhaufen zurück.

Grimpe blieb noch bei Urok stehen. Sein Grinsen fiel so breit aus, dass es zwei gelbe, schon ein wenig schadhafte Zahnreihen freigab.

»Du kämpfst beinahe so gut mit Worten wie mit der Streitaxt«, lobte er in anerkennendem Tonfall. »Es war klug, dir einen Platz in unserer Schar zu geben. Jetzt musst du nur noch lernen, Tabors Stellung zu respektieren. Dazu gehört nicht viel. Es ist überhaupt nicht nötig, ihn für klug zu halten oder stets seiner Meinung zu sein. Du darfst ihn nur nicht vor den anderen bloßstellen. Kein Ork folgt einem Ersten Streiter, den alle für unfähig halten. Nicht mal die Dümmsten unter uns.«

Grimpes Worte klangen einleuchtend.

»Warum führst *du* uns nicht an?«, fragte Urok. »Du wärst ein guter Erster Streiter.«

»Ich und eine eigene Schar?« Grimpe lachte. »Das ist nichts für mich, Sohn des Ramok. Ein Erster Streiter muss ständig Kriegsrat mit dem Streitfürsten halten und Taktiken besprechen, die am Ende ohnehin keiner befolgt.«

Dass die beiden Gefangenen jedes Wort mit anhörten, störte ihn nicht. Warum auch? Sie hatten ohnehin nicht mehr lange zu leben.

Grimpe machte schon Anstalten davonzugehen, beugte sich dann aber überraschend zu Urok herab und raunte ihm vertrauensvoll zu: »Außerdem macht es viel mehr Spaß, aus dem Hintergrund zu wirken, kleiner Jungork. Hoffentlich wirst du alt genug, um das einmal zu verstehen.«

Bei diesen Worten zog er das Buch unter Uroks Oberschenkel hervor.

»Hier«, fuhr er fort, ehe der Bestohlene protestieren konnte. »Das gehört zu *meinem* Anteil der Beute. Ich schenke es dir, weil du den Ersten Streiter in Zukunft mit voller Kraft unterstützen wirst. Richtig?«

Das Buch wanderte zurück in Uroks Hände.

Grimpe richtete sich auf und sah zu dem Scheiterhaufen, vor dem Tabor gerade eine lebhafte Diskussion mit der übrigen Schar führte. *Wie schwer kann es wohl sein, einen drei Sätze umfassenden Plan zu erklären?* Diese oder eine ähnliche Frage mochte ihm durch den Kopf gehen, denn er biss sich verärgert auf die wulstige Unterlippe.

»Pass gut auf die Gefangenen auf«, mahnte er, bereits zum Gehen gewandt. »Sonst nehme ich dir die lederne Schrift wieder ab.«

Urok sah dem Alten, der es nie zum Streitfürsten gebracht hatte – oder nie hatte bringen wollen –, eine Weile nach. Dann konzentrierte er sich wieder auf das Buch in seinen Händen.

Die erste Aufregung war verflogen, trotzdem hatten die Bilder nichts von ihrer Faszination eingebüßt. Den verschiedenen Ansichten einer Stadt (um eine solche *musste* es sich ganz einfach handeln) folgte ein Palast, der in den Wolken schwebte, sowie die Zeichnungen von einigen Kriegern in geflügelten Rüstungen.

Er musste das Buch unbedingt Ursa zeigen. Sicher würde es sie noch mehr als ihn begeistern. Seine Schwester war so wissbegierig wie er, aber sie durchschaute die Dinge besser und schneller als jeder andere des Clans. Das musste sie auch, schließlich war sie eine Hüterin des Blutes.

Ragmars Bilder würden sie bestimmt inspirieren. Besonders die exakte Darstellung von Lastkarren und Rädern und die Zeichnungen von Menschen, Elfen und anderen Völkern. Ursa hatte noch nie einen Menschen mit eigenen Augen gesehen, deshalb bat sie Urok manchmal, ihr einen vorzustellen (und nicht zu schenken, wie Tabor behauptet hatte), doch Hellhäutern war der Zutritt zum Heiligen Hort verboten. Urok freute sich deshalb über die Möglichkeit, ihre Neugier auf andere Weise stillen zu können.

In dem Buch wurden die mit Zeichnungen versehenen Seiten wieder spärlicher. Immer öfter folgten lange Abschnitte mit unverständlichen Symbolen. Urok dachte bereits, er hätte schon das Beste gesehen, als er auf die Darstellung eines unbekannten Horts stieß, in dem das Blut der Erde offen pulsierte.

Seine Finger begannen zu zittern vor so viel Blasphemie, doch er unterdrückte die Überraschung und tat so, als ob er nichts Besonderes sähe. In Wirklichkeit wuchs seine innere Aufregung weiter an, als er wenige Seiten später seltsam bekannte Landschaften sah. Und dann, kurz bevor die ersten leeren Seiten kamen, glitt ihm das Buch beinahe aus den Händen.

Ungläubig starrte er auf die Schlucht, auf deren Grund er gerade saß. Natürlich war auf dieser Zeichnung kein Schlachtfeld zu sehen, es gab auch keine enthaupteten Leichen, die auf einem Scheiterhaufen brannten. Aber der Bachlauf, der sich durch das Bild schlängelte, war unverkennbar, ebenso die Anordnung des Wasserrads, der Gesteinsmühle und der Minenschächte.

Diese Zeichnung war erst vor kurzem fertiggestellt worden. Darum also klebte noch Holzkreide an Ragmars Fingern.

»Ich wurde nicht nur als Chronist verpflichtet, sondern auch, um unsere Reise in Bildern festzuhalten.« Die belegte Stimme gehörte dem jungen Zeichner, der sich aus irgendeinem Grund entschlossen hatte, doch noch mit ihm zu reden. Als ihn Urok ansah, fuhr Ragmar fort: »Mir ist nicht klar, worüber ihr vorhin gestritten habt, aber eins habe ich verstanden: Du hast uns davor bewahrt, lebendig verbrannt zu werden.«

Einen Moment lang sah es so aus, als wollte er noch Worte des Dankes anfügen, doch die Erinnerung an seinen toten Oheim kehrte rechtzeitig zurück, um das zu verhindern. Stattdessen sah Ragmar schweigend zu dem prasselnden Scheiterhaufen, auf dem bereits die Flammen nach den Toten leckten. Der Gestank von brennendem Fleisch wehte zu ihnen herüber.

Urok machte das nichts weiter aus, aber die beiden Gefangenen wirkten, als müssten sie sich gleich übergeben.

Tabor und seine Schar hatten bereits Abschied von dem gefallenen Ork genommen und gingen nun daran, die abgeschlagenen Häupter ihrer Feinde zu vergraben. Die Köpfe mussten tief in der Erde verschwinden, um sie vor schnüffelnden Aasfressern zu schützen, denn sie sollten vollständig erhalten bleiben, bis die Schar sie auf dem Rückweg abholen konnte.

»Danke«, entfuhr es Ragmar doch noch leise. »Danke für deine Hilfe, Urok.«

Magister Garske verdrehte die Augen vor so viel Dummheit. Ragmar, dem die Fratze des Mitgefangenen verborgen blieb, sah Urok in einer Mischung aus Hoffnung und Verzweiflung an.

»Gibt es für uns eine Möglichkeit, dem Flammentod dauerhaft zu entkommen?«, fragte er.

»Sicher«, log der Ork. »Wenn du mir erklärst, was diese Bilder bedeuten.«

»Was willst du zuerst wissen?« Ragmars Angebot kam rasch, fast ein wenig überstürzt. Doch Menschen in Todesangst neigten nun mal zur Unterwerfung.

Urok wusste das für sich zu nutzen. Vorsichtig blätterte er zurück, bis zur ersten Stadtansicht. Dann hielt er Ragmar das Buch, den Zeigefinger in die Mitte gelegt, entgegen.

»Ist das Sangor?«, fragte er.

5

Im Schatten der Schwebenden Festung

Der Herzog hasste es, dass es in seinem Haus einen Raum gab, den er nicht betreten durfte, doch wer sich mit Magiern einließ, musste ihre Spielregeln befolgen.

Natürlich gab es für jeden Umstand, den sie ihren Klienten aufzwangen, eine ominöse Erklärung. Da war viel von magischen Auren die Rede, von ungestörten Energieflüssen, komplizierten Reinigungsritualen und anderem Hokuspokus. Gut die Hälfte davon diente nur dazu, den Klienten das Geld aus der Tasche zu ziehen, davon war er überzeugt.

Trotzdem wartete der Herzog geduldig vor dem großen Raum, den der Zirkel schon seit Beginn der Expedition in Beschlag nahm. Und aus dem, wie zu jeder Mittagszeit, ein vielstimmiges Brummen aus neun Kehlen drang.

Neun Kehlen, die alle bezahlt werden wollten.

Ungeduldig ging er im Flur auf und ab. Der weiße Marmor unter seinen Füßen hallte leise. Obwohl draußen brütende Hitze herrschte, war es drinnen angenehm kühl.

Des unentwegten Wanderns müde, hielt der Herzog abrupt inne und starrte durch die sanft geblähten Schleier, die den Durchgang verhängten. Die im Kreis versammelten Magier zeichneten sich dahinter nur als Schemen ab, doch er konnte deutlich erkennen, dass sie einander an den Händen hielten und sich sanft wiegten.

Angeblich half das, sich in Trance zu versetzen, vielleicht machten sie das aber auch nur, um nicht vor Lachen laut loszuprusten, weil ihr Klient einen Haufen Geld für diesen Zirkus ausgab.

Der Herzog spürte, wie seine Ungeduld in Zorn umschlug. Er stand kurz davor, seine Wachen zu rufen und die Scharlatane im Nebenraum niedermachen zu lassen – als hinter dem Schleier ein Schatten erschien und zu ihm nach draußen trat.

Kunar musste die Gefühle, die in seinem Innersten tobten, gespürt haben, denn er machte einen zerknirschten Gesichtsausdruck und gab sich äußerst unterwürfig.

Das war nicht unbedingt seine Art.

»Was ist?«, platzte es aus dem Herzog heraus, und dass der Hohe Meister daraufhin den Zeigefinger auf die Lippen legte, brachte ihn nur noch mehr auf. »Gibt es endlich etwas Neues von meinem Bruder?«

Kunar entfernte sich ein Stück von dem Durchgang, damit der Zirkel nicht mehr als nötig gestört wurde. Der Herzog erkannte in diesem Manöver das, was es in Wirklichkeit war: den Versuch, das Eingeständnis des eigenen Versagens noch ein wenig hinauszuzögern.

»Die Mittagszeit ist längst vorbei«, setzte er den Hohen Meister unter Druck. »Wenn es bisher keinen Kontakt gab, ist es für heute zu spät. Also spar dir das Getue.«

Dem alten, hageren Mann entgleisten für einen Moment die zerfurchten Gesichtszüge. Für gewöhnlich wurde ihm mehr Respekt entgegengebracht, doch der Herzog war ein mächtiger Mann, der keinen Zirkel der Stadt zu fürchten brauchte, auch wenn seine Macht verglichen mit der Gothars nur ein feuchter Furz im Wind war.

»Es ist uns immerhin gelungen, die Aura Eures Bruders aufzuspüren«, erklärte Kunar rasch, um die Wogen zu glätten. »Der Magister ist sehr aufgeregt, das war deutlich zu spüren. Aber er hat seinen Geist nicht geöffnet, deshalb konnten wir keinen Kontakt herstellen.«

»Was soll das heißen?« Der Herzog fühlte, wie seine rechte Schläfenader unangenehm zu pochen begann. »Das klingt fast so, als würde er sich weigern, Bericht zu erstatten.«

Kunar erbleichte unmerklich. »Das habe ich mit keinem Wort behauptet. Das er seinen Geist nicht öffnet, kann viele Ursachen haben. Euer Bruder …«

»… ist ein Halunke, der gern sein eigenes Süppchen kocht«, unterbrach der Herzog rüde. »Unternehmt also alles in Eurer Macht Stehende, um zu erfahren, was in Arakia vor sich geht. Unser Unternehmen steht an einem entscheidenden Punkt. König Gothar vertraut darauf, dass ich mich nicht mit Versagern abgebe. Zwingt mich also nicht, nach einem besseren Zirkel Ausschau zu halten. Ich könnte sonst auf die Idee kommen, ihn auch auf euch anzusetzen.«

Kunar ließ die Hände in den weiten Ärmeln seines dünnen Umhangs verschwinden, um den Anflug eines Zitterns zu verbergen. Seine Miene hatte er nun wieder besser im Griff, doch der Herzog verstand es, auch die leisesten Spuren von Angst zu erkennen, und im Gesicht des Magiers waren sie für ihn eindeutig zu sehen.

»Es gibt keinen Grund, an unseren Fähigkeiten zu zweifeln«, begehrte Kunar auf, verstummte aber abrupt, als ihm sein Klient mit einer herrischen Handbewegung das Wort abschnitt und ihn fortschickte.

Während sich der Magier auf leisen Sohlen davonstahl, blieb der Herzog in Gedanken versunken stehen. War es wirklich möglich, dass ihn sein Bruder hintergehen wollte? Gierig genug dafür war er, aber war er auch dermaßen dumm? Eigentlich nicht.

Trotzdem – er sollte sich gegen das Schlimmste wappnen.

Der Herzog schnippte mit den Fingern, und der kurze Laut hallte noch von den hohen Wänden wider, als ein Diener hinter einer Marmorsäule hervortrat und nahezu unhörbar auf ihn zueilte.

»Was wünscht Ihr, Herr?«, bot er sich unterwürfig an.

»Begib dich rasch ins Quartier der Legion«, verlangte der Herzog. »Schaff mir Todbringer herbei, und zwar so schnell wie möglich.«

Todbringer. Allein die Nennung des Namens ließ den Diener leicht zusammenfahren. Doch obwohl er sich fürchtete, die gewünschte Person herbeizuzitieren, wagte er nicht den geringsten Widerspruch, sondern nickte nur eilfertig und stahl sich davon.

Beide Hände in die Hüften gestemmt, sah ihm der Herzog nach.

Mit dem, was als Nächstes anstand, durfte er keinen Diener beauftragen. Das musste er schon selber erledigen.

Nachdenklich rieb er über das am Morgen rasierte Kinn, das schon wieder einen dunklen Schatten aufwies, und machte sich dann auf den Weg.

Hinauf in die Schwebende Festung. Zu König Gothar. Das Schicksal Arakias besiegeln.

Über den Dächern

Die Stimmung im Basar war gekippt. Um das zu erkennen, genügte ein kurzer Blick in die Gasse. Überall standen Händler vor ihren Geschäften und reckten neugierig die Hälse, dabei konnte sich der Tod der Schädelreiter noch gar nicht bis zu ihnen herumgesprochen haben.

»Schneller!«, trieb Benir seine Gefährtin an, obwohl sie ihm ein gutes Stück vorauseilte. »Ich fürchte, da ist etwas Größeres im Gange.«

Erbostes Geschrei aus einem gegenüberliegenden Innenhof bestätigte die Vermutung. Gleich darauf erklang entsetztes Kreischen. Benir kannte die Tonlage. So schrie eine Frau, die mit ansehen musste, wie ihrem Liebsten oder dem eigenen Kind Gewalt angetan wurde.

Nera setzte gerade zu einem Sprung auf ein tiefer gelegenes Dach an. Obwohl die Frucht ihres Leibes schon kräftig angewachsen war, wirkte Nera von hinten so schlank und grazil wie eh und je. Geschickt stieß sie sich mit dem rechten Fuß von der steinernen Umfassung ab und überwand die unter ihr klaffende Häuserschlucht mit einem kräftigen Satz.

Zunächst verlief die Sprungbahn ganz normal. Erst oberhalb des gegenüberliegenden Dachs, als sie plötzlich, wie von unsichtbaren Händen gehalten, mitten in der Luft verharrte, um dann ganz langsam abzusinken, wurde deutlich, dass sie den Atem des Himmels nutzte, um sich und das Ungeborene zu schonen.

Benir folgte ihr auf gleiche Weise.

Lautlos kam er neben Nera auf, langte nach ihrem Arm und eilte mit ihr weiter. Ein aufgemauerter, von einer zwiebelförmigen Spitze gekrönter Treppenaufgang lockte mit seinem Schutz, doch Benir rüttelte vergeblich an der eisernen Tür.

Verschlossen. Natürlich.

Doch sie mussten von den Dächern verschwinden. Wegen des ganzen Lärms war es nur noch eine Frage der Zeit, bis die ersten Lichtbringer nach dem Rechten sahen.

Gemeinsam suchten sie den Himmel ab, ohne etwas Verdächtiges zu entdecken.

»Zur Vorderfront«, flüsterte Nera, ebenso begierig darauf wie er zu erfahren, was im Basar vor sich ging.

Als sie näher kamen, flatterte ein Möwenpärchen in die Höhe, der eine Vogel noch einen schwarzölig glänzenden Fisch im Schnabel, den die Tiere gerade hatten verspeisen wollen. Beide Vögel verspritzten dünnflüssige Kotladungen, weil sie sich bei ihrer Mahlzeit gestört fühlten. Sie zielten dabei nicht schlecht, doch Benir antwortete mit einem kräftigen Atemstoß.

Nur ein kurzes Keuchen, das war alles, was seiner Kehle entfuhr. Trotzdem wurden die Möwen zurückgeschleudert wie von einer unsichtbaren Faust getroffen. Erschrocken ließ die eine den Fisch fallen, und beide suchten kreischend das Weite. Ihre weißen Kotstränge wurden abrupt abgelenkt. Statt auf Nera oder Benir niederzugehen, regneten sie in die Gasse.

»Ganz schön gemein«, tadelte Nera lächelnd.

»Selbst schuld.« Benir zuckte mit den Schultern. »Die wollten uns anscheißen.«

An der Fassade angelangt, mieden sie den Stammplatz der Möwen, unter dem sich stinkende Gräten, Flossen- und Schuppenreste auftürmten. Als sie sich ein Stück davon entfernt niederließen, wurde mit einem Mal deutlich, wie sehr Nera die Flucht anstrengte. Schnaufend legte sie eine Hand auf die sanfte Rundung ihres Bauchs und ging umständlich in die Knie.

In direktem Kontakt mit dem Boden, ohne den Atem des Himmels, erging es ihr wie jeder anderen schwangeren Frau. Das zusätzliche Gewicht und die ungewohnte Körperform raubten ihr die Geschmeidigkeit, mit der sie sich normalerweise fortbewegte.

Während sie noch nach einer bequemen Position suchte, spähte Benir bereits vorsichtig in die Tiefe.

Das Erste, was ihm auffiel, war der frisch glänzende Möwenkot, der die Auslage eines Tuchhändlers verunreinigte. Trotz der weiß besprenkelten Tücher war kein einziges Augenpaar in die Höhe gerichtet. Wenn es denn etwas gab, an das sich die Einwohner der weißen Stadt noch mehr gewöhnt hatten als an den Anblick schwebender Lichtbringer, dann an die ätzenden Gaben, die Möwen und Seereiher von Zeit zu Zeit in Richtung Erde sandten. Angesichts des Aufmarschs von Schädelreitern, der mittlerweile durch die Gassen drängte, hätte aber auch niemand aufgeschaut, hätte ihn ein Spritzer mitten auf die Glatze getroffen.

»Was hat das alles zu bedeuten?«, hauchte Nera, denn das Bild, das der Basar bot, hatte sich binnen kürzester Zeit radikal gewandelt.

Immer mehr Schädelreiter strömten in der Gasse zusammen und drängten rücksichtslos an den Händlern und ihren Kunden vorbei. Der Platz war plötzlich so eng, dass Waren umgeworfen oder von den Auslagen gestoßen wurden. Dem Lärm aus den benachbarten Gassen nach ging es dort nicht viel ruhiger zu. Dennoch hörte man aus dem zwei Eingänge entfernt liegenden Atrium weiterhin das Klatschen harter Schläge sowie eine aufgeregte Frauenstimme, die verzweifelt rief: »Lasst ihn doch in Ruhe! Er hat nichts Böses getan!«

Wer auch immer dort drüben ins Visier von Gothars Schergen geraten war, ihm wurde verdammt übel mitgespielt.

»Die beiden Schädelreiter vor meinem Versteck…« Nera unterbrach sich kurz, um tief Luft zu holen, bevor sie fortfuhr: »Die haben da nicht grundlos herumgeschnüffelt. Das war ein Suchtrupp von vielen.«

Benir antwortete nicht. Seine Gefährtin wusste auch so, dass ihre Vermutung stimmte. Schweigend schirmte er seine Augen gegen die Sonne ab und spähte zur Festung empor. Vergeblich suchte er nach weißen, sich rasch vergrößernden Punkten. Noch war nichts dergleichen zu entdecken, aber es konnte nicht mehr lange dauern, bis der Maar seine Lichtbringer aussandte.

»Die haben das ganze Viertel abgeriegelt.«

Benir nickte. Mehr für sich selbst, als um ihre Worte zu bestätigen.

Fieberhaft suchte er nach einem Ausweg. Sie mussten hinunter von den Dächern, so viel stand fest. Angesichts der unter ihnen zusammengezogenen Truppen wäre es jedoch Wahnsinn gewesen, durch die Straßen zu fliehen. Also blieb nur ein einziger Weg…

Das schrille Wehklagen aus der Nachbarschaft verstummte abrupt, und so nahmen sie erstmals ein Geräusch wahr, das an eine schwere, über schroffen Felsen ausrollende Brandung erinnerte. Es lag auch etwas Metallisches in dem Grollen, als würde Eisen gegen Eisen schlagen. Von allen Seiten rückte das dumpfe Scheppern näher.

Benir fühlte Übelkeit in sich aufsteigen.

Gepanzerte! Sie riegelten das Viertel ab.

Seine Rechte fuhr von allein unter den ledernen Umhang, um nach einer der schmalen Schlaufentaschen zu tasten, die sich an seinem Leibgurt wie Perlen an einer Schnur aufreihten. Gleich darauf hielt er einen sorgfältig verschnürten Lederbeutel in der Hand, der getrocknete Dornbeeren enthielt.

»Hast du Schmerzen?«, fragte Nera überrascht.

»Nein, eine Idee.« Ohne weitere Erklärungen eilte er zur Rückseite des Gebäudes. Dort gab es keinen Innenhof, sondern eine schmale Gasse, die Wasserknechten und anderen Dienstburschen als Zugang diente. Benir brauchte eine Weile, bis er ein Kellerfenster entdeckte, das nahe einem Abflussgitter lag.

Na also. In dieser Stadt sah doch eine Ecke wie die andere aus.

Zufrieden schnürte er den doppelwandig genähten Beutel auf, dem sofort ein betäubender Geruch entströmte. Elfen schätzten Dornbeeren vor allem wegen ihrer Heilkraft. Auf der Haut verrieben, halfen sie gegen Prellungen und Verspannungen aller Art. Menschen und Tiere hingegen gierten vor allem nach der berauschenden Wirkung, die sich beim Zerkauen einstellte.

Benir sog den Atem des Himmels in die Lungen, schüttete die kleinen, dunkelroten Beeren in seine offene Hand und blies vorsichtig darüber. Erneut entfaltete die Magie der vier Winde ihre erstaunliche Wirkung. Das Aroma in seinen Händen schwoll um ein Vielfaches an, bis es so intensiv wurde, dass er Schwindel in sich aufsteigen spürte. Doch ehe ihm die betäubenden Schwaden alle Sinne vernebeln konnten, verflüchtigten sie sich wieder, breiteten sich aber dafür rasend schnell in alle Richtungen aus.

Aufgeregtes Möwengeschrei ließ ahnen, wie schnell die ersten Vögel darauf aufmerksam wurden. Rasch streute er die getrockneten Beeren aus und kehrte zu Nera zurück.

Das beleidigte Möwenpärchen, dem sie den Futterplatz verleidet hatten, segelte als Erstes heran und tauchte mit einer eleganten Wendung in der Gasse ab.

Weitere Vögel folgten.

Hinter den Zinnen verborgen, lauschte Nera angestrengt in die Tiefe. »Es ist keiner von uns«, informierte sie ihn, als er sich neben sie hockte. Einige abgerissene Wortfetzen, die herüberwehten, bestätigten ihre Einschätzung.

»Ihr Idioten! Hat die Welt schon jemals einen Elfen mit Sommersprossen gesehen? Und der Leib dieses fetten Weibes ist auch nicht durch ein Kind aufgebläht!«

Die wütende Antwort der so Beleidigten ging im stetig lauter werdenden Scheppern der Gepanzerten unter. Es wurde Zeit, das Weite zu suchen.

Benir half seiner Gefährtin in die Höhe und floh mit ihr in den Schatten des Treppenaufgangs. Während er sie dort in seinen Plan einweihte, wurden mehr und mehr Vögel vom starken Duft der Dornbeeren angelockt. In immer größerer Zahl sammelten sie sich über ihren Köpfen. Sie kreisten nur kurz in der Luft, um sich zu orientieren, dann ging es im Sturzflug hinab, voller Hoffnung, noch einen der Leckerbissen zu erhaschen, nach denen sich bereits so viele andere drängten.

»Da sind sie!«, unterbrach Nera seine Ausführungen. »Wir müssen fort von hier.« Furchtsam deutete sie zur Festung hinauf, von deren Türmen sich die ersten weißen Punkte lösten.

Obwohl die Lichtbringer rasch Konturen annahmen, warteten Benir und Nera ab, bis ein neues Dutzend Möwen über ihren Köpfen kreiste. Durch das Gefieder halbwegs gedeckt, eilten beide zur Dachkante.

Bis dahin verlief alles nach Plan, trotzdem hatten sie den richtigen Zeitpunkt verpasst. Das gierige Federvieh hielt sich nicht lange genug über ihnen auf, sondern stürzte bereits in engen Formationen hinab in die Gasse.

Damit war ihre Deckung weg. Ein kurzer Blick über die Schulter genügte, um ihre schlimmsten Befürchtungen zu bestätigen. Einer der rasch größer werdenden Lichtbringer änderte gerade seinen Kurs und hielt direkt auf sie zu. Nun musste alles sehr schnell gehen.

»Halt dich fest«, befahl Benir. »Ich trage uns alle drei.«

Seine Gefährtin fügte sich ohne Widerspruch. Sie hatten keine Zeit zu streiten, außerdem war er im Moment tatsächlich beweglicher.

Sobald Benir ihre Arme um seinen Hals spürte, nahm er Nera bei der Hüfte und sprang mit ihr ins Leere. Zwei Stockwerke lang rauschten sie wie ein Stein in die Tiefe. Die Hundertschaft Möwen, die den Grund der Gasse bevölkerte, geriet in Panik, als sie den starken Luftzug spürte. Aus Furcht, gleich zerquetscht zu werden, schreckten alle in die Höhe.

Genau das hatte Benir erwartet.

In dichten Schwärmen stiegen die Vögel dem Himmel entgegen, während er seinen Fall so weit abbremste, dass er mit Nera sanft und sicher aufsetzen konnte.

Noch ehe sie festen Boden unter den Sohlen spürten, lösten sich die beiden voneinander. Rings um sie herum regneten weiße Tropfen nieder. Ausgeschieden, weil sich die aufgeregten Möwen gegenseitig im Aufstieg behinderten.

Während Nera zum nächsten der halbbogenförmigen Kellerfenster rannte, beugte sich Benir über das Abflussgitter, das vor ihm im Pflaster ruhte. Er spannte alle Muskeln an, um es mit einem kräftigen Ruck in die Höhe zu reißen. Dabei wäre diese Anstrengung überhaupt nicht nötig gewesen, denn weder Rost noch Schlamm verklebten das Eisen mit der steinernen Einfassung, vermutlich, weil die Wasserknechte an dieser Stelle regelmäßig ein- und ausstiegen, um den Kanal von Unrat und Verstopfungen zu reinigen.

Benir atmete erleichtert auf.

Das dunkle Loch, das vor ihm im Boden gähnte, bot bequem Platz für zwei Erwachsene. Soweit er überblicken konnte, ging es unter dem Pflaster in angemessener Höhe weiter. Links und rechts des Kanals gab es sogar gemauerte Kanten, damit die Wasserknechte ihrer Arbeit trockenen Fußes nachgehen konnten. Der aufsteigende Geruch biss unangenehm in der Nase, aber das Rauschen der Richtung Hafen strömenden Abwässer kündete von Freiheit.

Nera zertrümmerte ein verschnörkeltes Holzgitter mit zwei kräftigen Fußtritten und schuf ein Loch, groß genug, dass ein in Panik fliehendes Pärchen hindurchschlüpfen konnte.

»Das genügt.« Hektisch winkte er sie zu sich. »Schnell. Der Lichtbringer ist gleich hier.«

Zwei laute Schläge, die die ganze Gasse zu erschüttern schienen, mahnten noch drängender zur Eile. Ihr Häscher setzte sein Lichtschwert ein, um sich freie Bahn zu schaffen. Bei jedem Knall, der in die mehrfach gestaffelte Decke aus aneinanderdrängenden und schlagenden Flügeln fuhr, blitzte es gleißend hell auf. Das Lärmen der Möwen schwoll zu einem ohrenbetäubenden Getöse an, während in ihrer Mitte ein Gemisch aus Blut, Federn und Eingeweiden nach allen Seiten spritzte.

Blind vor Panik behinderten sich die Vögel noch stärker im Aufstieg. Kurz darauf zischte eine weitere Lichtkugel heran.

Einige Möwen hatten Glück, ihnen wurden nur die Flügel gestutzt. Doch schon wenige Handbreit tiefer erfasste die gleißende Sphäre einen der weiß gefiederten Leiber, und das getroffene Tier wurde von der wabernden Lichtmasse vollständig umschlossen.

Vergeblich mühte es sich zu fliehen. Doch alles Flügelschlagen nutzte nichts, es kam einfach nicht mehr von der Stelle. Gleichzeitig veränderte sich sein zitternder Körper auf unheimliche Weise.

Trotz des pulsierenden Lichts, das die Möwe gänzlich umhüllte, war deutlich zu sehen, dass sie größer und größer wurde. Immer stärker wuchs sie an, bis ihr unnatürlich aufgeblähter Leib mit einem dumpfen Laut zerplatzte.

Zu spät, dachte Benir.

Trotzdem packte er Nera unter den Achseln und ließ sie vorsichtig in die Tiefe hinab. Falls sie der Lichtbringer dabei beobachtete, war alle Mühe umsonst gewesen.

Ein Blick zum Himmel ließ Benir jedoch erleichtert aufatmen. Das Lichtschwert hatte zwar eine Bresche in die Wogen der Vogelleiber geschlagen, dafür war die Luft aber mit umherwirbelnden Federn gefüllt.

Eingehüllt wie in ein dichtes Schneegestöber zwängte sich Benir in die Bodenöffnung. Einige in die Wand eingelassene Metallstiegen gaben ihm Halt, während er das Gitter über den Einstieg zerrte. Von einem dichten, blutig verschmierten Vorhang gedeckt, rutschte der rostige Stahl in die vorgesehene Einfassung.

Benir kletterte tiefer, bis die Stiegen endeten und er unversehens bis zu den Knien in übel riechendem Brackwasser versank. Nera erwartete ihn bereits. Sie lachte leise, obwohl sie sich hier unten genauso ekeln musste wie er. Mit ihrer Hilfe gelangte Benir auf den schmalen Seitenstieg, der gerade breit genug war, um ihn entlangzulaufen.

Beide hörten noch, wie der Lichtbringer über ihnen auf dem Pflaster landete. Statt ihnen zu folgen, wandte er sich dem eingetretenen Fenster zu. Noch während der dahinter liegende Kellerraum unter den Einschlägen seines Lichtschwerts erbebte, ließen sie die ersten Straßenlängen hinter sich.

Und sie liefen weiter.

Weiter und weiter.

Einer ungewissen Zukunft entgegen.

In der Blutschlucht

»Meine Familie ist arm, deshalb ging ich nach Sangor, um mein Glück zu machen. Aber mit meinem Talent ist dort nur schwer Geld zu verdienen.«

Seit sie den Abstand zur übrigen Schar vergrößert hatten, holte Ragmar kaum noch Luft zwischen den Sätzen. Solange er die eigene Stimme hörte, vergaß er wohl seine Angst, anders war sein Redeschwall nicht zu erklären.

»Orgur hat mich immer unterstützt, aber er wurde allmählich zu alt, um sich als Söldner zu verdingen. Wir wollten zurück ins Grenzland, zu unseren Familien, doch wir konnten nicht mit leeren Händen heimkehren. Da hörten wir von der Expedition nach Arakia und dass noch Söldner und ein Chronist gesucht wurden. Wir dachten, das wäre die einmalige Gelegenheit, unsere Taschen mit Gold zu füllen. Die Bezahlung klang gut, und es gab sogar ein Handgeld. Das ist sehr ungewöhnlich.«

In der darauffolgenden Pause wurde das Hämmern eines Spechts laut, und während sie langsam ein hohes Farnfeld durchquerten, machten weitere Vögel auf sich aufmerksam.

Urok genoss die Ruhe, bis ihm aufging, dass der Hellhäuter nur schwieg, weil er eine Reaktion auf seine Geschichte erwartete.

»Wie viel es auch immer war, sie haben euch zu wenig gezahlt.« Der Ork sah keinen Grund, die Lage zu beschönigen. »Ihr seid in den sicheren Tod gezogen, das wiegt kein Sold der Welt auf.«

»Wir wussten, dass es gefährlich wird«, gestand Ragmar niedergeschlagen ein. »Aber wir haben uns eine Chance ausgerechnet. Schließlich hat uns der Bruder des Herzogs begleitet. Wir dachten, der Magister weiß schon, was er tut. Uns ging erst viel zu spät auf, dass er ein notorischer Geizhals ist und nicht mal dazu bereit war, eine anständige Mannschaft auszurüsten.«

Ragmar sah zu Garske, der sich nicht an der Unterhaltung beteiligte. Für einen Fluchtversuch in der vergangenen Nacht hatte ihm Urok zwei Finger der rechten Hand gebrochen. Seitdem gab sich der Magister nicht nur stumm, sondern auch noch beleidigt. Er wich allen Blicken aus, verzichtete auf jede Form der Körperpflege und lief schon wieder mit durchnässter Hose herum.

Der Geruch, den er verströmte, war mittlerweile der übrigen Schar zuwider. Deshalb mussten die Gefangenen Abstand halten.

Urok war das nur recht. Auf diese Weise konnte er Ragmar ungestört befragen. Obwohl für ihn längst nicht alles, was der Zeichner erzählte, wirklich von Interesse war.

»Der Magister hat sich vergangenen Sommer entlang der Schwarzen Marschen herumgetrieben«, fuhr Ragmar ungefragt fort. »Er kennt sich in der Schmiedekunst aus. Und weil er in einem der Marschzuflüsse die Spuren eines besonders reinen Erzes fand, wurde zu Raams vollem Nachtauge eine Expedition ausgerüstet. Wir brauchten immer nur stromaufwärts zu ziehen und eine frei gespülte Ader zu suchen, das war schon alles. Meist sind wir nachts marschiert und haben uns tagsüber versteckt. Das hat gut geklappt, bis wir mit dem Abbau begannen. Dem Magister ging alles nicht schnell genug, deshalb mussten wir …«

»Verräter!«, kreischte Garske unversehens. »Glaubst du vielleicht, du rettest deine Haut, indem du deine Herren schlechtmachst? Dafür wirst du büßen, du Ketzer, und wenn nicht mehr in diesem, dann auf jeden Fall im nächsten Leben. Wenn mein Bruder, der Herzog, erst einmal über Arakia herrscht, wird er dafür sorgen …«

Das grelle Gekeife schmerzte Urok in den Ohren. Mit drei großen Schritten war er bei dem Schreihals, packte ihn bei den fettigen Haaren und riss ihm den Kopf in den Nacken.

»Zunge raus!«, forderte er. »Sofort.«

Garskes Augen weiteten sich vor Schreck. Statt den Mund zu öffnen, presste er Ober- und Unterlippe so fest zusammen, dass sie zu einem blutleeren Strich verschmolzen.

»Lass ihn doch«, bat Ragmar aus dem Hintergrund. »Der Kerl ist verrückt geworden, siehst du das nicht?«

»Vielleicht spielt er nur den Verrückten.« Urok versuchte dem Zappelnden in die Augen zu sehen, doch Garske warf den Kopf immer wieder zur Seite und stieß wimmernde Laute aus. Schließlich ließ der Ork von ihm ab und wischte sich die Hand, die das Haar berührt hatte, an der ledernen Hose ab.

»Kein Wort mehr«, verlangte er, »oder ich reiß dir die Zunge wirklich heraus.«

Die Drohung wirkte. Von nun an hielt Garske den Blick gesenkt und trottete schweigend seines Weges. Er reagierte nicht mehr auf das, was die anderen sagten, selbst als Urok fragte: »Was meinte er damit, dass der Herzog bald herrschen wird?«

Ragmar wurde rot im Gesicht, zuckte aber mit den Schultern und antwortete verlegen: »Keine Ahnung. Vielleicht glaubt er an eine Rettung im letzten Augenblick. Der Herzog geht in der Schwebenden Festung ein und aus. Sicher verfügt er über eine starke Magie.«

»Magie?« Urok schnaufte verächtlich. »Was ist das?«

Ragmar hielt verblüfft inne. »Na, Zauberei halt. Davon hat doch jeder schon gehört. Von unerklärlichen Kräften und dunklen Zaubern, die nur von Eingeweihten beherrscht werden. Sicher gibt es auch Geister und Dämonen, die ihr Orks fürchtet.«

Urok spürte einen bitteren Geschmack im Mund.

»Ich glaube nicht an Magie«, sagte er, kurz vor dem Ausspucken. »Nur an das, was ich mit meiner Axt spalten und verletzen kann. Was blutet, lässt sich auch töten. Und bisher hat noch alles geblutet, was ich mit der Axt getroffen habe.«

Ragmar wollte etwas darauf erwidern, doch da tauchte Grimpe am Waldrand auf. Der Vertraute des Ersten Streiters bedeutete den dreien mit deutlichen Zeichen, dass sie zu weit zurücklagen und schnellstens aufschließen sollten. Urok trieb seine Gefangenen daraufhin so sehr zur Eile an, dass Ragmar die Luft zum Sprechen fehlte.

Zum ersten Mal an diesem Morgen schwieg er für eine Weile.

Später, als sie im Schatten einiger Bäume rasteten, robbte Ragmar, nun mit engen Fesseln versehen, dicht an seinen Bewacher heran und fragte mit gedämpfter Stimme: »Garske und ich sollen heute Abend auf dem Scheiterhaufen enden, nicht wahr?«

Urok sah von dem Buch auf, in dem er bei jeder sich bietenden Gelegenheit blätterte. Er wusste selbst nicht warum, aber aus irgendeinem Grund fühlte er sich von Ragmars Worten unangenehm berührt.

»Das weißt du doch«, antwortete er unwirsch.

»Ihr nennt das aber nicht verbrennen, sondern *jemanden dem Blut der Erde übergeben*, richtig?«

»Ja, genau.« Urok hatte plötzlich ein Summen im Ohr. Verärgert hielt er nach einem lästigen Flügelpaar Ausschau, bis er entdeckte, dass das Geräusch nicht von einem Insekt herrührte, sondern aus Garskes Kehle kam.

Trotz seiner Fesseln hatte es der Magister geschafft, sich mit untergeschlagenen Beinen vor den rissigen Stamm eines Nussbaums zu setzen. Die Augen geschlossen, wiegte er den Oberkörper langsam vor und zurück, als hätte er höllische Schmerzen. Seiner Kehle entströmte dabei ein vibrierender Ton, der dem Summen einer Stechmücke ähnelte.

Urok war froh, den Kerl bald los zu sein.

Bei Ragmar sah das anders aus.

»Ich meine, Feuer und Blut, das sind doch zwei völlig unterschiedliche Elemente«, brachte sich der Zeichner in Erinnerung. »Das verstehe ich nicht.«

Urok hatte sich nie Gedanken darüber gemacht, warum Hellhäuter, die Arakia betraten, brennen mussten. Es war eben so, schon seit Vurans Zeiten. Außerdem war es um die Menschen nicht weiter schade.

Aber das stimmte nicht ganz. Denn um Ragmar war es ganz eindeutig schade. Dieser Gedanke mochte blasphemisch sein, doch er ging Urok nicht mehr aus dem Kopf. Ragmar hatte eine Begabung, die den Ork innerlich in Aufruhr versetzte. So eine Person war doch mindestens genauso wichtig wie die Händler, für die es ebenfalls Ausnahmen gab.

Ragmar besaß vielleicht keine Waren, die er tauschen konnte, aber seine Bilder ließen Menschen und Orks in fremde Gefilde blicken. Das hielt Urok für ein wundervolles Talent.

»Es geht nicht um das Blut von Menschen oder Tieren«, erklärte er, um sich von seinen trüben Gedanken abzulenken, »sondern um das Blut der Erde. Wärst du ein Ork, wüsstest du, dass das Blut der Erde so heiß wie Feuer brennt.«

Ragmar schüttelte verständnislos den Kopf. »Dass die Erde bluten soll, habe ich noch nie gehört. Und du behauptest, du glaubst nicht an Magie.«

Garskes kehliger Gesang schwoll weiter an. Zwei Steinwürfe entfernt, wo die anderen lagerten, reckten die ersten Scharmitglieder die Hälse.

Urok griff nach einer schimmligen Kastanie, die neben ihm im Gras lag, und warf sie dem Magister zielsicher an den Kopf. Dort, wo sie von der Stirn prallte, hinterließ sie einen schmutzigen Abdruck.

Der Treffer zeigte umgehend Wirkung. Garske verstummte, ließ sich aber sonst nicht weiter beirren. Wie völlig weggetreten schwankte er weiter vor und zurück.

»Sein Geist ist fiebrig.« Urok empfand Verachtung für diesen Mann, der so viele andere ins Verderben geführt hatte.

»Ja«, bestätigte Ragmar. »Allerdings hatte er diese Art von Anfällen schon häufiger. Meistens zur Mittagszeit, wenn die Sonne am höchsten steht, so wie jetzt.«

Urok schreckte alarmiert auf. Garskes Verhalten kam ihm plötzlich nicht mehr irre, sondern sehr gezielt vor, und das gefiel ihm nicht.

Er sprang auf, eilte mit großen, raumgreifenden Schritten zu dem Magister, packte ihn an der Schulter und riss ihn zu Boden. »Du!«, faucht er ihn an. »Hör auf mit dem, was du da machst, was auch immer es ist.«

Wegen der Fesseln an Händen und Füßen war Garske nicht in der Lage, den Sturz abzufangen, doch obwohl er mit dem Gesicht voran in einem dornigen Busch landete, lachte er auf. Es war ein triumphierendes, kein irres Kichern, und seine Augen glänzten voll böser Intelligenz.

»Es ist zu spät«, fauchte er in die Höhe. »Mein Bruder, der Herzog, weiß jetzt über alles Bescheid.«

Eine der Dornen hatte ihm die Stirn aufgerissen. Die lange, hauchdünne Wunde blutete stark. Doch obwohl ihn ein unablässiger roter Strom besudelte, reckte er das Kinn herausfordernd in die Höhe.

Urok trat dem Kerl in den Magen, um ihm das Lachen aus dem Gesicht zu wischen. Das Vorhaben gelang voll und ganz. Heulend wälzte sich Garske am Boden.

Ragmar rutschte hastig davon, als Urok auf seinen Platz zurückkehrte. Seine Angst war unbegründet. Ihm hätte der Ork nie den Magen bis ins Rückgrat getreten.

»Was ist los mit dir?« Ragmar wusste nicht recht, ob er wieder näher rücken sollte. »Du warst doch bisher so friedlich.«

»Daran bist du schuld«, entgegnete Urok schroff. »Dein Gerede über Magie hat mich verwirrt.«

»Das verstehe ich nicht. Du glaubst doch selbst an Zauberei. Daran, dass die Erde bluten kann.«

»Das hat nichts mit Magie zu tun«, ereiferte sich Urok laut. »Die Erde ist ebenso von Adern durchzogen wie jede Pflanze, jeder Ork und jeder Mensch. Doch im Unterschied zu uns ist ihr Blut glühend heiß, ich habe die Hitze selbst gespürt.«

Ragmars Miene hellte sich auf. »Moment mal!«, rief er. »Ich glaube, ich weiß jetzt, wovon du redest. Binde mir die Hände frei – ich muss dir etwas zeigen!«

»Ich soll *was*?«, fragte Urok erstaunt.

»Binde mir die Hände los und gib mir das Buch!«, forderte Ragmar aufgeregt.

Urok schaute nach dem Rest der Schar, aber niemand der anderen Orks schien sich mehr für ihn und die beiden Gefangenen zu interessieren. Also zog er sein Messer und durchtrennte die Fesseln, die um Ragmars Handgelenke lagen.

»Versuch keine Tricks«, warnte er den Menschen, »sonst werde ich dir nicht nur zwei Finger, sondern beide Hände brechen, dann brauchst du keine Fesseln mehr!«

»Das ist kein Trick, ich schwör's«, versprach Ragmar hastig und blätterte bereits in seinem Buch. Bei der Zeichnung des Horts hielt er inne. Urok erschrak, als ihm Ragmar die Seite hinhielt.

»Hier, das ist ein offener Glutstrom, den ich im Grenzgebiet gesehen habe«, erklärte der Hellhäuter stolz. »Das ist gemeint, wenn ihr vom *Blut der Erde* sprecht, nicht wahr? Ihr glaubt an die Macht der Lava, die von Zeit zu Zeit aus den Bergen hervortritt!«

Urok riss das Buch an sich und steckte es unter seinen Lederharnisch, um Ragmars Redefluss zu stoppen, bevor er eine Verbindung zum Blutstahl ziehen konnte. In diesem Fall hätte er den vorlauten Kerl sofort töten müssen. Und das hätte Urok – er gestand sich das zum ersten Mal selbst ein – wirklich leidgetan.

»Halt den Mund«, zischte er wütend. »Wenn dich die anderen so reden hören, wirst du noch darum betteln, bei lebendigem Leib verbrannt zu werden.«

Was war bloß los mit ihm? Der Gedanke, Ragmar in den Flammen zu sehen, bereitete ihm überhaupt keine Freude. Dabei war dieser Kerl nur ein Mensch, kein Ork.

Ragmar schwieg eine Weile, bevor er zur nächsten Frage ansetzte. Zuerst brachte er nur ein Krächzen zustande, doch nachdem er sich geräuspert hatte, fand er die Stimme wieder. »Gibt es denn gar keine Möglichkeit, dem Flammentod zu entgehen?«

»Nein«, brummte Urok verstimmt. »Euer Schicksal ist beschlossen.«

»Und rührt es niemanden von euch, wenn die Brennenden schreien? Nicht mal dich?«

Urok spürte einen feinen Schweißfilm auf der Stirn. Was sollte er Ragmar darauf antworten? Dass der Vorschlag, den er Tabor unterbreitet hatte, nur klappte, wenn die Gefangenen so laut vor Schmerz und Qual kreischten, dass der gesamte Madak-Clan aus seinen Hütten stürmte?

»Du musst stark sein«, riet er, obwohl das seinen Plänen zuwiderlief. Urok hatte plötzlich den Eindruck, nicht mehr selbst zu sprechen, sondern neben sich zu stehen und einem Fremden zuzuhören. »Vuran liebt nur die Starken, die dem Schmerz trotzen. Je lauter du schreist, desto mehr benötigst du die reinigende Kraft des Feuers, damit aus dir kein Friedloser wird, der den Frostgiganten dient. Schweigst du dagegen und erträgst die Schmerzen wie ein Krieger, hast du dir den Tod durch den Stahl verdient und kannst im Blut der Erde aufgehen.«

»Das ist dein Rat?« Ragmar erschauerte. »Meine Qual still zu erdulden auf die vage Hoffnung hin, dass mir jemand ein schnelles Ende bereitet?«

»Das ist der einzige Rat, den ich dir geben kann.« Urok zuckte mit den mächtigen Schultern. »Verhalte dich wie ein Krieger, damit du dich des Stahls als würdig erweist.«

Ragmar war alles Blut aus dem Gesicht gewichen, trotzdem versuchte er die Fassung zu waren. »Danke«, brachte er mühsam hervor. »Das klingt zwar alles sehr schrecklich, aber jetzt weiß ich wenigstens, dass du ehrlich zu mir bist. Du behandelst mich anders als die Übrigen deiner Schar, weil dir meine Bilder gefallen. Ich weiß, das räumt mir keine Sonderrechte ein, aber ich möchte dich trotzdem um etwas bitten.«

Urok sah den Menschen traurig an. »Ich kann dich nicht laufen lassen, selbst wenn ich wollte.«

»Das weiß ich«, versicherte Ragmar hastig. »Darum geht es auch nicht, sondern um etwas ganz anderes. Erinnerst du dich an das Handgeld, von dem ich dir erzählt habe? Den Vorschuss, den sie Orgur und mir bezahlt haben?«

»Es war zu wenig«, wiederholte Urok müde. »Ganz egal, wie viel sie euch gegeben haben. Außerdem bedeuten mir eure Münzen nichts.«

Ragmar lächelte. Zum ersten Mal seit dem Tod seines Oheims. »Ich weiß, dass du dir nichts aus unserem Geld machst.« Vorsichtig spähte er nach allen Seiten, bevor er sein Leinenhemd öffnete. »Gerade deshalb möchte ich dir etwas vorschlagen.«

Unter seinem Kragen wurde ein dünnes Band sichtbar. Als er es hervorzog, kam ein Lederbeutel zum Vorschein, den er vor der Brust getragen hatte.

»Hier ist alles drin, was Orgur und ich gespart haben. Unsere Familien könnten damit zwei Winter gut über die Runden kommen. Vielleicht sogar länger, wenn sie gutes Saatgut kaufen und das Wetter einigermaßen mitspielt.«

Urok spürte eine Welle des Unmuts in sich aufsteigen, weil die

Schar vergessen hatte, Ragmar zu durchsuchen. Als der erste Zorn abgeklungen war, ging ihm allerdings auf, dass niemand den Zeichner angerührt hatte, weil ihn alle für *seinen* Gefangenen hielten, doch da Urok kein Anteil an der Beute zustand, hatte er Ragmar ebenfalls nicht durchsucht.

Tabors Entscheidung hatte für eine Menge Durcheinander gesorgt. Der Kerl hatte das Amt des Ersten Streiters wirklich nicht verdient. Uroks Verdruss über den Scharführer war so groß, dass er völlig überhörte, was ihm Ragmar zuflüsterte.

»Und? Machst du es?«, fragte der Gefangene, als die Antwort zu lange auf sich warten ließ.

»Was?«, fragte Urok misstrauisch.

Ragmar verzog das Gesicht, bevor er wiederholte: »Bringst du meiner Familie den Beutel, damit mein Tod nicht völlig vergebens ist?« Diesmal sprach er lauter.

Uroks buschige Augenbrauen rückten über der Nasenwurzel zusammen. »Diesen Beutel mit den Münzen überbringen?« Er verstand nicht, was der Mensch von ihm wollte. »Warum sollte ich das tun?«

»Es soll nicht umsonst sein«, versicherte Ragmar eilig. »Ich weiß, dass du dich für Speichenräder interessierst. Sie sind beweglicher als herkömmliche Räder und bewältigen selbst schwierigstes Gelände. Ich kann dir aufzeichnen, wie sie konstruiert sind, wie sie gemacht werden. Schritt für Schritt. Ich male dir alles so detailliert auf, dass du der erste Ork bist, der eins nachbauen kann.«

Urok spürte, wie sich sein Herzschlag beschleunigte.

»Was genau willst du dafür?«, fragte er.

»Ich bitte dich nur, diesen Beutel nach meinem Tod zu überbringen.« Die Münzen klimperten leise, als Ragmar versuchte, sie dem Ork zu übergeben. Doch die großen Hände, in die er sie drücken wollte, blieben verschlossen. »Meine Familie ist ganz leicht zu finden«, beschwor er Urok. »Sie bewohnen den größten Wehrhof unterhalb von Grimmstein. Mein Vater …, sein Name ist Arnur, und er ist der Bauer des Wehrhofs.«

»Arnur …«, wiederholte Urok murmelnd den Namen des Bauern.

Die markante Ruine im Grenzgebiet war ihm tatsächlich bekannt. Aber er verstand nicht, warum der Hellhäuter glaubte, ihn mit dieser Aufgabe betrauen zu können. Es musste die pure Verzweiflung sein, die ihn zu dieser absurden Bitte trieb.

»Was macht dich so sicher, dass ich dir kein falsches Versprechen gebe und die Münzen beim nächsten Händler gegen schöne Dinge eintausche?«

Seine Frage klang lange nicht so knurrend wie beabsichtigt. Daher zeigte der Gefangene auch keinerlei Anzeichen von Erschrecken, sondern antwortete: »Weil ich weiß, dass du jemand bist, der sein Wort hält. Du hast meinen Oheim getötet, damit er nicht bei lebendigem Leib verbrennen muss. Zuerst habe ich nicht verstanden, dass du ihm damit einen Dienst erwiesen hast, aber jetzt ist das anders.«

Erneut versuchte er, Urok den Beutel in die Hand zu drücken. »Los, nimm schon. Bei meiner Familie gibt es noch weitere Bücher, in die ich gezeichnet habe. Sie werden sie dir geben, wenn du ihnen das Gold bringst.«

Während er fieberhaft überlegte, womit er den Ork noch locken konnte, schüttelte Urok bedächtig den Kopf. »Nein, steck den Beutel wieder ein. Du wirst die Münzen persönlich übergeben.«

Urok verstand zunächst selbst nicht, warum er das versprach. Erst bei genauerem Nachdenken wurden ihm seine eigenen Beweggründe klar: Wenn ihm Ragmar aufzeichnen konnte, wie ein leichtes Speichenrad gebaut wurde, wie viel mehr ließ sich dann noch von ihm lernen? Und würde es Ursa nicht viel mehr bringen, wenn er Ragmar zu ihr brachte statt nur das Buch mit dessen Zeichnungen? Einen Hellhäuter, der ihr alles aufmalen konnte, von dem sie bisher nur gehört hatte?

Ursa hatte sich immer gewünscht, einen Menschen zu sehen, doch dieser hier konnte ihr obendrein die Welt jenseits von Arakia zeigen, ohne dass sie den Heiligen Hort verlassen musste.

Uroks Entschluss stand fest.

Er musste mit Grimpe reden.

Und zwar sofort.

Im Schatten der Schwebenden Festung

Der Herzog wurde bereits von einem Lichtbringer erwartet, als er den Innenhof betrat. Zwei Audienzen in zwei Tagen. Wenn das so weiterging, hielt man ihn bald für Gothars rechte Hand auf Erden.

Die weiße Gestalt, die reglos in der prallen Sonne stand, zeigte allerdings wenig Respekt vor seiner Bedeutung. Von Kopf bis Fuß verhüllt stand sie einfach nur da. Wortlos. Wartend. Ohne die geringste Geste des Grußes oder der Ehrenbezeugung.

Ob es sich um einen der beiden Lichtbringer vom Vortag handelte, war nicht zu erkennen, denn wegen der wallenden Kleidung sah einer der Kerle wie der andere aus. Obwohl die Luft heiß und stickig zwischen den Mauern stand, umfloss das feine Gewebe seinen Leib in ständiger Bewegung, ganz so als ob es ein Eigenleben hätte.

Nur selten kamen Menschen einem Lichtbringer nahe genug, um dergleichen zu beobachten. Und noch viel weniger erhielten anschließend die Gelegenheit, von diesen Details zu berichten. Denn die meisten, die diesen unnatürlich schlanken, irgendwie zerbrechlich wirkenden Wesen von Angesicht zu Angesicht gegenübertraten, starben kurz darauf eines unangenehmen Todes.

Bei seinen bisherigen Begegnungen hatte der Herzog schon häufiger den Eindruck gehabt, dass es sich bei dem wallenden Weiß gar nicht um Gewänder, sondern um natürliche Körperausformungen handelte. Manchmal, im Gegenlicht der Sonne, glaubte er sogar hauchdünne Äderchen zu erkennen, die das Gespinst wie ein feines Geflecht durchzogen. Doch es gelang ihm nie, die betreffenden Stellen lange genug zu fixieren, um wirklich sicher zu sein. Das unnatürlich grelle Weiß, das von innen heraus zu leuchten schien, machte es unmöglich, die Lichtbringer längere Zeit zu betrachten.

Auch jetzt sah er leicht an der weiß umflossenen Gestalt vorbei, um seine Augen zu schonen.

Bleiernes Schweigen lastete über dem Innenhof. Die Singvögel, die sonst die Ziersträucher oder den Gallapfelbaum bevölkerten, waren der Gegenwart des Lichtbringers entflohen. Nur das Plätschern des künstlich angelegten Wasserlaufs milderte die drückende Stille.

Normalerweise verstand sich der Herzog selbst sehr gut darauf, andere mit *seinem* kalten Schweigen zu verunsichern. Doch in dieser speziellen Kunst waren ihm die Lichtbringer weit überlegen, das hatte er schon vor langer Zeit einsehen müssen. Darum versuchte er auch gar nicht mehr, sich mit ihnen zu messen.

»Eil dich!«, bellte er, um die unerträgliche Stille zu durchbrechen. »König Gothar erwartet mich bereits.« Er wählte den schroffen Tonfall ganz bewusst, um seine übergeordnete Stellung zu unterstreichen.

Ob sich der Lichtbringer davon beeindrucken ließ, war nicht zu erkennen. Eine glänzend polierte Silbermaske verbarg sein Gesicht und damit jede Regung, die sich darauf abzeichnen mochte. Auch durch die schmalen Luftschlitze, die das Metall auf Höhe der Stirn, der Wangen und des Kinns in verschnörkelten Windungen durchzogen, schimmerte kein Flecken Haut hervor, da war nur leuchtendes Weiß, und in den Sehspalten sah man Augen, deren Anblick besonders verstörend war: Ohne jede Farbe oder dem Hauch einer Iris glitzerten sie unter der Maske hervor.

Ihr Blick war kalt. Sehr kalt. Als wäre ihnen die Welt, auf die sie schauten, überaus lästig.

Zwei, drei Herzschläge lang stand der Lichtbringer einfach nur da – dann, endlich, fiel die Erstarrung von ihm ab. Lautlos breitete er die Arme in einer einladenden Geste aus und glitt auf den Herzog zu.

Der Saum seines Gewandes kräuselte sich gut eine Handbreit über dem staubigen Boden, ohne ihn ein einziges Mal zu berühren. Ob darunter Füße steckten, die über das Mosaik der Marmorplatten wandelten, oder ob die Gestalt wirklich schwebte, wie es den Anschein hatte, war nicht zu erkennen.

Etwa eine Armlänge von ihm entfernt hielt die Lichtgestalt an. Der Herzog wollte erneut etwas sagen, doch ein Anflug von Übelkeit verschlug ihm die Sprache. Obwohl er die Wirkung der Levitation auf seinen Körper kannte, kostete es ihn einige Mühe, die Haltung zu bewahren. Zuerst baute sich ein unangenehmer Druck unter seiner Schädeldecke auf, danach schüttelten ihn heiße Fieberwellen.

Zum Glück war er auf das Wühlen und Zerren in seinem Körper vorbereitet. Ansonsten hätte er sich übergeben, als die Welt um ihn herum zu schrumpfen begann. Mit Abscheu dachte er an seinen ersten Aufstieg zurück, da war ihm genau das passiert.

Lotrecht ging es empor, immer höher und höher hinauf. Der schweigsame Lichtbringer blieb die ganze Zeit an seiner Seite, alles andere zog rasch vorüber. Der dicht belaubte Apfelbaum, das Dach seiner Villa, selbst die weitläufige Wehranlage der nahen Garnison wurde rasch kleiner unter ihnen.

Mit der Zeit klangen die Wellen der Übelkeit ab, doch das harte Pochen seines Herzens, das gegen den Brustkorb hämmerte, hielt unvermindert an. Es mochte Menschen geben, die solch einen Aufstieg genossen, der Herzog gehörte nicht dazu. Ohne sichtbaren Halt durch die Luft zu schweben und dabei auf Gedeih und Verderb einem Lichtbringer ausgeliefert zu sein, war nichts für ihn.

Trotzdem wagte er einen kurzen Blick in die Tiefe.

Unter den Schnürsandalen zeichnete sich sein Anwesen kaum noch größer als ein Tischtuch ab. Das Mosaik aus hellen und dunklen Innenhofplatten, die aus der Höhe gesehen das Familienwappen der Garskes nachbildeten, war dafür deutlich zu erkennen und ebenso Gothars Herrschaftszeichen, das auf dem benachbarten Kasernenhof prangte: vier geschwungene Linien, die den Atem des Himmels symbolisierten, auf hellblauem Grund, davor das stilisierte Abbild der Schwebenden Festung.

Je höher sie stiegen, desto mehr solcher Pflaster wurden sichtbar. Überall in der Stadt verteilt, zeigten sie auf den ersten Blick, wo einzelne Kasernen lagen oder besonders treue Verbündete lebten. Selbst das große Oval der Arena war auf diese Weise gekennzeichnet. Aus der Luft gesehen, wirkte das Ganze wie ein Flickenteppich, aber was machte das schon?

Wer über die Lichtbringer herrschte, herrschte über die ganze

Stadt. Und das ganze Land. Und all die anderen Königreiche zwischen Frostwall und Nebelmeer, die Gothar bereits unterworfen hatte.

Der Herzog schloss die Augen, als die Gebäude unter ihm so klein wie Kieselsteine in einem Flussbett wurden. Er öffnete sie erst wieder, als sich ein dunkler Schatten über seine durchscheinenden Lider senkte.

Gleich darauf befanden sie sich auf gleicher Höhe mit der Schwebenden Festung, einem einzigartigen Bollwerk, wie es kein zweites Mal existierte. Aus der Ferne mochten die Außenmauern denen einer normalen Burg ähneln, doch von Nahem war zu erkennen, dass sie keineswegs aus behauenen Steinen und Mörtel bestanden; alles schien auf natürliche Weise gewachsen oder zumindest aus einem Stück erschaffen zu sein. Vielleicht durch Wind und Regen geformt, aber auf jeden Fall mit Hilfe einer sehr starken Magie.

Niemand wusste, woher diese Feste stammte. Manche glaubten, sie käme aus den ewigen Nebeln jenseits der Inseln, andere hielten sie für ein böses Geschenk aus den Tiefen des Innersunds. Ihre Außenflächen wirkten glatt geschliffen. Aber wo eines Menschen Hand nach geraden Linien und exakten Winkeln strebte, überwog in dieser fremdartigen Architektur ein sanftes Auf und Ab an Kuppen und Mulden, die sich in unendlicher Folge aneinanderreihten. Sogar der Grundriss bestand aus einem unregelmäßigen, durch Ein- und Ausbuchtungen verzerrten Oval. Und auch die Unterseite verlief nicht glatt, sondern schien mit felsigen Geschwülsten behaftet. Bei genauerer Beobachtung ließ sich keine einzige gerade Ecke bei diesem Bauwerk ausmachen. Selbst die Zinnen waren abgerundet und mit seltsam gewundenen Verzierungen versehen.

Wehrgänge oder gar Wachen suchte das Auge vergeblich. Hinter den von Türmen durchsetzen Außenmauern lag auch nichts, das der offenen Verteidigung lohnte. Statt eines Innenhofs folgte eine geschlossene Kuppel, der seltsam geformte Trichter entwuchsen.

Alles wirkte sehr massiv. Trotzdem schwebte die Festung frei zwischen den Wolken, ohne sich auch nur eine Handbreit von der Stelle zu rühren. Die geheimnisvolle Kraft der Levitation trotzte allen scharfen Winden und Stürmen, die hier oben tobten.

Und die das Haar des Herzogs zerzausten.

Darum war Garske doppelt froh, als sie einen der offenen Zugänge erreichten, die in den vielen Turmspitzen und entlang der Festungsmauer klaffen. Tiefdunkel ruhte das anvisierte Portal zwischen zwei wuchtigen Streittürmen, doch im gleichen Moment, da sie das Innere erreichten, glomm über dem Herzog eine fahle Lichtquelle auf.

Ihr Ursprung blieb ihm verborgen, ebenso was dieses Licht eigentlich schuf. Um Kerzen aus Bienenwachs oder mit Pech getränktes Holz konnte es sich nicht handeln, dazu war das Licht zu gleichmäßig. Der Schein flackerte kein einziges Mal, und es lag auch nicht die geringste Spur von Rauch in der Luft. Für solch ein Licht aus dem Nichts gab es nur eine Erklärung.

Magie!

Von dem fahlen Schein übergossen stand der Herzog da, schwer atmend und um Haltung bemüht. Die Hitzewallungen in seinem Inneren klangen im gleichen Moment ab, da der Lichtbringer die Levitation beendete. Wortlos wich die Gestalt zurück und verfiel wieder in die gleiche starre Haltung, die sie schon unten im Hof eingenommen hatte.

Der Herzog wusste, dass es für ihn von nun an allein weiterging.

Schweigend trat er in den vor ihm liegenden Gang. Eigentlich handelte es sich eher um eine Art Tunnel. Nicht in den Fels geschlagen, dazu fehlten die entsprechenden Spuren, aber doch von einem unregelmäßigen, wie durch Auswaschungen geformten Rund. Die vor ihm nistende Dunkelheit wurde durch den ihn umgebenden Lichtmantel verdrängt, floss aber hinter ihm wieder zusammen wie brodelndes Pech hinter der rührenden Schöpfkelle.

Der magische Schein, der den Herzog von oben herab überzog, folgte jedem seiner Schritte. Mehr noch, er eilte ihm eine Winzigkeit voraus und leitete ihn so durch ein Labyrinth von sich windenden und immer weiter verzweigenden Stollen, um ihn in das Allerheiligste der Schwebenden Festung zu führen – in König Gothars Thronsaal.

Schon nach zwei Dutzend Schritten war das zurückliegende Portal auf Daumengröße zusammengeschrumpft. Kurz darauf krümmte sich der Gang so stark, dass ihn von beiden Seiten tiefe Finsternis umgab. Drei oder vier Biegungen später (genauer ließ es sich nicht bestimmen) folgte der Verlust jeglicher Orientierung. Wäre der Lichtmantel aus irgendeinem Grunde erloschen, hätte der Herzog von nun an größte Mühe gehabt, sich den Weg zurückzuertasten.

Bei seinem ersten Besuch hatte ihn dieser Gedanke noch schockiert, inzwischen vertraute er voll und ganz auf die großen Mächte, über die sein König gebot. Was auch immer geschah, Gothar würde seine Vasallen vor dem Schlimmsten bewahren. Davon war Garske fest überzeugt.

Die Tunnel, die der Herzog durchschritt, waren allesamt trocken und gut belüftet. Wände, Boden und Decke strahlten eine angenehme Wärme aus.

Diesen Anzeichen hoher Baukunst stand allerdings ein von Mulden und Erhebungen durchzogener Boden entgegen, der ihn mehrfach stolpern ließ. Wann immer das geschah und er deshalb kurz anhalten musste, eilte ihm das magische Licht noch ein Stück voraus, bis es seinen Irrtum bemerkte. Dann kehrte es zurück, um die unmittelbare Umgebung auszuleuchten.

Aber das war noch nicht alles. Immer dann, wenn der Herzog ein wenig länger verschnaufte, als eigentlich nötig gewesen wäre, begann das Licht unruhig zu pendeln. Niemals sehr viel. Nur so weit vor und zurück, dass er sehen konnte, in welche Richtung er weitergehen sollte.

Je tiefer er vordrang, desto stärker spotteten die durchquerten Gänge jeder Beschreibung. Ständig schmolz ihr Durchmesser zusammen, sodass er sich bücken musste, um nicht mit dem Kopf gegen die Decke zu stoßen. Nur wenige Schritte später wuchsen sie dann wieder so stark an, dass ein ganzer Stoßtrupp hindurchgepasst hätte. Außerdem verliefen die Stollen niemals wirklich zehn Schritte gerade am Stück, sondern wanden sich schlimmer als ein Darm durch den Leib eines Schweins.

An einer besonders niedrigen Stelle, an der das Licht den Engpass vollständig erhellte, entdeckte der Herzog einige tief in der Wand verborgene Schneckenhäuser. Vorsichtig strich er darüber, denn ihre Windungen waren nur undeutlich zu erkennen. Noch ehe er sich den Kopf darüber zerbrechen konnte, wie die Schalen dorthin gelangt sein mochten, verkündete ein fernes Licht das Ende seines Weges.

Von nun an weitete sich der Gang immer mehr, bis er nahtlos in einen hohen Saal überging, dessen wahre Ausmaße in der Finsternis verborgen blieben. Nur der laute Hall seiner Schritte ließ die Entfernung einigermaßen erahnen. Allerdings schien ihm das Echo einen gehörigen Streich zu spielen, denn ihm zufolge hätte der Raum viel größer sein müssen, als es die äußeren Abmessungen der Festung überhaupt zuließen.

So dunkel die über allem lastende Finsternis auch war, so hell hob sich der schräg einfallende Glanz ab, der den Saal in seiner Mitte zerteilte. Innerhalb der scharf umrissenen Lichtinsel stand ein massiver Thron aus aneinandergefügten Marmorblöcken, auf dem, den Rücken leicht gekrümmt, der Mann saß, der über ganz Sangor und ein Dutzend weiterer Königreiche herrschte.

Gothar der Tyrann.

Sein von zahllosen kleinen und großen Falten zerfurchtes Gesicht sah eher traurig denn machtbesessen aus. Trotzdem näherte sich der Herzog in unterwürfiger Haltung. In all den Wintern, die seit dem Sieg über Sangor verstrichen waren, hatte er den neuen Herrscher niemals schreiend oder aufbrausend erlebt. Trotzdem spürte er die Macht, die Gothar innewohnte, mit jeder Faser seines Leibes.

Der König war kein gewöhnlicher Sterblicher. Jeder, der über zwei gesunde Augen verfügte, konnte das deutlich sehen. Sein Feldzug an die Spitze der Macht währte nun schon seit Generationen, trotzdem hatte er den sehnigen Körper eines Mittfünfzigers. Lediglich sein Gesicht und die knorrigen, wie aus verwittertem Holz geschnitzten Hände ließen erahnen, dass sein wahres Alter dem eines uralten Greises entsprach.

Sein strohblondes Haar stand noch in voller Pracht und wellte sich glänzend bis zu den Schultern. Auf seinem Kopf saß eine ungewöhnlich geformte Krone, kunstvoll angefertigt aus fünf miteinander verschlungenen Silbersträngen. Der erste von ihnen lief in einer dreifachen Windung um das königliche Haupt, die anderen vier wölbten sich über diesen tragenden Reif, um sich dann an der Stirn wie auch im Nacken um den ersten Strang zu schlingen. An der Vorderseite spalteten sich die Enden der vier Stränge zu geöffneten Mäulern, die oberhalb des Stirnreifs wie die Strahlen einer Sonne abstanden. Im Nacken bot sich das gleiche Bild, nur dass die Stränge dort in geschlossenen Enden ausliefen.

Böse Zungen bezeichneten diese Kopfbedeckung gern als Schlangenkrone, dabei verkörperten diese vier Stränge keine giftigen Reptilien, sondern die vier großen Winde: Ito, Gisar, Sibu und Odaar. Diese vier waren es, die den Himmel mit ihrem Atem erfüllten. Der gewundene Strang jedoch, der die anderen vier zusammenhielt, stand für den mächtigsten von allen: Styr, den großen Wirbel, der auch die Schwebende Festung auf seinen Schultern trug. Einzig und allein der König verstand es, über Styr zu gebieten.

»Tritt zu mir ins Licht, Herzog.« Gothar winkte mit zwei Fingern seiner rechten Hand, bevor er das Frostbärenfell, das über seinen Schultern lag, vor der Brust zusammenraffte. »Es gibt für dich keinen Grund zur Furcht. Du bist ein starker Arm, der meinen Willen erfüllt.«

War es wirklich möglich, dass der mächtige König in seinem eigenen Thronsaal fror? Herzog Garske erschien dieser Gedanke viel zu ketzerisch, um ihn weiterzuverfolgen. Rasch trat er ins Helle und verbeugte sich erneut.

Das ihn umschließende Licht, das ihn die ganze Zeit begleitet hatte, verblasste. Oder erlosch ganz. Er konnte es nicht genau erkennen.

»Ihr habt nach mir verlangt, Herr«, dienerte er auf die gleiche Weise, wie er sie den eigenen Untergebenen abverlangte. Zum Glück gab es hier oben keine lästigen Zeugen, die darüber tratschen konnten. Nur König Gothar und ihn. Und einen hellen Umriss, der sich knapp außerhalb des Lichthofs abzeichnete.

Das war er, der Maar.

Der Maar persönlich.

Abgesehen von der etwas feiner ausgearbeiteten Silbermaske, die mit zusätzlichen Schnörkeln und Ziselierungen versehen war, unterschied er sich kaum von seinen Lichtbringern. Obwohl der Maar nur im Hintergrund agierte, fürchtete ihn Herzog Garske mehr als den König.

»Du hast gestern nach Todbringer verlangt«, ergriff der oberste aller Lichtbringer unerwartet das Wort und schob sich dabei lautlos zu ihnen ins Helle. »Und das, noch ehe dir der König den Einsatz der Legion gestattet hatte.«

Garske erschrak beim Klang der von Zischlauten durchsetzten Stimme. Ihm wurde kalt. Sehr kalt. Statt Blut spürte er plötzlich Eiswasser durch seine Adern fließen.

»Ja, das ist wahr«, würgte er nach einer halben Ewigkeit hervor. »Ich bin in Sorge um meinen Bruder, den Magister, und wollte keine Zeit verlieren. Außerdem war ich mir sicher, dass der König meinen Vorschlag gutheißen würde. Falls Todbringer unabkömmlich ist, begnüge ich mich natürlich auch mit anderen Kräften.« Ein weinerlicher Klang schlich sich in seine Stimme. »Ihr … Ihr glaubt doch nicht etwa, dass ich … dass ich gegen den Willen des Herrschers handeln wollte?« Der Herzog hasste sich selbst dafür, aber die in ihm aufkeimende Angst war einfach nicht zu bezähmen.

Der Maar reagierte nicht auf die gestammelte Erklärung. Ohne einen einzigen Muskel zu bewegen, glitt er an Gothars Seite. Im Schatten des Throns verharrte er wieder, unnahbar und von purer Macht durchflossen, die weißen Augen fest auf den Herzog gerichtet.

Garske spürte, wie ihm der Mund trocken wurde. Bei seiner nächsten Rechtfertigung würde seine Stimme noch schlimmer kratzen als zuvor. Nervös sah er zum Thron hinauf und versuchte das Gesicht des Königs zu ergründen.

Gothar lächelte. Freundlich, aber ohne einen Funken Wärme im Blick. Natürlich. Der Maar hatte sicherlich nur auf sein Geheiß hin die Audienz mit seinem Vorwurf eröffnet.

»Die Legion der Toten steht dir weiterhin für Arakia zur Verfügung«, erklärte Gothar. »Aber du hast sicherlich auch schon von dem Aufruhr im Basar gehört …«

Der Herzog nickte verblüfft. Was sollte die Andeutung? Worauf wollte der König hinaus?

»Ist dir nicht der Gedanke gekommen, dass ich im Moment ein besonderes Augenmerk auf meine Schattenelfen habe?«, setzte Gothar nach, bohrend, mit einem unterschwelligen Lauern in der Stimme.

»Todbringer?«, entfuhr es dem Herzog so überrascht, dass er einen Atemzug lang all seine Ängste vergaß. »Gestern im Basar? Das kann doch unmöglich Todbringer gewesen sein? Solcher Verrat! Das käme doch niemals für …«

»Nein«, unterbrach ihn Gothar schroff, »das käme wirklich niemals in Frage. Todbringer ist absolut loyal, daran besteht kein Zweifel. Aber in dieser Situation die Legion zu spalten, hieße sie zu schwächen.« Sein Blick stach weiterhin herab, als wolle er den Herzog durchbohren.

Hinter Garskes Stirn begann es schmerzhaft zu prickeln, als er endlich begriff, dass man ihn verdächtigte, Teil einer Verschwörung zu sein.

»Das … das glaubt Ihr doch nicht wirklich, mein König?« Garske war sogar versucht, auf die Knie zu sinken, aber das hätte am Ende noch wie ein Schuldeingeständnis gewirkt. »Dass … dass ich die Treusten Eurer Legion in die Fremde schicken wollte, um die Reihen der Todgeweihten zu schwächen? Alles, was ich will, ist die Herrschaft über Arakia. Um Euch den Blutstahl zu liefern, den Eure Truppen benötigen, sodass Ihr selbst den Frostwall stürmen könnt und alles, was hinter ihm liegen mag!«

Bei jedem einzelnen Wort quollen Dutzende feiner Schweißperlen in seinem Gesicht auf, sodass es ihm heiß und salzig von der Stirn und über die Wangen rann, als wäre er gerade dem Meer entstiegen.

Einen unendlich langen Moment ließ der Tyrann den Blick seiner kalten Augen auf ihm ruhen, dann wandte er sich an den Maar.

Der Herzog sah sich schon unter dem Lichtschwert zerplatzen. Doch was auch immer der König hinter der Silbermaske des Maar zu erkennen glaubte, es stellte ihn zufrieden. Als er sich wieder Garske zuwandte, wirkte er ruhig und entspannt.

»Ich zweifele nicht an deiner Treue«, erklärte er großmütig. »Nicht mehr, um genau zu sein. Denn ich kann in deinem Gesicht lesen wie in einem Buch. Du fürchtest mich, Herzog. Das ist gut. Und du hoffst, durch mich mehr Einfluss zu erringen. Das ist noch besser. Nur aus diesem Grunde habe ich dich zum Herzog ernannt. Doch bei aller Größe musst du auch die Grenzen deiner Macht erkennen.« Gothar legte eine kurze Pause ein, um die Warnung wirken zu lassen, bevor er fortfuhr: »Unter allen Völkern, die ich unterworfen habe, suche ich mir die besten aus, um meine Truppen zu verstärken: Schädelreiter, Schattenelfen, Gepanzerte und Lichtbringer. Sie alle herrschten einst über ihre eigenen Reiche, doch nun unterstehen sie meinem Willen. Was ist dagegen schon der Herzog einer alten Hafenstadt?«

»Nichts!«, rief Garske voll reuiger Inbrunst. »Verzeiht mir, mein König, ich habe Euer Vertrauen enttäuscht.« Bei diesen Worten sank er dann doch auf die Knie. »Vergebt mir, die Sorge um meinen Bruder hat mich blind gemacht.« Das war nicht nur hemmungslos übertrieben, sondern auch faustdick gelogen. Doch nur, wer die Wahrheit im richtigen Moment zu beugen verstand, durfte die Stufen der Macht erklimmen.

»Nur die Ruhe, Herzog«, winkte Gothar großzügig ab. »Deine Pläne für Arakia sind gut und deine Anliegen hinsichtlich der Legion berechtigt. Was das Kind angeht, das man mir vorenthalten will, so gibt es keinen Grund zur Sorge. So etwas ist auch schon früher vorgekommen, allerdings ohne Erfolg.«

»Vielen Dank!« Der Herzog sah erleichtert auf. Wohl ein wenig zu erleichtert, denn Gothars Gesicht verhärtete sich sofort wieder.

»Vergiss nie, dass du nur ein winziges Steinchen im großen Mosaik bist«, fuhr er mit erhobener Stimme fort. »Nur ich allein weiß aus den Höhen meiner Macht das große Bild in seiner Gänze zu deuten.«

»Ja, natürlich«, ergab sich Garske erneut in tiefer Demut.

Zufrieden hob der König die knorrige Rechte. Das war keine zufällige Geste, sondern ein Signal.

In der über ihm liegenden Dunkelheit erklang leiser Flügelschlag. Gleich darauf kreiste eine goldene Taube über dem Thron. Ohne sich lange zu orientieren, ließ sie sich auf der dargebotenen Hand nieder.

Ihre spitz zulaufenden Krallen griffen zweimal fest zu, bevor sie richtig Halt fand. Trotzdem quoll kein einziger Blutstropfen unter den goldenen Fängen hervor.

»Für die Zeit der Unruhe überlasse ich dir einen zuverlässigen Boten«, erklärte Gothar. »Bis das Kind gefunden ist, wird alles, was die Legion betrifft, zuvor mit mir besprochen. Hast du mich verstanden?«

»Ja, natürlich«, versicherte der Herzog eilig. »Alles soll so geschehen, wie Ihr es wünscht, mein König.«

Auf Beutezug

»Nein!« Die Antwort fiel so hart wie knapp aus. Und unmissverständlich. Trotzdem fügte Grimpe hinzu: »Schlag dir das ein für alle Mal aus dem Kopf!«

Urok brannte darauf, etwas zu erwidern, wusste aber, dass er damit alles nur noch schlimmer gemacht hätte. In hilfloser Wut ballte er die Hände so fest zu Fäusten, dass sich die Fingernägel tief in die Handballen kerbten. Wie gern hätte er den Stiel seiner Axt geknetet, doch er konnte unmöglich die Waffe ziehen. Das wäre einer Kampfansage gleichgekommen.

Siedendheiß stieg es in ihm auf, von den Füßen an aufwärts, ganz hinauf bis unter die Kopfhaut. Es war kein bewusster Vorgang, im

Gegenteil. Sein Körper reagierte zwangsläufig, und viel schneller, als der Wille gegensteuern konnte. In einem Moment höchster Gefahr mochte dieser Reflex sehr nützlich sein und so manches Orkleben retten. Doch ein *Blutrausch*, wie er sich hier gerade ankündigte, hatte seinen Preis. Einen viel zu hohen Preis, um dem prickelnden Gefühl leichtfertig nachzugeben.

Den von außen auf ihn einwirkenden Kräften zu widerstehen war schwer. Urok spürte, wie seine ohnehin starken Muskeln noch weiter anschwollen. Das Blut der Erde machte einen Ork unbezwingbar, doch es war so mächtig, das es ihn auch verschlingen konnte. Ganz und gar verschlingen. Seine Familie war schon immer besonders empfänglich (manche aus der Schar hätten wohl eher gesagt: anfällig) für Vurans Gaben gewesen, doch Urok hatte schon von klein auf gelernt, sich im entscheidenden Augenblick zu beherrschen.

Sein Unterkiefer begann unbewusst zu mahlen, während er die einströmende Hitze wieder aus dem Körper drängte. Sein Kopf kühlte zuerst ab. Das half, bei klarem Verstand zu bleiben.

Allmählich verklang das Rauschen in seinen Adern, doch es verebbte nicht gänzlich. Er war immer noch aufgebracht über Grimpes Entscheidung. Wut und Ohnmacht gierten weiter nach den Kräften, die ihm das Blut der Erde verhieß. Immer noch von brodelndem Zorn erfüllt, wandte er sich ab.

Doch Grimpe schien den Aufruhr, der in seinem Inneren tobte, überhaupt nicht zu bemerken. Mit zwei großen Schritten überholte er Urok und verstellte ihm den Weg.

»Meine Entscheidung ist endgültig«, stellte er noch einmal klar. »Komm bloß nicht auf die Idee, als Nächstes zu Tabor zu rennen. Ich will, dass endlich Ruhe in der Raubschar herrscht.«

Gerissen war er, der Alte, das musste man ihm lassen. Er hatte Uroks nächsten Schritt genau vorausgesehen, obwohl sie beide wussten, dass Tabor ohnehin ablehnen würde. Bis zu dieser Antwort hatte es aber wenigsten noch einen Hoffnungsschimmer gegeben. Jetzt gab es niemanden mehr, bei dem sich Urok für den Gefangenen einsetzen konnte.

Was blieb also noch übrig? Die Fesseln, die er dem zerbrechlichen Jungen wieder hatte anlegen müssen, zerreißen und ihn laufen lassen? Das hätte nicht nur gegen sämtliche Regeln der Blutorks verstoßen, es wäre auch sinnlos gewesen. Ragmar war viel zu schwach und unerfahren, um einer Raubschar zu entkommen. Dazu würden nicht mal zwei Tage Vorsprung reichen.

»Was ist bloß los mit dir?« Grimpe schüttelte verbittert den Kopf. »Warum versuchst du ständig, alle gegen dich aufzubringen?«

Statt zu antworten, presste Urok seine Kiefer fest zusammen. Der Sturm in seinem Inneren ließ seinen mächtigen Brustkorb erbeben, trotzdem drang kein einziges Wort über seine Lippen.

Worüber hätte er auch sprechen sollen? Über das lederne Buch? Was das für ihn bedeutete, konnte ohnehin niemand begreifen. Er verstand es ja selbst nicht recht. Am Ende hätte es Grimpe nur als Teil der ihm zustehenden Beute zurückgefordert.

Unter Uroks Fingernägeln sickerten erste Blutstropfen hervor, trotzdem ballte er die Hände noch fester zusammen.

»Ist das alles?«, fragte er schließlich. Mehr brachte er nicht hervor.

Grimpe funkelte ihn nur an, ohne zu antworten, darum setzte Urok den Weg einfach fort. Auch wenn er noch nicht wusste, wie er es erklären sollte, er musste Ragmar die Wahrheit sagen. Das war er ihm schuldig.

»Nicht dort entlang«, befahl Grimpe in seinem Rücken. »Ab sofort übernimmt Rowan die Bewachung der Gefangenen. Du bildest von nun an die Vorhut.«

Urok spürte ein heißes Prickeln zwischen den Schulterblättern, doch er widerstand der Versuchung, nach der Streitaxt zu langen und herumzuwirbeln. Der Respekt vor dem alten Kämpen legte ihm Fesseln an, die sich nicht so leicht abschütteln ließen. Nicht ohne die Welt, wie er sie kannte, völlig auf den Kopf zu stellen. Außerdem konnte er, das musste er sich – aller Wut zum Trotz – insgeheim eingestehen, Grimpes Haltung ganz gut nachvollziehen.

Urok begriff ja selbst nicht, warum ihn das Schicksal dieses verängstigten Menschen so sehr berührte. Hatte ihn Ragmar etwa irgendwie verhext? Nein, dazu war dieses naive Menschlein überhaupt nicht fähig. Der einzige Zauber, dem Urok unterlag, waren die faszinierenden Zeichnungen in dem ledernen Buch. Ein tiefes Knurren stieg aus den Tiefen seiner Kehle empor. Unbewusst und unkontrollierbar. Anders ließ sich der Druck, der in ihm brodelte, nicht mehr ertragen. Es war ein beunruhigender Laut, halb von Trauer, halb von ohnmächtiger Wut geprägt. Ein Laut der Warnung.

Grimpe wich deshalb keinen Fußbreit zurück, bedrängte ihn aber wenigstens nicht mehr mit weiteren Befehlen.

Ohne den Veteranen noch einmal anzuschauen, stapfte Urok Richtung Lagerplatz davon. Betont langsam, damit es nicht nach einer Flucht aussah, und mit einem grimmigen Gesichtsausdruck, der vor neugierigen Fragen schützen sollte. Nicht einmal Tabor wagte es, ihn anzufeixen. Wahrscheinlich, weil Grimpe ebenso drohend in die Runde blickte.

So viel zu der wahren Hierarchie ihrer Raubschar.

Tabor, der Erste Streiter. Was für ein Witz.

Rowan eilte schweigend zu den beiden Gefangenen. Urok sah ihm nicht nach, aus Furcht, Ragmars Blick zu kreuzen. Sobald ihn ein fremder Ork bewachte, würde der Junge ohnehin wissen, was Uroks großspurige Ankündigung wert war: nichts.

Sogar weniger als das.

Ungefähr so viel wie das Wort eines Menschen.

Völlig in Gedanken versunken, setzte sich Urok an die Spitze, während Grimpe die übrige Schar hinter ihm formierte. Auf dem folgenden Marsch bewegte er sich mit einer von klein auf anerzogenen Geschmeidigkeit, ohne wirklich wahrzunehmen, was um ihn herum geschah. Einem geschickten Späher der Madak wäre er in diesem Zustand blindlings in die Arme gelaufen. Vielleicht war das sogar der Grund, warum ihn Grimpe an diese Position gesetzt hatte.

Im Kampf gegen einen anderen Ork gefallen … Das brachte einer Schar mehr Ehre ein als jemand, der für seine Freundlichkeit gegenüber den Menschen angespuckt wurde. Urok schreckte erst wieder aus seinem dumpfen Brüten auf, als sich drei grün und braun schattierte Umrisse aus dem Schatten einer vor ihm liegenden Baumgruppe lösten. Seine Reflexe befahlen ihm sofort, nach der Axt zu greifen, zum Glück erkannte er noch rechtzeitig, *wer* da aus der Deckung trat.

Gabor Elfenfresser. Der Rechte Arm des Streitfürsten.

Der alte Recke musterte Urok aus schmalen Augen, als würde ihn etwas irritieren, er aber beim besten Willen nichts Ungewöhnliches feststellen konnte. »Du musst uns ja schon von ganz Weitem gerochen haben«, raunzte er zur Begrüßung, »dass du hier so offen herumstapfst.«

Das war es also. Der alte Lindwurm hatte tatsächlich ein feines Gespür.

Ohne Elfenfresser und seinen Begleitern weiter Beachtung zu schenken, sah Urok zum Himmel hinauf. Überrascht stellte er fest, wie weit die Sonne auf ihrer Himmelsbahn gewandert war. Sie hatten schon späten Nachmittag, dabei kam es ihm so vor, als wäre ihre Schar gerade erst losgegangen. In Wirklichkeit hatten sie den verabredeten Sammelplatz bereits so gut wie erreicht. Nicht mehr lange und sein eigener Plan würde zur Ausführung kommen. Ragmars Rettung rückte in immer weitere Ferne.

»Was ist los mit dir, kleines Grünohr?« Gabor stand plötzlich direkt vor ihm. »Redest du nicht mehr mit jedem?«

Urok kannte den Elfenfresser schon, solange er zurückdenken konnte. In längst vergangenen Kindertagen hatte er zur Schar seines Vaters gehört und war dessen Rechter Arm gewesen. Seinem Vater verdankte er auch den Ehrenamen Elfenfresser. Aus diesem Grunde war er Urok durchaus zugetan, wenn auch auf seine eigene, leicht schroffe Weise.

Normalerweise freute sich Urok, den alten Kämpen wiederzusehen, doch im Augenblick hätte er ihm am liebsten ins Gesicht geschlagen. Dahinter steckte nichts Persönliches. Den gleichen Wunsch empfand er derzeit für jeden Ork, der seinen Weg kreuzte.

Natürlich durfte er diesem unbändigen Verlangen nicht nachgeben, aber da Gabor einfach nicht aufhörte, ihn neugierig anzugaffen, schnauzte er gereizt: »Ich bin nicht dein Grünohr! Schon lange nicht mehr!«

Der Elfenfresser nahm die Worte ohne sichtbare Regung auf. Nach außen hin schien er weder überrascht noch verletzt, doch er musste eins von beiden sein. Warum sonst hätte er seine Gefühle hinter einer Maske völliger Ausdruckslosigkeit verborgen?

»Kein Grünohr mehr«, entgegnete er nur. »Gut zu wissen.« Danach wandte er sich Tabor und Grimpe zu, die gerade zu ihnen aufrückten. »Ihr seid wieder mal die Letzten«, begrüßte er sie und lachte dabei eine Spur zu dröhnend. »Die anderen Raubscharen warten bereits auf euch.«

Tabors Gesicht verfinsterte sich wegen der höhnischen Bemerkung. Grimpe dagegen, der Elfenfresser besser kannte, grinste siegessicher. »Wir sind ja auch nicht blindlings durch den Wald gestolpert wie alle anderen«, spottete er zurück. »Wir haben unsere Augen offen gehalten und dadurch Ruhm und Ehre errungen.« Voller Stolz berichtete er von dem Kampf mit den Erzschürfern, und während Elfenfresser und seine Begleiter noch ungläubig durch die Nasen schnaubten, schickte Grimpe bereits jemanden los, die beiden Gefangenen zu holen.

Beim Anblick von Ragmar und Magister Garske fletschte Elfenfresser die Zähnen. »Aha, zwei Erzräuber seid ihr also?«, blaffte er die beiden an. »Wartet nur, das soll euch schlecht bekommen.« Seine dunklen Augen glitzerten kalt und mitleidlos.

Ragmar versuchte dem Blick eine Weile standzuhalten, sah aber schließlich genauso zu Boden wie der Magister. Auch rein äußerlich hatte er sich dem Mitgefangenen angeglichen. Der linke Unterarm war mit Blut verschmiert, das Hemd unter dem ärmellosen Wams an dieser Stelle zerrissen.

Urok kniff beide Augen zusammen und sah wütend zu Rowan hinüber, der eine Unschuldsmiene aufsetzte und ratlos mit den Schultern zuckte. Es handelte sich nur um eine knappe Geste, die zum Glück niemand bemerkte, weil alle Augen auf Elfenfresser ruhten. Wer zuvor gedacht hatte, dass sich dessen erbostes Gesicht unmöglich noch weiter verfinstern könnte, wurde eines Besseren belehrt, als er sich erneut Grimpe zuwandte.

»Wozu die Gefangenen?«, fragte er überraschend scharf. »Warum sind die beiden nicht mit den anderen Hellhäutern gestorben?« Von dem alten Spötter, der gern andere neckte und damit viele zum Lachen brachte, war nichts mehr geblieben. Plötzlich war er nur noch der Rechte Arm seines Streitfürsten.

Jeder andere aus der Schar hätte weiche Knie bekommen, doch Grimpe war viel zu erfahren, um sich so schnell aus der Ruhe bringen zu lassen. Das breite Grinsen in seinem Gesicht wirkte wie festgefroren, als er antwortete: »Weil uns die beiden noch äußerst nützlich sein werden.«

Tabor nickte eilfertig, um allen zu zeigen, dass er genauso dachte. Elfenfressers vor Erstaunen geweiteten Augen richteten sich abwechselnd auf ihn und auf Grimpe. Unbewusst spannte er alle Muskeln an, bis die Sehnen an seinem Hals deutlich hervortraten.

»Nützlich?«, ereiferte er sich. »Gefangene auf einem Raubzug? Hat man dir unterwegs ins Hirn gespuckt, oder hast du schon immer so wirres Zeug geredet? Aufgehalten haben sie dich, diese Gefangenen. Deshalb seid ihr so spät dran. Das ist die Wahrheit!«

Tabors Unterlippe begann zu zucken, aber er hielt dem vernichtenden Blick des Elfenfressers stand, das musste man ihm lassen. Im Vergleich zu seinem Vaterbruder glich er allerdings einem zuckenden Bündel Zittergras.

Grimpe ergötzte sich geradezu an Elfenfressers Aufregung und ließ das auch alle sehen. »Bava Feuerhand wird ihren Nutzen erkennen, wenn wir ihm Tabors Plan erklärt haben«, erwiderte er, beide Mundwinkel so hoch gezogen, dass sie beinahe die Ohrläppchen erreichten. »Zum Glück ist er schlauer als du. Darum ist er ja auch unser Streitfürst und du nur sein Rechter Arm. Obwohl du ihn an Wintern weit übertriffst.«

Selbst der schlagfertige Grimpe schaffte es nur selten, Elfenfresser sprachlos zu machen. Für diesen Moment war es ihm gelungen. Während Elfenfresser um Worte rang, wies er die Raubschar an, weiterzumarschieren. Selbst Tabor, der eigentlich der Erste Streiter war, kam dem Befehl sofort nach.

Mit den Gefangenen in ihrer Mitte zogen sie weiter, dem Treffpunkt entgegen. Elfenfresser ließ die Schar mit unbewegter Miene passieren. Doch wer ihn lange genug kannte, sah das rachsüchtige Funkeln in seinen Augen.

Urok atmete leise durch. Plötzlich war er ganz froh, dass die Idee, Gefangene zu machen, allein Tabor zugeschrieben wurde. Elfenfresser war dafür bekannt, dass er jeden gegen ihn geführten Streich doppelt und dreifach zurückgab. Meistens sofort, manchmal erst später. Aber die Vergeltung würde folgen, so viel stand fest.

Rasch schloss sich Urok der abziehenden Schar an. Sein Versuch, dabei unauffällig in Ragmars Nähe zu gelangen, scheiterte an Grimpe, der ihn wieder nach vorn beorderte. Auch das kam Urok entgegen. Für den Fall, dass sich Bava Feuerhand ebenso ablehnend wie Elfenfresser zeigte, ließen sich die beiden Gefangenen vielleicht doch noch auslösen. Dann konnte er sie den Priestern am Heiligen Hort übergeben. Zumindest einen von ihnen. Der Magister sollte ruhig brennen. Dessen Schicksal war Urok völlig gleich.

Uroks Hoffnungen erstarben genauso schnell, wie sie aufgeflackert waren. Anstatt zu fluchen, musterte Bava Feuerhand die Gefangenen neugierig und ließ sich von der Schlacht am Wasserrad berichten. Anschließend lobte er Tabor und seine Raubschar für ihre Taten. Als er von der Idee erfuhr, den Clan der Madak mit Hilfe der gefangenen Menschen aus dem Dorf zu locken, hellte sich seine Miene noch weiter auf. Ganz im Gegensatz zu dem finsteren Gesicht, das sein Stellvertreter zog.

»Wessen List ist das eigentlich?«, fragte Gabor Elfenfresser unvermittelt.

Tabor richtete sich zu seiner vollen Größe auf. »Meine«, verkündete er laut und deutlich, damit ihn auch der letzte der umstehenden Orks verstand.

Das Echo seiner vor Stolz triefenden Worte hatte das Laub der hohen, die gesamte Lichtung beschattenden Bäume noch nicht ganz passiert, als Gabor ein verächtliches Schnauben vernehmen ließ. »Solche Täuschung ist höchstens eines feigen Elfen würdig!«, schleuderte er dem Ersten Streiter missgelaunt entgegen. »Du scheust wohl den offenen Kampf? Warum sonst willst du dich auf heiligem Grund verkriechen?«

Tabor keuchte vor Überraschung. Mit diesen Fragen hatte er nicht gerechnet. Als in seinem Rücken auch noch vereinzeltes Gelächter laut wurde, irrte sein Blick unruhig umher.

»Ich und feige?«, stieß er verletzt hervor. »Das ist nicht wahr! Wenn es nach mir ginge, würden wir die Palisaden der Madak im offenen Sturmlauf erobern, wie es sich für Blutorks geziemt.« Dabei warf er den Kopf wütend herum und funkelte Urok böse an, weil er ihn für die gerade erlittene Schmach verantwortlich machte.

Neben ihm unterdrückte Grimpe ein Seufzen und ließ für alle sichtbar das Kinn auf seinen Brustkorb sinken. Der arme Kerl, man konnte fast Mitleid mit ihm haben. Er war wirklich mit einem selten dämlichen Brudersohn geschlagen.

Urok grinste unwillkürlich, wenn auch nicht so breit wie Elfenfresser, der Tabor so leicht aus der Reserve gelockt hatte. Auch vielen anderen Kriegern dämmerte gerade, dass sich hier ein Ork mit fremden Schädeln schmückte. Jeder von ihnen, der ein paar Geschichten über Ramoks Beutezüge kannte, argwöhnte nun sicher, dass die vorgebrachte List viel besser zu dessen Sohn Urok denn zu Tabor passte. Nicht umsonst war auch Elfenfresser, der Ramok stets als Rechter Arm begleitet hatte, für seine Durchtriebenheit bekannt.

Grimpe hob wieder den Kopf. »Seit wann sind gewitzte Pläne ein Vorrecht der Elfen?«, fuhr er Gabor an. »Wenn du das wirklich glaubst, sollten wir dich vielleicht lieber Elfenfreund denn Elfenfresser nennen.«

Einige Krieger atmeten laut hörbar ein, doch Gabor sprang nicht auf die grobe Beleidigung an. Stattdessen zwinkerte er Urok verschwörerisch zu und ließ den Blick leise vor sich hin lachend deutlich zwischen ihm und Tabor pendeln, bevor er sich erneut an Grimpe wandte. »Wer führt eigentlich eure Schar?«, fragte er überraschend freundlich. »Du oder dein Erster Streiter?«

Grimpe straffte unbewusst den Rücken, brachte aber kein Wort über die Lippen. Diesmal fiel dem Alten keine schlagfertige Antwort ein. Elfenfresser hatte den Finger genau in die offene Wunde gelegt.

»Mein Rechter Arm hat nur in meinem Sinne gesprochen«, sprang ihm Tabor bei, wohl wissend, dass er selbst vortreten musste, um nicht völlig zum Gespött der gesamten Horde zu werden. »Ich kann wohl besser mit dem Streithammer umgehen als mit Worten, das gestehe ich gern ein. Doch ich verspreche hiermit, dir in Zukunft genau zuzuhören, Gabor Elfenfresser, dann lerne ich sicher rasch dazu.« In seinen letzten Satz streute er gerade so viel Spott ein, dass er weder unterwürfig noch respektlos klang. Das brachte ihm einige Sympathien zurück, vor allem die des Streitfürsten.

»Gut gesprochen«, lobte Bava Feuerhand, um den Zwist zu beenden, bevor er sich noch weiter aufschaukeln konnte. »Außerdem gefällt mir die List deiner Raubschar ausnehmend gut. Ich weiß auch schon eine geeignete Stelle, an der du sie ausführen kannst.«

Die Scham darüber, dass plötzlich vom Plan der gesamten Raubschar die Rede war, verblasste angesichts des Angebots, dass Tabor die entscheidende Ablenkung selbst ausführen sollte. Ringsum wurden zustimmende Laute ausgestoßen. Nicht so viele, wie es hätten sein können, doch genügend, um Tabor die Brust schwellen zu lassen. Plötzlich bewiesen nicht nur die beiden Lindwurmhörner auf seinem rechten Schulterstück, dass er ein Erster Steiter war, sondern seine ganze Haltung.

Bava brachte alle mit einer weit ausholenden Handbewegung zum Schweigen. »Packt eure Sachen zusammen!«, rief er dann. »Wir haben noch ein gutes Stück des Weges vor uns und müssen alles bis zum Anbruch der Dämmerung vorbereitet haben!«

Voller Vorfreude kam die Horde dem Befehl nach. Nur Ragmar und der Magister standen ein wenig verloren herum, bis Rowan sie in den Schatten einer mächtigen Eiche führte, wo er sie aufforderte, sich auf eine weit ausladende Baumwurzel zu setzen. Ragmar ließ sich als Erster auf der knorrigen Rinde nieder und sackte dabei regelrecht in sich zusammen. Gleich darauf kratzte er an seinem Arm herum, bis die frisch verschorfte Wunde erneut zu bluten begann. Er und der Magister trugen keine Fesseln mehr. Man hatte sie ihnen für den beschwerlichen Marsch wieder abgenommen, auch die, mit denen ihre Hände gebunden gewesen waren, damit sie sich abstützen konnten, wenn sie stolperten und hinfielen. Alles andere hätte das Vorwärtskommen der Schar nur weiter verzögert.

Als Ragmar nun auch noch anfing, mit einem spitzen Federkiel in den auseinanderklaffenden Fleischlappen herumzustochern, hielt es Urok nicht länger aus. Diese furchtbare Selbstgeißelung war ja nicht mit anzusehen! Rasch sah er sich nach abgebrochenen Ästen um, die zum Glück überall auf dem Boden verstreut herumlagen. Er hatte gerade eine Handvoll von ihnen zusammengerafft, als er einen Schatten über sich spürte.

»Deshalb warst du vorhin so brummig, kleines Grünohr.« Elfenfresser sah ungewohnt wohlwollend auf ihn hinab. »Sie haben dir deine List gestohlen, um Tabors Ruhm zu mehren. Mach dir nichts draus, ich sorge dafür, dass sich die Wahrheit herumspricht. Jeder soll erfahren, dass Ramoks Sohn der schlaue Kopf hinter dem Ersten Streiter seiner Raubschar ist.«

»Bloß nicht«, wiegelte Urok ab. »Je weniger mein Name mit Tabor in Verbindung gebracht wird, desto besser für mich.«

Das war eine Antwort ganz nach Elfenfressers Geschmack. Trotzdem würde er seine Ankündigung wahrmachen, das war ihm deutlich anzusehen. »Ich habe gehört, dass du einen Orkbezwinger im Kampf besiegt hast«, lobte er. »Dein Vater wäre wirklich stolz auf dich.« Zufrieden schlug er Urok so hart auf den Rücken, dass ein dumpfes Dröhnen ertönte. Danach begab er sich zu seinem Streitfürsten.

Natürlich war es ein wenig unangenehm, dass er glaubte, Urok hätte sich von seinem Ersten Streiter übervorteilt gefühlt. Doch die Angelegenheit war viel zu kompliziert, um sie mit wenigen Worten zu erklären. Also beließ es Urok dabei. Lieber suchte er weiter Holz auf und bewegte sich auf diese Weise immer näher an die Gefangenen heran.

Er hatte sich den beiden Menschen gerade bis auf wenige Schritte genähert, als er erneut aufgehalten wurde. Diesmal von Grimpe. Der Alte sah ihn böse an, vermutlich, weil er ihn für Elfenfressers Vorhaltungen verantwortlich machte. »Ich hatte dir doch befohlen, dich von den Gefangenen fernzuhalten.«

»Hast du nicht.« Beim Anblick von Grimpes wutentbrannter Miene überkam Urok eine seltsame Ruhe. »Du hast mir befohlen, die Vorhut zu übernehmen. Im Moment stellt unsere Schar aber keine Späher, und ich bin immer noch ein freier Krieger.«

Grimpes Halsmuskeln spannten sich, doch Urok fuhr ungerührt fort: »Lad deinen Zorn gefälligst nicht auf mir ab. Du hast Elfenfresser vor seinen treusten Kriegern bloßgestellt, dafür hat er sich gerade bei dir gerächt. Das hast du dir selbst zuzuschreiben. Ich habe mich dagegen die ganze Zeit über still verhalten und meinen Teil unserer Abmachung eingelöst. Dafür steht es mir auch ganz allein zu, Ragmar dem Blut der Erde zu übergeben, und niemanden sonst. Immerhin habe *ich* ihn gefangen.«

Grimpes wuchtiges Gesicht wirkte weiterhin wie versteinert, nur seine Pupillen wanderten von einem Augenwinkel in den anderen. Auf diese Weise wollte er sicherstellen, dass es in der Nähe niemanden gab, der ihr Gespräch belauschte.

»Du gibst mir also dein Wort, dass du keinem der Menschen zur Flucht verhelfen wirst?« Eigentlich war die Frage eine Unverschämtheit, doch er hatte immerhin so viel Anstand, den Ton zu dämpfen.

»Keine Flucht«, bestätigte Urok. »Du redest mit einem Blutork.«

Grimpe sah ihn einige Zeit prüfend an, bevor sich seine Züge entspannten. »Schön, dass du endlich vernünftig geworden bist«, sagte er, sichtlich erleichtert, eines seiner zahlreichen Probleme gelöst zu haben.

Nach einem zustimmenden Wink in Rowans Richtung eilte er grußlos davon. Vermutlich um zu verhindern, dass sein tollpatschiger Brudersohn noch ein weiteres Missgeschick beging.

»Schaff den Magister fort«, wandte sich Urok an Rowan, bevor er sein Feuerholz unter der Eiche ablegte. »Ich habe mit Ragmar zu reden.«

Da Grimpe weg war und nicht weiter darauf bestanden hatte, dass sich Urok den Gefangenen nicht mehr zu nähern hatte, fügte sich Rowan, ohne zu murren. Zusammen mit dem apathisch wirkenden Magister trottete er ein Stück davon, während Ragmar weiterhin mit gebeugtem Rücken auf der Baumwurzel kauerte. Seine Schultern zuckten unentwegt, als ob er leise vor sich hin wimmern würde. Urok verspürte einen leichten Anflug von Mitleid, bevor er bemerkte, dass sich der junge Mann nur so stark krümmte, weil er etwas vor seiner Umgebung verbarg. Statt zu jammern, war er in Wirklichkeit emsig damit beschäftigt, den mit seinem Blut getränkten Federkiel über ein Blatt Papier zu ziehen. Kratzend zog er Strich um Strich und bohrte zwischendurch immer wieder in seiner Wunde.

»Was treibst du da?« Urok wusste sich keinen Reim auf dieses seltsame Benehmen zu machen. Konnte es sein, dass sich Ragmars Geist verwirrt hatte? Dass er sich immer wieder selbst verletzte, sprach jedenfalls dafür.

»Bin gleich so weit.« Ragmar sah, einen gehetzten Ausdruck in den Augen, kurz in die Höhe. Entgegen allen Erwartungen fand Urok weder Wut noch Enttäuschung in diesem Blick. Ragmar war eben doch nur einer dieser schwächlichen Menschen, bei denen am Ende die Angst alles andere überwog.

»Tut mir leid.« Das war eine Formulierung, die zwar in der Sprache der Blutorks existierte, aber nur selten von einem Krieger ausgesprochen wurde. Eigentlich sagten so etwas nur ungehorsame Kinder, von ihren Eltern dazu genötigt. Urok fühlte trotzdem keine Scham, als er fortfuhr: »Ich hätte dein Leben gern geschont, aber mir sind die Hände gebunden. Unsere Gesetze lassen keine Ausnahmen zu.«

Das stimmte natürlich nicht ganz. In Wirklichkeit waren die Gesetze der Blutorks biegsamer als die Äste eines jungen Baums. Doch Urok mochte nicht offen eingestehen, dass er in der Hierarchie viel zu weit unten stand, um seinen Willen so ohne weiteres durchzusetzen.

»Schon gut, ich habe nichts anderes erwartet.« Ragmar warf den Federkiel zur Seite und faltete das Blatt zusammen, bevor er sich aufrichtete. Der gehetzte Ausdruck in seinen Augen war auf einmal verschwunden. Stattdessen wirkte er vollkommen ruhig und gefasst. »Ich bitte dich weiterhin nur um eins«, fuhr er fort. »Bring meiner Familie diesen Geldbeutel, damit mein Tod nicht völlig umsonst sein wird.«

Ohne auf den roten Strom zu achten, der ihm den nackten Arm herabrann, griff er nach dem Lederband um seinen Hals. Urok trat rasch näher, um die Übergabe mit seinem massigen Körper zu decken, aber das wäre nicht nötig gewesen. Um sie herum waren alle Krieger mit sich selbst und dem bevorstehenden Aufbruch der Horde beschäftigt.

Rasch nahm er den prall gefüllten Beutel an sich und ließ ihn hinter seinem breiten Gürtel verschwinden. »Diese Münzen werden deine Leute erreichen«, versprach er rau. »Darauf hast du mein Wort.«

»Ich weiß.« Ragmar sah zu ihm in die Höhe, die Augen nun doch gerötet und von einem feucht glänzenden Schimmer überzogen. Doch er riss sich zusammen. Seine eben noch schwankende Stimme klang wieder fest und entschlossen, als er hinzufügte: »Hier, das ist für dich. Wie versprochen.«

Überrascht starrte Urok auf den klein gefalteten Fetzen, der plötzlich in seiner offenen Hand lag. Eine Unzahl roter Striche zeichnete sich auf dem Papier ab. Er wusste nicht, was er damit anfangen sollte.

»Nimm es an dich«, forderte Ragmar. »Rasch!«

Urok schloss die Finger, obwohl es nur Rowan war, der sich ihnen von der Seite her näherte. »Wir müssen los«, verkündete der Scharbruder. »Die anderen warten schon.«

Urok nickte stumm, während sich Ragmar gehorsam hinter dem Magister einreihte. Die Schultern gestrafft, den Kopf erhoben. Auf einmal schien der Tod für ihn jeden Schrecken verloren zu haben.

Rowan starrte neugierig auf Uroks geschlossene Faust mit dem Papierfetzen, stellte aber keine Fragen. »Der Hellhäuter hat sich die Wunde am Arm selber beigebracht«, erklärte er stattdessen. »Ich konnte ihn nicht daran hindern.« Da er keine Antwort erhielt, zuckte er nur mit den Schultern, wandte sich den Gefangenen zu und führte sie fort.

Urok hingegen rührte sich nicht. Geduldig wartete er ab, bis sich die Horde langsam von der Lichtung entfernte. Vorher wagte er es nicht, den Zettel in seiner Hand zu entfalten. Der linken Kante nach zu urteilen, die keineswegs gerade verlief, sondern unregelmäßig ausfaserte, handelte es sich um eine Seite, die Ragmar unbemerkt aus dem ledernen Buch gerissen hatte. Ursprünglich blütenweiß, war sie nun von beiden Seiten mit roten Zeichen bedeckt.

Urok spürte einen scharfen Schmerz in der Brust, als er endlich begriff, *was* er da in Händen hielt. Es handelte sich um eine Handvoll detaillierter Zeichnungen, die Schritt für Schritt erklärten, wie sich aus zwei halbrund geschnitzten Holzteilen, einigen Sparren und einem Metallband ein leichtes, aber äußerst belastbares Speichenrad herstellen ließ.

Dafür also hatte Ragmar den angespitzten Federkiel ein ums andere Mal in die offene Wunde getunkt – er hatte mit seinem eigenen Blut gezeichnet. Je länger Urok auf die einzelnen Abbildungen mit den dazugehörigen Anmerkungen starrte, desto heißer wurde ihm. So etwas hatte es noch nie zuvor in Arakia gegeben: dass ein Mensch solch eine Anleitung für einen Ork malte, und das freiwillig und mit seinem eigenen Blut.

Eine Zeichnung aus Menschenblut! Das war wirklich unglaublich. Wie sollte er da in Ragmar weiterhin einen schwächlichen Hellhäuter sehen? Wie, wenn er sich doch so edel wie ein Ork benahm?

Beschämt sah Urok von der Zeichnung auf, doch er stand längst allein auf der Lichtung; alle anderen waren bereits zum Dorf der Madak-Sippe aufgebrochen. Verwirrt faltete er den Zettel zusammen, steckte ihn in die Tasche seines Wehrrocks, in der schon Orgurs Dolch ruhte, und eilte der Horde nach.

10

Das Dorf der Madak lag auf einem von Hand aufgeschütteten Erdhügel, der durch eine hohe Palisade gekrönt wurde. Auf der umliegenden Ebene wuchsen schon seit Generationen keine Bäume mehr, nur sattes, von farbenprächtigen Blumen durchwirktes Gras. Fleißige Hände sorgten Tag für Tag dafür, dass sich nichts daran änderte. Junge Büsche und Sträucher, selbst das niedrigste Dornengestrüpp, wurde gewissenhaft entfernt, lange bevor es einem Feind als Deckung dienen konnte. Es war ein ewiger Kampf gegen die Winde, die beständig Flugsamen aus den umliegenden Wäldern heranwehten, aber auch gegen die Vögel am Himmel, denen immer wieder Beeren, Früchte und Nüsse aus den Schnäbeln fielen.

Wegen des flachen Geländes waren die Dächer der Rundhütten, die hinter der hölzernen Einfriedung aufragten, auch aus der Entfernung gut zu erkennen. Umgekehrt konnte sich bei Tage niemand unbemerkt dem Dorf nähern, und dank ihrer erhöhten Position waren die Madak imstande, jeden rechtzeitig erkannten Angriff erfolgreich abzuwehren. Ihre Frauen galten als hervorragende Bogenschützen, deren Pfeile eine Größe und Durchschlagskraft besaßen, die selbst anstürmende Orks zu fällen vermochten. Die Wurfäxte der Männer taten ein Übriges, dass es ein Feind bei Tage niemals bis zur Palisade schaffte.

Wer diesem Stamm Vieh, Kessel, Töpfe oder andere Schätze rauben wollte, war daher gut beraten, nur bei Nacht anzugreifen. Möglichst überraschend, um sich schon wieder mit Beute beladen davonzumachen, ehe man sein Eindringen bemerkte.

Zahlreiche Fallgruben, vorgeschobene Wachfeuer und erfahrene Nachtposten sollten natürlich vereiteln, dass die Madak derart überrumpelt wurden. Einem erfahrenen Streitfürsten mochte es dennoch gelingen, besonders wenn er zu einer völlig neuen Kriegslist griff.

Schon auf dem letzten Stück ihres gemeinsamen Weges bewies Bava Feuerhand, dass er die Raubscharen seiner Sippe zu Recht anführte. Völlig geräuschlos durchdrangen sie die Tiefen der Wälder, dort, wo kein Lichtstrahl mehr bis zum Boden drang und das Unterholz so dicht wuchs, dass eine vergleichbar große Menschenmenge es nur durch den lauten Einsatz von Sicheln und Äxten bezwungen hätte. Dank seiner sorgsam ausgesuchten und geführten Späher umging Bava eine Gruppe Beeren sammelnder Kinder, die bereits von ihren Müttern gesucht wurden, und langte mit seinen Scharen genau bei Einbruch der Dämmerung am Rande des Waldes an. Von dort aus konnten sie gut beobachten, wie Mütter, Kinder und Krieger ins Dorf der Madak zurückströmten, um es rechtzeitig zu erreichen, bevor es zur Nacht hin vollständig verriegelt wurde.

Da die Zeit drängte, sandte Bava bereits die ersten Scharen aus, damit sie das Dorf von links und rechts umgingen, anfangs noch im Schutze des alles umspannenden Waldes, später, bei völliger Dunkelheit, auch über die freie Ebene hinweg, um den Weg abzukürzen. Während sich die anderen leise davonstahlen, blieben die Scharen Tabors und des Streitfürsten zurück. Natürlich war es eine große Ehre, dass Bava Feuerhand den Opferplatz persönlich aussuchte. Andererseits wäre niemand aus ihren Reihen geeigneter für diese Aufgabe gewesen. Beide Arme leicht abgespreizt, die offenen Handflächen auf den Boden weisend, streifte er eine Weile zwischen den Bäumen umher, bis er eine Stelle fand, an der das Blut der Erde besonders kräftig pulsierte.

Dort gab es auch eine umgestürzte Eiche, die geradezu ideal für ihre Zwecke erschien. Durch einen Sturm gefällt lag sie da. Ihr dichtes Wurzelwerk ragte mehr als eine Menschenlänge in die Höhe, und ihr aufgewühlter Grund, in dem sie so viele Generationen lang verankert gewesen war, war nur noch eine nackte Erdkuhle, die nichts

Brennbares mehr enthielt. Das ersparte ihnen die lästige Pflicht, eine Feuergrube auszuheben.

Rasch holte Bava sein aus Blutstahl geschmiedetes Schwert hervor, schnitt sich kurz in die Handfläche und zog, leise Beschwörungen murmelnd, eine tiefe Furche in den laubbedeckten Boden. Als er die beiden offenen Enden miteinander verband, formte die Furche einen großen Kreis, der den Baumstamm perfekt umrundete. Nachdem Bava noch weitere Tropfen seines Blutes vergossen hatte, um den Platz zu weihen, wurden die Gefangenen an den noch mit Erdklumpen behafteten Wurzelstrunk gefesselt.

Urok schichtete persönlich das Holz vor Ragmar auf, die trockenen Äste, die er selbst aufgesammelt hatte, aber auch jene, die ihm von anderen angereicht wurden. Rowan verfuhr mit dem Magister auf gleiche Weise. Während Garske völlig erschlafft in seinen Fesseln hing, beobachtete Ragmar aufmerksam, was um ihn herum geschah, beide Augen weit aufgerissen, als ob er fürchtete, dass ihm sonst etwas Wichtiges entgehen könnte.

Die übrigen Orks nahmen bereits Aufstellung, doch Urok rüttelte noch eine Weile an den beiden Scheiterhaufen. Geschickt schob er sie so zurecht, dass an den richtigen Stellen Löcher entstanden, die das Feuer mit Luft versorgen würden. Je schneller Ragmar von den Flammen umhüllt wurde, desto besser war es für ihn. Mit etwas Glück wurde er durch die lodernde Hitze ohnmächtig, bevor er selbst zu brennen begann.

»Ich werde sie stolz anblicken und standhalten, solange ich kann«, flüsterte Ragmar leise, als sich der Ork vor ihm erhob. »So wie du mir geraten hast.«

Urok nickte ihm zu. Aufmunternd, wie er hoffte.

Als er wieder bei seiner Schar stand, trat Bava Feuerhand in die Mitte, die bloße Rechte, die ihm seinen Ehrennamen eingebracht hatte, für alle sichtbar erhoben. Mehr noch als die vier Lindwurmhörner, die sich gleichmäßig auf seinen beiden Schulterpanzern verteilten, markierte diese Hand Bavas absoluten Führungsanspruch innerhalb des Stammes.

Trotz der weit fortgeschrittenen Dämmerung sah selbst Ragmar staunend, was nun geschah. Zuerst gab es nur einen unregelmäßigen Schimmer, der Bavas Hand kurz aufleuchten ließ. Dann blühten kleine Flammen auf, die entlang seiner Finger emporzüngelten. Elmsfeuern gleich liefen sie über die grüne Haut hinweg, immer wieder und wieder, bis seine Hand mit einem leisen Fauchen vollständig entflammte.

Ragmar stieß einen Laut ungläubigen Erstaunens aus, danach wurde es so still, dass sie das Flackern der Flammen hören konnten. Bavas Hand loderte, ohne Schaden zu nehmen. Sie brannte, *verbrannte* aber nicht. Das Feuer schlug aus ihr, ohne sich von der Haut oder dem darunterliegenden Fleisch zu nähren. Gewöhnliche Flammen konnten einen Ork natürlich genauso verbrennen wie jedes andere Lebewesen. Doch was Bava durchströmte, war kein ordinäres Feuer, sondern die Kraft, die ihm das Blut der Erde verlieh.

Seine flackernde Hand auf Hüfthöhe ausgestreckt, schritt der Streitfürst den am Boden verlaufenden Kreis ab, um ihn mittels der heiligen Flamme in der Luft nachzuzeichnen. Als er die Runde beendet hatte, trat eine Veränderung ein. Nun, da die Weihe abgeschlossen war, spürten auch die übrigen Orks das Pulsieren der im Boden ruhenden Blutbahnen.

Uroks Mitleid verflog. Wie kam er nur dazu, einen Menschen als gleichwertig anzusehen, da er doch Vurans Fürsorge gerade mit jeder Faser seines Leibes spürte? Wie konnten sich die Hellhäuter nur anmaßen, den Orks ebenbürtig zu sein, wenn ihnen doch der Glaube an das Blut der Erde fehlte?

Andererseits – was wusste Urok schon über die Menschen? Zuvor hatte er nur einige Händler kennengelernt, die ihn stets zu übervorteilen suchten. Aber war es nicht das, was Händler taten? Selbst unter den Menschen? Wie gern hätte Urok seinen Vater um Rat gefragt, der so oft im Land der Hellhäuter gewesen war. Leider war das nicht mehr möglich.

Inzwischen hatte sich Bava Feuerhand vor den Gefangenen aufgebaut. Da der Magister weiterhin mit geschlossenen Lidern in den Seilen hing, wandte er sich Ragmar zu.

»Schau mich an, du Mensch«, forderte er mit bedeutungsschwangerer Stimme. »Kurz vor deinem Tode soll dir eine besondere Ehre zuteilwerden. Mit eigenen Augen darfst du die große Kraft sehen, die Vuran mit seinen Kindern teilt. Es ist das Blut der Erde, mit dem wir im Einklang leben. Wir sind eins mit ihm, und es ist eins mit uns, darum gibt es auch keine Kraft auf Erden, die uns bezwingen kann. Nach unserem Tode gehen wir alle im Blut der Erde auf, während ihr Menschen im kalten Reich der Frostriesen endet, denen ihr auf ewig als Untote dienen müsst, bis euch dereinst eine Klinge aus Blutstahl erlösen wird. Doch selbst für dich ist nicht alles vergebens. Solltest du dich der reinigenden Flammen als würdig erweisen, bleibt dir die ewige Nacht am Frostwall erspart.«

Was Ragmar tun musste, um als *würdig* zu gelten, behielt Bava allerdings für sich. Die Gefangenen *sollten* ja laut schreien, das gehörte zum Plan.

Statt weitere Erklärungen abzugeben, wandte er sich Grimpe zu, der mit einer vor Pech triefenden Fackel herangetreten war. Um den Scheiterhaufen direkt zu entzünden, war es noch zu früh, deshalb setzte der Scharfürst die Fackel in Brand, die gleich darauf an Tabor weitergereicht wurde.

Der Erste Streiter konnte sein Glück kaum fassen, doch der feierliche Augenblick wurde durch einen unerwarteten Zwischenruf gestört.

»Vuran ist nur ein machtloser Götze, dem es an wahrer Kraft mangelt!«

Natürlich ruckten alle Köpfe sofort in die Richtung, aus der diese unfassbaren Worte gerufen worden waren. Mit allem hatten sie gerechnet, aber nicht damit, dass der Magister noch einmal aus seiner Apathie erwachte. Beide Augen so weit nach oben verdreht, dass nur noch das Weiße in den Höhlen glänzte, zerrte Garske wie besessen an seinen Fesseln und schrie: »Das Blut der Erde ist ein widerlicher Aberglaube, der es niemals mit dem Atem des Himmels aufnehmen kann! Schon bald wird König Gothar über euch erscheinen und euch alle wie wimmelnde Maden unter seinem mächtigen Fuß zertreten!«

Andere Frevler hatten schon aus weitaus geringerem Anlass den Tod gefunden. Einem Moment lang fletschte Bava mit den Zähnen, doch er beherrschte sich und winkte einen seiner Orkkrieger heran, um ihm etwas ins Ohr zu flüstern.

Der nickte, trat dann auf den keifenden und schimpfenden Menschen zu, packte mit einer Klaue dessen Kiefer, zwängte sie auseinander und rammte ihm die andere Hand tief in den Schlund.

Dann tat er genau das, was Urok dem Magister schon mehrmals angedroht hatte. Er langte nach seiner Zunge!

Garske brachte nur noch gurgelnde Laute hervor. Die Augen drohten ihm aus dem Kopf zu quellen, und als der Ork die geschlossene Hand ruckartig wieder aus dem Mund hervorriss, hielt er etwas Fleischiges in der Faust.

Blut sickerte zwischen seinen Fingern hervor.

Garske kreischte vor Schmerz und Entsetzen, die Augen immer noch weit aufgerissen, während es dunkelrot und dickflüssig über seine Unterlippe schwappte.

Mit einem zufriedenen Grinsen, das seinen Unterkiefer bis auf den letzten Zahn entblößte, ließ Bava das Feuer an seiner Hand erlöschen. »Ich freue mich, dass du auch ohne Zunge so gut bei Stimme bist«, wandte er sich höhnisch an Garske. »Aber du solltest dich schonen. Damit du auch noch laut genug schreien kannst, wenn dir die Flammen das Fleisch von den Knochen zehren.«

11

Einerseits verlief die Zeit des Wartens so quälend langsam, dass sich Urok immer wieder wünschte, die Scheiterhaufen mögen endlich brennen, damit bloß alles bald vorbei sei. Andererseits hätte er sich liebend gern jeder erdenklichen Qual unterworfen, nur um das Unvermeidliche noch weiter hinauszuschieben.

Sie warteten, bis der Mond als bleiche Sichel über den Eichenwipfeln erschien, dann rief Grimpe alle Späher zurück und versammelte sie innerhalb des geweihten Kreises. Jenseits der Baumgrenze, rund um das Dorf der Madak, war es ruhig geblieben. Sie durften also annehmen, dass bisher alles nach Plan verlief.

»Es ist so weit!«, verkündete Tabor und hob dabei die tief herabgebrannte Fackel empor. »Lasst uns diesen Platz in heiligen Grund verwandeln!«

Als Erstes ging er zu dem Magister und zündete den Scheiterhaufen zu dessen Füßen an. Das trockene, mit Baumharz behaftete Holz fing rasch Feuer. Knisternd breiteten sich die Flammen aus, während Tabor einen Schritt zur Seite trat und den Vorgang bei Ragmar wiederholte.

Garske begann verzweifelt an den Fesseln zu zerren, als die Wärme seine nackten Beine emporkroch. Der von unten heraufflackernde Schein verlieh ihm ein gespenstisches Aussehen. Deutlich hervortretende Schatten entstellten sein ohnehin schon verzerrtes Gesicht. Das Blut, das ihm aus dem Mund gelaufen war, hatte sein Kinn verschmiert, und seine Tunika hatte sich über der Brust damit vollgesogen. Von dem eifernden Zorn, mit dem er über den Atem des Himmels gesprochen hatte, war nichts mehr geblieben. Stattdessen schrie er auf, als die ersten roten und gelben Flammen über seine Haut züngelten.

Ragmar presste dagegen die Lippen aufeinander. Allerdings wurden seine Beine auch durch die lederne Hose geschützt. Eine kalte Bö fachte das Feuer rasch an, bis es hell lodernd in die Höhe schlug. Es hatte seit dem letzten Doppelmond nicht mehr geregnet, das trockene Bruchholz brannte nahezu rauchlos ab. Mit einer allzu raschen Ohnmacht war daher nicht zu rechnen.

Tabor stopfte die Fackel tief in Ragmars Scheiterhaufen und trat zurück zu seiner wartenden Schar. Mit einer gewissen Neugier, aber ohne sichtbare Gefühlsregungen verfolgten alle, wie die Gefangenen an ihren Fesseln zerrten. Selbst Urok gab sich nach außen hin gelassen, in seinem Inneren brodelte es jedoch wie im Schoß der Erde.

Ragmar versuchte noch, seine Hände in die Höhe zu drehen, um sie den emporzüngelnden Flammenspitzen möglichst lange zu entziehen, der Magister legte dagegen bereits alle Zurückhaltung ab und begann laut und durchdringend zu kreischen. Seine Stimme hallte von den umliegenden Bäumen wider, drang aber auch über sie hinaus und musste bis zum Dorf der Madak gut zu hören sein.

Grimpe und Tabor nickten zufrieden. Mehr nicht.

Ragmar hatte immer noch keinen Laut von sich gegeben, doch inzwischen begann seine Hose zu dampfen. Mit seiner dünnen, nur mäßig widerstandsfähigen Menschenhaut mussten die Schmerzen allmählich unerträglich werden. Ragmar biss sich auf die Lippen, um weiterhin still zu sein, zerrte und wand sich aber, soweit es die engen Fesseln zuließen.

Das Harz auf den brennenden Ästen begann sich langsam zu verflüssigen. Unter lautem Knacken spritzte es in die Höhe und schmorte tiefe Löcher in die Kleidung der Menschen, manchmal auch in die Menschen selbst. Garskes Tunika hatte längst Feuer gefangen, Ragmars Wams stand kurz davor.

Die zungenlosen Schreie des Magisters schmerzten in ihren empfindlichen Ohren, doch die Orks standen weiterhin nur da wie aus Stein gemeißelt. Einzig Urok, der sich ein wenig abgesondert hatte, trat unruhig von einem Bein auf das andere. Sein Blick ruhte auf Ragmar, der tapfer versuchte, seiner Schmerzen Herr zu werden. Doch seine Leidensfähigkeit hatte Grenzen, das war deutlich zu erkennen. Dabei setzte ihm das überschnappende Gebrüll des Magisters fast genauso stark zu wie die glühende Hitze, die seine Haut langsam vom Fleisch zu pellen begann.

Den Kopf wild hin und her werfend, biss er sich die Lippen blutig, während ihm die Haare zu schwarzen Klumpen verschmorten. Keuchend spannte er alle Muskeln an und versuchte seine Fesseln zu sprengen, doch die gewässerten Seile würden erst brennen, wenn sein Körper längst zu Asche verfallen war. Langsam verpestete der Geruch von verkohltem Fleisch die Luft.

Obwohl seine Haut bereits dicke Blasen warf, erstarrte Ragmar mitten in der Bewegung. Sein Blick bohrte sich in den von Urok, und es war klar, was er mit dem Funkeln seiner weit aufgerissenen Augen signalisieren wollte. *Hilf mir, Urok! Irgendwie! Ich halte es nicht mehr lange aus!*

Aus Sicht eines Orks hatte er noch nicht allzu viel durchlitten, dennoch wurde es Urok zu viel. Mit ein paar weit ausholenden Schritten trat er hinter Tabor und Grimpe, die sich nicht einmal zu ihm umwandten, obwohl sein heißer Atem ihre Nacken streifte.

»Hält sich wirklich gut, dieser Ragmar, meint ihr nicht auch?«, fragte er, gerade laut genug, um Garskes Geschrei zu übertönen. »Hat bisher noch keinen einzigen Laut von sich gegeben.«

Grimpe ließ nur ein unwilliges Knurren hören, Tabor reagierte gar nicht auf seine Worte.

»Ich finde, er hat einen sauberen Streich verdient«, drängte Urok. »Einen ehrenvollen Tod durch den Stahl.«

»Was?« Grimpes Kopf ruckte herum, während Tabor weiter stur geradeaus stierte. »Bist du jetzt vollkommen verrückt geworden? Der Kerl soll gefälligst genauso schreien wie der andere. Und er wird schreien, das ist bloß eine Frage der Zeit.« Er bedachte Urok mit einem grimmigen Blick, der deutlich machte, dass sein Entschluss längst feststand und er keine Einmischung von Seiten der Schar dulden würde. Insbesondere nicht von einem Jungork, den er ohnehin als notorischen Quertreiber einstufte.

Als Urok begriff, dass es nicht die geringste Hoffnung gab, stolperte er so heftig zurück, als ob er gerade mit großer Wucht gegen eine Felswand geprallt wäre. Zuerst fühlte er sich vollkommen kalt und betäubt, gleich darauf jedoch wie von siedenden Fieberschüben durchströmt.

Was für ein Narr er doch gewesen war. Hatte er denn wirklich geglaubt, die anderen würden ebenso viel Mitleid empfinden wie er?

Von weiteren Hitzewallungen geschüttelt, starrte er den Magister an, der seine weißen Zähne bereits im Todeskampf bleckte. Die Flammen hatten seine Haut so weit aufgezehrt, dass das darunter hervorquellende Blut zischend ins Feuer tropfte. Längst zu einer lebenden Fackel geworden, schrie er unaufhörlich weiter.

Und schrie.

Und schrie.

Und schrie.

Ragmar erging es nur wenig besser als ihm. Sein Gesicht verkohlte ebenfalls, und seine Haare brannten lichterloh. Unter dem Einfluss der Hitze begannen selbst die Augen zu kochen, bis sie sich verflüssigten und aus den Höhlen liefen. Nicht mehr lange, und er würde ebenfalls zur Feuersäule werden. Seine blutigen Lippen spalteten sich zum ersten Mal, seit Tabor die Scheiterhaufen entzündet hatte. Kein Schrei drang aus der gequälten Kehle hervor, nur ein einzelnes Wort.

Ein Name.

»Urok!«

Er hatte nicht mal laut gerufen, trotzdem war der Name deutlich zu verstehen. Ebenso deutlich wie das, was ihm Ragmar damit sagen wollte. Dass er nicht mehr lange durchhalten würde. Dass er kurz davorstand aufzugeben. Das er dringend Hilfe brauchte. Und zwar sofort.

Urok reagierte, ohne darüber nachzudenken. Seine Hand wanderte von ganz allein hinter seinen Rücken, über den Steiß hinweg in die Höhe, bis er die Spitze der umgedreht eingerasteten Axt unter seinen Fingerkuppen spürte. In einer geübten Bewegung drückte er die schwere Waffe aus der Halterung und ließ sie anschließend in die Tiefe gleiten, bis er den Schaft zu fassen bekam.

Die übrigen Orks bemerkten nichts davon, dafür waren sie viel zu sehr auf den Todeskampf ihrer Opfer konzentriert. Einzig Rowan wandte sich um und schüttelte kaum merklich den Kopf. Urok bemerkte es aus dem linken Augenwinkel, am Rande seines Sichtfelds, ohne die Warnung wirklich zu realisieren. Sein Blick galt einzig und allein Ragmar, der ihn längst aus leeren Augenhöhlen stumm um Hilfe anflehte.

Der Zeichner aus dem Grenzland, er konnte einfach nicht mehr.

Umgeben von einem lodernden Flammenmeer öffnete er langsam den Mund, um endlich all den unmenschlichen Schmerz aus sich herauszuschreien, der ihn so sehr quälte. Doch Urok ließ es nicht so weit kommen.

In einer blitzschnellen Bewegung schwang er die Axt über den Kopf und ließ sie tief über den Rücken sinken. Er visierte sein Ziel nur kurz an, dann riss er beide Arme wieder mit großer Gewalt nach vorn. Der Luftzug der mächtig geschwungenen Waffe blieb nicht unbemerkt, doch Grimpes Wutschrei kam zu spät. Die riesige Axt schnitt bereits pfeilgerade durch die Luft. So schnell, dass Ragmar das Ende schneller ereilte, als er es bemerken konnte. Mit einem abscheulichen Laut fuhr ihm das untere Blatt durch den Schädel und spaltete ihn auf ganzer Höhe, vom Scheitel bis zum Hals.

Ragmar war augenblicklich tot, während sich der Magister weiter die Lunge aus dem Leib schrie.

»Bist du wahnsinnig geworden?«, brauste Grimpe auf. »Ich habe dir doch gesagt, dass …«

Urok hörte nicht weiter hin, sondern ging achtlos an den anderen vorüber, trat an Ragmars brennenden Leichnam und zog seine Axt mit einem harten Ruck aus dem Holz. Im gleichen Moment wurde der Magister ohnmächtig. Sein Geschrei ebbte ab und kehrte nicht zurück. Er verstummte für immer.

Der Geruch von verdampfendem Blut und verkohlendem Fleisch war auf diese kurze Entfernung kaum auszuhalten, trotzdem warf Urok einen letzten Blick auf Ragmars zerschmettertes Gesicht. Der brennende Kopf verharrte tatsächlich in seiner ursprünglichen Position, von unzähligen Knochensplittern an den Baum genagelt. Urok hatte den Zeichner ganz bewusst nicht geköpft, sondern ihm den Schädel gespalten, damit er nicht mehr zur Trophäe taugte.

Die Axt fest in beiden Händen, drehte er sich herum. Bereit, sich gegen jeden zu stellen, der ihn zur Rechenschaft ziehen wollte. Notfalls gegen die gesamte Schar. Während hinter ihm Vurans Opfer unter lautem Prasseln vergingen, ließ er seinen Blick prüfend von einem zum anderen wandern. Die meisten Scharbrüder starrten ihn nur verblüfft bis ungläubig an, doch Tabor und Grimpe bebten vor Wut. Kein Wunder. Seine Eigenmächtigkeit untergrub ihre Machtstellung. Darauf mussten sie reagieren. Irgendwie.

»Was fällt dir ein?«, platzte es aus Tabor hervor. »Dazu hattest du kein Recht!« Er setzte noch im selben Atemzug zu einer kräftigen Drohung an, doch Grimpe brachte ihn mit einer energischen Geste zum Schweigen.

Ob das gut oder schlecht war, ließ sich zuerst nicht erkennen. Das Gesicht des Alten schien zu einer undurchsichtigen Maske erstarrt. Nur das Prasseln von Holzscheiten und brennendem Fett erfüllte die Luft.

Da niemand auf ihn losging, senkte Urok die Axt und setzte sie mit dem Doppelblatt voran auf den dichten Laubboden. Auf den Knauf gestützt, wartete er ab, wie Grimpe reagieren würde. Keiner von ihnen rührte einen Muskel. Selbst die Natur um sie herum schien den Atem anzuhalten.

»Dein Geist ist verwirrt«, brach Grimpe endlich das Schweigen. »Ich beobachte das schon seit Tagen.« Das war kein schlechter Ansatz, um die Sache im Guten zu bereinigen. Ein Anflug von Wahnsinn mochte vieles entschuldigen. Urok erkannte, dass ihm der Alte ein letztes Mal entgegenkommen wollte, obwohl das böse Funkeln in seinen Augen bewies, dass Uroks Tage in dieser Raubschar gezählt waren.

Urok blieb weiterhin reglos stehen. Er zuckte nicht einmal mit einem Augenlid, während er überlegte, ob er sich wirklich als verrückt bezeichnen lassen sollte.

»Ich weiß auch ganz genau, *was* deine Gedanken vergiftet«, fuhr Grimpe unverdrossen fort. »Es ist die lederne Menschenschrift, die du an dich genommen hast, obwohl dir kein Anteil an der Beute zustand. Ich weiß, dass du sie bei dir trägst. Wirf sie ins Feuer, damit du endlich wieder zu Sinnen kommst.« Fordernd deutete er auf die Flammensäulen in Uroks Rücken.

»Nein.« Urok antwortete, ohne nachzudenken. Doch sein Entschluss geriet auch nicht ins Wanken, als er sich der Tragweite seiner

Worte bewusst wurde. »Nicht das Buch. Das gehört mir. Mir ganz allein.«

Einige aus der Schar sogen laut hörbar die Luft ein, doch Grimpe tat, als ob er nichts gehört hätte. »Das Buch«, wiederholte er mit eindringlicher Stimme. »Nimm es aus deinem Waffenrock und übergib es dem Feuer.«

Urok spürte eine heiße Woge durch seinen Brustkorb branden. Allein die Vorstellung, auch noch das Buch zu verlieren, versetzte sein Blut in Aufruhr. *Nein, nicht die Zeichnungen*, gleißte es durch seinen Kopf. *Dann ist alles umsonst gewesen. Dann wäre es, als ob Ragmar niemals gelebt hätte.*

Grimpes Blick sprühte längst vor Hass, doch das nahm er nur seltsam gedämpft wie durch ein hohes Fieber wahr. Das Bild des brennenden Ragmar stand Urok dagegen überdeutlich vor Augen.

»Das Buch bleibt, wo es ist«, bekräftigte er seine Weigerung. »Du musst es dir schon holen, wenn du es haben willst.« Er hörte seine eigene Stimme wie aus weiter Ferne. Beinahe so, als spräche ein Fremder. Trotzdem hob er die Axt und umfasste ihren Schaft mit beiden Händen.

Seine Scharbrüder erwiderten diese Geste, indem sie ebenfalls zu ihren Waffen griffen, selbst Rowan, der als Einziger ein wenig traurig wirkte. Doch wer einen Rechten Arm auf diese Weise herausforderte, stellte sich gegen die gesamte Raubschar. Grimpe hielt seine bloße Hand noch einige Atemzüge lang ausgestreckt, dann griff er ebenfalls zu seinem Streithammer.

Das war der Moment, in dem Urok mit allem abschloss.

Von nun an galt es, dem Ende ins Auge zu blicken. Allein gegen die gesamte Schar anzutreten, bedeutete den sicheren Untergang. Trotzdem bereute er seine Entscheidung mit keiner Faser seines Herzens. Es war ein gutes Leben gewesen, das er geführt hatte, wenn auch leider viel zu kurz. Doch lieber wollte er sterben, als in dieser Angelegenheit nur einen Fußbreit zurückzuweichen.

Der Widerschein der lodernden Scheiterhaufen ließ die Augen seiner Scharbrüder unheilvoll glänzen. Von einer unnatürlichen Ruhe erfüllt, wartete Urok darauf, dass sie über ihn herfielen. Statt Furcht oder Bedauern füllte ihn eine angenehm prickelnde, geradezu berauschende Wärme aus. Der brennende Schlag seines Herzens heizte ihm immer stärker ein. Etwas glühend Heißes pumpte durch seine Adern, bis er dem Kampf geradezu entgegenlechzte.

Die Welt um ihn herum schien hinter roten Schleiern zu versinken. Obwohl er seiner eigenen Schar gegenüberstand, freute er sich unbändig darauf, jedem einzelnen von ihnen und letzten Endes auch sich selbst das Leben zu nehmen.

Grimpe und die anderen zögerten plötzlich, auf ihn loszugehen. Zunächst begriff Urok nicht, *was* sie so zur Vorsicht mahnte. Bis er die feinen Flammen sah, die über seine nackten Arme huschten. Kleine Vorboten eines Blutrausches, der von ihm Besitz zu ergreifen drohte.

Das Wissen um den eigenen Tod hatte unbemerkt alle Hemmschwellen gesenkt. Nun stand er da, bereit – und fähig –, alle anderen mit sich in den Abgrund zu reißen. Selbst der Blick des alten Grimpe begann zu flackern, als er sah, dass die Flammen, die aus Uroks Körper drangen, immer größer und kräftiger wurden.

»Damit brichst du auch die letzten Regeln!«, rief er empört.

Urok antwortete nur mit einem dunklen Lachen. Er war längst vom Rausch erfasst und deshalb nicht mehr mit solchen Worten zu erreichen.

Grimpes Gestalt durchlief ein Zittern, wenn auch nur sehr kurz. Gleich darauf wurde sein Blick kalt und entschlossen. Ihm war klar, dass es kein Zurück mehr gab. Ihm blieb gar nichts anderes übrig, als seine Schar in den Kampf zu führen. Sonst hätten er und Tabor für immer das Gesicht verloren.

Urok hatte noch die Kontrolle über sein Handeln, stand aber kurz davor, als Erster loszuschlagen. Die Axt in seinen Händen fühlte sich plötzlich seltsam lebendig an. *Schlag zu*, schien sie ihm zuzuflüstern. *Mach ein Ende mit ihnen. Mit allen.*

Doch noch hatte ihn der Rausch nicht gänzlich überwältigt. Noch wartete Urok darauf, dass sich die anderen selbst ins Unglück stürzten. Ein bedrohliches Knistern lag in der Luft. Es kündete vom nahen Tode, der diesen heiligen Ort heimsuchten wollte.

Doch dazu kam es nicht mehr. Kurz bevor der erste von ihnen losstürzen konnte, ließ eine fremde Stimme alle zusammenfahren.

»Was geht hier vor?«, schnitt sie scharf durch die Dunkelheit. »Was für ein Hexenwerk veranstaltet ihr in unserem Wald?«

Grimpe und die Schar waren nicht weniger überrascht als Urok. Erst als alle ihre Köpfe zur Seite drehten, wurde auch ihnen klar, dass sie unbemerkt Zuschauer bekommen hatten. Sehr viele Zuschauer.

Gut ein Dutzend Raubschare hatte sich rund um den heiligen Grund versammelt. Alles unbekannte Gesichter. Doch es war nicht schwer zu erraten, dass sie aus dem Dorf der Madak stammten. Der Größte unter ihnen, der, der sie auch angesprochen hatte, trug einen schlohweißen, wie von Raureif überzogenen Schopf. Seinen beiden Schulterpanzern links und rechts des Kopfes entwuchsen jeweils zwei besonders lange, mit Schnitzereien verzierte Lindwurmhörner.

Kein Zweifel, das musste Vandall Eishaar sein, das Oberhaupt des Madak-Clans.

»Wer seid ihr?«, schob er die nächste Frage nach. »Welcher Stamm hat solch einen Haufen von Verrückten hervorgebracht?«

Mit zusammengekniffenen Augen sah er von einem zum anderen, bis sein Blick bei Urok Halt machte. »Du«, wandte er sich laut an ihn. »Du scheinst Ärger mit den anderen zu haben. Sag mir, was hier vorgeht, und ich will dich vor ihnen schützen.«

Urok dachte nicht daran, darauf zu antworten. Er hatte genug mit sich selbst zu tun. Da sich seine Raubschar geschlossen dem Feind zugewandt hatte, war für ihn die unmittelbare Gefahr zunächst gebannt. Vielleicht lag es an seiner Überraschung über die plötzliche Einmischung, oder es war der reine Überlebenstrieb – aber im gleichen Moment, da er nicht mehr direkt bedroht wurde, dämmten seine Instinkte den Blutrausch ein. Alles ging sehr schnell. Die Hitze in seinem Körper verebbte im gleichen Maße, wie die Flammen auf seiner Haut erstarben. Es war ein völlig unbewusster Vorgang. So wie die Augen zu schließen, wenn sie von der Sonne geblendet wurden.

Überrascht sah er an sich herunter. Hose und Harnisch dampften zwar ein wenig, waren aber nicht ernsthaft in Mitleidenschaft gezogen. Seine größte Sorge galt dem Waffenrock, doch dem hatten die Flammen kaum zugesetzt. Die lederne Schrift, die er darin aufbewahrte, hatte also auch keinen Schaden genommen.

»Ich führe diese Jagdschar.« Ausgerechnet Tabor hatte sich als Erster von der allgemeinen Überraschung erholt. »Wir sind vom Stamme der Ranar«, erklärte er weiter, »und haben zwei Hellhäuter weit abseits der Handelsplätze aufgespürt. Wie du siehst, haben wir sie geopfert, um Vuran zu ehren.«

»Eine Jagdschar?« Allein der Tonfall bewies, das Vandall Eishaar kein Wort von dem glaubte, was ihm Tabor auftischen wollte. Doch er erkannte heiligen Grund, wenn er ihn sah, und hütete sich deshalb davor, den Bannkreis mit gezogener Waffe zu betreten. »Das ist doch alles Lug und Trug. Was hat eine Jagdschar eures Clans so nahe an unserem Dorf zu suchen?«

»Gibt es ein Dorf in der Nähe?« Hoffentlich log Tabor absichtlich so schlecht, um Eishaar zu verhöhnen. Andernfalls war er für Kriegslisten nicht im Geringsten zu gebrauchen. »Wenn wir das gewusst hätten, wären wir natürlich noch ein Stück weitergezogen, um Vuran mit euch gemeinsam zu ehren. So haben wir hier im Dunkeln Halt gemacht, weil uns diese Stelle besonders geeignet erschien.«

Vandall Eishaar machte ein Gesicht, als wollte er Tabor mit bloßen Händen erwürgen, doch der Respekt vor dem Bannkreis hielt ihn und seine Krieger weiterhin zurück. »Alles Unsinn!«, verschaffte er seiner Wut kräftig Luft. »Ihr treibt euch hier schon seit dem frühen Abend herum. Und zwar so lautstark, dass euch sogar unsere Kinder bemerkt haben.«

Uroks Glaube an Bavas Fähigkeiten erhielt einen leichten Knacks, andererseits konnten sie alle froh sein, dass sich die Madak schon vorzeitig auf den Weg gemacht hatten, um sie hier abzufangen.

Wären Eishaar und seine Scharen auch nur ein klein wenig später eingetroffen, hätten sie wohl nur noch Tote vorgefunden.

»Du da«, wandte sich Vandall erneut an Urok. »Sag mir, was ich von diesem Mummenschanz zu halten habe. Das hier ist doch kein heiliger Grund, den es zu achten gilt, sondern bloß ein böses Spiel, das ihr treibt. Sag mir, welchem Zweck es dient, und du erhältst einen trockenen Platz in einer unserer leeren Hütten. Und vielleicht sogar eine junge Witwe, die einen neuen Mann sucht.«

Urok stützte sich längst wieder auf seinen Rundknauf und zog ein gelangweiltes Gesicht. »Mir steht keine Antwort zu. In unserer Schar spricht nur der Erste Streiter.« Das war alles, was er erwiderte.

Vandall Eishaar spuckte verächtlich aus. Einige seiner Getreuen zuckten erschrocken zusammen, weil sein Speichel dicht vor der in das Laub gezogenen Linie auftraf. Nur eine Handbreit weiter, und er hätte sich an Vuran versündigt.

»Du klingst sehr feindselig«, nahm Tabor den Faden auf. »Soll das etwa bedeuten, dass du den heiligen Grund nicht achten willst?«

»Es gibt keinen heiligen Grund«, fauchte Vandall zurück. »Ihr habt diesen Platz selbst entweiht, indem ihr die Waffen gegeneinander erhoben habt. Der Fremde im Blutrausch und ihr.«

»Es gab keinen Kampf«, korrigierte Grimpe.

»Und auch keinen Blutrausch«, fügte Tabor hinzu, dem die Lügen inzwischen besser von den Lippen gingen. »Was ihr gesehen habt, ist unsere Art Vuran ein Opfer darzubringen. Die Art der Ranar. Darum steht unser Heimweg auch unter dem Blutbann, wie es sich für alle Zeiten gehört.«

Vandall Eishaar setzte zu einer Erwiderung an, brach aber ab, ohne ein einziges Wort hervorzubringen. Seine Augen begannen sich plötzlich zu weiten. *Sie stehen für den Heimweg unter Vurans Schutz.* Diese Erkenntnis sickerte zwar nur langsam, aber dafür mit durchschlagender Kraft in seine Gedanken, das war ihm deutlich anzusehen. Endlich dämmerte ihm, was eigentlich vor sich ging. Rasch wandte er sich einem nahe stehenden Krieger zu und flüsterte ihm einen Befehl ins Ohr. Doch es war gar nicht mehr nötig, einen Späher an den Waldrand zu senden.

Seine Nachhut begann bereits lautstark zu lärmen.

»Alarm!«, erklang es aus knapp fünfzig Schritten Entfernung. »Unser Dorf wird angegriffen! Die Palisaden stehen bereits in Flammen!«

Unter den Madak brach Unruhe aus, doch ohne Eishaars Befehl stürmte niemand los. Noch nicht. Der Streitfürst musste sich rasch etwas einfallen lassen, wollte er nicht die Kontrolle über seine Ersten Streiter und ihre Scharen verlieren.

»Ein Überfall?«, erhöhte Grimpe den Druck mit höhnischer Stimme. »Das ist ja schrecklich. Vielleicht solltet ihr nachsehen, was dort vor sich geht, bevor man euch noch all euer Hab und Gut raubt.«

Die Worte verfehlten ihre Wirkung nicht. Überall entlang des Bannkreises wurde mit den Füßen gescharrt. Die ersten Krieger drehten sich bereits um, reckten unruhig die Hälse und standen kurz davor zurückzustürmen. Nur unter großen Mühen gelang es ihren Ersten Streitern, die Disziplin aufrechtzuerhalten.

Vandall Eishaar hob drohend die Hand mit dem Streithammer, als ob er auf Grimpe zuspringen und ihn niederstrecken wollte, doch der Bannkreis hielt ihn zurück wie eine unsichtbare Barriere. Der Glaube an Vuran steckte ihnen allen so tief im Blut, dass der Körper von allein verweigerte, was die Wut so gern diktieren wollte.

»Diese ruchlose Tat werdet ihr noch alle bereuen«, drohte Vandall, als er endlich einsah, dass ihm die Hände gebunden waren. Auch wenn er die List durchschaute, er konnte Tabors Schar nicht angreifen, ohne Schande über sich und seinen ganzen Stamm zu bringen. Ohne die Wirkung seiner Worte abzuwarten, wandte er sich den eigenen Krieger zu.

»Mir nach!«, rief er laut. »Die Angreifer sollen es büßen, dass sie uns so heimtückisch überfallen haben!«

Dass die Madak gerade dafür büßten, dass sie zwei Monde zuvor das Dorf der Ranar überfallen hatten, brauchte er nicht zu erwähnen, das wussten ohnehin alle. Während sich die Scharen unter lautem Gebrüll entfernten, lachten ihnen Tabors Mannen hinterher.

Der Rausch des Triumphs ließ viele den eigenen Zwist vergessen, doch in Grimpe brodelte weiterhin der Wunsch nach Rache.

»Eishaar hatte recht!«, stieß er laut hervor, sobald sie wieder allein waren. Nachdem er mit seinem Ruf alle zum Verstummen gebracht hatte, wandte er sich grollend zu Urok um und fuhr fort: »Du hast dich nicht nur gegen deine eigene Schar gestellt, sondern mit deinem Blutrausch auch heiligen Grund besudelt. Dafür hättest du den Tod verdient. Doch weil dein Geist vergiftet ist und du uns nicht an die Madak verraten hast, will ich dir das Buch und dein Leben schenken. Aber eins, das musst du wissen, Urok: Von dieser Nacht an existierst du nicht mehr für mich. Und für keinen anderen aus unserer Sippe, der etwas auf sich hält.«

Nach dieser Ankündigung machte er auf dem Absatz kehrt und ging in die Nacht hinaus. Tabor folgte umgehend seinem Beispiel. Und auch die Übrigen der Schar wandten sich wortlos ab, ohne jeden Gruß oder eine Geste des Mitleids oder des Bedauerns. Urok hatte sich im Blutrausch gegen sie gestellt, das würden sie ihm nicht vergessen.

Einzig Rowan zögerte ein wenig länger als die anderen, doch dann verschwand er ebenso in der Nacht wie die anderen. Zurückzubleiben hätte ihn ebenfalls zu einem Ausgestoßenen gemacht. Und warum hätte er dieses Schicksal mit jemandem teilen sollen, der ihn noch kurz zuvor rücksichtslos hatte niedermachen wollen? Urok konnte die Handlungsweise seiner Clanbrüder durchaus verstehen, das war das Schlimmste an der Situation.

Obwohl ihm die Hitze der lodernden Menschen heiß auf dem Rücken brannte, blieb er noch eine Weile reglos stehen. Geistesabwesend strich er immer wieder über den Waffenrock. Die Konturen der ledernen Schrift hoben sich deutlich unter der eingearbeiteten Tasche hervor.

War sie es wirklich wert, dass er mit Tabor und der gesamten

Schar gebrochen hatte? Diese Frage brannte so heftig in ihm, dass es sich anfühlte, als würde er heiße Asche einatmen. Je länger er darüber nachdachte, desto stärker wurde ihm bewusst, was es wirklich bedeutete, von der eigenen Sippe geächtet zu sein.

Geächtet und vollkommen allein.

GEÄCHTET

≽ 12 ≼

Nera war eine echte Kämpfernatur, zäh und ausdauernd, eine, die nicht so schnell aufgab. Trotzdem war ihr gerade zum Heulen zumute. Das mochte an ihrem Zustand liegen. An all den körperlichen Veränderungen, die eine Schwangerschaft mit sich brachte und auf die sie niemand vorbereitet hatte. Aber vor allem war es eine Reaktion auf das ewige Versteckspiel, das an ihren Nerven zerrte.

So konnte es auf Dauer nicht weitergehen. Diese ruhelose Hast, mit der sie von einem muffigen Verschlag in das nächste, noch schlimmere Dreckloch wechselte, ohne sich auch nur einen einzigen Atemzug lang sicher zu fühlen. Die Flucht durch die Abwasserkanäle lag nun schon vier Tage zurück. Und damit auch vier Tage des Zusammenkauerns und des nervös über die Schulter Schauens.

Was war nur aus der einst so stolzen Schattenelfin geworden, vor der die Menschen ehrfürchtig zurückgewichen waren, um nicht ihren Unwillen zu erregen? In Momenten wie diesen sehnte sich Nera nach ihrer gewohnten Umgebung und der Gemeinschaft der Elfen zurück. Nach allem, was ihr bisheriges Leben ausgemacht hatte, so lausig es auch gewesen sein mochte.

Ohne das Kind unter ihrem Herzen hätte sie längst aufgegeben. Und selbst mit ihm quälte sie immer häufiger die Frage, ob sie nicht eine riesengroße Dummheit begangen hatte. Wäre es nicht doch viel besser gewesen, ihrer Bestimmung zu folgen? Das Geburtshaus der Legion lockte mit seinen erfahrenen Ammen, während ihr nun eine Entbindung unter entwürdigenden Bedingungen bevorstand, mit einem Gefährten an der Seite, der zwar ebenso gut zu töten verstand wie sie, sich aber im gleichen Maße hilflos zeigte, wenn es um das genaue Gegenteil ging.

Sie waren nun einmal Schattenelfen, die letzten Überlebenden eines untergegangenen Volkes. Elitekrieger, die sich ebenso auf die leise Kunst des Mordens verstanden wie auf den offenen Kampf. Die lieber starben, als zu versagen. So wie es sich gehörte, für des Königs treue Legion, der Legion der Toten.

Ja, verdammt, wenn es um einen Anschlag in der Nacht oder eiskalten Mord ging, gab es niemand Besseren als sie. Darauf waren sie abgerichtet, von Kindesbeinen an. Doch wie sie zwischen solchen Bluttaten leben sollten, hatte ihnen niemand beigebracht. Darin war ihnen selbst der letzte Bettler in Sangors Gossen überlegen.

Nera schüttelte unwillig den Kopf, um den feuchten Schimmer aus ihren Augen zu vertreiben, aber die bösen Gedanken hielten hartnäckig an ihr fest. Schließlich erbebte ihre Brust doch unter einem leisen Schluchzen.

Andächtig strich sie über ihren gewölbten Leib. »Du sollst es einmal besser haben«, flüsterte sie leise, obwohl das Ungeborene sie gar nicht hören konnte. Oder etwa doch?

Das war es ja gerade.

Sie wusste es nicht!

Eine Amme hätte es ihr vielleicht sagen können, aber die hätte Nera das Neugeborene von der Brust gerissen und in eine fremde Stadt gegeben, wo es unter menschlicher Obhut hätte aufwachsen müssen. Bis es, nach sieben Sommern, in die harte Schule der Legion aufgenommen worden wäre. So war es auch bei Benir und Nera gewesen und bei allen anderen, mit denen sie Seite an Seite gedient hatten.

Natürlich war der Verlust eines Kindes für jede Mutter schmerzlich, ob lebende Tote oder nicht. Viele Schattenelfinnen kehrten deshalb verbittert aus dem Geburtshaus zurück und wurden zu den grausamsten Kriegerinnen ihrer Zunft. Andere stürzten sich vom Dach der Kaserne oder starben in Erfüllung des nächsten Befehls. Die meisten aber verloren sich in unsinnigen Tagträumen, in denen sie auf ein Wiedersehen mit ihren Kleinen hofften oder von einem freien Leben außerhalb der Legion fantasierten. Von dem großen

Rebellen, der die Fesseln ihres versklavten Volkes sprengen und sie in die alte Heimat führen würde.

Einst wird uns ein Befreier geboren, lautete eine geheime Prophezeiung, die an besonders schweren Tagen flüsternd von einem Elf zum anderen getragen wurde. *Einer, der weder den Kasernenstaub noch die Kälte des Geburtshauses kennt.* Es war eine kurze, äußerst glanzlose Voraussage, weil in ihren Reihen niemand zu dichten verstand. Trotzdem drohten allen, die diese Sätze weitertrugen, drakonische Strafen. Denn so kurz und glanzlos sie auch war – diese Prophezeiung hatte schon manch werdende Mutter, die nicht ihres Kindes beraubt werden wollte, zur Flucht verleitet.

So wie Nera.

Dass sie stattdessen in einer mit Taubenkot übersäten Dachkammer enden würde, hatte sie natürlich nicht geahnt. Leise schnaufend rollte sie sich zusammen und schlang beide Arme um die angezogenen Beine. *Es wird wieder alles besser werden*, wiederholte sie ein ums andere Mal in Gedanken, ohne wirklich daran zu glauben. Die ganze Welt um sie herum versank.

Nera wusste nicht, wie lange sie schon in ihrem Mantra verharrt hatte, als ein leises Schaben an ihr Trommelfell drang. Abrupt setzte sie sich auf und lauschte in die Stille. Dieses Geräusch gerade eben, kam das vom Dach, oder hatten ihr die Nerven nur einen Streich gespielt?

Da, schon wieder. Diesmal war sie sich sicher.

Plötzlich erschien Nera der abgedunkelte Raum noch stickiger als zuvor. Schweiß perlte ihr auf der Stirn, während sie lautlos über den Boden in Richtung Fenster glitt. Der Staub, den sie dabei aufwirbelte, tanzte in der von draußen einfallenden Sonne hektisch auf und nieder. Sie selbst blieb vollkommen ruhig, als sie sich rechts neben dem verschnörkelten Holzgitter gegen die Wand presste. Die doppelseitig geschliffene Klinge, die plötzlich in ihrer Rechten ruhte, erfüllte sie mit einem Hauch von Zuversicht.

Einige Herzschläge lang blieb alles still. Doch als sich die obersten Luftöffnungen verdunkelten, wusste Nera, dass sie keiner Täuschung erlegen war. In dem unregelmäßigen Muster, das die einfallenden Lichtbahnen auf den Fußboden zeichneten, hob sich plötzlich der Schatten eines Beines ab, das über die Dachkante herabschwang.

Nera spannte jeden Muskel ihres Körpers an, bereit, sich und ihr Ungeborenes bis zuletzt zu verteidigen. Gleichzeitig wurde das Holzgitter nach innen gedrückt. Die Klinge in Neras Hand fuhr bereits in die Höhe, um sich in den Rücken des Eindringlings zu bohren, als sie bemerkte, dass ihr die Konturen der Gestalt vertraut vorkamen.

»Du Idiot«, zischte sie, mitten im Stoß verharrend. »Du hast mich zu Tode erschreckt.«

Benir wirbelte auf dem Absatz herum und riss beide Arme zu einer gespielt kapitulierenden Geste empor. Als er jedoch sah, wie schlecht es ihr ging, unterdrückte er den Spott auf seinen Lippen. Rasch schob er das Gitter zurück in den Rahmen und schloss Nera in die Arme, ohne die Klinge in ihrer Hand zu beachten. Sie genoss seine Umarmung ebenso wie das Halbdunkel des Raumes, das ihr kurz zuvor noch so belastend erschienen war. Dieses Wechselbad der Gefühle brachte sie völlig aus dem Gleichgewicht, auch wenn Liebe und Geborgenheit gerade über Furcht und Schwermut triumphierten. Nera ließ die Klinge einfach fallen und presste Benir so fest an sich, wie es ihr gewölbter Leib zuließ.

»Dieses Versteckspielen macht mich noch wahnsinnig«, hauchte sie leise und spürte dabei, wie eine einzelne Träne über ihre linke Wange lief.

Bei den fünf Winden! Sie hatte zuletzt als Kind geweint, bevor ihr die Zuchtmeister der Legion solche Gefühlsregungen ausgetrieben hatten. Rasch versuchte sie das Gesicht an seiner Schulter zu trocknen, doch Benir kam ihr zuvor, indem er ihre Kinnspitze mit Daumen und Zeigefinger erfasste und die Träne sanft von ihrer Haut küsste.

Sie erschauerte. Für eine ganze Weile. Selbst dann noch, als Benir zu ihr sagte: »Ich habe frisches Brunnenwasser mitgebracht – und erfreuliche Nachrichten.«

Beides war Nera mehr als willkommen. Dankbar griff sie nach

dem Wasserschlauch, den er ihr reichte. Sie entkorkte ihn und ließ das sogar noch ein wenig kühle Nass in ihre Kehle rinnen, während Benir von Herzog Garskes Plänen berichtete.

»Er hat Todbringer, Kolk und drei Dutzend andere in das Land der Orks befohlen. Sie werden von einem Lichtbringer begleitet, und es heißt, vor Ort würden schon ein Stadtregiment und zwei Brigaden Gepanzerte auf sie warten.«

Nera setzte den Wasserschlauch ab, obwohl ihr die Zunge immer noch am Gaumen klebte. »Wenn das die gute Nachricht ist, möchte ich nicht wissen, wie die schlechten lauten.«

Benir lächelte, scheinbar glücklich darüber, dass sie zu ihrem alten Sarkasmus zurückgefunden hatte. »Ich habe eine Idee, wie wir uns die Befehle des Herzogs zunutze machen können«, eröffnete er umständlich. Was darauf schließen ließ, dass er etwas wirklich Geniales ausgebrütet hatte, das er nur ganz langsam, Schicht für Schicht, wie die Schalen einer Zwiebel, enthüllen wollte, um seinen Triumph zu genießen.

Nera ließ sich mit dem Rücken zur Wand nieder und trank weiter aus dem Wasserbeutel, während sie Benirs Ausführungen lauschte. Als sie endlich begriffen hatte, *was* ihm als sicheres Versteck für die Zeit ihrer Niederkunft vorschwebte, konnte sie nicht umhin, der Unverfrorenheit seines Planes eine gewisse Bewunderung zu zollen. Trotzdem würde das bedeuten, sich weiter vor aller Augen zu verbergen. Zumindest so lange, bis sie entbunden hatte.

Ein aufrechtes Leben in Ehre sah anders aus.

Allerdings war Ehre ohnehin zu einem Begriff verkommen, der unter König Gothars Herrschaft kaum noch Bedeutung besaß. Das Volk der Elfen hatte kein eignes Leben mehr, deshalb diente es ja in der Legion der Toten.

Der Schatten, den sie einst geworfen hatten, war verblasst. Sie waren längst zu Schatten ihrer selbst geworden.

Zu Schattenelfen.

13

Schon von Weitem sichtbar ragte der Heilige Hort zwischen den Wipfeln der umliegenden Wälder empor. Auf einen flüchtigen Beobachter mochte Arakias Herz wie ein ganz normaler Berg wirken, dessen Spitze allerdings durch einen sauberen Schnitt gekappt worden war. Doch wer genauer hinschaute, erkannte ein kreisförmiges, nach innen abfallendes Rund, das von ebenmäßig aufsteigenden Zinnen gesäumt wurde. Die Ähnlichkeit mit einer mächtigen Steinkrone drängte sich geradezu auf. Majestätisch thronte sie über einem Meer aus grünen Blättern, die sanft im Wind wogten.

Was für ein erhabener Anblick Vurans Geschenk an die Orks doch war.

Urok fühlte sich wie von einer schweren Last befreit, seit er den Höhenzug am Morgen zum ersten Mal gesichtet hatte. Doch obwohl er mit kräftigem Schritt marschiert war, schien der Hort kaum näher gerückt, als die Sonne den Zenit erreichte. Er musste erst noch einen langen Hohlweg durchschreiten, bevor er die schroffen Abhänge erreichen würde, auf denen weder Moos noch Gräser oder sonstige Halme sprossen. Um ihn herum ragten hohe Bäume in den Himmel, deren dicht belaubte Äste das Sonnenlicht zu einem grün schimmernden Halbdunkel filterten. Nur gelegentlich, wenn das Blattwerk etwas lichter wurde, konnte er noch die Umrisse der steinernen Krone ausmachen. Doch die große Kraft, die dem Hort innewohnte, spürte er bereits am ganzen Leib.

Weil er aus dem Stammesgebiet der Madak heranmarschierte, näherte er sich aus nordwestlicher Richtung. Das letzte Stück des Weges war ihm trotzdem wohlvertraut. Hier wanderte er auch entlang, wenn er üblicherweise zu Besuch kam.

Es gab nur zwei große Zugänge zum Hort. Diesen, der nach Osten wies, und einen weiteren auf der gegenüberliegenden, dem Frostwall zugewandten Seite, von dem ein Pfad vom Schädelfeld herführte.

Kurz vor der Baumgrenze verharrte Urok einen Moment im Schatten, damit sich seine Augen den veränderten Lichtverhältnissen anpassen konnten. Trotzdem musste er sie mit der Hand abschirmen, als er in die grelle Sonne trat. Um ihn herum wirkte alles wie ausgestorben. Nur eine einzelne Eidechse wieselte über die vor ihm liegende Steinterrasse und verschwand in einem engen Felsspalt. Urok wusste, dass seine Ankunft längst bemerkt worden war. Deshalb kündigte er sich auch nicht durch lautes Rufen an, wie es das Ritual verlangte, sondern stapfte unverdrossen weiter.

Die vor ihm liegende Steigung wies eine Reihe von Abstufungen auf, die viel zu gleichmäßig verliefen, um zufälligen Ursprungs zu sein. Bearbeitungsspuren von Hammer und Meißel waren allerdings nicht auszumachen. Man brauchte vermutlich kein Ork zu sein, um zu erkennen, dass sich das Blut der Erde an dieser Stelle nach Vurans Wunsch geformt hatte oder nach dem seiner Stellvertreter, die in seinem Namen wirkten.

Den Hütern des Hortes.

Während Urok die letzten Stufen bewältigte, frischte der Wind auf. Über ihm erklang ein hartes Flattern, das typische Geräusch, mit dem sich wehende Stoffbahnen in einer scharfen Böe zu strecken begannen. Oben auf der Terrasse angekommen, wurden sie auch schon sichtbar – die Standarten der vereinten Stämme von Arakia. Jedes der roten Banner, die dort wehten, war in einer anderen Schattierung gefärbt, die einen ganz bestimmten Clan symbolisierte.

Überall in den Felsen ragten sie empor. Scheinbar willkürlich verteilt wie durch die Hand eines achtlosen Riesen. Trotzdem stand ein jedes genau an seinem bestimmten Platz. Und wenn sich das Muster, nach dem sich die Banner rund um den Eingang gruppierten, auch nicht jedem Besucher sofort erschloss, so gab es doch keinen, den der Anblick nicht beeindruckte. Denn unterschwellig war sie für jeden zu spüren, die unsichtbare Ordnung, die dem Wesen der Orks entsprach. Rau und ungezügelt auf der einen Seite, aber auch voller Wärme und im Einklang mit dem Blut der Erde.

Es waren massive, für grobe Orkhände gedachte Tragestangen, die kerzengerade in den Himmel wuchsen und in verschnörkelten Spitzen endeten. Auch die einfachen Querstäbe, von denen die Banner herabhingen, mündeten links und rechts in gedrechselten und geschwungenen Verzierungen. Meist waren es nur Nuancen, in denen sich die Feldzeichen unterschieden. Lediglich die Standarte des Heiligen Horts wies einen markanten Unterschied auf, der sie deutlich von den anderen abhob. Unterhalb ihrer Spitze prangte noch ein mit durchgehenden Speichen verstärkter Holzring, der das Rad des Feuers symbolisierte.

»Da bist du ja endlich!« Hinter der natürlichen Felseinfassung, die den Eingang umgab, tauchte ein Gesicht auf. »Ich dachte schon, du wärst unterwegs eingeschlafen.« Kupferfarbenes, nach Art der Orks durch einen Zopf gebändigtes Haar machte schon von weitem deutlich, *wer* ihn da neckte.

Ohne den Spott zu erwidern, überwand Urok die zwanzig Orkschritte, die ihn von der nächsten Felstreppe trennten, und stieg auch diese empor. Diesmal waren die Stufen so steil, dass der Sack mit Ragmars Schädelhälften, den er am Gürtel trug, bei jedem Schritt heftig gegen seinen linken Oberschenkel prallte. Die flatternden Banner untermalten das knöcherne Klappern mit einer klagenden Melodie, doch Urok fehlte die Muße, genauer hinzuhören. An der Lücke in der Einfriedung angekommen, schlug ihm seine Schwester sofort mit großer Wucht zwischen die Schulterblätter. »Na, kleiner Brummbär! Was hast du bloß wieder angestellt?«

Grünohr! Brummbär! Er musste dringend noch ein paar Menschen erschlagen, damit diese Kosenamen endlich der Vergangenheit angehörten.

Mürrisch drehte er sich zu Ursa um, die auf einem natürlich wirkenden Felsvorsprung saß. Vom Scheitel bis zu den Oberschenkeln war sie das Paradebeispiel einer vitalen Orkfrau. Groß gewachsen, vor Kraft strotzend, mit ausladenden Brüsten und einer breiten, fleischigen Nase, wie sie jeder Mann mit gutem Geschmack zu schätzen wusste. Unterhalb der Knie sah es von Geburt an anders aus. Ganz anders. Ihre kleinen, nach innen verdrehten Füße vermochten den mächtigen Leib ebenso wenig zu tragen wie die verkümmerten

Waden, die praktisch nur aus Haut und Knochen bestanden. Selbst die dicke, von den Kniescheiben bis zu den Fußspitzen mit Schleifspuren übersäte Lederschürze konnte die fehlende Muskulatur nicht verbergen. Doch was Ursa an Beinkraft fehlte, machte sie durch andere Begabungen wieder wett. Der Weg in die Priesterschaft war ihr praktisch mit in die Wiege gelegt worden.

Urok konnte sich kaum noch an ihre gemeinsame Zeit auf heimischen Grund erinnern. Schon mit sieben Wintern war seine Schwester in den Heiligen Hort eingetreten. Und obwohl er sie seitdem regelmäßig besuchte, hatte er sie zeitlebens vermisst.

»Bist du nur zum Schweigen hergekommen?«, riss sie ihn aus seinen trüben Gedanken. »Oder um mir zu erzählen, warum du dich mit Grimpe und Tabor überworfen hast?«

Zuerst Grimpe, dann Tabor. Es war kein Zufall, dass sie die beiden in dieser Reihenfolge nannte. *Armer Erster Streiter*, dachte Urok in einem Anflug von hämischer Genugtung, *jeder weiß, wer deine Schar wirklich führt.* Als ihn seine Schwester ungeduldig anstupste, weil er den Mund weiterhin nicht aufbekam, reagierte Urok mit einem unwilligen Knurren. Er wusste auch nicht warum, aber die Freude, die er eben noch über den bevorstehenden Besuch empfunden hatte, war mit einem Schlag verflogen.

»Tabors Schar ist meiner nicht würdig«, knurrte er. »Dieser Kerl ist nur ein elender Aufschneider, trotzdem stärkt ihm sein Vaterbruder laufend den Rücken.«

Ursa bedachte ihn mit einem ihrer üblichen *Du-sprichst-mit-einer-Hüterin-des-Blutes-die-man-nicht-belügen-darf*-Blicke. Mehr nicht.

»Du weißt doch ohnehin schon alles«, fügte er widerwillig hinzu, denn er kannte ihre Gaben.

»Längst nicht alles«, korrigierte sie, die Andeutung eines Lächelns auf den wulstigen Lippen. »Nur das meiste. Ich wäre eine schlechte Priesterin, wenn es anders wäre. Oder etwa nicht?«

Urok zuckte mit den Schultern. »Was weiß ich.« Am liebsten hätte er auf dem Absatz kehrtgemacht und sie wieder verlassen. Seine Absicht war ihm wohl deutlich anzumerken, denn sie versetzte ihm einen groben Stoß in die Rippen, um seine Aufmerksamkeit zu erlangen.

Danach deutete Ursa auf den Beutel an seiner Seite.

»Hast du mir etwas mitgebracht?«, fragte sie durchaus erwartungsvoll.

»Nein!«, erwiderte er heftiger als beabsichtigt. »Das ist nicht für dich!« Allein der Gedanke, dass Ragmars gespaltener Schädel doch noch als Trophäe enden könnte, brachte sein Blut in Wallung. Da Ursa das nicht wissen konnte, fügte er etwas milder hinzu: »Aber es gibt eine lederne Schrift, die ich dir zeigen möchte.«

Rasch holte er den Einband mit Ragmars Bildern hervor. Ursa hatte sicherlich schon von dem Zauberbuch erfahren, doch zu seiner großen Enttäuschung nahm sie es keineswegs erwartungsfroh, sondern eher gleichgültig entgegen und blätterte nur lustlos durch die ersten Seiten.

»Da kommen noch Bilder«, drängte er sie, weiter hinten aufzuschlagen. »Die musst du dir unbedingt ansehen.«

»Aha«, lautete Ursas einziger Kommentar. Und als sie auf die erste Zeichnung stieß: »Hmm, wirklich sehr schön.« Ihr Tonfall besagte genau das Gegenteil, ihr Gesichtsausdruck ebenfalls.

Das war nicht die Reaktion, die er erwartet hatte. Genauso gut hätte sie ihm einen Streithammer über den Schädel ziehen können.

»Du musst weiter hinten schauen«, forderte er verärgert. »Gleich kommt Sangor! Vater hat oft davon erzählt, wie er vor den Mauern dieser Stadt gestanden hat. Aber er hat sie nur von außen gesehen. Du hingegen kannst jetzt einen Blick ins Innere werfen.« Ungeduldig langte er hinüber und blätterte so heftig weiter, dass das raschelnde Pergament an mehreren Stellen zerknickte. »Hier, sieh doch nur!«

Ursa bequemte sich, eine Weile auf die von ihm aufgeschlagene Doppelseite zu starren. Ihrer Miene nach gab es dort allerdings nicht viel Interessantes zu sehen.

»Bis du sicher, dass das Sangor ist?«, fragte sie schließlich. »Und nicht nur das Hirngespinst eines verrückten Hellhäuters?«

Uroks Blick bohrte sich in den ihren, bis sie den Lederband mit einem leisen Knall zusammenschlug und ihm wieder hinhielt. In diesem Moment begriff er, was vor sich ging, noch ehe sie begann: »Warum nimmst du nicht diese Zauberschrift und …«

»Nein!«, unterbrach er sie grob, denn er wusste längst, was sie vorschlagen wollte. »Auf gar keinen Fall! Außerdem ist es zum Einlenken viel zu spät. Wenn ich die Schrift jetzt noch Grimpe oder dem Feuer übergebe, verliere ich nur mein Gesicht, ohne damit etwas zu ändern.«

Wütend nahm er Ursa das Buch aus den grünen Händen und ließ es wieder in den Falten seines Waffenrocks verschwinden. Während er es verstaute, berührten seine Fingerspitzen Orgurs Dolch, der noch immer dort ruhte. Überrascht zog er die schmale Waffe hervor, die er ganz vergessen hatte. Sie war so klein, dass sie beinahe vollständig in seiner großen Faust verschwand.

»Jeder Ork braucht seine Schar«, redete Ursa unterdessen auf ihn ein.

Das war nun wirklich das Letzte, was er hören wollte. Verdammt noch eins! Er hatte geglaubt, dass er ihr die größte Freude ihres Lebens bereiten würde. Stattdessen versuchte sie ihn zurück unter Tabors Knute zu zwingen. Eine größere Schmach war für ihn kaum vorstellbar.

»Von nun an bin ich meine eigene Schar!«, erwiderte er ungehalten.

Der Satz platzte einfach so aus ihm heraus, ohne dass er vorher darüber nachgedacht hätte. Doch im gleichen Moment, da er die eigenen Worte hörte, begriff er, dass sie genau das ausdrückten, was er wirklich wollte: *Seine eigene Schar sein.* Urok spürte ein belebendes Prickeln am ganzen Körper. Obwohl er nur an das Blut der Erde und keineswegs an Magie glaubte, kam es ihm plötzlich so vor, als ob diese Worte eine Formel wären, die ein Ork nur laut aussprechen müsste, um sich über alles Klarheit zu verschaffen.

»Meine eigene Schar sein«, wiederholte er laut und genoss die unerschütterliche Ruhe, die ihn dabei durchströmte. »Mit der ich meinen eigenen Weg gehen kann. Mich zieht es fort von hier, in ferne

Länder. Wo es keine Grimpes und Tabors gibt, die mir etwas vorschreiben wollen.«

Ja, genau das war es, was ihn antrieb, seit er die lederne Schrift besaß. Vielleicht hatte ihn das Buch ja wirklich vergiftet. Denn in ihm brannte der Wunsch, mit eigenen Augen zu sehen, was ihm Ragmar – Bild für Bild – hinterlassen hatte. Als seine Schwester erkannte, wie ernst es ihm war, schrak sie heftig zusammen. Mehr noch. Auf ihr sonst so fröhliches Gesicht trat ein gequälter Ausdruck.

»Red nicht so leichtfertig daher, Urok!«, entfuhr es ihr laut. »Ich hadere schon genug mit mir, weil ich fürchte, dass du zusätzlich zu deiner eigenen noch mit meiner Unrast geschlagen wurdest, da sie mir selbst von Geburt an verwehrt ist.«

»Bah!«, fuhr er dazwischen, bevor sie weiteren Unsinn absondern konnte, der sie nur beide beschämte. »Ich bin ein Krieger, der seine Entscheidungen auf den eigenen Schultern trägt. Wag es nicht, dich noch einmal für etwas zu bezichtigen, das dir nicht im Geringsten anzulasten ist.«

Ursa war mit ihrer Klage noch lange nicht am Ende, doch sie war auch eine Tochter Ramoks, eine echte Blutork. Deshalb schüttelte sie ihr Unbehagen genauso schnell ab, wie es sie ereilt hatte. Übergangslos deutete sie auf den spitz zulaufenden Stoßdolch in seiner Hand.

»Was ist das? Ein Zahnstocher?« Ihr Versuch, spöttisch zu klingen, scheiterte an ihrer schwankenden Stimme. In Wirklichkeit wollte sie bloß ablenken, um sich Zeit zum Nachdenken zu verschaffen.

Urok konnte das gut verstehen.

Sie hatte einiges zu verdauen.

»Eine Waffe«, antwortete er zögernd. »Eine gute Waffe, wie ich sie gern hätte, würde sie aus Blutstahl bestehen und ihr Griff groß genug sein, damit ich mir nicht ins eigene Fleisch schneide.«

»Das lässt sich machen.« Ursa langte mit spitzen Finger herüber, als ob die Menschenwaffe zerbrechen könnte, sobald sie zu fest zupackte. Danach blickte sie zum Eingang der Höhle.

Es dauerte keine zwei Atemzüge, bis sich aus dem undurchdringlichen Dunkel des Felseinschnitts eine Gestalt löste und zu ihnen herüberkam. Es handelte sich um einen jungen Novizen, der weder Waffen noch Werkzeug trug. Er unterstand Ursas Obhut und hatte deshalb in der Nähe gewartet. Ohne Urok eines Blickes zu würdigen, trat er an sie heran, nahm von ihr den Dolch entgegen und einige Anweisungen, die sie ihm ins Ohr flüsterte. Danach verschwand er so schnell und lautlos, wie er aufgetaucht war.

»Lauern da drüben noch mehr von der Sorte?« Urok wusste, dass Ork-Priester über Fähigkeiten verfügten, die sie jedem Krieger ebenbürtig machten. Trotzdem war ihm das Verhalten des Novizen suspekt.

Seine Schwester reagierte leider nicht auf die Frage.

»Die Bilder dieser Schrift«, lenkte sie ab, »sie sind beeindruckend.« Ursa gestattete sich einen bedauernden Blick auf seinen Waffenrock, aber ihr Stolz verbot ihr natürlich, noch einmal um den ledernen Einband zu bitten. »Wirklich sehr beeindruckend. Aber beileibe kein Grund, in einen Blutrausch zu verfallen. Noch dazu gegenüber der eigenen Schar.«

Sie sprach die Wahrheit, das musste Urok anerkennen, doch sah diese Wahrheit von seinem Standpunkt aus anders aus.

»Als die Gefangenen dem Blut der Erde übergeben wurden, hat sich Ragmar als würdig erwiesen«, versuchte er zu erklären. »Trotzdem haben ihm Grimpe und Tabor einen ehrenvollen Tod verweigert. Damit haben sie sich selbst schmachvoll verhalten.« Das klang selbst in seinen Ohren lahm, aber er konnte nun mal besser zuschlagen als Reden schwingen. Während er noch überlegte, wie er den begonnenen Blutrausch am besten erklären sollte, musterte ihn Ursa mit skeptischem Blick.

»Du nennst den toten Hellhäuter bei seinem Namen?«, fragte sie mit leisem Vorwurf in der Stimme. »Als ob er ein Ork wäre! Vielleicht ist die lederne Schrift doch mit einem Zauber belegt, der deinen Geist verwirrt.«

Urok spürte, wie sich sein Rücken versteifte. Hätte er sich doch bloß sofort ins Grenzland aufgemacht! Er konnte ja nicht einmal seine friedliebende Schwester überzeugen.

Innerlich in Aufruhr, bedachte er Ursa mit einem stoischen Blick, fest davon überzeugt, dass in seinem wulstigen Gesicht nicht ein einziger Muskel zuckte. Trotzdem durchschaute sie ihn bis ins Mark.

»Ich will nicht ausschließen, dass es vereinzelt Menschen gibt, die unsere Achtung verdienen«, lenkte sie ein. »Du weißt, dass ich gern einmal einen Hellhäuter mit eigenen Augen sehen würde, aber nur, um dieses Volk besser zu begreifen. Denn eins dürfen wir nie vergessen, Urok: Die gefährlichste Waffe der Menschen ist ihre schier unbegrenzte Zahl! Es gibt so viele von ihnen wie Grashalme in der Steppe oder Laub in den Wäldern. Wäre Arakia nicht die Trutzburg, die sie ist, und wäre da nicht das Blut der Erde, das uns durchströmt, hätten sie uns schon längst überrannt. Deshalb müssen wir Blutorks einig sein. So einig wie …«

»… wie die Stämme der Madak und der Ranar?«, unterbrach Urok sie schroff. Dabei spuckte er zur Seite aus, um den bitteren Geschmack loszuwerden, der sich in seinen Mund geschlichen hatte. Das Gerede von der Einheit, die immer wieder auf Heiligem Grund beschworen wurde, war ihm längst zuwider. Er mochte auch nichts mehr über den *Ruf* hören, der alle ereilen würde, sobald die Zeit dafür gekommen sei.

Nicht im Augenblick jedenfalls.

Ursa wollte seinen Einwand über die Stammesstreitigkeiten nicht gelten lassen, aber er war längst allen Redens müde. Darum zog er das zusammengefaltete Pergament mit Ragmars letzten Bildern hervor.

»Es gibt da noch etwas«, erklärte er. »Etwas, das extra für dich gemacht wurde.«

Damit überraschte er seine Schwester immerhin so weit, dass sie ihre Argumente vergaß und neugierig auf das ihr entgegengehaltene Pergament starrte. Die Konstruktionszeichnung war von roten Flecken übersät. Obwohl schon längst getrocknet, entströmte dem Blut ein strenger Geruch, der unangenehm in empfindliche Orknasen stach. Ursa verzog angewidert das Gesicht, als er bestätigte, dass es sich um Menschenblut handelte.

»Was soll das sein?«, fragte sie, unschlüssig, ob sie das stinkende Ding überhaupt näher betrachten solle.

»Eine Zeichnung, die genau erklärt, wie man ein Rad herstellt«, antwortete er selbstbewusst. »Und damit meine ich keine klobigen Holzscheiben, wie sie die Grenzländer verwenden, sondern ein großes, leichtes Rad, das mit Streben stabilisiert wird.« Stolz auf den Ausdruck, den er von Ragmar aufgeschnappt hatte, fügte er hinzu: »Ein Speichenrad.«

Ihre buschigen Augenbrauen zogen sich über der Nasenwurzel zusammen. »Was soll ich damit?«, fragte sie in einem Anflug von Verärgerung. »Einen Karren bauen, mit dem mich andere durch die Gegend ziehen?«

»Nein, natürlich nicht«, brummte er verstimmt, schließlich war er kein Idiot wie Tabor. »Aber du hättest sehen sollen, was diese Menschen geschaffen haben, um ihre Steinmühle anzutreiben. Ein großes, mit Schaufeln versehenes Rad. So ähnlich wie das, von dem du mir neulich erzählt hast.«

Ihre Augen weiteten sich vor Überraschung. »Du meinst doch wohl nicht etwa …«

»Doch«, bekräftigte er. Selbst auf die Gefahr hin, endgültig als verrückt zu gelten. »Ich meine das Rad des Feuers. Du hast mir doch von diesem Abbild erzählt, dem ein paar wichtige Teile fehlen.« Bei jedem seiner Worte wurden ihre Augen größer. »Deshalb dachte ich …« Er verstummte mitten im Satz, weil er ernstlich befürchtete, dass ihr die unnatürlich hervorgetretenen Augäpfel jeden Moment aus dem Kopf springen könnten.

Nach einem Moment der Stille, in dem das Flattern der Banner unangenehm in den Vordergrund trat, begann Ursa schallend zu lachen.

»Oh, du Dummkopf!«, neckte sie ihn, faltete aber endlich das Blatt auseinander. »Das Rad des Feuers ist doch nicht mit einem Holzrad zu vergleichen.« Der kurze Anflug von Fröhlichkeit verschwand vollständig aus ihrem Gesicht, als sie endlich auf die Zeichnung blickte. Drei, vier Atemzüge lang sprach sie kein Wort. Starrte einfach nur auf die blutigen Linien, sah kurz auf und dann wieder auf das Pergament.

»Was ist los?«, fragte Urok. »Am eigenen Lachen verschluckt?« Er sah keinen Grund, seinen Triumph zu verhehlen.

Seine Schwester faltete das Papier vorsichtig wieder zusammen und steckte es unter ihre Lederschürze. Aus ihrem Gesicht war aller Ausdruck gewichen, und Urok bekam nur noch die starre Maske zu sehen, hinter der sich die Hüter des Hortes so gern versteckten.

Das gab ihm zu denken.

»Ich möchte dir gern etwas zeigen.« Mit diesen Worten fand sie ihre Sprache wieder. Und fügte dann, schon etwas versöhnlicher, hinzu: »Hast du noch Lust, deine große Schwester zu tragen?«

Bereitwillig nahm er die Axt vom Rücken, um dort Platz für sie zu schaffen. Danach wandte er sich um und beugte beide Knie, was ihr den Aufstieg erleichterte. Er wusste, dass sich Ursa von niemand anderem als ihm tragen ließ.

Geschickt stemmte sie sich hoch und schlang beide Arme um seinen Hals. Als er nach hinten langte, lagen ihre Knie bereits fest an seiner Taille.

Selbst für eine Orkfrau hatte Ursa ungeheuer kräftige Arme. Kein Wunder, sie mussten ihr die Beine ersetzen. Urok verzog keine Miene, als sie einige Male hin und her rutschte, um ihr Gewicht gleichmäßig auf seinem Rücken zu verteilen.

»Wo soll's hingehen?«, fragte er.

Ursa deutete über seine Schulter hinweg. »In die große Blutkammer.«

Falls ihn diese Ankündigung verblüffen sollte, war Ursas Absicht voll und ganz gelungen. Ihr Bruder hätte sich allerdings lieber die Zunge herausgerissen, als eine überraschte Frage zu stellen. Gleichmütig trottete Urok los in die vor ihnen liegende Dunkelheit.

Nach außen hin war ihm nicht das Geringste anzumerken, trotzdem spürte er ein leichtes Frösteln. Denn so oft er schon am Heiligen Hort gewesen war, die große Blutkammer hatte er noch nie zuvor betreten.

In den Weiten von Ragon

König Gothars Herrschaft warf einen langen Schatten, der bis weit über die Grenzen seines Landes reichte. Auch in Ragon verfluchten viele den Tag, an dem seine Truppen einmarschiert waren. Vor allem in den Zentren der Macht, in denen Zünfte und Adel noch immer den Verlust ihrer angestammten Privilegien beklagten. Doch in entlegenen Gegenden, die kein strategisches Interesse besaßen, war es oft einerlei, wessen Joch die Menschen trugen. Ob Bauern, Fallensteller oder Jäger – wer von ihnen nicht in den dunklen Tiefen der Wälder oder Sümpfe lebte, hatte schon immer Tribut zahlen müssen. Was machte es schon für einen Unterschied, ob die Steuereintreiber im Namen eines Häuptlings, Herzogs oder Königs einfielen? Am Ende stahlen sie doch alles, was in den Speichern lagerte, und verlangten obendrein noch fürstlich bewirtet zu werden.

Da war keiner besser als der andere.

Ein Bauer, der sein Feld bestellte, konnte nur überleben, wenn er die Hälfte der Ernte beizeiten versteckte. Das war schon immer so gewesen, und das würde auch bis ans Ende aller Tage so bleiben. So viel stand für den bärtigen Barador fest. Kurz hielt er beim Unkrautjäten inne, um seinen schmerzenden Rücken durchzudrücken. Obwohl er jeden Tag von der Morgenröte bis zur Abenddämmerung schuftete, hielten sich seine Entbehrungen in Grenzen. Das war deutlich an dem prallen Wanst zu sehen, der sich über seinen Gürtel spannte und der ihn beinahe mehr Schweiß kostete als die Arbeit, die er zu verrichten hatte.

Sich deshalb beim Essen zurückzuhalten, wäre ihm jedoch nie in den Sinn gekommen. Schließlich war sein Bauch der beste Beweis dafür, dass er es verstand, stets genügend Getreide und Rauchfleisch in der Kammer zu belassen, um die Eintreiber zufriedenzustellen. Dass sein dralles Weib die verantwortlichen Offiziere obendrein zu umgarnen wusste, sodass sie mit ihr zuerst die Küchenbank drückten und später das Strohlager teilten, trug natürlich ebenso dazu bei, dass die geheimen Erdspeicher unangetastet blieben.

Im Gegensatz zu vielen anderen störte sich Barador auch nicht an den Schädelreitern auf ihren Lindwürmern, die inzwischen als Eskorte dienten. Denn so unheimlich diese Schwarzgekleideten auch auftraten, ihre Disziplin war bemerkenswert. Solange kein Befehl dazu erging, wurde von ihnen kein Mann gefoltert und keiner Frau Gewalt angetan, kein Dach angezündet und auch kein Kleinkind erschlagen. Früher, vor Gothars Einfall in Ragon, als sich die bewaffneten Schergen noch jeden Abend betrunken hatten, war es hin und wieder zu hemmungslosen Exzessen gekommen, obwohl die betroffenen Bauern längst das letzte Getreidekorn zusammengekratzt hatten.

Barador hatte das einmal aus der Ferne mit ansehen müssen, und noch immer schreckte er in manchen Nächten schweißgebadet aus dem Schlaf empor, die Schreie seiner Nachbarn so deutlich in den Ohren, als ob sich die glühenden Schürhaken gerade erst in ihre Fußsohlen brennen würden.

Die Schädelreiter konnten deshalb nach jeder Erntezeit so grimmig in seinem Hof herumstehen, wie sie wollten, solange sie ausschließlich den Befehlen ihrer Herren gehorchten. Ja, wer schon einmal geschlagen und gequält worden war, obwohl er sich untergeordnet hatte, wusste es durchaus zu schätzen, dass man ihn in Ruhe ließ, sobald er die herrschenden Verhältnisse anerkannte.

Doch aller Kaltschnäuzigkeit zum Trotz verspürte Barador einen eisigen Schauer zwischen den Schulterblättern, als das kleinste seiner fünfzehn Kinder – von dem er sich weder den Namen merken konnte, noch ob es sich um ein Mädchen oder einen Jungen handelte – aufgeregt angelaufen kam und rief: »Vater, Vater, was ist das für ein leuchtender Mann am Himmel?«

Dabei deutete sein schmutziger kleiner Arm über einen der nahe gelegenen Grashügel, an deren Hängen die angepflockten Ziegen der Familie weideten.

Barador mochte seinen Augen zuerst kaum trauen, doch es half auch nichts, eine Hand an die Stirn zu pressen, um sie gegen Raams glühendes Tagauge abzuschirmen. Das unglaubliche Bild, das sich am Horizont abzeichnete, wollte einfach nicht verschwinden: eine in weiße Tücher gehüllte Gestalt, die sich, auf Sibus Atem reisend, aufrecht am Himmel vorwärtsbewegte. Richtung Westen, wie es in den alten Worten geheißen hätte. Doch wer wollte noch den Atem des Himmels leugnen, wenn er eine Lichtgestalt mit eigenen Augen vorüberziehen sah?

Inzwischen war auch seine Frau herangetreten. Sie nahm das kleinste seiner Bälger auf den linken Arm und schlang den anderen um Baradors beleibte Hüfte. Möglicherweise um ihn zu stützen, vielleicht aber auch nur, weil ihr selbst die Knie weich wurden. Höchstwahrscheinlich aus beiden Gründen zusammen.

»Was hat das zu bedeuten?«, fragte sie leise, während sie dem Kind den Mund zuhielt, damit es zu plappern aufhörte.

Barador zögerte mit der Antwort. Er wusste nicht recht, was er von der Staubwolke halten sollte, die unterhalb des Lichtbringers über den Boden zog. Auch dann nicht, als er darin die Umrisse einiger Lindwürmer ausmachte, die den Schleier durch ihren schnellen Galopp aufwirbelten. Jedes der Tiere war mit zwei oder mehr Reitern besetzt, trotzdem jagten sie in einem unglaublichen Tempo dahin. Wäre nicht all der Staub gewesen, man hätte glauben können, ihre schweren Pranken berührten kaum den Boden.

»Ich wusste nicht, dass diese Viecher so schnell sein können«, stieß er verblüfft hervor. »Ob der Lichtbringer sie verfolgt?«

»Nein«, antwortete seine Frau.

Barador starrte sie an, überrascht darüber, dass sie sich plötzlich so sicher war. Daraufhin nahm sie die Hand vom Mund des Kindes und presste es fest an ihren Leib, um seine Ohren zu verschließen.

»Einer der Eintreiber hat mir davon erzählt«, erklärte sie endlich mit gedämpfter Stimme.

Normalerweise sprachen sie nicht über die Nächte, die sie mit Gothars Schergen verbrachte. Aber in diesem Fall signalisierte Barador mit einem Nicken, dass sie fortfahren solle.

»Diese Lichtbringer sind wahre Großmagier«, führte seine Frau näher aus. »Sie verfügen über die Kraft, Lindwürmern und ihren Reitern das Gewicht zu nehmen. Dadurch können die Tiere unermüdlich galoppieren und so innerhalb kürzester Zeit große Entfernungen zurücklegen. So etwas passiert aber nur auf Gothars persönlichen Befehl. Es muss also um etwas sehr Wichtiges gehen.«

In der Ferne verschwand der Trupp in dem großen Waldstück, das sich bis vor die Tore Rabensangs erstreckte. Der Lichtbringer war noch eine Weile länger zu sehen, aber dann verschmolz seine Silhouette mit dem Horizont.

»Na ja, uns kann's egal sein!«, wiegelte Barador ab. Und fügte hinzu, was er in solchen Momenten stets zum Besten gab: »Wer auch immer mit Gothars Schergen Ärger bekommt, wir sind's jedenfalls nicht.«

Normalerweise wäre die Sache damit für ihn erledigt gewesen, doch aus irgendeinem Grund starrte er weiter zum Horizont, bis sich die Staubschleier langsam legten. Zum ersten Mal, seit Ragon unter Gothars Knute ächzte, kam ihm der Gedanke, dass sich all die Entscheidungen, die in der Schwebenden Festung gefällt wurden, auch auf ihn und seine Familie auswirken mochten.

Mit sorgenvoll gefurchter Stirn sah er zum strahlend blauen Himmel auf. Nur ein paar weiße Wölkchen waren dort zu sehen. Trotzdem wurde er das Gefühl nicht los, dass sich über ihren Köpfen ein schwerer Sturm zusammenbraute.

14

Auf dem Weg zur Blutkammer

Ursa genoss es, ihrem Bruder noch einmal so nahe zu sein wie in unbeschwerten Kindertagen. Obwohl – oder vielleicht auch gerade weil – ihr eine innere Stimme leise zuraunte, dass er sie an diesem Tag vermutlich zum letzten Mal auf seinem Rücken trug. Nicht nur, weil Urok ein Geächteter war und sie eine Hüterin des Blutes, sondern ganz einfach, weil die Zeiten ihrer Kindheit der Vergangenheit angehörten.

Auf ihrem Weg durch den dunklen Eingangstunnel kam ihnen niemand entgegen. Im Bereich rund um die Steinkrone gab es weder bewaffnete Posten noch Patrouillen. Wozu auch? An diesem Ort herrschte das Blut der Erde. Heiß und pulsierend konnte es die Eingänge innerhalb weniger Atemzüge verschließen. Schneller, als jeder Feind hindurchzustürmen vermochte.

Dabei wirkte der Grund der Steinkrone vollständig erloschen.

Die beiden Greise, die sich um den Kräutergarten kümmerten, sahen nicht einmal auf, als Urok den natürlichen Innenhof betrat. So karg und abweisend der Felswall auch von außen wirkte, drinnen präsentierte er sich von seiner fruchtbaren Seite. Trotz der rundum aufstrebenden Hänge flutete das Sonnenlicht ungehindert herab. Sauber voneinander getrennte Pflanzengruppen blühten in sattem Blau, Gelb und Rot. Manche sprossen in den bizarren Verwerfungen, in denen das Blut der Erde von Natur aus zu erstarren pflegte. Andere wuchsen in akkuraten Einfassungen heran, die von kundigen Priesterhänden eigens dafür geschaffen wurden.

Einige Kirsch-, Birnen- und Maulbeerbäume vervollständigten das Bild ebenso wie drei kegelförmige Felsschlote. Deren offene Spitzen dienten vor allem zur Entlüftung der unterirdischen Kammern. Doch die heißen Dämpfe, die ihnen entwichen, kollidierten auch mit den kühleren Felswänden. Dadurch schlug sich laufend Feuchtigkeit nieder. Über natürliche Furchen, Vorsprünge und Grate hinweg floss das so gewonnene Nass herab und bewässerte auf seinem Weg in die Tiefe sämtliche Beete.

Zur Mitte hin fiel das gut achthundert Orkschritte durchmessende Areal beinahe trichterförmig ab. An seinem niedrigsten Punkt mündete der Boden in einer bizarren Wölbung, deren Aussehen an eine halbierte Stachelkastanie erinnerte. Unterhalb dieser Erhebung, die über eine Orkhöhe maß, führte eine steile Felsrampe in ein unterirdisches Reich, das nicht nur aus Erzschmelzen und Schmieden, sondern auch aus Wohn- und Gebetshöhlen bestand.

Und aus der großen Blutkammer.

Obwohl sich Urok zweimal provozierend räusperte, blickten die

Greise weiterhin stur zu Boden. Damit stand endgültig fest, dass sie ihn absichtlich ignorierten. Schweigend marschierte er auf den Einstieg zu, der wie ein offenes Raubtiermaul vor ihnen lag, und tauchte ohne zu zögern in den gähnenden Schlund ein. Anfangs musste Ursa noch den Kopf einziehen, doch schon nach wenigen Schritten wuchs die Decke so weit in die Höhe, dass sie gänzlich in der über ihnen lastenden Finsternis versank.

Obwohl die von außen einfallende Sonne nur wenige Armlängen hereinreichte, wurde es nicht richtig dunkel. Das lag an den links und rechts des Weges verlaufenden Rinnen mit ihren unablässig zirkulierenden Glutströmen, die den Gang in ein sanft pulsierendes Rot tauchten. Für an Dunkelheit gewöhnte Orkaugen reichte der matte Schein vollkommen aus, um alles scharf umrissen zu erkennen. Auch das übrige Höhlensystem wurde auf diese Weise durch das Blut der Erde beleuchtet.

Die von den Glutrinnen aufsteigende Hitze machte Orks nichts aus, außerdem blieb dadurch die Umgebung angenehm trocken. Feuchte Grotten mochten etwas für Gnome, Zwerge oder Trolle sein, so es denn solche hutzligen Gestalten wirklich gab, aber den Blutorks waren solche Verhältnisse ein Gräuel. Deshalb folgte auf der Hälfte der Rampe auch ein tiefer Felseinschnitt, der als Wasserscheide diente. Mit ihr wurde eindringendes Regenwasser aufgefangen und in eine Zisterne umgeleitet.

»Rechts herum«, befahl Ursa, nachdem sie die untere Ebene erreicht hatten. »Danach immer dem Hauptgang folgen.«

Urok kam ihren Worten ohne Widerspruch nach. Er war hier unten viel zu fremd, um sich allein zurechtzufinden. Diese unterirdischen Gewölbe, die das Ausmaß der von außen sichtbaren Steinkrone um ein Vielfaches übertrafen, stellten den eigentlichen Hort dar. Fernes Hämmern bezeugte, dass hier unten nicht nur ein spiritueller Mittelpunkt lag, sondern auch die größte und beste Schmiede von ganz Arakia.

Die unglaubliche Hitze, die dem Blut der Erde innewohnte, ließ sich mit keiner normalen Esse entfachen, so gut die Kohlen und so groß der Blasebalg auch sein mochten. Der reine Klang von Hämmern, die auf Ambosse trafen, ließ jedes Orkherz stärker pochen, obwohl die Schläge hier unten nur dem Roheisen galten. Denn der wahre Schmiedevorgang – der, über den so viele Spione gern mehr gewusst hätten – fand auf andere Weise statt.

Auf *ganz* andere Weise.

Urok schritt munter aus, denn der Hauptgang verlief breit und geräumig. Durch runde Öffnungen konnten sie in angrenzende Höhlen blicken, in denen mit Lederschürzen bekleidete Orks die Vorarbeiten für die Blutschmiede leisteten. Überall verdrängten glühende Becken die Dunkelheit. In ihnen wurde zuerst Erz geschmolzen und dann zu länglichen Blöcken geformt. Zu Roheisen, aus dem anschließend Klingen und Werkzeuge aller Art gefertigt wurden.

Über den brodelnden Oberflächen stoben immer wieder Funken auf. Sobald das Blut aufgerührt wurde, tanzten sie wild umher, stiegen höher und höher in die Luft, nur um kurz unterhalb der Decke zu verlöschen und als Schlacketropfen in die kochende Glut zurückzuregnen.

Trotz des steten Windes, der Hitze und Dämpfe durch die Abzüge ins Freie drückte, legte sich immer wieder beißender Qualm auf ihre Lungen. Auf der gegenüberliegenden Seite des kreisrund verlaufenden Gangs, dort, wo Griffschalen und Schwertscheiden gefertigt wurden, wäre die Luft weitaus angenehmer gewesen. Doch die Schmelz- und Schmiedehöhlen gruppierten sich nun mal dicht um die große Blutkammer.

Wann immer einer der Arbeitenden – gleich, ob Mann oder Frau – von seiner Esse, der Zange oder dem Amboss aufsah und zu ihnen herüberschaute, erntete Urok abweisende Gesichter. Auch die Orks, denen sie im Tunnel begegneten, trugen ein feindseliges Glimmen in den Augen. Urok steckte deshalb niemals auf, sondern bedachte jeden mit herausforderndem Blick. Vermutlich hoffte er, auf diese Weise offenen Widerspruch zu ernten. Zum Glück blieb dieser Wunsch unerfüllt.

Obwohl er versuchte, sich nichts anmerken zu lassen, spürte Ursa deutlich, dass er zunehmend zorniger wurde. »Wir sind gleich da«, sagte sie, um ihren Bruder aufzumuntern. »Nur noch da vorn hinunter.«

Über eine weitere Rampe gelangten sie in die zweite von drei Ebenen. Auch hier schnitt der hohe Tunnel durch massives Gestein, das sich ohne stützende Balken oder andere Konstruktionen von ganz allein trug. Schon die schweißtreibende Hitze, die ihnen entgegenwehte, machte deutlich, wie nahe sie der Blutkammer waren.

Nur wenige Schritte später folgte ein hohes Gewölbe, von dem noch weitere Tunnel abzweigten. Einige von ihnen führten in die unterste Ebene, die vor allem Schmieden beherbergte, andere reichten in weiter entfernt liegende Bereiche des Horts.

In diesem Knotenpunkt gab es nicht nur Licht spendende Glutrinnen; mitten unter dem Gewirr sich kreuzender Treppen und Absätze erhob sich ein wabenförmiges Becken, dessen brodelnder Oberfläche eine hüfthohe Fontäne entsprang. Aus einer breiten Felsöffnung, die einem aufgerissenen Lindwurmmaul ähnelte, wälzte sich ein unablässiger Strom flüssigen Gesteins herab, um das beeindruckende Phänomen zu speisen.

Das Blut der Erde musste ständig zirkulieren. So wie das Blut eines Orks oder eines Tieres und selbst das jedes Menschen. Darum gab es auch eine Abflussrinne, die nach einer knappen Armlänge unter den Stufen eines Treppenbogens im Fels verschwand.

Ein Labyrinth wie dieses konnte einen Besucher leicht in die Irre führen. Doch zwei mächtige Steinsäulen, die ein breites Portal flankierten, ließen Urok von ganz allein erahnen, in welche Richtung er weitermusste. Nachdem er noch einmal zwanzig Stufen in die Tiefe gestiegen war, öffnete sich vor ihnen eine Höhle mit unglaublichen Ausmaßen.

Um sie herum wirkte plötzlich alles wie in Blut getaucht. Urok blieb unwillkürlich stehen, als er zum ersten Mal einen Blick auf den riesigen Glutsee erhaschte, der sich in alle Richtungen erstreckte. Von unterirdischen Zuflüssen gespeist, befand sich auch dieses geschmolzene Gestein in ständiger Bewegung. Immer wieder die Strömung wechselnd, drängte es einmal stärker in diese, dann in jene Richtung, bevor es wieder unter niedrigen Felsbögen und Grotten in den Tiefen des Horts verschwand. Nur um an anderer Stelle, entsprechend wohl dosiert, in Glutrinnen, Schmelzbecken oder Schmieden hervorzutreten und sich dort Vurans Kinder untertan zu machen.

Die große Macht, die sich in diesem Gewölbe konzentrierte, schlug jeden Blutork unwillkürlich in den Bann. Selbst Ursa, der jede Handspanne dieser Kammer wohlvertraut war, spürte, wie das Blut der Erde nach ihr griff, sie am ganzen Leib umschmeichelte und liebkoste und ihre Bauchdecke zum Vibrieren brachte.

Urok blieb auf der letzten Stufe stehen und legte den Kopf in den Nacken. Das war mehr als verständlich. Denn so beeindruckend der Flammensee auch sein mochte, was sich über ihnen in der Höhe abspielte, übertraf seinen Anblick noch bei weitem. Wer es noch nicht mit eigenen Augen gesehen hatte, konnte es sich kaum vorstellen. Selbst Ursa wusste nicht, wie es dauerhaft möglich war, dem natürlichen Lauf der Dinge derart zu trotzen. Doch alles ungläubige Kopfschütteln zeigte keine Wirkung.

Denn es war tatsächlich wahr: Das Blut der Erde, es floss an mehreren Stellen einfach die Wände empor!

Ganz so, als ob Vuran die Höhle unbemerkt auf den Kopf gestellt hätte, stieg es zur Deckenwölbung hinauf. Und von dort aus weiter, das Halbrund entlang, bis sich alle fünf Stränge am obersten Scheitelpunkt trafen. Um von dort aus, zu einer gigantischen Säule vereint, senkrecht in den See zurückzukehren. Ganz langsam, ohne die Gewalt, mit der etwa ein Wasserfall in die Tiefe stürzte. Ohne übermäßiges Brodeln und Rauschen und ohne einen einzigen Spritzer in die Höhe zu schleudern, tauchte es wieder in den Kreislauf ein. Säule und Glutoberfläche verschmolzen geradezu sanft miteinander, als ob sie fest verbunden wären. Doch jeder, der genauer hinsah, konnte die stete Strömung erkennen, die aus der Höhe hinab in die Tiefe führte.

Ursa nutzte die Erstarrung ihres Bruders, um sich von seinem Rücken zu lösen, solange die Treppenstufen den Abstieg erleichterten. Von nun an musste sie knien. Trotzdem bewegte sie sich rasch über den Boden, indem sie sich weit vorbeugte und mit kräftigen Handbewegungen nach vorn stemmte. Immer wieder und wieder.

Sie hatte es eilig. Agierte wie gehetzt. Nach all der langen Zeit hätte sie eigentlich daran gewöhnt sein müssen, doch das schabende Geräusch, mit dem ihre Schienbeine und Füße über den rauen Fels schleiften, klang immer noch wie Hohn in ihren Ohren. Deshalb warf sie ihre Arme ein ums andere Mal nach vorn, bis sie den nächstgelegenen Sitzstein in weniger als zehn Atemzügen erreichte. Sich auf die ebene Fläche hinaufzuschwingen, erforderte eine letzte Kraftanstrengung, die sie gern in Kauf nahm, um wieder auf Augenhöhe mit ihrem Bruder zu gelangen.

Im gleichen Moment, da sie sich am Ufer niederließ, klang das Brodeln und Zischen in ihrem Rücken ab. Allein ihre Anwesenheit schien die Strömungen zu zügeln. Der Flammensee straffte sich, wurde beinahe so glatt wie eine polierte Tischplatte.

Dank der Glutströme an Wänden und Decke wurde die Blutkammer von allen Seiten gleichmäßig ausgeleuchtet, trotzdem gab es einige Felsnischen und Vorsprünge, die schützende Schatten spendeten. In einem dieser dunklen Flecken verharrte Moa, ihr persönlicher Knappe, mit dem Fellsack, den er aus ihrer Kammer hatte holen sollen. Es sprach für die Fähigkeiten des Jungen, dass ihn Urok noch nicht bemerkt hatte.

Ein triumphierendes Lächeln auf den Lippen, wandte sie sich ihrem Bruder zu, der wie in Trance näher kam. Vor den Stufen des Portals erstreckte sich ein großer Halbbogen aus festem Gestein, auf dem sich die Priester zu ihren Zeremonien versammelten oder die Streitfürsten mit ihren Ersten Streitern, wenn die Stämme zusammengerufen wurden. Urok setzte vorsichtig einen Fuß vor den anderen, während er weiter in die Höhe starrte, um all das, was sich seinen Augen bot, geradezu in sich aufzusaugen. Und obwohl er dem Ufer immer näher kam, zeigte er keinerlei Anstalten, allmählich anzuhalten.

»Geh nicht zu nahe heran«, warnte sie. »Von hier aus kannst du auch alles überblicken.«

»Was?« Er zuckte leicht zusammen, als ob ihn Ursas Anwesenheit völlig überraschen würde, hatte sich aber sofort wieder im Griff. Sein leicht entrücktes Gesicht straffte sich wie bei einem Träumer, der aus tiefem Schlaf emporgeschreckt war. Es beruhigte sie ungemein, dass er genauso auf das pulsierende Blut der Erde ansprach wie jeder andere Ork.

Auf ihren Wink hin trat Moa aus dem Schatten. Beim Anheben des Fellsacks erklang ein leises Klappern. Kaum hörbar, aber doch laut genug, um einen grimmigen Ausdruck auf Uroks Gesicht zu zaubern. Es wühlte natürlich in ihm, dass ihn der Junge ein zweites Mal derart übertölpelt hatte.

Ursa gestattete sich ein leises Lachen, um ihren Bruder zu necken.

Moa zeigte keinerlei Anzeichen von Furcht, als er seine Last vor dem Sitzstein abstellte, doch sie konnte spüren, wie sehr ihn Uroks Anwesenheit einschüchterte. Verständlich. Schließlich galt ihr Bruder als Verrückter, der sich der eigenen Schar im Blutrausch entgegengestellt hatte. Das machte sogar einige der Hohen Hüter nervös.

Sie zollte Moa ein anerkennendes Nicken, weil er sich so gut in der Gewalt hatte. Ein Ork, der Ängste verspürte, doch sie zu kontrollieren verstand, war stets den Dummköpfen vorzuziehen, die nur deshalb mutig schienen, weil sie die Gefahr nicht erkannten.

Moa blieb noch einen Moment stehen, bemerkte dann aber von allein, dass er nicht mehr gebraucht wurde. Urok sah dem Knappen mürrisch nach, bis er über die Treppe verschwunden war, dann wanderte sein Blick zu dem Fellsack vor ihren Füßen.

»Was ist damit?«, fragte er barsch.

»Warum siehst du nicht einfach hinein?«, blaffte sie ebenso ungehalten zurück.

Irgendetwas in ihrer Stimme bewog ihn, sich auf keinen langen Disput einzulassen. Lieber beugte er sich hinab und schnürte den Sack mit energischen Bewegungen auf. Das Klappern im Inneren heizte seine Neugier so stark an, dass er den letzten Knoten mit einem harten Ruck sprengte, um endlich hineinsehen zu können. Im gleichen Moment, da das erste Lindwurmhorn zwischen dem gegerbten Leder hervorschimmerte, erfroren seine Bewegungen zu Eis.

»Das ist doch …«, brach es aus ihm heraus, bevor er so wild zu zerren begann, dass der ganze Sack zu zerreißen drohte, »… Ramoks Harnisch!«

Schließlich war es doch um zwei der Nähte geschehen. Laut knirschend gaben sie nach, während er die Panzerung gänzlich freilegte. Obwohl er den Blick gesenkt hielt, glaubte sie ein begeistertes Funkeln in seinen Augen zu entdecken. Andächtig strich Urok über die gewölbten Brust- und Rückenplatten aus dünnem, aber äußerst widerstandsfähigem Blutstahl. Ursa wartete ab, bis ihr Bruder das zweifach gehörnte Schulterteil in Händen hielt, bevor sie sagte: »Ich dachte, du könntest ihn brauchen. Jetzt, da du deine eigene Schar bist.«

Ein, zwei Herzschläge lang starrte er auf das Symbol, das den Träger als einen Ersten Streiter auswies, dann sah er wieder zu ihr auf. »Du willst ihn mir wirklich geben?«, fragte er ungläubig. »Vaters Harnisch? Obwohl er dir zusteht?«

»Sicher, ich bin die Erstgeborene«, gab sie zu. »Aber auch eine Priesterin, die keine Rüstung braucht.« Auf ihre Beine ging sie ebenso wenig ein wie er. So hatten sie es schon immer gehalten. Stattdessen fuhr sie fort: »Er wollte, dass ich dir den Harnisch übergebe, wenn die Zeit dafür gekommen ist. Ich denke, hier und heute ist es so weit.«

Urok wollte etwas antworten, doch ihm versagte die Stimme. Peinlich berührt sah er wieder auf die Panzerung hinab. Vielleicht auch, um das feuchte Glitzern zu verbergen, das in seine Augen zu treten drohte.

Ursa war froh, dass er sich so aufgewühlt zeigte. Genau das hatte sie mit der Übergabe bezwecken wollten. An diesem Ort, inmitten der Blutkammer. Wenn es denn überhaupt ein Mittel gab, das Gift der Zauberschrift zurückzudrängen, dann lag es sicher in dieser Rüstung, die schon so vielen Generationen ihrer Familie vererbt worden war.

Um ihren Bruder nicht weiter in Verlegenheit zu bringen, wandte sich Ursa der Glutsäule zu, die sich zwischen See und Gewölbedecke erstreckte. In einer fordernden Geste hob sie den Arm so an, dass sie das obere Drittel über ihre Hand hinweg anvisieren konnte. Diese Bewegung wäre nicht nötig gewesen, doch sie half dabei, ihre Kräfte in die richtigen Bahnen zu lenken.

Was folgte, erforderte weder Beschwörungen noch komplizierte Rituale. Es geschah einfach aus ihr heraus, war ein ganz natürlicher Vorgang, so wie einen Becher Wasser an die Lippen zu setzen, weil sie Durst verspürte.

Nur einen Herzschlag später versiegte die Zirkulation innerhalb der Säule. Unterhalb des ersten Drittels riss der stete Strom einfach ab. Die darunter befindliche Glut sackte geräuschlos in die Tiefe, während der verbliebene Stumpf schlagartig anschwoll. Zuerst bildeten sich nur dicke Klumpen, aus denen aber bald Dutzende von umherwandernden Halbkugeln wurden. Einen unangenehmen Herzschlag lang erinnerte dieses Gewimmel an einen eitrigen Herd von Geschwüren, doch schon beim nächsten zerfloss alles zu ineinander übergehenden Formen, aus denen sich schließlich die Konturen von drei verschiedenen Gesichtern schälten.

Die überschüssigen Glutmassen, die weiter über die Felsen emporstiegen, suchten sich neue Abflusswege. Rasend schnell schossen sie vom Scheitelpunkt der Decke zurück, sammelten sich zu dicken Blasen und wälzten sich schließlich, abrollenden Bannern gleich, in breiten Feuerbahnen über die Höhlenwände nach unten. Einige schroffe Unebenheiten und Vorsprünge sorgten für glühende Kaskaden, doch dann hatte sich das geschmolzene Gestein den neuen Gegebenheiten angepasst. Der Kreislauf war wieder geschlossen.

Geräuschlos. So als ob es nie andere Glutadern gegeben hätte.

Die veränderten Lichtverhältnisse ließen Urok aufblicken. Trotz seiner Verwirrung erfassten seine Instinkte sofort, was es mit den über Eck angeordneten Orkgesichtern auf sich hatte.

»Vuran«, flüsterte er ergriffen. Denn obwohl die Züge eines Knaben, eines Erwachsenen und eines Greises zu sehen waren, handelte es sich doch bei allen Abbildern um dieselbe Gestalt. Um den Gott, der ihnen das Blut der Erde geschenkt hatte.

»Das ist er«, bestätigte sie. »In den drei uns bekannten Gestalten, die Geburt, Leben und Tod symbolisieren.« Sie ließ den Säulenstumpf zuerst eine Vierteldrehung nach links und dann nach rechts vollführen, um zu verdeutlichen, welches Gesicht für welchen Zeitabschnitt stand.

Natürlich erzählte sie ihrem Bruder damit nichts Neues. Er wusste ebenso gut wie jeder andere Blutork, dass der Knabe für die Geburt, der Krieger für das Leben und der Greis für den Tod stand. Aber auch für ...

»Vergangenheit, Gegenwart und Zukunft«, fügte Urok hinzu, um zu beweisen, dass er kein Unwissender war.

»Sehr gut«, lobte Ursa. »Du hast offenbar eine kluge Schwester, die dir früher viel beigebracht hat.« Sie grinste breit, um ihn in Sicherheit zu wiegen. Dann sorgte sie mit einem kurzen Gedanken dafür, dass der Säulenstumpf unter der Decke eine Halbdrehung vollführte.

Die nahezu glatte Rückseite, die daraufhin zum Vorschein kam, entlockte Urok ein überraschtes Schnaufen.

»Was soll das?«, rief er laut, ja, regelrecht empört. »Warum schändest du Vurans Antlitz auf diese Weise?«

Sein Vorwurf kam nicht von ungefähr. Normalerweise wurden Vurans Dreierbildnisse, mit den Hinterköpfen aneinanderklebend, so angeordnet, dass die äußeren Abmessungen von oben betrachtet ein gleichschenkliges Dreieck ergaben. Die Säule unter der Decke hingegen formte ein Quadrat, dessen hinterste Seite leer geblieben war, als würde noch ein Gesicht fehlen.

»Das geschieht nicht mit Absicht«, erklärte Ursa, während sich erste Schweißperlen auf ihrer Stirn bildeten. »Sein Antlitz auf übliche Weise zu formen, will an diesem Ort einfach nicht gelingen. Weder mir noch einem der anderen Priester. Das Blut der Erde lässt sich nur so weit beherrschen, wie es sich uns aus freien Stücken fügt. Doch in diesem Fall setzt es seinen eigenen Willen durch.«

»Ist das wirklich wahr?« Ramoks Harnisch fest mit beiden Armen an die breite Brust gepresst, richtete sich Urok langsam auf.

Ursa nahm ihm die Frage nicht übel. Als Novizin hatte sie ebenfalls geglaubt, dass ihr die Älteren nur etwas vorgaukelten. Bis sie selbst zum ersten Mal daran gescheitert war, das übliche Abbild Vurans zu formen.

Viele Hüter des Horts waren fest davon überzeugt, dass dieses auf die Blutkammer beschränkte Phänomen nichts zu bedeuten hatte. Dass das Blut der Erde diese Form der Darstellung nur wählte, damit am Versammlungsplatz alle drei Gesichter jederzeit zu sehen waren. Ursa war anderer Meinung; sie hatte diese Ansicht nie geteilt und hielt sie endgültig für absurd, seit sie einmal versucht hatte, dem freien Platz ein viertes Gesicht zuzuordnen.

Um ihrem Bruder zu verdeutlichen, worum es ging, deutete sie mit ihrer freien Hand auf den Glutsee, der aufgrund dieser Geste unterhalb des Säulenstumpfs zu sprudeln begann. In einem scharf umrissenen, kreisförmigen Flecken geriet das flüssige Gestein immer stärker in Bewegung, bis sich eine faustgroße Blase von der Oberfläche löste und langsam in die Höhe schwebte.

Ursa spürte ein unangenehmes Stechen unter der Schädeldecke, dennoch dirigierte sie die wabernde, von roten und gelben Schlieren durchzogene Blase auf die leere Stelle des Säulenstumpfs zu. Sobald das Ziel erreicht war, schienen die beiden Massen einen Augenblick lang miteinander zu verschmelzen.

Rasch versuchte Ursa ein Gesicht zu formen, ohne dabei genaue Züge im Sinn zu haben. Doch es gelang nicht. Die neu aufgetragene Masse nahm keinerlei Formen an, sondern sackte schlaff nach unten. Haltlos glitt sie von der Säule ab und tropfte zurück in die Tiefe.

Die pieksenden Nadeln unter Ursas Schädel wuchsen zu glühenden Klingen an, die grausam in ihrem Kopf wühlten, als sie versuchte, die Glutblase an ihren Platz zurückzudrücken. Doch alle Anstrengung war vergebens. Sie hatte längst jede Kontrolle über die stürzende Masse verloren.

Obwohl die Blase unnatürlich langsam sank, begann sie rasch an den Rändern auszufransen. Innerhalb weniger Atemzüge zerfiel sie zu Dutzenden kleinerer Kugeln, die sich überall in der Luft verteilten, bis sie, etwa auf halbem Wege zurück ins Blutbecken, wie von unsichtbaren Händen aufgefangen mitten in der Luft hängen blieben.

Ursa kannte diesen Vorgang, sie hatte ihn schon häufig beobachtet. Doch ihr Bruder keuchte neben ihr ebenso überrascht auf wie sie damals, als sie zum ersten Mal versucht hatte, das fehlende Gesicht zu formen.

Die schwebenden Kugeln hatten inzwischen begonnen, sich um sich selbst zu drehen. Immer schneller rotierten sie. Bis sie plötzlich zu neuen Strukturen zerflossen, sich wieder vereinten, die Form eines feurigen Rades annahmen. Eines mit Schaufeln versehenen Rades, dessen Aufbau durchaus dem in Ragmars Zeichnung ähnelte. Wenn man davon absah, dass einige Schaufeln und Streben fehlten.

»Das Rad des Feuers«, entfuhr es Urok ergriffen.

Seine Eingebung war vollkommen richtig, doch seine laut ausgesprochenen Worte wirkten wie ein Signal, das der wirbelnden Erscheinung ein Ende setzte. Auf einen Schlag verwischten alle Konturen. Zuerst sah es so aus, als ob sie nach allen Seiten davongeschleudert würden, doch dann regneten die Reste gemeinsam in die Tiefe, um sich lautlos mit dem großen Glutsee zu vereinen.

Überall dort, wo die Tropfen niedergingen, entstanden brodelnde Strudel, die die Oberfläche in Aufruhr versetzten. Zischend begann das flüssige Gestein um sich selbst zu kreisen. Der See beruhigte sich erst wieder, als Ursa von dem pulsierenden Stumpf abließ und die nachströmende Glut den alten Weg fortsetzen konnte. Erschöpft wischte sie über ihre schweißnasse Stirn, während die Blutsäule erneut zum See herabwuchs. Gleichzeitig versiegten die breiten Abflussbahnen an den Höhlenwänden.

Urok sah sie bereits ungeduldig an.

»Was hatte das zu bedeuten?«, wollte er wissen.

»Ich weiß es nicht«, gestand sie. »Aber dieses geborstene Feuerrad entsteht jedes Mal, wenn ich versuche, der freien Stelle ein Gesicht zu geben. Ulke und andere Hohe Hüter glauben, dass das nichts zu bedeuten hat. Aber mein Gefühl sagt mir etwas anderes.«

Statt sie zu verspotten, bedachte er sie mit einem ungemein stolzen Blick. Ursa wurde regelrecht verlegen, vor allem, als er auch noch sagte: »Du bist Ramok eine würdige Tochter. Schade, dass er nicht mehr mit eigenen Augen sehen kann, wie gut du das Blut der Erde beherrscht.«

Ursa ließ ein verächtliches Knurren hören, um ihm zu bedeuten, dass sie keinen Wert auf solche Schmeicheleien legte. Natürlich wusste er es besser, aber das machte nichts. Hauptsache, er ersparte ihr tiefer gehende Fragen, auf die sie keine Antworten wusste. Was hätte sie ihm auch erklären sollen? Dass selbst Priester hin und wieder ratlos waren, weil sich ein Teil ihres Wissens im Labyrinth der Geschichte verloren hatte? Dass auch Ursa sich – all ihrer Kräfte zum Trotz – oft wie eine Blinde fühlte, die sich nur tastend durch die Dunkelheit bewegte?

Leise Schritte auf der Treppe bewahrten sie davor, mehr preiszugeben, als sie eigentlich wollte. Über die Störung verärgert, sah Urok ebenfalls zum Portal. Er hatte wohl mit Moas Rückkehr gerechnet, doch sein ohnehin grimmiges Gesicht verfinsterte sich noch mehr, als er Ulke erkannte.

Der höchste unter den Fünf Hohen, der einen blutroten Kapuzenmantel über seinem Lederharnisch trug, machte ein ebenso abweisendes Gesicht. Die beiden Dolche in seiner Hand bewiesen jedoch, dass er Urok ganz bewusst aufsuchte.

Gemessenen Schrittes kam er näher. Das Alter hatte ihn schlimmer zerfurcht, als es der Klinge eines feindlichen Hellhäuters möglich gewesen wäre. Tiefe, wie mit Blutstahl geschnittene Falten durchzogen sein Gesicht von der Stirn bis zu den Wangen. Auf seinem mit dunklen Flecken übersäten Schädel sprossen nur noch vereinzelt Haarbüschel, die längst nicht mehr zu einem gebundenen Schopf taugten. Er trug sie daher kurz geschoren, ließ dafür aber das bis zur Kinnlinie wachsende Schläfenhaar umso wilder wuchern.

Ursa wusste nicht, wie lange der Hohepriester schon auf der Treppe gestanden hatte. Das missbilligende Funkeln in seinen grauen Augen ließ jedoch keinen Zweifel daran, dass er ihre Vorführung mit angesehen hatte.

»Ulke!« Ihr Bruder sprach den Namen aus, als hätte er einen

schlechten Geschmack auf der Zunge. »Sei gegrüßt, Hoher Hüter dieses Hortes.«

Das Oberhaupt des Hohen Rates begegnete dieser Begrüßung mit der einzigen Möglichkeit, die noch respektloser daherkam: Er sprach Urok überhaupt nicht mit Namen an, sondern blieb einfach in angemessenem Abstand stehen, hielt die beiden Dolche in die Höhe und sagte: »Ich habe hier etwas, das auf deinen Wunsch hin geschmiedet wurde.«

Selbst unter den Priestern des Horts war Ulkes Alter ein Geheimnis. Er war alt, aber noch bei guter Gesundheit und bei wachem Verstand. Mehr brauchte niemand zu wissen. Und obwohl er Urok sicherlich an Kraft unterlegen war, verfügte er über die Erfahrungen eines langen Lebens, die ihn jedem Jungkrieger überlegen machten.

In weiser Voraussicht hatte er eine Distanz gewählt, die Urok zum Vortreten zwang, wenn er die beiden Dolche entgegennehmen wollte. Den des Hellhäuters, der als Vorlage gedient hatte, und den aus Blutstahl, der extra für ihn angefertigt worden war.

Hätte Ursa gesunde Beine gehabt, wäre sie sofort zwischen die beiden Männer getreten, um die Waffen zu überreichen. Angesichts ihrer Verkrüppelung wäre das aber eine Schmach für Urok gewesen. Deshalb blieb ihrem Bruder nichts anderes übrig, als Ulke entgegenzukommen.

»Danke!«, bellte er den Priester an, doch statt die Dolche entgegenzunehmen, beugte er sich über den Fellsack, um Ramoks Rüstung so umständlich wie nur irgend möglich einzupacken. Lediglich die eiserne Schutzmanschette für den Waffenarm behielt er zurück.

Ulke zuckte die ganze Zeit über kein einziges Mal mit der Wimper. Seine erhobene Hand begann auch nicht – wie erhofft – zu zittern. Doch als sich Urok anschickte, auch noch den Unterarmschutz anzulegen, überspannte er damit den Bogen.

»Ich bin ein Greis«, herrschte ihn Ulke scharf an. »Und der Stahl in meiner Hand wird mit jedem Atemzug schwerer.«

Daraufhin bequemte sich Urok endlich, einen Schritt nach vorn zu machen. Zuerst nahm er das kleine Messer entgegen und verstaute es hinter seinem Gürtel. Dann griff er nach der Klinge aus Blutstahl. Sie war mitsamt dem Griff aus einem Stück geschmiedet und passte perfekt in seine Hand. Zwei ringförmige Wülste zu beiden Seiten des Hefts verhinderten ein Abrutschen der Finger.

Als er die Hand zur Faust schloss, ragte nur noch die dünne, beinahe nadelspitz zulaufende Klinge daraus hervor. Ohne die blank polierte Oberfläche, auf der sich der eine oder andere Lichtschein spiegelte, wäre sie leicht zu übersehen gewesen.

Urok betrachtete die Waffe von allen Seiten. Obwohl sie in ungewöhnlich kurzer Zeit entstanden war, wirkte sie nahezu perfekt. So wie jede Klinge, die im Heiligen Hort geschmiedet wurde.

»Danke«, wiederholte er, und diesmal klang es, als wäre es ehrlich gemeint.

Der Hohepriester antwortete nicht darauf, sondern verfolgte mit kühler Miene, wie Urok zuerst die Unterarmmanschette umschnallte und dann einen Weg suchte, wie sich der neue Dolch darunter verbergen ließ.

»Du wirst eine Lederscheide anbringen müssen«, riet ihm Ursa.

Er nickte, obwohl die Waffe auch so feststeckte. Prüfend schüttelte er den Arm nach unten, ohne dass der Dolch hervorrutschte. Zufrieden nahm er den Fellsack auf und trat auf seine Schwester zu.

»Es ist Zeit für mich weiterzuziehen«, verabschiedete er sich, ohne Ulke eines weiteren Blickes zu würdigen.

Sie hätte ihn gern noch zum Bleiben aufgefordert, spürte aber, das der Hohepriester das nicht geduldet hätte.

»Such dir einen Platz, an dem du in Ruhe grübeln kannst«, riet sie ihrem Bruder, bevor sie ihn im Nacken fasste und ihre Stirn gegen die seine schlug, wie es unter Familienmitgliedern und guten Freunden üblich war. Urok erwiderte den Abschiedsgruß mit ebensolcher Herzlichkeit, dann ging er auf direktem Weg zur Treppe hin, wobei er Ulke fast mit der Schulter gerammt hätte.

»Und?«, fragte sie, nachdem sich Uroks Schritte in der Ferne verloren hatten. »Bekomme ich jetzt eine Rüge?«

»Nein«, antwortete Ulke, der sich die ganze Zeit über nicht von der Stelle gerührt hatte. Nur ein regelmäßiges Zucken unter seiner linken Wange zeigte, wie sehr es in ihm gärte. »Er ist dein Bruder, und du bist eine Hüterin des Heiligen Hortes. Es ist unsere Aufgabe, alle Blutorks auf Vurans Pfaden zu begeleiten. Auch die, die sich verirrt haben. Wenn du glaubst, dass der Harnisch seinem kranken Geist hilft, so hast du vollkommen richtig gehandelt. Ich verstehe nur nicht, warum du ihm das Mysterium der Flammensäule offenbart hast.«

»Von wegen Mysterium.« Sie lachte verächtlich. »Als ob nicht Dutzende von Streitfürsten und Erste Streiter davon wüssten. Die wahren Geheimnisse dieses Hortes werden doch im Hohen Rat gehütet.«

Ulke wollte etwas darauf erwidern, doch sie hielt ihn mit einer Geste davon ab. Gleichzeitig griff sie nach dem blutigen Pergament unter ihrer Lederschürze.

»Ich hielt es für richtig, meinem Bruder das Rad des Feuers zu zeigen, weil er mir dies hier gegeben hat.« Sie faltete die Zeichnung auseinander und reichte sie dem Hohen. »Das stammt von demselben Hellhäuter, der die lederne Schrift bei sich trug.«

Der sonst so beherrschte Ulke fuhr überrascht zurück, als er die Ähnlichkeit zwischen den blutigen Linien und dem Rad des Feuers erkannte. Leise Gebete murmelnd, sah er sich das Pergament von allen Seiten an und machte schon Anstalten, es angeekelt in den See zu werfen. Erst im letzten Moment wurde ihm klar, das ihm das nicht zustand.

Verdrossen reichte er es an Ursa zurück.

»Erschreckend, nicht wahr?«, fragte sie, unschlüssig, was sie selbst damit anfangen sollte.

»Du und dein Bruder, ihr seid etwas Besonderes«, eröffnete ihr Ulke. »Das ist mir schon lange klar. Bei Urok weiß ich nur nicht, ob er von Vuran gesegnet oder verflucht ist. Im Augenblick befürchte ich, dass er unser ganzes Volk ins Verderben stürzen könnte.«

Ursa fragte sich einen Augenblick lang, ob er das nur sagte, um sie zu verletzen. Dem nervösen Zucken seiner Wange nach plagten den Hohen aber tatsächlich unheilvolle Ahnungen.

»Warum messt Ihr Uroks Blutrausch so viel Bedeutung bei?«, fragte sie erschrocken. »Er wäre nicht der erste Jungkrieger, der unnötig gereizt wurde. Oder gibt es irgendwelche Hinweise, von denen nur die Hohen Hüter wissen?«

»Nichts Konkretes«, versuchte Ulke sie zu beruhigen. Nur um gleich darauf anzufügen: »Frag nicht weiter. Es gibt altes Wissen, das selbst deinen Verstand zerstören würde, sollte es dir jemand preisgeben.«

Ursa hatte schon öfter von mündlichen Überlieferungen gehört, die nur an Eingeweihte weitergegeben wurden, wusste aber auch, wie gern sich die Hohen Hüter damit wichtigmachten.

Seufzend sah sie ein letztes Mal auf das Pergament in ihrer Hand, dann warf sie es fort. Trudelnd pendelte das zerknitterte Blatt auf den Flammensee hinaus. Bereits drei Handbreit über der geschmolzenen Glut wurde es so heiß, dass das dünne Pergament sich auf einen Schlag entzündete. Ursa wollte schon den Blick abwenden, als sich die aufsteigenden Flammen unnatürlich zu winden begannen. Ganz so, als ob sie plötzlich zu eigenem Leben erwacht wären. Von einem Herzschlag auf den anderen umschlangen die Zungen einander, kreuzten sich auf sinnverwirrende Weise, bis aus ihnen ein merkwürdig wimmelndes Gebilde wurde, in dem sich die längste der Flammen um die anderen vier kreisförmig wand.

Ursa wurde unwillkürlich an Schlangen erinnert, die sich zu einer bizarren Kopfbedeckung verknoteten. Einer Art Schlangenkrone.

Schlangenkrone. Noch während ihr dieses Wort flüsternd durch den Kopf geisterte, verlöschte die Erscheinung so rasch, wie sie entstanden war. Ursa schüttelte den Kopf und sah zu Ulke hinüber.

»Was ist?«, fragte der Hohe, der ihre Talente nicht nur kannte, sondern auch schätzte. »Hast du irgendetwas in den Flammen gesehen?«

»Nein«, log sie ihn an. Und beschloss, dass es längst an der Zeit war, eigene Geheimnisse zu bewahren.

15

Ein vertrauter Ort wie das eigene Heim erschien Urok als die richtige Stelle zum Grübeln. Doch als er die Lichtung erreichte, auf der seine Hütte gestanden hatte, fand er nur noch eine schwelende Ruine vor. Obwohl er geglaubt hatte, auf alles vorbereitet zu sein, spürte er beim Anblick der Trümmer einen tiefen Schlag in die Magengrube. Der überraschte Laut, der seiner Kehle entfuhr, ließ sich nicht unterdrücken. Heiße Wellen durchfluteten seinen Körper. Er musste sich längere Zeit an einem tiefen Ast festklammern, bis das plötzlich aufsteigende Schwindelgefühl niedergekämpft war.

Die Beine schwer wie Blei, stapfte er langsam weiter.

Das satte, von gelbem Löwenzahn durchsetzte Gras glänzte noch feucht vom Regen der vergangenen Nacht. Dort, wo das Moos überwog, schmatzte es unter seinen schweren Stiefeln. Irgendwo in den umliegenden Bäumen hämmerte ein Specht. Alles schien vollkommen normal. Doch der Anblick der verkohlten Balken, die wie anklagende Finger in die Höhe ragten, wollte einfach nicht verschwinden.

Teergeruch lag in der Luft.

Wer auch immer an diesem Ort gewütet hatte, war gründlich vorgegangen. Uroks Rundhütte war nicht nur niedergebrannt, sondern schon zuvor regelrecht in Grund und Boden gestampft worden. Teile des zerschlagenen Mobiliars lagen überall auf der Lichtung herum. Selbst die hüfthohe Feldsteinmauer war eingerissen und in alle Richtungen verstreut worden. Und auf den Menschenschädeln, die einst den Türbogen zierten, hatte jemand so ausdauernd herumgetrampelt, dass nur noch ein großer Haufen fahler Splitter übrig geblieben war. Ihr Verlust schmerzte Urok am meisten, denn sie waren Trophäen seines Vaters gewesen. Sie in den Schmutz zu treten, bedeutete, auch Ramoks Ansehen zu beflecken.

Damit waren seine Gegner eindeutig zu weit gegangen.

Urok umrundete seine niedergebrannte Behausung, doch so oft er auch stehen blieb und einen der Balken anhob – es gab einfach nichts mehr, das der Rettung lohnte. Der nächtliche Regen hatte zu spät eingesetzt, um die vom Teer genährten Flammen zu ersticken. Was nicht vollständig zu Asche zerfallen war, war – wie die beiden großen Truhen – so stark verkohlt, dass es sich nicht mehr gebrauchen ließ, oder – wie der große Kessel über der Feuerstelle – mit Hämmern und Äxten schwer beschädigt worden. Um so gründliche Arbeit zu leisten, hatte vermutlich der ganze Clan Hand anlegen müssen.

Urok säuberte seine rußverschmierten Finger im Gras und ließ sich auf einem Findling nieder, der zu groß war, als dass man ihn hatte fortschleudern können. Eine Zeitlang haderte er mit seiner Entscheidung, zuerst den Heiligen Hort aufzusuchen, aber dann wurde ihm klar, dass es nichts geändert hätte, wäre er schon früher heimgekehrt. Sie hätten ihm die Hütte auch direkt über dem Kopf angezündet. Oder einige Tage gewartet, bis er ins Grenzland aufgebrochen wäre.

Außerdem hatte er ohnehin vorgehabt, alle Brücken hinter sich abzubrechen. Doch wenn er sein Dach selbst angesteckt hätte, wäre das seine eigene Entscheidung gewesen, nicht ihre. Und sie hatten Ramoks Ansehen beschmutzt. Das schrie nach Vergeltung.

Eine Zeitlang beobachtete er schweigend, wie feine Rauchfahnen aus dem schwelenden Holz senkrecht in den Himmel stiegen und dort langsam verwehten. Im Gegensatz zu den heftigen Stürmen, die in seiner Brust tobten, herrschte um ihn herum völlige Windstille. Als er endlich zu einer Entscheidung gelangt war, stand Urok abrupt auf und begann seine Kleidung abzustreifen. Zuerst den Lederharnisch, dann den grob gewebten Überwurf in den Stammesfarben, den er, sorgfältig zusammengefaltet, auf den Findling legte. Danach öffnete er den Fellsack und zog Ramoks Panzerung hervor.

Was den Wuchs anging, war Urok ganz nach seinem Vater geraten. Er musste nur ein wenig an der wattierten Fütterung herumkneten, bis ihm der Harnisch wie angegossen passte. Ohne die Stammesfarben, die den eisernen Waffenrock bedeckten, kam er sich einen Augenblick lang nackt vor. Doch schon im nächsten Atemzug fühlte er sich wie befreit.

Zufrieden packte er die alte Rüstung in den Fellsack und legte auch die beiden Dolche hinzu, weil sie nicht so gut unter den Armschutz passten, wie er gehofft hatte. Alles zusammen deponierte er zwischen den schwarzen Balken der Brandruine. Ein besseres Versteck gab es nicht: Das Heim eines Geächteten galt als tabu, und es würde noch eine ganze Weile dauern, bis sich die ersten Halbwüchsigen hertrauten, um ihren Mut zu beweisen.

Falls er den Nachmittag überlebte, würde er die Sachen später abholen. Und wenn nicht, gab es für den tapfersten Knaben des Clans einen kleinen Schatz, den er an diesem Ort finden konnte. Der Gedanke gefiel ihm.

Urok überlegte eine ganze Weile, wie er mit dem gehörnten Schulterstück verfahren sollte, bis er es ebenfalls, aus einem Impuls heraus, zurückließ. Man würde ihn nur wieder als verrückt bezichtigen, wenn er es trug. Das wollte er nicht riskieren. Seine Handlungen sollten von allen ernst genommen werden.

Seinen Überwurf unter den Gürtel geklemmt, machte er sich auf den Weg. Wenn er stramm durchmarschierte, konnte er die Hauptsiedlung der Ranar kurz nach der Mittagszeit erreichen. Sehr gut. Ihm gefiel der Gedanke, das Dorf heimzusuchen, wenn alle gerade in Ruhe vor sich hin dösten, um ihr üppiges Mahl zu verdauen.

Ein böses Lächeln auf den Lippen ließ er die Ruine hinter sich.

Er kam rasch vorwärts. Doch obwohl er über heimischen Grund wandelte, durch Wiesen und Wälder, in denen er aufgewachsen war, kam ihm die Landschaft seltsam fremd vor. Abgesehen von scheuem Wild, dass bei seinem Anblick flüchtete, begegnete er keinem einzigen Lebewesen, bis er den kleinen Hain oberhalb des befestigten Dorfes erreichte. Kurz bevor der Baumbestand wieder lichter wurde, vernahm er ein Rascheln zu seiner Linken.

Verwundert blieb er stehen. Wer auch immer dort im Schutz des Unterholzes lauerte, gab sich keine große Mühe, leise zu sein. Es dauerte nicht lange, bis Urok zwischen dichtem Strauchwerk etwas bemerkte: ein Augenpaar, das kurz im Licht der einfallenden Sonne glänzte und gleich darauf wieder im Schatten versank.

»Geh nicht weiter«, warnte eine körperlose Stimme, die ihm vertraut vorkam. Natürlich. Sie gehörte Rowan. Einem Krieger seines Alters, den Urok kaum kannte, weil er von der anderen Seite des Tals stammte. Trotzdem wagte er es, mit ihm, dem Geächteten, zu sprechen. »Tabor und Grimpe haben alle auf ihrer Seite.«

»Schon gesehen.« Urok strich sein rechtes Schläfenhaar bis zur Kinnlinie glatt. »Was glaubst du, wo ich gerade herkomme?«

Die Frage war überflüssig. Dies war der direkte Weg von seiner Hütte in die Siedlung, und es war offensichtlich, dass Rowan auf ihn gewartet hatte, um ihn abzufangen, wenn er nach Rache dürstend vorbeistürmte.

»Hat Bava sie angeführt?«, wollte Urok wissen.

»Nein. Aber er hat sich auch nicht für dich eingesetzt, bevor er mit seiner Schar zu den Vendur aufbrach.«

Urok atmete unmerklich auf. Bavas Schar hatte sich wohlweislich abgesetzt. Das erklärte wenigstens, warum Gabor nicht eingeschritten war, als man Ramoks Trophäen geschändet hatte. Man konnte dem Elfenfresser nicht vorwerfen, dass er seinem Streitfürsten folgte, wie es sich für einen Rechten Arm gehörte.

Auch wenn Urok weiterhin das Gefühl hatte, seine Brust wäre eingeschnürt – eines der unsichtbaren Stahlbänder, die ihm den Atem raubten, lockerte sich ein wenig. Dankbar nickte er in Richtung des Unterholzes und schickte sich an, seinen Weg fortzusetzen.

»Du kannst nicht gegen alle ankommen«, warnte Rowan eindringlich. »Das muss dir doch klar sein.«

»Keine Sorge.« Urok lachte leise. »Ich habe nicht vor, blind ins Verderben zu stürzen. Und jetzt hör besser auf, mit mir zu sprechen. Sonst wirst du noch genauso verrückt wie ich.«

Bevor er weiterging, strich er auch die linke Schläfenseite glatt. Rowan hielt ihn nicht länger zurück. Trotzdem hatte die kurze Begegnung Uroks Laune gebessert.

Ein entschlossenes Lächeln spaltete seine Lippen, in Vorfreude auf das, was kommen sollte. Nur flüchtig nahm er die wundervolle Aussicht wahr, als sich der Hain zu den offenen Wiesen und Hängen öffnete, die zum Kernland der Ranar gehörten. Durch die fruchtbare Talsohle hatte sich ein klarer Gebirgsfluss sein Bett gegraben; wie ein silbernes Band schlängelte sich der Amer zwischen den Hügeln dahin. Breite Auen säumten sein Ufer, aber auch sandige Abschnitte, die zum Baden einluden. Der Amer war ein Kind der Kristallseen, der die Ranar schon seit undenklichen Zeiten mit kühlem Trinkwasser und reichem Fischbestand beschenkte.

In einer weit geschwungenen Flussbiegung auf ebenem Grund nahe einer natürlichen Furt hatte der Stamm eine befestigte Siedlung errichtet. Eine hohe Holzpalisade, umgeben von einem ebenso tiefen Wassergraben, bot etwa fünfzig Familien mit einem Dutzend Vorratsspeichern Schutz vor Überfällen. Weitere Höfe, Scheunen und einzelne Hütten waren überall im Umland verstreut, die meisten davon intakt, obwohl die Madak manchmal kleinere Raubzüge unternahmen, andere dem Erdboden gleichgemacht so wie Uroks Behausung.

Der Posten auf dem Wachturm machte ihn schon von Weitem aus, ebenso der alte Kyre, der am Eingangstor auf seinen Streithammer gestützt dastand. Keiner der beiden schlug laut Alarm, denn das hätte zu viel Aufmerksamkeit für einen Geächteten bedeutet. Kyre sah die ganze Zeit starr an ihm vorbei, als er durch die Furt heranmarschierte, und verzog auch nicht die geringste Miene, als Urok den offenen Torflügel passierte.

Im Dorf wussten trotzdem alle, dass er kam. Er konnte es spüren, obwohl nur ein paar neugierige Kinder im Freien herumliefen. Die Bauweise in der Siedlung unterschied sich kaum von der seiner Hütte. Überall die gleichen Steinfundamente, die von grob behauenen Holzwänden und Reisigdächern überragt wurden. Einzig die Vorratshütten waren mit Holzschindeln gedeckt, damit sich niemand so leicht ins Innere wühlen konnte.

Urok strebte auf direktem Wege der Dorfmitte zu.

Nahe einer aus Stein gehauenen Tränke, die über eine hölzerne Rinne mit dem Wasser des Amers versorgt wurde, blieb er stehen. Der festgestampfte Boden dieses kreisrunden Platzes war unter Generationen von Orkstiefeln so hart wie Granit geworden. Das kam seinen Plänen entgegen.

Breitbeinig baute er sich auf, das Gesicht auf Grimpes Hütte gerichtet. Er war noch dabei, den Überwurf hinter seinem Gürtel hervorzunesteln, als die Eingangstür drüben in ihren rostigen Angeln quietschte. Nacheinander traten Tabor und Grimpe nach draußen, gefolgt von vier weiteren Kriegern, die zur Familie zählten: Tabors älterem Bruder, dem Vater der beiden, und Grimpes beiden Söhnen. Alle sechs hielten ihre Waffen offen in den Händen.

Schweigend bauten sie sich in einer Linie vor der Hütte auf. Erwartungsvoll. Auf alles vorbereitet. Auch darauf, dass er erneut in einen Blutrausch verfiel. Ihr Auftritt musste ein verabredetes Signal gewesen sein, denn in den umliegenden Hütten öffneten sich weitere Türen, und die Zahl der Krieger, die sich um den Platz herum aufstellten, schwoll zügig an. Es waren auch viele Frauen darunter, die gespannte Bögen in Händen hielten.

Eigentlich hatte Urok nur vorgehabt, die Stammesfarben vor aller Augen in den Schmutz zu werfen, doch als er sich all den feindseligen Gesichtern gegenübersah, wurde er von tiefem Grimm geschüttelt. Die Gefühlsaufwallung überfiel ihn genauso jäh wie heftig. Hitze stieg in ihm auf, drängte aus seinem Brustkorb in alle Richtungen und pumpte plötzlich so heiß durch seine Arme, dass er glaubte, die Adern müssten ihm zerplatzen.

Nein, nicht jetzt, dachte er, entsetzt über sich selbst. *Nicht schon wieder. So will ich nicht sein!* Er versuchte sich zu bezähmen, auch wenn es ihn schmerzte. Überall am Hals und im ganzen Gesicht quoll Schweiß aus seinen Poren. In seinem Oberkörper wühlte ein brutaler Schmerz, als würde sich ihm eine flammende Klinge ein ums andere Mal in den Rücken bohren.

Noch während er überlegte, wie er Herr dieser verwirrenden Vorgänge werden sollte, bahnte sich die Hitze ihren eigenen Weg: Plötzlich schien sein linker Arm von innen heraus zu verbrennen. Der verzehrende Schmerz begann in der Schulter und jagte bis hinein in seine Fingerspitzen. Irgendetwas *Fremdes* drängte durch seine

Adern. Flüssig ja, aber auch furchtbar zäh, als ob geschmolzenes Blei durch sie hindurchschießen würde. Der Druck schwoll immer stärker an, wurde beinahe unerträglich. Einen Herzschlag lang rechnete Urok ernstlich damit, dass es ihm den Arm zerreißen würde. Doch schon beim nächsten konzentrierte sich der pochende Fieberschub auf seine linke Hand.

Ja, wirklich. Nur auf die Hand!

»Er brennt!«, schrie irgendjemand, der als Erster die kleinen Lohen aus seinen Poren schlagen sah. »Er brennt!«

Dutzendfaches Knarren sich spannender Bogensehnen hallte über den Platz. Urok kannte die Frauen, die gerade auf ihn anlegten. Allesamt waren es gute Schützinnen, die ihm auf diese Entfernung problemlos beide Augen ausschießen konnten. Trotzdem. Statt die Flammen, die zwischen seinen Fingern emporzüngelten, zu verstecken, stieß er die Hand für alle deutlich sichtbar in die Luft. Gleichzeitig bedeckte er sie mit den Stammesfarben.

Obwohl Urok fest damit rechnete, dass ihm jeden Moment gefiederte Schäfte aus den Augenhöhlen wuchsen, klebten alle Pfeile weiterhin an den Bogensehnen. Fassungslos starrte das gesamte Dorf auf seinen gestreiften Überwurf, der langsam zu dampfen begann. Die aufsteigende Hitze war so groß, dass sich die Glut rasch durch den groben Bast arbeitete. Rasend schnell breiteten sich schwarze Brandflecken über der geballten Faust aus, dann schlug die erste Flamme durch den Stoff hindurch.

Im gleichen Moment, da er ihnen die lodernden Stammesfarben vor die Füße schleuderte, begann das Gezüngel in Uroks Hand zu versiegen. Erleichtert starrte er auf seine unversehrte Haut. Mochten auch alle anderen wie zu Stein erstarrt dastehen, niemand hatte sich gerade stärker erschrocken als er selbst.

»Von nun an bin ich meine eigene Schar!« Seine Worte klangen ihm seltsam fremd in den Ohren. Es grenzte beinahe an ein Wunder, dass sie ihm so hart und klar über die Lippen drangen. Seit seiner Kindheit war es ihm nicht mehr so schwergefallen, äußerlich ruhig zu bleiben.

Während der Überwurf zu seinen Füßen restlos zu Asche verbrannte, ging er einfach davon. Urok fühlte sich müde und ausgelaugt. Er wollte einfach nur noch fort. Hinaus an den Fluss. Den brennenden Durst löschen, der ihn so plötzlich quälte.

Die Orks links und rechts der Gasse nahm er nur noch als verschwommene Umrisse wahr. Selbst seinen Mutterbruder und die beiden Vaterschwestern, die in der Menge standen, würdigte er keines Blickes. In diesem Moment hätte es nur eines gezielten Hiebes oder Stoßes bedurft, um ihn zu Fall zu bringen. Doch niemand erhob geschliffenen Stahl.

Schweigend ließen ihn alle passieren.

Nur einige Kinder, die zu klein waren, um den Ernst der Lage zu begreifen, liefen ausgelassen neben ihm her. »Feuerhand! Feuerhand!«, lärmten sie, bis sie unter den eisigen Blicken ihrer Eltern verstummten.

Feuerhand! Das Wort bohrte sich unangenehm laut in seine Ohren. Trotzdem dauerte es eine ganze Weile, bis Urok klarwurde, was es *wirklich* für ihn bedeutete.

Im Grenzland

Arnur trug gerade ein paar leere Eimer zum Brunnen, als er aus den Augenwinkeln sah, wie sich der kleine Koldir, der das Falkennest besetzte, auf seine Zehenspitzen stellte und angestrengt gen Osten starrte. Diese Haltung nahm der Kleine häufig ein, weil er die Holzbrüstung, die den Ausguck umgab, nur geringfügig überragte.

Doch diesmal wirkte er angespannter als sonst.

Alarmiert ließ Arnur die Holzkübel zu Boden poltern. Im Grenzland aufgewachsen, also von Kindesbeinen an Kampf und Entbehrungen gewöhnt, hatte er ein untrügliches Gespür für solche kleinen, aber entscheidenden Unterschiede entwickelt, die höchste Gefahr signalisierten. Deshalb befand er sich bereits auf dem Weg zur Holzpalisade, als Koldir von der Plattform aus zu krähen begann: »Eine riesige Staubfahne am Horizont! Das müssen Reiter sein!«

Jeweils mehrere Stufen auf einmal nehmend, hetzte Arnur zum

Wehrgang hinauf. Sein Blick irrte nur kurz über das offene Land, bevor er den grauen Schleier entdeckte, der seinen jüngsten Sohn derart in Aufruhr versetzte. Zu beiden Seiten des regulären Weges stieg er wie eine massive Wand empor, die rasend schnell an Größe gewann.

»O verdammt!« Arnur spürte, wie ihm das Blut schneller durch die Adern pumpte. Hastig fuhr er sich über das faltige, von der Sonne gegerbte Gesicht.

Was dort nahte, war mehr als nur eine Handvoll Reiter, die ihre Pferde zur Eile antrieben. Um solch eine Wolke aufzuwirbeln, mussten hunderte von eisenbeschlagenen Hufen über den ausgetrockneten Boden galoppieren. Ein friedlicher Tross kam da nicht in Frage. Kein Händler schlug solch ein Tempo an, es sei denn, ihm wären Scharen beutehungrigen Gesindels auf den Fersen. Und das war letztendlich genauso schlimm, als ob dort Orks oder Wolfshäuter persönlich nahten.

Von den Feldern kamen bereits erste Mägde und Knechte angelaufen, um sich vor der drohenden Gefahr in Sicherheit zu bringen. Andere, die zwischen dem Wehrhof und Grimmstein arbeiteten, waren noch völlig ahnungslos.

»Stoßt ins Horn!«, rief Arnur über die Schulter hinweg. »Alle müssen sofort heimkommen und die Wälle besetzen.«

Obwohl sein pochendes Herz wild gegen den Brustkorb hämmerte, drangen seine Befehle klar und deutlich über den Hof. Bedrohliche Situationen wie diese kamen immer wieder vor, darum hatten alle längst gelernt, mit der Angst umzugehen. Unter ihm setzten sich die Menschen in Bewegung. Doch so eilig sie es auch hatten, es keimte nicht die geringste Panik auf.

Selbst die Kinder blieben vollkommen ruhig.

Das Leben im Grenzland und die harte Hand ihrer Eltern hatten sie dazu erzogen. Und so nahmen jene, die schon mehr als sieben Winter gesehen hatten, die Jüngeren an die Hand oder auf den Arm und verschwanden mit ihnen im steinernen Herrenhaus, um sich hinter festen Mauern und eisenbeschlagenen Türen zu verbergen, bis die Gefahr vorüber war. Oder um sich und die Jüngeren mit scharfem Stahl zu erlösen, falls ihnen Sklaverei oder andere Schicksale drohten, die mit Sicherheit schlimmer waren als der Tod.

Arnurs Puls beruhigte sich einen winzigen Augenblick lang, als er sah, wie sich die Knechte und Freien bewaffneten, während Mägde und Weiber gemeinsam Wasser zu schöpfen begannen, um sich auf mögliche Brände vorzubereiten. Dass ein jeder wusste, was zu tun war, flößte allen Mut ein.

Koldir kletterte behände vom Falkennest herab. Doch schon auf halbem Weg zu dem großen Lindwurmhorn, das an einem tief in den Boden gelassenen Steinpfahl gekettet war, brach das Unglück über sie herein.

Alles begann mit einer schattenhaften Bewegung am Rande von Arnurs Blickfeld. Er hatte gerade zwei Knechte anweisen wollen, das große Eingangstor bis auf einen mannsbreiten Spalt zu schließen, hielt aber irritiert inne. Noch ehe er richtig begriff, wie ihm geschah, klebte schon geschliffener Stahl an seiner Kehle. Gleichzeitig krallte sich eine Hand in seine Haare und riss ihm den Kopf hart in den Nacken.

Arnur brachte nur ein überraschtes Keuchen zustande. Allein diese kleine Halsbewegung bewirkte, dass die fest anliegende Klinge durch seine Haut schnitt. Er erstarrte wie in Granit geschlagen, denn die Schneide lag direkt auf seiner Luftröhre. Schon der geringste Muskelreflex konnte ihn töten.

Während etwas unangenehm Klebriges zu beiden Seiten seiner Kehle herabströmte, musste er hilflos mit ansehen, wie sich überall im Innenhof weitere Bewaffnete aus ihren Verstecken lösten. Er konnte sich überhaupt nicht erklären, woher sie alle kamen, diese in laubbraune bis tannengrüne und manchmal auch schattierte Umhänge gehüllten Gestalten. Sie schienen zuvor mit Dächern, Holzstößen oder Außenwänden, ja, mit dem Staub des Innenhofes selbst verschmolzen gewesen zu sein, denn sie tauchten geradezu aus dem Nichts heraus auf und sprangen mit blitzendem Stahl in den Händen auf die Seinen zu, um sie zu überwältigen.

Alles ging in beängstigender Stille vor sich.

Nur einige kurze, entsetzte Schreie und würgende Schmerzlaute, mehr war nicht zu hören. Nichts davon laut genug, um über die Palisaden hinwegzudringen. Arnur sah, wie Koldir mit fliehenden Händen nach dem Alarmhorn griff und es an die Lippen setzte. Doch ehe er seine Lungen überhaupt mit genügend Luft für ein lautes Signal füllen konnte, wurde er brutal gepackt und zu Boden geschleudert. Sein schlanker, geradezu zierlicher Angreifer, der trotzdem über enorme Kräfte verfügte, nahm keine Rücksicht darauf, dass der Junge erst zehn Winter alt war. Der spitz zulaufenden Klinge nach, die sich auf Koldirs linke Brusthälfte senkte, war es diesem Kerl auch egal, wenn der Junge den elften nicht mehr erlebte.

Arnur selbst sah sich ebenfalls schon aufgeschlitzt in die Tiefe stürzen, doch statt ihn zu töten, beugte sich sein Peiniger, der gut einen Kopf kleiner war als er, ganz nahe an ihn heran und flüsterte ihm rau ins Ohr: »Wir sind Getreue des Königs. Wenn wir gewollt hätten, wärt ihr jetzt alle tot. Also sag deinem Gesinde, dass es sich ruhig verhalten soll. Dann geschieht ihm auch nichts.«

Die Klinge löste sich von seinem Hals, ohne ganz zu verschwinden. Trotzdem nahm Arnur all seinen Mut zusammen und rief laut heraus, was ihm gerade aufgetragen worden war. Eigentlich hätte er sich die Worte sparen können. Denn ein jeder dort unten, harter Grenzländer oder nicht, war bereits viel zu sehr eingeschüchtert, um sich noch irgendwie zur Wehr zu setzen. Niemand wagte mehr, auch nur einen Muskel zu rühren. Niemand – außer dem Größten und Kräftigsten von ihnen.

»Das gilt auch für dich, Morn!«, rief er dem ungeliebten Neffen zu.

Die grobschlächtige, fast zwei Klafter große Gestalt mit der ungewöhnlich dunklen Haut hielt daraufhin inne, das kurze Beil in der rechten Hand immer noch erhoben, den wilden, von Wut und Blutdurst geschwängerten Blick weiterhin auf den Vermummten gerichtet, der ihm am nächsten stand.

Arnur lag nicht viel an Morn, so kräftig er auch war und so ausdauernd er zu arbeiten vermochte. Seinethalben hätten sie den Kerl ruhig dutzendfach mit Stahl durchbohren können. Doch die Gefahr, dass sein Widerstand vielleicht zur Auslöschung des gesamten Gesindes führte, war einfach zu groß.

Arnur wollte gerade die Halsmuskeln spannen, um Morn noch einmal lauter und schärfer zurechtzuweisen, als sein Peiniger mit einer Hand von ihm abließ, sich die Kapuze abstreifte und rief: »Lass es sein, Halbling! Es gibt keinen Grund zu kämpfen! Ganz davon abgesehen, dass es dir ohnehin niemand danken würde!«

Unter dem Umhang wuchs ein pechschwarzes Gesicht hervor, das trotz des schneeweißen Haares, von dem es umrahmt wurde, irgendwie jugendlich wirkte. Morn sah verblüfft zu der ungewöhnlichen Gestalt auf. Vielleicht weil sie ähnlich spitz zulaufende Ohren hatte wie er selbst.

»Gothars Schattenelfen!«, schrie irgendjemand erschocken. »Der König hat uns die Legion der Toten geschickt!«

Einige Mägde und Knechten nässten sich bei diesem Ausruf ein. Selbst Morn hatte schon von der Legion gehört, all die schrecklichen Geschichten, die über sie im Umlauf waren. Sein Gesicht weiterhin wutverzerrt, ließ er das Beil endlich in den Staub fallen.

Arnur entspannte sich ein wenig, bereute diese Reaktion aber umgehend, als ihn der Schattenelf, der ihn bedroht hatte, mit einem harten Stoß auf den Holzstieg zutrieb. »Los, zu den anderen!«, wurde er dabei angeherrscht.

Während Arnur mehr in die Tiefe fiel, als über die Stufen zu stolpern, trat der Schattenelf einfach ins Leere hinaus und sank neben ihm langsam zu Boden.

Was für ein Anblick. Geradezu grotesk. Und irgendwie unheimlich. Obwohl Arnur Mühe hatte, nicht lang hinzuschlagen, konnte er alles genau verfolgen. Dieser Bastard sprang oder stürzte nicht etwa in die Tiefe, nein, er schwebte tatsächlich sanft auf die Erde hinab!

Gleichzeitig hellte sich seine Haut auf. Von einem Herzschlag auf den anderen wirkte das Gesicht nur noch wie von der Sonne gebräunt, um dann einen Moment später so hell wie frisch vergossene Milch zu schimmern. Aber das war noch nicht alles. Auch die unregelmäßigen, an Baumrinde erinnernden Linien auf seinem Mantel begannen zu verschwimmen.

Unten angekommen, stieß er Arnur weiter auf die anderen Gefangenen zu. Von allen Seiten des Hofes wurden die Grenzländer zusammengetrieben. Man zwang sie, Morn in ihre Mitte zu nehmen, während Arnur befohlen wurde, nahe des unverhüllten Schattenelfs zu bleiben, der offenbar der Anführer dieses Trupps war. Von allen Seiten eingekesselt und weiterhin mit blankem Stahl bedroht, drängten sich die Männer und Frauen aneinander. Einige junge Mägde weinten leise, weil niemand wusste, was als Nächstes folgte. Thea, sein Weib, schloss ihn kurz in die Arme, dann reichte sie ihm ein sauberes Tuch, mit dem er seine Blutung stillen sollte.

Der Anführer der Elfen wand es ihm sofort aus der Hand und benutzte es stattdessen, um seine rot verschmierte Klinge zu reinigen. Danach ließ er den besudelten Fetzen achtlos in den Staub fallen. Arnur sah davon ab, sich danach zu bücken. Sein Arbeitskittel war ohnehin schon blutdurchtränkt. Er konnte genauso gut warten, bis sich die kleine Wunde von allein schloss.

Oder sich größere und auch tödliche hinzugesellten.

Das Gesicht des Elfen war inzwischen so bleich wie sein Haar geworden, während der Umhang eine kastanienrote Färbung angenommen hatte. Unter dem rundum abschließenden Mantel schimmerten dunkle, eng anliegende Hosen aus weichem Leder und schwarze Stiefel hervor. Der Kerl sah Arnur die ganze Zeit über prüfend an. Selbst als zwei Mägde, die sich im Gesindehaus versteckt hatten, aufgespürt und zu ihnen herausgetrieben wurden, wandte er den Blick kein einziges Mal ab.

Der Schattenelf versuchte ihn nervös zu machen, so viel stand fest. Leider war er damit sehr erfolgreich, wie sich Arnur eingestehen musste. Der blitzartige Überfall, das Wechseln der Hautfarbe – all das hatte ihnen allen den Mut geraubt.

Wenigstens durften die Kinder im Haus bleiben.

Nachdem jede Möglichkeit des Widerstands im Keim erstickt worden war, setzten sich einige ihrer Bewacher auf die Palisade ab, um dort Posten zu beziehen. Tief hinter die Brustwehr geduckt, spähten sie ins Umland hinaus. Diese Art der Vorsicht musste ihnen in Fleisch und Blut übergangenen sein, denn sie fürchteten sicherlich nicht die Feldarbeiter, die nichts von allem ahnten und immer noch in die trügerische Sicherheit des Wehrhofes flüchten wollten.

»Sie sind bald da, Todbringer!«, rief eine der vermummten Gestalten.

Der hellen, beinahe angenehm warm klingenden Stimme nach musste es sich um eine Frau handeln. Ob Elf oder Elfin war allerdings völlig egal. Arnur ging nur der Name durch den Kopf, den sie gerade benutzt hatte. Immer und immer wieder. Todbringer! Dieser Name war Legende. Todbringer! Der gefährlichste all derer, die in der Legion der Toten dienten. Was hatten sie nur getan, um derart Gothars Unwillen auf sich zu ziehen?

Auf Todbringers ebenmäßigem, von keinerlei Makel getrübtem Gesicht zeichnete sich nicht die geringste Regung ab, als er sich an Arnur wandte und fragte: »Du bist der Bauer dieses Wehrhofs?«

Leugnen hatte wenig Sinn. Allein die Art, wie Arnur dem Gesinde vor kurzem Befehle erteilt hatte, war schon Beweis genug. Todbringer hatte ihn schließlich nicht ohne Grund als Ersten unschädlich gemacht.

Arnur nickte ergeben.

Sein Gegenüber hatte offenbar nichts anderes erwartet, trotzdem hakte er nach. »Arnur, der im Schatten des Grimmsteins siedelt?«, fragte er. »Bruder des Orgur, Vater des Ragmar?«

Arnur spürte, wie ihm alles Blut aus den Wangen wich. Plötzlich wünschte er, sich doch verleugnet zu haben, aber das ließ sich nicht mehr rückgängig machen. Deshalb antwortete er stockend und mit brüchiger Stimme: »Zwei treue Vasallen in Gothars Diensten.«

»In Herzog Garskes Diensten«, verbesserte der Elf grimmig. »Bis zu ihrem Tod.«

Noch kälter und schroffer konnte man wohl keinen Vater vom Ableben seines Sohnes unterrichten. Trotzdem zeigte sich auf dem faltenlosen Gesicht noch immer nicht die geringste Regung, weder gehässige Freude noch ein Funken Mitleid. Dem Spitzohr schien es einfach nur herzlich egal zu sein, was Arnur fühlte. Gleich darauf wurde klar, warum.

»Was die unverbrüchliche Treue angeht, die euer Sohn dem Herzog schuldete, bestehen erhebliche Zweifel«, fuhr Todbringer fort. Seine hellblauen Augen wurden so starr, dass ihr Blick Arnur regelrecht durchbohrte, als er anfügte: »Und wie steht es mit deiner Ergebenheit, Bauer?«

Das letzte Wort spie er förmlich aus, als wäre es eine Beleidigung.

Arnur kam gar nicht auf die Idee, sich deshalb zu ärgern. Er spürte, wie ihm abwechselnd heißer und kalter Schweiß ausbrach. Eben noch zwischen einem Anflug von Trauer und völliger Überraschung schwankend, wurde er von jäh aufkeimender Sorge erfüllt. Er fragte weder, woher der Elf vom Tode seines Sohnes wusste, noch woher der Vorwurf des Verrates rührte. Er zweifelte noch nicht einmal daran, dass beides der Wahrheit entsprach. Wer seine Hautfarbe wechseln und durch die Luft schweben konnte, mochte auch über den Zauber verfügen, solche Dinge zu erfahren.

Ob nun aus eigener Kraft oder durch Gothars Gnaden war einerlei.

Rasch machte sich Arnur daran, seine eigene Treue zu versichern. Fast hätte er dabei den alten Regengott beschworen, doch zum Glück besann er sich noch rechtzeitig eines Besseren.

»Bei den fünf Winden!«, rief er stattdessen aus. »Ich weiß nicht, welcher böse Geist in Ragmar oder Orgur gefahren sein mag. Vielleicht hat sie der Atem der Orks verdorben. In uns hat Gothar jedenfalls treue Vasallen, auf die er sich stets verlassen kann!«

»Das freut mich wirklich zu hören.« Erstmals zuckten die Mundwinkel des Elfen zur Andeutung eines Lächelns in die Höhe. Eines kalten Lächelns, das die Augen nicht erreichte. »Wir werden nämlich unser Lager auf deinem Hof aufschlagen, bevor wir nach Arakia vorstoßen.«

Arnur spürte, wie der Boden unter seinen Füßen zu beben begann. Irgendwo hinter ihm erklang ein leises Plätschern. Und auch er, der von zahllosen Gefahren gestählte Wehrbauer, hatte Mühe, seine Blase unter Kontrolle zu halten. Allein die bloße Vorstellung, eine Horde Schattenelfen für längere Zeit zu beherbergen, hatte etwas zutiefst Beängstigendes. Vielleicht hätte sich Arnur ebenfalls eingenässt, hätte sich Todbringer nicht endlich von ihm abgewandt, weil ihm die Elfin auf der Palisade erneut etwas zurief. Was genau, war nicht richtig zu verstehen, weil ihre Stimme von laut anschwellendem Getrappel übertönt wurde. Aber es klang, als ob sie erneut ankündigen wollte, dass die *anderen* nahten. Die, die mit einer dichten Staubwolke auf sich aufmerksam gemacht hatten, während die Vorhut längst in den Wehrhof eingedrungen war.

Der Boden unter Arnurs Füßen vibrierte inzwischen so stark, dass seine Schuhsohlen an den Zehen kitzelten. Als dicke Staubschleier über die zugespitzten Palisaden wölkten, war er überzeugt davon, dass da hunderte, wenn nicht gar tausende von Reitern nahten.

Bis die ersten Tiere vor dem offenen Tor anhielten. Große Tiere mit langen Hälsen und noch längeren Schwänzen, die unruhig über den Boden strichen. Schweres Metallgeschirr ließ ihre gedrungenen Körper mit den kurzen Beinen noch monströser wirken, als sie ohnehin schon waren.

Schlachtrösser konnten es nicht sein. Selbst mit Stirnplatte, Fürbug und Kruppteil vermochten Pferde unmöglich solche Umrisse zu formen. Es dauerte eine Weile, bis sich der Staub weit genug gelegt hatte, dann waren in den wabernden Schleiern die geschuppten Hälse gezähmter und berittener Lindwürmer zu erkennen.

An der Brandruine

Eine Knochennadel, eine Hirschsehne und ein nach Rauch stinkender Lederflicken waren das einzig Nützliche, das sich noch in den verkohlten Truhen hatte finden lassen. Urok benutzte sie dazu, sich eine lederne Scheide zu nähen, die er so in den Armschutz einpasste, dass der Runddolch vollständig unter der Stahlmanschette verschwand.

Er war mit seinem Werk zufrieden, doch bald kehrten die dunklen

Gedanken zurück. Es war schon seltsam. Erst jetzt, da er endgültig mit seinem Stamm gebrochen hatte, fühlte er sich einsam und verlassen.

Nachdenklich starrte er auf die Lichtung hinaus, die so viele gemeinsame Übungen und Waffengänge mit seinem Vater gesehen hatte. Alles, was er im Umgang mit der Axt oder dem Schwert beherrschte, verdankte er Ramok. Wie sehr Urok doch den Rat des Vaters vermisste, jetzt, da er fort war. Früher, als er noch am Leben gewesen war, hatte er nie auf ihn hören wollen.

Bei Anbruch der Dunkelheit schlug er einige angekohlte Balken mit der Doppelaxt klein und errichtete aus diesen Scheiten ein Lagerfeuer. Anfangs war er versuchte, den Stoß mit der bloßen Hand anzuzünden, doch das wäre nicht nur schmerzhaft, sondern auch ein Frevel gewesen. Also benutzte er dafür Stahl und Feuerstein aus der Gürteltasche.

Nachdem auch das erledigt war, starrte er eine Weile gedankenverloren auf den Schulterpanzer mit den Lindwurmhörnern. So lange, bis das Knistern der brennenden Scheite zum zweiten Mal durch ein Laubrascheln gestört wurde.

Seine Doppelaxt stand in Griffweite, trotzdem vertraute er lieber auf den verborgenen Runddolch, um den nächtlichen Besucher nicht unnötig zu beunruhigen. Er ahnte bereits, wer ihn da im Dunkeln weiträumig umging, um sich von vorn zu nähern. Als die Gestalt nach einiger Zeit in den flackernden Schein des Feuers trat, erstaunte es Urok wenig, dass sich ausgerechnet Rowans Gesicht aus der Nacht schälte.

»Setz dich«, bot Urok an. »Wie es scheint, lässt du dich ohnehin nicht abschütteln.«

Rowan zeigte ein verhaltenes Grinsen, bevor er sich grußlos auf den zugewiesenen Stein niederließ. Lange Zeit starrten sie gemeinsam ins Feuer und schwiegen einander an.

»Eine zweite Feuerhand«, begann der Besucher endlich. »Das wird Bava überhaupt nicht gefallen.«

Der Gedanke war Urok auch schon gekommen. Bava bildete sich

viel auf seine besondere Fähigkeit ein. Besonders, seit ihm Priester wie Ulke einredeten, dass er der geborene Erzstreiter wäre.

»Wie lange kannst du das schon?«, wollte Rowan wissen. »Eine Feuerhand sein, meine ich.«

»Seit heute.«

Rowan schnaufte verächtlich.

»Es ist wahr«, versicherte Urok. »Du kannst mir glauben. Ich wurde erst zweimal vom Blut überwältigt. Du warst beide Male dabei. Auf dem Beutezug und heute. Ich weiß selbst nicht, was dahintersteckt.« Er zögerte kurz. »Du hast mich doch heute im Dorf gesehen, oder?«

»Ja«, gestand Rowan ein. »Ich bin dir in einigem Abstand gefolgt und gerade noch rechtzeitig zu deinem großen Auftritt gekommen. Zum Glück. Denn von diesem Tag wird man noch lange an Arakias Lagerfeuern erzählen.« Ihr Gespräch versiegte für eine Weile, in der sie beide schweigend in die tanzenden Flammen starrten. Bis Rowan plötzlich fragte: »Kann ich die lederne Schrift mal sehen?«

Urok zuckte mit den Schultern. »Wenn du keine Angst hast, deinen Geist zu vergiften …«

Rowan antwortete nicht, doch die Aufforderung in seinem Blick blieb bestehen. Also zog Urok den Lederband hervor und reichte ihn herüber. Da der andere sich ein wenig ungeschickt anstellte, half er ihm beim Aufschlagen. Orkhände waren eigentlich viel zu klobig für menschliche Schriften. Trotzdem schaffte es Rowan nach einiger Zeit, die Seiten so umzublättern, dass sie nicht dabei einrissen oder zerknitterten. Der junge Krieger sah sich alle Zeichnungen interessiert an, aber auch bei ihm sprang kein Funke über.

»Tut mir leid«, sagte er nach einer Weile. »Ich kann in den Bildern nichts Besonderes erkennen. Trotzdem würde ich mich am liebsten deiner Schar anschließen.«

»Warum?« Uroks rechte Augenbraue wanderte vor Überraschung in die Höhe.

»Weiß nicht.« Rowan reichte ihm den Einband zurück. »Vermutlich, weil mich Tabors Überheblichkeit genauso ärgert wie dich.«

Sie grinsten einander wissend an und starrten dann wieder ins Feuer. »Gut, schließ dich mir an.« Urok ließ das Angebot spöttisch klingen, hätte aber in Wirklichkeit nichts dagegen gehabt, Rowan für sich zu gewinnen.

»Lieber nicht.« Der junge Ork präsentierte sein kräftiges Gebiss, während er leise vor sich hin gluckste. »Dann wäre ich ja der Einzige, der dir gehorchen muss.«

»Du wärst aber auch mein Rechter Arm.« Urok musste selbst lachen, als ihm klarwurde, wie unsinnig sein Vorschlag war. Rowan riskierte jetzt schon, von allen Ranar verachtet zu werden. Einen Geächteten zu begleiten, hätte auch ihn endgültig zu einem Ausgestoßenen gemacht.

Nach einer Weile stand er auf und beugte sich schweigend zu Urok herab. Beide schlugen ihre Stirnplatten gegeneinander wie alte Freunde. Dann stahl sich Rowan davon, wie er gekommen war.

Still und leise, wie ein Dieb in der Nacht.

FELSNEST

16

Nach einer unruhigen, von wilden Träumen geprägten Nacht erwachte Urok mit knurrendem Magen. Mürrisch packte er seine wenigen Habseligkeiten beim ersten Sonnenstrahl zusammen und machte sich auf den Weg ins Grenzland. Die Ehre gebot ihm, sein gegebenes Versprechen einzulösen.

Und danach? Er wusste es nicht. Orks genossen kein sonderlich hohes Ansehen bei den Hellhäutern. Trotzdem verspürte er den unwiderstehlichen Drang, Cabras und Ragon zu durchwandern, um sich mit eigenen Augen davon zu überzeugen, dass Ragmars Zeichnungen der Wirklichkeit entsprachen.

Schwärme von Totenköpflingen bevölkerten die Luft, während er sich anschickte, den heimischen Grund zu verlassen. Aufgeregt tanzten sie auf und nieder, als ob sie insgeheim ahnten, dass ihnen die Lichtung schon bald ganz allein gehören würde.

Obwohl der Hunger in Uroks Eingeweiden wühlte, verfiel er umgehend in einen leichten Trab, der ihn rasch über den schmalen, kaum ausgetretenen Pfad trug. In unermüdlichem Wechsel eintausend Schritte laufen und dann eintausend Schritte gehen, auf diese kraftschonende Weise kam er rasch voran. Auf offenem Gelände mochte ein Reiter schneller sein, doch in Arakia mit all seinen unwegsamen Hügeln, Vorsprüngen und dichten Wäldern gab es wohl niemanden, der einen Orkkrieger bei einem Wettrennen schlagen konnte. Nur eine Fahrt über den Amer hätte Urok schneller ans Ziel gebracht.

Dieser Gedanke war verlockend. Falls aber die Teerfischer, die regelmäßig in die Schwarzen Marschen und zurück pendelten, allerdings schon von seinem Disput mit Tabor gehört hatten, konnte er nicht mehr darauf hoffen, dass sie ihn mitnahmen. Trotzdem änderte er die Richtung, sodass er in einem halben Tagesmarsch den Fluss beim Dorf der Teerfischer erreichen würde. Helles, von Wolken ungetrübtes Licht empfing ihn, als er das grüne Dach des Waldes hinter sich ließ.

Von nun an führte ihn sein Weg eine Weile über nackten Fels, einem geheimen Pfad folgend, den nicht einmal alle Ranar kannten. Nur ein schwindelfreier, in Arakia aufgewachsener Blutork wagte es wohl, über die tief abfallenden Spalten hinwegzusetzen, die Urok ein ums andere Mal mit sicheren Sprüngen bewältigte. Auch die schmalen, kaum fußbreiten Simse schreckten ihn nicht. Mit dem ganzen Leib dicht an die vor ihm liegende Steilwand gepresst, balancierte er geschickt auf Vorsprüngen und Steinwülsten entlang, über ihm nur der klare Himmel, unter ihm gähnende Abgründe, die selbst so robuste Knochen wie die seinen in fingernagelgroße Splitter zu zerschmettern vermochten.

Einige Bergziegen waren die einzigen Zeugen, als er sich an einer über ihm aufragenden Felsnase zu einem höher gelegenen Pfad hinaufzog, auf dem es, über Schründe und Kuppen hinweg, langsam zurück in die Tiefe ging. Die kletterfreudigen Tiere schienen zu wissen oder doch zumindest zu wittern, dass Urok für sie keine Gefahr bedeutete. Sie versammelten sich frech auf einer gegenüberliegenden Anhöhe und äugten neugierig zu ihm herüber, während er eine Weile abwartete, ob ihm irgendjemand folgte.

Diese Stelle eignete sich geradezu ideal für einen Hinterhalt. Vor allem, weil die meisten Kletterer achtlos dem unteren Sims folgten, bis der, gut fünfhundert Schritte und eine schlecht einsehbare Bergkrümmung später, abrupt vor einer steilen Granitwand endete. Doch selbst wer das Geheimnis des höher gelegenen Pfades kannte, kam nicht umhin, sich Uroks Position ungeschützt zu nähern. So harrte er eine ganze Weile aus, um Atem für den Abstieg zu schöpfen. Urok bedauerte es nur kurz, dass sein Jagdbogen ein Raub der Flammen geworden war, denn selbst wenn sich die Bergziegen von seiner Position aus kaum hätten verfehlen lassen, jedes getroffene Tier wäre unweigerlich in die steil abfallende Schlucht gestürzt, deren steiniger Grund in unerreichbaren Tiefen lag. Solch eine Beute nutzte gefiederten Aasfressern, aber keinem Ork, der nur jagte, um seinen Hunger zu stillen.

Wie erwartet, hatte sich niemand an seine Fersen geheftet. Wozu auch? Tabor und Konsorten waren sicherlich froh, ihn endlich los zu sein.

Entschlossen machte sich Urok daran, das letzte Stück seines Weges zu bewältigen. Er marschierte nun langsamer, denn er konnte bereits auf den Amer hinabsehen, und das weit genug, um zu erkennen, dass noch kein Teerfischer flussabwärts trieb. So nahm er sich die Zeit, einige seltene Moosarten und verschiedene Bergkräuter zu sammeln, die an geschützten Stellen oder in mit Flugsand gefüllten Felsrissen wucherten. Unten, an den grünen Flussauen angelangt, fand er auch Bilsenkraut und violette Haubenpilze. Beide Pflanzenarten waren für ihre berauschende Wirkung bekannt.

Bevor er den Wehrhof unterhalb des Grimmsteins aufsuchte, wollte Urok noch eine Nacht im Felsnest verbringen. Darum steckte er Pilze und Kraut in seine Rocktasche, wo er auch das Wundmoos aufbewahrte. An einer seichten Flussbiegung angekommen, suchte er nach einer gerade gewachsenen Weidenrute, die er zuerst mit dem Messer kappte und entlaubte, um sie danach mit geübten Schnitten so anzuspitzen, dass sie einen perfekten Fischspeer ergab.

Urok musste nur mit nackten Füßen einige Schritte weit über die Sandbank laufen, bis zu einer Stelle, an der eine dichte Schilfgruppe trügerische Sicherheit versprach. Natürlich spritzten die Barsche, die sich dort verborgen hatten, rasch auseinander. Doch er wusste, dass er nur lange genug völlig unbeweglich verharren musste, damit sie wieder zurückkehrten. Menschen oder gar zart besaiteten Elfen wäre das unmöglich gewesen, doch seiner dicken Haut machte das eisige Wasser nichts aus. Der weiche Schlick, der durch seine Zehen drang, kitzelte nur ein wenig, als er sich in Position stellte.

Die hoch am Himmel prangende Sonne brannte Urok heiß in den Nacken, während er, wie zur Statue erstarrt, auf die richtige Gelegenheit wartete. Es dauerte nicht lange, bis der erste Brocken zurückkehrte und neugierig auf die beiden grünen Säulen zuhielt, die plötzlich der Untiefe zu entwachsen schienen.

Urok hatte schon oft mit einem Speer gefischt, darum wusste er, dass die glitzernde Wasseroberfläche über die wahre Position der Tiere hinwegtäuschte. Er musste einen Punkt anvisieren, der etwa eine Fingerbreite neben dem Barsch lag, der sich immer näher hin zu seinen Füßen bewegte.

Eine blitzartige Armbewegung später hatte sich das spitze Holz tief durch den geschuppten Leib gebohrt. Im hohen Bogen riss Urok den zappelnden Fang aus dem Wasser und schleuderte ihn, den Rückschwung nutzend, in das hohe Gras jenseits des Ufers. Dann erstarrte er sogleich wieder und wartete auf das nächste Tier, das seinen Magen füllen sollte. Noch bevor die Sonne den Zenit erreichte, gelang es ihm, zwei weitere Fische auf gleiche Weise aufzuspießen und an Land zu werfen.

Genug für eine kräftige Mahlzeit.

Zurück in seinen Stiefeln, überlegte er gerade, ob er den schmackhaften Fang lieber über offenem Feuer braten oder gleich roh verzehren sollte, als gleichmäßiger Ruderschlag erklang.

Überrascht sah er auf. Tatsächlich. Ausgerechnet jetzt, da er etwas essen wollte, zogen die ersten Teerfischer vorüber. Die Besatzung des Bootes entdeckte ihn im gleichen Herzschlag, da er den schlanken Rumpf mit den beiden Auslegern erblickte. Trotzdem hob Urok die Hand, um auf sich aufmerksam zu machen.

Die Besatzung reagierte sofort.

Drüben wurden die Backbordriemen aus dem Wasser gezogen, während an Steuerbord die Ruderblätter noch einige Male eintauchten, um schneller in seine Richtung zu lenken. Der Greis an der Ruderpinne übernahm den Rest. Nur noch von der Strömung getrieben, glitten die Fischer langsam näher.

Wegen der Ausleger ähnelte ihr Boot einem grotesken Rieseninsekt mit unnatürlich stark abgespreizten Beinen. Die zusätzlichen Schwimmbalken waren notwendig, um die Schwarze Marsch zu befahren. Sie verringerten den Tiefgang so stark, dass der Bootskiel selbst über flache Sumpfpfützen gefahrlos hinwegziehen konnte. Auf die Auslegerstreben gezimmerte Planken sorgten für zusätzlichen Stauraum. Langstielige Schöpfkellen waren ebenso sorgsam darauf festgezurrt wie mit Stroh ausgepolsterte Kisten, in denen leere Tonkrüge klapperten.

Teerfischen war eine Angelegenheit für Alte und Halbwüchsige. Entsprechend faltige wie glatte Gesichter blickten Urok entgegen. Keines von ihnen kam ihm wirklich bekannt vor. Es musste sich um ein Boot der Vendur handeln, wie er gehofft hatte. Die zusammengekniffenen Augen, aus denen sie ihn musterten, machten allerdings deutlich, dass schon alle an Bord von ihm gehört hatten. Von dem Krieger, der keine Farben trug.

Von dem Geächteten!

Bei der eisigen Kälte des Frostwalls! All seine Eile war umsonst gewesen …

11

Scharfer Wacholdergeruch schwängerte die Luft, obwohl ringsum nur Dornenbüsche und Farne wucherten. Todbringer hätte deshalb gewarnt sein müssen, doch er stutzte nur, ohne sich etwas dabei zu denken. Dafür genügte ihm gleich darauf ein kurzes, vom Laub gedämpftes Geräusch, um sofort zu reagieren. Noch im gleichen Moment, da er das helle Peitschen der Bogensehne hörte, warf er den Oberkörper zurück.

Ein gefiederter Schatten zerschnitt die Luft.

Genau dort, wo sich noch eben sein wild pochendes Herz befunden hatte, rasierte das Geschoss über den nach hinten abgeknickten Leib hinweg. Es verschwand im angrenzenden Unterholz, während Todbringer den Überschlag beendete. Seinen Rücken zu einem engen Halbrund durchgebogen, löste sich der wendige Elf mit den

Sohlen aus dem weichen Moos, lange bevor seine Handflächen das entgegenkommende Grün berührten. In einer einzigen geschmeidigen Bewegung glitt er flach auf den Boden, schnellte, ohne aufzuprallen oder lange innezuhalten, sofort wieder nach vorn und kroch, vom Atem des Himmels erfüllt, blitzschnell über den weichen Untergrund, ohne ihn richtig zu berühren. Gleichzeitig fegte ein Windstoß heran und blähte seinen Kapuzenmantel gerade so weit auf, dass die sich darunter abzeichnenden Konturen verwischten.

Angesichts des grün durchtränkten Zwielichts, das unter dem dichten Blätterdach herrschte, hätte das schon reichen mögen, um ihn den Blicken der unbekannten Attentäter zu entziehen. Doch obendrein trug er seinen Schattenmantel, ein persönliches Geschenk des Königs, das über ganz besondere Eigenschaften verfügte. Meisterhafte Hände hatten es verstanden, einen festen Stoff zu weben, dem, unendlich dicht an dicht, Zehntausende kurzer Zwirnbündel entsprangen, die in den vielfältigsten Farbtönen schimmerten. Über einen Haken gehängt oder an einen Unwürdigen verschwendet, wirkte das Kleidungsstück bloß wie ein grünbrauner, stark verschmutzter Fellmantel. Doch vom Atem des Himmels durchströmt, erhoben sich stets die Farben des Bündels, die gerade am besten zur Umgebung passten.

Ungeübten Blicken wusste sich ein so schattierter Mantel deshalb gut zu entziehen.

Irgendwo in den gegenüberliegenden Büschen raschelte das Blattwerk, als der heimtückische Schütze mit fliegenden Fingern versuchte, einen zweiten Pfeil auf die Sehne zu legen. Ein anderer, der sich ebenso mit Wacholder eingerieben hatte, um seinen Schweißgeruch zu überdecken, hielt den Bogen noch gespannt, wusste aber nicht mehr, wohin er sein Geschoss senden sollte. Für ihn sah die Stelle zwischen den Schwarzeichen plötzlich vollkommen leer aus.

Deshalb beschleunigte sich sein Puls vor Aufregung.

Todbringers empfindliche Ohren konnten es hören. Außerdem nahm er den Herzschlag von zwei nicht minder aufgeschreckten Kumpanen wahr. Keiner der drei ahnte, dass Todbringer längst auf ihr Versteck zurobbte. Erst eine Handvoll trockenen Eichenlaubs, das unter seinen gleitenden Händen zu knistern begann, machte ihnen klar, dass er schon fast heran war.

Zwei Pfeile verließen das Dickicht, flogen aber viel zu hoch und bohrten sich weit hinter Todbringer ins Moos. Die Kerle wussten immer noch nicht, worauf sie zielen sollten. Für sie war der Schattenelf einfach vom Erdboden verschwunden. Dabei hätte ein geübtes Auge auf diese Entfernung durchaus erspähen können, wo er sich befand. Doch wer auch immer dort im Hinterhalt lag, wusste offenbar nicht, mit wem er es zu tun hatte.

Völlig überrumpelt vom bisherigen Kampfverlauf, gaben die Unbekannten jegliche Zurückhaltung auf.

»Wo is der Hund?«, rief der mittlere von ihnen. »Ich seh'n nich!«

»Ja, denkste ich?«

Angesichts solch verängstigter Gegner hätte manch einer still triumphiert, doch wo andere Gefühle wie Wut, Freude oder Zorn empfanden, verspürte Todbringer in solchen Augenblicken nur eisige Kälte. Das armlange Schwert längst in der Rechten, richtete er sein Augenmerk voll und ganz auf den Dritten des Trios, auf den Schweigsamen, der sich hinter einem dicht begrünten Dornenbusch verbarg und noch keinen einzigen Pfeil abgeschossen hatte. Das war ein abgebrühter Hund, den man nicht ohne Täuschungsmanöver von vorn angehen konnte.

Todbringer suchte den Boden zu seiner Linken ab und konzentrierte sich schließlich auf eine sieben Schritte entfernte Laubanhäufung, bis sie – wie von Geisterhand bewegt – in die Höhe wirbelte. Mit einem leisen Rauschen wuchs die Säule empor. Das trockene Laub rieb raschelnd aneinander, während es sich in engen Windungen höher und höher schraubte. Noch ehe die Spirale übergangslos in sich zusammenfiel, wurde sie von einem Pfeil durchbohrt.

Der Schweigsame mit den guten Nerven hatte natürlich nicht geschossen, sondern hielt seinen Bogen weiterhin gespannt. Doch sicherlich war auch sein Blick kurz zu dem mannshohen Laubwirbel gewandert. Anders konnte es gar nicht sein.

Alle Muskeln bis aufs Äußerste angespannt, schnellte Todbringer aus seiner Bodenlage nach vorn. Die blanke Klinge stoßbereit, überwand er die verbliebene Entfernung in weniger als einem Atemzug, trotzdem schlug ihm ein Geschoss entgegen.

Der Schweigsame musste mit einer Ablenkung gerechnet haben, trotzdem war seine Waffe ein Stück weit zur Seite gewandert. Die scharfe Stahlspitze schrammte rechts an Todbringers Lederharnisch entlang. Der Schütze schrie triumphierend auf, weil der aufgebauschte Mantel Todbringers Gestalt breiter wirken ließ, als sie eigentlich war.

Ein Pfeil, der den Leib durchschlug, hätte ihn vielleicht stoppen können, aber bestimmt keiner, der in seinem Umhang stecken blieb.

Unter lautem Wutgeheul durchbrach Todbringer das ineinander verschlungene Rankendickicht. Er schrie, um den anderen einzuschüchtern, aber auch, weil ihn das Loch in seinem wertvollen Mantel ärgerte. Ohne auf die Dornen zu achten, die ihm beide Handrücken und das Gesicht zerkratzten, wühlte er sich durch den Busch, bis er vor seinem Gegner stand: einem kauernden, stark behaarten Schatten, dessen Umrisse einem grobschlächtigen Hund ähnelten. Zwei leere Augenhöhlen, die wie pechschwarze, an den Rändern stark ausgefranste Brandlöcher wirkten, starrten Todbringer stumm entgegen.

Der Elf erstarrte kurz vor Überraschung. Das passierte ihm nur selten. Doch noch ehe er wirklich erfasste, was da vor ihm hockte, gewannen seine antrainierten Reflexe die Überhand.

Blitzschnell versenkte er seine Klinge in weichem, nachgiebigem Fleisch – einem menschlichen Hals, den er bis zum Heft durchbohrte. Mit einem angewiderten Laut trat er dem Sterbenden gegen den Brustkorb, um die Waffe wieder freizubekommen. Eine rote Springflut verspritzend, stürzte der in Tierfelle gehüllte Mann zur Seite. Das geflochtene Lederband, das einen alten Wolfskopf auf seinem speckigen Haar fixierte, war nur mit scharfen Augen auszumachen, denn es strotzte genauso vor Dreck wie das lehmverschmierte Gesicht, über das es an beiden Seiten herablief.

Bei Styr, dem größten aller Wirbel, diese Schweine hätten ihm sogar bei günstigem Wind erfolgreich auflauern können. Denn unter dem Wacholdergestank rochen sie nicht etwa nach Mensch, sondern nach dem toten Aas, das überall im Wald verendet am Boden lag. Das galt nicht nur für das röchelnde Stück Dreck zu seinen Füßen, sondern auch für den wirbelnden Schatten, der neben ihm einen stark gekrümmten Bogen ausrichten wollte.

Mit einer Bewegung aus dem Handgelenk, die beinahe achtlos wirkte, warf Todbringer sein Schwert herum. Ein silbriger Reflex durchtrennte die Bogensehne, bevor der neue Pfeil auf seine tödliche Reise gehen konnte. Sein Gegner schrie gepeinigt auf, als eines der auseinanderschnappenden Holzenden in sein Gesicht klatschte.

Auch dieser Bogenschütze trug nur Felle und Dreck am Leibe. Der tief in seine Stirn gerutschte Wolfsschädel musste schon älter sein als er selbst, so löchrig und zerfressen wirkte er. Ein Großteil der Reißzähne war ausgefallen, die Zähne des darunter emporschnellenden Mannes dagegen waren überraschend intakt. Er zeigte sie, als er fauchend nach dem Schwert an seiner Hüfte griff.

Da Todbringer bereits blankgezogen hatte, wirbelte der andere herum, um den Abstand zu vergrößern. Der Schattenelf unterband diesen Versuch mit einem raschen Ausfallschritt. Die schmale Klinge in seiner Hand wurde zu einer natürlichen Verlängerung des Arms und bohrte sich mühelos in den fellbehängten Rücken des Menschen. Unterhalb des linken Schulterblatts drang sie dem Wolfshäutigen an der Wirbelsäule entlang von hinten genau ins Herz.

Ohne einen einzigen Laut brach der Getroffene zusammen und rührte sich nicht mehr. Todbringer sprang über den reglosen Körper hinweg, auf den Dritten des in Wolfsfelle gekleideten Trios zu. Der schien etwas ganz Besonderes zu sein, denn er trug einen ausgebleichten, von Rissen und Schrammen überzogenen Orkschädel wie einen Helm auf dem Kopf. Ober- und Unterkiefer waren längst weggebrochen, deshalb schloss das fremde, weitaus größere Gebein tatsächlich rundum ab. Die leeren Augenlöcher lagen fest auf der Stirn, während der hintere Schädelrand in den Nacken des Wilden drückte.

Dem Alter nach zu urteilen, war das keine eigene Trophäe. Sie schien eher aus der Zeit der Kopfjagd zu stammen. Doch wer sich mit solch einem Machtsymbol schmückte, musste es auch in den eigenen Reihen verteidigen können. In Rudeln wie diesen herrschte stets der Krieger mit dem stärksten Arm.

Der Schädelträger hatte außerdem schon begriffen, dass ihm sein Bogen auf diese kurze Entfernung nichts mehr nützte. Das sprach für ihn. Das Schwert, das er stattdessen umklammerte, war ebenso lang wie das Todbringers, doch mindestens doppelt so breit.

Körperlich wirkte er ebenso überlegen. Der Elf ging ihm gerade bis zum Kinn und konnte sich auch mühelos hinter den breiten Schultern des Gegners verstecken. Trotzdem trat Todbringer mit nachlässig gesenkter Klinge auf die Lichtung, als ob er nichts zu befürchten hätte.

Der Schädelträger bleckte triumphierend die Zähne. Als Bogenschütze mochte er nicht viel taugen, doch die Narben in seinem schmutzigen, von Pusteln und Quaddeln überzogenen Gesicht bewiesen, dass er es gewohnt war, mit blanker Klinge um sein Leben zu kämpfen. So, wie er sein Schwert hielt, wusste er auch damit umzugehen. Einem Bauern auf dem Felde, der sich nur mit seiner Hacke verteidigen konnte, mochte dieser Kerl durchaus ein tödlicher Gegner sein. Einem einfachen Söldner, der einen Kaufmann schützte, wäre vielleicht sogar der schnelle, präzise Hieb gefährlich geworden, der urplötzlich, wie aus dem Nichts heraus, auf Todbringers Hals zuraste.

Doch um einen aus der Legion der Toten zu bezwingen, war das zu wenig. Viel zu wenig.

In einer raschen, für das menschliche Auge kaum wahrnehmbaren Bewegung wich Todbringer drei Schritte zurück. Er hatte sich keinen Atemzug lang von dem wilden Blick und dem zähnefletschenden Gehabe täuschen lassen, sondern sofort erkannt, dass der Wolfshäutige, der sein Schwert wieder auf die Körpermitte zurückgeführt hatte, durchaus zu kämpfen verstand.

Zufrieden löste Todbringer den Verschluss unterhalb seiner Kapuze und warf den Schattenmantel zur Seite. Der im Stoff feststeckende Pfeil, der ständig gegen seinen Oberschenkel gependelt war, irritierte ihn schon die ganze Zeit. Außerdem wollte er keine weiteren Löcher riskieren.

Den weit aufgerissenen Augen nach sah der Schädelträger gerade die ersten Elfenohren seines Lebens. Ihr Anblick schien für ihn ebenso überraschend wie sein eigener auf einen Zivilisierten. Ein dunkles Lachen drang aus den Tiefen der von nässendem Schorf bedeckten Kehle empor. Verächtlich, siegesgewiss und – das gab dem Elf ein wenig zu denken – durchaus begehrlich.

»Was bist du'n für'n süßes Schoßpüppchen?« Erneutes Lachen förderte zwei Reihen abgebrochener und schwarz angefaulter Zahnstummel zutage. Falls es Frauen in den Reihen der Fellträger gab, konnten sie einem wirklich leidtun.

Todbringer stocherte gelangweilt in dem vor seinen Füßen wuchernden Moos herum. »Hast du eigentlich schon mal dein eigenes Spiegelbild in einer Waschschüssel gesehen?«, fragte er dabei. »Ach nein, wie dumm von mir. Du wäscht dich ja nie.«

»Stimmt.« Der Schädelträger kam gar nicht auf die Idee, dass er gerade provoziert werden sollte. »Wir Wolfshäuter sin' eins mit'm Wald. Wir riech'n und seh'n aus wie er.«

»Ihr riecht eher wie die Kuhle, in der sich das Wildschwein suhlt.« Todbringer riss seine Schwertspitze abrupt empor, um dem Kerl einen Klumpen aus Dreck und Moos ins Gesicht zu schleudern.

Endlich. Das war eine Provokation, die der andere verstand.

Mit wütendem Gebrüll stürzte er heran und begann, den Elf mit harten Schwerthieben einzudecken. Wie erwartet versuchte sich der Schädelträger mit brachialer Kraft durchzusetzen, doch er verfügte auch über ein gewisses Maß an Geschmeidigkeit und Technik, die ihm gestattete, ein dichtes Netz glänzender Reflexe zu weben, das Todbringer von allen Seiten einhüllte.

Einhüllte, ja, aber kein einziges Mal wurde er getroffen.

Denn so hart die Schläge auch auf ihn niederprasselten, der Schattenelf fing sie alle mühelos ab. In seinem kleinen, schmalen Körper steckte ebenso viel Kraft wie in dem massigen Leib seines Gegners, doch er verfügte obendrein über eine ausgefeilte Kampftechnik. Und so ließ er eine besonders ungestüme Attacke einfach an seinem Schwert abgleiten, und als die gegnerische Klinge auf die gebogene Parierstange prallte, klemmte er sie kurzerhand mit einem harten Ruck fest, sodass der Schädelträger nicht mehr von ihm freikam.

Schwitzend und fluchend bot er all seine Kraft auf in dem ungestümen Versuch, seinen fast einen Kopf kleineren Gegner in die Knie zu zwingen. Doch Todbringer nutzte die bessere Hebelwirkung, um die verkeilten Schneiden seinerseits auf den anderen zuzudrücken. Das stumme Ringen wogte kurz hin und her, bis Todbringer die Überhand gewann.

Verzweifelt versuchte der Wolfshäuter zurückzuweichen, doch die Klingen klebten weiterhin fest aneinander. Todbringer nutzte die Gelegenheit, um die Parierstange mit einer kurzen Drehung so weit zu lockern, dass seine Klinge an der des Gegners emporglitt und dem anderen durch die lehmverschmierte Wange stach. Blut schoss aus den weit auseinanderklaffenden Fleischlappen hervor.

Fluchend sprang der Getroffene zurück und zerrte seine Waffe mit einem harten Ruck frei. Todbringer setzte sofort nach. Sein Stahl zuckte wie eine stählerne Schlange in das fremde Gesicht. Die Ohren waren durch Orkschädel geschützt, deshalb raubte er ihm den rechten Nasenflügel.

Instinktiv riss der Wolfshäuter seine Klinge empor, und Todbringer zog ihm eine blutige Linie über den nun schutzlosen Bauch.

Spätestens da wurde dem anderen bewusst, wie hoffnungslos unterlegen er doch war. Rückwärtsstolpernd versuchte er zu entkommen. Nackte Angst blitzte in seinen Augen auf, während er sich nach einem Fluchtweg umsah. Mehr hatte Todbringer nicht sehen wollen.

Von nun an gelangweilt, deckte er den Schädelträger mit einer Serie von harten Schlägen ein. Todbringer trieb seinen Gegner nach Belieben über den freien Platz, bis er mit dem Rücken an einer breiten Eiche stand, von der er nicht mehr fliehen konnte, ohne seine Deckung zu öffnen. Funken stoben auf, als der Gehetzte sein Schwert ein ums andere Mal den einprasselnden Schlägen entgegenwarf, doch Todbringer attackierte einfach schneller, als der der andere auf Dauer abwehren konnte.

Sobald sich die erste Lücke über dem gegnerischen Brustkorb öffnete, fuhr Todbringers Schwert hindurch. Mit hartem Stoß nagelte er den Wolfshäuter an den rissigen Eichenstamm. Die doppelseitig geschliffene Klinge drang oberhalb des Herzens ein, trotzdem klappte der Muskelprotz nicht röchelnd zusammen. Im Gegenteil. Ungeachtet, dass das Leben in kräftigen roten Strömen aus ihm herauspulsierte, drehte er das eigene Schwert in der Hand, riss es wie einen übergroßen Dolch empor und wollte so auf den unter ihm stehenden Gegner eindringen.

Zurückzuweichen kam für Todbringer nicht in Frage. Stattdessen drehte er sein Schwert in der Wunde, um sie zu vergrößern. Doch die Wut im Angesicht des sicheren Todes ließ den Wolfshäuter weit über sich hinauswachsen.

Unter einem lauten Aufschrei spannte er die Muskeln ein letztes Mal mit voller Kraft.

Er setzte gerade zu einem alles vernichtenden Stoß an, dem Todbringer unmöglich ausweichen konnte, als der Schattenelf ein scharfes Sirren vernahm, wie es nur ein Langbogen zustande brachte.

Unversehens prellte ein harter Schlag dem Wolfshäuter die Waffe aus der Hand.

Der scharfe Stahl war schon zwischen sie gefallen, als Todbringer endlich den zitternden Pfeilschaft bemerkte, der durch das Handgelenk hindurch bis tief in den Baum gedrungen war. Die Augen unter dem Schädelhelm wurden starr und glanzlos. Von allem Blut und Lebensmut verlassen, erschlaffte der Wilde. Endlich kraftlos geworden, sank er dennoch nicht zu Boden, weil ihn der Pfeil weiterhin aufrecht hielt. Auch dann noch, als Todbringer längst das Schwert aus ihm herausgezogen hatte.

»Du hättest nicht einzugreifen brauchen.« Bevor er seine Klinge zurück in die Lederhülle gleiten ließ, säuberte er sie an dem verwanzten Wolfsfell des Toten. »Er war mir hilflos ausgeliefert.«

Als er sich schließlich doch umdrehte, sah sie ihn nur lachend an.

Feene – seine geliebte Wespe, deren Stachel so tödlich wie kein anderer war.

Ein Windzug bauschte ihren Mantel auf, dass er ihre schlanke, hochgewachsene Gestalt wie ein Paar Fledermausflügel umflatterte. Feene benutzte den Atem des Himmels, um sich so in Szene zu setzen. Sie wusste ganz genau, wie sie in solchen Momenten wirkte, ohne Kapuze, damit ihr langes, im Wind wallendes Haar bis auf ihren glänzend polierten Silberharnisch fiel.

Lässig auf den Langbogen gestützt, mit dem sie ihn gerade – wenn schon nicht vor dem Tode, so doch zumindest vor einer argen Verletzung – gerettet hatte, stand sie da. Eng anliegendes, weiches Wildleder zeichnete ihre langen Beine bis in unendliche Höhen nach, bevor sie unter einem Rock aus metallverstärkten Lederstreifen verschwanden, der ihr bis auf die Hälfte der Oberschenkel reichte.

»Ich wollte mir eben auch ein bisschen Spaß gönnen«, schmollte sie, ein spöttisches Funkeln in den blauen Augen, die auf geheimnisvolle Weise von innen heraus zu leuchten schienen. »Außerdem mag ich es nicht, wenn du von oben bis unten besudelt bis.«

Erst da fiel Todbringer auf, dass ihm fremdes Blut im Gesicht und auf der Kleidung klebte. Angeekelt wischte er über seine Wangen, erreichte damit aber nur, dass aus den roten Spritzern kreisförmige Schlieren wurden.

»Drecksgesindel«, fluchte er. »Niemand hat uns gesagt, dass sich diese Wolfshäuter hier herumtreiben.« Er wusste, dass sein Zorn unbegründet war. Schließlich stellten sie den Spähtrupp dar, der die genauen Verhältnisse in Arakia erst auskundschaften sollte. Trotzdem fuhr er mürrisch fort: »Möchte wissen, unter welchem Stein die hervorgekrochen sind. Und warum sie geglaubt haben, mich überfallen zu können.«

»Sicher die übliche Geißel der Bauernschaft«, vermutete Feene, bevor sie die Bö, die ihren Umhang tanzen ließ, abrupt zum Versiegen brachte. Den Langbogen geschultert, kam sie Todbringer lautlos entgegen. Kein einziges Metallteil ihrer Rüstung knarrte. Sie war eine von ihnen, auch wenn kein reines Elfenblut durch ihre Adern floss.

Die Waffe auf ihrem Rücken war den am Boden verstreut liegenden Bögen weit überlegen. In einer offenen Feldschlacht wären die Wolfshäuter nicht mal nahe genug an sie herangekommen, um einen einzigen Treffer zu landen, denn Reichweite und Durchschlagskraft von Feenes Bogen waren sicher doppelt so hoch. Im Dickicht der Wälder wog die Handlichkeit der gedrungenen Bögen allerdings so manchen Nachteil auf.

Todbringer stieß mit der Fußspitze gegen eine der stark gebogenen Waffen. Ob es wohl lohnte, sie den Toten abzunehmen? Während er noch darüber nachdachte, trat Feene neben ihn.

Nun, da sie beieinanderstanden, war ihr Größenunterschied nicht mehr zu übersehen. Feene überragte ihn um eine ganze Haupteslänge.

»Vermutlich haben sie dich für leichte Beute gehalten«, neckte sie ihn.

Er wusste, worauf sie anspielte. Dass er unter seinem Mantel, zumindest für menschliche Augen, die Gestalt eines Heranwachsenden hatte.

Jeder andere wäre für diese Bemerkung gestorben, doch ihr ließ er sie durchgehen, solange sie unter sich waren. In Feenes Adern mischte sich das Blut eines menschlichen Vaters mit dem einer Elfin. Deshalb und wegen ihres hohen Wuchses wurde sie oft – natürlich hinter vorgehaltener Hand – von den anderen verspottet.

Als sie bemerkte, dass ihre Worte ihn dennoch verletzt hatten, zog sie ein weiches Tuch hervor, befeuchtete es mit ihren Lippen und begann sein Gesicht sanft abzutupfen. Todbringer war froh, das Blut der Wolfshäuter loszuwerden, gleichzeitig löste ihre Fürsorge noch ganz andere Gefühle in ihm aus.

»Was ist, wenn hier noch …«, begann er abwehrend.

»Wir sind ganz allein«, beruhigte sie ihn. »Ich habe das Gelände ausgespäht, bevor ich gemerkt habe, dass du nicht ohne mich zurechtkommst.«

»Biest!« Statt sie für ihre Frechheiten zu strafen, umfasste er ihre Hüften und zog sie zu sich heran. Sie ließ es nicht nur geschehen, sondern schmiegte sich so dicht an ihn, wie es ihre Rüstung zuließ. Ehe er sich's versah, spürte er ihre Lippen auf den seinen. Und wie sich eines ihrer langen Beine um seinen Rücken schlängelte und ihn von hinten fest an sie drückte.

Der Kampf hatte sein Blut aufgewühlt, und so verspürte er nicht geringe Lust, mit ihr im Gras zu versinken. Doch ein dumpfes, gleichförmiges Scheppern und Knarren ließ beide erstarren. Gepanzerte! Selbst wenn sie leise zu schleichen versuchten, waren sie einfach nicht zu überhören.

Das Bein in seinem Rücken verschwand. Rasch ließen sie voneinander ab. Keiner von ihnen mochte in einer Umarmung versinken, wenn jeden Moment Gothars ureigenste Schergen auf die Lichtung treten konnten. Feene hob wieder das Tuch, um auch die letzten Blutflecken aus seinem Gesicht zu entfernen, doch ihr zartes Bemühen war ihm plötzlich lästig. Ärgerlich wehrte er sie ab und wandte sich wieder den Toten zu.

»Na ja«, brummte er und sah in die Richtung, aus der sich ihre Verbündeten lautstark näherten. »Vielleicht gibt es ja doch etwas, wofür wir diese Wolfshäuter gebrauchen können.«

18

Am Ufer des Amers

Der Greis an der Steuerpinne erhob sich von seinem Platz, um besser sehen zu können. Mit sicherer Hand brachte er das Boot auf einen Kurs parallel zum Ufer, gerade weit genug vom Schilf entfernt, um nirgendwo auf Grund zu laufen. Sein rechtes Augenlid hing leicht herab, trotzdem konnte es nicht verbergen, dass die darunter hervorschimmernde Pupille von blutigen Schlieren umwölkt war.

Das musste Torg Moorauge sein. Ein Vendur, der weit über die Kristallseen hinaus bekannt war. Vor allem dafür, dass er gern dem heißen Wein zusprach und sich dann nicht scheute, selbst gestandenen Recken wie Gabor Elfenfresser zu erklären, dass sie noch feucht hinter den Ohren wären. Urok war dem Moorauge schon mehrmals begegnet. Überwiegend auf heiligem Grund und dann auch meistens erst, als der Alte schon stark geschwankt hatte.

Trotzdem war er dem anderen keineswegs fremd.

»Wenn das nicht der Schrecken aller Ranar ist!«, spottete Torg, sobald er in Rufweite kam. »Urok, die zweite Feuerhand!«

Immerhin, er sprach ihn an und fuhr nicht einfach schweigend vorüber.

»Mein Ruf eilt mir also voraus!«, gab Urok keck zurück, obwohl er sich unangenehm berührt fühlte. »Mehr kann sich kein Krieger wünschen!«

Drüben kicherte eine alte Frau auf. Die übrige Besatzung fiel in das Lachen mit ein. Zuerst die Jungen, dann die restlichen Greise. Urok registrierte verwundert, dass ihm kein gehässiges Meckern entgegenschallte. Eher schien es, als ob man *mit* ihm lachte.

»Wohin des Weges, schrecklicher Urok?«, wollte der Steuermann wissen, sobald sich die anderen beruhigt hatten.

Das Boot war inzwischen auf vier Längen heran.

»Ins Knochental, eine Ehrenpflicht erfüllen.« Urok blieb absichtlich vage, denn er wusste nicht, ob er den Vendur trauen durfte.

»Eine Ehrenpflicht, soso.« Torgs Stimme schwankte zwischen Spott und Anerkennung. Er schien einen Moment zu überlegen, bevor er fragte: »Wirst du uns von deinen Abenteuern erzählen, zweite Feuerhand, wenn wir dich bis zur Schwarzen Pforte mitnehmen?«

Urok konnte kaum glauben, was er da hörte. Bot ihm Torg Moorauge tatsächlich eine Passage an, obwohl er wusste, dass er mit einem Ausgestoßenen sprach? Sicher, die Ächtung galt nur für die Ranar, und es hatte schon Krieger gegeben, die in solchen Fällen zu einem anderen Clan gewechselt waren. Trotzdem mochte die entgegengebrachte Freundlichkeit eine Falle sein.

Obwohl … Was hatte Urok schon von ein paar Kindern und Greisen zu befürchten?

»Wenn euch meine Geschichten nicht langweilen …« Er zuckte

mit den Schultern, um bescheiden anzudeuten, dass er nur ein einfacher Krieger war, der nicht allzu viel Ungewöhnliches erlebte.

Die Teerfischer sahen das anders. Einige der Halbwüchsigen klatschten aufgeregt in die Hände oder sahen sogar bettelnd zu den Erwachsenen auf, die ihre Gefühle zwar weitaus besser zu verbergen wussten, doch auch in ihren Blicken war brennende Neugier zu erkennen. Eine zweite Feuerhand! Das war eine Neuigkeit, die viele zu erschüttern schien.

»Komm ruhig an Bord und sei der Gast von Torg Moorauge.« Der Steuermann machte eine weit ausholende Bewegung, um seine förmliche Einladung, mit der er für Uroks Sicherheit garantierte, zu unterstreichen.

Wie auf ein unhörbares Kommando tauchten alle zwölf Ruderblätter gleichzeitig ins Wasser, um die Fahrt zu verlangsamen. Der Bug des Fischerboots lag schon fast mit Urok gleichauf, deshalb klaubte er rasch die aufgespießten Fische und seinen Fellsack aus dem Gras, bevor er auf die Sandbank hinausrannte. Moorauge hatte bereits eine lange Stange in den weichen Untergrund gerammt, um das Boot notdürftig zu verankern.

Trotz des fortgeschrittenen Alters trug er kein überflüssiges Fett auf den Rippen. Harte Muskeln spannten sich unter einem ärmellosen Wildlederhemd, und das Kurzschwert neben der Heckbank bewies stete Kampfbereitschaft.

Urok scherte sich nicht um das Wasser, das in seine Stiefel schwappte. Das Leder würde rasch wieder trocknen. Behände enterte er die Plattform des Steuerbordauslegers und rutschte von dort aus ins Boot, ohne es mehr als nötig ins Schwanken zu bringen. Neben Torg Moorauge angelangt, übernahm er dessen Stange, um dabei zu helfen, sie alle möglichst schnell zurück in die Flussmitte zu bringen.

Die übrige Besatzung war so gut aufeinander eingespielt, dass es dank seiner Unterstützung nur wenige Herzschläge dauerte, bis sie wieder auf altem Kurs lagen. Auf einen kurzen Wink hin nahm er an der Seite des Steuermanns Platz. Die Orks an den Ruderbänken betrachteten ihn neugierig, während sie sich wieder dem regelmäßigen Takt der Riemen ergaben.

»Wo hat du die Krieger deiner Schar gelassen?«, fragte Torg mit Blick auf den gehörnten Schulterpanzer. Als er zurück zu seinem Stamm gegangen war, hatte Urok den Schulterpanzer nicht angezogen, um nicht für verrückt gehalten zu werden. Nun aber trug er ihn.

»Zuhause, bei ihren Weibern«, log Urok großmäulig. »Es gibt Dinge, die auch ein Erster Streiter allein erledigen muss.«

Das Moorauge entblößte seine beiden gelben, von zahlreichen Lücken durchbrochenen Zahnreihen zu einem wissenden Lächeln. Die zwölfköpfige Besatzung ahmte ihn nach. Natürlich wussten selbst die Kleinsten an Bord, das Urok ganz allein ohne Schar dastand. Eigentlich hätte es ihn in Rage versetzen müssen, dass sich alle so gut über ihn amüsierten. Andererseits hatte er den Eindruck, dass sich ihre Schadenfreude eher gegen die Ranar als ihn richtete.

»Grimpe hat Gift und Galle gespuckt, als wir bei deinem Dorf angelegt haben.« Ein breites Grinsen spaltete Torgs Gesicht in zwei ungleiche Hälften. »Er ist wirklich nicht gut auf dich zu sprechen.«

»Kann ich mir vorstellen.« Uroks Blick saugte sich an den halb im Fluss versunkenen Bittereschen fest, die das jenseitige Ufer säumten. Das Gespräch behagte ihm nicht recht. Deshalb sparte er sich den Hinweis darauf, dass er nicht mehr zu den Ranar gehörte. *Ich hätte lieber zu Fuß gehen sollen*, haderte er mit sich selbst, bevor Torgs Redeschwall eine abrupte Wendung nahm.

»Grimpe hat uns auch ausdrücklich verboten, dir in irgendeiner Weise behilflich zu sein.« Unter der Besatzung brach höhnisches Gelächter aus, zahlreich und lautstark genug, um klarzustellen, was die Vendur von solch anmaßendem Gebaren hielten. Torg musste seine Stimme heben, um die anderen zu übertönen, als er fortfuhr: »Als ob ein Vendur schon jemals auf die Befehle eines Ranar gehört hätte!«

Urok gestattete sich ein leises Lächeln, das seine Lippen kräuselte. Endlich verstand er, warum ihm die Teerfischer so freundlich gesonnen waren. In seinem brodelnden Zorn hatte Grimpe genau das Gegenteil von dem erreicht, was er eigentlich mit seinem Anliegen bewirken wollte: andere Stämme auf seine Linie einzuschwören.

»Allerdings wird auch erzählt, dass du ein Menschenfreund bist!« Moorauges Tonfall gewann abrupt an Schärfe, während das Gelächter auf den Ruderbänken verstummte. Neugierig beobachteten alle Uroks Reaktion, während weitere Vorwürfe auf ihn niederprasselten: »Du sollst auch dem Wahnsinn nahe sein und dich im Blutrausch gegen die eigene Schar gestellt haben!«

Urok hatte mit solchen Vorwürfen gerechnet, deshalb konnte ihn der Stimmungswechsel nicht aus der Reserve locken. Betont gelassen sah er zur Heckbank hinüber, die Braue über seinem rechten Auge stark gewölbt, als ob er fragen wollte: *Ja und?*

Torgs herabhängendes Augenlid zuckte kurz vor Enttäuschung, bevor er wieder zu grinsen begann. »Dass du eine Feuerhand bist, hat uns Grimpe allerdings verschwiegen«, fuhr er süffisant fort. »Das haben wir erst von einem jungen Krieger erfahren, der bei uns einen Krug voll Pech eintauschen wollte.«

Guter alter Rowan. Urok streckte zufrieden die Füße aus, obwohl ihn Grimpes Vorwürfe zu einer Antwort zwangen. Nachdenklich rieb er mit seinen Handflächen über den Waffenrock, während er sich seine eigene Version des Raubzugs zurechtlegte. Er wartete noch, bis Moorauge einen großen Schluck aus seinem Weinschlauch genommen hatte, dann begann er den Teerfischern von der Schlacht am Wasserrad zu erzählen. Und von Tabors niederträchtiger List, die Madak zu übertölpeln, indem er den Boden unter seinen eigenen Füßen in Heiligen Grund verwandelte.

Natürlich stellte sich Urok dabei die ganze Zeit im allerbesten Lichte da, während er Tabor und Grimpe zu tyrannischen Scharführern dämonisierte, denen sich kein einziger Ork mit nur einem Funken Ehre im Leib unterordnen durfte. Als er dann zu der tapferen Haltung des Hellhäuters kam, die den Tod durch reinen Stahl verlangte, spielte er seinen anschließenden Blutrausch gehörig herunter. Gerade mal ein kleines Flämmchen mochte über seinen Handrücken gezuckt sein, mehr aber auch nicht! Dass sich Grimpe darüber ernstlich entzürnt zeigte, konnte ganz einfach nur daran liegen, dass er Bava Feuerhands speichelleckender Vasall war.

Uroks Worte trugen zur allgemeinen Erheiterung bei, während das Boot zügig stromabwärts glitt. Natürlich wussten alle an Bord, dass jeder anständige Krieger, der seine Taten besang, nach Herzenslust zu seinem Vorteil log. Aber gerade weil der Hang zur Übertreibung unter Orks allgemein üblich war, wollte niemand so richtig an Grimpes empörende Vorwürfe glauben. Stattdessen ging jeder davon aus, dass die Wahrheit irgendwo zwischen den beiden Schilderungen lag.

Während sich Torg erneut am Weinschlauch labte, holte Urok die beiden Schädelhälften hervor, die er immer noch am Gürtel trug. Zumindest einige der Jüngeren reckten die Hälse, um einen Blick darauf werfen zu können.

»Zeigst du uns auch deine Feuerhand?«, forderte ein Halbwüchsiger, der sich besonders hervortun wollte.

»Narg!«, zischte eine grauhaarige Ork, die wohl seine Urmutter war.

Der Junge reagierte mit einem verächtlichen Schnauben, das ihm eine überraschend harte Kopfnuss einbrachte. Obwohl die Alte noch so gut auszuteilen verstand, steckte Narg den Schlag ohne sichtliche Regung ein, wie es sich für einen Burschen seines Alters gehörte.

Urok unterdrückte ein Grinsen, das sich auf seine Lippen stehlen wollte. Natürlich konnte er sich noch sehr gut an die Zeit erinnern, als es auch für ihn Knüffe und Stöße dieser Art geregnet hatte. Täglich. Und manchmal so stark, dass der Urmutter abends beide Hände wehgetan hatten.

»So einfach geht das nicht«, antwortete er rasch, um die Aufmerksamkeit auf sich zu lenken. »Meine Feuerhand erscheint nur, wenn Vuran es will.«

Narg blähte die Wangen auf, um erneut verächtlich zu schnauben. Mehrere scharfe Blicke ließen ihn jedoch zögern, und schließlich zog er es vor, die aufgestaute Luft ganz leise auszuatmen.

»Bava ist nicht ganz so kleinlich wie du«, stichelte Moorauge unterdessen.

Zu Nargs Verdruss entlüfteten nun mehrere Erwachsene ihre Lungen durch die Nasenhöhlen. Bavas Beliebtheit hielt sich, zumindest hier an Bord, erheblich in Grenzen. Vermutlich weil er sich schon etwas zu oft und zu deutlich als Erzstreiter empfohlen hatte.

Wenn die Vendur jedoch gehofft hatten, dass sich Urok daraufhin missgünstig über seinen ehemaligen Streitfürsten ausgelassen hätte, erfuhren sie eine grobe Enttäuschung. Er hatte gesagt, was gesagt werden musste. Alles Weitere wäre nur das ehrlose Gerede eines Bittermauls gewesen, das andere Orks für eigene Verfehlungen verantwortlich machte. Darum knotete er den Beutel mit Ragmars Schädelhälften wieder am Gürtel fest und wandte sich seinen Barschen zu.

Die Unterhaltung an Bord verstummte, während er den Fang mit ein paar schnellen Schnitten zuerst ausnahm, dann entgrätete und schließlich roh verspeiste. Alles, was dabei nicht in seinen Magen wanderte, landete im Fluss, um Hechte, Aale und andere Aasfresser zu nähren. Selbst Torg Moorauge störte ihn nicht bei der Mahlzeit, sondern wartete, bis Urok seine Hände in der Strömung gereinigt hatte, bevor er das Gespräch wieder aufnahm.

»Was ist bloß mit euch Ranar los?«, fragte er, längst müde, den Weinschlauch immer wieder zu öffnen und zu schließen. Deshalb behielt er ihn in der freien Hand, um ihn erneut an die Lippen zu führen, nachdem er angefügt hatte: »Andere Stämme haben nicht mal einen glühenden Finger aufzubieten, aber ihr verfügt gleich über zwei Feuerhände.«

Torg wollte gerade einen weiteren Weinstrahl die Kehle hinabrinnen lassen, als er mitten in der Bewegung innehielt. Abrupt setzte er den Schlauch wieder ab und verkorkte ihn einhändig mit einer geschmeidigen Fingerfertigkeit, wie sie nur regelmäßigen Trinkern eigen war.

Niemand an Bord fragte, woher dieser überraschende Sinneswandel rührte. Schließlich steuerte er das Boot nicht, weil er besonders gut mit der Pinne umgehen konnte, sondern weil er sich in hunderten von Schlachten bewährt hatte.

Urok blähte bereits beide Nasenflügel. Er hatte zur gleichen Zeit wie der Alte gespürt, dass etwas nicht stimmte. Zwar konnte er nicht ausmachen, *was* sich gerade verändert hatte, doch drüben am Ufer erschien ihm das Dickicht plötzlich weitaus dunkler, dichter und auch stiller als noch wenige Herzschläge zuvor.

Die Luft, die er einsog, stach plötzlich unangenehm kalt in die Nasenlöcher. Und überhaupt, er fror auf einmal. Dabei trug der Wind keinerlei verdächtige Gerüche herüber. Nur eine unbestimmbare Schweißmischung, weder richtig menschlich noch irgendwie tierisch, sondern auf merkwürdige Weise irgendwo dazwischen.

»Wolfshäuter«, stieß er leise zwischen den Zähnen hervor, obwohl er nicht mal einen Hauch von Wacholder witterte.

Torg nickte kurz und langte nach dem Kurzschwert, das an der Heckbank ruhte. Die Waffe nutzte nicht viel, falls Pfeile den Himmel verdunkelten, doch ihren Griff zwischen den Fingern zu spüren, verschaffte ihm ein Gefühl der Sicherheit. Die Riemen tauchten weiter gleichmäßig ins Wasser, als wäre nichts geschehen, doch an Bord machte sich längst jeder auf den gefiederten Tod gefasst. Nerven und Muskeln zum Zerreißen gespannt, lauschten alle vergeblich auf den dumpfen Laut, mit dem ein Pfeil für gewöhnlich von der Bogensehne schnellte.

Wer oder was auch immer dort drüben lauerte, verbarg sich lieber vor ihnen, als anzugreifen. Gut dreißig Bootslängen flussabwärts wurde der eigenartige Geruch schwächer und wich schließlich gänzlich aus Uroks Nase.

»Unruhige Zeiten stehen bevor«, verkündete Torg Moorauge unheilvoll, bevor er das Schwert wieder an seinen Platz zurücklegte. »Jeder, der die Zeichen zu deuten weiß, kann es erkennen.«

»Das waren doch bloß ein paar Wolfshäuter«, wiegelte Urok ab, obwohl er sich dessen keineswegs sicher war. »Vermutlich auf der Suche nach neuen Fellen.«

»So nah am Fluss?« Torg sah ihn tadelnd an. »Und so tief in unserem Gebiet? Seit wann sind diese Kerle so mutig?«

Auf all diese Fragen wusste Urok keine Antworten. Aber er konnte sich noch viel weniger erklären, warum ein alter Kämpe wie Moorauge plötzlich so nervös reagierte. Dumpf vor sich hin brütend, setzte Torg erneut den Weinschlauch an, um ihn mit großen Schlucken bis zur Hälfte zu leeren.

Ihr Gespräch versiegte und kam auch nicht wieder in Gang.

Als sich der Arkor, ein kalter Gebirgslauf aus dem Grenzmassiv, mit dem Amer vereinte, schwoll der Fluss auf gut das Doppelte an. Von da an riss die stark angewachsene Strömung das Boot schneller flussabwärts, als sich die Ruderblätter noch eintauchen ließen.

Torg befahl, die Riemen einzuziehen. Die Muskelkraft der Besatzung würde erst wieder in den Marschen gefragt sein. Und auf dem Heimweg, wenn es, gegen die Strömung, wieder zurück ins Dorf der Vendur ging.

Trotz der rasanten Fahrt würden sie die Schwarze Pforte erst bei Einbruch der Nacht erreichen, doch für seinen Aufstieg zum Felsnest musste Urok ohnehin eher von Bord. Er offenbarte sein Ziel, da er den Fischern mittlerweile traute. Seine Ankündigung, Felsnest zu besteigen, weil er Arakia für immer verlassen wollte, sorgte für einige Unruhe. Besonders bei Torg, der inzwischen sichtlich angetrunken war. Je näher der Moment des Abschieds rückte, desto nervöser rutschte der zuvor so beherrschte Steuermann auf der Heckbank herum.

»Wie läuft die Teerfischerei?« Urok versuchte ihr Gespräch zu beleben, um den Alten ein wenig abzulenken.

Torg krauste die Stirn, als ob er nichts mit dieser Frage anzufangen wüsste. »Dieselbe stinkende Angelegenheit wie immer«, antwortete er knapp. »Nur die Lindwürmer setzen uns von Mal zu Mal stärker zu.«

Ruhelos langte er erneut nach dem Weinschlauch, hängte ihn aber wieder zurück, bevor es jäh aus ihm herausplatzte: »Es gibt etwas, dass du wissen solltest, Urok. Dein Vater und ich, wir kämpften einst Seite an Seite, als Grimmsteins Mauern fielen. Ich gehörte auch zu jenen Scharen, die vor Sangor standen. Glaub mir, ich kannte Ramok. Und ich weiß jetzt, dass in dir das gleiche rastlose Blut wie in seinen Adern pocht.«

Urok wusste nicht recht, was er von diesen lallend vorgetragenen Worten halten sollte. Sicher, Torg hatte an denselben Feldzügen wie sein Vater teilgenommen, doch nicht in den Reihen der Ranar, sondern als Erster Streiter einer Vendur-Schar. An all den langen Winterabenden, die er mit Ramok am prasselnden Herdfeuer verbracht hatte, war Torgs Name in keiner besonderen oder gar vertraulichen Weise gefallen.

Wohl über den eigenen Redeschwall erschrocken, hielt das Moorauge abrupt inne und verfiel in angestrengtes Schweigen. Seine grüne Zunge fuhr ihm mehrmals über die rauen Lippen. Plötzlich hielt er doch den beinahe geleerten Weinschlauch in der Hand und ließ den kläglichen noch darin verbliebenen Rest in einem langen Strahl in seinen offenen Mund schießen, bevor er sich so weit zu Urok herüberbeugte, dass er die Ruderpinne mit sich zog.

»Eine zweite Feuerhand, das hat etwas zu bedeuten!«, raunte er, bevor er den Kurs korrigieren musste. Das Rauschen einiger Stromschnellen zwang ihn, die Stimme zu heben, als er fortfuhr: »Blut lässt sich auf Dauer nicht stauen, Urok. Mag eine Wunde auch noch so groß sein, das Blut muss strömen, selbst wenn es schmerzt.«

Gischt spritzte zu ihnen herein. Die eine oder andere Silbe wurde nicht nur vom Lallen, sondern auch vom lauten Klatschen der Wellen verschluckt, aber das war nicht der Grund, warum Urok kein einziges Wort von dem verstand, was der Greis da erzählte.

»Wie meinst du das?«, rief er verwirrt. »Was …«

»Das Blut!«, unterbrach Torg ungehalten. Er musste sich seine Worte mühsam zurechtgelegt haben, sonst hätte er nicht so rücksichtslos darauf bestanden, sie loszuwerden. »Wenn wir es nicht fließen lassen, bahnt es sich seinen eigenen Weg!«

In Uroks Ohren klang das Ganze ein wenig irre. Und es verbesserte seine Einschätzung keineswegs, dass Torg plötzlich sein ganzes Gewicht gegen die Ruderpinne warf, um das Boot in einer abrupten Wendung ans Ufer zu steuern. Schilfrohr zerbrach knackend unter dem flachen Rumpf, als er den verlandeten Bereich einer Flussbiegung erreichte.

»Hier ist die optimale Stelle, wenn du zum Felsnest willst«, rief er, einen gehetzten Ausdruck im Blick.

Urok war nicht der Einzige, der irritiert reagierte. Auch die übrige Besatzung starrte Torg aus vor Überraschung geweiteten Augen an. Eigentlich lag der kürzeste Weg zwischen Ufer und Hochebene noch ein Stück weiter flussabwärts, das war allen bekannt. Doch das Wort des Steuermannes hatte das größte Gewicht. Hätte sich Urok nicht erhoben, hätte er damit die ihm erwiesene Gastfreundschaft mit Füßen getreten. Also sprang er behände über die Bordwand und versank bis zu den Waden in der kalten Strömung.

Wie von einer Bogensehne abgeschossen, schnellte das Boot von ihm fort, wieder zurück zur Flussmitte, den reißenden Amer hinab. Torg sah noch einmal über die Schulter und hob die freie Hand zum Abschiedsgruß.

»Es gibt Krieger, die behaupten, auch Ramok wäre eine Feuerhand gewesen!« Die letzten Worte wurden beinahe vom Wind fortgerissen, hallten aber gerade noch laut genug über den Fluss, um sie eindeutig zu verstehen.

Reflexartig machte Urok einen Schritt nach vorn. Alles in ihm schrie danach, dem Boot hinterherzustürzen und Torg von der Heckbank zu ziehen, um ihn am Hals zu packen und so lange zu schütteln, bis er ausspuckte, was diese Bemerkung zu bedeuten hatte. Doch das Boot war schon längst zu weit fort und die Strömung viel zu stark, um es noch irgendwie erreichen zu können.

Das Letzte, was Urok noch an Bord sah, bevor die Besatzung aus seinem Blickfeld verschwand, war der kleine Narg, der bedauernd die Schultern hob, als wollte er sagen: *So ist Torg nun mal, das macht er immer so.*

19

Ein Hauch von beginnender Verwesung verpestete die Luft, seit sich die ersten Felsmassive über das grüne Dach des Waldes erhoben. Urok hätte sich nichts weiter dabei gedacht, wäre unter all dem Gestank nicht auch noch eine feine Schweißspur gewesen, eine Ausdünstung, wie er sie auch tags zuvor auf dem Fluss gewittert hatte.

Kein Zweifel, da war sie wieder! Diese seltsame Mischung, die sich weder Tieren noch Hellhäutern zuordnen ließ und die ihn bis in seine Träume verfolgte. Gleichzeitig kitzelte eine Andeutung von Wacholder seine Nase.

Seine Axt wanderte wie von allein in seine Rechte, bevor er loszog, um den Ursprung dieser üblen Belästigung ausfindig zu machen. Eigentlich hätten ihm kreisende oder aufflatternde Vögel den Weg weisen müssen, doch irgendetwas schien die Aasfresser auf Distanz zu halten.

Es dauerte nicht lange, bis er zwischen den Felsen ein blutiges Bündel entdeckte, das nur noch entfernt an ein Lebewesen erinnerte. Den Abmessungen der Knochen nach musste es sich um einen Hellhäuter handeln, obwohl die Gestalt schon viel zu stark angefressen war, um es genau beurteilen zu können.

Urok kniete nieder und lauschte eine Weile in die Berge, um sicherzugehen, dass er wirklich allein war. Dann klopfte er den Fels rund um den zerschundenen Leichnam mit dem Axtstiel ab, doch die befürchtete Falle schnappte nicht zu. Da lag tatsächlich nur ein Toter, allerdings einer, wie ihn Urok noch nie gesehen hatte. Der Mann – zumindest ging er davon aus, dass es sich um einen solchen handelte – hatte seine Füße mit Lederstreifen umwickelt. Abgesehen davon trug er nicht den kleinsten zerschlissenen Fetzen am Leib. Auch in der näheren Umgebung war keine Spur der verschwundenen Kleidung zu finden.

Das primitive Schuhwerk und ein die Nase beleidigendes Wacholder-Schweiß-Gemisch legten den Schluss nahe, dass es sich um einen Wolfshäuter handelte, also um ein Mitglied des diebischen Menschengesindels, das die Wehrhöfe terrorisierte und ansonsten von dem lebte, was es in den Wäldern zu jagen gab. Von Orks hielt sich dieses räudige Pack normalerweise fern, auch wenn es immer wieder die Grenzen Arakias nach Wild durchstreifte.

Was genau den Wolfshäuter getötet hatte, war nicht zu erkennen. Ein Tier konnte es nicht gewesen sein. Das fraß nur, ohne vorher Kleidung und Waffen zu erbeuten. Der Tote war jedoch bis auf die nackte Haut ausgeraubt worden, bevor …

Ja, bevor ihn *irgendetwas* angefressen hatte. Überall am Körper und zum Teil bis auf die bleichen Knochen. Es war nicht der erste Leichnam, den Urok zu sehen bekam, an dem sich bereits Tiere vergangen hatten. Doch ihm waren keine Aasfresser bekannt, die derart saubere Schnitte wie mit einem Messer durchführten. Oder sollten die Wolfshäuter etwa selbst über einen der ihren hergefallen sein, als sie das Jagdglück verlassen hatte?

Urok spuckte verächtlich aus.

Zuzutrauen war es diesem Pack. Außerdem würde das die geraubte Kleidung erklären, die unauffindbar blieb. Wenn bloß nicht dieser seltsame Geruch gewesen wäre, den er nicht zu erklären vermochte. Und der Umstand, dass weder Krähen noch Ratten noch sonstiges Ungeziefer das verbliebene Aas anrührten. Keine einzige Fliege umschwirrte den offenen Brustkorb. Selbst die Augäpfel, sonst eine der begehrtesten Delikatessen, ruhten noch in ihren Höhlen. Alles moderte so vor sich hin, wie es der Mörder zurückgelassen hatte. Nicht einmal eine Ameisenstraße führte durch die eingetrocknete Blutlache.

Vielleicht hatte Torg recht, ging es Urok durch den Kopf. *Vielleicht ist nicht nur mein Inneres in Aufruhr, sondern auch die ganze Welt um mich herum.*

Er wusste selbst nicht, woher dieser Gedanke kam, sondern nur, dass er ihm ganz und gar nicht behagte. Angeekelt erhob er sich und schüttelte seinen massigen Körper. Er durfte sich nicht länger aufhalten, sondern musste sich daranmachen, Felsnest zu besteigen. Vielleicht würde er dort Antworten auf die Fragen erhalten, die in ihm wie das Blut der Erde brannten.

Ohne noch länger zu zögern, kehrte er dem stinkenden Etwas den Rücken und begann seinen Aufstieg. Felsnest war über einige steile, aber gut begehbare Pfade zu erreichen, die sich in endlosen Schleifen den Berg hinaufwanden. Selbst Ursa hatte diesen Weg schon mehrmals aus eigener Kraft bewältigt und dafür lediglich von der Morgendämmerung bis zum Sonnenuntergang gebraucht. Urok schaffte es in der Hälfte der Zeit, obwohl er zwischendurch immer wieder nach Wolfshäutern oder anderen Verfolgern Ausschau hielt.

Seine scharfen Augen vermochten nichts Verdächtiges auszumachen, und auch seine Nase blieb von weiteren Unannehmlichkeiten verschont. Trotzdem fühlte er sich unbehaglich, als er das Plateau im prallen Licht der Mittagssonne erreichte. Das letzte Stück des Aufstiegs wurde durch einen natürlichen Kamin erleichtert, in den kundige Hände vor undenklichen Zeiten ein Dutzend Stufen geschlagen hatten. Auf diese Weise ließ sich der östliche Überhang problemlos überwinden. Denn Felsnest, das war eine gigantische Granitplatte, die sich nach unten hin verjüngte. An der Südseite dieser natürlichen Hochebene stieg der Berg weiter an. Die anderen drei Himmelsrichtungen boten hingegen freie Sicht. Auf Arakia im Osten, die Schwarze Marsch im Norden und die Weiten von Cabras im Westen.

Nur eine primitive, aus Steinen errichtete Feuerstelle erhob sich auf der ebenen Fläche. Alles andere, ob Staubkorn oder Blütenblatt, konnte dem steten Wind, der über den glatten Fels strich, nicht lange standhalten. Nicht einmal Vurans dreiseitiges Antlitz war zu sehen; seine Gegenwart wurde bereits durch die drei offenen Himmelsrichtungen symbolisiert.

Das Blut!, schien ihm die auffrischende Brise zuzuwispern, als er aus dem Schutz der Felswand trat. Sein langes Haar wippte empor und wehte ihm dann über die Schultern.

Felsnest war ein ganz besonderer Ort, ähnlich dem Heiligen Hort – und doch vollkommen anders. Hier war ein Ork nicht nur Arakia oder dem Blut der Erde nahe, sondern auch dem Himmel und der Ferne.

Der Atem!

Irritiert zog Urok die buschigen Augenbrauen über der Nasenwurzel zusammen. Rauschte es gerade gewaltig in seinen Ohren, oder sprach tatsächlich der Wind zu ihm? Kopfschüttelnd griff er nach dem Kräuterbeutel und löste ihn ebenso vom Gürtel wie die mit Wasser gefüllte Ziegenblase.

Der Leib!

Das seltsame Geraune bewusst ignorierend, kniete er an der Feuerstelle nieder, die aus einem Kreis eckig gehauener Granitbrocken bestand, in deren Mitte ein flacher, aber dafür umso breiterer Metalltopf ruhte. Unter dem schweren Deckel hatte ein gutmütiger Vorgänger ein faustgroßes, noch mit einem Rest Pech gefülltes Tongefäß zurückgelassen. Urok konnte den zähflüssigen Inhalt schwappen hören, als er die bauchige Flasche dicht ans Ohr hielt und kurz schüttelte.

All das ist eins – und doch dreierlei!

In einem wütenden Aufschrei fuhr Urok in die Höhe. Hätte er der fremden Stimme eine Richtung zuordnen können, hätte er die Flasche in seiner Pranke sicherlich dorthin geschleudert. Doch seltsamerweise war die Stimme von allen Seiten gleichzeitig auf ihn eingedrungen. Oder, wenn er es recht überlegte, direkt in seinem Kopf ertönt.

»Zeig dich!«, brüllte er aufgebracht, obwohl es hier oben keinen einzigen Platz gab, an dem sich ein Fremder verstecken konnte. »Zeig dich, und sag mir ins Gesicht, was du zu sagen hast!«

Seine Forderung hallte weit über das Plateau hinaus, doch eine Antwort blieb aus. Knurrend holte er seine Axt hervor und marschierte auf das südliche Massiv zu, um sicherzustellen, dass sich dort keine Felstrolle oder andere Schreckgestalten verbargen, an die eigentlich nur Kinder glaubten.

»Zeig dich!«, verlangte er erneut, doch er blieb weiterhin allein.

Weder in der Bergwand noch auf den Stufen des Kamins versteckte sich jemand. Er suchte sogar jeden Fußbreit des glatten Granitbodens ab, ohne etwas Verdächtiges auszumachen. Wenigstens blieb es nun still.

Ein Felstroll hätte noch ein meckerndes Lachen ausgestoßen, bevor er sich davongestohlen hätte. Zumindest hatte ihm das seine Urmutter immer so erzählt. Aber das war ja ohnehin nur alles Kindergeschwätz, das wusste er ganz genau.

»Die Sonne hat mir wohl den Kopf gebraten«, brummte er, während seine Wut allmählich verrauchte. Ein erboster Blick in den Himmel sorgte dafür, dass die gleißende Scheibe hinter einer Wolke Zuflucht suchte.

»Ja, genau«, triumphierte er. »Verschwinde besser für eine Weile.«

Zufrieden, weil er sich nun einen Reim auf die Sache zu machen wusste, kehrte Urok zur Feuerstelle zurück. *Das Blut!* Die Stimme blieb weiterhin stumm, dennoch hallte das, was er gehört zu haben glaubte, in seinen Gedanken nach. *Der Atem!* Was für einen Unsinn er sich da zusammengesponnen hatte. *Der Leib!* Kopfschüttelnd entkorkte er die bauchige Tonflasche, in der noch zwei Fingerbreit Pech schwappten. Genug, um einen Kräutersud aufzukochen.

All das ist eins – und doch dreierlei!

Er hielt einen kurzen Moment inne, um noch einmal über die merkwürdigen Worte nachzudenken, bevor er das zähflüssige, aus den Teersümpfen gewonnene Pech in eine kleine Mulde unterhalb des Topfes goss. Danach tunkte er ein wenig Zunder hinein und holte Stahl und Feuerstein hervor.

Ein kurzes Jucken in seiner linken Hand hielt ihn allerdings davon ab, beides zu benutzen. Einen Herzschlag lang fühlte er sich krank und fiebrig, dann flackerten kleine orangerote Spitzen über seinen Daumen und Zeigefinger.

»O Vuran«, seufzte er ergeben, »was hast du nur mit mir vor?«

Rasch setzte er mit Daumen und Zeigefinger Pech und Zunder in Brand und zog überrascht die Hand zurück, als die Flammen, die aus dem so entzündeten Feuer emporschlugen, schmerzhaft in seine Finger bissen. Leise fluchend schüttelte er die Linke, bis der Schmerz nachließ. Die eigene Hitze konnte ihm nichts anhaben, fremde allerdings schon. Als er seine Haut auf Rötungen oder beginnende Blasen untersuchte, stellte er fest, dass auch die körpereigenen Flammen erloschen waren.

Eine Feuerhand, verdammt. Dabei hatte er doch sein ganzes Leben lang ganz normale Hände gehabt. Wer garantierte ihm da, dass es nicht doch Felstrolle und andere Schreckgestalten gab?

Schicksalsergeben setzte er den brünierten Topf über die Flammen, füllte ihn mit Wasser aus der Ziegenblase und warf die Kräuter dazu, die er unterwegs gesammelt hatte. Er kannte die Zusammensetzung für den Sud, den er da kochen wollte, obwohl die Zutaten bei jedem Clan variierten. Urok hielt sich diesmal mit der Zugabe von Bilsenkraut und Haubenpilzen zurück, da ihm ja offensichtlich schon die Sonne arg zugesetzt hatte.

Nachdem er den flachen Topf abgedeckt hatte, blieb ihm noch etwas Zeit, weil der Sud erst einige Zeit kochen und dann abkühlen musste. Er nutzte sie, um Vuran zu ehren, indem er die offenen Felskanten abschritt.

Auf der Ostseite blieb er stehen, um sich an dem wogenden Grün von Arakias Wäldern zu erfreuen. Einzelne Dörfer und Täler waren von seinem Standort aus nicht auszumachen, doch er konnte die klaren Linien der Flüsse sehen, die den dichten Laubteppich wie mit einem Messer gezogen teilten, und das hohe Rund des Heiligen Horts, dem einige dünne Rauchsäulen entstiegen.

Wenn Ursa wüsste, dass er gerade zu ihr hinüberspähte …

Vom südlichen Massiv aus verjüngte sich die Granitplatte zu beiden Seiten, bis sie an ihrem nördlichsten Punkt in einer fünf Orkschritte breiten Spitze auslief. An ihrem äußersten Rand stehend – links, rechts und vor sich nur von gähnenden Tiefen umgeben –, verneigte er sich vor Vurans Größe, indem er seinen Blick über die Schwarze Marsch und das gegenüberliegende Felsmassiv schweifen ließ, hinter dem Grimmstein und Arnurs Wehrhof lagen.

Eine auffrischende Bö begann an Urok zu zerren, doch sosehr sein langes schwarzes Haar auch flatterte und sich sein Waffenrock unter den anstürmenden Kräften nach innen bog, was zwei mächtige Orkbeine verankerten, ließ sich nicht so schnell von einem Felsen blasen.

Einen Menschen hätte es sofort in die Tiefe gerissen, doch Urok blieb die Ruhe selbst. Mit unbewegtem Blick sah er in die unter ihm klaffende Schlucht hinab. Schwindelfrei, aber von starken Gefühlen geschüttelt.

Die Schwarze Pforte, die sich von den Ufern des Amers bis auf die Höhe des Felsnestes zog, war die verwundbarste Stelle des Bollwerks, das sich Arakia nannte. Doch davor erstreckte sich Knochental, und allein der Name der Geröllwüste, die von der Schwarzen Pforte bis ins Grenzland von Cabras reichte, deutete darauf hin, wo alle bisherigen Versuche, seine Heimat zu erobern, noch immer gescheitert waren.

Von hier oben aus war es nicht zu erkennen, aber entlang der Schwarzen Pforte und in dem vorgelagerten Gebirge versahen stets Wachscharen der vereinten Stämme ihren Dienst, die das Grenzland Tag und Nacht schützten. Nicht jeder Wolfshäuter oder Magister, der in Arakia einzusickern versuchte, wurde von ihnen geschnappt, das war richtig. Doch größere Truppenbewegungen blieben keinesfalls verborgen. Und den vereinten Stämme sowie den Mächten der Priesterschaft hatte bisher noch kein einziges Heer der Hellhäuter trotzen können.

Ein paar Bauern, denen man Land in den Grenzgebieten geschenkt hatte, waren die einzigen Menschen, die dort um ihr Überleben rangen. Eine große Garnison zu bauen, die Arakia dauerhaft bedrohte, wagte Cabras nicht. Nicht mehr, nachdem Grimmstein zerstört worden war und Horden aufgebrachter Scharen die Länder der Menschen bis zur Küste heimgesucht hatten.

Cabras! Urok lächelte verächtlich, als er die Westseite der Hochebene betrat. Allerdings – irgendetwas war an diesem Tag anders als sonst. All die Wehrhöfe, die von hier oben wie Fliegendreck auf einem gegerbten Lederstück wirkten, strahlten etwas Widerborstiges aus. Vielleicht lag es an der dunklen Wolkenfront, die sich gerade am Horizont zusammenballte, denn auch die weiten Wiesen und Wälder von Cabras kamen ihm unerhört dunkel vor.

Geradezu abweisend – und irgendwie gefährlich.

Als Urok zur Feuerstelle zurückkehrte, war das durch Pech genährte Feuer längst erloschen, doch der Sud unter dem Deckel köchelte weiterhin leise vor sich hin. Bis zur Abenddämmerung würde es noch dauern, deshalb ließ er sich mit untergeschlagenen Beinen vor dem Steinkreis nieder. Unbeeindruckt von dem dunklen Grollen, das aus Cabras herüberrollte, verschränkte er seine Hände ineinander und wartete geduldig darauf, dass der Trank langsam abkühlte.

Wer in den Bergen lebte, war Wetterumschwünge gewohnt. Und ein Ork verstand es, Regen, Hagel und Sturm zu trotzen, ob er nun unter einem Baum Schutz suchte oder auf Felsnest ausharrte.

Kalter Wind fauchte heran und drang wie mit eisigen Fingern unter seine Kleidung. Urok ertrug es, ohne eine Miene zu verziehen. Wenigstens hörte er keine Stimmen mehr, die ihn an seinem Verstand zweifeln ließen.

Das Blut!

Der Atem!

Der Leib!

Mühsam versuchte er die Worte aus seinen Gedanken zu verjagen, doch sie kehrten stets aufs Neue zurück. Beschäftigten ihn, und er grübelte über sie nach, wieder und wieder, ohne dass sich ihr Sinn irgendwie entschlüsseln ließ.

Scharfe Windböen ließen seine Gesichtszüge langsam erstarren. Zum ersten Mal, seit er seine Stammesfarben verbrannt hatte, vermisste er schmerzlich seinen Umhang. Er beschloss, den vor ihm stehenden Sud sofort zu leeren, obwohl er noch lauwarm war.

Entschlossen packte er den flachen Eisentopf an beiden Seiten und hob ihn an die Lippen. Er war durstig, deshalb trank er gierig, bis nichts mehr übrig war. Der leicht bittere Geschmack machte ihm ebenso wenig aus wie die Strünke und Pilze, die noch in der Flüssigkeit schwammen. Alles war längst so zerkocht, dass er es mühelos mit hinunterschlucken konnte.

Vielleicht hätte ich noch warten sollen!, dachte er, als er den Topf wieder abdeckte, denn er spürte nicht die geringste Wirkung. Erst, als er über seine feuchte Stirn strich, bemerkte er, wie stark er bereits schwitzte.

All das ist eins – und doch dreierlei!, meldete sich der lästige Felstroll zurück. Urok ließ ihn reden, denn er fühlte sich plötzlich viel zu müde, um Schreckgestalten zu verjagen, die ohnehin nicht existierten.

Grollend verschränkte er beide Arme vor dem Oberkörper, um sich gegen den brüllenden Sturm zu schützen, der ihm immer stärker ins Gesicht schlug.

»Vuran!«

Warum war er bloß hergekommen? Er wollte doch einfach nur Ragmars Sold abliefern, wie er es diesem weinerlichen Kerl versprochen hatte.

»Vuran!!!« Wie aus dem Boden gewachsen, stand sie plötzlich vor ihm. Eine blonde Hellhäuterin, die laut und eindringlich auf ihn einredete. »Was ist mit dir? Hörst du mir eigentlich zu?«

Sie hielt ein einhändiges Schwert in der Linken und war ganz in weiches, braunes Leder gekleidet. Ihr Gesicht war glatt und schmal, ohne den geringsten Makel. Doch ihre Augen glänzten hart und unnachgiebig wie bei einer Kriegerin, die dem Tod schon oft hautnah gegenübergestanden hatte.

Urok wollte sie fragen, woher sie so plötzlich kam und ob sie der Felstroll war, der ihm diese seltsamen Dinge zugeflüstert hatte. Stattdessen aber hörte er sich wie aus weiter Ferne antworten: »Unsere Flanke beginnt zu wanken! Raam lässt seine Gepanzerten aufmarschieren!«

Im Gegensatz zu Urok schien die Kriegerin zu wissen, wovon er sprach.

»Ihr Orks müsst standhalten«, forderte sie in einem Tonfall, als ob sie ihm zu befehlen hätte. »Bringt alles auf, was ihr zu bieten habt.« Sie beugte sich so dicht an ihn heran, als ob sie ihn beißen wollte. »*Alles*, verstehst du?«

Urok sammelte Speichel in seinem Mund, doch noch ehe er nach ihr spucken konnte, um ihr seine abgrundtiefe Verachtung zu zeigen, wandte sie sich ab und deutete mit ihrer freien Hand auf eine halb im Wasser versunkene Festung, einen merkwürdigen Bau, der Urok auf seltsame Weise an eine von Ragmars Zeichnungen erinnerte.

»Hör nicht auf das, was deine Hohen sagen«, mahnte die Blonde grimmig, doch schon einen Atemzug später wurden ihre Züge weich und freundlich. »Sieh doch, der Sieg über Raam ist nah!«, lockte sie mit aufpeitschender Stimme. Nur um gleich darauf wieder kalt und fordernd auf ihn einzudringen: »Du bist der Erzstreiter! Nicht sie!«

Uroks Mühen wurden belohnt. Es gelang ihm endlich auszuspucken. Leider zu spät. Die überhebliche Hellhäuterin, die ihn herumzukommandieren versuchte, war plötzlich wieder verschwunden. Stattdessen umhüllte ihn tiefe Dunkelheit wie eine schwarze Decke. Doch es war keine Bewusstlosigkeit, in die er fiel, ganz im Gegenteil. Urok spürte, wie seine zuvor geschlossenen Augenlider in die Höhe sprangen.

Er erwachte in einer feuchten Lache, die nach Erbrochenem roch. Pilzbrocken schwammen darin herum, und auf seinen Lippen klebten Fasern von halb verdautem Bilsenkraut. Stöhnend stemmte er sich in die Höhe, sackte aber sofort wieder zurück, weil sein Kopf zu explodieren schien.

Er schaffte es gerade noch, sich auf den Rücken zu wälzen, mehr nicht. Der Sturm um ihn herum war längst abgeflaut. Nur die Sterne am Nachthimmel funkelten unangenehm laut auf ihn herab.

Die Begegnung mit der Kriegerin – das war nur ein Fiebertraum gewesen, den er nicht zu deuten wusste. Doch was ihn noch viel mehr verwirrte, war die inzwischen verstrichene Zeit. Er hatte den Eindruck gehabt, nur ein kurzes Gespräch lang weggetreten gewesen zu sein, doch über Arakia breitete sich schon wieder die Morgendämmerung aus. Der breite Streifen aufziehender Helligkeit wischte jeden Zweifel davon. Er hatte tatsächlich einen halben Tag und die ganze Nacht in fiebrigem Halbschlaf verbracht.

»O Vuran!«, entfuhr es ihm, als er sich endlich auf die Beine stemmte. »Warum hast du mich nur mit dieser Feuerhand geschlagen?«

≫ 20 ≪

In den Tiefen des Heiligen Hortes

»Gib Acht!«

Die laute Warnung ließ Moa erstarren, noch ehe er das Rehfell zu Ursas Kammer beiseitegeschoben hatte. Dann fiel ihre Stimme in ein undeutliches Murmeln zurück, und er begriff, dass sie im Schlaf zu sich selber sprach. »Gib Acht, Urok. Sie will dich verderben.« Nein, vielmehr sprach sie zu ihrem verrückten Bruder, mit dem sie es wirklich nicht leicht hatte.

Moa lüftete den Vorhang nur eine Handbreite, um zu seiner Herrin hineinzusehen. Ursas Schlafgemach war genauso spartanisch eingerichtet wie die Höhlen der meisten Hüter. Sie selbst lag auf einem großen Berg aus weichen Tierfellen, durch den Pelz eines Frostbären bedeckt. Da sie schlief, floss nur ein dünnes Rinnsal durch die Glutrinne. Das unstet flackernde Licht malte tanzende Schatten auf die rauen Wände, obwohl sich nichts weiter bewegte. Weder die schwere, mit Eisenbändern versehene Eichentruhe in der Ecke noch die abgelegte Kleidung, die an drei eingeschlagenen Haken hing.

Nur die Hüterin warf sich unruhig unter ihrer Decke hin und her.

Ein Blick auf ihre mit Kratzern übersäte Lederschürze, die griffbereit neben dem Fellberg lag, brachte Moa von seinem Vorhaben ab, sie zu wecken. Auch wenn er Befehl hatte, sie sofort zu unterrichten, sobald sich Ulke und seine Getreuen das nächste Mal im Geheimen trafen, wäre es für sie beide beschämend gewesen, sie in diesem Moment der Schwäche aufzurütteln, nur um kurz darauf festzustellen, dass sie ihm nicht bis in die Blutkammer folgen konnte, weil die Aufregung unter den Hohen zu groß war. Und sie *war* groß, das hatte er deutlich in Ulkes Gesicht gesehen.

Lautlos zog er sich zurück und eilte durch die leeren Gänge davon.

Der Hort lag noch in tiefem Schlaf. Außer einigen draußen postierten Wachen war kaum jemand auf den Beinen. Nur die Hohen, die, durch irgendetwas Ungewöhnliches aufgeschreckt, in die Blutkammer eilten. Doch wo sich die Hohen bewegten, waren ihre persönlichen Diener nicht fern. Moa, der mit den anderen Novizen in einem Trakt lebte, blieb es deshalb nie lange verborgen, wenn sich Ulke und seine Getreuen in aller Heimlichkeit trafen. Denn jene verschlafenen Knappen, die sich deshalb vor der Zeit aus ihren Fellen wühlen mussten, ließen es sich nie nehmen, so laut zu rumoren, dass auch alle anderen davon wach wurden.

Wer im Hort ein Geheimnis wahren wollte, musste zuerst gegenüber den Knappen zu schweigen lernen, hatte ihn Ursa gelehrt, gleich am ersten Tag, als er in ihre Dienste getreten war. Moa wusste inzwischen um die Weisheit dieser Worte. Denn im Gegensatz zu ihm nahmen es viele andere nicht so genau, wenn es darum ging, einen Auftrag still und leise auszuführen. Zwar war den meisten bittermäuliges Getuschel fremd, doch viele begriffen nicht, dass offene Taten manchmal mehr verrieten als ein Dutzend unbedachter Worte.

So wie das Fluchen der fünf ranghöchsten Knappen, die sich lautstark über ihre viel zu kurze Nacht beklagten. Durch ihr Stimmengewirr erwacht, war Moa ihnen heimlich gefolgt. Leise ahnend, dass es ein geheimes Treffen gab, noch ehe Ulke plötzlich vor den Knappen gestanden und sie mit scharfen Worten wegen ihres Lärmens zurechtgewiesen hatte.

Je weiter sich Moa der Blutkammer näherte, desto stärker wurden seine Zweifel. Plötzlich wünschte er, Ursa doch geweckt zu haben. Wenn sie gemeinsam bei etwas Verbotenem erwischt wurden, war er nur der Knappe, der seiner Herrin Gefolgschaft schuldete. Stieß er aber ohne sie bis zur Blutkammer vor, musste er für seine Taten auch ganz allein geradestehen.

Kurz bevor er das Portal erreichte, verließ ihn beinahe der Mut.

Was hinderte ihn eigentlich daran, in den Schlafsaal zurückzukehren und sich wieder in seine Felle zu wühlen? Er brauchte doch bloß so zu tun, als ob nichts geschehen wäre. Ursa würde ihm nie das Gegenteil beweisen können. Und wahrscheinlich war es für sie beide ohnehin das Beste. Besser jedenfalls, als dem Hohepriester hinterherzuspionieren.

Im Zwielicht der abschüssigen Rampe, die zum Wabenbrunnen führte, verharrte er einen Moment, schon dazu bereit, sich wieder leise zurückzuziehen. Ein vielstimmiges Gelächter aus der Tiefe ließ ihn jedoch zögern. Er erkannte die Stimmen der fünf Knappen, die tatsächlich am Portal Wache schoben, und hörte die überhebliche Arroganz, die aus ihren Stimmen sprach.

Allein um es diesen hochnäsigen Kerlen zu zeigen, wollte Moa den Versuch wagen. Und – natürlich – aus Treue zu Ursa. Die Hüterin hatte ihn immer gut behandelt. Und wenn er auch nicht ganz verstand, warum sie Ulke so sehr misstraute, ahnte er doch, dass sie den Hohepriester und seine Getreuen einfach ebenso wenig leiden konnte wie er die Knappen, die ihnen dienten.

Den Schein der Glutrinnen vermeidend, arbeitete er sich tiefer hinab. Viele Novizen nannten Moa spöttisch einen Schattengänger, dabei war er das tatsächlich. Er war es schon immer gewesen. Die Dunkelheit war für ihn wie eine Geliebte, deren Umarmung Schutz und Geborgenheit versprach.

Mit geschmeidigen Bewegungen kroch er, den Kopf voran, die Rampe hinab, gerade so weit, dass er in die Grotte mit dem Wabenbrunnen hineinsehen konnte.

Links neben ihm klaffte bereits ein Abgrund, und Licht quoll aus der Tiefe zu ihm herauf. Er drückte sich ganz flach auf den Boden, um mit ihm so gut wie möglich zu verschmelzen, während er sich weiter vorarbeitete, bis er den wabenförmigen Brunnen vollständig sehen konnte.

Der breite, zu einem Lindwurmmaul umgestaltete Felsspalt, der das sechseckige Becken speiste, führte ungewöhnlich viel Glut für diese noch nachtschlafende Zeit. Trotzdem traute sich Moa zu, seinen schlanken Körper in den Zufluss hineinzuzwängen, ohne sich dabei zu verbrühen.

Mit einem trockenen Kratzen im Hals glitt er ein Stück weiter, bis er eine scharf aufragende Felskante ertastete, an der er sich festklammern konnte. Inzwischen war auch der Platz zwischen den beiden Säulen einsehbar. Dort lümmelten die auf Wache abgestellten Knappen äußerst nachlässig herum.

Kein Wunder, dass sie dem Hort dienten. Als Krieger wären diese Hohlköpfe nicht zu gebrauchen gewesen.

Obwohl sie leise miteinander schwatzten und sich gegenseitig herumstießen, ließen sie ihren Blick doch immer wieder durch die vor ihnen liegende Grotte schweifen, um sicherzustellen, dass niemand ihr Treiben bemerkte. Sie dachten dabei aber nur an Schmiede oder andere Hüter, die es manchmal frühzeitig aus den Fellen trieb. Der Gedanke, dass sich ein anderer Knappe heimlich an ihnen vorbeischleichen wollte, kam ihnen überhaupt nicht in den Sinn.

Moa kannte jeden Handbreit der links neben ihm abfallenden Felswand. Er wusste, dass dort eine schroffe, im Schatten liegende Ecke war, die bis zu einem halbrunden, von brodelndem Blut umflossenen Absatz reichte. Mit klopfendem Herzen wartete er ab, bis auf dem Portal ein neuer Streit entbrannte. Dann schwang er sich über den Rand hinweg und ließ sich einfach fallen. Dank des Halts, den die Felskante bot, konnte er weit genug in die Ecke hineinpendeln. Erst im letzten Moment ließ er los, auch wenn er dadurch einigen scharfkantigen Vorsprüngen bedrohlich nahe kam. Lieber riss er sich beide Hände auf, als mit den Füßen voran in brodelnd heißem Blut zu landen.

Es war schon zu spät, als er innerlich fluchend bemerkte, dass die umliegenden Glutbahnen stärker als gewöhnlich durchflossen wurden. Der sonst so großzügige Eckschatten war zu einem schmalen Streifen geschrumpft, der ihn gerade so eben zu umhüllen vermochte. Das Stimmengewirr auf dem Portal verstummte, während er in die Tiefe rauschte. Hatten die Kerle etwa eine verdächtige Bewegung ausgemacht oder ihn gar entdeckt?

Mit klopfendem Herzen landete er drei Körperlängen tiefer auf dem Steinpodest. Er trug keine Stiefel, und indem er in den Knien nachfederte, dämpfte er das Geräusch, mit dem seine Fußsohlen auf den Grund prallten, zu einem leisen Klatschen, das von dem Rauschen der in den Brunnen sprudelnden Glut überdeckt wurde. Noch während er herumwirbelte und auf das Wabenbecken zusprang, erbebte das Portal unter erneutem Kichern.

Vuran sei Dank, durchfuhr es Moa.

Die Idioten dort oben hatten nichts bemerkt.

Durch ein Gewirr sich kreuzender Rampen und Treppen ihren Blicken entzogen, setzte er über den Beckenrand hinweg, nahm die Spitze seines Haarschopfs zwischen die Zähne und krallte sich an den Gaumen des steinernen Lindwurmmauls, dem das zirkulierende Blut in beständiger Flut entsprang. Seine kräftigen Finger fanden ebenso rasch Halt wie seine nackten Füße. Jeden Spalt und jede Spitze geschickt nutzend, zwängte er sich über Kopf hinein in den Durchfluss und arbeitete sich, mit allen vieren an der Decke hängend, rasch voran.

Das unter ihm entlangströmende Glutgestein brachte Moa gehörig ins Schwitzen, doch seine dicke Orkhaut bewahrte ihn auch dort vor Verbrennungen, wo seine Lederkleidung schon zu dampfen begann. Funkenwolken berührten immer wieder schmerzhaft seine Fußsohlen, die Handrücken oder den Nacken. Mit zu schmalen Schlitzen verengten Augen hangelte er weiter, denn ein einziger heißer Spritzer mochte ihn ein Leben lang blenden.

Er hatte diesen Weg schon öfters bewältigt, darum kannte er jede Handbreit der über ihm liegenden Wölbung und wusste, wohin er greifen musste. Fünf Körperlängen, mehr brauchte er nicht auf diese Weise zurückzulegen. Er glaubte schon, das Schwerste überstanden zu haben, als der Zufluss des Brunnens schlagartig anzuschwellen begann. Nicht nur die Hohen schienen derzeit in Aufruhr zu sein, auch das Blut der Erde.

Gurgelnd, schmatzend und brühend heiß in die Höhe spritzend, nahm es plötzlich den gesamten Durchmesser ein und schoss direkt auf ihn zu. Moa sah sich schon als verschmorter Rußfleck an der Decke kleben, als sich der Feuerstrom direkt vor seinen Augen beruhigte. Obwohl er sich so weit wie möglich nach oben zog, rauschte das kochend heiße Blut keine Handbreit mehr entfernt unter ihm dahin, nur um jenseits seiner Zehen wieder bis unter die Decke zu spritzen.

Hätte er den Haarschopf nicht zwischen die Zähne geklemmt, er wäre ihm unweigerlich bis auf die Kopfhaut weggebrannt. Einen ganzen Herzschlag lang hing er wie erstarrt, dann arbeitete er sich vorsichtig weiter. Wie durch ein Wunder wich ihm der Strom auch weiterhin aus, bis er den nach oben abzweigenden Luftschacht erreichte, in den hinein er zuerst seinen Oberkörper wuchtete und anschließend seine Beine nach sich zog, ohne sie sich zu verbrennen.

Vuran meinte es gut mit ihm, so viel stand fest. Das erkannte er schon daran, dass sich der unter ihm liegende Durchfluss nur Augenblicke später so stark anfüllte, dass der gurgelnde Glutstrom bis zu ihm in den Kamin gepresst wurde. Hastig kletterte er höher, bis er dampfend und schweißüberströmt eine der natürlich entstandenen Luftöffnungen erreichte, die den ganzen Hort durchzogen.

Die gefährliche Kletterpartie hatte Moa alles abverlangt.

Mit letzter Kraft zog er sich auf einen schmalen, von zwei vorspringenden Kanten begrenzten Sims. Dieser Teil des Gewölbes lag im Dunkeln, deshalb konnte er kaum etwas sehen. Noch ehe sich seine durch den gleißenden Zufluss erweiterten Pupillen an die schlechteren Lichtverhältnisse angepasst hatten, ertastete er einige Basaltbrocken, die bei seinem letzten Besuch noch nicht hier gelegen hatten. Moa stieß mit seinen Fingerspitzen so ungeschickt dagegen, dass sie bis an den Rand des Simses rutschten.

Und einer von ihnen sogar halb darüber hinaus.

Nur eine Winzigkeit weiter, und er wäre mit einem verräterischen Klacken über die darunterliegenden Vorsprünge in die Tiefe gesprungen. Nur seinen guten Reflexen war es zu verdanken, dass er den Stein rechtzeitig zu fassen bekam.

Leise schnaufend klemmte sich Moa so mit Rücken und Füßen in der Öffnung fest, dass er festen Halt fand. Wütend wollte er die verdammten Steine hinter sich in den Kamin werfen, besann sich aber im letzten Moment eines Besseren.

»Bezähme dich!« Moa hatte seinen Atem inzwischen so weit unter Kontrolle, dass Ulkes laute Forderung zum ersten Mal bewusst an sein Ohr drang. »Oh, du Blut der Erde, erhöre unser Flehen und bezähme dich!«

Moa klemmte die Steine unter seinem Leibgurt fest, damit er später nicht vergaß, sie genau an die Stelle zurückzulegen, an der er sie vorgefunden hatte. Nur für den Fall, dass sie von irgendjemandem absichtlich dort platziert worden waren.

Müde spuckte er seine Haare aus und sah in die Tiefe. Was er dort unten erblickte, ließ ihn schlagartig frieren.

Die feurige See, die beinahe den gesamten Grund des Gewölbes ausfüllte, befand sich in größter Aufruhr. Immer neue Funkenwolken stiegen bis zur Kuppel hinauf. Aufspritzende Glut bildete zerlaufende Fratzen in der vor Hitze wabernden Luft. Flammen fauchten, Feuer wütete, Fontänen spritzten empor, ganz so, als versuchte sich das Blut in die umliegenden Felsen zu krallen.

Die Anwesenheit der Hohen wirkte sich nicht beruhigend aus. Ganz im Gegenteil. Je stärker die fünf Priester beschwörende Gesten mit ihren erhobenen Händen ausführten und je lauter Ulke eine Bezähmung einforderte, desto ungestümer wogte die Oberfläche empor.

Doch es wurde noch schlimmer. Plötzlich rollte eine große Welle auf die Priester zu und zerschellte direkt vor ihren Füßen am steinernen Ufer. Eine Brandung wie diese hatte Moa noch nie gesehen. Feurige Gischt stieg hoch auf, sodass die Hüter des Blutes zurückweichen mussten. Die Augen geschlossen und ihre Arme schützend vor die Gesichter gelegt, brachten sie sich erschocken vor den umherwirbelnden Glutpartikeln in Sicherheit.

Im gleichen Moment, da ihre Beschwörung verstummte, spie der See Myriaden von rot und gelb glühenden Tropfen aus, die die Luft innerhalb der Grotte zum Gleißen brachten. Jeder Winkel, auch der Schatten, in dem sich Moa verbarg, wurde plötzlich taghell ausgeleuchtet. Doch niemand sah, dass er sich weit oberhalb der Eingangstreppe versteckte. Alle, auch er, starrten nur auf die wabernde Luft über dem eruptierenden See, in der sich plötzlich eine blonde Menschenfrau und ein Ork abzeichneten.

»Ihr Orks müsst standhalten«, forderte das Weib, obwohl es nur eine einfache Kriegerin war. »Bringt alles auf, was ihr zu bieten habt.«

Der, mit dem sie sprach, trug hingegen eine mächtige Rüstung, die nicht nur den Oberkörper, sondern auch die Beine bedeckte. Ein schmaler, aus Blutstahl geschmiedeter Stirnreif wies ihn obendrein als Erzstreiter aus.

»*Alles*, verstehst du?« Die letzten Worte der Frau gingen in einem ohrenbetäubenden Wutgeheul unter.

Ungeachtet des Funkenflugs, der weiterhin das Ufer einnebelte, rannte Ulke zurück an seinen Platz, die zitternden Arme hoch erhoben und seine Lungen bis zum Bersten mit heißem Atem gefüllt, den er in einem unglaublich lauten Schrei entlud.

»Bezähme dich!«, donnerte er so laut über den See hinweg, dass sich das Blut der Erde unter seiner Stimme duckte. Zumindest erschien es so, denn die Funken in der Luft erloschen, und die aufgewühlte Oberfläche beruhigte sich von einem Atemzug auf den anderen.

Die zurückkehrende Dunkelheit wirkte tiefer und intensiver als je zuvor. Moa versank in undurchdringlichen Schatten. Doch er war ohnehin völlig erstarrt und hätte sich auch nicht von der Stelle gerührt, wäre es taghell geblieben.

»Beruhige dich, Ulke!« Die übrigen Hohen eilten heran, um ihren zitternd umherstolpernden Anführer zu stützen. Sie hatten Mühe, ihn zu bändigen und davor zu bewahren, vornüber in den See zu stürzen.

»Ketzerin!«, schrie Ulke vollkommen unbeherrscht. »Wie kannst du es wagen, hier zu erscheinen?« Erst im festen Griff seiner Kameraden kühlte er so weit ab, dass er wieder einen klaren Gedanken fassen konnte.

»Was hatte das bloß zu bedeuten?«, fragte Finske, einer seiner engsten Vertrauten. »Was hat das Blut der Erde bewogen, so verrücktzuspielen und uns diese Botschaft zu schicken?«

»Das war keine Botschaft«, übertönte ihn Vokard, einer der anderen. »Das war ein Riss durch die Zeiten. Vurans Kampf gegen Raam, in dem Moment, als …«

»Still!«, fuhr Ulke dazwischen. »Ich verbiete euch allen, über dieses Trugbild zu sprechen. Das war nur eine List unserer Feinde, die uns und das Blut der Erde vergiften wollen, um unser Volk zu schwächen.«

»Vergiften?«, fragte Finske erschrocken. »Wer sollte dazu in der Lage sein?«

»Wer, wer, wer?«, äffte ihn der Hohepriester gereizt nach. »Feinde gibt es genug! Denkt nur an Raams Festung, die inzwischen über Sangor schweben soll!«

Moa hätte sich am liebsten die Ohren zugehalten. Was er gerade belauschte, war mehr, als einem einfachen Novizen guttat. Und doch trieb ihn die Neugier dazu, weiter zuzuhören.

»Unruhige Zeiten stehen bevor«, verkündete Ulke beschwörend. »Das ist es, was uns das Blut der Erde mitteilen wollte. Doch ich weiß es schon, seit von der zweiten Feuerhand die Rede ist. Wir sind nun mehr denn je aufgerufen, unseren Einfluss geltend zu machen. Vurans Sündenfall darf sich nie mehr wiederholen!«

Vurans Sündenfall? Moas Magen schien sich bei diesen Worten zu verknoten. Wie konnte ein Hohepriester bloß so über seinen eigenen Gott reden? Fast so, als wäre Vuran wirklich nur ein Erzstreiter gewesen, der einst …

»Lasst uns in unsere Gemächer zurückkehren, bevor der Hort erwacht«, forderte Ulke seine Mitstreiter auf. »Nach der Morgenandacht treffen wir uns bei mir, um zu beraten, wie es weitergehen soll.«

Das schmerzhafte Ziehen in Moas Magen wollte und wollte nicht abklingen, während unter ihm die Hüter über die Treppe nach oben zu den Knappen verschwanden. Nur zwei der fünf blieben im Schatten der Blutkammer zurück. Vokard und Finske.

Innerlich fluchend biss sich Moa auf die Lippen.

»Was hältst du von der Sache?«, fragte Finske mit gedämpfter Stimme, aber immer noch laut genug, dass es Moa verstehen konnte.

»Was soll ich schon davon halten?«, gab Vokard verächtlich zurück. »Das Gleiche, was ich auch in Ulkes Gegenwart vertrete: Das Blut der Erde lässt sich nicht auf Dauer beherrschen, sondern bahnt sich seinen eigenen Weg. Sobald wir es an einer Stelle stauen, quillt es an der anderen hervor.«

»Wie meinst du das?« Finskes Begriffsstutzigkeit war allgemein bekannt. Nur sein Alter und die bedingungslose Treue zu Ulke hatten ihm den Weg in den Kreis der Hohen geebnet.

Irgendwie half dieses Wissen, Moas verkrampften Magen zu entspannen. Vokard ließ dagegen ein ärgerliches Schnauben hören.

»Denk nur an die Feuerhände«, fuhr er seinen Priesterbruder an. »Früher gab es nur uns, dann tauchten sie plötzlich auf. Und nun sprießen sie wie Pilze aus dem Boden. Ob es Ulke gefällt oder nicht, das Blut sucht sich seinen eigenen Weg. So lange, bis wieder alles so fließt, wie es will.«

Diese Aussicht schien Finske zu erschrecken. »Aber, Ulke!«, stieß er so nervös hervor, dass es eines Orks unwürdig war. »Er hat das Blut bisher noch immer bezähmt! Auch vorhin, als …«

»Nichts hat er!«, schnitt ihm Vokard das Wort ab. »Das Blut wollte die Zeiten überwinden, und das hat es getan. Als es erreicht hatte, was es wollte, hat es sich von allein wieder beruhigt. Nur Vuran allein weiß, was es sich als Nächstes ausdenken mag.«

»Aber …« Finske konnte genauso wenig glauben, was er da hörte, wie Moa in seinem Versteck. Und ihm lagen sogar die gleichen Fragen auf der Zunge wie dem Novizen. »… wenn das alles stimmt, was du da sagst, wie soll es dann weitergehen?«

»Wie bisher«, hielt ihm Vokard kalt entgegen. »Solange es geht. Für uns gibt es kein Zurück mehr.« Bei diesen Worten eilte er davon, als ob er selbst nicht aushalten könnte, was er gerade gesagt hatte. Finske rannte hinterher, um ihn weiter mit Fragen zu bestürmen. Nur Moa blieb in seinem Versteck zurück.

Allein und vor Furcht zitternd.

Wenn er denn je sein Talent zum Schleichen bereut hatte, dann in diesem Augenblick. Das, was Moa gerade belauscht hatte, war viel zu groß für ihn, um es zu ertragen. Und viel zu gefährlich, um es mit anderen zu teilen.

Auch wenn das gerade erworbene Wissen an seinem Verstand zerrte, er musste es für sich behalten. Selbst Ursa durfte nichts davon erfahren. Es könnte sonst seinen Tod – oder Schlimmeres – bedeuten.

Vor Kälte und Furcht zitternd, blieb er auf dem Sims hocken. Auch dann noch, als der Heilige Hort zu erwachen begann.

DOPPELHERZIG

21

Arnurs Wehrhof

Ein Ork, dazu noch ein Erster Streiter, der hoch erhobenen Hauptes heranmarschierte, löste in jedem Hellhäuter tiefe, instinktive Furcht aus. Die Bauern auf den Feldern reagierten wie erwartet. Ängstlich wichen sie zurück, hastig darum bemüht, möglichst viel Abstand zwischen sich und Urok zu bringen. Auch wenn sie sich zusammenrotteten, weil die Gemeinschaft trügerischen Schutz versprach, keiner von ihnen wagte es, seine Hacke, Sichel oder anderes Arbeitsgerät oder gar ein mitgeführtes Schwert drohend zu erheben. Das war auch gut so, denn ein Angriff wäre ihnen schlecht bekommen.

Während viele ihr Heil in der Flucht suchten, weil sie das Nachrücken einer ganzen Schar befürchteten, wagten es nur die Mutigsten unter ihnen – die am meisten von Neugier Getriebenen oder vielleicht einfach nur die Dümmsten –, ihm in großem Abstand zu folgen. Denn sein Ziel war klar. Seit er die letzten Hügel von Arakia hinter sich gelassen hatte, strebte er in gerader Linie auf Arnurs Wehrhof zu.

Seit der Nacht auf Felsnest waren drei Tage vergangen. Genügend Zeit, um das Trugbild, das er erlebt hatte, verblassen zu lassen. Was auch immer Urok dort oben gesehen hatte, seine überreizten Sinne mussten es ihm unter dem Einfluss des berauschenden Suds vorgegaukelt haben. Das Blut der Erde hatte ihm schon die Feuerhand gesandt, es war einfach anmaßend von ihm gewesen, noch weitere Erleuchtung zu erwarten.

Sein anschließender Abstieg war eine wahre Flucht gewesen, doch die körperliche Anstrengung hatte das Gift aus ihm herausgepumpt.

Klaren Geistes hatte er sich dafür entschieden, die Schwarze Marsch zu umgehen, um schneller ans Ziel zu gelangen. Nur noch Ragmars Vermächtnis erfüllen, dann lagen alle Pflichten hinter ihm, dann war er endlich frei und konnte gehen, wohin er wollte.

Je näher er dem Wehrhof kam, desto besser verstand Urok, dass es den jungen Zeichner in die Ferne gezogen hatte. Das hinter einer hohen Palisade versteckte Anwesen lag inmitten eines flachen, weithin einsehbaren Landstrichs. Zur Ernte hin mochten die umliegenden, mit Getreide und Erdfrüchten bepflanzten Felder dem Auge noch ein wenig Abwechslung bieten, derzeit wirkte jedoch alles trist und leer. Der nächste Wald lag einen halben Tagesmarsch entfernt. Aus der Sicht eines nach Sicherheit gierenden Bauern mochte das als Vorteil erscheinen, Urok als Ork grauste es jedoch bei dem Gedanken, in dieser Öde leben zu müssen. Eine Ahnung allmählichen Niedergangs hing schwermütig über der Landschaft.

Drüben im Wehrhof erklang ein dumpfer, durchdringender Ton, der nach einem Stoß in ein Tierhorn klang. Der Späher im Ausguck hatte sich also doch noch dazu entschlossen, Alarm zu geben.

Zufrieden straffte sich Urok und warf sich in die Brust. Er war schon ein wenig enttäuscht gewesen.

Ansonsten änderte sich nicht viel. Das Tor blieb weiterhin geöffnet. Die Knechte und Mägde auf den Feldern sollten schließlich nicht zusammen mit ihm ausgesperrt werden. Ein paar Kinder, die bisher neugierig herübergesehen hatten, folgten dem Ruf des Horns und rannten über die hölzerne Fallbrücke ins Innere.

Der sandige Platz, auf dem sie gespielt hatten, wies keinen einzigen grünen Halm auf, obwohl das satte Gras ringsum kniehoch wucherte. Arnurs Wehrhof musste über ungewöhnlich viele Pferde verfügen, anders ließ sich die stark zertrampelte Fläche vor dem Haupttor nicht erklären.

Für ein, zwei Atemzüge glaubte Urok eine Spur von Lindwurmdung zwischen all dem Menschenschweiß zu wittern, doch die großen Schuppentiere überquerten nur selten die Berge, um in diese unwirtliche Gegend zu gelangen. Ein über dem Tor auf einen Pfahl genagelter Schädel lenkte ihn allerdings von diesem Gedanken ab. Was er bisher für eine ganz normale Jagdtrophäe gehalten hatte, entpuppte sich bei genauerem Hinsehen als bleicher, von Sonne, Wind und Regen verwitterter Totenkopf eines Orkbruders.

Urok blieb abrupt stehen.

Seine großen Hände zuckten, doch er unterdrückte den Impuls, nach der Axt zu langen. Was dort oben thronte, musste noch ein Relikt aus Grimmsteins Zeiten sein, als die Könige von Cabras geglaubt hatten, die Kopfjagd auf Orks eröffnen zu können. Eine Idee, die ihnen und ihrem ganzen Reich schlecht bekommen war. Der Schädel dort oben bewies aber auch, dass Arnur nur selten von Kriegern besucht wurde. Elfenfresser oder irgendein anderer hätten sicherlich nicht gezögert, umgehend den ganzen Wehrhof niederzumachen.

Doch Urok konnte nicht so handeln. Er hatte eine Ehrenpflicht zu erfüllen.

»Was willst du hier?«

Urok hatte bereits aus den Augenwinkeln bemerkt, dass sich ihm einer der Wehrbauern furchtlos von der Seite her näherte. Angesichts seines großen Wuchses, der dunklen Haut und der andeutungsweise spitz zulaufenden Ohren war nicht schwer zu erraten, woher der Bursche den Mut nahm, einem Ork entgegenzutreten. Das Blut in seinen Adern forderte einfach seinen Tribut.

Urok klemmte beide Daumen hinter seinen mächtigen Leibgurt und spuckte dem Halbling betont gelangweilt entgegen. Danach deutete er mit dem Kinn auf den Orkschädel über dem Tor und fragte: »Dein Vater?«

Die Frage war verletzend gemeint, aber auch durchaus berechtigt. Seinem Alter nach war die Mutter dieses Bastards im Zuge von Grimmsteins Zerstörung oder während des anschließenden Feldzugs geschwängert worden. Urok verspürte deshalb keine Reue. Nur der flüchtige Gedanke, vielleicht seinem Halbbruder gegenüberzustehen, löste leichtes Unbehagen aus.

Von Wut geschüttelt, ballte der Halbling beide Hände zu Fäusten. Sein vorgewölbter Schädel, die tief liegenden Augen und der massive Kiefer ließen sein Erbe deutlicher denn je hervortreten, doch die menschliche Seite in ihm war stärker als der brennende Wunsch, sich in einen aussichtslosen Kampf zu stürzen.

»Der Schädel dort oben«, platzte es aus ihm heraus, »der hängt dort erst seit…« Er unterbrach sich kurz, einen stupiden Ausdruck des Erschreckens im Gesicht, bevor er fortfuhr: »… erst seit kurzem. Aber ich sorge gern dafür, dass du ihm rasch Gesellschaft leistest.«

»Spar dir deinen Atem«, raunzte Urok. »Ich habe heute keine Zeit, dich für deine Unverschämtheiten zu erschlagen. Ich muss dem Wehrbauern dieses Hofs eine Botschaft überbringen, die mir sein Sohn aufgetragen hat.«

»Ragmar?« Die Züge des Halblings hellten sich übergangslos auf. »Ist er etwa doch noch am Leben?«

Wieso doch noch, hätte Urok am liebsten gefragt, doch es war unter seiner Würde, sich mit diesem Knecht herumzuärgern.

»Verschwinde zu deinem Herrn!«, schnauzte er stattdessen. »Richte aus, dass es wichtig ist!«

Ragmar musste diesem Halbling am Herzen liegen. Ohne auf Uroks verletzenden Ton zu achten, eilte er erfreut davon, um den Befehl beflissen auszuführen. Erst als ihm der Ork noch eine dicke Ladung Speichel hinterherschickte, hielt er zornbebend inne. Kurz davor, das Herz eines Kriegers zu zeigen, gewann seine menschliche Seite erneut die Oberhand, als ein hagerer, in weiten Arbeitshosen und einen bequemen Leinenkittel gekleideter Mann am Tor erschien. Es musste sich um Arnur persönlich handeln, denn er rief ungeduldig: »Morn! Komm endlich her und sag mir, was der Ork von uns will!«

Die breiten Schultern des Halblings fielen nach unten. Fügsam und vor aller Augen gedemütigt, schlurfte er davon, ohne sich noch einmal zu Urok umzusehen. Wie es nun mal der Menschen Art ist.

In seinen schweren, mit angetrocknetem Lehm behafteten Stiefeln und den grob gewebten Hosen sah er recht unbeholfen aus. Doch in der Art, wie die Muskeln unter seinem fadenscheinigen Hemd spielten, war deutlich zu erkennen, über wie viel Kraft er in Wirklichkeit verfügte. Unter Orks aufgewachsen, hätte aus ihm vielleicht, wenn schon kein echter Krieger, so doch ein gefährlicher Kämpfer werden können.

Es schien eine Ewigkeit zu dauern, bis er endlich am Tor anlangte, um mit Arnur zu sprechen. Der Wehrbauer schrak sichtlich zusammen, als er von Uroks Anliegen hörte. Nach kurzem Zögern machte er sich dennoch auf den Weg. Mit raschen, energisch wirkenden Schritten überwand er die zwischen ihnen liegende Distanz, doch seine unstet umherwandernden Blicke zeugten von Furcht. Nur drei Schritte von Urok entfernt blieb er stehen.

»Was willst du, du Ork?«, rief er laut, denn inzwischen war ein kleiner Kreis von Schaulustigen näher gerückt. »Sag, was du zu sagen hast, und dann verschwinde wieder!«

Urok zögerte kurz. Was er auszurichten hatte, fiel ihm plötzlich schwer. Auch wenn er nur einen Hellhäuter vor sich hatte, der Blick in Arnurs von Furcht und Sorgen zerklüfteter Miene reizte sein Mitleid. Er versuchte zu lächeln, aber der Bauer reagierte darauf wie alle Menschen, wenn sie ein Orkgebiss zu sehen bekamen.

Hastig wich er zurück und hob die Hände in einer abwehrenden Geste.

»Dein Sohn ist tot«, erklärte Urok rasch, um den unangenehmen Teil so schnell wie möglich hinter sich zu bringen. »Orgur ebenfalls.«

Die Nachricht löste keinerlei Reaktion in dem von einem ausgefransten Bart gerahmten Gesicht aus, das ihm entgegenstarrte. Entweder scherte sich Arnur weder um seinen Bruder noch um den eigenen Sohn, oder im Wehrhof wussten schon alle, was geschehen war.

»Beide haben große Tapferkeit bewiesen«, fügte Urok hinzu. »Sie sind in Ehre gestorben.«

Arnur ließ einen verächtlichen Laut hören. »War das alles, was du mir sagen wolltest?«, fragte er überraschend zornig. »Dafür bist du den weiten Weg hierhergekommen?«

»Nein.« Urok langte in seinen Waffenrock, um den Lederbeutel mit Ragmars Sold hervorzuholen. Gleichzeitig beschloss er, den Hellhäuter über die genauen Umstände von Ragmars Tod im Unklaren zu lassen. »Ich soll dir das hier aushändigen.« Dieser räudige Hund hatte es gar nicht verdient, mehr über Ragmars letzte Atemzüge zu erfahren.

Arnurs Augen weiteten sich vor Überraschung, als er das metallische Klimpern der Münzen hörte. Völlig verdattert stolperte er die letzten Schritte näher, nahm den Geldbeutel entgegen, öffnete die Verschnürung und warf einen Blick hinein. Golden und silbern schimmerte es ihm entgegen.

»Das … das gibt's doch gar nicht«, stammelte er verdattert.

»Es war Ragmars letzter Wunsch, dass du seinen Sold erhältst«, erklärte Urok. »Damit ist meine Ehrenpflicht erfüllt.«

Er wollte sich schon wieder umwenden, doch Arnur hielt ihn zurück. »Warte!« Plötzlich glänzte feuchter Schimmer in seinen Augen. »Was hat das zu bedeuten? Warum tust du das? Du bist doch bloß … ein Ork!«

Zuerst liefen nur zwei einzelne Tränen über seine Wangen, dann folgte ein wahrer Sturzbach. Das war die Art, wie Hellhäuter ihre Toten betrauerten. Urok hatte davon gehört. Es schien fast, als ob Arnur gerade erst begriffen hätte, dass er seinen Sohn niemals wiedersehen würde.

Urok nickte zufrieden. Dieser Mann hatte es doch verdient, mit Ehre behandelt zu werden.

»Ragmar ist im Blut der Erde aufgegangen«, erklärte er feierlich, während er den Sack mit den Schädelhälften vom Gürtel knotete. »Sein Mut und seine Zähigkeit, mit der er die Schmerzen ertrug, waren beispielhaft – zumindest für einen Menschen. Darum soll sein Haupt auch keinen Türrahmen zieren, sondern auf einem eurer Schädelfelder begraben werden.«

»Was?«, fragte Arnur verwirrt.

Endlich ergriff er den Sack, den ihm Urok entgegenhielt. Den Beutel mit den Münzen noch in der Rechten, warf er einen Blick hinein, konnte aber mit dem knöchernen Inhalt zuerst nichts anfangen. Die von zahlreichen Absplitterungen in Mitleidenschaft gezogenen Hälften waren wohl zu formlos, um sofort das Ganze darin zu erkennen.

Es dauerte eine Weile, bis Arnur begriff, was dort unten aneinanderklapperte.

Statt danach vor Dankbarkeit auf die Knie zu fallen, erbrach er sich lieber im Gras. Was für ein ehrloses Volk die Menschen doch waren.

Morn und einige andere Gaffer verließen ihre Plätze, um ihrem Herrn zu Hilfe zu eilen, doch Arnur hielt sie mit einem Handzeichen rasch zurück, dann wischte er sich über den besudelten Mund. Den Nacken zuerst noch gebeugt, ließ er die Beutel mit den Münzen unter seinem Hemd verschwinden. Danach nahm er den am Boden liegenden Sack auf und starrte Urok direkt in die Augen. Sein Blick war plötzlich kalt und unnachgiebig.

»Danke«, sagte er tonlos. »Ich weiß genug über die Sitten deines Volkes, um zu wissen, dass du es gut gemeint hast. Wie kann ich mich erkenntlich zeigen?«

Urok hatte plötzlich den Eindruck, mit einem gleichwertigen Wesen zu sprechen. »Der Schädel an deinem Tor«, antwortete er. »Ich möchte ihn genauso ehrenvoll bestatten, wie es dir jetzt mit Ragmar möglich ist.«

»Gern«, antwortete Arnur überraschend schnell. »Ich bin froh, wenn ich das Ding wieder los bin.«

So etwas konnten wohl nur Menschen sagen. Als wenn es nicht das Einfachste gewesen wäre, den Schädel gar nicht erst aufzupflanzen!

»Außerdem …«

»Ja?«, fuhr Arnur gereizt in die Höhe.

»Ragmar hat mir von Pergamenten erzählt, auf die er gezeichnet hat. Bilder von Sangor, Cabras und Ragon.« Urok hielt es für besser, nichts von der ledernen Schrift zu erzählen, die bereits in seinem Besitz war; nicht dass Arnur noch eine Gegenleistung dafür forderte. »Die würde ich mir gern alle ansehen.«

Der Bauer legte die Stirn in Falten, als ob er gerade schlecht verstanden hätte. »Diese nutzlosen Schmierereien?«, fragte er verblüfft.

Urok nickte.

»Keine Ahnung, ob die nicht schon im Feuer gelandet sind.« Unbewusst langte er nach dem Geldbeutel unter seinem Hemd, wie um ihn zu schützen. »Ich müsste mal nachsehen. Versprechen kann ich allerdings nichts.«

Urok zuckte mit den Schultern. »Mehr habe ich auch nicht erwartet.«

»In Ordnung. Warte hier auf mich.« Arnur wandte sich abrupt ab, als ob er seine Großzügigkeit längst bedauerte. Sein Entgegenkommen kam Urok ohnehin verdächtig vor, doch die Aussicht auf weitere Schriften war jedes Risiko wert.

Grußlos machte sich der Wehrbauer davon. Seine Schultern begannen schon nach wenigen Schritten zu zittern. Gleich darauf wurde ein tiefes Schluchzen laut. Rasch eilte ihm Morn entgegen, um ihn zu stützen und in den Wehrhof zu begleiten. Merkwürdig, diese Menschen. Urok würde sie wohl nie verstehen.

Die Zeit des Wartens wurde ihm rasch lang.

Gern hätte er sie verkürzt. Doch jetzt die Axt vor sich in den Boden zu rammen und seine gekreuzten Arme gemütlich darauf zu lehnen, hätte ein falsches Signal an die Gaffer gesetzt, die ihn weiterhin in einer Mischung aus Abscheu und Furcht betrachteten.

Nach einer gefühlten Ewigkeit erschien Morn auf der Palisade und zerrte den Orkschädel vom Pfahl. Kurz darauf kam er über die Fallbrücke heraus, den Totenkopf in Uroks Sack, einen verbitterten Zug um die Lippen.

»Arnur fühlt sich krank!«, erklärte er, den Sack grob von sich stoßend. »Du hättest ihm nicht den Schädel seines Sohnes übergeben dürfen.«

Urok musste sich zusammenreißen, dem Bastard wegen dieser Unverschämtheit nicht die Gedärme aus dem Leib zu reißen und sie ihm zu fressen zu geben.

»Die Pergamente«, erinnerte er.

»Ach ja.« Das Lächeln, das die wulstigen Lippen des Halblings umspielte, wirkte genauso falsch wie alles andere, was von den Menschen kam. »Arnur sagt, er sucht nach ihnen. Er bittet dich, zwei

Tage am Grimmstein zu warten. Sobald er etwas findet, bringe ich es dir.«

Urok ließ die Worte eine Weile auf sich wirken, bevor er ruhig antwortete: »Grimmstein ist ein Handelsplatz. Aber vergiss nicht, er gehört schon zu Arakia.«

»Keine Sorge.« Morns Lächeln wurde noch breiter. »Ragmar zu Ehren werde ich all meinen Mut zusammennehmen.«

Urok imitierte die Grimasse, die ihm entgegengrinste. »Freut mich zu hören. Scheinbar schlägt doch etwas vom Erbe deines Vaters bei dir durch.«

Den Sack mit dem Schädel am Gürtel, ging er davon.

Im Wehrhof

Getarnt durch seinen Schattenmantel, tief hinter der Palisade kauernd, sah Todbringer, wie sich der große Ork abwandte, um wieder in Richtung Berge zu verschwinden. Bei den fünf Winden, der Atem des Himmels meinte es wirklich gut mit ihnen. Erst der alte Schädelhelm, den sie den Wolfshäutern abgenommen hatten, und nun das hier!

»War doch eine gute Idee von mir, das Ding an den Pfahl zu nageln?«, heischte Feene neben ihm um Anerkennung.

»Nimm dich bloß nicht so wichtig«, ärgerte er sie. »Der Ork war wegen etwas ganz anderem hier.«

Geschickt wich er ihrer flachen Hand aus und setzte sich durch einen Sprung von der hölzernen Plattform ab. Den Atem des Himmels nutzend, berührte er nur flüchtig den festgestampften Boden, als er mit federnden Sätzen auf den Brunnen zuhielt. Arnur hockte immer noch zusammengesunken davor, den gespaltenen Schädel seines Sohnes fest an die bebende Brust gepresst.

Todbringer baute sich direkt vor dem Häufchen Elend auf und machte eine fordernde Geste mit dem Zeigefinger. Der Bauer schien zuerst nicht zu verstehen, aber als der Elf die Geste wiederholte, ließ er die Hand doch unter dem schmutzigen Hemd verschwinden und zog den Geldbeutel hervor.

Die Münzen waren gerade in Todbringers eigene Tasche gewandert, als Morn die Fallbrücke überquerte.

»Und?«, begrüßte ihn Feene neugierig. »Ist er darauf eingegangen?«

Ihr offenes Haar wippte auf den Schultern, als sie ihm lächelnd entgegentrat. Aus irgendeinem Grund hatte sie einen Narren an diesem tumben Klotz gefressen. Entweder, weil er auch ein Halbling war, oder weil sie Todbringer eifersüchtig machen wollte.

Morn nickte beflissen, Manns genug, Feenes Schönheit zu erkennen. »Ja, er wird bei Grimmstein auf mich warten.«

»Sehr gut«, mischte sich Todbringer ein, bevor sich der Tropf noch zu viel einbildete. »Ein Ork mit Ehre, das ist wirklich unbezahlbar.«

Wie zufällig stellte er sich zwischen die beiden, was Morn betrübte und Feene erfreute. Nachdem er auf diese Weise für klare Verhältnisse gesorgt hatte, streckte er den Arm aus. Lauter Flügelschlag erklang. Vom nächstgelegenen Dach jagte er zielgerichtet auf ihn herab. Nur einen Atemzug später landete eine goldene Taube auf seinem Handgelenk. Eine der zuverlässigen Boten, die ihnen Gothar mit auf diese Mission gegeben hatte.

Es wurde Zeit, ihre Verbündeten zu informieren.

Und den Lichtbringer herbeizurufen.

22

Grimmstein – allein der Name reizte jeden Ork bis aufs Blut.

Grimmstein – ein Ort höchsten Triumphes und dennoch ein Stachel im steinernen Fleisch der Berge. Mochten die Burgmauern auch geborsten sein, der aus mächtigen Quadern errichtete Nordturm hatte dem Zerfall bislang widerstanden. Als Schandmal für die Überheblichkeit der Menschen erhob er seine wuchtigen Zinnen trotzig über die umliegenden Anhöhen und Wälder.

Strategisch gut platziert, beherrschte die Ruine weiterhin den

Landstrich. Groß und mächtig thronte sie inmitten frisch aufrankenden Grüns, einen schwachen Abglanz vergangener Macht verströmend. Zwar hatte sich der Wald große Teile der geraubten Fläche zurückerobert, doch die Nutzung als neutraler Handelsplatz hatte ein völliges Überwuchern verhindert. Stiefelsohlen von Orks und Menschen hielten das Gras gleichermaßen kurz und ihre Hosenböden die als Sitzflächen taugenden Steine sauber.

In den breiten Weg, der sich von den Ebenen Cabras aus heraufwand, hatten unzählige Wagenräder über viele Sommer hinweg zwei tief nebeneinander verlaufende Furchen in den Boden gewühlt. Wie ein dunkel abgesetztes Band zog sich der dazwischenliegende Grasstreifen in endlosen Schleifen die Berge empor. Die vielfältigen Fußpfade der Orks dagegen, die über Arakias Hinterland heranführten, blieben jedem Auge verborgen.

Urok hielt kurz inne, als er an einem halb im Erdreich versunkenen Marmorblock anlangte. Einst ein Teil der äußeren Trutzmauern, die selbst großen Steinkatapulten widerstanden hatten, war er durch eine ungeheure Macht herausgebrochen und hierher geschleudert worden. Nicht einmal drei kräftige Orks hätten diesen rechteckig behauenen Klotz aus der Erde wühlen und forttragen können, doch wo die Kraft einzelner Krieger versagte, schlug das Rad des Feuers mit der geballten Macht des Blutes zu.

Die rund um die Ruine verstreuten Trümmer belegten, dass Grimmstein nicht von anstürmenden Horden eingedrückt, sondern von innen heraus zerrissen worden war. Zum Schrecken aller Menschen, bis hin zu diesem Tag.

Von zu Basalt erstarrtem Blut umschlossen, ragten die Steine aus dem Fels hervor, anklagend und fahlen Knochen verschütteter Riesen gleich. Urok kannte diesen imposanten Anblick und nahm ihn deshalb nur noch flüchtig wahr. Sein Interesse galt vielmehr dem seltsamen Raubvogel, der schon seit dem Nachmittag beharrlich über der Turmspitze kreiste.

Als er seine Augen mit der rechten Hand beschattete, wurde seine bisherige Vermutung endgültig zur Gewissheit. Statt eines Falken oder eines ähnlich kleinen Greifs tanzte dort oben eine Taube mit goldenem Gefieder im Aufwind, ähnlich der, die über Arnurs Wehrhof aufgestiegen war.

Vielleicht sogar dieselbe.

Zuvor hatte Urok noch nie ein solches Tier zu Gesicht bekommen. Und nun geschah es gleich zweimal, an derart markanten Stellen.

Noch während er über diesen Zufall nachdachte, legte die Taube beide Flügel an und kippte abrupt vornüber. Rasend schnell stürzte sie herab, als ob sie ein Beutetier erspäht hätte. Einige Atemzüge lang verschwand sie hinter geborstenem Mauerwerk, bevor sie – natürlich mit leeren Fängen – wieder emporschoss und flügelschlagend in eines der angrenzenden Täler entschwand.

Gleichzeitig erklang ein panischer Laut, der noch lange von den umliegenden Bergen widerhallte. Ein gellender, aus höchster Not geborener Schrei, der zu keiner Vogelkehle passte, sondern eindeutig der einer Frau war. Einer Hellhäuterin, die um ihr nacktes Überleben fürchtete.

Von urtümlichem Schrecken erfasst, zuckte Urok zusammen. Bis ein erneutes Kreischen eindeutig belegte, dass die Frauenstimme nicht von der Taube stammte, sondern hinter Grimmsteins zersplitterten Mauern ertönte.

»Ihr Schweine!« Erstmals trug der Wind ganze Wortfetzen herüber. »Ihr wisst doch, dass ich ein Kind erwarte!«

Raues Gelächter beantwortete ihr Flehen auf böse Weise.

Urok suchte das vor ihm liegende Gelände ein weiteres Mal nach Wachen oder vorgeschobenen Spähern ab. Obwohl er die Augen zusammenkniff, um seinen Blick zu schärfen, ließ sich nichts Verdächtiges ausmachen.

Das johlende Pack in der Ruine, das sich gerade irgendeinen widernatürlichen Spaß erlaubte, verließ sich völlig auf die Wirkung des Wimpels, der weithin sichtbar im Wind flatterte. Blutrot hob sich der am Nordturm aufgezogene Stoff vor dem weißen Marmor ab, als Zeichen, das hier jemand einen Handel suchte: Die hier geltenden Absprachen waren zwar nicht mit dem Aufenthalt auf heiligem

Grund zu vergleichen, bedeuteten aber dennoch, dass Urok nicht sofort jeden Menschenschädel mit seiner Axt spalten durfte.

Von dumpfem Zorn erfasst, weil die Hellhäuter sein Nachtlager mit ihrer Anwesenheit verpesteten, stapfte er aufrecht los. Sich an einen Handelsplatz heranzupirschen wäre ehrlos gewesen, außerdem boten die ringsum aufragenden Trümmerstücke jederzeit Deckung, falls doch ein Bogenschütze aus seinem Versteck emporschnellen sollte.

Urok hatte Glück. Nicht mal der kleinste Flecken rosa schimmernder Haut blitzte hinter Quadern und Büschen hervor, während er sich einem Durchbruch in der Ostmauer näherte. Woher diese Nachlässigkeit rührte, war auf Höhe der breiten Lücke deutlich zu erkennen.

Im Schatten des Nordturms umringten fünf Männer ein offenes Feuer, das sie ausgerechnet *unterhalb* des Brandkorbs entzündet hatten, eines hohen, rundum abschließenden Eisengestells, das von einer langen Kette herabbaumelte. Die wiederum führte über eine auf Höhe des ersten Stockwerks waagerecht dem Mauerwerk entspringende Stange. Grimmsteins Erbauer hatten diesen und andere Körbe einst aufgezogen, um den weitläufigen Innenhof bis in den letzten Winkel schattenlos auszuleuchten. Mit genügend Holzscheiten gefüllt, spendete solch ein Korb die ganze Nacht hindurch Licht und Wärme.

Statt Brennstoff ließen sich aber auch Gardisten, die einer Verfehlung schuldig waren, in die eisernen Käfige zwängen. Davon mussten wohl auch die fünf Kerle gehört haben. Feixend sahen sie zu der eingeschlossenen Frau auf, die über ihren Köpfen an den Stäben rüttelte. Die emporschlagenden Flammen reichten nur sporadisch an das untere Eisenrund, doch die von ihnen ausgehende Hitze stieg weitaus höher hinauf. Um ihr zu entkommen, hatte die Gefangene ihre nackten Füße so gut wie möglich zur Seite gezwängt, doch der enge Käfig gewährte nur wenig Spielraum. Alles, was ihr blieb, um den marternden Schmerz zu mindern, war, den Korb in Schwingungen zu versetzen.

Verzweifelt warf sich die Gefangene vor und zurück, bis der Käfig, in dem sie weder aufrecht stehen noch richtig sitzen konnte, quietschend an der umlaufenden Kette schaukelte. Wie sehr es die Qualen minderte, dass sie nun über die Flammen hinwegpendelte, ließ sich nicht genau erkennen, aber zumindest schrie sie nicht mehr.

Einem ihrer Peiniger schien das zu missfallen.

Hämisch lachend langte er nach einem Wurfspeer und reckte dessen Spitze langsam hoch zu dem schaukelnden Korb. Die ersten beiden Male prallte die scharfe Stahlspitze noch gegen eines der breiten Eisenbänder, dann lenkte er sie durch einen der Zwischenräume.

»Dreckskerl!«, brüllte die Gefangene unter ihrer tief herabgezogenen Kapuze hervor. Sie warf sich zurück, um der Attacke zu entgehen, konnte aber nicht weit genug nach hinten entweichen. Unerbittlich drang der Speer tiefer in den Korb, bis die Spitze in den linken Ärmel ihrer weit geschnittenen Kutte stach. Der weiße, von Schweiß und Staub verschmutzte Stoff färbte sich augenblicklich rot.

Als der Speer zurückzuckte, glänzte die Spitze vor Blut

Gepeinigt schrie die Gefangene auf. Halb verrückt vor Panik suchte sie mit flehenden Blicken nach einem Ausweg aus ihrer Misere, doch die Einfüllklappe des Korbes wurde durch die stramm gezurrte Kette gesichert.

»Nicht frech werden«, drohte ihr Peiniger. »Hör lieber mit dem Schaukeln auf. Wir wollen doch nicht, dass du mit dem Korb ins Feuer fällst, weil eins der Kettenglieder reißt, und du verkokelst. Gothars Schergen zahlen nur für dich, wenn du zu erkennen bist.«

Er stach erneut nach ihr, ohne sie diesmal zu verletzen. Doch die drohende Geste reichte, um allen Widerstand zu brechen. Leise wimmernd presste sie ihre Rechte auf den blutenden Arm, während der Korb langsam über dem knisternden Feuer auszupendeln begann.

»Lasst mich doch raus«, bettelte sie. »Ihr quält nicht nur mich, sondern auch …« Sie brach ab, als sie die Sinnlosigkeit ihres Appells erkannte.

Der Speerträger lachte zufrieden. Seine Kumpane und er waren lediglich mit genagelten Schnürsandalen, primitiv gegerbten Tierfellen und großzügig über dem Körper verschmierten Dreck bekleidet. Der über sein braunes Haar hinausragende Wolfsschädel machte das breite, von einem schmierigen Grinsen entstellte Gesicht nur noch hassenswerter. Allerdings sah er für einen Wolfshäuter überraschend gesund und muskulös aus. Wohlmöglich hatte eine schlechte Ernte für neuen Zulauf in ihren Reihen gesorgt. Das mochte auch die Sandalen erklären.

Die Gefangene zuckte zusammen, als die aufsteigende Hitze erneut ihre Fußsohlen kitzelte. Wütend ließ sie eine Flut von unflätigen Flüchen auf die lachenden Wolfshäuter hinab, dann löste sie den ledernen Leibgurt von ihrer Kutte und legte ihn mehrmals zusammen, um ihn sich zwischen die Zähne zu schieben. Doch bevor sie so weit war, verirrte sich ihr Blick an die Ostmauer, und sie entdeckte Urok. Einen Herzschlag lang glomm so etwas wie Hoffnung in ihrem Blick auf, doch schon im nächsten Moment biss sie resigniert auf das Leder, mit dem sie sich selbst am Schreien hindern wollte. Ausgerechnet von einem Ork Hilfe zu erwarten, erschien ihr wohl zu abwegig.

In einer ähnlichen Lage auf ein Lederstück zu beißen, wäre Ursa oder anderen Frauen seines Stammes niemals in den Sinn gekommen. Eine Ork hätte ihren Schmerz ganz einfach lachend ertragen. Trotzdem erstaunte es Urok neuerlich, wie auch diese Hellhäuterin gewitzt auszugleichen wusste, was ihr von Natur aus an Mut und Willenskraft fehlte.

Ihr Verhalten erinnerte ihn an Ragmar.

Außerdem war sie doppelherzig, und das gab den Ausschlag.

Urok löste sich aus der Mauerlücke und ging über den mit Trümmerstücken übersäten Innenhof auf den Nordturm zu. Links von ihm erklang ein leises Knarren wie von einem Bogen, der sich langsam spannte. Urok widerstand der Versuchung, sich nach dem Geräusch umzusehen. Der Wolfshäuter, der einem Ork Angst einjagte, musste erst noch geboren werden. Trotzdem machte er sich bereit, blitzschnell zur Seite zu weichen, falls der Schlag einer losschnellenden Bogensehne erklang.

Je näher er den fünf nach Wacholder stinkenden Kreaturen am

Feuer kam, desto mehr schwand die Gefahr, dass ihm der Heckenschütze einen gefiederten Gruß nachsandte. Wenn es denn noch etwas Unangenehmeres gab, als einen Ork unnötig zur Weißglut zu treiben, dann aus Versehen einen Kameraden zu töten. Auf diese Weise konnte man sehr schnell in jenem Brandkorb enden, in dem zurzeit die Gefangene an den Stäben rüttelte.

Inzwischen hatten auch die übrigen Wolfshäuter seine Anwesenheit bemerkt.

»Was willst du hier?« Zu Uroks Überraschung sprach ihn nicht der Speerträger an, sondern ein deutlich jüngerer Mann, der bisher eher durch schweigsame Zurückhaltung aufgefallen war.

»Das Gleiche wie ihr«, antwortete Urok gleichmütig. »Handel treiben! Was wollt ihr für die Frau haben, damit sie mir das Lager wärmen kann?«

Er überwand die Distanz zwischen ihnen schneller, als sie sich von ihrer Überraschung erholen konnten. Schließlich aber rührten sich vier von ihnen doch. Während der Speerträger stur an seinem Platz verharrte, strebten die übrigen auseinander. Wie erhofft, bildeten sie einen lockeren, von großen Lücken durchbrochenen Halbkreis, der sich jederzeit, von einem Atemzug auf den anderen, zusammenziehen konnte. Von nun an musste der Bogenschütze an der Mauer schon sehr zielsicher sein, um noch einen Pfeil auf die Reise zu schicken.

»Hey, du da oben!« Urok baute sich unterhalb des Korbes auf, wohl wissend, dass die übrigen Wolfshäuter die Gelegenheit nutzten, um sich hinter ihm zu versammeln. »Nimm mal die verkohlten Füße zur Seite und zeig mir dein Gesicht.«

Die Hitze des lodernden Feuers wärmte durchaus seine Hände, doch ihre nackten Sohlen waren bisher nur von Rost und Pechrückständen verschmiert. Während sie den Ledergurt ausspuckte, drängte sich der Wortführer der Wolfshäuter an Uroks Seite.

»Diese Frau ist nicht zu verkaufen«, erklärte er grob. »Sie ist zusammen mit ihrem Gefährten aus König Gothars Diensten entflohen. Wir haben sie in seinem Auftrag aufgespürt, dafür wird uns eine hohe Belohnung bezahlt.«

Weder Pusteln noch Quaddeln verunstalteten sein hageres, beinahe fein geschnittenes Gesicht. Für einen Ork sahen fast alle Menschen gleich aus, doch mit der weit vorspringenden Nase, die an den Schnabel eines Raubvogels erinnerte, unterschied sich dieser Kerl deutlich von seinen Kameraden. In einem räudigen Haufen wie diesem wurde er deshalb bestimmt Falkennase oder Schlimmeres genannt, wenn schon nicht offen, so doch hinter vorgehaltener Hand.

»Ihr befindet euch in Arakia.« Urok sah schon wieder in die Höhe, als er das Wort an die Falkennase richtete. »Hier treiben nur Orks und Menschen Handel miteinander. Wenn ihr mit euresgleichen Geschäfte treiben wollt, müsst ihr nach Cabras gehen.«

Seine Worte flößten der Gefangenen Mut ein.

»Hilf mir bitte«, flehte sie mit weinerlicher Stimme, doch ein Blick in ihre trockenen Augenwinkel offenbarte, dass sie den ganzen Tag noch keine einzige Träne vergossen hatte. »Es soll dein Schaden nicht sein! Sogar dein ganzes Volk kann davon profitieren! Euch Orks droht große Gefahr, aber ich kenne die Pläne des Ketzerkönigs und kann euch davon berichten!«

»Alles Unsinn!«, fuhr Falkennase dazwischen. »Hör nicht auf diese Meisterin der Lüge!« Auf seinen Wink hin wanderte der Speer so tief in den Käfig, dass die Stahlspitze unter ihrer Kapuze verschwand. »Setz dich lieber und trink etwas Wein mit uns. Du bekommst auch einen gerechten Anteil an der Beute, sobald Gothars Schergen hier erscheinen. Dann ist es doch noch ein Handel zwischen Orks und Menschen, richtig?«

»Wenn du in Grimmstein bleibst, wirst du mit mir sterben«, widersprach die Gefangene, obwohl der Speer daraufhin so stark gegen ihr Brustbein drückte, dass der Holzschaft sich durchzubiegen begann. Röchelnd fuhr sie fort: »Gothar will mir nicht nur mein ungeborenes Kind rauben, er will auch alle Orks töten, die zwischen ihm und eurem legendären Blutstahl stehen!«

Frisches Blut rann am Speerschaft nach unten und tropfte zischend in die unter ihr züngelnden Flammen. Dem Klang ihrer Stimme nach wurde ihr die Luft zum Atmen knapp, doch der Wolfshäuter, der sie bedrängte, konnte nicht noch stärker zustechen; tot war sie für alle wertlos.

»Du bist doppelherzig?«, tat Urok erstaunt, als würde ihr Zustand ihn überraschen. »Das ist natürlich etwas anderes.«

Mit einem harten Tritt seiner Stiefelspitze fegte er die brennenden Scheite weit auseinander. Einer davon knallte dem Speerträger gegen das ungeschützte Schienbein, worauf er fluchend zur Seite sprang.

»He, was soll das?«, begehrte Falkennase auf, die Rechte um den Schwertgriff an seiner Hüfte gekrampft. Auch die anderen Wolfshäuter langten zu ihren Waffen und rückten drohend näher. Damit schlossen sie einen engen Halbkreis, der Urok vor der gewölbten Turmwand festnageln sollte. Ihm war das nur recht, denn ihre Rücken schützten ihn nun lückenlos vor Pfeilen aus dem Hinterhalt.

Lächelnd sah er zur Seite, bis er den Bogenschützen entdeckte, der links des Mauerdurchbruchs stand. Es kam noch ein zweiter hinzu, der hinter einem sorgsam aufgeschichteten Trümmerhaufen hervortrat und mit aufgelegtem, aber doch zu Boden gerichtetem Pfeil näher trat.

Alle starrten Urok gespannt an, denn sie fürchteten den Augenblick, an dem er nach hinten zu der auf seinem Rücken arretierten Axt langen würde. Solange er die Arme lässig vor der Brust verschränkte, glaubten sie sich sicher. Dabei lag seine Rechte nur noch ein kurzes Fingerzucken von dem Runddolch entfernt, der unter dem Armschutz steckte.

Menschen mit der ihnen eigenen Hinterlist zu schlagen – was konnte es Schöneres geben?

»Warum tobst du plötzlich so herum?« Falkennase begann fürchterlich zu schwitzen. Dicke Sturzbäche strömten seine Wangen herab, während er den Kopf in den Nacken legte und mit flackerndem Blick zu Urok aufsah. »Reicht dir ein Anteil an unserem Handel nicht?«

»Ein zweites Herz schlägt unter ihrer Brust«, antwortete Urok. »Nicht mal ein Raubtier greift eine Beute an, die doppelherzig ist.«

Falkennase schüttelte den Kopf, um den Schweiß zu vertreiben, der in seine Augenwinkel rann. »Soll das ein Witz sein?«, rief er.

»Jeder weiß, dass ihr Orks mit euren Gefangenen noch ganz anders umspringt!« Vergeblich wischte er über seine geschlossenen Lider, denn das salzige Nass rötete ihm weiterhin die brennenden Augen.

»Mein Volk martert nur seine Feinde.« Indem Urok die mächtigen Zähne fletschte, lenkte er alle von seiner rechten Hand ab, die längst den Dolchgriff umfasste. »Niemand außer euch Hellhäutern peinigt sich gegenseitig.«

Das war natürlich frech gelogen. Aber Kerle, die eine Doppelherzige und ihre Leibesfrucht über offener Flamme rösteten, hatten keine Ehrlichkeit verdient.

»Was erlaubst du dir eigentlich, du grober Klotz?«, blaffte der Speerträger, der seine Waffe weiterhin gegen die Gefangene gerichtet hielt. »Siehst du nicht die vielfache Übermacht, der du gegenüberstehst?«

Urok ließ ein dunkles Knurren hören, das Hellhäuter für gewöhnlich in Schrecken versetzte. Drohend richtete er sich auf, den Dolch längst fest umklammert, doch die geschliffene Klinge noch immer unter der freien Hand verborgen.

Um ihn herum knirschte Stahl, der aus hölzernen Schwertscheiden fuhr.

»Schon gut, Thannos, schon gut!« Falkennase wirkte zuerst beruhigend auf den niederträchtigen Speerträger ein, bevor er sich an die anderen wandte. In beschwörenden Gesten hob und senkte er die gespreizten Hände, um die sich anbahnende Gewalt einzudämmen, während er fortfuhr: »Wir wissen doch alle, was Hörner auf dem Schulterpanzer eines Orks zu bedeuten haben, oder?« Ein hoffnungsfrohes Lächeln huschte über sein nasses Gesicht, als rundum der halbgezogene Stahl zurück in die Scheiden gestoßen wurde. Der Dreck auf seiner Stirn und den beiden Wangen wurde längst von breiten Schweißbahnen durchbrochen, unter denen helle, rosige Haut hervorschimmerte. »Du bist ein Erster Streiter auf Raubzug«, wandte er sich, stolz auf sein Wissen, an Urok. »Das bedeutet, du bist nicht allein, sondern hast noch eine ganze Horde deinesgleichen vor Grimmsteins Mauern postiert.«

Urok verfolgte aus den Augenwinkeln, dass sich die beiden Bogenschützen mit vorsichtigen Schritten weiter näherten. Dafür, dass sie wirklich an eine Bedrohung durch eine ganze Schar glaubten, bewegten sie sich eindeutig in die falsche Richtung.

»Wenn du das Geschäft mit Gothars Schergen allein machen willst, soll uns das recht sein«, redete Falkennase weiter auf ihn ein. »Dafür fordern wir allerdings freien Abzug – und die wertvolle Axt, die du auf deinem Rücken trägst.«

Urok lächelte zu dem Wolfshäuter hinab. »Ihr wollt meinen Blutstahl?«, fragte er. »Den könnt ihr haben!«

Falkennases erfreute Antwort erstarb in einem leisen Röcheln. Die blutige Furche, die plötzlich in seinem Kehlkopf klaffte, erlaubte einen Blick in das Innere seines Halses und auf die durchtrennten Stimmbänder.

Noch ehe die übrigen Wolfshäuter begriffen, was gerade geschah, rammte Urok dem, der ihm am nächsten stand, den doppelseitig geschliffenen Dolch tief in die linke Brusthälfte. Erst das hässliche Knirschen, mit dem die Klinge, die er im Herzen drehte, über eine der Rippen schabte, ließ die anderen reagieren.

Während Urok seine Waffe mit einem harten Ruck aus dem Wundkanal riss, grub sich seine freie Hand bereits tief in den nächsten Hals. Die schlaffe Muskulatur des Hellhäuters hatte dem harten Griff nichts entgegenzusetzen. Mühelos drang er bis zum Halswirbel durch, ballte die Hand zur Faust und riss diese in einer blutigen Fontäne zurück.

Das zuckende Fleisch zwischen seinen Fingern verächtlich zur Seite werfend, blockte er mit dem Waffenarm die aufzuckende Schwerthand des vierten, vor Entsetzen laut schreienden Gegners ab.

Direkt aus dieser Abwehrbewegung heraus ging er zum Angriff über, so wie er es im Kampf mit Orgur gelernt hatte. Abrupt fuhr der Dolch hoch, und der Stahl zerfetzte die Halsschlagader des Wolfshäuters gleich zweifach, sowohl im Vor- als auch im Rückschwung.

Das Schwert des Verletzten klapperte im gleichen Moment zu Boden, da auch die drei zuvor getöteten Männer um sie herum in die

Knie brachen. Der Mann mit der Halswunde riss beide Hände empor in dem verzweifelten Versuch, den sprudelnden Blutstrom irgendwie zu stoppen. Im nächsten Moment hatte ihm Urok schon die Bauchdecke aufgeschlitzt.

Statt den Runddolch zurückzuziehen, versenkte er ihn mitsamt der ganzen Pranke tief in den Eingeweiden, um seinen Feind aufrecht zu halten.

Die beiden Bogenschützen waren noch vor Schreck erstarrt, doch es konnte nicht mehr lange dauern, bis sie ihre Pfeile abschießen würden.

Urok blickte über die Schulter und wollte den Sterbenden auf der versenkten Faust gegen Thannos schleudern, doch er verharrte in der Bewegung, als er sah, dass ihm der niederträchtige Hund nicht mehr gefährlich werden konnte. Statt mit dem Speer von hinten auf ihn einzudringen, zappelte er, einen Lederriemen zweifach um den Hals geschlungen, unterhalb des Brandkorbs, beide Fußspitzen gut eine Handbreit vom rettenden Steinpflaster entfernt. Seine Beine strampelten dabei über den nur noch schwach brennenden Holzscheiten des Feuers, das Urok auseinandergetreten hatte, und es war nur eine Frage der Zeit, bis ihn die Gefangene mit ihrem Gürtel erdrosselt hatte. Die Bewegungen, mit denen er seine Finger hinter das würgende Band zu schieben versuchte, erlahmten bereits.

Es war ein ordentliches Gewicht, das die Gefangene zu sich in die Höhe zog. Wut und Verzweiflung verliehen ihr offenbar ungeheure Kräfte.

Ein Pfeil, der nahe an seinem linken Ohr vorbeisirrte, unterbrach den Moment der Anerkennung, den Urok der kühl und überlegt handelnden Kämpferin zollte. Instinktiv hob er den Arm im offenen Leib des Wolfshäuters ein Stück weit an und fing so ein zweites Geschoss ab, das sich mit einem dumpfen Laut in den Rücken des menschlichen Schutzschilds bohrte.

Urok wühlte sich weiter durch die Innereien, bis er das Rückrat erreichte. Ein leises Röcheln bewies, dass in seinem Gegner noch ein Funken Leben steckte, doch seine glanzlosen Augen blickten bereits der aufquellenden Finsternis entgegen, die ihn bald für alle Zeit verschlingen würde.

Mit einem lauten Knurren hob Urok den Sterbenden an und rannte auf die beiden Bogenschützen zu, die gerade neue Pfeile auflegten. Die Distanz zwischen ihnen schmolz genauso schnell dahin, als wäre er ohne das zusätzliche Gewicht gelaufen. In blinder Panik schossen seine Gegner erneut ihre Pfeile ab, spickten damit aber wiederum nur den Rücken ihres röchelnden Kumpanen.

Brüllend langte Urok vor ihnen an, stemmte seinen leblosen Schild in die Höhe und warf ihn auf jenen der beiden, der zu fliehen versuchte. Die Hand mit dem Dolch glitt aus dem dampfenden Leib, noch ehe der Tote den Flüchtenden zu Boden riss. Instinktiv visierte der Ork den zweiten Bogenschützen mit dem Ellbogen an und streckte den Waffenarm in einer blitzschnellen Bewegung aus.

Die triefende Waffe glitt aus Uroks Fingern wie ein Geschoss, das von der Sehne schnellte. Schon einen Herzschlag später steckte sie bis zum Griff im Kehlkopf des Gegners.

Urok wartete nicht, bis der Getroffene zu Boden schlug, sondern sprang auf den letzten Wolfshäuter zu, der sich gerade unter den herabgeschleuderten Toten hervorarbeitete. Angesichts eines Orks, der wie ein rachsüchtiger Dämon über ihm erschien, wich dem Kerl glatt alles Blut aus den Wangen.

»Gnade!«, brüllte er, beide Hände in einer abwehrenden Geste erhoben. »Gnade! Wir haben doch nur Befehle ausge…«

»Gnade?«, übertönte ihn Urok zornbebend. »Mit einem wie dir?«

Ehe der andere noch weitere Ausflüchte stammeln konnte, ließ er schon seine schwere Stirn in die Tiefe sausen. Mit der ungebremsten Gewalt eines Vorschlaghammers knallte sie dem Bogenschützen mitten ins Gesicht.

Ein hässliches Knirschen erfüllte die Luft, als der menschliche Schädel zerplatzte. Das Antlitz unter dem Wolfsschädel in eine Maske aus blutigem Brei verwandelt, sank der Erschlagene tot zu Boden. Als er mit dem Hinterkopf auf das harte Steinpflaster prallte, rutschten Fell und Wolfskopf zur Seite. Dabei wurde deutlich, dass der Dreck, mit dem er eingerieben war, nur bis zu der Stelle reichte, an der die Kleidung begonnen hatte.

Urok spuckte ihn verächtlich an. »So soll es allen ergehen, die eine Doppelherzige martern.«

»Was ist los mit dir, du grüner Fleischberg? Hol mich endlich hier raus! Wir haben keine Zeit mehr zu verlieren!«

Als er sich umdrehte, rüttelte die Gefangene bereits ungeduldig an den Gitterstäben. Thannos, der Speerträger, lag reglos zwischen den von Urok auseinandergetretenen und nur noch glimmenden Holzscheiten, die die Kerle zuvor unter dem Brandkorb aufgehäuft hatten. Allein war die Gefangene nicht in der Lage, sich aus ihrem Gefängnis zu befreien. Die Enge in dem rußüberzogenen Käfig trieb sie zur Raserei.

Urok konnte das gut verstehen.

Das Blut seiner Feinde von den Armen schüttelnd, holte er sich zuerst seinen Dolch zurück, der ihm so gute Dienste geleistet hatte, bevor er zum Turm marschierte. An dem rostigen Eisenhaken angelangt, in dem das leere Ende der Kette verankert war, löste er das eingehakte Glied mit der Kraft seiner mächtigen Arme und ließ die Frau vorsichtig in die Tiefe herab. Sobald der Korb den Hof berührte, dort, wo noch die Reste des Feuers qualmten, und sich die Kette dadurch entspannte, konnte die Gefangene die über ihr liegende Einfüllklappe mit den Händen aufdrücken. Rasselnd fuhren die Metallglieder durch die Streben, bis die Öffnung über ihr frei war.

Geschmeidig schlängelte sie sich hinaus, doch so geschickt sie auch war, ihr Umhang blieb trotzdem an schartigem Eisen hängen. Mit etwas mehr Geduld hätte sie ihn sicher lösen können, doch ihr Durst nach Freiheit war größer als die Liebe zu diesem Kleidungsstück. Ratschend riss sie es entzwei, um endlich mit beiden Beinen herauszukommen.

»Blödes Scheißding!«, fluchte sie. »Hat ohnehin nie richtig gepasst.«

Unter der zerschlissenen, über und über mit Ruß verschmierten Kutte, die sie verächtlich zur Seite warf, schälte sich eine große

Frau mit wallend blonden Haaren hervor. Ihre langen nackten Beine steckten in kniehohen Stiefeln, darüber trug sie einen kurzen Waffenrock und einen silbern glänzenden Harnisch. Ein Lächeln umspielte ihre geschwungenen Lippen, als sie seinen starren Blick bemerkte.

»Danke, dass du mir geholfen hast«, säuselte sie. »Das wirst du nicht bereuen, das schwöre ich dir. Aber zuerst müssen wir von hier verschwinden!«

Urok schüttelte den Kopf. »Ich habe eine Verabredung an diesem Ort und werde die nächsten zwei Tage hier warten.«

Sie starrte ihn an, als wäre sie erschrocken. »Nein, das geht nicht«, sagte sie erregt. »Gothars Truppen sind sicherlich schon im Anmarsch hierher. Wir müssen nach Arakia, dein Volk vor den Plänen des Ketzerkönigs warnen!«

»Nichts zu machen«, widersprach Urok. »Ich bin ein Geächteter, und Arakia ist nicht länger meine Heimat. Mich zieht es in die Ferne, nach Sangor. Du kannst dich mir anschließen oder es bleiben lassen. Das ist mir egal. Doch zunächst muss ich hier jemanden treffen.«

Die Blonde setzte zu einer Antwort an, hielt aber plötzlich inne. Den Kopf leicht zur Seite geneigt, schien sie auf etwas weit Entferntes zu lauschen. Ohne ihr Verhalten zu erklären, rannte sie zur Ostmauer und sah von dort in die unter ihr liegenden Hügel hinab.

»Tut mir leid für dich!« Ihre Stimme verriet Triumph. »Aber du wirst deine Pläne ändern müssen.« Statt weitere Erklärungen abzugeben, lockte sie ihn mit dem Zeigefinger näher und drehte ihm den Rücken zu.

Urok hatte gute Ohren, sie waren besser als die jedes Menschen. Trotzdem konnte er nichts Verdächtiges hören. Von Neugier getrieben überquerte er den Hof. Bei dem zweiten Bogenschützen, den er erdolcht hatte, blieb er kurz stehen und drehte ihn mit der Stiefelspitze zur Seite. Da sein anderer Fuß auf dem Wolfsfell stand, das Kopf und Rücken bedeckte, rutschte es dem Toten tief in den Nacken. Auch dieses Mal kamen helle Stellen zum Vorschein, als ob sich der Tote die Felle umgebunden und erst dann mit Dreck und Wacholder eingerieben hätte.

»Nun komm schon«, drängte die Blonde. »Sieh dir an, was hier alles aufmarschiert.«

Er trat an ihre Seite und blicke hinab auf die unter ihnen liegenden Hügel. Dort wimmelte es plötzlich von Menschen, die auf Grimmstein zustrebten. Die meisten zu Fuß, einige zu Pferde. Aber alle bewaffnet und uniformiert. Als er genauer hinschaute, entdeckte er sogar einige groteske Gestalten, die auf Lindwürmern ritten.

»Bei Vuran!« Er spuckte auf die geborstene Mauerkrone. »Was hat das zu bedeuten?«

»Ich kann Gothar wirklich sehr gefährlich werden«, antwortete sie überheblich. »Das ist sein Pech, aber vielleicht das Glück aller Blutorks.«

Er sah sie an. Besonders ihren Bauch, der nichts von ihrem Zustand verriet. Aber ein Harnisch vermochte einiges zu überdecken, das wusste er. Ohne Vorwarnung griff er in ihre Haare. Sie ließ es geschehen; vielleicht ahnte sie, dass er nur ihre Ohren freilegen wollte. Als er die spitz zulaufenden Ohrmuscheln sah, begriff er, woher ihre feinen Sinne rührten. Und woher sie die Kraft genommen hatte, den Wolfshäuter zu töten.

»Elfin.« Das Wort rief einen üblen Geschmack in seinem Mund hervor, und genauso sprach er es aus. »Ich dachte, ihr wärt kleiner und dunkler.«

»Ich bin ein Halbling«, erklärte sie. »Die anderen Elfen haben mich deshalb nie gemocht, darum schulde ich ihnen auch nichts.«

»Die anderen Elfen?«, fragte er. »Du meinst Gothars Legion der Toten?«

Sie hob ihre weißblonden Augenbrauen. »Du weißt mehr über uns als wir über euch, scheint mir.«

»Und so soll es auch bleiben.« Urok tastete unbewusst nach der Streitaxt auf seinem Rücken, doch seine Hand verharrte auf halbem Weg. Sicher, das Blut in ihm forderte, in Grimmstein zu bleiben und zu kämpfen, bis sich die Körper der erschlagenen Feinde um ihn herum stapelten. Sein Verstand mahnte dagegen, dass das eine vollkommen sinnlose Tat wäre, weil auch der stärkste Ork gegen die anrückende Übermacht unterliegen musste.

Obendrein lockte die Möglichkeit, Ulke, Tabor und all die anderen, die ihn für verrückt hielten, eines Besseren zu belehren, auch wenn dadurch sein Treffen mit Morn ausfallen und er die restlichen Zeichnungen Ragmars wohl nie erhalten würde. Andererseits lief ihm Arnurs Wehrhof auch nicht davon.

»Wie heißt du?«, fragte er die Elfin an seiner Seite, bevor er ihr ein wenig Wundmoos für die Schnittwunden reichte.

»Feene«, antwortete sie.

»Gut, Feene. Mach dich bereit, Arakia zu besuchen.«

23

Im Schatten der Schwebenden Festung

Würgend hing Nera über der silbernen Schüssel, obwohl längst nur noch bittere Galle ihren Mund füllte. Sie hätte es früher nie für möglich gehalten, doch die Übelkeit war eindeutig das Schlimmste an ihrem Zustand. Derjenige, der behauptet hatte, sie würde sich nur auf die Morgenstunden beschränken, musste ein Mann gewesen sein oder eine alte Jungfer, denn Nera verspürte sie auch am Tage, am Abend und in der Nacht.

Seufzend stellte sie die mit Speichel und Erbrochenem gefüllte Schüssel zur Seite und langte nach einem feuchten Tuch, um sich die besudelten Lippen abzutupfen. Feine Staubschleier tanzten in der einfallenden Abendsonne, die das unerhört große Schlafgemach in scharf voneinander abgetrennte Streifen aus Licht und Dunkelheit zerteilte. So viel hellen Marmor gab es sonst nur in fürstlichen Villen zu bewundern. Trotzdem hätte sie lieber in einer verlassenen Waldhütte auf einer harten Fellpritsche gelegen statt in diesem mit feinster Seide überzogenen Baldachinbett.

Ermattet fiel sie zurück und versank in weichen Daunen. Ohne ihren Bauch, der wie ein prall gefüllter Ballon in die Höhe ragte, wäre sie wohl völlig in den Kissen verschwunden. Es würde Nera für alle Zeiten ein Rätsel bleiben, wie ihr Leib innerhalb weniger Tage dermaßen hatte anschwellen können. Alles war so schnell gegangen, dass sie nicht einmal passende Kleidung hatte. In seiner Not hatte Benir einfach eines ihrer Hemden auf Höhe des Brustbeins abgetrennt, damit sie wenigstens oberhalb der Decke vor der nächtlichen Kälte geschützt war. Ansonsten lag sie nackt inmitten der Kissen und einer bis zum Schoß hochgezogenen Decke.

Ein harter Tritt ließ sie vor Schmerz zusammenzucken. Wer oder was auch immer da in ihr heranwuchs, wollte inzwischen mit aller Gewalt heraus. In Momenten wie diesen hoffte Nera inständig, dass ihr Kind seinen Feinden später einmal genauso zusetzen würde. Wenn ihr Wunsch in Erfüllung ging, musste es der größte Krieger aller Zeiten werden.

So absurd dieser Gedanke auch war, er zauberte ein Lächeln auf ihre Lippen. Das machte es leichter, den Schmerz beiseitezudrängen. Sie tastete nach der prallen Wölbung ihres Leibes, und die sanfte Berührung schien das Ungeborene zu beruhigen.

Ihre Fingerkuppen umkreisten gerade sanft den Bauchnabel, als die Tür geöffnet wurde. Anfangs hatte sie dieses Geräusch immer zusammenzucken lassen, doch inzwischen war sie auch dafür zu schwach. Schicksalsergeben wartete sie ab, ob Benir oder ein Trupp Gepanzerter zu ihr hereinmarschierten. Fliehen kam nicht mehr in Frage.

Zum Glück kannte sie die leise, umsichtige Art, in der die Tür wieder geschlossen wurde. Deshalb wusste sie schon, wer ihr Besucher war, noch ehe Benir lautlos ans Bett trat.

»Alles in Ordnung mit dir?« Sein Blick verriet die übliche Besorgnis, aber auch eine Spur neuer Hoffnung.

Nera nickte stumm.

»Möchtest du etwas trinken?« Er langte nach der Kristallkaraffe und dem Becher, ohne ihre Antwort abzuwarten.

Obwohl sie keinen Durst verspürte, ließ sie es zu, dass er etwas Wasser eingoss und ihr mit kleinen Schlucken einflößte. Einfach nur damit Benir den Eindruck hatte, etwas tun zu können. Zur Tatenlosigkeit verdammt zu sein, das setzte ihm noch schlimmer zu als ihr. Trotzdem hätte sie niemals mit seiner kurz darauf folgenden Ankündigung gerechnet, dass er eine Amme für sie gefunden habe.

»Was?« Ihr Oberkörper ruckte von ganz allein in die Höhe, und obwohl neue Wellen der Übelkeit in ihr hochschwappten, stemmte sie beide Hände in die Kissen und hielt sich aufrecht. »Bist du verrückt geworden? Sicher ist sie sofort in die nächste Garnison gelaufen, um sich ihre Belohnung zu verdienen!«

»Beruhige dich«, bat er sanft. »Ich bin sicher, dass wir ihr vertrauen können. Sie wurde mir empfohlen.« Ein Flackern in seinen Augen kündigte an, dass er sich vor den nächsten Worten fürchtete.

»Von Feene«, fügte er trotzdem rasch hinzu, bevor sie nachfragen konnte.

Nera wandte abrupt den Kopf ab, weil erneut Galle in ihren Mund strömte. Feene! Wie sehr sie diesen Namen doch hasste. Reichte es denn nicht, dass sie im Bett der einstigen Nebenbuhlerin lag? Musste sie sich auch noch völlig in ihre Hand begeben?

»Hast du den Verstand verloren?«, stieß sie hervor. »Wie kannst du Feene bloß trauen? Jetzt, da sie Todbringers Wespe ist?«

»Sie weiß ja nichts davon.« Benir langte nach ihrem Bauch, um beruhigend darüberzustreichen, aber Nera stieß ihn brüsk zurück.

Mit einem Ausdruck tiefer Verletzung in den Augen sah er sie an. Vorwurfsvoll. Bedrückt. Es dauerte einen Moment, bis er die in ihm wütenden Gefühle niedergekämpft hatte und ihr, die Stimme zu einem Flüstern gesenkt, erklärte: »Feene hat mir vor sehr langer Zeit von dieser Frau erzählt, deshalb hatte ich auch Mühe, sie zu finden. Aber sie ist es. Und sie glaubt, dass wir Feenes Freunde sind. Deshalb wird sie schweigen. Allein aus Angst, dass sie es sonst mit Todbringer zu tun bekommt.«

»Vor langer Zeit… Ja, das kann ich mir vorstellen.« Nera wusste, dass sie gerade pures Gift verspritzte, doch das half ihr dabei, die in ihr wühlende Übelkeit zu verdrängen. »Sicher hat sie immer geglaubt, einmal den Befreier zu gebären.« Sie lachte laut auf. »Bis sie gemerkt hat, das Halblinge keine Kinder bekommen können.«

Das Thema gefiel Benir nicht, doch er hielt ihrem Blick stand.

»Ist das nicht alles egal?«, fragte er schließlich. »Wichtig ist doch nur, dass wir jemanden haben, der uns helfen kann. Verdammt, weder du noch ich haben die geringste Ahnung …«

Nera ließ ihn nicht zu Ende sprechen. »Ich will keine Amme, die von Feene kommt«, zischte sie ihn an. »Und ich will nicht in dem Bett liegen, in dem sie sich sonst mit Todbringer suhlt.«

»Es ist nun mal der sicherste Platz in ganz Sangor«, gab er gereizt zurück. »Ob es dir passt oder nicht! Niemand wagt, diesen Trakt zu betreten, solange die beiden in Arakia sind!«

Sein Stimmungsumschwung brach ebenso schnell wie heftig über sie herein. In ihr krampfte sich alles zusammen, weil sie bereits ahnte, was er ihr als Nächstes vorwerfen würde.

»Es ist ja sowieso alles verkehrt, was ich mache!«, hielt er ihr da auch schon vor. »Egal, wie ich es auch versuche und anstelle. Aber wie es besser gehen soll, weißt du auch nicht.«

In ihrem Inneren schien etwas aufzuplatzen. Etwas Weißglühendes, Heißes, das sich rasend schnell ausbreitete und sie von innen heraus zu verbrennen schien. Sie konnte nichts gegen diesen Schmerz tun, sondern ihn einfach nur ertragen.

»Bring mir lieber irgendeine Marktfrau«, verlangte sie, nur um etwas zu antworten. »Jedes noch so dumme Menschenweib weiß mehr als wir, wenn es um meinen Zustand geht. Verbinde ihr einfach die Augen und führe sie blind hierher. Das ist allemal sicherer, als sich in die Hände von Feenes Schergen zu begeben.«

Die Anspannung in ihrem Körper wuchs immer stärker an. Nera spürte, wie sie jede Kontrolle verlor. Auch über die Kräfte, die den Atem des Himmels kontrollierten. Längst hatte sie sich wieder in die Kissen zurücksinken lassen, nun aber bäumte sich ihr Körper auf, weiterhin flach ausgestreckt, weil sie zu schwach war, auch nur eines ihrer von krampfhaften Zuckungen geplagten Glieder zu rühren.

Als sie gut zwei Handbreit über den Kissen schwebte, wurde der Schmerz in ihrem Unterleib unerträglich. Sie spürte genau, dass in ihr tatsächlich etwas zerriss, wahrhaftig auseinanderplatzte. Gleich darauf quoll es feucht und heiß zwischen ihren Beinen hervor. Ein leises Plätschern bewies, dass sie sich nichts davon einbildete.

»Bei Styr und den vier großen Winden«, keuchte sie auf. »Ich glaube, ich verblutete.« Entsetzt deutete sie auf ihren Unterleib, unfähig, selbst nachzusehen, was gerade vor sich ging.

Benir schlug die Decke zurück und starrte einen quälend langen Moment wortlos auf das, was sich seinen Augen zeigte, bevor er erleichtert aufatmete. »Keine Sorge«, versuchte er sie zu beruhigen. »Das ist kein Blut, sondern ein Zeichen, dass die Geburt unmittelbar bevorsteht.«

Die Geburt stand bevor? Jetzt?

Panik ließ sie innerlich gefrieren.

»Woher willst du das wissen?«, schrie sie ihn mit überschnappender Stimme an. »In mir ist etwas kaputtgegangen, das habe ich genau gespürt! Was ist … Was ist, wenn es die Frucht selbst ist, die in mir steckt?« Seltsamerweise spürte sie überhaupt keinen Schmerz mehr, aber das konnte ihre Aufregung nicht mindern. Der Schreck über das, was gerade mit ihr passiert war und von dem sie nicht das Geringste verstand, saß einfach zu tief.

»Deine Fruchtblase ist geplatzt«, antwortete Benir mit einer unnatürlichen Gelassenheit, die sie bis aufs Äußerste reizte. »Die Amme hat mir erzählt, dass so was bald passieren könnte. Jetzt siehst du, wie sehr wir diese Frau brauchen. Warte, ich hole sie rasch her.«

»Nein!« Allein der Gedanke, dass sie tatsächlich in völliger Hilflosigkeit zurückbleiben könnte, erfüllte Nera mit tiefer Furcht. »Bitte, lass mich jetzt nicht allein!«

»Ich bin doch gleich wieder da. Sie steht vor der Tür.«

Er hatte sie schon mitgebracht? Eigentlich hätte Nera wütend über diese Eigenmächtigkeit sein müssen, doch tatsächlich war sie froh, dass Benir so entschieden hatte.

Die Frau, mit der er gleich darauf zurückkehrte, sah genauso aus, wie sie sich eine Vertraute Feenes immer vorgestellt hatte: groß und schmal, in dunkles Tuch gekleidet und mit verhärmten Gesichtszügen, das Gesicht kantig wie aus Holz geschnitzt, sodass es leichtfiel, sie abstoßend zu finden.

Doch die sichere Art, mit der sie herantrat und Nera zwischen den Schenkeln untersuchte, bevor sie nach Tüchern und heißem Wasser verlangte, weckte tatsächlich Hoffnung.

Hoffnung darauf, diesen Tag zu überleben.

24

In Arakias Bergen

Gemeinsam hetzten sie die Hänge empor, setzten über Hügelkuppen hinweg und rannten die Böschungen hinab, Urok mit großer Kraft, die alles niederwalzte, was ihm in den Weg kam, aber auch mit einer Geschmeidigkeit, die bewies, wie wohlproportioniert die Muskulatur seines kompakten Körpers war. Die Schattenelfin an seiner Seite hielt stets mit ihm Schritt, bewältigte die Strecke aber auf ganz andere Weise; schlank und drahtig, wie sie war, federte sie regelrecht über das Gras, ohne tiefe Abdrücke zu hinterlassen.

Den hohen Bergkämmen blieben sie dabei stets fern, um sich den Feinden nicht schon auf große Entfernung zu präsentieren. Urok wählte außerdem einen Weg, der in immer höhere, steilere Felswände führte.

Zu Pferde konnte man ihnen nicht folgen, und auch die schweren Lindwürmer scheuten dieses Gebiet. Feene hingegen überholte ihn sogar beim Klettern. Dabei glitt sie immer wieder so schnell an ihm vorbei, als ob sie gar keinen festen Halt brauchte.

Um sie herum hatte die Vegetation längst nachgelassen. Blühendes Heidekraut bildete die einzigen Farbtupfer inmitten des nackten, von Wind und Regen verwitterten Gesteins.

Von einem bizarr aufragenden Sims geschützt, ließen sie sich auf einem flachen Plateau zu einer kurzen Rast nieder. Während sie um Atem rangen, spähten sie vorsichtig in die umliegenden Tiefen.

Von den Soldaten auf ihrer Fährte fehlte jede Spur. Gothars Infanteristen hatten bei ihrem hohen Tempo nicht mithalten können. Zweihundert Speerlängen tiefer, am Fuße des Massivs, das sie gerade überwanden, drängten allerdings drei berittene Lindwürmer aus dem Schutz eines dichten Waldes hervor. Verblüfft stellte Urok fest, dass sie über vier Beine verfügten, ganz im Gegensatz zu den Exemplaren, die in Arakias Marschen hausten.

»Dort drüben!«, machte er Feene auf seine Sichtung aufmerksam. »Kannst du sie erkennen?«

»Jedes einzelne Horn auf den geschuppten Rücken«, antwortete die Elfin leise glucksend. »Ich sehe sogar, dass der Schädelhelm des mittleren Reiters eine gewaltige Delle aufweist.«

Urok schnaufte verächtlich, weil er diese Behauptung für reine Prahlerei hielt. Er hatte selbst ungeheuer scharfe Augen, konnte aber trotzdem gerade so eben ausmachen, dass die grotesken Köpfe der Reiter von rundum abschließenden Helmen herrührten, die die grobe Form von Totenschädeln hatten.

Weitaus wichtiger war, dass die Lindwürmer instinktiv vor dem steilen Aufstieg zurückschreckten, der sie auf schmale, bröckelnde Grate und durch enge Felseinschnitte geführt hätte.

Einen Moment lang sah es dennoch so aus, als wollten ihre Reiter sie trotzdem in die Höhe zwingen. Sie gestikulierten wild miteinander, während der mittlere sein scheuendes Tier mehrmals vorantrieb. Aber dann siegte auch bei ihm die Vernunft über den Verfolgungseifer. Mit den Lindwürmern in dieses Gelände zu reiten, hätte unweigerlich zu schweren Abstürzen geführt. Sichtlich missgestimmt beschloss das Trio, weiter das Massiv zu umrunden, bis sich eine bessere Möglichkeit für den Aufstieg fand.

Urok grinste breit, als er die letzte geschuppte Schwanzspitze hinter Bäumen und Felsen verschwinden sah. Im Gegensatz zu den Schädelreitern kannte er diese Gegend gut genug, um zu wissen, dass sich auch später keine Möglichkeit mehr bot, ihnen den Weg abzuschneiden. Jedenfalls nicht, ohne aus dem Sattel zu steigen. Und berittene Krieger, das wusste er von seinem Vater, scheuten nichts so sehr, als zu Fuß zu gehen oder gar zu Fuß zu kämpfen.

Zufrieden lehnte er sich mit dem breiten Rücken gegen den schroffen Fels und sah nach Westen, wo sich das untere Rund der gleißenden Sonne bereits dem Horizont näherte.

»Wenn wir es bis in den Schutz der Dunkelheit schaffen, entwischen wir ihnen wie ein Lichtstrahl dem Fischernetz«, sprach er ins Leere, als dächte er nur laut nach, bevor er sich abrupt zu Feene umwandte und lauernd fragte: »Oder hast du etwa Angst, im Dunkeln weiterzulaufen?«

Neben ihren kniehohen Stiefeln hatte Feene noch ein leichtes Schwert der Wolfshäuter, einen Köcher voller Pfeile und einen der handlichen Bögen an sich genommen. So, wie sie diese Waffen die ganze Zeit über behandelte, wusste sie durchaus damit umzugehen.

»Angst?« Ihr Lächeln entblößte zwei ebenmäßige Zahnreihen, die perlweiß glänzten. »Ich wüsste nicht, vor wem.«

»Vor denen, die dein Kind stehlen wollen«, brachte er in Erinnerung.

Zuerst erstarb ihr Lächeln, dann wurde das spöttische Funkeln in ihren Augen durch etwas Dunkles, Finsteres ersetzt, das ihre gefährliche Seite offenbarte. Dieser Sinneswandel war echt, das spürte er genau. Aber so viel anderes an ihr und ihrer Gefangenschaft auf Grimmstein kam ihm einfach *falsch* vor. Angefangen bei den wohlgenährten Wolfshäutern, die nicht wirklich verlaust gewesen waren, sondern sich nur rasch mit Schlamm eingeschmiert hatten.

»Sie nehmen euch wirklich all eure Kinder?«, fragte er, weil er immer noch nicht glauben konnte, was sie ihm unterwegs erzählt hatte.

»Ja.« Feenes Stimme klang plötzlich kalt wie Stahl. »Der König kennt in diesem Punkt keine Gnade.«

»Und trotzdem unterwerft ihr euch Gothar und lasst alles mit euch machen?« Urok schüttelte den Kopf. »Was für ein ehrloses und kriecherisches Volk ihr Elfen doch seid.«

Feenes Gestalt spannte sich bei diesen Worten.

»Du natürlich ausgenommen«, fügte er hinzu, als ihre Rechte zu dem Schwertgriff an ihrer Hüfte wanderte. »Du hast dich ja zur Wehr gesetzt.«

»Ebenso wie mein Gefährte.« Feene griff wieder zu dem Bogen, der über ihren Knien lag, doch ihr Blick richtete sich ins Leere, als gäbe es irgendwo am Horizont etwas zu sehen, das nur sie allein erkennen konnte. »Die anderen haben ihn dafür erschlagen.«

Ihre Stimme klang belegt, ansonsten wirkte sie vollkommen beherrscht. Kein bisschen hysterisch, keifend oder überdreht, so wie Gabor Elfenfresser immer ihresgleichen beschrieben hatte. Gabors trunkenem Geschwätz konnte man einfach nicht trauen, ebenso wenig wie dem Gerede der anderen Veteranen.

»Hast du lange in Sangor gelebt?«

»Seit ich Legionärin bin«, antwortete Feene, immer noch entrückt in die Ferne starrend. »Aufgezogen und ausgebildet wurde ich in Ragon.«

Urok überlegte kurz, ob er ihr Ragmars Zauberschrift zeigen sollte, doch ein über sie hinwegstreichender Schatten ließ ihn in die Höhe blicken. Goldschimmerndes Gefieder bestätigte seinen Verdacht. Tatsächlich, schon wieder diese elende Taube!

»Schnell«, zischte er Feene zu. »Schieß das Drecksvieh ab!«

»Bitte?«

Er wiederholte seine Forderung, doch für eine, die angeblich zur Legion der Toten gehörte, gab sich Feene reichlich begriffsstutzig.

Wütend langte er nach ihrem Bogen, um den Vogel selbst vom Himmel zu holen, doch Feene gab die Waffe nicht her.

Noch während beide an ihr zerrten, brachte sich die Taube mit raschen Flügelschlägen außer Reichweite und flog Richtung Osten davon.

»Warum bist du bloß so wütend?«, wollte Feene wissen. »Du tust ja gerade so, als ob sie dir auf den Kopf geschissen hätte.«

Ihr anschließendes Gelächter klang eine Spur zu schrill, um wirklich echt zu sein, außerdem schlich sich ein falscher Glanz in ihre leuchtend blauen Augen.

»Dieses Drecksvieh hat mir schon beim ersten Anblick missfallen«, antwortete Urok böse knurrend. »Außerdem kreuzt es eindeutig zu oft meinen Weg. Beim nächsten Mal verpasst du ihm einen Pfeil, oder ich nehme dir den Bogen ab.«

Auf Grimmstein

»Feene, dieses verdammte Aas!« Thannos kniete immer noch am Boden und rieb seinen schmerzenden Hals, während er einen Fluch nach dem anderen hervorpresste. »Es hätte wirklich nicht viel gefehlt, und dieses blöde Miststück hätte mich erdrosselt. Und fast hätte ich mich auch noch an den glimmenden Holzscheiten verbrannt!«

Lässig gegen die Turmruine gelehnt, sah Todbringer auf den in Wolfshäute gekleideten Gardisten herab, der wohl vergessen hatte, über wessen Gefährtin er sich gerade ausließ. Zorn stieg in Todbringer auf. Weniger wegen des ganzen Unflats, den der Kerl über Feene ergoss, sondern wegen der Respektlosigkeit, die auch ihm dadurch zuteilwurde.

»Ich weiß gar nicht, was du hast.« Abrupt stieß er sich von der runden Mauer ab und trat auf Thannos zu. »Du lebst doch noch! Ganz im Gegensatz zu deinen Kameraden.« Todbringer deutete auf die Toten, die über den ganzen Innenhof verstreut in ihrem Blut und ihren Gedärmen lagen. »Reicht dir das nicht?«

»Ob mir das nicht reicht?« Der Gardist sah mit weit aufgerissenen Augen zu ihm in die Höhe, bevor sein Blick zu den blutüberströmten und übel zugerichteten Leichen irrte, über denen bereits die ersten Fliegen kreisten. »Sieh dir doch dieses Massaker an! Niemand hat uns gesagt, dass die meisten von uns bei dieser Schmierenkomödie aufgeschlitzt werden!«

»Natürlich nicht«, erklärte Todbringer so sanft und leise, dass ihn der andere in seiner Wut nur undeutlich verstand. »Sonst hätte sich ja niemand von euch auf die Sache eingelassen.« Bei diesen Worten suchte er kurz Blickkontakt zu Peno und Feibe.

Als hätten seine Kameraden nur auf dieses Signal gewartet, rückten sie dem Gardisten sofort von hinten auf den Leib.

»Euch kann nichts geschehen, hieß es, dieser Ork ist ganz allein«, äffte der am Boden hockende Mensch währenddessen seine Vorgesetzten nach. »Ihr müsst einfach nur so tun, als ob ihr eine ganze Orkschar vor Grimmsteins Mauern fürchtet, und euch kampflos zurückziehen, dann kann euch nicht das Geringste zustoßen.«

»Och, hör doch bitte auf«, bat Todbringer mit vor Hohn triefender Stimme. »Du darfst deinem Hauptmann nicht böse sein. Er hat doch nur *meine* Befehle befolgt.«

»Genau!«, mischte sich Feibe ein, um den Gardisten abzulenken. »Freu dich lieber darüber, dass eure Mission so erfolgreich verlaufen ist. Feenes Gefangenschaft hätte doch niemals echt gewirkt, wenn der Ork nicht ein paar von euch klein gehackt hätte.«

Thannos, noch immer am Boden kniend, beging tatsächlich den Fehler, über die Schulter zu blicken. Sein verächtliches Zischen machte deutlich, dass er Feibes ehrliche Einschätzung nicht zu würdigen wusste. Aber noch ehe er seinen Unmut in Worte fassen konnte, ließ ihn das typische Scharren, mit dem ein Schwert aus der Holzscheide gleitet, zusammenzucken.

Als er erschrocken den Kopf wandte, bohrte sich die scharfe Spitze einer Klinge in die kleine Brustbeinkuhle an seinem Halsansatz.

Todbringer hatte den Stoß zielgenau angesetzt. Ein wenig Druck auf den Schwertgriff würde genügen, um den unter ihm knienden Mann zu durchbohren.

»Tut mir leid«, sagte er ohne eine Spur von Bedauern in der Stimme. »Aber eigentlich ist es Feenes Schuld. Sie hätte kein Mitleid mit dir haben dürfen, sondern dich umbringen sollen. Damit du keinen Unfrieden in den regulären Truppen stiften kannst.«

Mit zitternden Augenlidern sah Thannos zu ihm auf, einerseits von dem unbändigen Wunsch erfüllt, um sein Leben zu betteln, andererseits vor Angst längst unfähig, noch ein einziges Wort hervorzubringen.

Todbringer ergötzte sich an seinem hilflosen Anblick. Er wusste, dass das eine Schwäche von ihm war, aber er bereute sie erst, als er eine von Zischlauten durchsetzte Stimme hinter sich hörte.

»Halt ein!«, befahl sie leise, aber mit einer Autorität, der sich Todbringer nicht zu widersetzen wusste. »Es wäre eine Verschwendung von Kampfkraft, diesen Soldaten zu töten.«

Die Armmuskeln bereits zum Stoßen gespannt, ließ Todbringer die Klingenspitze noch einen Moment an der Kehle des Gardisten ruhen, bevor er sie mit einem harten Ruck zurücknahm. Dort, wo sich der doppelseitig geschliffene Stahl gegen die Haut gepresst hatte, perlte ein roter Tropfen auf, trotzdem japste Thannos vor Erleichterung und ließ sich vornüber auf die Hände fallen, um tief durchzuatmen.

Todbringers Finger zitterten dermaßen vor Wut, dass er Mühe hatte, seine Waffe zurück in die Scheide zu schieben. Er hasste es, dass es Geschöpfe gab, die sich unbemerkt von hinten an ihn heranschleichen konnten. Das war etwas, was er den Lichtbringern wirklich übelnahm.

Von einer Wolke aufwallenden Gespinstes umgeben, glitt die unheimliche Gestalt an ihm vorbei und blieb erst unmittelbar vor Thannos und seinen in die Bodenplatten gekrallten Fingerspitzen stehen. »Du wirst über alles, was auf Grimmstein geschehen ist, auf ewig schweigen«, zischelte es dem am Boden Kauernden entgegen. »Verstößt du gegen diesen Befehl, werde ich es erfahren und dich persönlich richten.«

Thannos sah weder auf, noch ließ er ein Wort des Dankes vernehmen. Die Anwesenheit des Lichtbringers hatte ihm schlagartig klargemacht, welche Stellung er innerhalb der hier versammelten Gruppe einnahm. Verglichen mit Schattenelfen oder Lichtbringern war er nur ein nützlicher Wurm, so wie Engerlinge in einem Gartenbeet von Nutzen waren, aber auch jederzeit an einem Angelhaken enden konnten, wenn sie dort besser gebraucht wurden.

»Ich bin ein treuer Diener des Königs«, war alles, was er mühsam hervorbrachte. Danach drückte er sich vorsichtig in die Höhe und ging, noch immer auf den Boden starrend, rückwärts davon. Er sah erst wieder auf, als er mit den nackten Waden gegen die umlaufende Mauer stieß, über die er daraufhin mit einem hastigen Sprung hinwegsetzte, um dann davonzulaufen, so schnell ihn seine Beine trugen.

Dass Thannos dieses unterwürfige Verhalten erst nach der Begegnung mit dem Lichtbringer zeigte, ärgerte Todbringer maßlos, doch der Schattenelf war klug genug, sich seine Gefühle nicht anmerken zu lassen.

»Dein Plan ist also aufgegangen?«, fragte der Lichtbringer, die pupillenlosen Augen hinter der Maske auf Todbringer gerichtet.

»Besser, als ich zu hoffen wagte«, bestätigte Todbringer ehrlich.

Die weiß leuchtende Gestalt sah zu einer der vielen Leichen in ihren bereits halb eingetrockneten Blutlachen. »Die regulären Einheiten sind durchaus entbehrlich«, bestätigte der Lichtbringer. »Aber es ist nicht gut, es sie zu deutlich spüren zu lassen.«

Todbringer nickte gehorsam. Was anderes blieb ihm auch gar nicht übrig.

In der daraufhin einsetzenden Stille war ein Flattern über ihren Köpfen zu vernehmen. Die goldene Taube, die dem Lichtbringer nicht nur als Bote, sondern auch als Späher diente, kehrte von ihrem Erkundungsflug zurück. Zielsicher steuerte sie die linke Schulter ihres Herrn an, verharrte dort eine Weile zwischen aufwirbelndem Gespinst und flog dann wieder davon.

»Tretet näher«, verlangte der Lichtbringer von den Schattenelfen. »Ihr dürft Feene und diesen Ork nicht aus den Augen lassen. Sollte er ihre wahren Absichten durchschauen, werde ich die Gepanzerten einsetzen, um den Ork auf *meine Weise* zu zwingen, uns alles zu verraten, was wir wissen wollen.«

Gehorsam traten Todbringer, Peno und Feibe von drei Seiten an den Lichtbringer heran. Sie waren es mittlerweile zwar gewohnt, sich mit ihm rasch von einem Ort zum anderen zu bewegen, doch obwohl sie die Kunst der Levitation selbst bis zu einem gewissen Grad beherrschten, fühlten sie sich jedes Mal hilflos ausgeliefert, wenn er mit ihnen hoch in die Lüfte entschwand.

25

»Vorsicht!«

Obwohl die Dunkelheit bereits ihre langen Finger zu ihnen ausstreckte, war Feene nicht entgangen, was über ihnen in den Bäumen nistete. Mit einer raschen Bewegung langte sie nach Uroks Arm, um ihn aufzuhalten, sodass er nicht mit seinem massigen Körper gegen einen der tief hängenden Äste streifte. Allein diese flüchtige Erschütterung des Stamms hätte eine Katastrophe auslösen können.

Urok sah grinsend zur Baumkrone auf, in deren Ästen sich grau verwehende Gebilde spannten. Faserige, an Nebelfetzen erinnernde Schwaden, in denen dunkle Punkte klebten, aber auch behaarte Schatten umherhuschten.

»Die Spinnennester?«, fragte er amüsiert. »Die habe ich längst gesehen. Außerdem machen ihre Bisse meiner dicken Haut nichts aus.«

»Tatsächlich?« Die Elfin sah weiterhin angeekelt in die Höhe. »Wie ungerecht. Dabei würden gerade dich die Schwellungen und Beulen, die ihr Gift auslösen, nicht weiter entstellen.«

Selbst der Klang ihrer Worte ließ die empfindlichen Kokons über ihren Köpfen erzittern. Sofort arbeiteten sich einige faustgroße Nebelspinnen aus dem dichten Gewebe hervor und äugten neugierig zu ihnen in die Tiefe. Ihre langen, mit starken Borsten übersäten Beine ließen sie ebenso widerlich erscheinen wie das Wissen, dass sie ihre Beute zuerst mit giftigen Beißwerkzeugen lähmten und anschließend lebendig einsponnen.

Ein Totenköpfling war mit beiden Flügeln in einem ihrer Netze kleben geblieben. Wie besessen versuchte sich der Schmetterling freizukämpfen, erreichte damit aber nur, dass zwei Nebelspinnen über das vibrierende Gespinst heraneilten und so lange auf ihn einbissen, bis all seine Bewegungen erstarben.

Das Netz, das ihre menschlichen Verfolger ausgeworfen hatten, war längst nicht so gut zu erkennen wie die Nester der Nebelspinnen, doch falls sich Urok und Feene darin verfingen, mochte es ihnen bald genauso ergehen wie den betäubten Insekten über ihren Köpfen. Ob es Urok nun gefiel oder nicht, er war längst dazu verdammt, Rücken an Rücken mit der Schattenelfin zu kämpfen, wollte er nicht in irgendeinem modrigen Kerker verenden.

Gemeinsam arbeiteten sie sich deshalb im Schutz der Bäume vor, stets darum bemüht, sich von den Ästen und Stämmen fernzuhalten. Nebelspinnen sahen sehr schlecht, besonders Dinge, die weiter als eine Armlänge entfernt waren. Deshalb orientierten sie sich lieber an Erschütterungen. Ihre Taktik war dabei genauso primitiv wie die geistlosen Kreaturen an sich: Alles, was sich laut genug bewegte, wurde erst einmal angesprungen und gebissen, egal, ob es sich anschließend auch einspinnen und verdauen ließ.

Seit sich Urok und die Schattenelfin in tieferen Gefilde bewegten, gab es wieder genügend Vegetation, die ihnen Deckung bot. Aber natürlich nicht nur ihnen, sondern auch möglichen Verfolgern. Urok glaubte zwar nicht, dass einer der Soldaten sie schon überholt hatte, trotzdem sicherte er sich immer wieder durch rasche Blicke in die Umgebung ab. Diese Art der Vorsicht war ihm nicht nur von Kindesbeinen anerzogen worden, sie lag seiner Art schlichtweg im Blut.

Bis auf den halben Weg zum nächstgelegenen Pass fühlte er sich deshalb vollkommen sicher. Doch dann, ganz plötzlich, bemerkte er eine seltsame Bewegung in den Augenwinkeln.

Als er den Kopf wandte, konnte er nichts weiter entdecken als eine unebene, von Dornengestrüpp und Büschen unterbrochene Felslandschaft. Trotzdem spürte er mit jeder Faser seines mächtigen Körpers, dass da vorn *irgendetwas* lauerte. Etwas, das sich vielleicht nicht mit den Augen ausmachen ließ, aber trotzdem ganz einfach *da* war.

»Was hast du?«, wollte Feene wissen.

»Wir werden beobachtet«, gab er leise zurück. »Ich kann nur nicht ausmachen, von wo.«

Sie folgte seiner Blickrichtung, zuckte aber schon nach kurzer Zeit mit den Schultern. »Da ist nichts«, behauptete sie im Brustton der Überzeugung. »Höchstens ein Nagetier, das sich in sein Erdloch verzogen hat.«

»Weiter!«, befahl er, obwohl er ihre Meinung keineswegs teilte. »Wir müssen über den Schlafenden Riesen, bevor es dunkel wird.«

»Den Schlafenden Riesen?« Sie lachte leise. »Wer ist das? Dein Oheim mütterlicherseits?«

Statt ihren Spott zu erwidern, konzentrierte er sich auf seine linke Flanke. Seine Pupillen wanderten erneut in die Augenwinkel, zunächst vergeblich, und er hatte sich schon fast an den Gedanken gewöhnt, einer Täuschung zum Opfer gefallen zu sein, als er wieder ein kurzes Wabern in der Luft bemerkte, anders als beim ersten Mal, aber doch sehr ähnlich.

Für einen kurzen Moment schien ein Flecken in der Landschaft zu verschwimmen, so als würden heiße Luftmassen aneinanderreiben. Doch im gleichen Moment, da er genauer hinschaute, sah wieder alles ganz normal aus.

Unter anderen Umständen hätte Urok die Axt in seiner Hand fester gepackt und wäre einfach auf den Busch losgestampft, der eben noch ausgesehen hatte, als ob er in daumengliedgroße Teile zerspringen wollte. Doch ein kurzer Blick auf den nur noch dreißig Schritte entfernt liegenden Pass, der zwischen zwei steil aufragenden Felswänden bergauf führte, ließ eine bessere Idee in ihm heranwachsen.

»Beeilung!«, rief er Feene zu und begann selbst zu rennen.

Sie fragte nicht, was ihn zu dieser Anfeuerung bewog, sondern schloss einfach zu ihm auf. Ohne dass sich ihnen jemand entgegenstellte, liefen sie den mit Geröll bedeckten Pfad empor. Links und rechts von ihnen schraubten sich die Felsen turmhoch in den Himmel. Das hiesige Massiv stieg steiler an als manche Wehrmauer. Wer sie noch vor dem Schlafenden Riesen abfangen wollte, musste ihnen zwangsläufig auf den Pass folgen, denn es hätte bis weit in die Nacht gedauert, dieses Gelände von einer anderen Seite aus zu besteigen.

Urok schob die Schattenelfin vor sich her und hielt nicht mal inne, um sich umzuschauen. Dieses enge Nadelöhr war eine ideale Stelle, um einen überlegenen Gegner zurückzuschlagen, da hier nicht mal zwei dürre Elfen nebeneinander, Schulter an Schulter, kämpfen konnten.

Doch Urok schwebte etwas Besseres vor.

In Windeseile erreichte er mit Feene die Passhöhe. Kurz bevor es geradeaus weiterging, bückte sich die Kriegerin, um unter einer schräg aus einem Felsspalt herauswachsenden Birke hinwegzutauchen. Sie hatte im letzten Augenblick bemerkt, was Urok schon von Weitem aufgefallen war – das auch in diesen Ästen graue Kokons klebten.

Urok machte sich absichtlich breit und rammte seine linke Schulter kräftig gegen den weißbraun gefleckten Stamm. Dem dumpfen Zusammenprall folgte ein lautes Rascheln in den Blättern, und als er hinter dem Baum herumwirbelte, quollen bereits die ersten Nebelspinnen aus ihren faserigen Nestern.

»Was ist los mit dir?«, rief Feene besorgt, doch er antwortete nicht.

Stattdessen suchte er mit beiden Füßen festen Halt, schwang die Axt in die Höhe und ließ sie in einem perfekten Bogen nach unten sausen.

Der scharfe Stahl drang durch das Holz, als wäre es gar nicht vorhanden, die glatten Schnittstellen klappten auseinander, und krachend donnerte der Stamm herab.

Staub wölkte auf, während der Baum über die starke Neigung in die Tiefe schlitterte. In dem aufspritzenden Geröll quollen die aufgeschreckten Nebelspinnen aus ihren Nestern, und innerhalb weniger Augenblicke färbten sich die grün belaubten Äste und Teile des Stammes schwarz vor umherwuselnden, behaarten Leibern.

Es war immer wieder erstaunlich, wie viele dieser achtbeinigen Biester sich in den Nestern tummelten.

In Urok machte sich trotzdem Enttäuschung breit, als die Staubwolke zu seinen Füßen immer größer wurde, ohne dass etwas Besonderes passierte.

Der unaufhaltsam weiterrutschende Baum hatte schon fast das untere Plateau erreicht, als endlich der heiß ersehnte erste Schrei ertönte, gefolgt von zwei weiteren, die nicht weniger schmerzerfüllt klangen.

Zufrieden kniff Urok die Augen zu schmalen Schlitzen zusammen, um genau zu verfolgen, wohin es die Nebelspinnen trieb, die sich plötzlich in Schwärmen aus den Ästen lösten.

Plötzlich verkeilte sich die Birke und rutschte nicht mehr weiter. Die Spinnen hingegen sprangen angriffslustig in die Höhe, doch statt kurz danach auf nacktem Fels zu landen, prallten sie auf dem Scheitelpunkt ihrer Flugbahn gegen drei unsichtbare Hindernisse. Die nahmen unter den immer dichter umherwimmelnden Leibern rasch die Formen von gebeugt davonstolpernden Männern an.

Urok traute zuerst seinen Augen nicht, aber es sah tatsächlich so aus, als würden plötzlich drei schwarz gefärbte Mäntel in der Luft herumtanzen. Dann drangen einige der Tiere unter die mittlere der drei Kapuzen, und ein lauter Schrei ließ die Luft erzittern.

Gleich darauf färbte sich der Stoff unter der Schicht aus Spinnenleibern schmutzig braun, und die schmale Gestalt eines Schattenelfen wurde sichtbar. Mit einer Hand nach den Spinnen in seinem Gesicht schlagend, löste er mit der anderen den Kinnverschluss und warf den Umhang ab, bevor er schreiend die Flucht ergriff.

Seine beiden Kameraden hatten etwas mehr Glück. Urok wusste nicht, woher der plötzliche Windstoß kam, doch er blähte ihre Mäntel so schlagartig auf, dass ein Großteil der bissigen Achtfüßler im hohen Bogen davongeschleudert wurde.

Aber auch diese beiden Elfen hatten noch mit hartnäckigeren Gegnern zu kämpfen, die ihnen bereits am Hals, an den Händen und im Gesicht hingen. Vermutlich hatten auch schon einige den Weg unter ihre Kleidung gefunden, und das wurde dann richtig unangenehm.

Heulend vor Wut brachten sie sich vor der erneut heranwogenden Spinnenflut in Sicherheit.

Urok grinste schadenfroh. »Die sind wir erstmal los.«

»Aber nicht für lange«, behauptete Feene neben ihm. »Das waren Todbringer und seine beiden treuesten Vasallen. Etwas Schlimmeres hätte sich gar nicht auf unsere Fährte setzen können.«

»Todbringer?« Urok lachte laut auf. »Was ist das denn für ein Name? So würde nicht mal der ärgste Ork seinen Sohn nennen.«

»Todbringer ist kein Name, sondern ein Rang«, belehrte sie ihn mit einem Unterton, in dem ganz leise eine Spur von Bewunderung durchklang. »So heißt stets der Erste in der Legion der Toten.«

»Der Erste oder nicht«, antwortete Urok abfällig. »Auch dein Todbringer wird am Schlafenden Riesen scheitern.«

26

Um zum Schlafenden Riesen zu gelangen, mussten sie ein zerklüftetes Gebiet durchqueren, das sich geradezu ideal für einen Hinterhalt eignete. Zwischen Dornenbüschen und anderem Gestrüpp verborgen, blockierten allenthalben die Stämme entwurzelter Mammutbäume den Weg. Urok wusste, dass sich der felsige Grund vor unendlichen Zeiten angehoben hatte, bis es für die hier gewachsenen Baumriesen zu unwirtlich geworden war.

»Dort drüben, das ist unser Ziel!«

Feenes Blick folgte seiner Geste, und sie sah den kolossalen Stamm, der quer über einer tiefen Schlucht lag und über diese hinweg auf die andere Seite führte. Ein Leuchten erhellte ihre blauen Augen, als ihr endlich aufging, was mit dem Schlafenden Riesen gemeint war: eine dicht am Abgrund gewachsene Schwarzeiche, die immer noch mit einem Drittel ihrer Wurzeln im kargen Boden steckte, obwohl sie schon vor langer Zeit von einem scharfen Wind umgeworfen worden war. Ihre weit ausladende Krone hatte sich fest in den gegenüberliegenden Felsen verklemmt, und Generationen von Orks waren wohl schon über diese natürliche Brücke hinweggelaufen, um den Weg abzukürzen.

»Styr ist mit uns!«, jubilierte die Elfin. »Wer diese Stelle nicht kennt, muss große Umwege in Kauf nehmen, wenn er uns folgen will.«

Er versuchte ihre Euphorie zu dämpfen, indem er sagte: »Dafür weiß aber auch jeder, *der* diese Stelle kennt, dass wir früher oder später hier entlang müssen.«

Seine Mahnung stieß auf taube Ohren. Vorbei an ausgerissenen Baumstümpfen, deren mächtige Wurzeln wie ineinander verflochtene Schlangen in die Höhe ragten, eilte Feene voraus. Offenbar war sie von dem Wunsch besessen, den Schlafenden Riesen so schnell wie möglich zu überqueren, um rasch Abstand zwischen sich und ihre Verfolger zu bringen.

Urok hielt seine Nase in den Wind, doch die kalten Böen, die seinen Rücken peitschten, machten es ihm unmöglich, eine Witterung aufzunehmen. Missmutig fasste er den Axtstil fester und begann ebenfalls zu laufen: Bewegliche Ziele waren schwerer zu treffen. Vor allem, wenn ein Krieger hin und wieder unvorhersehbare Haken schlug.

»Leg wenigstens einen Pfeil auf die Sehne!«, rief er Feene zu.

Die Schattenelfin stieß einen verächtlichen Laut aus, langte aber dennoch zu dem Köcher auf ihrem Rücken. Mit einem mächtigen Satz sprang sie auf den hüfthohen Stamm eines umgestürzten Baums, der ihr den Weg versperrte. Einen Atemzug lang sah es so aus, als ob sie von dort aus die Umgebung sondieren wollte, doch schon im nächsten Moment schlug sie einen Salto rückwärts und landete mit den Füßen voran auf dem harten Felsboden.

»Vorsicht!«, schrie sie aus Leibeskräften, doch der blitzende Reflex, der über die Stelle wischte, an der sie eben noch mit beiden Beinen gestanden hatte, hatte Urok bereits alarmiert.

Knurrend schwang er die Streitaxt. Keinen Augenblick zu früh, denn rings um ihn herum spien bereits Erdspalten, Büsche und andere Deckungen unzählige Wolfshäuter aus, die sich mit gezückten Klingen auf ihn warfen.

»Rache!«, brüllte ein kräftiger Hüne, der es beinahe an Größe mit ihm aufnehmen konnte.

Urok begrüßte den Kerl mit einem Hieb, der seinen Oberkörper von der linken Schulter bis zur rechten Hüfte spaltete.

Die übrigen Angreifer ließen sich nicht von dem blutigen Regenschauer abschrecken, der über alle niederging. Ganz im Gegenteil. Sie stürmten nur umso wilder heran. Einer, der sich von den anderen unterschied, weil er ein Bärenfell trug, hob den Wurfspeer in seiner Hand und drang damit auf Urok ein.

Der Ork duckte sich, sodass der schwere Eichenschaft über seine Schulter zuckte, und schlitzte dem Bärenhäuter im Hochschnellen den Leib auf, dass dessen Gedärme zu Boden klatschten.

Dann kamen die Gegner von allen Seiten, doch Urok schuf sich Raum mit dem gewaltigen Schwung seiner Doppelaxt. Einem der Angreifer schlug er das halbe Gesicht weg, dann wich er bis an eine steile Hügelflanke zurück, nahe genug, dass keiner in seinen Rücken gelangen konnte, aber auch nicht so nah, dass er in seinen Bewegungen behindert wurde.

Ein ums andere Mal durchschlug sein Axtblatt einen Arm oder einen Hals und fuhr durch spritzendes Gedärm, und das räudige Pack hielt von da an ausreichend Abstand von dem Ork.

Ihn von verschiedenen Seiten aus immer wieder rasch attackierend und dann sofort zurückweichend, versuchten sie Urok so weit aus der Deckung zu locken, bis er einen wunden Punkt präsentierte. Doch mit seinem stählernen Armschutz und dem massiven Knauf seiner Axt gelang es ihm immer wieder, Schläge auszuteilen, mit denen die Gegner nicht rechneten, und man hörte Knochen brechen, oder Zähne flogen davon.

Unversehens jagte ein weiterer Speer heran und schrammte über Uroks rechten Oberschenkel. Ohne den wattierten Waffenrock hätte er sich eine tiefe Wunde eingehandelt. Stattdessen täuschte er Schwäche vor und nutzte den folgenden Moment, in dem alle siegesgewiss auf ihn losstürzten, zu einem blutigen Rundumschlag, der zwei weitere Wolfshäuter mit aufgeschlitzten Bäuchen und hervorquellenden Gedärmen zu Boden schickte.

Der Boden unter seinen Füßen wurde langsam glitschig, doch mit diesem Problem hatten auch seine Gegner zu kämpfen. Geifernd und wild durcheinanderschreiend fuchtelten sie immer wilder mit ihren Klingen, nur darauf lauernd, dass er sich einem der aufblitzenden Reflexe zuwandte, damit sich die Klingen der anderen in seinen ungeschützten Leib bohren konnten.

»Rache! Rache!«, brüllten sie dabei immer wieder, um sich selbst aufzuputschen.

Blitzschnell stieß Urok seine Axtköpfe empor und drehte sie mit einem harten Ruck herum, um auf diese Weise einen seiner Gegner zu entwaffnen. Dem zweifach aufblitzenden Stahl, der daraufhin auf ihn zuflog, versuchte er durch eine halbe Körperdrehung zu entkommen, doch er wurde trotzdem getroffen. Etwas Hartes schlug in sein Gesicht, und gleich darauf strömte Blut über sein rechtes Auge.

Er ignorierte den damit einhergehenden Schmerz, während er seine Angreifer mit wuchtigen Schlägen zurücktrieb. Durch einen raschen Ausfallschritt nagelte er das am Boden liegende Schwert fest, um zu verhindern, dass sich der Entwaffnete, der zur Abwechslung einen Dachsschädel auf dem Kopf trug, wieder in den Besitz der Klinge brachte.

»Euch gehen wohl die Wölfe aus«, höhnte Urok, während er seine mächtige Streitaxt einhändig herumwirbelte, um den Dachsköpfigen von unten herauf aufzuschlitzen.

Eine Attacke an seiner linken Flanke zwang ihn allerdings dazu, die Waffe stattdessen zur Abwehr einzusetzen. Statt zurückzuweichen, blieb der Dachs wie angewurzelt stehen. In seiner Rechten glänzte plötzlich ein Dolch.

Wäre er ein beinharter Kämpfer wie Orgur gewesen, hätte er die Gelegenheit zweifellos dazu genutzt, um Urok den Stahl ansatzlos in den Hals zu rammen, doch dazu fehlte es ihm an Kaltblütigkeit. Lieber holte er endlos weit aus, um die Klinge mit größtmöglicher Wucht in den Unterleib des Orks zu stoßen.

Urok kam der Attacke zuvor, indem er den Kehlkopf des Dachsschädels zwischen seinen stählernen Fingern zerquetschte. Dass seine zupackende Hand dabei in Flammen aufging, bemerkte er erst, als er den gurgelnden Gegner in die Höhe stemmte, aus dessen weit aufgerissenem Mund der rote Lebenssaft spritzte. Die Fähigkeit schlummerte in ihm, doch er konnte nicht nach Belieben auf sie zugreifen. In diesem Fall war sie reflexartig ohne sein Zutun erwacht.

Der Geruch von verbranntem Fleisch schwängerte die Luft, während der Dachs verzweifelt mit den Füßen strampelte. Die übrigen Wolfshäuter stießen entsetzte Schreie aus, als sie sahen, wie sein Gesicht unter den emporzüngelnden Flammen zuerst Blasen warf und dann zu verkohlen begann.

Knurrend schleuderte Urok den Kerl in die Reihen der Angreifer und fuhr mit seiner Feuerhand vor sich durch die Luft. Die flammende Spur, die er in die einsetzende Dämmerung malte, ließ all seine Gegner für einen Moment erstarren, obwohl seine Hand dabei erlosch.

Urok nutzte die Gelegenheit, um dem ihm am nächsten Stehenden das Blatt seiner Axt ins Hirn zu senken.

Die verbliebenen drei Wolfshäuter wichen geschockt zurück. Aus einer Übermacht heraus mochten sie sich an einen Ork heranwagen, doch seine entflammte Hand flößte ihnen schlagartig Respekt ein.

Urok wollte ihnen sofort nachsetzen, doch die Toten am Boden behinderten seine Schritte.

Da tauchte Feene aus dem Hintergrund auf, ihren Bogen bis zum Zerbrechen gespannt, einen aufgelegten Pfeil genau auf ihn gerichtet.

Mit einem Knall, so laut wie ein Peitschenhieb, schnellte der gefiederte Schaft von der Sehne.

Statt auf Urok zu, jagte er jedoch weit über ihn hinweg – und traf trotzdem ins Ziel.

Der Brustkorb eines Mannes, der auf der hinter Urok befindlichen Felsspitze stand, wurde mit einem dumpfen Laut durchbohrt. Tödlich getroffen kippte er vornüber und prallte, mit dem Kopf voran, auf den Dachskopf und einige andere Tote, die sich zu Uroks Füßen blutüberströmt übereinanderstapelten.

Mit einem hässlichen Geräusch brach das Genick des Getroffenen.

Daraufhin wirbelten Uroks noch lebende drei Gegner herum, um sich auf Feene zu stürzen.

Einen von ihnen empfing sie mit einem Pfeil, der in seinen offenen Mund ein- und durch das Wolfsfell an seinem Hinterkopf wieder hervordrang.

Die anderen beiden fielen Uroks Axt zum Opfer, die er ihnen in einer schnellen Überkreuzbewegung tief durch ihre Rücken zog und ihnen dabei die Wirbelsäule zerhackte.

»Bei Styr und allen fünf Winden!«, rief Feene aus. »Ihr Orks seid wirklich schlimmer als euer Ruf!«

Bewundernd starrte sie auf den bluttriefenden Wall aus erschlagenen Leibern, der ihn ringförmig umgab. Urok hatte tatsächlich Mühe, das Hindernis zu überwinden, ohne auf dem schlüpfrig gewordenen Gestein auszurutschen. Als er nach seiner Stirnwunde tastete, stellte er fest, dass dort das Blut bereits ins Stocken geraten war.

»Du warst aber auch nicht untätig«, brummte er, als er die niedergemachten Kerle rund um den versteinerten Baumstamm sah. Aus einem von ihnen ragte das Schwert hervor, das Feene bei sich getragen hatte. Alle anderen waren mit sauberen Streichen niedergestreckt worden oder von Pfeilen durchbohrt.

»Ich kann mich schon wehren, wenn es drauf ankommt«, bestätigte sie lachend. Bevor sie, etwas ernster, anfügte: »Hätten mich Thannos und die anderen nicht im Schlaf überrascht, hätten sie mich nie gefangen nehmen können.«

Ohne lange nachzudenken, entwand sie dem nächstbesten Toten ein sauberes Schwert aus den erstarrten Händen und steckte es sich in die Holzscheide an ihrem Gürtel. Urok säuberte unterdessen seine Streitaxt und begann danach, die Wolfshäuter nach Beute zu durchsuchen. Das einzig Wertvolle, was ihm dabei in die Hände fiel, waren ein langes Seil und die Erkenntnis, dass sie alle bis in die letzte Pore verschmiert und verschwitzt waren.

Bei einem der Kerle, die Feene niedergemacht hatte, entdeckte er außerdem einen winzigen gefiederten Bolzen, der in seinem Nacken steckte.

»Können wir bald weiter?«, drängte die Elfin. »Wenn wir noch lange trödeln, bricht die Nacht herein, bevor wir über den Schlafenden Riesen hinweg sind.«

Sie hatte recht. Natürlich. Um sie herum schimmerten die Felsen bereits im Abendrot. Für einen kurzen, unsinnigen Moment glaubte Urok tatsächlich in einem Meer aus dunklem Blut zu stehen, bevor er das Trugbild mit einem ärgerlichen Kopfschütteln vertrieb.

»Stimmt«, gestand er ein, »wir müssen weiter.«

Ohne sich noch einmal umzuwenden, setzte er seinen Weg fort. Er wusste auch so, dass Todbringer und seine Vasallen in den umliegenden Felsen lauerten. Feinen Nadelstichen gleich spürte er ihre Blicke im Nacken. Trotzdem übernahm er von nun an die Führung. Er wusste, dass ihm die Elfen nichts tun würden. Noch nicht zumindest.

»Diese Flammen, die aus deinen Fingern geschlagen sind«, begann Feene unterwegs. »So etwas habe ich noch nie gesehen.«

»Keine Ahnung, wovon du redest«, gab er kurz angebunden zurück. »Du hast wohl aus Versehen zu lange in die untergehende Sonne gestarrt.«

Feene drang nicht weiter in ihn, obwohl die grausigen Verbrennungen am Hals und im Gesicht des Dachses bewiesen, dass sie keinem Trugbild zum Opfer gefallen war.

Schweigend langten sie am Wurzelstock des Schlafenden Riesen an. Einen Menschen hätte die fortschreitende Dämmerung längst mit Furcht erfüllt, doch für scharfe Ork- und Elfenaugen hob sich die natürliche Brücke weiterhin deutlich vor der Schlucht ab. Der eisige Wind, der wie mit scharfen Krallen in Uroks Wangen schnitt, war das Einzige, was ihn angesichts des bevorstehenden Übergangs sorgte.

»Ich hoffe, du bist schwindelfrei«, sagte er zu Feene. »Der Stamm ist zwar breit genug für zwei von deiner Sorte, aber bei einem Blick in gähnende Tiefen sind schon manch anderem die Knie weich geworden.«

»Keine Sorge.« Lässig an den Baumstumpf gelehnt, sah sie ihn freundlich an. Fast wie einen Kampfgefährten, mit dem sie schon manches Scharmützel überstanden hatte. »Wenn du willst, gehe ich voran.«

»Nein«, wehrte Urok ab. »Es ist besser, wenn ich die Lage erst erkunde. Ich sichere dich außerdem mit einem Seil ab.« Triumphierend hielt er die Beute hoch, die er dem Bärenkopf abgenommen hatte.

Feene schlang bereitwillig eines der beiden Enden um ihren Leib, während er das andere in die Hand nahm und den Stamm erklomm. Trotz Uroks Gewicht bewegte sich der Schlafende Riese um keine Haaresbreite, sondern ruhte still und starr wie seit ewigen Zeiten.

Eine auffrischende Böe zerrte an Uroks Kleidung, trotzdem schritt er furchtlos voran, als würde es links und rechts von ihm nicht mehrere hundert Speerwürfe in die Tiefe gehen.

Dem sicheren Stand seiner kräftigen Beinen konnte so schnell nichts anhaben, doch die Winde, an die Feene mit solcher Inbrunst glaubte, schienen sich gegen ihn verschworen zu haben. Auf der Hälfte des Übergangs fauchten sie so scharf heran, dass sie ihn glatt vom Halbrund der rauen Rinde zu fegen drohten, und Urok musste sich ihnen entgegenstemmen, um ein Gegengewicht zu erzeugen. Die Axt in seinen Händen half zusätzlich, die Balance zu halten.

Der Stamm unter seinen Füßen schien auf beiden Seiten zusammenzuschmelzen, aber das bildete er sich natürlich nur ein. Rasch eilte er weiter, bevor es noch schlimmer wurde.

Statt ihm noch stärker ins Gesicht zu blasen, flaute die Böe allerdings schlagartig ab. So schnell, dass er kaum Zeit fand, sich wieder aufzurichten. Das Übergewicht, das er eben noch zum Ausgleich gebraucht hatte, drohte ihn nun plötzlich in die Tiefe zu ziehen.

Er stolperte über das Halbrund an den Rand des Stammes. Dunkel wie ein alles verschlingender Schlund gähnte ihm die Tiefe entgegen. Zum Glück hatte er das Ende der Baumbrücke schon beinahe erreicht, sodass er mit einem mächtigen Satz seiner kräftigen Beine in Sicherheit springen konnte.

Sein linker Absatz landete direkt auf der Felskante, die unter seinem Gewicht zu bröckeln begann, doch mit dem rechten Fuß erreichte er festen Halt, der ihm für einen weiteren, lebensrettenden Schritt ausreichte.

Keuchend taumelte er auf einen scharf aufragenden Felsen zu, ungewohnt froh, heil angekommen zu sein. Mit zerschmetterten Knochen am Grunde einer Schlucht zu enden, gehörte nun wirklich nicht zu den Heldentaten, die an Arakias Feuern besungen wurden.

Trotzdem wandte er sich sofort um und bedeutete Feene winkend, dass sie ihm folgen sollte. Von nun an musste Urok schnell handeln, wenn er seine Feinde noch übertölpeln wollte.

Die Schattenelfin überquerte den Stamm mit federnden Schritten, die aus der Schlucht herauffauchenden Luftströme völlig ignorierend. Mochte ihr das flatternde Haar auch wie eine zerschlissene Fahne vom Kopf abstehen, der Rest ihres Körpers schien immun gegen die um sie herum wütenden Kräfte zu sein.

»Ich glaube, es zieht ein Unwetter auf«, sagte sie leichthin, als sie neben Urok auf den Boden sprang.

Ohne eine Antwort abzuwarten, begann sie das um ihren Leib geschlungene Seil wieder aufzuknüpfen. Und merkte dabei nicht, wie Urok in ihren Rücken schlich.

Den umgedrehten Axtstiel mit beiden Händen umfasst, hämmerte er den Knauf blitzschnell in die Höhe.

Als die massive Halbkugel gegen ihren Hinterkopf prallte, sackte sie lautlos in sich zusammen.

Urok machte sich nicht die Mühe, Feene aufzufangen. Er hatte Wichtigeres zu tun. Mit einem lauten, urtümlichen Schrei wirbelte er die Streitaxt durch die Luft – und ließ sie auf einen der breiten Äste niedersausen, welche die Schwarzeiche auf dieser Seite fest zwischen den Felsen verankerten.

Trotz der Versteinerung brauchte er nur zwei Schläge, um das Holz zu durchtrennen. Auf der linken Seite verfuhr er auf die gleiche Weise.

Nachdem er die beiden wichtigsten Klammern gesprengt hatte, ließ er die Waffe achtlos fallen und warf sich mit dem ganzen Körper gegen die verbliebene Baumkrone. Die rechte Schulter so unter den mittleren Ast gerammt, dass er genau zwischen den Lindwurmhörnern ruhte, spannte Urok all seine Muskeln bis zum Zerreißen an.

Ein unmenschliches Stöhnen drang über seine Lippen, als er den Schlafenden Riesen aus seinem äonenalten Bett stemmte.

Urok spürte, wie ihm der Schweiß aus allen Poren platzte, doch dem schmerzhaften Pochen unter seiner Schädeldecke zum Trotz setzte er einen Fuß vor den anderen, um den Stamm zur Seite zu schieben. Von unartikulierten Lauten begleitet, holte er alles aus sich heraus, was seine gewaltigen Muskeln zu bieten hatten.

Zuerst polterten nur ein paar Steine in die Schlucht, dann gab der Schlafende Riese Uroks ungestümem Wüten knirschend nach. Stück für Stück rutschte die Eiche zur Seite, bis Urok nur noch den Oberkörper beugen und unter einem weiteren Ast hinwegtauchen musste, um dem einmal in Gang gesetzten Prozess freien Lauf zu lassen.

Die Spitze des versteinerten Wipfels prallte mit Wucht auf die marode Kante, die unter dem Aufschlag umgehend zerbröckelte. Gleich darauf scheuerten die Äste mit einem schauerlichen Geräusch an der Schlucht entlang, wie Fingernägel, die über Granit kratzten, während der Wurzelstumpf unter dem abknickenden Gewicht nachgab und endgültig aus dem Erdreich brach.

Dreck und Steine schleuderten umher, und für einen unwirklichen Augenblick stand der Gigant kopfüber in der Luft, aber nur, um dann mit noch größerer Wucht in der klaffenden Schlucht zu verschwinden. Das Getöse, mit dem sich der Stamm auf seinem Weg in die Tiefe überschlug, wurde immer lauter und schien überhaupt nicht mehr enden zu wollen.

Urok taumelte zurück, weil der Boden unter seinen Füßen erzitterte. Sein geschundener Körper gierte nach Erholung, trotzdem stolperte er auf Feene zu, um ihr die Hände mit dem Seil, das bereits um ihren Bauch geschlungen war, auf den Rücken zu fesseln.

Als er wieder in die Höhe sah, war die Luft über dem Abgrund immer noch mit Staub erfüllt, trotzdem bemerkte er ein irritierendes Flimmern auf der anderen Seite der Schlucht. Und zwar genau an der frisch aufgerissenen Stelle, an der noch kurz zuvor der Baumstumpf gesessen hatte.

Seine Eile war also berechtigt gewesen.

»Zeigt euch!«, brüllte er Todbringer und den anderen Elfen zu. »Ich weiß, dass ihr da seid!«

Als sie nicht auf seine Aufforderung reagierten, klaubte Urok die Streitaxt vom Boden auf und setzte eine ihrer geschwungenen Schneiden direkt in Feenes Nacken. Aufrecht stehend, seine Rechte fest um den Stiel gelegt, brauchte er nur kurz den Arm nach vorn schnellen zu lassen, um sie zu köpfen. Selbst wenn er von einem Geschoss getroffen wurde, etwa einem gefiederten Bolzen, wie er dem Wolfshäuter im Nacken gesteckt hatte, war Feene unwiederbringlich verloren. Denn sobald er eine tödliche Verwundung erhielt, würde er von ganz allein nach vorn sacken und sie dabei mit ins Verderben nehmen.

»Zeigt euch!«, forderte er erneut. »Oder eure Freundin ist des Todes!«

Diese Drohung zeigte endlich Wirkung. Nur Augenblicke später formten sich drei Gestalten aus der einbrechenden Dunkelheit. Zuerst nur schemenhaft, dann mit immer deutlicheren Konturen, die schon bald zu weinroten und tannengrünen Kapuzenmänteln wurden.

»Zeigt eure Gesichter!«, legte er nach. »Besonders du, Todbringer!«

Der mittlere der drei schob als Erster die Kapuze zurück. Darunter kam ein fein geschnittenes, beinahe kindlich wirkendes Gesicht zum Vorschein, ungewöhnlich bleich und von rabenschwarzem Haar umgeben, sodass es sich wie ein heller Fleck von der Dunkelheit abhob. Zwei aufgequollene Stellen an Hals und Wange zeigten an, wo ihn die Nebelspinnen gebissen hatten.

»Wenn du ihrer überdrüssig bist, lass sie einfach zurück«, schlug Todbringer vor. »Wir sind sowieso auf der Jagd nach ihr.«

»Aber natürlich«, höhnte Urok. »Deshalb habt ihr ja auch für sie in den Kampf mit den Wolfshäutern eingegriffen.«

Todbringers Miene verfinsterte sich bei seinen Worten. Und obwohl er den Blick weiter stur geradeaus hielt, zog einer der ihn flankierenden Gefährten instinktiv den Kopf ein. Den unzähligen Quaddeln und Pusteln nach zu urteilen, die im Gesicht des Rothaarigen klebten, war es derjenige, der seinen Mantel abgeworfen hatte, als ihm die Nebelspinnen so sehr zugesetzt hatten. Ein echter Unglücksrabe.

»Wir haben Befehl, sie lebend zurückzubringen«, log Todbringer. »Deshalb mussten wir sie vor den Klingen der Wolfshäuter schützen.«

Urok lachte ihn aus, bevor er rief: »Bei euch scheint es noch mehr Torgs und Gabors zu geben als in meinem Volk.«

»Was?« Todbringer hielt ihm eines seiner spitzen Ohren entgegen. Er glaubte wirklich, sich verhört zu haben.

»Ihr erzählt euch offenbar noch mehr Lügen über uns Orks als wir uns über Elfen und Menschen«, erklärte Urok, ohne seine vorherigen Worte weiter auszuführen. »Ihr scheint uns alle für furchtbar dämlich zu halten, aber das sind wir nicht. Bleibt also besser Arakia und mir fern, oder ihr seht eure Freundin niemals lebend wieder.«

Urok stellte zufrieden fest, dass Todbringers bleiches Gesicht einen roten Schimmer bekam. Mehr hatte er nicht sehen wollen. Mit einer geschickten Bewegung drehte er die Axt in seiner Hand und zog ihre Schneide über das lange Seil, um es zu kürzen. Danach nahm er die Bewusstlose auf und warf sie sich über die linke Schulter, sodass sie seinen Oberkörper bedeckte, während er sich langsam in die schützende Dunkelheit zurückzog.

Die drei Elfen auf der gegenüberliegenden Seite der Schlucht machten jedoch ohnehin keine Anstalten, auf ihn anzulegen. Offensichtlich hatten sie seine Warnung verstanden.

Jenseits der Schlucht

»Zumindest in einem hat dieser Schlauberger recht«, gestand Todbringer ein. »Es gibt noch viel, was wir über die Orks lernen müssen. Aber genau deshalb sind wir schließlich hier.«

»Wir folgen ihnen also?« Feibe war nur schwer zu verstehen, weil unzählige Spinnenbisse seine Gesichtsmuskeln lähmten.

»Natürlich folgen wir ihnen. Aber von jetzt an mit größerem Abstand. Dieser Urok scheint unsere Tarnmäntel zu durchschauen.«

Ein leises Flattern ließ alle drei aufhorchen. Todbringer wusste schon, dass es sich um die Taube handelte, noch ehe er ihr goldenes Gefieder im Mondlicht schimmern sah. Als Feibe sein Blasrohr aus dem Mantel zog, legte er ihm eine Hand auf die Schulter und befahl: »Lass das! Damit hast du heute schon genug Schaden angerichtet!«

»Aber ...« Feibe sah ihn aus großen Augen an. »Wenn der Lichtbringer erfährt, was hier vorgefallen ist, wird er die Gepanzerten losschicken. Du weißt, dass einige von ihnen entlang des Sumpfes postiert sind.«

»Umso besser«, antwortete Todbringer kalt. »So kommt der Ork wenigstens nicht zum Nachdenken.«

»Aber was ist mit Feene?«, wandte auch Peno ein, obwohl die Taube längst außer Reichweite war. »Was ist, wenn der Ork sie tötet, weil ...«

»Unsinn!«, fiel ihnen Todbringer harsch ins Wort. »Feene lässt sich doch von einem wie dem nicht unterkriegen. Dazu ist das Luder viel zu gerissen.«

Peno und Feibe hüteten sich, darauf zu antworten. Das sprach für ihre Intelligenz.

Und so folgten sie auch gehorsam, als Todbringer den Atem des Himmels nutzte, um zu einem gewaltigen Sprung anzusetzen, der weder Orks noch Menschen möglich gewesen wäre.

Die vor ihnen aufklaffende Schlucht war so breit, dass sogar die drei Schattenelfen Mühe hatten, sie zu überwinden. Doch es gelang ihnen, einem wie dem anderem.

Die große Baumbrücke zu zerstören war vollkommen umsonst gewesen.

21

Sangor, im Schatten der Schwebenden Festung

»Du musst sie töten«, flüsterte Nera. »Hörst du? Gleich jetzt.«

Die Forderung passte so gar nicht zu dem friedlichen Bild, das sie nach außen hin gab: halb aufgerichtet in den Kissen sitzend, den Neugeborenen erschöpft, aber liebevoll an die Brust gedrückt. Ihr Gesicht glänzte immer noch vor Schweiß. Eine verklebte Strähne hing an ihrem linken Mundwinkel und wippte bei jedem Wort auf und ab. Nera bemerkte es nicht, oder es fehlte ihr ganz einfach die Kraft, sie fortzupusten.

Benir strich das Haar in einer zärtlichen Geste aus ihrem Gesicht. Dann wandte er sich seinem Sohn zu, der so friedlich in ihren Armen schlummerte. Sein zierlicher Kopf wirkte fast kahl, dabei war er mit dichtem weißblondem Flaum überzogen. Beide Augen fest geschlossen, die Wangen so rosig wie die eines Menschen, lächelte er still vor sich hin. Der Kleine schien mit sich selbst und der Welt um ihn herum vollkommen zufrieden zu sein.

Ganz im Gegensatz zu seiner Mutter.

»Lass die Amme nicht gehen«, drängte Nera nun so laut, dass es bestimmt bis ans andere Ende des Zimmers zu hören war. »Sie wird uns sonst verraten.«

»Red keinen Unsinn«, gab er leise zurück. »Wenn sie das wirklich wollte, hätte sie es längst getan. Wir können ihr vertrauen. Außerdem brauchen wir sie noch.«

Nera zog die Unterlippe zwischen die Zähne. Das tat sie häufig, wenn sie überlegte, ob sie lieber nachgeben oder richtig wütend werden sollte. Ihre Augen glitzern plötzlich wie Eis, doch Benir hielt dem kalten Blick schweigend stand.

Die Unterlippe wanderte zurück. »Dann töte ich sie eben selbst.«

Sie machte tatsächlich Anstalten, sich in die Höhe zu stemmen, sackte aber sofort kraftlos zurück. Kein Wunder, schließlich hatte sie gerade erst den härtesten Kampf ihres Lebens überstanden. Weder ihr noch Benir war vorher klar gewesen, wie anstrengend so eine Geburt für eine Mutter sein konnte. Und dass es fast ebenso viel Blut kostete, dieser Welt ein Leben zu schenken, wie ihr gewaltsam eins zu nehmen.

Von Krämpfen geschüttelt, legte Nera den Kopf tief in den Nacken. Einen Moment lang traten ihre Halsstränge wie straff gezogene Seile hervor, dann entspannte sie sich wieder. Vollkommen ermattet sah sie zu Benir in die Höhe, unfähig, noch ein Wort zu sprechen. Aber der Wunsch, den er in ihren Augen las, war immer noch der gleiche.

»Niemand wird dir oder dem Kind etwas antun«, versuchte er sie zu beruhigen. »Das verspreche ich dir.«

Ein kurzes Räuspern machte ihn darauf aufmerksam, dass Inea immer noch an der offenen Tür auf ihn wartete. Eine letzte zärtliche Geste, bei der er das geschwungene schmale Ohr seines Sohnes mit der Daumenkuppe nachzog, dann quälte er sich endlich in die Höhe und ging auf die Amme zu.

Die Luft in dem großen Raum war stickig, obwohl sie nun, da Neras Schreie nicht mehr verräterisch nach draußen drangen, die Decken von den Fenstern genommen hatten. Leiser Gassenlärm drang zu ihnen in die Höhe, und die weißen Seidenbahnen, die sich über die Wände spannten, wehten sanft im Durchzug.

Inea sah ihn genauso an wie den ganzen Nachmittag über: vollkommen beherrscht, mit unbeweglichen, beinahe wie geschnitzt wirkenden Gesichtszügen, die auf niederdrückende Weise mit ihrem schwarzen Kleid harmonierten. Nicht die geringste Regung ließ erkennen, dass sie Neras Drohungen gehört hatte.

»Es können noch Entzündungen und andere Schwierigkeiten auftreten«, sagte sie, als Benir an seinen Gürtel langte. »So ein Schnitt macht alles komplizierter. Ihr werdet mich noch länger brauchen.«

»Davon bin ich überzeugt«, versicherte er, während er die Börse mit der vereinbarten Summe zückte. »Hier, für dich. Du hast dir jede einzelne Münze verdient.« Er lächelte sie an. Vertrauenerweckend, wie er hoffte. »Du darfst Nera ihre Worte nicht übelnehmen«, bat er mit gedämpfter Stimme. »Sie ist erschöpft und verwirrt, das ist alles. Keiner von uns beiden hat gewusst, dass es so schwierig wird.«

Sein Blick glitt unbewusst durch die offene Tür und über die blutigen Laken, die er nach draußen in den Flur geworfen hatte. Der Kleine hatte nicht richtig im Leib gelegen, deshalb war ein zusätzlicher Schnitt nötig geworden. Benir hatte zwischendurch tatsächlich geglaubt, dass die Amme seine Gefährtin umbringen wollte. Aber als er wieder an den Moment dachte, in dem er das schreiende, blutige Bündel – *seinen Sohn* – zum ersten Mal in den Armen gehalten hatte, huschte doch ein Lächeln über seine Lippen.

»Das alles gutgegangen ist, verdanken wir nur dir«, lobte er die Amme bewegt.

Ihre Mundwinkel zuckten in die Höhe. Kaum merklich, doch er registrierte es dennoch. Die erste Gefühlsregung, zu der sie sich in seiner Gegenwart hinreißen ließ.

»Ich habe euch gern geholfen«, sagte sie. »Und nicht nur deswegen.« Sie hob den Lederbeutel an, sodass sein Inhalt leise klimperte, bevor sie ihn in einer unsichtbaren Falte ihres Kleides verschwinden ließ.

Als ihre Hand wieder hervorkam, ragte ein kleiner Glasflakon zwischen den Fingern hervor. Die leicht grünliche Flüssigkeit, die darin schwappte, zog ölige Schlieren über die Innenwandung, als Inea sie überreichte.

»Ein Stärkungstrunk für die Mutter«, erklärte sie dazu. »Er wird Nera beruhigen und sie erfrischen. Ich schaue morgen wieder vorbei. Falls du vorher Hilfe brauchst, weißt du, wo du mich finden kannst.« Mit diesen Worten wandte sie sich grußlos ab und ging davon. Doch schon halb aus der Tür hinaus, wandte sie sich noch einmal um. »Ich werde euch ganz bestimmt nicht verraten«, versicherte sie, den Blick fest auf ihn gerichtet. »Nicht mal mein Mann weiß, dass ich hier bin. Denn wenn herauskommt, dass ich euch geholfen habe, würde es auch mich den Kopf kosten.«

Ohne eine Antwort abzuwarten, verschwand sie endgültig im Gang.

Benir stieß einen leichten Seufzer aus, drückte die Tür zu und schob den Riegel vor. Zum ersten Mal seit langer Zeit hatte er den Eindruck, dass alles gut werden würde.

Jenseits der Schwarzen Marsch

Ohnmächtig war ihm die Elfin lieber gewesen. Gut, da hatte er sie tragen müssen, aber sie wog nicht viel, darum hatte ihm das nichts ausgemacht. Seit sie erwacht war, redete sie jedoch unentwegt auf Urok ein, um ihn davon zu überzeugen, dass er einem gewaltigen Irrtum unterlag.

»Denk doch mal nach«, forderte sie wohl schon zum tausendsten Mal. »Würde sich wirklich jemand freiwillig in die Hände eines Blutorks begeben? Du weißt wohl nicht, was für ein Ruf euch vorauseilt? Und davon ganz abgesehen: Selbst wenn Todbringer mich wirklich als Lockvogel eingesetzt hätte, so ändert es doch nichts daran, dass auch mir übel mitgespielt wurde. Schließlich habe ich nie geleugnet, dass ich früher zur Legion der Toten gehörte.«

Ihr weizenblondes Haar leuchtete wie ein Fanal in der Dunkelheit. Das lenkte ein wenig von den dunkleren Teilen ihrer Körpers ab, aber nicht so viel, wie sie offensichtlich glaubte.

»He, was machst du da?« Obwohl nur die bleiche Mondscheibe und einige Sterne matt schimmerndes Licht spendeten, hatte Urok bemerkt, dass Feene sich immer wieder eng an Büschen und Sträuchern entlangdrückte. Als er nachschaute, sah er, dass sie mit ihren auf den Rücken gefesselten Händen mehrere kleine Äste gepackt und zerknickt hatte.

Einem geübten Fährtenleser reichte so etwas vollkommen aus, um auch des Nachts auf der Spur zu bleiben. Vor allem, wenn er die Augen eines Elfen hatte. Was nutzte es da, dass die Ebene vor ihnen lag und von nun an jede Richtung ermöglichte.

Wut loderte in ihm auf. »Ich habe dich gewarnt!«

Von unbezähmbarem Grimm geschüttelt, langte er in den Kragen ihres silbernen Harnisches und schleuderte sie zu Boden. Wäre sie dabei hingefallen und hätte vor Schmerz aufgeschrien, hätte sich Urok danach bestimmt wieder beruhigt. Doch mit einer geradezu unnatürlichen Geschmeidigkeit krümmte sich Feene zusammen, rollte über die linke Schulter ab und sprang sofort wieder auf die Füße. Als Urok ihr nachsetzen wollte, trat sie blitzschnell nach hinten aus. Genau in seinen Unterleib.

Obwohl der Waffenrock die ärgste Wucht nahm, schien etwas in ihm zu explodieren. Glühender Schmerz jagte durch seinen Körper, und Tränen verschleierten seinen Blick, während ihr Stiefel zweimal von der Seite her in sein Gesicht hämmerte. Mit Absatz und Spitze traf sie ihn an beiden Schläfenseiten.

Er geriet tatsächlich ins Wanken. Verdammt, so schlimm war er noch nie von einem Gegner überrascht worden. Mühsam gegen die Benommenheit ankämpfend, hob Urok beide Hände. Zu langsam, um den nächsten Tritt abzufangen, der zur Abwechslung von unten gegen sein Kinn krachte.

Mit einem hässlichen Geräusch knallten beide Kiefer aufeinander.

Urok schmeckte Blut auf den aufgeplatzten Lippen, doch es bedurfte schon massiven Stahls, um einem echten Orkschädel wie dem seinen etwas anzuhaben. Seine Überraschung war nun endgültig verflogen. Als er diesmal wankte, war es, um seine Gegnerin in Sicherheit zu wiegen.

Verblüfft verfolgte er, wie Feene erneut den Oberköper zurückwarf, um ihr rechtes Bein so hoch anzuwinkeln, dass sie ihn ein weiteres Mal ins Gesicht treten konnte. Trotz der gefesselten Hände balancierte sie in dieser grotesken Haltung mühelos auf einem Fuß, während das freie Bein erneut nach vorn schnellte.

Diesmal versuchte sie den Absatz in Uroks linkes Auge zu rammen, doch der Krieger pendelte geschickt zur Seite und blockte ihren Tritt mit dem Oberarm ab.

Feene geriet deshalb nicht ins Straucheln, doch das ärgerliche Zischeln, mit dem sie wieder in den sicheren Stand zurückkehren wollte, schwoll zu einem schmerzerfüllten Schrei an, als er ihren Fuß zu fassen bekam und mit einem harten Ruck verdrehte, sodass sie mit der Bewegung mitgehen musste, damit ihr nicht die Sehnen rissen.

Urok sah, wie sich auch ihr linker Fuß aus dem Gras löste und ihm entgegenwirbelte. Instinktiv stieß er die Elfin von sich und langte nach dem Dolch unter seiner Armmanschette.

Derart von seiner Muskelkraft beschleunigt, vermochte Feene ihre Landung nicht mehr zu beeinflussen. Eine hohe Baumwurzel besiegelte ihr Schicksal. Die Elfin prallte so hart auf den Rücken, dass die ledernen Bänder ihres Harnisches glatt unter der einwirkenden Wucht zerrissen, und unter einem gepressten Husten entwich ihr alle Luft aus den gestauchten Lungen.

Als Urok mit gezücktem Dolch auf sie herabstürzte, versuchte sie sich noch zur Seite zu wälzen, doch damit konnte sie ihm nicht mehr entkommen.

»Jetzt ist Schluss!«, brüllte er. »Lieber trage ich nur deinen Schädel in den Hort, als mich weiterhin mit dir herumzuplagen!«

Brust- und Rückenteil des Harnisches klappten unter ihrer kläglichen Fluchtbewegung auseinander. Seine Hand krallte sich unweigerlich in das dünne Leinenhemd, das sie darunter trug. Mit einem harten Ruck rollte er die Elfin zurück, seine Klinge hoch über ihren Hals erhoben. Bereit, seine Drohung wahr zu machen, wollte er schon zustechen, als er etwas unter ihrem Herzen spürte, das er dort nicht vermutet hatte.

Etwas, das alles von Grund auf veränderte!

Der glühend heiße Zorn, der sich mit flammenden Krallen in Uroks Verstand geschlagen hatte, verflog von einem Atemzug auf den anderen.

»Heißer Teer und Elfenrotz!« Fluchend ließ er von ihr ab. »Ausgerechnet in diesem Punkt hast du *nicht* gelogen!«

Ihre Augen noch vor Schmerz verschleiert, blinzelte Feene verwirrt in die Höhe. Sie konnte kaum fassen, dass sie immer noch lebte. Trotzdem versuchte sie erneut nach Urok zu treten. Benommen, wie sie war, kostete es ihn wenig Mühe, der Attacke auszuweichen.

»Fordere dein Schicksal nicht zu sehr heraus!«, warnte er, die Dolchspitze auf ihren Hals gesenkt. »Doppelherzig oder nicht – erzürnst du mich weiterhin, ziehe ich es vor, meine Ehre zu besudeln.«

Mit raschen Schnitten durchtrennte er die beiden Schulterbänder, die ihren Harnisch noch zusammenhielten, und weiterhin schwer aufgewühlt, zerrte er die Rückenhälfte grob hinter ihren gefesselten Händen hervor und warf sie, zusammen mit der Vorderseite, unter einen Brombeerstrauch, damit es so aussah, als ob jemand die zerbeulten Hälften dort versteckt hätte. Danach schnitt er sich in den linken Handballen und verteilte einige Blutspritzer über die Rüstung und die abgesplitterte Baumwurzel. Vermutlich würde das andere Elfen nicht von einer Verfolgung abhalten, aber es war den Versuch wert.

Für die oberflächliche Verletzung brauchte er nicht einmal Wundkraut zu verschwenden. Orks regenerierten schneller als die Angehörigen anderer Völker, und sein junger Leib strotzte nur so vor Selbstheilungskräften.

Feene hatte ebenso den ärgsten Schmerz überwunden. Trotz ihres zerschundenen Gesichts und des zerzausten Haars, in dem Laub und kleine Äste steckten, wirkte sie wieder voll bei Kräften. Doch statt wie bisher an ihren Fesseln zu zerren, wenn er ihr einen Moment lang den Rücken kehrte, kniete sie nur reglos da und sah ihn mit großen Augen an.

»Doppelherzig?«, fragte sie, sobald er ihren suchenden Blick erwiderte. »Was soll das bedeuten?«

»Als ob du das nicht genau wüsstest.« Er schnaufte verächtlich.

Sie starrte ihn immer noch fragend, ja, sogar flehend an, bis er sich zu einer ausführlicheren Antwort bequemte: »Ein zweites Herz schlägt unter deiner Brust. Noch klein, aber gesund und kräftig. Ich konnte es deutlich spüren.«

Feenes Augen begannen im Mondlicht zu glänzen, dann rollten auf einmal dicke Tränen über ihre Wangen, während sie an sich herabschaute.

»Du lügst«, flüsterte sie in einem Tonfall, der ihrem Vorwurf glatt Hohn sprach. »Das sagst du doch nur, um mich zu quälen!« Sie glaubte ihm, das war aus jedem ihrer Worte deutlich herauszuhören. Ja, mehr noch, sie *wollte* ihm glauben. Mit jeder Faser ihres Herzens.

Urok sah aufmerksam zu, wie ihre Tränen ins Gras tropften. Zu seiner Enttäuschung verwandelten sie sich dabei nicht in wertvolle Perlen, sondern zerstoben ganz normal wie Tau, der von Blättern rinnt. All die Geschichten über Elfentränen waren also genauso erstunken und erlogen wie die Behauptung, dass sich nur männliche

Elfen untereinander paarten, während die weiblichen ausschließlich für die Erziehung zuständig wären.

Ein Grund mehr, Ragon und Cabras zu bereisen.

»Wie kannst du spüren, was ich selbst nicht fühle?«, riss ihn Feene aus seinen Gedanken.

Was weiß ich, was mit eurem Volk nicht stimmt, dachte er gereizt, sagte aber stattdessen laut: »Ich dachte, du weißt, dass du doppelherzig bist? Wirst du nicht deshalb von deinen Leuten gejagt?«

In ihren blauen Augen blitzte es erschrocken auf, als ihr bewusst wurde, dass sie sich gerade unwiderruflich verraten hatte. Doch schon einen Atemzug später zuckte sie gleichgültig mit den Schultern.

»Was soll's, du weißt doch längst, dass wir dir eine Falle gestellt haben«, murmelte sie, bevor sie unumwunden zugab: »Nein, ich werde nicht von meinen eigenen Leuten gejagt, weil ich ein Kind erwarte. Aber alles andere, was ich dir erzählt habe, ist wahr: Auf Gothars Geheiß stehlen sie uns den Nachwuchs aus der Wiege.«

»Und das soll ich dir glauben?« Urok lachte.

»Natürlich«, fauchte sie wütend, plötzlich wieder ganz die Alte. »Wenn du nicht so dämlich wie groß wärst, wüsstest du, dass man jede gute Lüge mit der Wahrheit mischen muss, um sie glaubwürdiger zu machen. Außerdem haben wir immer gedacht, ihr wüsstet mehr über uns. Schließlich wird Arakia regelmäßig von Sangors Händlern bereist.«

Als Urok kurz über das Mischen von Wahrem und Gelogenem nachdachte, erkannte er die Weisheit, die hinter diesen Worten steckte. Selbst von diesen verdammten Elfen ließ sich etwas lernen. Und sei es nur, wie er ihre Lügengespinste besser durchschauen konnte.

»Aber was *du* mir gesagt hast, stimmt doch, oder?«, bedrängte ihn Feene aufgeregt. »Da schlägt wirklich ein zweites Herz unter meiner Brust?«

»Natürlich«, beschied er sie verdrossen. »Ich bin doch kein bittermäuliger Elf.«

Unversehens begann sie wieder an den Fesseln zu zerren.

»Schneid mich los, bitte«, bettelte sie mit neuen Tränen in den Augen. »Bitte, sei so gut! Ich muss es mit eigenen Händen fühlen, damit ich es wirklich glauben kann.«

Je länger sie flehte, desto höher schraubte sich ihre helle Stimme in unangenehme Höhen. Doch sie brach abrupt ab, als er ihr drohend den Dolch vors Gesicht hielt.

»Darauf habe ich schon die ganze Zeit gewartet«, schleuderte Urok ihr entgegen. »Schon dein kleiner Todbringer hat geglaubt, dass wir Orks auf jeden Mist hereinfallen, aber du setzt allem noch die Krone auf. Ha, wahrscheinlich glaubt ihr Elfen sogar, dass Orktränen zu wertvollen Perlen gerinnen.«

Einen Moment lang starrte ihn Feene vollkommen verblüfft an, dann zerfloss ihr Gesicht zu einer Maske des Hasses.

»Nein«, zischte sie ihn an. »Wir glauben nur, dass eure Dummheit zum Himmel stinkt – und damit haben wir zweifellos recht!«

Plötzlich warf sie sich zurück. Urok wusste nicht genau, wie sie es anstellte – im Dunkeln sah es so aus, als würde sie nur eine einfache Rückwärtsrolle schlagen –, doch als sie wieder in die Höhe kam, hatte sie ihre gefesselten Hände unter den Beinen hindurchgezogen.

Den Dolch stoßbereit erhoben, wollte er schon auf sie losstürzen, doch statt zu fliehen oder sich einem neuen Kampf zu stellen, presste sie ihre schmalen Hände einfach nur fest gegen den Bauch.

»Ich spüre nichts«, sagte sie von plötzlicher Traurigkeit erfüllt. »Aber … aber ich glaube dir trotzdem. Du bist viel zu primitiv, um dir eine so hinterhältige Lüge auszudenken.«

Primitiv? Wenn das ein anderes Wort für ehrlich war, sollte es ihm recht sein.

»Außerdem weißt du ja nicht, wie sehr ich mir ein Kind wünsche«, fuhr sie fort. »Und wie verzweifelt ich war, als ich dachte, dass ich keins bekommen kann, weil ich ein Halbling bin.«

»Verschon mich mit deinem Geschwätz!«, raunzte Urok, während er nach dem losen Seilende ihrer Fesseln langte. »Steh lieber auf, wir haben noch ein gutes Stück des Weges vor uns!«

Weiterhin leise vor sich hin redend, kam Feene der Aufforderung nach. Sie setzte sich auch nicht zur Wehr, als er das Seil zwischen ihren bleichen Schenkel hindurchzog und am Rücken hinaufführte, um es anschließend um ihren Hals zu knoten. Auf diese Weise konnte sie die Hände am Bauch behalten, war aber nicht mehr in der Lage, weiter Spuren für Todbringer und die anderen zu hinterlassen, die ihnen irgendwann am nächsten Tag folgen würden, sobald sie die Schlucht umgangen hatten.

»Ich kann nicht mehr zurück«, sagte Feene und wandte sich jäh zu Urok um.

»Allerdings«, bestätigte er. »Du bist meine Gefangene, und ich werde dich den Priestern am Heiligen Hort übergeben.«

»Nein, du verstehst nicht.« Die Elfin widerstand der groben Kraft, mit der er sie vorwärtsschieben wollte. »Ich will mich mit euch verbünden! Wenn ihr mir Schutz gewährt, erzähle ich euch alles über die Invasion, die Gothar für Arakia plant.«

»Die Invasion?«, knurrte Urok. »Von der du schon auf Grimmstein erzählt hast?«

Feene nickte heftig.

»Gehört diese Invasion auch zu den Wahrheiten, die du für gewöhnlich mit deinen Lügen mischst, um sie glaubhafter zu machen?«

Feene hob überrascht die Augenbrauen, denn schaudernd begriff sie, dass er zur Ironie fähig war. Trotzdem bejahte sie erneut.

»Du wirst uns sowieso davon erzählten«, erklärte Urok. »Weil du nämlich meine Gefangene bist. Aber das sagte ich ja schon.«

Ihre Gestalt straffte sich, während ihr Gesicht einen Hauch des alten Kampfgeistes widerspiegelte. Nur die scharfe Klinge, die er ihr fest zwischen ihre wogenden Brüste drückte, hielt sie davon ab, eine Dummheit zu begehen.

»Keine Sorge«, beruhigte er sie. »Solange zwei Herzen in dir schlagen, wird euch beiden kein Haar gekrümmt. Es sei denn«, fügte er mit einem wilden Zähnefletschen hinzu, »du forderst es mit aller Gewalt heraus …«

Je weiter sie zwischen den kahlen Bäumen vordrangen, desto tiefer tauchten die Lindwürmer im Morast ein. Den drei Tieren machte das nichts aus, im Gegenteil, sie liebten es sogar. Ihr dichtes Schuppenkleid widerstand mühelos der Nässe, und dank der breit auslaufenden Schwänze kamen sie auch schwimmend gut voran.

Saaz'sala verspürte hingegen nicht den geringsten Wunsch, bis zu den Knien in der schmutzigen Brühe zu versinken. Erst recht nicht, als Raams Auge hinter der Wolkenbank hervortrat und einige große Teerpfützen zum Glänzen brachte, die auf der weiten Fläche umhertrieben.

Die übel riechende Substanz, die irgendwo in der Marsch aus unterirdischen Quellen emporstieg, überzog die Landschaft mit einem klebrigen Belag, der alles Leben erstickte. Selbst die toten Bäume schimmerten, als hätte sich jemand die Mühe gemacht, sie bis auf den letzten Zweig mit Pech anzupinseln.

»Zurück!«, forderte Saaz'sala in der von Zischlauten durchsetzten Sprache seines Volkes. »Hier ist es viel zu sumpfig für die beiden.«

Seine Kameraden zügelten daraufhin ihre Lindwürmer. Sogar Ass'zar, der sich ständig beweisen wollte.

Saaz'sala drückte seinem Tier das linke Knie in die Flanke. Gehorsam wandte es sich um und strebte Opar entgegen. Bei dieser Dunkelheit blieb ihnen gar nichts anderes übrig, als am Rande der Marsch auf neue Anweisungen durch den Boten des Lichtbringers zu warten.

Plötzlich scheute Hatra!

Alarmiert nahm Saaz'sala sofort seine Lanze aus der Sattelhalterung, und auch die beiden anderen Schädelreiter klemmten ihre Stangenwaffen unter den Arm, um gewappnet zu sein.

Um sie herum wirkte zunächst alles unverändert. Die Marsch erstreckte sich weiterhin öde und leer, doch irgendetwas war anders als zuvor. Vielleicht lag es an den Schatten, die plötzlich dunkler erschienen, oder daran, dass die Silhouetten einiger Bäume auf einmal scharf umrissen hervortraten.

Hatra schien deutlich zu wittern, was Saaz'sala und seine Begleiter nur unterschwellig wahrnahmen. Neugierig ließ der Lindwurm den Kopf hin und her pendeln und stieß ein aufgeregtes Schnauben aus. Anstatt sein Reittier zur Räson zu bringen, ließ ihm Ass'zar noch die Zügel schießen.

»Los, Hatra, los!«, feuerte er sie an in der widersinnigen Hoffnung, gleich eine furchtbar wichtige Entdeckung zu machen.

Aufgeregt stürzte der Lindwurm los und geriet schon nach wenigen Schritten in tiefere Gefilde. Unter lautem Platschen tauchte er bis zum Holzsattel ein und schwamm mit weit ausholenden Schwanzschlägen auf eine schief eingesunkene Esche zu. Die öligen Fluten schwappten immer wieder über Hatras Rücken hinweg, doch Ass'zar störte es nicht, dass er davon bis zum Bauch besudelt wurde. Neugierig vorgelehnt, galt sein ganzes Interesse der Esche, die sein Reittier langsam zu umrunden begann.

Auf einmal glitt etwas dahinter hervor. Etwas Großes mit gelbrot schimmernden Schuppen.

Ein wilder Lindwurm!

Zuerst lugte nur der Kopf hinter der Esche hervor, dann erhob sich das Tier weiter aus dem Wasser und schwamm Hatra entgegen. Gleichzeitig begann es irgendwo im Morast zu blubbern. Genau dort, wo gleich darauf zwei weitere Lindwürmer mit saugenden Geräuschen in die Höhe schossen.

Ass'zar stieß ein lautes Zischen aus, doch sein hastiger Versuch, Hatra zurückzureißen, schlug jämmerlich fehl. Anstatt auf den Befehl zu reagieren, widersetzte sich sein Reittier dem Ruck der Zügel und schwamm den wilden Artgenossen aufgeregt entgegen. Vielleicht weil Hatra die Freiheit witterte, möglicherweise aber auch nur aus einer Art Spieltrieb heraus.

Jedenfalls schien sie den gelbrot schimmernden Lindwurm nicht zu fürchten, ganz im Gegensatz zu Ass'zar, der sich weit im Sattel zurücklehnte und die Lanze anhob, um möglichst viel Abstand zwischen sich und das monströse Gebiss zu bringen, das plötzlich direkt über ihm schwebte. Sein Versuch, die Lanzenspitze in dem schnabelförmigen Maul zu versenken, schlug jedoch fehl; dank seines wendigen Halses konnte das Tier blitzschnell ausweichen.

Während der Stoß ins Leere ging, fuhr das klaffende Maul herum und schnappte kräftig zu, und mit einer geradezu spielerisch anmutenden Leichtigkeit wurde Ass'zar die Waffe aus der Hand gewunden. Der Schaft zersplitterte unter dem mächtigen Druck der auf ihn einwirkenden Kiefer und fiel klein gemahlen auf den Reiter herab.

Ass'zar hob instinktiv den Arm, um sich vor Verletzungen zu schützen. Der Lindwurm verharrte einen Moment reglos über ihm, bevor er den Kopf erneut senkte. Statt zuzuschnappen, stieß er dem Reiter aber nur mit der geschuppten Schnauze vor die Brust.

Ass'zar reagierte so, wie es jeder andere Schädelreiter an seiner Stelle auch getan hätte: Er ließ die rechte Unterarmklinge blitzschnell aus dem Ärmelfutteral springen und versuchte, den Gelbroten mit einem gezielten Stich zu blenden. Doch in seiner Aufregung traf er nicht das Auge, sondern den darunter liegenden Bereich, und mit einem hässlichen Geräusch glitt die Klinge an den Schuppen ab.

Unverletzt, aber wütend ließ der angegriffene Lindwurm die Zunge hervorschnellen. Gleichzeitig wirbelte er den langen Hals herum und schmetterte seinen harten Schädel mitten in Ass'zars Gesicht.

Mit verbeultem Helm kippte der Schädelreiter rückwärts aus dem Sattel. Weder sein Wille noch einer der Steigbügel vermochten den Sturz zu verhindern. Sicherlich wäre er kopfüber im Morast versunken, hätte sich das mächtige Schnabelmaul nicht zuvor um seine Schulter geschlossen. Trotz der aus dem Leder ragenden Dornen bohrten sich die Zähne mit der Gewalt eines zuschnappenden Fangeisens hinein. Es gab kein Entrinnen, als ihn der Lindwurm in die Höhe riss und mit großer Wucht gegen die Esche schmetterte.

Wieder und wieder prallte Ass'zar gegen den harten Stamm, bis er völlig erschlaffte und seine gebrochenen Arme wie nutzlose Fortsätze umherwirbelten.

Hatra strampelte erschrocken davon, als sie sah, wie ihrem Herrn jeder einzelne Knochen im Leib zerschmettert wurde, doch sie floh nicht. Nicht mal, als Ass'zar zwischen den übrigen Lindwürmern im Wasser landete.

Der Schädelreiter war zwar noch nicht tot, aber vollkommen unfähig, die geringste Schwimmbewegung auszuführen. Nur seine gespaltene Zunge schoss aus dem lippenlosen Mund hervor, während er unter einem leisen Zischen im Schlamm versank.

Bevor er jämmerlich ertrinken konnte, stürzten die wilden Lindwürmer heran, verbissen sich in ihn und zerrten seinen Körper so lange in verschiedene Richtungen, bis er mit einem widerlichen Schmatzen auseinander riss.

Saaz'sala sah längst nicht mehr hin, als der Rumpf und die Glieder nacheinander in die Tiefe regneten. Von der Angst getrieben, dass auch sein Tier dem Ruf der Wildnis erliegen könnte, hämmerte er ihm die Stiefelabsätze in die Flanken, damit es sich streckte. Sie mussten fort, so schnell wie möglich.

Seite an Seite hetzte er mit seinem verbliebenen Kameraden durch die Marsch, ohne noch einen einzigen Gedanken an den leichtsinnigen Ass'zar zu verschwenden.

Darum sahen die beiden auch nicht mehr, dass Hatra einen umhertreibenden Arm mehrmals mit dem Schnabelmaul anstupste, bevor sie den wilden Lindwürmern folgte, die vor ihr im Dunkel der Marsch verschwanden.

28

»Wer ist der Vater?«, wollte Urok irgendwann wissen, um sich von der beginnenden Müdigkeit abzulenken.

»Es ist Todbringers Kind. Ich bin seine Wespe – falls dir das etwas sagt.«

»Und ob mir das was sagt.« Der Ork spuckte aus. »Es sagt mir, dass sich euresgleichen nicht scheut, die eigenen Weiber zu opfern, wenn es von Vorteil ist.«

Feene war es längst leid, auf den beißenden Spott zu antworten, mit dem Urok sie überschüttete. Er tat es, seit die letzten Gebirgsausläufer hinter ihnen lagen. Schweigend trabte sie neben ihm her und unternahm auch keine Versuche mehr, zu fliehen oder weitere Spuren zu hinterlassen.

Ob sie ihr Bündnisangebot wohl ernst meinte? Und tatsächlich glaubte, dass die freien Stämme von Arakia darauf eingehen würden?

Wie wenig sie doch über sein Volk wusste.

Genauso wenig wie die Blutorks über das ihre!

Obwohl er Feene misstraute, würde sie gewiss Ursas Wissensdurst stillen können, und außerdem mussten auch die anderen Hüter des Hortes von der bevorstehenden Invasion erfahren. Denn dass König Gothar tatsächlich etwas plante, stand für Urok längst fest. Erst die geheime Expedition, die Ragmar begleitet hatte, dann all die Schattenelfen und Lindwurmreiter, die Arakias Berge auskundschafteten. Ein Krieger musste schon mit großer Blindheit geschlagen sein, um nicht zu erkennen, dass hier etwas ganz Großes vor sich ging.

Unruhige Zeiten stehen bevor! Torg Moorauges unheimliche Prophezeiung klang ihm noch deutlich im Ohr. *Jeder, der die Zeichen zu deuten weiß, kann es genau erkennen.*

Dazu die Feuerhand, die plötzlich in ihm erwacht war. Urok wusste nicht, warum er mit ihr geschlagen war, aber er spürte deutlich, dass sich das Blut der Erde in wildem Aufruhr befand. Vielleicht hing ja auch seine Unrast damit zusammen, er wusste es nicht.

»Hörst du das auch?«, fragte Feene plötzlich und blieb stehen. »Dieses seltsame Scheppern?« Ihr ohnehin bleiches Gesicht schimmerte heller denn je, und unter ihren wogenden Brüsten, die das dünne Leinenhemd kaum zu bändigen wusste, hob sich der nackte Bauch unter ihren gefesselten Hände ebenso deutlich in der Dunkelheit ab.

Uroks Doppelaxt glitt von ganz allein in seine Hand, während er zu der Elfin herumwirbelte. »Keine weiteren Tricks mehr«, warnte er, »oder ich trage deinen Kopf am Gürtel nach Hause.« Um seine Worte zu unterstreichen, hielt er ihr eine der scharfen Schneiden unters Kinn.

Feene ignorierte die drohende Geste. Ihre Augenbrauen wanderten über der Nasenwurzel zusammen, während sie angestrengt in die Nacht horchte. Ihre Unruhe wirkte echt, trotzdem war nichts Verdächtiges zu hören. Wenn sie sich tatsächlich verstellte, verstand sie sich noch besser darauf, andere zu täuschen, als Urok befürchtet hatte.

Nur ein kalter Windstoß strich durch die Baumwipfel und ließ die Blätter an den Ästen zittern. Irgendwo beugte sich das Holz so stark unter den aufheulenden Böen, dass Rinde knarrend über Rinde rieb.

»Da, schon wieder!«, behauptete Feene. »Das müssen Gepanzerte sein.«

»Gepanzerte?«, wiederholte Urok, der eine neue Falle witterte. »Was soll das schon wieder bedeuten?«

Plötzlich wirkte das Gesicht der Elfin hager und ausgezehrt; die kantigen Züge ließen sie älter erscheinen. »König Gothars schrecklichste Garde«, hauchte sie unheilvoll. »Aus den Tiefen des Innersunds.«

»Unsinn!«, knurrte Urok. »Da ist nichts. Nur das Rauschen der Wälder.«

Mit einer unmissverständlichen Geste wies er sie an, den Weg fortzusetzen. Als sie sich störrisch zeigte, hakte er eine der Axtschwingen hinter ihren Nacken und zog sie an sich vorbei. Dem musste Feene nachgeben, ob sie wollte oder nicht, sonst hätte sie zuerst ihr langes Haar und dann den Kopf verloren. Ein paar Strähnen von der Farbe reifen Getreides schwebten bereits lautlos zu Boden, während Urok die Elfin vor sich her dirigierte.

»Hier dürfen wir nicht weiter«, protestierte sie leise. »Glaub mir, sie lauern uns auf, wenn wir dieser Richtung folgen. Lass uns lieber dort drüben entlanggehen.«

Sie versuchte nach Westen zu zeigen, doch ihre Hände waren immer noch stramm unter dem Bauch fixiert. Darum reckte sie das Kinn, um auf eine dünn bewachsene Stelle im Unterholz zu weisen.

»Nichts da«, widersprach er laut. »Dort hinten beginnt die Marsch, und von der halten wir uns schön fern. Wir kommen viel schneller voran, wenn wir sie bis zur Schwarzen Pforte umgehen.«

Feene bockte erneut, doch ein harter Stoß zwischen ihre Schulterblätter ließ sie weitertaumeln. Daraufhin fügte sie sich mit einem leisen Seufzen.

Zufrieden trat Urok unter einer hohen Ulme hervor, woraufhin sich vor ihm eine schmale Schneise öffnete, die wie eine Wunde im dichten Wald klaffte. Matt schimmerndes Mondlicht sickerte zu ihnen herab und enthüllte einen dichten, ineinander verschlungenen Rankenteppich, dem nur von Zeit zu Zeit kleinere Büsche entwuchsen.

Feene und er nutzten weiterhin den Schatten überhängender Äste, um sich unsichtbar entlang der Lichtung zu bewegen. Irgendwo in dem wuchernden Geflecht schoss ein kleiner Schatten hervor und wieselte in den Schutz der gegenüberliegenden Baumreihe. Der Größe und den gelenkigen Bewegungen nach war es ein Marder. Kratzende Geräusche legten den Verdacht nahe, dass er einen Baumstamm hinaufeilte, um seine Flucht erst weit oben im Wipfel zu beenden.

Ansonsten blieb es vollkommen still. Der Wind flaute ab und wechselte unvermittelt die Richtung.

Urok blieb wie vom Donner gerührt stehen. Nicht wegen der Kälte, die plötzlich mit eisigen Fingern in seine Wangen stach, sondern wegen des irritierenden Geruchs, den ihm die frische Böe entgegenwehte. Es handelte sich um eine Schweißmischung, der etwas Bekanntes anhaftete und die irgendwie nicht in diese Umgebung passte. Urok hatte sie schon zweimal gewittert. An Bord der Teerfischer, aber auch bei dem ausgeraubten Wolfshäuter, den er auf dem Weg nach Felsnest gefunden hatte.

Instinktiv fasste er den Axtstiel fester.

Feene hielt ebenfalls inne. Ein triumphierendes Lächeln auf den Lippen, wandte sie sich um. *Siehst du!*, schien das spöttische Funkeln in ihren Augen zu sagen. *Da ist doch etwas! Aber du wolltest ja nicht hören!*

Trotz ihrer eng unter dem nackten Bauch gefesselten Hände glitt sie lautlos nach hinten, um auf dem gleichen Weg zurückzuschleichen, der sie hergeführt hatte. Doch Uroks starker Arm hielt sie auf, ehe sie sich davonstehlen konnte.

Er war ein Ork. Und Orks rannten nicht davon, nur weil ein bisschen Gefahr drohte.

Mit einer abrupten Kopfbewegung bedeutete er Feene, dass sie den zuvor eingeschlagenen Weg fortsetzen sollte. Schulterzuckend gab sie nach.

Ihr stiller Disput dauerte nur wenige Herzschläge, doch das reichte ihrem unsichtbaren Gegner, um eine Entscheidung zu fällen. Urok hatte gerade erst zwei Schritte getan, als ein leises Knarren erklang. Zuerst erinnerte das Geräusch an zwei schleifende Mühlsteine, dann hörte es sich eher nach Ästen an, die im Wind aneinanderrieben.

Gleichzeitig schob sich etwas Dunkles, Unförmiges aus der vor ihnen liegenden Baumreihe. Eine große schwarze Gestalt, die beinahe vollständig mit der sie umgebenden Finsternis verschmolz.

Einen Schritt vor der lichtdurchfluteten Schneise blieb sie stehen, reglos und drohend, mit einem zur Mitte hin breit auslaufenden Helm auf den Schultern, der an zwei gegeneinandergepresste Suppenteller erinnerte.

Urok stieß einen verächtlichen Laut aus.

»Vorsicht«, warnte Feene, als er an ihr vorübereilte. »Sie sind zu zweit!«

Er lachte auf – brach aber abrupt ab, als neben ihm das Unterholz unter großem Getöse auseinanderplatzte. Abgebrochene Zweige flogen der massigen Gestalt voraus, die zwischen den Büschen hervorbrach und – mit der Schulter voran – gegen den Ork krachte.

Der Zusammenprall war so heftig, dass Urok von den Füßen gerissen und auf die Lichtung geschleudert wurde.

Trotz seiner Überraschung presste er das Kinn auf die Brust und wölbte den Rücken zu einem Buckel. Sein Kopf schien zu explodieren, als er auf die Erde prallte, doch er rollte instinktiv über beide Schultern ab, sprang sofort wieder auf, und obwohl gleißende Punkte vor seinen Augen zerplatzten, schlug er aus dem Handgelenk zwei ineinander verschlungene Kreise, um sich Raum zu verschaffen.

Die Doppelaxt folgte der Bewegung, traf jedoch auf keinen Widerstand.

Nicht etwa, weil Uroks ungestümer Gegner selbst am Boden lag. Nein, im Gegenteil. Hoch aufragend stand er da, den ganzen Körper von einer massiven Rüstung umgeben, nur ein wenig kleiner als Urok, aber dafür breiter in den Schultern. Und er war gewieft, das musste man ihm lassen.

Seelenruhig wartete er außerhalb der Reichweite der Axt, bis Urok die Waffe mit beiden Händen packen musste, um nicht die Balance zu verlieren.

Im gleichen Moment fuhr das Schwert des Gepanzerten heran, eine lange, gebogene Klinge, wie sie der Ork noch nie zuvor gesehen hatte; während der Innenbogen vollkommen glatt verlief, wies die äußere Schneide spitz zulaufende Auswüchse auf, die wie natürlich gewachsen schienen.

Urok entging der anzischenden Attacke durch eine Körperdrehung, konnte aber nicht verhindern, dass im Rückschwung einer der vorspringenden Zacken über seinen Schulterpanzer schrammte. Das vermochte den Harnisch nicht zu spalten, doch der Schlag setzte sich als glühend heißer Stich von seiner Schulter bis in seine Fingerspitzen fort.

Vor Schmerz und Wut brüllend schlug Urok mit der Axt zurück.

Durch die allumfassende Rüstung stark eingeschränkt, war sein Gegner bei Weitem nicht so beweglich wie er, darum krachte die geschwungene Schneide zweimal mit großer Gewalt auf den vorgewölbten Brustpanzer. Statt den Kerl damit in Stücke zu schlagen, federte die Axt jedoch zurück, als hätte Urok auf einen Granitblock eingedroschen. Der massive Stiel vibrierte so stark in seinen Händen, dass ihre Innenflächen umgehend zu schmerzen begannen.

Urok keuchte vor Überraschung. Er konnte kaum glauben, was er da sah, doch seine Augen spielten ihm keinen Streich: Während er selbst verzweifelt um sein Gleichgewicht kämpfte, ragte der Gepanzerte wie festgewurzelt vor ihm auf, als wäre nicht das Geringste passiert. Im Mondlicht war nicht einmal auszumachen, ob die Attacke ein paar Kerben auf der seltsamen Rüstung hinterlassen hatte. Tiefe Beulen, wie sie Urok zumindest erwartet hätte, waren jedenfalls nicht zu sehen.

Ein Knarren der aneinanderschabenden Armröhren warnte ihn vor einem neuerlichen Schwerthieb. Rasch wich er über die Lichtung nach hinten, obwohl dieser Rückzieher an seiner Ehre kratzte. Andererseits wäre es pure Dummheit gewesen, sich blind ins Verderben zu stürzen. Urok musste zuerst herausfinden, wie er diesen ebenbürtigen, wenn nicht sogar überlegenen Feind bezwingen konnte.

Der Gepanzerte drängte sofort nach, doch wegen der scharrenden Rüstung wirkten seine Schritte ein wenig ungelenk, und Urok bewegte sich wesentlich schneller, obwohl er rückwärtsging. Aber dieses Spiel ließ sich nicht endlos fortsetzen. Zumal nun auch Uroks anderer Gegner, der bisher still zugeschaut hatte, in den Kampf eingriff. Unter dumpfem Scheppern machte sich der Kerl daran, dem Ork den Weg abzuschneiden.

Nach außen hin glichen die beiden einander wie ein Ei dem anderen, waren in Größe und Gestalt absolut identisch; sie hätten jedes einzelne Teil ihrer Rüstung problemlos mit dem Nebenmann tauschen können, und es hätte haargenau gepasst.

Der Kerl, der ihn nun zusätzlich bedrängte, unterschied sich nur in einem einzigen Punkt von seinem Kameraden: Seine Rüstung war mit einem silbernen Puder bestäubt, das stärker glitzerte als Sterne am tiefschwarzen Himmelszelt; er musste durch ein Mondblumenfeld gelaufen sein.

Dennoch, sein Schwert schwang er genauso gefährlich wie der andere Gegner, der dem Ork schon so sehr zugesetzt hatte. Die Zeit wurde allmählich knapp. Urok musste sich etwas einfallen lassen.

Blitzschnell stieß er die Axt zweimal gerade nach vorn, als ob er den Gegner auf Abstand drücken wollte. Statt eines metallischen Echos erklang ein dumpfer, merkwürdig hohl tönender Laut. Stahl, der auf Stahl prallte, hörte sich anders an. Heißer Teer und Elfenrotz, mit was für Kreaturen schlug er sich hier bloß herum? Ihre Rüstungen bestanden nicht aus brüniertem Stahl, wie er geglaubt hatte, sondern aus natürlich gewachsenen Hornschalen!

»Stammen die wirklich aus den Tiefen des Innersunds?«, rief Urok laut, weil er nicht wusste, wo Feene steckte. »Ich dachte, das wäre nur dummes Elfengeschwätz.«

Sie antwortete nicht, trotzdem dämmerte Urok allmählich, woran ihn der Geruch der Hornrüstungen erinnert hatte: an Flusskrebse, die auf dem Trockenen lagen! Ja, genau so rochen diese Kreaturen.

Nur salziger und viel, viel strenger …

Wütend hämmerte er auf den Helm des glanzlosen Gegners ein, ohne dessen Vormarsch auch nur einen Herzschlag lang ins Stocken zu bringen. Der Kerl zog weiterhin seinen Säbel durch die Luft, und Urok spürte einen scharfen Luftzug über dem linken Ellbogen. Zum Glück konnte er ihn gerade noch rechtzeitig in die Tiefe drücken, sonst hätte er den Unterarm verloren.

Inzwischen hatte sich auch der Silberglänzende herangepirscht, und zwar so, dass Urok sich nicht mehr umdrehen konnte, ohne ihm den Rücken zuzuwenden. Für eine Flucht war es damit endgültig zu spät.

Flucht! Allein dass ihm dieser Gedanke während eines Kampfes durch den Kopf schoss, empfand er als Schande. Doch Urok fehlte die Zeit, um mit sich selbst zu hadern. Mit raschen Bewegungen wehrte er die Schwerthiebe ab, die nun abwechselnd von links und rechts auf ihn eindrangen.

»Ihr dürft ihn nicht töten!«, schrie Feene von irgendwoher auf die beiden Gepanzerten ein. »Dieser Ork verfügt über großes Wissen! Der Lichtbringer braucht ihn lebend!«

»Schlangenzunge!«, schimpfte Urok, erbost über ihre verräterischen Worte, obwohl er selbst nie ein Bündnis mit ihr angestrebt hatte.

Den beiden Gepanzerten war nicht anzusehen, ob sie Befehle von der Elfin annahmen. Schweigend, ohne sich mit Blicken oder Worten abzustimmen, drangen sie immer heftiger auf Urok ein. Der Ork kam längst nicht mehr zu eigenen Angriffen, sondern mühte sich bloß noch, die auf ihn einprasselnden Schläge abzuwehren. Einen Kampf wie diesen hatte er noch nie zuvor geführt.

Er stand am Rande einer Niederlage, die sich nur noch hinauszögern, aber keinesfalls mehr verhindern ließ. Jeder noch so starke Hieb, den er den Gepanzerten entgegenschmetterte, scheiterte an ihren starken Rüstungen. Selbst weit ausholende Schläge, die gegen ihre Helme krachten, lösten nur ein Kopfschütteln aus. Die Hornschalen waren nicht nur undurchdringlich, sie milderten auch die Wucht seiner Hiebe so stark, dass die fremden Krieger kaum eine Spur von Benommenheit zeigten.

Urok hingegen schmerzten die Handflächen längst so sehr, dass er kaum noch den Axtstiel halten konnte. Selbst seine Orkhaut vermochte den harten Rückschlägen auf Dauer nicht schadlos zu widerstehen, und so war das glatte Holz längst schlüpfrig vor Blut geworden. Dennoch fasste er den Schaft fester, längst bereit, bis zum letzten Atemzug zu kämpfen.

Urok verspürte keine Furcht vor dem Tod, nur Ärger darüber, dass es ausgerechnet so enden sollte: im Kampf gegen zwei Kreaturen, die nach totem Fisch stanken!

Lachend wich er ein letztes Mal zurück, bis er mit dem linken Absatz gegen eine Baumwurzel stieß. Über ihm sorgte ein dicht belaubter Ast für tiefen Schatten. Er war am Ende seines Weges angelangt. Noch einen Schritt weiter, und er wäre mit dem Rücken gegen den Stamm einer mächtigen Eiche geprallt.

Darum setzte er all seine Hoffnung in einen letzten, kraftvoll geführten Schlag, den er ansatzlos von unten heraufwirbeln ließ – direkt in die rechte Achselhöhle des mit erhobenem Schwertarm näher stampfenden Gegners. Wenn sich nicht die Rüstung selbst durchdringen ließ, so Uroks Gedanke, musste er eben die Stellen finden, an denen die einzelnen Hornschalen auseinanderklafften.

Ellbogen und Knie schieden dabei aus. Dort sorgten kleine Platten über den Gelenken für einen vollständigen Schutz, auch wenn sie bei jeder Bewegung gegen die angrenzenden Arm- oder Beinröhren stießen. Dabei entstand das dumpfe Scheppern, das diesen Kreaturen ebenso anhaftete wie der schlechte Geruch, den sie verströmten.

Die Schwerthiebe erfolgten jedoch viel flüssiger als ihre Beinarbeit. Deshalb musste die Reibung in der Schulterpartie geringer sein.

Das Geräusch, mit dem sich die geschwungene Schneide in die Achsel fraß, klang denn auch nicht dumpf, sondern schmatzend. Der Gepanzerte gab ein hektisches Klappern von sich, während etwas Dunkleres als Blut seinen Oberkörper herablief.

»Es gibt nichts, was ein Ork nicht verletzen kann!«, schrie Urok triumphierend, aber dem Gefühl der Hoffnung, das ihn kurz durchzuckte, folgte rasch bittere Ernüchterung.

Den einen Gegner zu verwunden, hatte ihn Zeit gekostet. Viel Zeit, die ihm zur Abwehr des Silberglänzenden fehlte. So rasch er seine Axt auch wieder hervorzog, der andere war schneller. Blitzschnell zuckte sein Schwert heran und klemmte sich mit dem längsten seiner vorspringenden Zacken hinter die obere Axtkopfschwinge.

Fluchend versuchte Urok seine Waffe zu befreien, doch alles Zerren und Drehen nutzte nichts – Schwert und Axt blieben ineinander verkantet. Zumindest lange genug, um dem Glanzlosen die Möglichkeit zu geben, mit einem sauberen Hieb dazwischenzuhauen. Ein Mensch wäre wohl entsetzt zurückgesprungen beim Anblick der scharfen Klinge, die auf seinen ausgestreckten Arm niederfuhr, doch Urok wollte seine geliebte Streitaxt auf keinen Fall verlieren.

Das Schwert traf sein Ziel und durchtrennte es mit einem harten Ruck, und Urok stolperte gegen die Eiche, spürte aber nur schmerzhaft, wie er mit dem Rücken gegen den breiten Stamm schlug. Als er die Arme in die Höhe riss, erkannte er erleichtert, dass er noch im Besitz beider Hände war. Von der Axt umklammerte er dagegen nur noch das untere Ende.

Statt den Arm abzuschlagen, hatte ihn der Gepanzerte bloß entwaffnet.

Fassungslos starrte Urok auf die beiden Helme, deren Mittelwülste sich nach vorn hin zu einem engen, dunklen Spalt öffneten. Was auch immer für Augen dahinter verborgen sein mochten, sie mussten verdammt klein sein, aber trotzdem sehr scharf. Denn die beiden Schwerter, die zu Uroks Kehle emporzuckten, verharrten genau gleichzeitig eine Handspanne vor seinem Adamsapfel.

Also hatten Feenes Worte doch Gehör gefunden.

Man wollte ihn lebend fangen.

Urok fletschte zufrieden die Zähne. Gleichzeitig riss er den gebrochenen Axtstiel in die Höhe und hämmerte ihn so schnell nach links und rechts gegen die flachen Schwertseiten, dass die gefährlichen Spitzen von seiner Kehle wegflogen.

Schon im nächsten Atemzug hatte er dem Glanzlosen den durchgeschlagenen Schaft ins Visier gerammt.

Zwar war der zu dick, um ihn allzu tief in den klaffenden Spalt zu bohren, doch einige spitz nach vorn ragende Splitter drangen weit genug ins Innere, und mit einem lauten Klappern, das einem Fauchen ähnelte, taumelte der Gepanzerte zurück.

Sein silberglänzender Kamerad ließ dagegen den Griff seines Schwertes auf Uroks Handgelenk sausen. Der derbe Schlag traf so hart, dass dem Ork die Finger taub wurden. Er konnte den Axtstiel nicht länger halten. Klappernd prallte er auf die Baumwurzel und rollte zur Seite, während Urok selbst von zwei kräftigen Händen gepackt und gegen die Eiche geschleudert wurde.

Hastig versuchte Urok den brutalen Griff zu sprengen, aber der Silberglänzende war stärker. Seine gewaltigen Pranken bohrten sich in die Schultern des Orks und pressten sie so heftig zusammen, dass der Schmerz beinahe unerträglich wurde. Urok wand sich wie noch nie zuvor in seinem Leben. Nur mühsam schüttelte er das Gefühl der Lähmung ab und tastete über glatte Hornschalen, bis er am gegnerischen Helm anlangte.

Zischend legte die Kreatur ihren Kopf tief in den Nacken. Unterhalb des Helms kam eine nässende Hautfalte zum Vorschein, wenig mehr als ein Schlitz, aus dem sich zwei spitz zulaufende Kieferzangen schoben, die mit grässlichem Klacken auf- und zuschnappten, wieder und immer wieder.

Angewidert packte Urok den Helm mit beiden Händen, um sich

das Greifwerkzeug vom Hals zu halten, das an übergroße Krabbenscheren erinnerte. Aber das nützte nichts.

Neben ihm tauchte bereits der Glanzlose mit erhobenen Fäusten auf.

Kurz bevor er den hilflosen Ork bewusstlos prügeln konnte, ließ ihn jedoch Feenes Stimme mitten in der Bewegung erstarren.

»Befrei mich gefälligst zuerst!«, keifte sie die Kreatur an. »Dein Kamerad ist auch allein Herr der Lage!«

Scheinbar unschlüssig, zögerte der Angesprochene einen Moment. Viel zu lange für Feenes Geschmack. »Mach schon!«, forderte sie mit einer Schärfe in der Stimme, die Urok aufhorchen ließ. »Die Legion der Toten befehligt diese Vorhut. Ihr seid uns nur als Hilfstruppe beigestellt!«

Das gab den Ausschlag. Gehorsam drehte sich der Gepanzerte um, hob sein Schwert und begann die Fesseln der Elfin vorsichtig zu zerschneiden.

Als sich Uroks Blick mit dem von Feene kreuzte, konnte er darin deutlich lesen, dass sie ihm absichtlich einen seiner Gegner vom Leib geschafft hatte. Trotz der Schmerzen, die seinen Körper peinigten, schöpfte er neuen Mut.

Knurrend packte er den reflektierenden Tellerhelm unter seinen Händen noch fester und riss ihn von links nach rechts. Das Klappern der auf- und zuschnappenden Kieferzange schwoll zu einem hektischen Scheppern an.

Alarmiert wirbelte der Glanzlose herum, kam aber keinen Schritt weit, weil ihm Feene von hinten in die rechte Kniekehle trat. Völlig überrascht knickte die große Gestalt ein wie von einer Sense umgemäht.

Feene, die eben noch ihre befreiten Handgelenke massiert hatte, um das aufgestaute Blut zum Zirkulieren zu bringen, packte den Tellerhelm des Gestrauchelten und riss ihn tief in den Nacken. Noch während das Knacken der aneinanderreibenden Schalen ertönte, versteifte sie zwei Finger ihrer rechten Hand und stieß beide tief in den klaffenden Augenschlitz.

Die Kreatur bäumte sich vor Schmerz auf, doch das half der Elfin nur dabei, Zeige- und Mittelfinger weiter bis zu den Knöcheln in den Schlitz zu treiben. Das Klappern der Beißwerkzeuge wurde überlaut, bevor es schlagartig verklang. Die Bewegungen unter der Hornpanzerung erstarrten ebenfalls, trotzdem drehte Feene die Hand und stieß noch einmal zu.

Urok spürte, wie sich der eiserne Griff um seine Schultern verstärkte, trotzdem zerrte er weiterhin an dem Helm unter seinen Händen. Er zog und riss so lange, bis etwas unter der Panzerung zerbrach.

Mit einem Mal ließ sich das Visier mühelos auf den Rücken drehen, aber die Finger des Silbernen bohrten sich noch immer in seine Schultern.

Brüllend nahm Urok all seine verbliebene Kraft zusammen, bis sich der Tellerhelm mit einem saugenden Geräusch in die Höhe schraubte und schließlich ganz von den Schultern löste.

Dickflüssige Gallertmasse verspritzend, flog der Helm im hohen Bogen davon. Dumpf schlug er in den Pflanzenteppich ein und sprang noch einige Male in die Höhe, bevor er endgültig zur Ruhe kam. Im Mondlicht war deutlich zu erkennen, dass dabei etwas Schleimiges aus der Halsöffnung tropfte.

Aus der Wunde zwischen den Schulterblättern spritzte dagegen pechschwarzes Blut.

Was der erste Blick unter die Panzerung offenbarte, drehte Urok schier den Magen um. Statt eines festen, aus Brustkorb und Rücken bestehenden Rumpfes war da nur eine weiche, wirbellose Masse, die leise schmatzend vor sich hin wackelte. Zu großen Teilen transparent, aber von zuckenden Sehnen und schwarz pulsierenden Adern durchzogen, schien die äußere Haut kaum mehr als eine dünne Membrane zu sein, die – einmal eingerissen – den matschigen Leib nicht mehr zu halten vermochte. Die robuste Schale machte wohl ein zäheres Innenleben überflüssig, doch war die Panzerung erst einmal durchdrungen, waren diese weichen Gallertwesen vollkommen schutzlos.

Angewidert befreite sich Urok aus der Umklammerung des Toten.

Feene, die sich die ganze Zeit über keinen Fußbreit von der Stelle gerührt hatte, sah ihn grinsend an. »Typisch Ork«, neckte sie, ihre vor Schleim triefende Hand stolz in die Höhe reckend. »Wo ihr mit beiden Armen ackern müsst, reichen uns zwei Finger.«

Er knurrte ihr eine unflätige Antwort zu, in der es um den Fischgeruch ging, der ihr dafür tagelang anhaften würde, konnte aber ein Zucken der eigenen Mundwinkel nicht unterdrücken. Ohne Feenes Hilfe hätte er die beiden Gepanzerten niemals bezwingen können, das musste er sich eingestehen. Urok war froh, dass sich die Elfin auf seine Seite geschlagen hatte, was für Gründe auch immer ihr Handeln bestimmen mochten.

Nachdem die zerbrochene Axt eingesammelt war, leerte er den abgerissenen Helm aus und befestigte ihn sowie die Axthälften auf seinem Rücken, wofür er die Reste von Feenes Fesseln verwendete. Ohne diese Trophäe hätte ihm sonst niemand geglaubt, was er gerade erlebt hatte.

Danach nahm er das bizarr gezackte Schwert auf, das der Silbergesprenkelte hatte fallen lassen. Die Klinge bestand nicht aus Stahl, sondern aus dem gleichen natürlich gewachsenen Hornmaterial wie die Rüstungen. Trotzdem waren beide Schneiden rasiermesserscharf.

»Du scheinst tatsächlich immer noch mit mir nach Arakia fliehen zu wollen«, stellte er fest, ohne Feene anzusehen.

Irgendwo über ihren Köpfen entfernte sich ein Vogel mit hartem Flügelschlag, und als beide aufsahen, konnten sie gerade noch einen Blick auf die goldene Taube erhaschen, die rasch an Höhe gewann und im Dunkel der Nacht entschwand.

Feene, die das andere Schwert aufgenommen hatte, ließ die Klinge einige Male prüfend durch die Luft zischen. Die Waffe war viel zu groß für sie, trotzdem nickte sie zufrieden, rammte sie mit der Spitze in den Boden und lehnte sich lässig auf den Griff.

»Von *wollen* kann keine Rede sein«, antwortete sie ungewöhnlich ernst. »Von nun an habe ich schlicht und ergreifend keine Wahl mehr.«

29

Urok war froh, als das Moos unter seinen Sohlen zu schmatzen begann. Endlich, die Schwarze Marsch lag vor ihnen! Es wurde auch höchste Zeit, denn aus den umliegenden Wäldern rückte das Klappern zahlloser Hornrüstungen unbarmherzig näher.

Es war ihm ein Rätsel, wie sich die überall entlang des Sumpfes postierten Gepanzerten so schnell alarmieren ließen. Woher sie seinen Fluchtweg kannten, war dagegen leicht zu erraten. Die verdammte Taube, die laufend über ihren Köpfen kreiste, hatte offenbar bessere Augen als manche Eule. Denn so viele Haken sie auch schlugen und so gut sie sich auch verbargen, das verdammte Vieh spürte sie immer wieder auf.

Hätte er doch bloß nicht Pfeil und Bogen zurückgelassen.

»Warum hast du nur Pfeil und Bogen an der Schlucht zurückgelassen?«, schimpfte Feene, als hätte sie seine Gedanken erraten. »Dann läge das elende Vieh schon längst kalt am Boden.«

»Wir schaffen es auch so«, behauptete er, dabei war er seiner Sache keineswegs so sicher, wie er vorgab. »Außerdem erreichen wir gleich eine Stelle, an der wir die anderen abhängen können.«

Ein leises Quaken erinnerte Urok schmerzhaft daran, wie sehr ihm inzwischen der Magen knurrte. Von Hunger getrieben, ließ er den Blick in die Richtung schweifen, aus der die Laute drangen. Er hatte Glück, denn er entdeckte auf Anhieb das große Blatt, unter dem die fette Kröte steckte, die im Schlaf unbewusst ihre Wangen blähte.

Mit drei langen Sätzen war er bei ihr. Sie erwachte von seinen Schritten, doch ihre überstürzte Flucht endete genau in seinen zuschnappenden Pranken.

Geschickt packte er sie an den glitschigen Schenkeln und riss sie mit einem harten Ruck in der Mitte auseinander.

Während eine Hälfte des noch zuckenden Leibes zwischen seinen Zähnen verschwand, hielt er die andere Feene hin. »Hier«, bot er kauend an. »Schmeckt gut und ist sehr nahrhaft.«

Statt ein Wort des Dankes gab die Elfin einen angewiderten Laut von sich. Fassungslos starrte sie auf den Krötenschenkel, der sich zwischen seinen Fingern weiterhin spannte und streckte, als wollte das zerrissene Tier immer noch davonhüpfen. Auch als Nerven und Sehnen endlich jede Bewegung eingestellt hatten, langte sie nicht zu, um sich zu stärken.

»Was ist?«, fragte Urok, nachdem er den eigenen Bissen zerkaut und hinuntergeschluckt hatte.

»Das … das da soll ich *essen*?« Feene schüttelte sich. »Das ist doch nicht dein Ernst!«

»Du magst nicht?«, fragte er verblüfft, wartete aber keine Antwort ab, sondern verleibte sich auch die andere Hälfte mit einem lauten Schmatzen ein. »Umso besser. Bleibt mehr für mich!«

Obwohl der Hunger weiterhin an seinen Därmen nagte, setzte er den eingeschlagenen Weg fort. Öde und leer dehnte sich die trostlose Landschaft vor ihnen. Um sie herum ragten nur noch einzelne Bäume auf, viele von ihnen halb zur Seite gesunken. Dafür atmete der warme Boden feuchte Schwaden in die kalte Nachtluft aus, und Feene und er wateten bald darauf durch kniehohe Nebelschwaden, die ihnen die Sicht auf ihre Füße raubten.

Zum Glück konnte sich Urok an einer knorrigen Trauerweide orientieren, deren kahle Zweige wie behaarte Spinnenbeine herabhingen und über einen tief versunkenen Findling strichen. Genau wie vor drei Sommern, als er das letzte Mal durch diese Gegend gestreift war.

»Weiter links!«, dirigierte er Feene, die einen Schritt vorauseilte. »Hast du Trollschmalz in den Ohren? Noch weiter links!«

»Wozu?«, gab sie feindselig zurück. »Wir haben doch allen Platz der Welt!«

Das letzte Wort hatte sie noch nicht zu Ende gesprochen, als sie auf etwas trat, das sie mit einem großen Sprung zurückweichen ließ. »Verdammt! Was ist das denn?«

Ihre hektische Bewegung hatte ein Loch in die Nebeldecke gerissen, in der einige kräftige, auf gleiche Länge gebrachte Rundhölzer zu sehen waren. Bis zur oberen Wölbung in Laub und Erde versunken, reihten sie sich, an beiden Seiten durch umlaufende Stricke miteinander verbunden, so dicht aneinander, dass sie einen festen Steg ergaben.

»Gut gemacht«, lobte Urok hämisch. »Du hast den Knüppeldamm tatsächlich vor mir gefunden.« Ohne weitere Erklärungen abzugeben, setzte er den ersten Fuß auf die Hölzer und eilte darüber hinweg. Leise Flüche vor sich hin murmelnd, folgte ihm Feene.

Von nun an hallten ihre Schritte seltsam hohl zu ihnen empor. Die Feuchtigkeit machte das Holz glitschig, doch beide hatten sie einen zu guten Gleichgewichtssinn, um darauf auszurutschen.

Zuerst verlief der Damm einigermaßen gerade, knickte dann aber mehrmals nach links und rechts ab, sodass sie zwar unentwegt rannten, aber nur noch langsam Richtung Westen vorankamen.

»Lass uns lieber abkürzen«, riet Feene. »Die Gepanzerten sitzen uns schon dicht im Nacken.« Das Rasseln und Klappern der Hornrüstungen war längst zu einem vielstimmigen Scheppern angewachsen. Es konnte nicht mehr lange dauern, bis sich die ersten Verfolger im Nebel abzeichnen würden.

Urok hielt an, weil er nicht wusste, wann der Damm das nächste Mal die Richtung wechselte. »Nimm dein Schwert und stocher neben uns herum«, verlangte er von Feene, während er den Nebel zu seinen Füßen fortwedelte, um eine aus dem Morast aufragende Astgabel näher in Augenschein zu nehmen.

Nach anfänglichem Maulen kam die Elfin seiner Aufforderung nach. Zu ihrer Überraschung stieß sie auf keinen nennenswerten Widerstand, als sie die Klinge links des Stegs in den Boden rammte. Wieder aus der Versenkung gezogen, war sie bis zur Parierstange mit Schlamm beschmiert.

»Wir befinden uns längst inmitten des Sumpfes«, erklärte Urok. »Der Damm verläuft im Zickzack, weil der feste Untergrund die Richtungsänderungen vorgibt. Rundum versinkt man bis zum Hals im Morast.« Er grinste breit und fügte hinzu: »An einigen Stellen auch tiefer.«

»Das nützt uns nichts«, antwortete Feene bissig. »Es mag nicht so aussehen, aber die Gepanzerten sind gute Schwimmer.«

»Im Wasser vielleicht, aber hier in den Marschen herrschen andere Gesetze«, gab sich Urok überzeugt.

Feene wollte etwas Unfreundliches erwidern, schwieg aber überrascht, als sie sah, dass er seinen Dolch unter der Armmanschette hervorzog. Dann begann er an den Halteseilen des Steges herumzusäbeln.

»Was hast du vor?«, fragte sie verwirrt. »Willst du uns beide ins Unglück stürzen?« Leichter Teergeruch zog zu ihnen herüber. Die heißen Quellen, aus denen die dunkle Paste hervorsprudelte, waren nicht mehr fern.

»Es ist nicht mehr weit bis zur ersten festen Insel«, erklärte Urok, auch wenn sie nichts damit anfangen konnte. »Das erkenne ich an diesem Zeichen.« Er deutete auf die Astgabel.

»Ja, und?«, fragte Feene ungeduldig.

»Geh vor, dann wirst du schon sehen.« Mit einem raschen Schnitt durchtrennte er auch das Halteseil an der rechten Seite.

Verblüfft zwängte sich die Elfin an ihm vorbei und beobachtete, wie er den losgeschnittenen Knüppel aufnahm und den daranhängenden Steg mit in die Höhe zog. Klappernd rollte sich der hölzerne Belag wie ein Teppich auf.

»Schneller!«, trieb er die Elfin an. »Gleich kommt eine Untiefe, in der wir versinken können, wenn der Steg nicht mehr stramm genug gespannt ist.«

Sie begriff, was er meinte, als sie plötzlich ein lautes Platschen unter ihren Sohlen vernahm. Verdutzt blicke sie an sich herab und sah, wie das Holz unter ihr versank. Doch der gemeinsame Auftrieb der miteinander verbundenen Knüppel reichte immer noch aus, um ihr Gewicht zu halten.

Sie lief nun schneller, und es schien Urok beinahe, als würden ihre Füße den geflochtenen Steg kaum noch berühren.

»Du hättest mich das tun lassen sollen!«, rief sie über die Schulter hinweg. »Mit dem Atem des Himmels ist es für mich ein Leichtes, solche Stellen zu überwinden!«

Atem des Himmels? Manchmal redete sie wirklich ziemlich wirr daher.

»Am Haselnussstrauch scharf rechts!«, rief er ihr zu. »Wenn du an dieser Stelle geradeaus rennst, versinkst du mitsamt deinem Himmelsfurz im Schlamm!«

Sie folgte seinem Hinweis, während er selbst bis zu den Knien im Morast einsank. Der hinter ihm gelöste Steg drohte unter seinen Füßen wegzudrehen, doch er kannte Untiefen wie diese und rannte einfach weiter, bis der Auftrieb die schwimmenden Hölzer wieder nach oben drückte. Das offene Ende weiterhin unter den Arm geklemmt, bog er am Strauch ebenfalls ab und erreichte den festen Grund, auf dem Feene bereits ungeduldig wartete.

Dort angekommen zog Urok den mitgeschleppten Knüppelteppich zu sich an Land und verbarg ihn sorgsam im Nebel. Wer ihnen nun folgte, stand unversehens vor dem Nichts, und das direkt vor einer großen Untiefe, die sich durch keinen noch so weiten Sprung überwinden ließ.

Auf heimischem Grund zu kämpfen hatte viele Vorteile.

Gemeinsam lauschten sie einige Zeit in den Nebel. Das Scheppern der Hornrüstungen verstärkte sich, klang aber immer noch weit entfernt. Wie erwartet, mieden die Gepanzerten den weichen Untergrund und suchten nach dem festen Weg, den Feene und er genommen hatten. Lautes Stampfen bewies, dass die ersten bereits am Knüppeldamm angelangt waren.

»Wie geht es weiter?«, fragte Feene ungeduldig, beide Hände schützend auf den nackten Bauch gelegt. Trotz der Wärme, die aus dem Boden stieg, fror sie im kalten Nachtwind.

Urok begleitete sie zum nächsten Steg, der hinter einem kleinen Birkenhain begann. »Von hier aus ist es ungefähr noch einmal so weit wie über den anderen Knüppeldamm, dann erreichen wir die Schutzhütte«, erklärte er, bevor er ihr einschärfte: »Von nun an kein Wort mehr. Es ist zwar Nacht, trotzdem drücken sich dort immer wieder Lindwürmer herum.«

»Das ist nicht dein Ernst?«, fragte sie, doch als sie in seine Augen sah, murmelte sie resigniert: »Verdammt, uns bleibt aber auch nichts erspart.«

Durch Birken und Nebel gedeckt, eilten sie schweigend weiter. Die Schwaden um sie herum stiegen immer höher, bis die kahle Landschaft wie hinter einem Vorhang versank.

Sie hatten sich längst an den schwankenden Untergrund gewöhnt, und selbst die Elfin wusste mittlerweile die Zeichen zu deuten, die neben dem Steg aus dem Boden ragten. Beinahe schwerelos federte sie über die schmierigen Knüppel hinweg, während Urok nicht verhindern konnte, dass seine Schritte weit über die offene Marsch hinaushallten.

Doch das machte nichts, ihre Verfolger veranstalteten weitaus mehr Lärm.

Aufgeregtes Klappern markierte den Moment, an dem die ersten Gepanzerten unversehens das Ende des aufgetrennten Steges erreichten und in den schlammigen Fluten versanken. Feene und Urok nickten sich triumphierend zu wie alte Kampfgefährten, die dem gemeinsamen Feind ein Schnippchen geschlagen hatten.

Wahrscheinlich hätte diese gemeinsame Gefühlsaufwallung beide irritiert, wäre aus dem festen Untergrund nicht übergangslos eine schwankende Hängebrücke geworden.

»Gleich ist es so weit«, flüsterte Urok, und er sollte recht behalten.

Schon nach dem zweiten tief in den Boden gerammten Pfosten, der den hölzernen Steg an starken Halteseilen trug, schälten sich die Umrisse einer Pfahlhütte aus dem grauen Einerlei. Mit jedem Schritt, den sie näher kamen, zerfaserten die Schwaden weiter, bis sie eine massive Plattform sahen, auf der sich die einfache, mit Schilf gedeckte Hütte erhob.

Von Torg Moorauge oder anderen Fischern war nirgends etwas zu entdecken, doch Schutzhütten wie diese gab es viele. Sie dienten als trockener Platz bei Regen und in der Nacht. Die Lindwürmer, die in immer größerer Zahl aus ihren angestammten Gebieten südwärts strömten, hatten längst herausgefunden, dass hier besonders häufig Orks anzutreffen waren.

Leise setzten sie den Fuß auf die Plattform, die über lange, miteinander verstrebte Stelzen fest im Marschboden verankert war.

Feene schlich als Erstes zu dem kleinen Kanu, das an der Rückseite im Wasser dümpelte, während Urok die nur durch einen einfachen Riegel verschlossene Hüttentür öffnete. Sofort schlugen ihm Fäulnisgase entgegen, die seine Magensäfte anregten.

Drinnen war es so finster wie in einer Bärenhöhle, doch er fand sich tastend zurecht. Was in Hütten wie dieser zu finden war, stand jedem zur Verfügung, ungeachtet des Ranges oder des Clans, dem man angehörte. Selbst ein Geächteter durfte sich bedienen, so lautete das Gesetz der Schwarzen Marsch.

Und wäre es anders gewesen, hätte es ihn nicht gestört.

Lächelnd tastete er über einige glatte Fischleiber, die kopfüber von der Decke hingen. Bei einem Sumpfaal, der sich unter seinem Griff nahezu auflöste, hielt er inne und löste die Schwanzspitze vom Haken. Danach suchte er noch einige andere Dinge, die zu gebrauchen waren.

Zusätzlich mit einem Langbogen, einer Handvoll Pfeile und einer weichen Kaninchendecke beladen, trat er wieder nach draußen. Feene, die gerade ihre nackten Arme mit den Händen rieb, um sie ein wenig aufzuwärmen, blickte überrascht auf, als er ihr die zusammengenähten Felle zuwarf. Es dauerte einen Moment, bis sie begriff, dass er sich um sie kümmerte, doch indem er einen Finger auf beide Lippen legte, verhinderte er, dass sie sich bei ihm lautstark bedankte.

Feene nickte verstehend und sah sich suchend um, doch bisher ragte noch kein einziger Lindwurmkopf aus den schlammigen Fluten. Sie hüllte sich in die Decke, während Urok den Himmel nach der Taube absuchte. Natürlich ließ sich das verdammte Biest nun, da er über einen Langbogen verfügte, nicht mehr blicken.

Er begann, den stark verwesten Sumpfaal vom Kopf her zu verspeisen. Auch diesmal lehnte Feene angeekelt ab, als er ihr davon anbot. Vielleicht wusste sie ja nicht, dass sich das Gift des eigentlich ungenießbaren Fisches durch den Fäulnisprozess zersetzt hatte.

»Lieber esse ich Sumpfgras«, raunte sie leise, als er ihr die Delikatesse mit großen Gesten schmackhaft zu machen suchte.

Ihr Schweigen wurde ohnehin zunehmend sinnlos. Die Gepanzerten, die sich jenseits der Birkeninsel sammelten, machten längst durch lauteres Knarren und Scheppern auf sich aufmerksam. Es konnte nicht mehr allzu lange dauern, bis sie die Untiefe überwunden hatten, und wenn sie dazu über die toten Körper ihrer ertrunkenen Kameraden marschieren mussten.

»Die scheuchen uns noch sämtliche Lindwürmer auf«, flüsterte Urok der Elfin schmatzend ins Ohr. Zufrieden schluckte er den letzten Bissen hinunter. »Wir müssen schleunigst an Bord und fort von hier.«

Von Osten her hellte sich der Himmel zunehmend auf. Es konnte nicht mehr lange dauern, bis die Morgendämmerung hereinbrach. Rasch eilten sie auf das Kanu zu, doch kurz bevor sie die Sprossen der primitiv gezimmerten Leiter erreichten, die zum unteren Steg führte, begann das bis dahin träge vor sich hin dümpelnde Gefährt heftig im Wasser auf und ab zu tanzen.

Urok ahnte schon, was der schwere Wellengang zu bedeuten hatte, noch ehe zwei schäumende Fontänen aus dem Wasser schossen.

Nachdem die großen Nüstern freigepustet waren, tauchte auch der Rest des geschuppten Lindwurmkopfs aus den Fluten. Immer höher und höher hob er sich der Plattform entgegen, und so, wie das Tier sie mit seinen smaragdgrünen Augen fixierte, waren sie längst entdeckt. Unter lautem Plätschern rannen die schlammigen Fluten von den gelbrot schattierten Schuppen.

Feene riss ihr Hornschwert in die Höhe, um das Tier mit einem raschen Hieb zu empfangen, doch Urok drückte ihre Arme wieder in die Tiefe. »Nur die Ruhe«, mahnte er. »Oder willst du, dass er uns in der Mitte durchbeißt?«

Dem Lindwurm war ihre feindselige Haltung nicht entgangen. Wütend peitschte seine lange Zunge zwischen den scharfen Zahnreihen hervor. Er wartete nicht, bis rund um ihn herum weitere Tiere blubbernd an die Oberfläche stiegen, sondern hob den Hals über die Plattform hinweg. Das Maul weit aufgerissen, schaukelte er mit dem Kopf hin und her, als ob er jeden Moment herabstoßen und nach Feene schnappen wollte. Schaffte er es bei einer solchen Attacke, seine Beute mit ins Wasser zu reißen, war diese rettungslos verloren.

Urok schob sich schützend vor die Elfin und deckte sie mit seinem massigen Körper. Ob sie Angst verspürte, konnte er nicht erkennen, doch sie war klug genug, sich fest an seinen Rücken zu pressen, um möglichst wenig Angriffsfläche zu bieten.

»Zurück in die Hütte«, schlug sie leise vor, doch er schüttelte den Kopf.

Weder die Plattform noch die dünnen Wände boten ausreichend Schutz, doch er hatte keine Zeit, ihr das zu erklären. »Schön ruhig«, redete er auf den Lindwurm ein. »Wir wollen doch alle gut miteinander auskommen, oder?«

Das Tier antwortete mit einem heftigen Schnauben, wonach das in den Nüstern verbliebene Wasser von Uroks Gesicht tropfte. Doch er verzog nicht die geringste Miene.

Zuerst starrte der Lindwurm mit gebleckten Zähnen auf ihn herab, doch dann …

Dann senkte er das mächtige Haupt und rieb mit seiner Schädelplatte gegen Uroks Brust.

»Was ist *das* denn?« Feene boxte dem Ork von hinten in die Nieren. »Sind das etwa die wilden Lindwürmer, die uns so wahnsinnig gefährlich werden können?«, schimpfte sie.

»Wild schon«, antwortete er in ruhigem Ton. »Mit etwas Glück allerdings eher lästig als gefährlich.« Vorsichtig tätschelte er den geschuppten Schädel, sehr darauf bedacht, die spitzen Nackenhörner nicht zu berühren.

Von der Schädelplatte aus zog sich der Kamm des Lindwurms bis tief in den Rücken hinab, um dann, nur kurz unterbrochen, zum Schwanzende hin noch einmal stark anzuwachsen. Im Gegensatz zu den gezähmten Exemplaren der Schädelreiter hatten die Bewohner der Marschen keine Hinterbeine. Auf festem Untergrund waren sie deshalb ein wenig unbeholfen, im Sumpf jedoch so schnell wie kein anderes Tier ihrer Größe. Die flexible Schuppenhaut, die sich zwischen ihren Rückenhörnern spannte, nahm am Ende beinahe die Ausmaße einer breiten Flosse an, die den Tieren half, sich ungeheuer flink durch Wasser und Morast zu bewegen.

Urok zählte drei weitere Lindwürmer, die sich rundum aus den Fluten hoben. Es handelte sich um zwei Alttiere mit grünen Schuppen und noch ein jüngeres, das eher grünblau schimmerte. »Entzünde ein Feuer«, befahl er Feene. »Wir müssen hier weg, bevor sich noch mehr versammeln.«

»Ein Feuer?«, fragte sie, vorsichtig unter seiner Achsel hervorlugend. »Wozu soll das gut sein?«

Der Gelbrote mochte ihre Stimme nicht, funkelte sie aber nur feindselig an, bevor er den Kopf drehte und seine Flanke präsentierte. Urok entdeckte sofort, was ihm das Tier zeigen wollte. Eine entzündete Stelle, in deren Mitte drei schwarze Punkte zuckten: das Hinterteil und die Beine eines Parasiten, der sich zwischen den Schuppenplättchen hindurchgewunden hatte und sich am Blut seines unfreiwilligen Wirts labte.

»Siehst du diese Sumpfzecke?«, fragte er die Elfin. »Wenn die Lindwürmer diese Biester zu spät bemerken, bleiben sie ihnen ein Leben lang erhalten. Weil der Juckreiz die Lindwürmer mit der Zeit angriffslustig macht, befreien unsere Teerfischer sie schon seit Generationen von diesen Plagegeistern. Das führt mittlerweile dazu, dass befallene Tiere in die Schwarze Marsch herabwandern, um nach Booten und Schutzhütten zu suchen, weil sie von uns Orks Hilfe erwarten.«

Inzwischen drängten auch die übrigen Lindwürmer heran und äugten über die Plattform hinweg. Sobald sie ihre schmalen, nach vorn gezogenen Schnabelmäuler aufklappten, roch es nach Aas und geöffneten Leibern. Ansonsten wirkten sie genauso friedlich wie ihre gezähmten Artgenossen in den Reihen der Schädelreiter.

»Und wenn wir uns einfach davonstehlen?«, fragte Feene hoffnungsvoll.

Urok schüttelte den Kopf. »Dann werden sie wütend, glaub mir. Sehr, sehr wütend.«

Schweigend gab sich die Elfin geschlagen. Auf Uroks Weisung hin suchte sie in der Hütte, bis sie eine Fackel, Feuerstein, Zunder sowie eine spezielle Metallzange fand. Als sie die ersten Funken schlug, begannen die Lindwürmer erwartungsfroh mit den Köpfen zu wackeln. Drei der vier plagten Entzündungen, die von Sumpfzecken herrührten. Nur hin und wieder blickten sie in die Höhe, wenn eine frische Brise das Scheppern der Gepanzerten herüberwehte.

Lag es nur an der Windstärke oder waren ihre Verfolger inzwischen näher herangerückt? Urok wusste es nicht, doch das Warten auf den Angriff zerrte schlimmer an seinen Nerven als ein Kampf gegen eine vielfache Übermacht.

Er war schon ganz kribbelig. Besonders seine linke Hand juckte immer stärker. Es dauerte einen Moment, bis er das Gefühl richtig zuordnen konnte, dann konzentrierte er sich auf die heißen Wallungen, die durch seine Blutbahnen pulsierten.

Kurz darauf züngelten die ersten Flammen über seinen Handrücken hinweg. Elmsfeuern gleich sammelten sie sich an seinen Fingerspitzen, sodass er nicht erst die Zange zum Glühen bringen musste, um zur Tat zu schreiten.

»Vielleicht geht es so schneller«, sagte er zu Feene und presste die brennenden Fingerkuppen direkt auf die schwarzen Punkte im Entzündungsherd.

Die Sumpfzecke schrak zusammen und wühlte sich aus dem eitrigen Fleisch. Urok packte sie geschickt zwischen Daumennagel und Zeigefinger und ließ sie nicht mehr los, bevor sie zu Asche verglüht war.

Einen wohligen Laut von sich gebend, drehte ihm der Lindwurm fordernd die andere Flanke zu, wo Urok eine weitere Entzündung unterhalb des Rückenkamms ausmachen konnte. Um von der Plattform aus heranzureichen, lag die Stelle zu tief, deshalb ließ sich der

Ork auf den Rücken des Tiers herab. Dort, wo er breitbeinig zu sitzen kam, schmiegte das Tier den Hautkamm dicht an den Leib, damit er sich keine Verletzung zuzog.

»Das lassen sich die wilden Biester von euch gefallen?«, staunte Feene von der Plattform herab.

»Natürlich.« Urok zuckte mit den Schultern, bevor er sich daranmachte, auch die zweite Sumpfzecke auszumerzen. »Sie wissen ja, dass es zu ihrem Besten ist.«

Noch während er nach einem dritten Parasiten suchte, stupste ihn eines der Alttiere ungeduldig an, weil ihm das Ganze zu lange dauerte. Für die anderen war es das Signal, ebenfalls Hilfe einzufordern.

Wütend biss der Gelbrote zur Seite aus, um die Artgenossen auf Abstand zu bringen.

»Was ist das denn hier?«, rief Feene überrascht.

Urok verstand zuerst nicht, was sie meinte, bis er ihrer ausgestreckten Hand folgte, die auf den Rücken des grünen Tiers deutete, das ihn eben so vertrauensvoll angetippt hatte. Erst da bemerkte er die hohe Lehne des Holzsattels, die sich unter einer dicken Schlammschicht abzeichnete. Außerdem waren das, was dem Tier aus dem Maul heraushing, keine halb verdauten Schilfhalme, sondern lederne Zügelleinen.

Feene unterzog das Tier einer intensiven Musterung.

»Hatra?«, fragte sie zögernd. Der Lindwurm reagierte sofort auf den Namen und paddelte in ihre Richtung. »Das gibt's doch nicht! Das ist eines der Tiere, die uns ins Grenzland gebracht haben. Sein Reiter gehört zu denen, die uns durch die Berge gefolgt sind. Der Idiot hat sich wohl zu weit in die Sümpfe gewagt.«

Geschickt schwang sie sich auf den Rücken des Tiers, das dagegen nichts einzuwenden hatte. An dem Sattel, auf dem Feene Platz nahm, klebte tatsächlich noch Blut.

Urok entfernte inzwischen auch die letzten Parasiten des Gelbroten, doch so schnell und geschickt er auch agierte, rund um die Hütte schnitten schon weitere Kämme durch den Morast.

Sie würden hier niemals wegkommen, bevor …

Alarmiert sah er in die Höhe, weil das laute Klappern jenseits der Insel verstummt war. Als er den Blick zur Hängebrücke wandern ließ, wusste er auch warum: Kurz hinter ihr zeichnete sich bereits ein Dutzend Schemen im Nebel ab, die langsam näher rückten. Nur verhaltenes Schaben ging von ihnen aus, doch sobald die Gepanzerten merkten, dass sie entdeckt waren, beschleunigten sie ihr Tempo, und dann rannte der Angriffstrupp unter lautem Scheppern auf die Brücke zu.

Überrascht ruckten die Lindwurmköpfe in die Höhe, um zu sehen, wer dort nahte. Der Krach beunruhigte sie, trotzdem schienen sie unschlüssig, wie sie reagieren sollten. Nervös schnellten ihre Zungen immer wieder vor und zurück.

»Ja, seht nur!«, rief ihnen Feene zu. »Weitere Flammenfinger, die euch alle helfen wollen. Schwimmt ihnen entgegen, bevor euch ein anderer zuvorkommt!«

Wahrscheinlich war es nur die ausgestreckte Hand, mit der sie in Richtung der Gepanzerten wedelte, doch eines der Tiere löste sich tatsächlich aus dem Verband und schwamm auf die Brücke zu. Selbst der Gelbrote schien plötzlich neugierig, wer dort nahte. Urok konnte gerade noch auf die Plattform springen, sonst hätte ihn der Lindwurm auf seinem Rücken mitgenommen.

»Los, steig schnell bei mir auf!«, forderte Feene. »Wir müssen weg, bevor der Tumult losbricht.«

Hatra wandte den Kopf und sah sie mit großen Augen an. Feene nahm die Zügel in die Hand, trat dem Tier mit den Hacken in die Flanken, wie sie es bei den Schädelreitern gesehen hatte, und langsam paddelte Hatra zurück, um sich von seinen wilden Artgenossen zu entfernen.

Inzwischen trafen an der Hängebrücke die Gepanzerten und die übrigen Lindwürmer aufeinander. Der Versuch der Tiere, ihre geschuppten Häupter vertraulich an den anstürmenden Hornschalen zu reiben, wurde mit scharfen Schwerthieben beantwortet. Blut spritzte auf, doch ihre Schuppenpanzer bewahrten die Lindwürmer vor tieferen Wunden. Statt die Tiere zu verjagen, wurde nur ihre Angriffslust angestachelt. Protestierend stiegen sie in die Höhe und bissen wild um sich.

Die Hängebrücke gab rasch unter dem wütenden Ansturm nach. Knallend rissen die Halteleinen, und vier Gepanzerte stürzten in den darunter schwappenden Morast, in dem sie sofort versanken. Andere wurden an den Armen oder am Kopf gepackt und wild umhergewirbelt. Die harten Hornschalen hielten zwar den zuschnappenden Kiefern stand, doch die darunterliegenden Weichkörper hatten der Fliehkraft nur wenig entgegenzusetzen, vor allem da die Gepanzerten immer wieder emporgerissen und gegen den Knüppeldamm geschleudert wurden.

Unter lautem Schmatzen riss der erste Arm aus seiner Schulter. Gleich darauf folgte ein Kopf, der sich von einem davonwirbelnden Rumpf löste. Der Sumpf brodelte unter dem geschuppten Wüten immer stärker, während die Gepanzerten verzweifelt versuchten, ihre Angriffe auf die Augen der Lindwürmer zu konzentrierten.

Einer der schnellen Stiche traf tatsächlich ins Ziel, ausgerechnet bei dem Gelbroten. Tobend stieg das geblendete Tier aus dem Morast und begrub gleich ein halbes Dutzend Gegner unter seinem massigen Körper.

Gleichzeitig stürzten weitere Lindwürmer heran, um ihren bedrängten Artgenossen beizustehen. Das Letzte, was Urok noch sah, bevor das Schlachtfeld für ihn im Nebel versank, waren zwei Gepanzerte, die zum Pfahlbau aufenterten. Doch noch ehe sie die Plattform erreichen und sich des Kanus bemächtigen konnten, schossen geschuppte Schädelplatten wie Rammböcke empor und zertrümmerten die Plattform.

Danach raubten dichte Schwaden dem Ork jede Sicht.

Der Tag begann. Und vor ihnen lag Arakia, das noch kein Ork zuvor auf dem Rücken eines vierbeinigen Lindwurms beritten hatte.

30

Obwohl ihn die Kraft seiner stämmigen Beine mit großem Stolz erfüllte, empfand es Urok als erhabenes Gefühl, auf dem Lindwurm über die Hügel und durch die Täler zu reiten. Von einem Sattel aus hatte er seine Heimat noch nie gesehen. Allerdings machten ihn die gleichmäßigen Bewegungen, mit denen Hatra ihn und Feene durch den anbrechenden Morgen schaukelte, auch ein wenig schläfrig. Vergeblich kämpfte er gegen die Müdigkeit an, aber die durchwachte Nacht forderte ihren Tribut. Die Augenlider wurden ihm schwer wie Blei. Irgendwann fielen sie einfach herab.

Als er sie wieder aufschlug, weil er einen harten Stoß gegen die Rippen fühlte, glaubte er zunächst, es wären nur wenige Atemzüge vergangen, aber als er genauer hinschaute, erkannte er die Umgebung nicht mehr wieder. Eine Falle der Elfin witternd, richtete er sich wütend auf.

Feene fuhr zu ihm herum, den rechten Zeigefinger auf die Lippen gepresst. »Still, du grober Klotz«, zischte sie, weil er dennoch eine Erklärung forderte. »Reicht es nicht, dass dein Geschnarche durch den ganzen Wald zu hören war? Musst du jetzt noch mehr Unruhe stiften?«

Für den unverschämten Ton, den sie anschlug, hatte sie eigentlich eine Abreibung verdient, doch das warnende Funkeln in ihrem Blick ließ Urok tatsächlich verstummen.

Nachdem die erste Schlaftrunkenheit verflogen war, erkannte er außerdem, dass sie immer noch dem Weg folgten, der sie direkt zum Heiligen Hort führte. So tief wie Feene war sicher noch kein anderer Elf nach Arakia vorgedrungen. Inzwischen befanden sie sich auf Höhe der Steinmühle, an der Ragmar und die anderen nach Erz geschürft hatten.

»Dort unten«, riss ihn die Elfin aus den Gedanken.

Als er der angedeuteten Richtung folgte, entdeckte der Ork anfangs nur eine dicht bewachsene Senke, die von dem Bachlauf durchschnitten wurde. Doch als er genauer hinsah, bemerkte er mehr. Viel mehr!

Eine Weile blieb dort unten alles ruhig, dann teilte sich das Unterholz und entließ zwei grün schimmernde Lindwürmer, die von grotesken Gestalten geritten wurden. Urok hatte die klobigen Helme mit den großen Augenhöhlen, die an Totenköpfe erinnerten, bereits in den Bergen gesehen, doch da waren die Schädelreiter noch zu dritt gewesen.

Hatra hob den Kopf, als sie ihre Artgenossen bemerkte, senkte ihn aber wieder, ohne einen einzigen Laut von sich zu geben, weil Feene ihr den geschuppten Hals tätschelte.

»Gothars Schergen«, erklärte die Elfin leise. »Sie sind auf der Suche nach uns. Aber ich denke, wir können sie unbemerkt umgehen.«

»Das wird nicht nötig sein.«

»Warum?«, fuhr sie ihn schärfer als beabsichtigt an. »Suchst du den Kampf mit ihnen? Dann können wir gleich durchs offene Gelände reiten, damit uns der Bote des Lichtbringers schon von Weitem sieht.«

»Deinen Elfenaugen fehlt es an Schärfe.« Urok grinste breit. »Sieh genau hin, wenn du mir nicht glaubst.«

Ohne eine weitere Erklärung abzugeben, beugte er sich vor und schob einige überhängende Äste zur Seite, um die Sicht zu verbessern.

Unten, in der Senke, näherten sich die Lindwürmer dem Bach. Durstig, wie sie waren, strebten sie instinktiv der am nächsten gelegenen Stelle zu. Für ihre langen Hälse stellten Sträucher oder anderer hoher Bewuchs kein Hindernis dar. Ihre Reiter trieben sie jedoch zu einer häufig benutzten Furt, an der sie bequem absteigen konnten.

Das war ein Fehler.

Kurz bevor sie die ersehnte Tränke erreichten, klappten rund um den Trampelpfad mehrere Büsche auseinander, und zwischen den Zweigen sprangen laut schreiende Gestalten hervor. Sie waren groß, trugen braune Harnische und schwangen schwere Waffen in ihren grünen Pranken.

Urok erkannte gut ein Dutzend Krieger aus Bavas Schar.

Voller Stolz beobachtete er, dass es Gabor Elfenfresser persönlich war, der dem vorderen Lindwurm mit gesenkter Klinge entgegentrat, um ihn mit einem gewaltigen Fausthieb niederzustrecken. Der alte Recke wusste ganz genau, wie er vorzugehen hatte. Geschickt platzierte er die geballte Rechte zwischen den Nüstern des Schuppentieres. Der unangenehme Laut, mit dem die empfindliche Nasenspitze getroffen wurde, hallte dumpf von den Hängen wider.

Hatra fuhr erschrocken zusammen, beinahe so, als würde sie den Schmerz am eigenen Leib spüren.

Zuerst starrte der getroffene Lindwurm nur verblüfft auf Gabor herab. Kein einziger Laut drang aus seinem Schnabelmaul. Nicht mal, als er in den Knien einknickte und kraftlos zur Seite sackte.

Der Schädelreiter, der mit zu Boden ging, wurde sofort aus seinem Holzsattel gerissen und unter mehreren Orkleibern begraben.

Sein Kamerad versuchte lieber zu fliehen, statt ehrenvoll zu kämpfen. Dafür erhielt er eine Streitaxt in den Rücken. Zischend kippte er aus dem Sattel, blieb aber mit einem Fuß im Steigbügel hängen, als sein Reittier in Panik davonstürmte. Haltlos umherwirbelnd, wurde er vom Lindwurm mitgeschleift.

Das Scheppern des großen Helms, der immer wieder gegen Steine und Baumstämme knallte, war noch zu hören, als der Lindwurm schon längst außer Sicht war.

Die Orks ließen das zweite Reittier achtlos ziehen, denn sie wussten nichts mit ihm anfangen. Für sie waren Lindwürmer nur lästige Viecher, die ständig von Sumpfzecken befreit werden wollten, aber sonst zu nichts taugten. Nicht mal ihr Fleisch war genießbar.

»Sind das Freunde von dir?«, fragte Feene, hoffnungsvoll auf die Schar hinabdeutend.

»Mein alter Stamm«, antwortete Urok. »Der, der mich geächtet hat.«

»Oh!« Rasch nahm sie die Zügel, um Hatra anzutreiben, solange sich unter ihnen noch alle im Siegestaumel befanden. »Dann schlagen wir uns wohl besser allein zum Hort durch.«

Das lebende Knäuel, das sich um den gefangenen Schädelreiter gewickelt hatte, begann sich langsam aufzulösen. Ohne Helm und Dornenjacke, die Hände auf dem Rücken gefesselt, wurde der Gefangene zu Gabor geführt, der ihm sofort ins Gesicht spie.

»Elendes Schlangengezücht!«, schrie der Elfenfresser aufgebracht. »Du sollst dafür brennen, dass du Vurans Heimat durch deine Anwesenheit besudelst!«

»Eure Truppen bewegen sich viel zu auffällig«, rügte Urok, während sie langsam weiterritten. »Bis zum nächsten Vollmond ist eigentlich die Njorm-Sippe für die Grenzpatrouillen zuständig. Dass Gabor Elfenfresser diesen Hinterhalt gelegt hat, beweist, dass auch schon andere Stämme alarmiert wurden.«

Feene drehte sich mit großen Augen zu ihm um. »Elfenfresser? Diesen Namen hast du dir hoffentlich gerade ausgedacht?«

Statt auf die Bezeichnung *Todbringer* in den Reihen der Elfen hinzuweisen, bohrte er seinen Blick einfach in den ihren, bis Feene gleichgültig mit den Schultern zuckte und wieder nach vorn sah.

»Es geht nicht mehr darum, euch heimlich auszukundschaften«, erklärte sie nach einigem Zögern. »Der Lichtbringer weiß, dass ich dir gegen die Gepanzerten geholfen habe. Darum will er mich unter allen Umständen zurückholen. Egal, ob lebend oder tot.«

Unter ihnen wurde bereits Holz für den Scheiterhaufen gesucht. Urok hätte dem nicht viel Bedeutung beigemessen, wenn nicht plötzlich ein Flattern in der Luft erklungen wäre. Rasch langte er nach dem Langbogen, der über der Rückenlehne des Sattels hing, doch als er in die Höhe sah, nahte dort keine goldene Taube, sondern etwas wesentlich Größeres: eine hagere, entfernt menschlich wirkende Gestalt, die in einem dichten Wust aus umherwirbelnden Seidentüchern vom Himmel sank.

Etwas Ähnliches hatte Urok schon mal in Ragmars Schriften gesehen, doch so großartig dessen Zeichenkunst auch gewesen sein mochte, einem Vergleich mit der Wirklichkeit hielt sie in diesem Fall nicht stand. Vor allem nicht, als sich eine gleißende Lichtkugel aus den Händen des Schwebenden löste und in die Tiefe fauchte. Direkt auf Gabor Elfenfresser und die anderen Orks zu.

»Der Lichtbringer«, keuchte Feene. »Wir müssen sofort weg von hier!«

Ein lauter Knall zerriss die Luft. Obwohl die pulsierende Sphäre niemanden traf, sondern wie ein Blitz in den Boden fuhr, wurden mehrere Orks davongeschleudert. Stöhnend wälzten sich die Krieger auf dem Boden, einer von ihnen in den dampfenden Eingeweiden seines zerfetzten Körpers.

Noch ehe die Schar richtig begriff, von woher der überraschende Angriff erfolgte, fuhr die nächste Kugel herab. Diesmal traf sie einen der Orks, die den Schädelreiter festhielten. Humog stolperte unter der Wucht, die zwischen seine Schulterblätter hämmerte, einige Schritte davon, ohne zu Boden zu gehen.

Urok dachte schon, der Stammesbruder wäre mit dem Schrecken davongekommen, aber dann sah er die wabernde Lichtmasse, die plötzlich Humogs Kopf umschloss. Mit weit aufgerissenem Mund fasste er sich an den Hals, als bekäme er keine Luft mehr. Das Gesicht unter der Kugel verzerrte sich, gleichzeitig schwoll es an wie der Kehlsack eines Frosches. Nase, Stirn und Wangen wölbten sich zu einer grotesken Blase, hinter der Augen und Lippen völlig verschwanden. Aber nicht nur die Haut, der ganze Schädel blähte sich auf…

… bis er in einer blutigen Explosion auseinanderplatzte!

Während der kopflose Rumpf haltlos zu Boden stürzte, sprangen die übrigen Orks auseinander und suchten ihr Heil in der Flucht. Urok konnte es ihnen nicht verdenken, er hatte selbst das Gefühl, als würden sich zwei würgende Hände um seine Kehle schließen. Eine Waffe, die einen Orkschädel nicht nur bersten ließ, sondern in bluttriefende Fetzen sprengte – etwas Schlimmeres war für sein Volk gar nicht denkbar! Wie sollte ein Krieger, der auf solche Weise fiel, ehrenvoll auf dem Schädelfeld bestattet werden?

»Was ist das, was der Schwebende da herabschleudert?« Seine Stimme klang so gepresst, dass sie sich sogar in seinen eigenen Ohren wie die eines Fremden anhörte.

»Das ist das Lichtschwert, und es macht ihn nahezu unbesiegbar«, erklärte Feene leise. »Und jetzt sei still! Wir müssen fort, bevor er auf uns aufmerksam wird.«

Einen flüchtigen Moment lang war Urok versucht, ihrem Ratschlag tatsächlich Folge zu leisten, doch als er sah, das Gabor Elfenfresser als einziger Krieger neben dem gefangenen Schädelreiter ausharrte, kehrte sein alter Kampfgeist zurück. Die Furcht verdrängend, die sich seiner bemächtigt hatte, verfolgte Urok, wie Gabor mit geballter Faust in die Höhe drohte, um den am Himmel schwebenden Gegner herauszufordern.

Ein Hieb mit dem Lichtschwert war die Antwort, doch damit hatte der alte Recke gerechnet. Blitzschnell packte er die Schlangengestalt an seiner Seite bei den Schultern und schob sie zwischen sich und den heranrasenden Lichtball.

Das Zischen des Schädelreiters klang so hoch, dass es in den Ohren schmerzte, doch erst einmal von der Sphäre erfasst, versagte ihm rasch die Stimme. Sein berstender Körper vernebelte einige Zeit lang die Sicht mit einem roten Sprühnebel, und als sich die blutigen Schwaden legten, war von Gabor Elfenfresser nichts mehr zu sehen. Irgendwo im wuchernden Grün verborgen, ersann er einen Plan, wie sich der überlegene Gegner doch noch besiegen ließ.

Ein erster Pfeil jagte in die Luft, ein paar andere folgten.

Wütend sank der Lichtbringer herab und begann die unter ihm liegende Senke mit einem halben Dutzend Lichtbällen zu bestreichen. Zersplitterte Äste schnitten pfeifend durch die Luft, während die Erde unter den Einschlägen erbebte. Zwei Kriegern gelang es im letzten Moment, sich durch rasche Hechtsprünge zu retten, ein dritter war zu langsam – oder hatte einfach weniger Glück.

Ihm wurde der rechte Arm abgerissen.

Der Sand neben dem reglosen Lindwurm färbte sich zunehmend rot, während die meisten Pfeile vom Himmel zurückkehrten, ohne den Lichtbringer überhaupt erreicht zu haben. Und die beiden, die trafen, hatten nicht einmal mehr genügend Wucht, um die umherwirbelnden Schleier zu durchdringen.

Urok hielt es nicht mehr aus. Bogen und Köcher in Händen,

sprang er von Hatras Rücken. »Flieh ruhig!«, bot er Feene an, ohne es abfällig zu meinen. »Es gibt nichts, was dich mit dieser Schar verbindet. Ich dagegen kenne diese Krieger und kann sie nicht einfach ihrem Schicksal überlassen.«

Die Elfin streckte eine Hand aus, um ihn zurückzuhalten, doch er eilte bereits davon. Sein Ziel – ein unbewachsener Felsvorsprung – lag nur knappe dreißig Schritte entfernt. Noch während er unter einigen Ästen hindurchschlüpfte und dann einen Geröllhang hinabrutschte, legte er den ersten Pfeil auf die Sehne. Von hier oben aus war er beinahe auf gleicher Höhe mit dem Lichtbringer, und obwohl er sich nicht gerade leise bewegte, bemerkte der Gegner nicht, wie er hinter ihm in Stellung ging.

Noch immer drang Lichtball um Lichtball zwischen den gewölbten Händen hervor. Nahe der Furt gab es kaum noch einen Strauch, der nicht zerplatzt war. An einigen Stellen klafften tiefe Krater in der geschundenen Erde. Auf Dauer konnte die dort unten verborgene Schar nicht entkommen.

Kaum niedergekniet, zog Urok schon den Langbogen durch, bis der gefiederte Schaft an seiner Wange klebte. Mit einem scharfen Zischen jagte der Pfeil davon und wühlte sich schon einen Herzschlag später in die leuchtenden Schleier, die vor dem Rücken des Lichtbringers wallten.

Das hauchdünne Gewebe mit sich ziehend, stieß das Geschoss in die Hüfte des Lichtbringers. Es sah beinahe so aus, als würde ein Luftstrom den Stoff ansaugen, in Wirklichkeit wurde er schmerzhaft an die Hüfte geheftet, obwohl der Pfeil nur bis zur Spitze eindrang. Von einer ernstlichen Verletzung konnte keine Rede sein, trotzdem streckte sich die Lichtgestalt wie unter einem Peitschenhieb.

Zischend fuhr sie herum, sodass Urok zum ersten Mal ihr glattes Metallgesicht sah. Abgebrüht, wie er war, ließ sich der Ork von der schnörkellose Maske nicht irritieren, sondern visierte sofort einen der Augenschlitze an, unter denen es gleißend weiß hervorleuchtete.

Urok war schon wieder schussbereit, als der Lichtbringer beide Hände nach ihm auszustrecken schien. Siegesgewiss sandte der Ork den Pfeil von der Bogensehne, doch der Lichtbringer glitt einfach zur Seite und wich mühelos aus, während gleichzeitig eine Sphäre in seinen Händen heranwuchs, die einen Herzschlag später auf Urok zuschoss.

Der Ork stieß einen triumphierenden Schrei aus, weil er sofort zu erkennen glaubte, dass die Flugbahn viel zu tief war, als dass ihm die Lichtkugel gefährlich werden konnte. Und tatsächlich, statt ihn zu treffen, verschwand das gleißende Licht lautlos unter der Felsnase, auf der er kniete. Erst als der Hang zu seinen Füßen erbebte, wurde ihm klar, dass der Lichtbringer zielsicher getroffen hatte.

Verzweifelt versucht er noch zurückzuspringen, doch es war zu spät. Der Boden schwankte so stark, dass er das Gleichgewicht verlor, dann stürzte er ins Leere, wobei der Langbogen seinen Händen entglitt.

Dafür gelang es ihm, sich im Fallen zu drehen, und indem er die Arme ausstreckte, bekam er den Rest der Felsnase zu fassen. Scharfe Kanten schnitten in seine Fingerkuppen, doch er fühlte nicht den geringsten Schmerz, obwohl das hervorsickernde Blut den Halt schlüpfrig machte.

Einen wölfischen Laut ausstoßend, musste sich Urok mit aller Kraft festklammern, da der ganze Hang noch immer unter der Wucht des Lichtballs erzitterte.

Sobald die Schwingungen nachließen, krabbelte er schnaufend in die Höhe, doch noch ehe er sich bis auf Bauchhöhe emporgehangelt hatte, wusste er schon, dass die Mühe umsonst war.

Beide Hände auf ihn gerichtet, schwebte der Lichtbringer über ihm am Himmel. Nur zehn Körperlängen entfernt, gerade eben so hoch, dass ihm die aus der Senke abgeschossenen Pfeile nicht gefährlich werden konnten, kostete er seinen Triumph aus. Vielleicht wollte er auch für die am Boden versteckte Schar ein Exempel statuieren.

Urok überlegte einen Moment, ob er sich nicht einfach fallen lassen sollte, denn er wollte nicht, dass sein Kopf ebenso zerplatzte wie der von Humog. Doch Vuran schätzte nur die, die bis zum letzten Atemzug kämpften, und so klammerte er sich mit einer Hand am

Vorsprung fest, um mit der anderen nach dem Hornschwert an seiner Hüfte zu greifen. Letztendlich war es wohl doch besser, kopflos im Blut der Erde aufzugehen, als kampflos zu sterben.

Unter der glänzenden Metallmaske drang höhnisches Gelächter hervor.

Dafür hätte Urok den Lichtbringer gern angespuckt, doch was er als Nächstes sah, verblüffte ihn so sehr, dass er nur ungläubig über die rechte Schulter des Schwebenden hinwegstarren konnte, auf einen Punkt im Hang, der von hohen Buchen und Eschen bewachsen war.

Urok wusste nicht, *wie* sie es machte, aber irgendwie drang Feene mit gezücktem Schwert inmitten des dicht wuchernden Blattwerks hervor. Die wärmende Decke hatte sie abgeworfen und eilte zwischen mehreren dicht beieinanderstehenden Bäumen in die Höhe. Dabei kletterte sie nicht etwa, sondern sprang von einem Ast zum nächsten, jeweils nur mit der Stiefelspitze auftretend, als würde sie eine Treppe hinaufspazieren. Statt abzustürzen, wie es hätte geschehen müssen, katapultierte sie sich immer weiter in die Höhe, bis sie gegen einen schmal aufragenden Wipfel sprang, der zuerst unter ihrem Gewicht nachgab, sie aber schon im nächsten Moment wie ein Katapult auf den Lichtbringer zuschleuderte.

Ich muss träumen, versuchte sich Urok an einer hilflosen Erklärung, als er sah, wie Feene über eine Entfernung von mindestens fünf Lindwurmlängen direkt auf den Rücken des Lichtbringers zuschwebte.

»Dieser alte Trick zieht bei mir nicht!«

»Was?« Verwirrt sah Urok zu der glänzenden Metallmaske auf, unter der die gezischten Worte hervorgedrungen waren. Dann starrte er wieder zu Feene, die fast heran war.

Im letzten Moment, kurz bevor sie das mit der Klinge nach unten gerichtete Schwert herabstoßen konnte, blickte der Lichtbringer doch über die Schulter. Aber da war es längst zu spät, Feene ließ ihre weit über den Kopf erhobenen Arme bereits herabsausen.

Ratschend fuhr die Hornklinge durch die wallenden Schleier und bohrte sich tief in den vor ihr liegenden Rücken. Ein schrilles Heulen erfüllte die Luft, dann stieß die Lichtgestalt ansatzlos empor in den Himmel, wobei es rot durch die Luft spritze, nicht nur aus der langen Schnittwunde, sondern auch aus den durchtrennten Schleiern, die wie gebrochene Taubenflügel flatterten.

Die roten Tropfen, die Urok im Gesicht trafen, fühlten sich seltsam kalt an.

Das helle Kreischen des immer schneller aufsteigenden Lichtbringers wurde so hoch, dass es bald an der Grenze zum Hörbaren pendelte. Bis das Wesen zu einem Punkt am blauen Himmel zusammenschmolz und schließlich ganz aus Uroks Blickfeld verschwand.

Während er noch ungläubig in die Höhe starrte, landete Feene leichtfüßig auf dem Rest der Felsnase. Grinsend packte sie ihn am Arm und zog ihn mit überraschend großer Kraft zu sich in die Höhe.

»Ihr Orks seid wirklich genauso dämlich, wie alle Welt glaubt«, beschied sie ihm, während er weiterhin ungläubig vor sich hin starrte. »Leider brauche ich dich noch, sonst hätte ich dich deinem Schicksal überlassen.«

»Du bist über die Bäume gelaufen!«, war das Erste, was Urok nach einiger Zeit hervorbrachte.

»Ja, natürlich.« Feene zuckte mit den Schultern, als wäre dies nichts Besonderes. »Anders gab es kein Herankommen. Leider habe ich den Lichtbringer nur verletzt, das macht ihn von nun an umso gefährlicher. Besonders für mich.« Ihr Blick verfinsterte sich, und einen Moment lang starrten ihre blauen Augen ins Leere. Anscheinend hatte sie gerade erst begriffen, was sie sich eingebrockt hatte. Dann funkelte sie Urok an, den sie für ihre Misere verantwortlich machte.

»Du bist über die Bäume gelaufen«, wiederholte er, ohne ihren zornigen Blick zu beachten. »Und danach wahnsinnig weit durch die Luft gesprungen! Wie ist das möglich?«

»Der Atem des Himmels«, antwortete sie gereizt. »Du solltest in Zukunft besser zuhören, wenn ich dir etwas erzähle.«

»Das werde ich«, versicherte Urok, längst auf die blutige Pfütze zu ihren Füßen starrend, die der verletzte Lichtbringer hinterlassen hatte. »Aber vorher habe ich noch etwas anderes zu tun.«

Verwundert sah ihm Feene nach, als er ohne ein weiteres Wort davoneilte. Ihre Verwirrung steigerte sich noch, als er kurz darauf mit der Kaninchendecke zurückkehrte, die sie bei Hatra zurückgelassen hatte.

»Was soll das?«, fragte sie ärgerlich, als sie sah, dass er einen langen Streifen zurechtschnitt und so lange in die Lache eintunkte, bis sowohl die Fell- als auch die Lederseite rot eingefärbt waren. »Das ist ja ekelhaft!«

Urok ließ sich nicht beirren, sondern trennte noch ein paar weitere Streifen ab, mit denen er auch den letzten auf den Felsen gespritzten Tropfen aufwischte. »Ich habe meine Stammesfarben verloren«, erklärte er. »Darum brauche ich ein neues Rot, das noch kein anderer Clan besitzt. Einen einzigartigen Farbton wie diesen hier.«

Triumphierend präsentierte er ihr die Streifen, von denen sich jeder einzelne mit dem Blut des Lichtbringers vollgesogen hatte.

In der Senke

Drei Tote und beinahe doppelt so viele Verletzte, die noch immer benommen am Boden saßen – das waren herbe Verluste für eine Schar, besonders nach einem Kampf gegen einen einzelnen Gegner. Selbst Gabor Elfenfresser wirkte erschüttert, doch der Alte hatte schon zu viele Schlachten geschlagen, um in lautes Wehklagen auszubrechen. Froh, seinen Zorn an irgendjemanden auslassen zu können, starrte er Urok entgegen, der mit Feene langsam in die Tiefe ritt.

»Ich hoffe, diese Baumläuferin ist deine Gefangene und nicht die Schar, die du neuerdings anführst«, spottete er schon von Weitem. Trotz Feenes Größe erkannte er das Elfenblut, das durch ihre Adern floss. Als sie und Urok näher heran waren, ließ Gabor den Blick abschätzig über den zerschlissenen Stoff wandern, der die wogenden Brüste der Elfin nur noch notdürftig bedeckte, und sagte zu ihr: »Na ja, wenigstens ist deutlich zu erkennen, dass du nicht zu euren Kerlen gehörst.«

Feene überhörte die anzüglichen Worte, während sie Hatra zur Furt lenkte, um das Tier dort zu tränken. Angesichts der schmählichen Niederlage, die Gabors Schar erlitten hatte, sah sie in seinen Beleidigungen nicht mehr als das, was sie waren: das Gekläffe eines aufgeregten Hundes, der noch kurz zuvor den Schwanz eingekniffen hatte.

Urok, der mit herabhängenden Beinen hinter dem Holzsattel saß, verfolgte nicht ohne Interesse, wie ihnen Gabor hinterherstiefelte, um sich dann, beide Hände in die Hüften gestemmt, neben der Furt aufzubauen.

Einen Arm lässig auf die vor ihm aufragende Rückenlehne gestützt, sah Urok zu dem Alten hinab. »Ohne Feene wärt ihr alle unter dem Lichtschwert gefallen«, mahnte er, bevor Gabor neuen Unrat absondern konnte. »Denk lieber darüber nach, anstatt die Luft mit deinem unangebrachten Spott zu verpesten.«

Einen Moment lang regte sich nicht der geringste Muskel in Gabors steinerner Miene. »Scheiß auf das Weibsstück!«, fluchte er dann heftig, bevor seine Mundwinkel in die Höhe wanderten und beide Wangen zu beben begannen. »Hätte sie nicht eingegriffen, wärst nämlich *du* gefallen – und zwar mit dem Arsch voran in die Schlucht!«

Gabors Heiterkeitsausbruch wirkte so ansteckend, dass selbst Urok und einige der Verletzten mitlachen mussten.

»Zu schade, dass uns dieser Anblick vorenthalten wurde!«, heizte der Alte die Stimmung weiter an. »Bei Vuran, das war wirklich zu komisch, wie du dort oben herumgezappelt hast.« Gabor schüttelte sich vor Lachen.

»Erstaunlich, was du so alles siehst«, wunderte sich Urok, laut genug, dass es alle verstanden. »Und das, während du vor Angst schlotternd hinter einem Busch hockst und gerade verzweifelt versuchst, deinen Kopf in einen Kaninchenbau zu zwängen.«

Gabor hob den fleischigen Zeigefinger, um die schlagfertige Antwort, die ihm auf den Lippen brannte, mit großer Geste zu unterstreichen, doch ihm fehlte längst der nötige Atem, um sie auszusprechen. Auch einige seiner Mannen hielten sich die Bäuche, weil ihre

Zwerchfelle zu schmerzen begannen. Das Gelächter wirkte wie ein reinigendes Gewitter, das alle Anspannung, die auf ihnen lastete, mit einem kräftigen Regenguss davonspülte.

Feene verzog nicht die geringste Miene, während sich die Orks allmählich wieder beruhigten. »Bist du sicher, dass dich dein Stamm geächtet hat?«, fragte sie nur, ohne über die Schulter zu schauen.

»Schnauze, Baumläuferin!«, knurrte Gabor unwirsch. »Wer geächtet ist und wer nicht, bestimme ich noch immer selbst.«

Feenes Hand wanderte zu dem Hornschwert an ihrem Gürtel, bis ihr Urok beruhigend an die Schulter fasste. Im Gegensatz zu ihr wusste er, dass sich Gabor Elfenfresser nicht anders ausdrücken konnte, selbst wenn er es freundlich meinte.

An Urok gewandt, fuhr der Alte nunmehr ganz ernsthaft fort: »Angesichts all des fremden Packs, das sich in unserem Land herumtreibt, dürfen wir uns keinen kleinlichen Zwist mehr leisten. Alle Blutorks müssen zusammenrücken, wenn es gegen Schlangenköpfe geht, die auf Lindwürmern reiten, oder lichtschleudernde Vogelwesen, die vom Himmel herabschweben. Nur Vuran allein mag wissen, was die auf einmal alle hier wollen.«

»Arakia steht eine Invasion bevor«, erklärte Urok unumwunden. »Dieser Lichtbringer, der euch so zugesetzt hat, gehörte nur zur Vorhut.«

»Woher weißt du, wie diese Kreatur genannt wird?«, wollte Gabor wissen. »Hat dir die Baumläuferin von ihr erzählt?«

Urok nickte. »Ja, Feene gehörte einst zu Gothars Heer.«

Das Grinsen, das auf Gabors Lippen zurückkehrte, wirkte diesmal kalt und mitleidlos. »Sehr gut, Baumläuferin. Du erzählst uns spätestens alles, was wir wissen müssen, wenn du auf dem Scheiterhaufen brennst. Ansonsten wird dein Tod *wirklich* schmerzhaft werden.«

Feenes Rücken straffte sich, doch Urok sagte mit fester Stimme: »Niemand krümmt ihr auch nur ein Haar!« Bevor er erklärend hinzufügte: »Sie ist doppelherzig.«

»Na und?« Gabor stieß einen verdrießlichen Laut aus. »Was glaubst du, was mich das kümmert?«

Urok unterdrückte ein leises Seufzen. Verdammt, er konnte ja verstehen, dass der Elfenfresser seinem Beinamen alle Ehre machen wollte, doch musste es ausgerechnet hier und jetzt sein?

»Gabor!«, mahnte zum Glück einer der Verletzten aus dem Hintergrund. »Urok hat recht. Dieses Elfenweib hat einen Feind vertrieben, der uns fast niedergemacht hätte. Sollen die Hüter des Horts entscheiden, ob wir ihr trauen dürfen oder nicht.«

Verärgert über die Einmischung reagierte der Alte mit einem wütenden Seitenblick. Als er aber seine Schar weiterhin erschöpft und geschlagen am Boden sitzen sah, lenkte er ein. »Also gut«, wandte er sich wieder Urok zu. »In unruhigen Zeiten wie diesen ist ein Verrückter wie du vielleicht genau das, was Arakia braucht. Ich nehme an, du bringst die Baumläuferin zu deiner Schwester?«

Urok nickte nur kurz. Für seinen Geschmack war ohnehin schon viel zu viel geredet worden.

Gabor gab den Weg mit großer Geste frei, wohl wissend, dass er überhaupt nicht in der Lage war, sie noch länger aufzuhalten. Doch er wäre nicht der alte verdrießliche Elfenfresser gewesen, hätte er ihnen nicht noch eine Gemeinheit hinterhergerufen. »Viele halten dich inzwischen für übergeschnappt, Urok, aber ich weiß es besser. Ehrlich gesagt, ich kann dich sogar ein wenig verstehen. Aber treib es nicht zu weit, nur weil du auf keinen Fall so enden möchtest wie dein Vater und …«

»Hüte deine Zunge«, warnte Urok, ohne die Stimme zu erheben. »Auch für dich gibt es Grenzen, die du nicht überschreiten solltest.«

Gabor verstummte tatsächlich. Ob aus Furcht oder weil ihm die eigenen Worte bereits leidtaten, war dabei einerlei.

Grollend umfasste Urok die Sattellehne mit beiden Pranken, bis das Holz unter seinem Griff zu knarren begann.

»Was sollte das?«, fragte Feene, als sie endlich außer Hörweite waren. »Was ist mit deinem Vater?«

Urok brauchte eine Weile, um aus dem dumpfen Brüten aufzutauchen, in das er verfallen war, und antwortete schließlich, wenn auch nur leise: »Ramok ist den Felltod gestorben.«

31

Im Heiligen Hort

Beide Arme seitlich auf Schulterhöhe ausgestreckt, streifte Feene alle Last von sich und wurde schwerelos. Ihre tief im Fellstapel versunkenen Füße gewannen nur unmerklich an Höhe, doch sie spürte deutlich, wie die weichen Bärenzotteln an den nackten Sohlen zu kitzeln begannen. Rasch senkte sie die Zehen und streckte sie kräftig durch, um sich nach oben abzudrücken. Der kleine Stoß genügte bereits, um ihren Auftrieb zu beschleunigen.

Vor Ursas ungläubigen Augen stieg sie zwei Körperlängen empor, stoppte aber geschickt ab, bevor sie mit dem Kopf gegen die Höhlendecke stieß.

»Nun?«, fragte sie lächelnd. »Glaubst du mir jetzt, dass der Atem des Himmels eine mächtige Kraft ist?«

Das Orkweib, das zu ihren Füßen kniete, gab sich keine Mühe, ihre Überraschung zu verbergen. Überhaupt war Ursa ganz anders als die übrigen Bewohner des erloschenen Vulkans, ungewöhnlich freundlich und ohne erkennbare Hinterlist.

»Ein wirklich beeindruckendes Kunststück«, gestand sie ein. »Kein Ork in ganz Arakia wäre in der Lage, es dir nachzumachen. Doch was mich am meisten erstaunt, ist, dass meine Sinne beben, als würde ich die Kraft, die du nutzt, am eigenen Leib erfahren.«

»Das verwundert mich nicht.« Feene sank langsam wieder herab, bevor ihr Körpergewicht zurückkehren und sie mit Gewalt nach unten zerren konnte. »Der Atem des Himmels ist überall. Du musst es nur verstehen, ihn für dich zu nutzen.«

Ursa nickte nachdenklich, als ob die Elfin gerade eine Weisheit verkündet hätte. »Ja, genauso wie das Blut der Erde.«

»Wenn du meinst.« Feene fand eigentlich nicht, dass sich die Magie der Orks mit dem Atem des Himmels messen konnte. Ohne die Glutrinnen und Uroks Flammenhand, die etwas Besonderes zu sein schien, hätte sie überhaupt nicht geglaubt, dass dieses grobschlächtige Volk über irgendwelche besonderen Kräfte verfügte. »Vermutlich hast du recht«, gestand sie halbherzig ein in dem Versuch, sich – ganz gegen ihre sonstigen Gewohnheiten – beliebt zu machen. »Warum sollen nicht beide Kräfte nebeneinander existieren?«

Sobald ihre Füße den Boden berührten, machte es sich Feene wieder auf dem Fellstapel bequem, auf dem sie schon seit Tagen herumlümmelte, ohne mehr zu tun, als Ursa und einigen anderen Hütern eine Menge Fragen zu beantworten. Es war ihr egal, dass sie damit Verrat an König Gothar beging, und sofern sie doch einmal Zweifel übermannten, brauchte sie nur über die sanfte Rundung ihres Bauches zu streichen, um sich ihrer Sache wieder völlig sicher zu sein. Was da in ihr heranwuchs, würde ihr niemand mehr wegnehmen, selbst wenn sie dafür bis ans Ende aller Tage in der Schwarzen Marsch leben und Lindwürmern Sumpfzecken entfernen müsste.

Das Buch mit den vielen Zeichnungen, die ein Mensch namens Ragmar angefertigt hatte, lag immer noch aufgeschlagen zwischen ihnen. Beim Marsch durch die Sümpfe waren einige Seiten fleckig geworden, trotzdem hatte Feene unentwegt daraus vorlesen und einzelne Bilder erklären müssen. Es war ihr nicht immer leichtgefallen, weil sie die Anspannung und Hektik spürte, die den Vulkan seit ihrer Ankunft erfüllte. Trotzdem hatte sie stets aufs Neue geduldig erklärt, was es mit Sangor, den Lichtbringern und den Gepanzerten auf sich hatte. Nur die wenigsten Orks verfügten dabei über Ursas Auffassungsgabe, darum hatte sie vieles endlos wiederholen müssen.

Hinter ihrem freundlichen Wesen versteckte das Orkweib einen ungewöhnlich wachen Geist, der einem Gegner durchaus gefährlich werden mochte. Bisher hatte sie Feene aber wie eine Freundin behandelt und ihr ein paar Dinge erklärt, über die in Sangor nur die Ammen Bescheid wussten. Die Elfin strich erneut ganz unbewusst über ihren Bauch, als sie wieder daran dachte, dass sie ihren Zustand nicht einmal bemerkt hatte. Dank Ursa wusste sie nun die Zeichen, die ihr Körper setzte, besser zu deuten.

Es war schon seltsam. So grobschlächtig und brutal dieses Volk einerseits auch war, auf der anderen Seite verfügte es über feine Sinne, die selbst Krieger wie Urok ein winziges Herz in einem fremden Leib spüren ließen.

»Woran denkst du?« Ursa schob sich auf die für sie so typische Weise durch die Höhle, als sie die Frage stellte. Ihre von dicker Hornhaut überzogenen Hände fest gegen den Felsboden gestemmt, drückte sie sich gerade hoch genug ab, um auf der Lederschürze weiterrutschen zu können. Für jemanden mit so verkümmerten Beinen musste der Atem der Himmels wie ein Segen wirken. Andererseits hätte Ursa keinen einzigen Tag überlebt, wäre sie als Schattenelfin in Gothars Diensten geboren worden, denn Schwäche wurde in den Reihen der Legion nicht geduldet. Daher bezweifelte auch niemand die Gerüchte, dass die Ammen jedes missgestaltete Kind noch in der Wiege erschlugen.

Unbewusst wanderte auch die andere Hand schützend über Feenes Bauchdecke. Ihrem Kind würde das nicht passieren, schwor sie sich. Und wenn sie dafür ganz Sangor ausrotten musste.

Ursa, die einen kurzen Blick nach draußen geworfen hatte, sah erneut fragend zu ihr herüber.

»Ich habe an den Felltod gedacht«, log Feene rasch, weil sie ihre wahren Gedanken nicht offenbaren wollte.

»An den Felltod?« Ursa rutschte zurück in die Höhle. »Wie kommst du gerade darauf?«

»Na ja«, antwortete Feene zögernd und wich dabei dem Blick aus, der sich lauernd in den ihren bohrte. »Gleich beginnt doch eure große Zusammenkunft, und Urok soll dort für mich sprechen.«

»Ja, das stimmt.«

»Bei der Begegnung mit Gabor Elfenfresser hatte ich den Eindruck, dass Urok bei eurer Sippe nicht wohlgelitten ist, weil … nun ja, weil euer Vater den Felltod gestorben ist.« Ihr Blick glitt ziellos über die Felle, die den Höhlenboden bedeckten. »Seitdem überlege ich, was das für ein Tod sein kann.«

»Ach so.« Auf Ursas Lippen erschien ein dünnes Lächeln. »Ramok ist nicht unter irgendwelchen Fellen erstickt, falls du das denkst.«

»Ich wollte keine alten Wunden aufreißen«, entschuldigte sich Feene.

Aber Ursa überhörte ihre Worte. »Unser Vater ist eines Morgens einfach nicht mehr aus dem Schlaf erwacht«, erklärte sie stattdessen. »Hat tot auf seinen Fellen gelegen, wie ein Greis, den die Kräfte verlassen haben. Dabei war er noch im besten Alter und hat keinerlei Anzeichen von Krankheit gezeigt.« Ursa zuckte mit den Schultern. »Ein Jagdunfall oder im Kampf zu fallen wäre natürlich viel ehrenvoller gewesen.«

Feene nickte verstehend. Felltod – das bedeutete also nichts anderes, als sein Leben kampflos auf dem Felllager auszuhauchen.

Das Orkweib wollte noch etwas anfügen, doch in diesem Augenblick wurde das Rehfell am Eingang zur Seite geschoben. Der Krieger, der vor ihrer Höhle auf Posten stand, sagte kein Wort, sondern nickte nur kurz, bevor er sich wieder zurückzog.

»Die letzte Stammesabordnung ist eingetroffen«, erklärte Ursa. »Der Kriegsrat beginnt, sobald die betreffende Standarte ihren Platz in der Blutkammer eingenommen hat. Ich muss jetzt gehen, sonst komme ich zu spät.«

Feene spürte, wie sich ihr Herzschlag beschleunigte. »Gut«, sagte sie mit gepresster Stimme. »Ich warte hier auf die Entscheidung, die eure Streitfürsten fällen werden. Was bleibt mir anderes übrig?«

Ursa versuchte sich an einem aufmunternden Lächeln, das in ihrem breiten Gesicht stets an ein Zähnefletschen erinnerte. Dann verschwand sie nach draußen.

Das Rehfell, das den Eingang verhängte, pendelte lange genug, um den Blick auf die beiden stämmigen Orkbeine freizugeben, die in der davor liegenden Nische wachten. Sobald Ursa fort war, trat der Krieger wieder direkt vor die Höhle, um den Weg herein oder hinaus mit seinem massigen Körper zu versperren.

Feene grinste unwillkürlich. Glaubten die Orks wirklich, dass sich eine Schattenelfin wie sie so leicht einsperren ließ?

Geschmeidig glitt sie über die Felle hinweg, bis sie direkt vor der offenen Glutrinne kniete, die der Höhle als Leuchtquelle diente. Über einen Zufluss in der Decke gespeist, lief sie über mehrere Windungen die Höhlenwand herab, bevor der stete Lavastrom wieder durch eine schmale Öffnung im Boden versickerte.

Feene war gespannt, ob sich die geheimen Übungen der letzten Tage auszahlten. Auf diese kurze Entfernung stach ihr die Hitze des Magmas unangenehm ins Gesicht, trotzdem wich sie nicht zurück, sondern hob beide Hände in einer beschwichtigenden Geste, wie sie es schon einige Male bei Ursa gesehen hatte. Es war nicht der Atem des Himmels, den sie zu beherrschen suchte, doch sicher half es ihr, dass sie ihren Geist auf den Punkt genau zu konzentrieren vermochte.

Schwäche dich ab, forderte Feene in Gedanken, *werde kühler und dunkler*. Sie wusste nicht, ob das die gleichen Worte waren, mit denen sich die Orks behalfen, aber darum ging es nicht, sondern nur um das, was der Bewohner einer Höhle wirklich *wollte*. Sie hatte es schon einige Male versucht, wenn sie allein gewesen war, und es am Ende auch mehrmals zuwege gebracht.

Zuerst geschah nichts, doch plötzlich jagte ein heißes Prickeln an ihrer inneren Schädelwandung entlang. Es war nur ein kurzer Kontakt, doch Feene spürte deutlich, wie ihr Geist etwas Heißes berührte und sie der Lava ihren Willen aufzwang.

Augenblicklich nahm der von oben eintretende Glutstrom ab. Und im gleichen Maße wurde auch das Licht schwächer, das die Höhle beleuchtete. Die Schatten, die der flackernde Schein an die Wände malte, verloren ihre Konturen, bis sie zu einem breiten Zwielicht zerfaserten.

Also doch – das Blut der Erde ist dem Atem des Himmels untertan, dachte Feene. Zufrieden glitt sie zu der weichen Stelle zurück, an der sich die Felle im Dutzend stapelten, und legte ihre Kleidung ab – nicht nur den schweren Umhang, den sie von Ursa erhalten hatte, sondern auch das gewebte Hemd, den Waffenrock und ihre Stiefel.

Rasch wickelte sie die Sachen zu einer engen Rolle zusammen und schob sie unter das Frostbärenfell, damit jeder glaubte, dass sie sich schlafen gelegt hätte. Die Stiefelspitzen ragten anschließend so unter der Zudecke hervor, dass es aussah, als würde sie auf dem Bauch liegen.

Noch während sie einige Mal an den weißen Zotteln zupfte, um ihr Werk zu vollenden, begann sich ihr nackter Körper zu verändern. Ihre bleiche Haut, die hell in der Dunkelheit schimmerte, wurde plötzlich dunkler und dunkler. Das lange Haar wurde ebenfalls schwarz, bis es am Ende wie eine Rabenschwinge glänzte. Einzig ihre Augen, die körperlos in der Luft zu schweben schienen, leuchteten noch genauso blau wie zuvor.

Kaum mehr als ein Schemen in der Dunkelheit, erhob sie sich und trat an den verhängten Eingang. Der Orkposten jenseits des Rehfells stand weiterhin unbewegt auf seinem Platz. Er hatte nicht das Geringste von den Veränderungen bemerkt, die drinnen vor sich gegangen waren.

Lächelnd sah Feene zu dem breiten Felsspalt empor, der diese Höhle mit dem angrenzenden Stollen verband. Das Belüftungssystem dieses unterirdischen Labyrinths war recht ausgeklügelt, und das musste es auch sein. Die rotglühende Lava, die überall durch die offenen Rinnen floss, nährte sich von der gleichen Luft wie Orks, Menschen oder Elfen. Für eine aus der Legion der Toten war so ein Lüftungsspalt aber noch weitaus mehr – eine unwiderstehliche Einladung zu einem Ausflug in die Freiheit.

Vom Atem des Himmels erfüllt, sprang Feene lautlos die Wand empor. Ihre Zehen und Finger umschlossen jede noch so kleine Unebenheit. Mühelos kletterte sie bis zu jenem Spalt, durch den ein Ork nicht einmal den Kopf hätte zwängen können. Sie jedoch schob auch die Schultern und den Rest ihres biegsamen Körpers hindurch, ohne sich dabei den kleinsten Kratzer zuzufügen.

Der unter ihr stehende Posten bemerkte nicht einmal, wie sie sich lautlos auf den Rücken drehte und in den rauen, mit groben Hämmern aus dem Fels geschlagenen Bogen der Eingangsnische krallte. Selbst bei einem zufälligen Blick in die Höhe hätte er wohl nur eine flüchtige Bewegung in der Finsternis bemerkt, so schnell glitt Feene in den Gang hinaus. Den Schatten der Deckenwölbung wie einen festen Schutz nutzend, schlängelte sie sich mit flüssigen Bewegungen weiter, ohne ein einziges Mal innezuhalten.

Unter ihr wirkte alles wie ausgestorben. Sämtliche Bewohner dieses Trakts schienen einer fernen Beschäftigung nachzugehen oder hatten sich in der großen Blutkammer versammelt. Auch der nächste Stollen, der den ihren kreuzte, gähnte ihr vollkommen leer entgegen. Nicht mal ein einziger Ork stand dort auf Posten.

Feene nutzte die Gelegenheit, sich an der Wand herabzulassen und in einer Eingangsnische kurz zu verschnaufen. Ihre Füße und Hände schmerzten noch lange nicht, doch eine gute Kriegerin schonte ihre Kräfte, um im entscheidenden Moment mit aller Macht zuschlagen zu können.

Geschickt das Zwielicht des vor ihr liegenden Tunnellabyrinths nutzend, eilte sie weiter, dem Ort entgegen, der das Geheimnis des Blutstahls barg.

32

In der Blutkammer

Unter den Farben ihrer Stämme versammelt, drängten sich die einzelnen Scharen dicht aneinander, damit auch alle Krieger auf der vom Blut umspülten Felszunge Platz fanden. An der Spitze jeder Gruppe stand ein Streitfürst, der von seinem Rechten Arm flankiert wurde, und hinter diesen beiden folgten fünf Erste Streiter, die sich durch besondere Taten ausgezeichnet hatten. Aus dieser starken Handvoll genoss nur einer das Privileg, die Standarte tragen zu dürfen. In Bavas Schar was es ausgerechnet Tabor, obwohl längst jeder wusste, dass die geniale Raublist, der er diese Ehre verdankte, eigentlich von Urok stammte.

Für die Zeit des Kriegsrats ruhten alle Zwistigkeiten zwischen den Madak und den Ranar, aber auch zwischen den Njorm, Goll, Vendur, Gorsk und all den kleineren Clans von Arakia. Selbst Vandall Eishaar schaute zwar grimmig drein wie eh und je, bezeugte aber weder mit Worten noch mit Gesten, wie feindselig er Bava Feuerhand und den Ranar gegenüberstand.

Urok, der in Front zu dem großen Halbkreis stand, den die versammelten Scharen bildeten, kannte die meisten der anwesenden Gesichter und wusste genau, warum diese Orks zu ihrer jeweiligen Abordnung gehörten. Einzig die Gegenwart von Torg Moorauge verwunderte ihn ein wenig, denn die Zeiten, in denen er eine Schar der Vendur geführt hatte, waren längst vorbei.

Links und rechts der Krieger standen die Reihen der Priester, um zu verdeutlichen, dass Vurans Wille sie umgab. Ursa kniete an der Spitze der rechten Abordnung, die Urok am nächsten stand. Die Fünf Hohen in ihren blutroten Roben warteten dagegen am Scheitelpunkt der Felszunge, Myriaden tanzender Funken in ihrem Rücken.

Ulke stand einen Schritt vor den anderen, wie üblich von Vokard und Finske flankiert. Ihre Kapuzen hatten die Hohen alle tief ins Gesicht gezogen, doch jeder Einzelne von ihnen war an seiner typischen Körperhaltung zu erkennen. Finske unterschied sich außerdem von den anderen, weil er eine mit rotem Samt bezogene Schatulle in Händen hielt.

Urok hatte das mit goldenen Scharnieren versehene Kästchen noch nie mit eigenen Augen gesehen, doch er wusste natürlich, was sich darin befand: der eiserne Stirnreif, der den gewählten Erzstreiter für die Zeit des Feldzugs krönte.

Die Frage, wen man im Verlauf dieses Kriegsrats für das hohe Ehrenamt bestimmen würde, wühlte alle Anwesenden gewaltig auf. Bava Feuerhand, der Favorit des Hohen Rates, galt selbstverständlich als aussichtsreichster Kandidat. Doch letztendlich waren es die versammelten Krieger, die durch Buhrufe oder zustimmendes Trampeln über das Ergebnis entschieden, sofern nicht ein Gottesurteil nötig wurde. Aber das war schon seit Generationen nicht mehr der Fall gewesen.

Uroks Blick glitt über die im Halbkreis versammelte Menge. Wie nicht anders zu erwarten, verzogen sich Elfenfressers Lippen zu einem verstohlenen Grinsen, während der hinter ihm stehende Tabor mit bösem Blick zurückstarrte. Ansonsten schenkte ihm niemand besondere Beachtung. Schwatzend und lachend tauschten sich die einzelnen Orks, oft über mehrere Scharen hinweg, miteinander aus. Das änderte sich erst, als Ulke beide Hände jäh in die Höhe riss. Mehrere Glutfontänen, die hinter ihm in die Höhe fauchten, unterstützten die Geste.

Abrupt erstarben alle Gespräche. Sämtliche Augen richteten sich nach vorn, zu den Fünf Hohen. Und zu Urok, der, wenn auch mehr am Rand der Felszunge, zwischen ihnen und den Reihen der Krieger stand.

»Ihr alle wisst, warum wir uns heute auf Heiligem Grund versammelt haben!«, begann Ulke mit durchdringender Stimme, als er sich der allgemeinen Aufmerksamkeit sicher sein konnte. »Der Ruf des Blutes ging an jeden Clan hinaus, um diesen Kriegsrat einzuberufen, denn Arakia droht große Gefahr.«

Obwohl der Hohepriester nichts Neues verkündete, lösten seine Worte Unruhe aus.

»König Gothar dürstet nach unserem Blutstahl«, fuhr er mit erhobener Stimme fort, um wieder alle Aufmerksamkeit auf sich zu ziehen. »Damit ist er nicht der erste Herrscher, der seine gierigen Finger nach unserem Geheimnis ausstreckt, und sicher nicht der letzte, der sie bei diesem Frevel verliert.«

Zustimmendes Gelächter brandete in den Reihen der Krieger auf.

Ulke kostete den Erfolg seiner Worte ein wenig aus, sprach aber weiter, bevor das Lachen gänzlich abebbte. »Mögen Gothars Kriegsknechte auch noch so zahlreich und widerwärtig erscheinen, das Rad des Feuers wird uns vor dem Ansturm der feindlichen Horden schützen. Denn Vuran sei Dank, wir wurden rechtzeitig gewarnt! Unserem erhabenen Gott hat es dabei gefallen, einen ungewöhnlichen Vasallen als sein Werkzeug zu wählen …« Der Seitenblick, mit dem er Urok bedachte, war nur durch die Wendung der tief herabgezogenen Kapuze zu erkennen. Sein Gesicht blieb durch den darüberliegenden Schatten verborgen, dem säuerlichen Klang seiner Stimme nach zu urteilen, wäre ihm jedoch ein anderer göttlicher Wink lieber gewesen. »Dank seiner führenden Hand ist es dem Krieger Urok gelungen, eine wertvolle Gefangene zu machen und das Schlangengezücht aufzustöbern, das unsere Grenzen bedrängt.«

Anerkennendes Gemurmel erhob sich. In Urok, der die ganze Zeit über vollkommen gelassen an seinem Platz gestanden hatte, keimte angesichts des Zuspruchs Unruhe auf. Er war es schlicht und einfach nicht gewohnt, so viel Beachtung zu erhalten. Seine Hände trieften plötzlich vor Schweiß, und als er zu schlucken versuchte, spürte er einen unangenehmen Widerstand, als würde ihm eine Stachelkastanie in der Luftröhre stecken.

Fast ein wenig verlegen senkte er den Blick und strich über seinen neuen Waffenrock, den er zum ersten Mal trug. Ursa hatte ihn aus hartem Leder geflochten und es dabei auch nicht versäumt, die schmalen Streifen einzuarbeiten, auf denen das Blut des Lichtbringers glänzte. Dank des Sieges über diese seltsame Gestalt schimmerten seine persönlichen Farben in einem Rot, wie es kein zweites in Arakia gab.

Einem alten Ritual folgend, erklärte Ulke unterdessen: »Arakia braucht einen Erzstreiter, der unsere Horden nach Vurans Willen lenkt. Wir sind hier versammelt, um denjenigen auszuwählen, der dafür am besten geeignet ist. So frage ich: Gibt es einen unter euch, der das Gewicht der Streitkrone zu tragen vermag?«

Die Frage hallte unangenehm lang in dem Gewölbe nach, ohne dass sich jemand meldete. Falls Bava gehofft hatte, alle Blicke würden sich sofort auf ihn richten, wurde er bitter enttäuscht, denn abgesehen von Gabor Elfenfresser und den übrigen Ranar starrten die Krieger aller Scharen stur geradeaus. Selbst die Vendur, die er erst vor wenigen Tagen besucht hatte.

Statt eine beleidigte Miene zu verziehen, trat Bava rasch einen Schritt vor und meldete sich laut zu Wort.

»Ich vermag die Krone zu tragen!«, donnerte er, um das hämische Echo der immer noch widerhallenden Frage zu übertönen. »Ich – Bava vom Stamme der Ranar, den ihr alle die Feuerhand nennt!«

Gabor Elfenfresser und die Ersten Streiter des Clans stampften zustimmend mit den Füßen, ansonsten hielt sich der Jubel in Grenzen. Das war noch keine Entscheidung, schließlich musste Bava seine Bewerbung erst noch begründen, dennoch deutete es schon daraufhin, dass es ihm an Rückhalt unter den anderen Scharen mangelte.

»Wie willst du die vereinten Horden der Blutorks zum Sieg führen?«, lautete bereits Ulkes nächste Frage.

»Indem ich alle Feinde Arakias zerschmettere und auf das Rad des Feuers vertraue!«, gab Bava kraftvoll zurück.

»Alle Feinde?«, vergewisserte sich Ulke. Die Frage ließ viele aufhorchen, schon wegen ihres lauernden Untertons, aber vor allem, weil sie nicht zum gängigen Ritual gehörte.

Urok schwante Böses, doch bevor er sich bewusst werden konnte, was konkret ihn an der Frage beunruhigte, antwortete Bava mit scharfer Stimme, die wie Stahl durch die Stille schnitt: »Ja, alle! Als Erstes diese verräterische Elfin, die sich in unseren Hort geschlichen hat. Sie soll noch heute Nacht im Blut der Erde aufgehen, um Vuran gnädig zu stimmen!«

»Nein!«, schrie irgendjemand, lange bevor Bava ausgesprochen hatte. Erst als alle Gesichter zu ihm herumruckten, wurde Urok klar, dass er selbst es war, der sich so empört geäußert hatte.

Knirschendes Leder und Sohlen, die über Fels scharrten, bezeugten die allgemeine Unruhe, die plötzlich herrschte. Ursa schüttelte warnend den Kopf, weil es Urok nicht zustand, Bava anzugreifen, doch die unverhohlene Drohung, Feene zu opfern, ließ diesen alle Vorsicht vergessen.

»Die Elfin, von der ihr sprecht, ist doppelherzig!«, erinnerte er. »Sie dem Blut der Erde zu übergeben wäre unehrenhaft!«

Er hatte die Worte an Ulke gerichtet, der sich ihm daraufhin tatsächlich zuwandte. Der gleißend rote Schimmer der Flammensäule, die sich vom Glutsee bis zur Deckenwölbung erstreckte, verfing sich dabei für einen kurzen Augenblick unter der blutroten Kapuze. Es war nur ein winziger Moment, in dem der schützende Schatten verflog, doch der reichte aus, um den Triumph auf Ulkes Gesicht zu enthüllen. Alles lief genau so ab, wie es der Hohe geplant hatte, das war ihm deutlich anzusehen.

Also darum hatte Urok in Front der versammelten Scharen stehen sollen. Nicht um seine Leistung vor aller Augen zu ehren, sondern damit er sich provozieren ließ und dabei sein Gesicht verlor. Verdammt, damit war er Ulke und Bava kräftig auf den Leim gegangen.

»Diese Elfin hat deinen Geist genauso vergiftet wie dieser Ragmar!«, höhnte Bava, bevor Urok das falsche Spiel lauthals anprangern konnte. »Sonst hättest du gemerkt, dass sie sich nur eingeschlichen hat, um uns das Geheimnis des Blutstahls zu stehlen. Eigentlich müsstest du mit ihr brennen, doch ich will Gnade walten lassen, weil du im Kampf gegen den Lichtbringer bewiesen hast, dass du immer noch auf der Seite deines Volkes stehst, wenn es hart auf hart kommt. Doch dieses Elfenweib muss unter allen Umständen ausgemerzt werden, doppelherzig oder nicht!«

»Gerede!«, entgegnete Urok voller Verachtung. »Nichts als leeres Geschwätz, das eines Blutorks unwürdig ist. Wo bleiben die Beweise für deine haltlosen Verdächtigungen?«

Sein Blick bohrte sich herausfordernd in den von Bava, doch der Streitfürst blieb vollkommen ruhig und gelassen.

Statt seines Rechten Arms sprang überraschend sein Bannerträger für ihn in die Bresche, indem er rief: »Mit welchem Recht ergreifst du hier das Wort?« Dass Tabor sich überhaupt einzumischen wagte, bewies, dass er in das Komplott eingeweiht war. »Du bist bloß ein Erster Streiter von eigenen Gnaden, der keine Stimme in dieser Versammlung hat.«

Die Ranar an seiner Seite grunzten beifällig, nur die Gesichtszüge des Elfenfressers entglitten, als ihm nach einem kurzen Seitenblick klarwurde, dass Tabor mit Bavas Billigung handelte. Für den alten Recken war es natürlich ein schwerer Affront, dass er in seiner Stellung als Rechter Arm übergangen wurde, doch er schwieg verbissen.

Aus den übrigen Reihen gab es dagegen missfällige Töne. Viele Krieger begriffen sehr wohl, dass Urok nur aus einem einzigen Grund vor den Kriegsrat geladen worden war, nämlich um ihn anzuklagen.

Dass Ulke im Vorfeld verkündet hatte, Urok dürfe sich für die Elfin verwenden, um ihn in Sicherheit zu wiegen, mochten einige für eine geniale Kriegslist halten, andere empfanden es dagegen als feige und hinterhältig.

»Mit welchem Recht meldest *du* dich zu Wort?«, fuhr Vandall Eishaar Tabor an. »Willst du etwa selbst die Streitkrone tragen? Dann verkünde das laut und deutlich.«

Lautes Stampfen aus mehreren Reihen unterstützte die Forderung. Bava, der eben noch triumphierend zugesehen hatte, wie andere für ihn stritten, presste die Lippen zusammen, als hätte er einen Schlag in die Nieren erhalten.

»Ruhe!«, verlangte Ulke mit hoch erhobenen Armen. »Missachtet nicht den Willen des Blutes. Ab jetzt sprechen nur noch jene, die die Streitkrone tragen wollen. Wer bewirbt sich noch außer Bava Feuerhand? Der mag nun vortreten und dem Kriegsrat erklären, warum er würdiger ist und wie er die vereinten Stämme zum Sieg führen will.«

Stille senkte sich über die Felszunge. Außer Bava wollte niemand die Hand nach der Krone ausstrecken, das war deutlich zu spüren.

Urok ballte die Hände, um den in ihm aufsteigenden Groll zu bezähmen. Hilflos musste er mit ansehen, wie das Schicksal einer Doppelherzigen besiegelt wurde, doch sein Respekt vor den Gesetzen des Blutes war zu groß, um mit alldem herauszuplatzen, was ihm auf den Lippen lag.

Ulke hob erneut die Hände, um Bava zum neuen Streitfürsten zu erklären, als Vandall Eishaar einen Schritt nach vorn machte.

Unter den Kriegern wurde es daraufhin so still, dass das Rauschen der ringsum strömenden Glut unnatürlich laut erschien.

»Ich schlage Urok vor!«, erklärte Vandall zur allgemeinen Verblüffung. »Ich habe gehört, er soll ebenfalls eine Feuerhand sein. Das macht ihn Bava ebenbürtig.«

Selbst das ständige Raunen des Blutes verstummte nach diesen Worten. Ulkes Antwort auf diese unvorhergesehene Wendung ließ so lange auf sich warten, dass sich die Stille beinahe schmerzhaft auf die Trommelfelle legte.

Zufrieden mit sich selbst, lachte Vandall so sehr in sich hinein, dass das schlohweiße Haar auf seinem Haupt zu zittern begann. Bava, den er dabei die ganze Zeit provozierend ansah, ignorierte ihn grimmig, Tabor konnte dagegen nicht mehr an sich halten.

»Dieses Gerede von der Feuerhand ist doch eine Lüge!«, keifte er voller Bitterkeit. Bava warf ihm einen warnenden Blick zu, doch es war zu spät.

»Ach, tatsächlich?«, fragte Vandall voller Häme. »Ich selbst habe gesehen, dass er nicht nur seine Hand entflammen kann, sondern auch seinen Oberkörper! Wenn ich es mir recht überlege, macht ihn das noch viel würdiger als Bava! Und ein Blutrausch auf Heiligem Grund kann es ja nicht gewesen sein, denn das hätte nicht nur dich und deine ganze Schar entehrt, sondern auch euren Streitfürsten, der unser aller Erzstreiter werden will!«

»Das ist alles einerlei«, griff Ulke endlich wieder in das Geschehen ein. »Nur Erste Streiter dürfen die Hand nach der Streitkrone ausstrecken, so ist es Brauch. Selbst wenn Urok ebenfalls eine Feuerhand wäre, so ist es doch Vurans Wille …«

»Ich bin meine eigene Schar«, begehrte Urok auf.

»Still!«, herrschte ihn Ulke ungehalten an.

»Du hast ja nicht mal jemanden, den du führst!«, stichelte Tabor erneut, obwohl ihn Bava warnend anfunkelte. Elfenfresser, der eigentlich für die Disziplinierung der Ersten Streiter zuständig war, übte sich jedoch weiter in stillem Groll. »Nicht mal einen Rechten Arm!«, fügte Tabor deshalb ungehindert an.

»Doch, das hat er!« Alle Köpfe fuhren zur Schar der Vendur herum, aus der Torg Moorauge hervorgetreten war. Der gehörnte Schulterpanzer, der ihn noch kurz zuvor als Ersten Streiter ausgewiesen hatte, hing plötzlich abgeschnallt in seiner Hand. »*Ich* will mich Uroks Schar anschließen.«

Während viele überlegten, ob Torg schon betrunken war oder was ihn sonst zu dieser Ankündigung veranlasste, stampften die Madak und die Vendur begeistert mit den Füßen. Vandall und Hogibo, der Streitfürst der Vendur, ballten ihre rechte Hand zur Faust und reckten sie einander triumphierend zu. Jeder, der sich bisher gefragt hatte, wieso Torg wieder den gehörnten Schulterpanzer eines Ersten Streiters trug, konnte nun mit Sicherheit davon ausgehen, dass er nur hergekommen war, um sich im entscheidenden Augenblick Uroks Schar anzuschließen.

Bavas Unterkiefer begann vor Wut zu zittern, als er erkannte, dass auch seine Rivalen hinterlistig zu betrügen verstanden. Elfenfresser unterdrückte hingegen ein aufkeimendes Lachen, das seine Mundwinkel in die Höhe zucken ließ.

Torg war inzwischen bei Urok angelangt und beugte vor dem so viel Jüngeren das Haupt. »Urok, der du die zweite Feuerhand besitzt, willst du mir die Ehre erweisen, dass ich als Rechter Arm an deiner Seite stehen darf?«

Urok fehlten einen Moment lang die Worte, dabei konnte er gar nicht anders, als Torgs Angebot anzunehmen, denn im Falle einer Ablehnung hätte der Alte für alle Zeiten das Gesicht verloren.

»Ja, natürlich«, krächzte er verwirrt. »Einen besseren Rechten Arm könnte ich mir gar nicht wünschen.«

Allgemeines Stampfen bezeugte, dass die überwältigende Mehrheit der Krieger diese neue Schar anerkannte. Ebenso wie Urok spürte auch die Menge, dass Blutvergießen in der Luft lag, doch sein Verstand weigerte sich immer noch zu begreifen, dass er im Zentrum zweier gegensätzlicher Intrigen stand.

Uroks Blick suchte den seiner Schwester, die stumm vor den anderen Priestern kniete und ihn schicksalsergeben ansah. Bavas Gesicht wirkte dagegen wie versteinert, und Ulke hatte seine Hände so weit unter die gegenüberliegenden Ärmel geschoben, dass es aussah, als wolle er sich vollständig unter der Robe verkriechen.

»Greif nach der Krone!«, raunte Torg, nachdem er seinen Platz an Uroks Seite angenommen hatte. »Nur du kannst Bavas Aufstieg verhindern, er weiß das. Sie wollten dich nur vor aller Augen kaltstellen, weil sie deine Feuerhand fürchten. Doch jetzt hast du die Möglichkeit, selbst die Krone zu gewinnen.«

Urok zögerte, der Aufforderung nachzukommen. Er spürte zu

deutlich, dass er einen Kampf für andere führen sollte, den sie selbst scheuten.

»Wer mit mir um die Krone wirbt, muss sich Vurans Urteil stellen!«, warnte Bava laut.

In den unbeteiligten Scharen stampften die Krieger daraufhin ununterbrochen auf den Boden. Echte Orks waren niemals einem ehrlichen Blutvergießen abgeneigt.

Bavas Drohung, auf die Blutgrube zu bestehen, gab den Ausschlag. Wenn Urok nicht die Hand nach der Streitkrone ausstreckte, ordnete er sich damit vor aller Augen unter.

»Ich vermag die Krone zu tragen!«, rief er laut. »Urok vom Stamme der Ranar, den viele von euch die zweite Feuerhand nennen!«

Lautes Stampfen aus fast allen Scharen unterstützte seine Worte. Selbst Gabor Elfenfresser und viele Priester waren begeistert, nur Ursas Gesicht zeigte Sorge. Trotzdem nickte sie ihm zu, um zu zeigen, dass sie hinter ihm stand. Egal, was kommen mochte.

»Wie willst du die vereinten Horden der Blutorks zum Sieg führen?«, rief Ulke in dem sinnlosen Versuch, den Tumult zu übertönen.

»Indem ich die Schwächen unserer Feinde bloßlege und sie gezielt bekämpfe«, erklärte Urok, obwohl viele gar nicht zuhörten. »Die lederne Schrift und die Elfin werden uns dabei helfen, da das Rad des Feuers gegen die Lichtbringer und andere Truppen machtlos ist. Wir müssen umsichtig handeln, denn dieser Gothar ist furchtbar schlau.«

»Unsinn!«, schrie Tabor aufgebracht, obwohl ihm das Wort nicht zustand. »Alle Menschen sind dumm und feige!«

Bava hatte nun endgültig genug von seinem Bannerträger. »Still, du Zwerg!«, brüllte er ihn an. »Oder ich zermalme dich mit bloßen Händen!«

Tabor erbleichte. Und schwieg von da an.

»Der Menschenkönig lässt andere, sehr starke Völker für sich kämpfen«, antwortete Urok trotzdem. »Völker, von denen wir noch nicht einmal gehört haben.« Dabei hob er den Helm des Gepanzerten in die Höhe, den er extra mitgenommen hatte, um ihn dem gesamten Kriegsrat zu präsentieren. »Das nenne ich schlau.« Beinahe hätte er noch hinzugefügt: *Er ist fast so schlau wie die beiden Streitfürsten, die mich für sich in den Kampf schicken.* Aber er ließ es, denn im Falle eines Sieges würde er Vandalls und Hogibos Unterstützung brauchen. Falls er denn siegte. Bava war ein starker und erfahrener Gegner, von dem er keine Schonung zu erwarten hatte.

Plötzlich wurde Urok von Zweifeln geplagt, aber für einen Rückzieher war es zu spät, denn Ulke verkündet laut: »Hier stehen sich zwei Herausforderer unversöhnlich gegenüber. Möge Vuran entscheiden, welcher ihrer Taktiken er den Vorzug gibt.«

Die linke Hand in großer Geste weit über den Kopf gestreckt, drehte er sich zum Glutsee um und zwang der Säule, die vom Deckengewölbe herabfloss, seinen Willen auf. Gut auf der Hälfte der Höhe spaltete sich der Glutstrom auf und strömte plötzlich bogenförmig zu beiden Seiten.

Die versammelten Scharen wussten, was das zu bedeuten hatte.

»Blutgrube!«, schrien alle außer Urok und Bava. »Ein Kampf in der Blutgrube!«

Urok spürte, wie ihm die Knie weich wurden. Das letzte Gottesurteil dieser Art lag Generationen zurück. Und es war tödlich für den unterlegenen Bewerber verlaufen, so berichteten die Legenden, genauso wie all die Male zuvor.

33

»Blutgrube!«, schallte es immer wieder schaurig zwischen den mächtigen Steinsäulen hervor. »Ein Kampf in der Blutgrube!«

Mochten die fünf Winde wissen, was für abartige Rituale die Orks während ihres Kriegsrats abhielten, Feene kam das Gebrüll jedenfalls entgegen. Denn die beiden Posten, die am Portal Wache standen, machten daraufhin gemeinsam kehrt, um neugierig über die Stufen der breiten Treppe in die Tiefe zu spähen.

Geschickt weiterhin jeden Schatten nutzend, stahl sich Feene die Rampe hinab und suchte hinter einem Brunnen Deckung, der inmitten eines Gewirrs sich kreuzender Treppen und Absätze stand. Sie schwitzte, obwohl sie nicht einen Faden Stoff am pechschwarzen Leib trug. Kein Wunder, denn der rot glühende Sturzbach, der nur wenige Armlängen von ihr entfernt in das wabenförmige Becken stürzte, bestand aus flüssigem Magma, dem eine ungeheure Hitze entströmte.

Von den rundum aufsteigenden Felsen gedeckt, weitete sie ihre Sinne, um nach dem richtigen Weg zu suchen, und auf den Luftströmen gleitend, die stetig durch das Labyrinth zirkulierten, tastete sich Feene geistig in die umliegenden Stollen vor. Das war ein sensibler Moment, in dem sie sich vollkommen öffnete. Genau der Moment, in dem sie unversehens der Gedanke plagte, dass es womöglich Urok sein könnte, der in der Blutkammer zum Kampf antreten musste. Vielleicht sogar, um sie vor den anderen zu verteidigen?

Und wenn schon!, übte sie sich in Selbstüberzeugung. *Der grobe Klotz ist stark genug, um allein mit allen Widrigkeiten fertigzuwerden.*

Als ihre Sorge trotzdem nicht weichen wollte, schüttelte sie ärgerlich den Kopf, um den ungewohnten Anflug von Gefühlsduselei zu vertreiben. Erst nachdem sie ihren Geist von allen störenden Einflüssen befreit hatte, konnte sie geistig tiefer in den Berg vordringen, bis die Luft in ihren Lungen unversehens so prickelnd heiß wurde, dass es sich anfühlte, als würde sie heiße Asche atmen. Doch statt den Kontakt sofort abzubrechen, hielt sie noch einen Moment aus, denn sie spürte noch mehr. Eine Anwesenheit, die eine vertraute Saite in ihr zum Schwingen brachte.

Erfreut spürte sie den Stollen auf, aus dem ihr dieses seltsame Gefühl entgegenströmte, das sie dermaßen aufwühlte. Dann machte sie sich bereit, dem Weg zu folgen, den ihr der Atem des Himmels wies.

Das Geschrei aus der Blutkammer war längst verebbt, trotzdem schnellte die Elfin hinter dem Lavabrunnen blitzschnell hervor und überwand die vor ihr liegenden Rampen und Absätze mit wenigen Sprüngen.

Wieder auf der obersten Ebene angelangt, federte sie in einen tiefen Schlagschatten, der von einem vorstehenden Felsgrat geworfen wurde. Sie krallte sich gerade in dem rauen Untergrund fest, als sie ein kurzes Schaben von Leder über Stein davor warnte, dass sich eine der Orkwachen wieder umdrehte.

Werde eins mit dem Fels, hämmerte sie sich ein. *Sei der tiefste Punkt der Dunkelheit.*

Nur aus dem Augenwinkel heraus beobachtete sie, wie der Posten gelangweilt den Blick durch das vor ihm liegende Gewölbe schweifen ließ und sich dann wieder den Vorgängen jenseits des Portals widmete. So nachlässig, wie er seinen Dienst verrichtete, konnte er Feene gar nicht entdecken, aber es wäre ihm sicher auch nicht geglückt, hätte er ihr Versteck auf den Punkt genau fixiert. Denn sie war nur noch ein regloser Schatten in der Finsternis, der mit seiner Umgebung vollkommen verschmolz.

Sobald Feene wieder unbeobachtet war, drückte sie sich aus ihrem Versteck ab und entschwand in den anvisierten Gang. Sie war sich völlig sicher, dass er sie in eine der Kammern führte, in denen der geheime Blutstahl geschmiedet wurde. Jeder Schritt, der sie ihrem Ziel näher brachte, ließ diese Überzeugung in ihr größer werden.

Wie nachlässig die Orks doch waren. Nicht ein einziger Posten kreuzte ihren Weg, bis das allgegenwärtige Zwielicht am Ende der mehrfach abknickenden, aber stets abwärtsführenden Tunnel durch glutroten Feuerschein erhellt wurde.

Um jede Möglichkeit der Entdeckung auszuschließen, wechselte sie wieder in den tiefschwarzen Schatten der Decke, doch diese Vorsichtsmaßnahme erwies sich als überflüssig. Ohne einem einzigen Ork zu begegnen, erreichte sie eine riesige Grotte, aus der ihr die Hitze wie eine glühende Hand entgegenschlug. Ganz gebannt von dem überwältigenden Anblick, der sich dort bot, verharrte Feene einen Moment lang völlig reglos – über Kopf an der Decke hängend, mit bloßen Händen und Füßen in den nackten Fels gekrallt.

Sicher, Feene hatte schon mitgekriegt, dass die Blutorks die Lava des Vulkans zu kanalisieren wussten, aber die große Menge des glutflüssigen Gesteins, das hier in offenen Gruben vor sich hinkochte, erzeugte in ihr eine tiefe Angst, die unangenehm an verborgenen Urinstinkten kratzte.

Nur einige wenige Schmiede versahen in der Grotte ihren Dienst. Die ungeheuere Hitze, die sich in dem Gewölbe staute, schien ihnen nichts auszumachen, doch auch sie trugen nur Hosen und Stiefel unter den schweren Lederschürzen. Voll auf ihre Arbeit konzentriert, nahmen sie immer neue Roheisenblöcke von großen Stapeln auf und brachten sie in den Magmagruben zum Glühen, bevor sie aus ihnen Schwerter und Schilder formten, die anschließend in Wasserbecken abkühlten und dann zu großen Haufen aufgestapelt wurden.

Die Vorbereitungen für einen Krieg waren also bereits in vollem Gange, doch die Orkschmiede benutzten weder Hammer noch Amboss, um ihren legendären Stahl in seine unzerbrechliche Form zu bringen, sondern …

Feene traute ihren Augen nicht, deshalb kroch sie tiefer in die Höhle hinein, um wirklich sicherzugehen. Längst markierte herabtriefender Schweiß den Weg, den sie nahm, doch auch hier drinnen nisteten genügend Schatten hinter Vorsprüngen und in Ecken, um sie unsichtbar zu machen. Solange kein Ork hereinkam, um auf seinem breiten Rücken neue Eisenbarren in die Grotte oder fertige Waffen herauszubringen, würde auch niemand auf die dunklen Flecken am Boden aufmerksam, die in dieser Hitze und auf dem aufgeheiztem Gestein ohnehin schnell verdunsteten.

Unmittelbar über der beständig zirkulierenden Lava war es so heiß, dass es so aussah, als würde selbst die Luft brennen. Doch sosehr die Sicht auch hinter dem flimmernden Vorhang verschwamm, war doch nicht zu übersehen, dass die in die Glut geworfenen Barren niemals versanken, sondern stets an der gleichen Stelle verblieben, auch wenn die Lava unter ihnen weiterwanderte. Und dann, wenn der Stahl so weiß glühte, wie ihn keine menschliche Esse erhitzen konnte, und schon kurz davorstand zu zerlaufen, erhob er sich in die Luft, wie von unsichtbaren Händen getragen, und begann sich von selbst zu verformen.

Die Schmiede standen während dieses Vorgangs mit bloßen Händen am Grubenrand und nahmen nur mit Gesten Einfluss auf das weiche Material. Doch sie beherrschten ihr Handwerk ebenso gut wie andere den Umgang mit Hammer und Amboss. Schon nach wenigen Herzschlägen war zu sehen, ob ein Schwert, ein Axtblatt oder ein Schild entstehen sollte. Und obwohl der Stahl immer wieder im Wasser abgekühlt und erneut erhitzt wurde, ging die Arbeit doch viel schneller vonstatten als in einer normalen Schmiede. Denn die Orks griffen in der ganzen Zeit kein einziges Mal mit ihren großen grünen Pranken zu, sondern bedienten sich tatsächlich des …

»Der Atem des Himmels!« Feene spürte die Annäherung erst, als ihr die Worte bereits ins Ohr geflüstert wurden. »Diese verdammten Orks mit ihrem Gerede über das Blut der Erde – dabei besteht ihr Geheimnis ganz einfach darin, dass sie an unsere fünf Winde glauben.« Todbringer, der auf einmal neben ihr an der Höhlendecke hing, gestattete sich ein leises Lachen. »Jeder von uns kann ebenfalls Blutstahl schmieden, wenn er nur lange genug übt. Damit ist dieses Volk endgültig überflüssig. Gothar wird es bis auf das letzte Blag ausmerzen, wenn er davon erfährt.«

Als Feene den Gefährten erkannte, beschleunigte sich der Schlag ihres Herzens, bis sie glaubte, es gegen die Rippen hämmern zu spüren. Trotzdem blieb ihr Blick auf die Orks geheftet. »Das ist es nicht allein«, widersprach sie leise. »Es ist auch die ungeheure Hitze, die nur hier im Hort herrscht und nirgendwo sonst zwischen Frostwall und Nebelmeer.«

»Was soll's?«, entgegnete Todbringer verächtlich. »Das gehört ohnehin bald alles uns.«

»Du wärst wohl gern Schmied, was?« Sie verrenkte den Hals, um ihre Lippen auf die seinen zu drücken, doch er wandte das Gesicht zur Seite.

»Nein«, sagte er abweisend. »Ich wäre nur gern wieder raus aus diesem Loch. Wir haben herausgefunden, was wir wissen wollten. Also nichts wie weg von hier.«

Sie kannte seine kalte Art und wusste normalerweise mit ihr umzugehen. Doch in diesem Moment verletzten seine Worte sie schlimmer als tiefe Schnitte, die bis auf den Knochen gingen. Am liebsten hätte sie ihm ins Gesicht geschrien, dass er der Vater ihres Kindes war, doch dies war wahrhaftig nicht der richtige Moment dafür. Also beherrschte sie sich.

»Warte noch«, sagte sie stattdessen. »Das ist noch nicht alles.«

»Was denn noch?«, entfuhr es ihm eine Spur zu laut und unbeherrscht.

Sie schwiegen daraufhin beide, den Blick fest auf die dreißig Schritte entfernt arbeitenden Orks gerichtet, die dort weiterhin den flüssigen Stahl in der Luft drehten und formten, als hätten sie nichts gehört. Auch in diesem Moment spürte Feene mit jeder Faser ihres Körpers, dass das, was die Schmiede dort taten, zwar dem Atem des Himmels ähnelte, aber zugleich auch irgendwie *anders* war. Ganz ähnlich wie ... ja, wie eine Axt und ein Schwert beide ein Stück Holz zerteilen konnten, aber trotzdem zwei völlig unterschiedliche Werkzeuge waren.

Noch ehe sie diese Wahrnehmung mit Todbringer teilen konnte, glitt ein Schatten an der Decke zu ihnen heran.

»Was ist denn?«, zischte Feibe wütend. »Wollt ihr beiden hier Wurzeln schlagen?«

Die Frage schien Todbringer mehr als berechtigt, denn er wandte sich wortlos um und folgte dem Kameraden, der doch im Rang unter ihm stand. Feene blieb nicht anderes übrig, als ihnen zu folgen.

Doch einen Gang weiter, nachdem sie sich zusammen mit Peno, der draußen auf sie gewartet hatte, von der Decke lösten und zu Boden sprangen, ergriff sie wieder das Wort. »Bevor ihr geht, muss ich euch noch etwas sagen«, eröffnete sie den dreien, die sofort alarmiert aufhorchten.

»Bevor *ihr* geht?«, echote Feibe, dessen Gesicht immer noch Bissspuren der Nebelspinnen trug. »Was soll das heißen?«

Todbringer begnügte sich mit einem lauernden Blick, der ihr jedoch durch und durch ging.

»Ich erwarte ein Kind«, sagte sie geradeheraus, denn die Zeit drängte. »*Dein* Kind, Todbringer. Und ich will nicht, dass es mir die Ammen nach der Geburt wegnehmen. Ich will es behalten.«

»*Was* war das?« Todbringers Augen glänzten plötzlich so kalt wie Eis. »Sag das noch mal!«

Als sie ihren Gefährten so sah, den Rücken durchgedrückt, die Schultern zurückgenommen, wusste sie, dass seine Entscheidung längst feststand. Trotzdem versuchte sie ihn zu überzeugen. Ihn, den Vater ihres Kindes.

»Versteh doch!«, beschwor sie ihn. »Vielleicht wird es der Befreier sein, der weder den Kasernenstaub noch das Geburtshaus kennt!«

Todbringers Gesicht bebte, doch das mochte auch vom unruhigen Schein der Glutrinnen herrühren. Aber er schwieg, und das sagte mehr als ein Dutzend Worte.

Aus Feibe hingegen brach es heraus. Ausgerechnet aus Feibe, der ihr immer auf die langen Beine starrte, wenn er glaubte, dass sie es nicht merkte. »Wie stellst du dir das eigentlich vor?«, fragte er. »Glaubst du vielleicht, dass dich die Orks bei sich aufnehmen?« Er machte dabei ein Gesicht, als müsste er sich gleich übergeben.

»Das glaube ich nicht nur«, sagte sie zu Feibe und Peno in der Hoffnung, dass es auch Todbringer überzeugte, wenn sie die anderen für sich gewann. »Die Orks haben es mir sogar schon angeboten. Sie sind nämlich gar nicht so dumm und primitiv, wie wir immer dachten. Und sie würden euch sicherlich auch …«

»Du willst uns zum Verrat überreden?«, unterbrach Todbringer sie harsch. »Weißt du eigentlich, dass du mich damit zwingst, dich zu …«

Diesmal war er es, der den Satz nicht beenden konnte; ein kurzes Beben hinderte ihn daran, seine Drohung auszusprechen.

Einige Herzschläge lang glaubte Feene tatsächlich, den Boden unter den Füßen zu verlieren. Haltlos stolperte sie gegen die nächste Wand und verbrannte sich beinahe an der dort vorbeifließenden Glutrinne. Steinbrocken flogen durch die Luft. Einer traf sie an der Schulter, andere hämmerten gegen den Fels und rollten anschließend den Gang hinab.

Keiner von ihnen schrie vor Schreck oder Schmerz auf, das

hatte man ihnen in der Legion ausgetrieben. Doch Feenes Magen schrumpfte schmerzhaft zusammen, als sie herumwirbelte und sah, dass zwei der Glutrinnenzuflüsse auseinandergeplatzt waren und plötzlich dicke Lavaströme zu ihnen in den Stollen pumpten. Sie hatte sich noch nicht einmal wieder richtig aufgerappelt, als der hinter ihnen liegende Tunnel schon unpassierbar wurde.

Immer größere Mengen quollen auf beiden Seiten herein und wuchsen rasch zu mannshohen Glutmauern an, die sich langsam in ihre Richtung wälzten.

Peno sprang in die Höhe, um entlang der Decke zu entfliehen, solange es noch ging. Doch während er über das Magma hinwegzuklettern versuchte, ließ die aufsteigende Hitze seinen Tarnmantel sofort dampfen.

Halb unterdrückte Schreie ausstoßend, machte er auf der Stelle kehrt und stieß sich nach vorn hin ab. Aber es war schon zu spät, die offenen Fäden des Mantels entzündeten sich. Während des waagerechten Flugs wurden die Flammen noch niedergedrückt, doch sobald er auf Händen und Füßen landete, brannte er lichterloh.

Nur indem er sich sofort auf den Rücken wälzte und die Verschlüsse auf der Vorderseite aufriss, konnte er noch das Schlimmste verhindern. Aber als er endlich wieder auf den Füßen stand, waren Hände und Gesicht mit Ruß verschmiert, und die ersten Brandblasen begannen sich auf seiner Haut zu wölben.

Weg, nur weg!

Niemand musste die Warnung laut aussprechen, sie rannten alle von ganz allein in die andere Richtung los, verzweifelt darum bemüht, dem immer schneller nachfließenden Magma zu entkommen. Sie hetzten stumm mit federnden langen Schritten, die sie weit voranbrachten, Feene an der Spitze, die anderen hinterdrein.

Bis zu dem Moment, an dem am unteren Tunnelende ein weiterer Glutsee zu leuchten begann.

Verdammt! Was war nur los? Warum saßen sie plötzlich derart in der Falle? Verzweifelt hielten sie an, um nach einem Ausweg zu suchen, doch die anrollende Hitze raubte ihnen den Atem.

»Hier entlang!« Feene hatte mit ihren scharfen Augen einen dunklen Seitengang entdeckt. Wie aus dem Nichts heraus schien er entstanden zu sein. Doch darüber machte sie sich keine Gedanken, sondern sprang einfach hinein, über die untere Glutrinne hinweg. Sie musste den Kopf einziehen, so niedrig war der Stollen, doch sie stieß auf kein Hindernis, während sie lief.

Sie wagte einen kurzen Blick über die Schulter und sah, dass ihr die drei Gefährten folgten, bevor das Magma sie erwischen konnte.

Doch im gleichen Atemzug, da alle von Dunkelheit umschlossen wurden, kippte der Boden unter ihren Füßen zur Seite.

Feene hörte noch ein Knirschen, als würde Stein über Stein schaben, dann stürzte sie auch schon ins Leere. Ihr Versuch, den Atem des Himmels in sich aufzunehmen, kam zu spät.

Ein harter Aufschlag raubte ihr beinahe die Sinne. Grelle Lichter explodierten vor ihren Augen, während sie über eine steile Rampe in die Tiefe schlitterte, bis sie über eine Kante flog und noch einmal zwei Mannslängen tiefer auf nackten Stein knallte.

Trotz all des Schmerzes und ihrer Benommenheit warf sie sich zur Seite, um nicht unter den anderen begraben zu werden. Erst als sie das dreifache Stöhnen neben sich hörte, gab sie dem eigenen Schmerz nach. Sie schrie und fluchte laut vor Wut – und erstarrte gleich darauf vor Angst, als sie das rotglühende Rechteck bemerkte, das über ihnen in die Tiefe jagte.

Die Lava folgte ihnen auf dem gleichen Weg, den sie so unfreiwillig genommen hatten: die steil abwärtsführende Rampe hinab.

Im Widerschein der Lava wurden um sie herum die engen Abmessungen der tiefen Grube sichtbar. Glatte, hoch aufragende Felswände machten auch die letzte Hoffnung auf eine weitere Flucht zunichte. Sie waren in diesem Loch rettungslos gefangen.

Feene sah sich bereits bis zur Hüfte in glühender Lava stehen und verkohlen – als die anstürmende Glut auf einmal nicht mehr weiterfloss, sondern kurz vor der Kante erstarrte. Rasend schnell kühlte sie ab und verstopfte damit den einzigen Zugang.

Dafür wurden weit oberhalb der Rampe schabende Geräusche

laut. Zuerst rieselte nur Steinmehl von der Decke, dann wurde ein rundum laufender Lichtspalt sichtbar, der den obersten Teil der Kuppel vom Rest des Gewölbes trennte.

Feene freute sich zwar über die Öffnung, die gleich darauf entstand, doch auf die grimmigen Orks, die hinter der steinernen Haube zum Vorschein kamen, die unter lautem Ächzen zur Seite gewuchtet wurde, hätte sie gut verzichten können

Gleich darauf flog eine Fackel in die Tiefe, damit das gute Dutzend Krieger, das sich sieben Mannslängen über ihnen drängte, sie besser erkennen konnte. Vereinzeltes Gelächter drang herab, doch in erster Linie schlug ihnen bodenloser Hass entgegen.

Ein knorriger Krieger, dessen Wangenbart schon von grauen Fäden durchzogen wurde, schien der Anführer dieser Schar zu sein. Sein rechtes Auge schimmerte ein wenig milchig und schien irgendwie erstarrt.

»Grimpe!«, entfuhr es ihr, denn Urok hatte mehrfach von einem einäugigen Ork erzählt.

»Hoho!«, lachte der Alte zu ihnen herab. »Hört euch das an, meine Brüder. Mein Name ist bei diesem Pack wohlbekannt. Elfenfresser wird neidisch auf mich sein, wenn er das hört.«

Der Rest der Bande lachte beifällig.

Feene ließ sich davon nicht beirren. Ein Blick auf die zerschundenen Kameraden, die immer noch neben ihr am Boden knieten oder lagen, zeigte ihr, dass sie die Initiative ergreifen musste, wollte sie noch irgendwas retten. Und wenn ihr das gelang – das war der kleine Strohhalm, an den sie sich klammerte –, würde Todbringer auch seine Treue zu König Gothar vergessen und ihr ins Exil folgen.

»Grimpe!«, rief sie in die Höhe. »Erkennst du mich denn nicht? Ich bin's, Feene! Eure Verbündete!« Bei diesen Worten hellte sie ihr Haar und die Haut auf, bis sich ihr schlanker Körper deutlich im Zwielicht abhob.

Anzügliche Pfiffe und Bemerkungen prasselten auf sie herab, weil auch ihre Nacktheit deutlich sichtbar wurde, aber das war ihr egal. Es ging um das ungeborene Leben unter ihrem Herzen.

»Ich habe ein paar meiner alten Kameraden aufgestöbert und dazu überreden können, die Seite zu wechseln«, log sie dreist. »Hol Urok herbei, er wird es dir bestätigen.«

»Urok?« Grimpe hielt sich den Bauch vor Lachen. »Der ist doch längst tot! Und ihr vier werdet auch gleich dem Blut der Erde übergeben!«

34

Der frisch geformte Steg dampfte noch, als ihn die beiden Kontrahenten von den sich gegenüberliegenden Seiten her betraten. Er war gut fünfzig Schritte lang und kaum mehr als drei Ellen breit und spannte sich als halbrunder Bogen von der Spitze der Felszunge bis zu einem Vorsprung am Rand der Höhle, den Urok über einen dicht an der Felswand verlaufenden Sims erreicht hatte.

Die große Glutsäule erhob sich längst wieder inmitten des feurigen Sees, trotzdem hatte sich etwas verändert: Das Blut der Erde tobte und fauchte wilder denn je zuvor, wie ein kaum noch zu bändigendes Raubtier. Immer wieder stiegen glühende Lohen auf, um das allgegenwärtige Zwielicht mit feurigen Klauen und Zähnen zu attackieren, es zu zerreißen und zu verzehren, bis das Gewölbe rundum tiefrot ausgeleuchtet wurde.

Das machte die Kammer zur Blutgrube, denn alles wirkte wie mit Blut übergossen. Selbst die Gesichter der Zuschauer, die jeden Schritt der beiden Krieger mit gebannten Mienen verfolgten.

Ursa hatte auf einem der extra für sie geschaffenen Sitzsteine Platz genommen, die das Ufer der Felszunge säumten. Die Scharen standen dagegen immer noch so, wie sie sich zu Beginn des Kriegsrats formiert hatten.

Uroks Stiefelsohlen erwärmten sich schon nach wenigen Schritten. Das flüssige Gestein, aus dem der Steg gegossen war, hatte sich zwar rasend schnell abgekühlt, strahlte aber immer noch Hitze aus.

In seinem Kern glühte der Bogen wohl noch, was auch die Elastizität erklärte, mit der er auf das Gewicht der beiden sich einander nähernden Rivalen reagierte.

Der neue Axtstiel in Uroks Händen fühlte sich seltsam fremd an, trotzdem vertraute er auf die Wirksamkeit des scharfen Doppelblatts, das schon unzählige Generationen lang von dem Vater auf den Sohn vererbt worden war. Das Hornschwert an seiner Hüfte drückte unangenehm, doch er hatte es einfach nicht ablegen wollen. Für den Fall, dass er ins Verderben stürzte, wollte er es mit in den Flammentod nehmen und keinem anderen Ork als Trophäe überlassen.

Die Luft über dem Blutsee flimmerte vor Hitze. Urok spürte, wie sich große Schweißnester auf seiner Brust und unter seinen Achseln bildeten. Außerdem rann ihm ein klebriger Strom den Rücken hinab. Es dauerte sieben Schritte, bis er den wabernden Vorhang hinter sich ließ ebenso wie die anfängliche Nervosität, die ihn zunächst staksig und ungelenk gemacht hatte. Doch je näher ihm der Streitfürst kam, desto sicherer wurden seine Bewegungen.

Was hatte er schon groß zu verlieren? Als einfacher Krieger, dazu noch vom eigenen Stamm geächtet? Er würde Bava einen guten Kampf liefern, das war für ihn gewiss, der Rest lag in Vurans Hand.

Das Schwert in der Linken, kam ihm der Streitfürst siegesgewiss entgegen. Auch seine blanke Klinge schimmerte rot, als wäre sie bis zum Heft in Blut getaucht.

Kurz bevor er den Zenit der Stegwölbung erreichte, verlangsamte Bava seinen Schritt und hob die rechte Hand über den Kopf, als wollte er sie der hinter ihm versammelten Menge präsentieren.

Es gab einige enttäuschte Rufe, weil sie nicht entflammte, und auch Bava selbst starrte überrascht zu den Fingern empor.

Mit einem sicheren Instinkt, der den wahren Krieger auszeichnete, nutzte Urok die kurze Irritation zu einem Überraschungsangriff. Aus dem eben noch lockeren Gang heraus sprang er unversehens mit weiten Schritten voran und verkürzte die Distanz zu seinem Gegner binnen weniger Herzschläge.

Die schmale Brücke unter seinen Stiefeln begann zu federn, aber ohne darauf zu achten, versetzte er den ächzenden Steinbogen weiterhin in Schwingungen.

Bava wechselte rasch das Schwert in die Rechte und ließ es drohend durch die Luft pfeifen. Unversehens in die Defensive geraten, riss er den Mund weit auf und brüllte wie ein Tier.

Drei Schritte vor ihm kam Urok mit dem rechten Fuß auf und beugte leicht das Knie. Gleichzeitig ließ er die Axt wirbeln. Aber nicht in einer hilflosen Drohgebärde wie sein Gegner das Schwert, sondern um kräftig Schwung zu holen. Blitzschnell, ehe Bava mit einem Ausfallschritt kontern konnte, holte er bis weit über die linke Schulter aus und schwang die Axt wild im Kreis herum.

Bava lachte triumphierend auf, weil er dachte, dass Urok gleich von der Fliehkraft der eigenen Waffe ins Leere gezogen würde. Doch der Krieger drehte sich mit und drückte sich dabei schwungvoll von dem wieder emporwippenden Steg ab. In einer engen Spirale drehte er sich in die Höhe und ließ die Axt auf Bava niedersausen, bevor er mit beiden Füßen wieder aufkam und durch sein niedergehendes Gewicht erneut für schwere Erschütterungen sorgte.

Funken sprühten auf, als Bava die Attacke mit dem Schwert abfing, unter der Wucht des Schlages jedoch zurücktaumelte. Wegen des auf und ab schwingenden Bodens wäre er beinahe gestolpert. Die Brücke erbebte immer stärker unter den auf sie einwirkenden Kräften, und lautes Knirschen war zu hören.

»Bist du verrückt?«, zischte der Streitfürst gerade noch leise genug, damit es nur sein Gegner mitbekam. »Willst du, dass alles unter uns zusammenbricht?«

Die Furcht, bei lebendigem Leibe zu verbrennen, stand Bava deutlich ins Gesicht geschrieben, Urok jedoch ließ sich keinen Moment beirren.

»Wenn wir gemeinsam ins Verderben stürzen, ist es Vurans Wille«, knurrte er zwischen zusammengebissenen Zähnen hervor, während er die Doppelaxt nach vorn stieß und eines der geschwungenen Blätter hinter dem Schwert verhakte. Eine kurze Drehung genügte, um beide Waffen aneinanderzubinden. Nun konnte sich Urok gefahrlos nach vorn werfen, um zu versuchen, Bava über den flachen Rand zu drängen.

Die Zuschauer tobten vor Begeisterung angesichts des ungestümen Kräftemessens, und auch die flüssige Glut, über der sie beide rangen, geriet immer stärker in Aufruhr. Feurige Lohen schlugen aus den sich umherwälzenden Massen und leckten gefährlich dicht neben den beiden Kontrahenten in die Höhe.

Bava stemmte sich mit aller Kraft gegen den Angriff, doch obwohl er alle Muskeln anspannte, rutschte er dem Abgrund Stück für Stück näher. Oberhalb seiner rechten Schläfe trat eine Ader deutlich unter der Haut hervor. Sie pumpte und zuckte wild, als wollte sie sich gleich mit einem Ende erheben und lebendig werden.

Bava fletschte zornig die Zähne, doch das täuschte nicht über die Fassungslosigkeit hinweg, die sich in seinen zernarbten Zügen breitmachte. Gleich darauf entdeckte Urok noch etwas anderes. Etwas, das er nie zuvor in den Augen des Streitfürsten gesehen hatte.

Einen Anflug von Panik.

War es nur die Überraschung oder sogar eine Spur von Mitleid, die Urok daraufhin zögern ließ – er hätte es selbst nicht zu sagen vermocht. Doch Bava nutzte den kurzen Moment des Innehaltens, um sein Schwert sofort mit doppelter Kraft gegen die Axt zu drehen.

Urok spürte den Druck in seinen Handflächen anwachsen und sah, wie sich die Schwertspitze auf seinen Hals zubewegte. Ihm blieb gar nichts anderes mehr übrig, er musste zurückweichen. Doch statt vorsichtig zu gleiten, stampfte er kräftig mit dem Stiefel auf.

Sofort begann die Brücke erneut zu wippen.

Bavas Augen zuckten unruhig. Erst nachdem er sicher war, dass der Boden unter seinen Füßen hielt, begannen sie vor Hass zu funkeln.

»Dafür bringe ich dich um!«, grollte er.

»Dazu fehlt es dir an der nötigen Kraft«, entgegnete Urok siegesgewiss.

Heiße Flammenzungen, die nach ihren Beinen leckten, hielten ihn davon ab, weiter zu sticheln. Er musste endlich beenden, wozu ihn Bava herausgefordert hatte.

Unter den Anfeuerungsrufen der Madak, der Vendur und einiger anderer Scharen drängte Urok seinen Kontrahenten erneut an den Rand des feurig glühenden Abgrundes. Um Bava zu verunsichern, stampfte er noch einige Male auf den Boden, damit die labile Konstruktion noch stärker schwang.

Der einst so selbstsichere Streitfürst sah nervös über die Schulter, direkt in die kochende Glut, der er immer näher rückte …

In diesem Moment fuhr Urok unversehens ein gleißender Stich in die Augen. Er wusste nicht, woher der blendende Schmerz kam, der ihm bis ins Gehirn zuckte, doch instinktiv verkrampften sich seine Muskeln.

Bava reagierte sofort mit einem Gegenangriff. Ein Raunen ging durch die Menge, als er den Kopf nach vorn warf und seine Stirn auf Uroks Nase krachen ließ.

Urok spürte, wie sich das Schwert aus der Bindung löste. Doch obwohl grelle Lichter vor seinen Netzhäuten explodierten, klärte sich seine Sicht weit genug, dass er einen Stich und zwei von links und rechts geführte Schläge abwehren konnte.

Unter dem Gejohle der Menge hob sich das Gekläffe von Tabor und den anderen Ranar deutlich hervor, doch je mehr der geheimnisvolle Schmerz in seinen Augen nachließ, desto besser gelang es Urok, den Attacken des Streitfürsten zu begegnen.

Einen der Hiebe musste er mit der Armmanschette abwehren, doch Bava konnte nicht weit genug ausholen, um ihm dabei den Knochen unter der Panzerung zu zerschmettern.

Der Unterkiefer des Streitfürsten zitterte vor Wut, weil er Uroks Deckung nicht zu durchbrechen vermochte. Dabei ließ sich sein Schwert auf diesem schmalen, immer stärker schwankenden Boden viel leichter führen als die große Doppelaxt.

Doch Bava hatte nicht nur die vielseitigere Waffe, sondern auch die größere Kampferfahrung. Das bekam Urok zu spüren, als er einen weiteren von oben herabgeführten Schlag abfing und Bava, während er das zurückfedernde Schwert zur Seite nahm, nach Uroks Standbein trat.

Krachend hämmerte der Stiefelabsatz gegen das Knie, das sich augenblicklich anfühlte, als würde es in feurige Glut getaucht. Das Gewicht, das darauf ruhte, ließ sich nicht mehr halten, und Urok geriet ins Taumeln.

Sofort war Bava über ihm und deckte ihn mit einer Reihe vernichtender Schläge ein. Stahl krachte immer wieder Funken schlagend auf Stahl.

Dieser mörderischen Gewalt hatte Urok auf Dauer nichts entgegenzusetzen. Haltlos kippte er hintenüber. Zwar gelang es ihm noch, sich mit der linken Hand abzustützen, doch so schnell er auch reagierte und so gewaltig sein Körper auch war, Bava war ebenfalls ein Ork, der ihm an Muskelkraft in nichts nachstand.

Mit einem brutalen Tritt in die Rippen schleuderte er Urok in die Höhe. Ohne den Lederharnisch wären dessen Knochen sicherlich gebrochen, aber auch so wurde er in eine Längsrolle gezwungen, die ihn über den Rand des Stegs katapultierte.

Die Menge schrie auf – einige vor Freude, andere vor Schreck, doch die meisten aus Blutgier –, als er den Boden unter Händen und Füßen verlor. Ein oder zwei Herzschläge lang schien sein ganzer Leib eine einzige schmerzende Wunde zu sein, und Urok konnte in diesem Moment auch nicht klar denken. Doch er handelte instinktiv, wie es sich für einen Ork gehörte.

Die Axt in seiner Hand flog von ganz allein nach vorn, und er hatte Glück – oder Vuran auf seiner Seite –, denn ihr vorderes Blatt bohrte sich mit der unteren Schwinge in den Brückenboden, tief genug, um ihn zu halten. Mehr noch – als er herumpendelte, trieb sein Gewicht sie noch ein Stück tiefer, bis die Spitze an der Unterseite des Bodens wieder hervortrat!

Rote Glut quoll hervor, als wäre die Brücke etwas Lebendiges, das tatsächlich zu bluten begann. Zähflüssig lief die noch nicht erkaltete Masse an der Schneide herab und tropfte langsam in die Tiefe.

Urok nahm dieses Phänomen nur am Rande wahr, denn es kostete ihn gewaltige Mühe, sich lange genug am Axtstiel festzuhalten, bis er eine Hand nach oben wuchten und in den warmen Steg krallen konnte.

Die Menge auf der Felszunge tobte, denn einen Kampf wie diesen hatten die versammelten Orks noch nie gesehen.

Von aufsteigender Hitze ummantelt, strampelte Urok wild umher, bis er sicheren Halt gefunden hatte. Am Anfang und am Ende der Brücke, dort, wo sie den festen Grund berührte, hätten seine Stiefel längst den Glutsee berührt und wären lichterloh in Flammen aufgegangen. Nur hier, auf dem Scheitelpunkt der Wölbung, hing er hoch genug, dass ihn die Lava nicht erreichte.

Durch das Geschrei der Menge angelockt, nahte jedoch Bava, um ihn endgültig in die feurigen Fluten zu stürzen. Fluchend schlug er nach Uroks festgekrallter Hand, um sie vom Arm zu trennen.

Aber damit hatte Urok gerechnet. Gerade noch rechtzeitig riss er sie zurück und streckte sie unter der Brückenwölbung nach der gegenüberliegenden Seite aus, sich allein mit der Rechten an der Axt festklammernd, während er mit der Linken unter dem rauen Stein entlangtastete, bis er endlich die breite Kante zu fassen bekam.

Urok spürte noch, wie sich sein Gegner unter dem Geschrei der Menge an der Axt zu schaffen machte, dann zog er schon den zweiten Arm nach. Einen endlos langen Moment pendelte er unter der Wölbung hindurch, während sich die Axtschwinge langsam aus dem Stein löste. Uroks Lungen brannten wegen der heißen Luft, die er einatmen musste, doch er nahm all seine verbliebenen Kräfte zusammen und zog sich wieder so weit empor, dass er über den Steg hinwegsehen konnte.

Ursas Stimme stach deutlich aus dem Geschrei der tobenden Zuschauer hervor, doch sie war längst nicht die Einzige, die sich lautstark empörte, weil Bava sein Schwert unter die eingedrungene Blattschwinge rammte, um sie in die Höhe zu hebeln. Urok wälzte sich gerade wieder auf den Brückenbogen, als die Waffe aus dem weichen Stein glitt und ins Leere fiel, hinein in die alles verschlingenden Fluten des Blutsees.

Das Erbe seines Vaters – es war für immer verloren!

Triumphierend riss Bava beide Arme in die Höhe, um sich den Scharen als neuer Erzstreiter zu präsentieren, erkannte aber rasch an dem allgemeinen Gebrüll, dass etwas in seinem Rücken vor sich ging. Als er herumwirbelte, hockte Urok schon auf allen vieren, jeden Muskel seines schmerzenden Körpers bis zum Äußersten angespannt.

Und aus dieser kauernden Haltung heraus schnellte er waffenlos in die Höhe, um den Gegner in die Lava zu stoßen.

Bava reagierte auf die einzige Weise, die ihm blieb, wenn er nicht nach hinten geschleudert werden wollte: Er sprang Urok brüllend entgegen!

Als sie mit ihren Harnischen gegeneinanderkrachten, hallte es von dem Gewölbe wider, als wäre ein schweres Gewitter ausgebrochen. Schnaufend und fluchend stürzten sie zu Boden, ohne darauf zu achten, dass sich die flexible, in ihrem Kern immer noch glühende Brücke unter dem Aufprall durchdrückte.

Beiden war längst egal, was um sie herum geschah. Wütend schlugen sie aufeinander ein und würgten sich mit harten Griffen an der Kehle.

Bava verlor im Eifer des Gefechtes das Schwert – und erstarrte kurz darauf, als er voller Entsetzen erkannte, dass aus der Pranke, die um seinen Hals lag, kleine Flammen schlugen. Uroks Hand hatte Feuer gefangen, ein Vorgang, der bei Urok ganz unbewusst stattfand, während Bavas eigene Hand nicht den kleinsten Funken zeigte, obwohl er sich für alle deutlich erkennbar darauf konzentriert hatte.

Es war für Bava ein Schock, der ihn völlig lähmte. Zwar nur kurz, aber doch lange genug für Urok, um aufzuspringen und das Hornschwert an seiner Seite zu ziehen.

»Wer seine Klinge in Vurans Namen führt, fühle keine Schuld«, wiederholte er eine alte Orkweisheit, inzwischen völlig davon überzeugt, vom Blut der Erde als neuer Erzstreiter auserwählt zu sein.

Den Griff mit beiden Händen fest umklammernd, holte er weit über dem Kopf aus, um den hilflos unter ihm Liegenden mit einem schnellen Streich von seiner Schmach zu erlösen.

Doch im gleichen Moment, da er zuschlagen wollte, spürte Urok einen harten Schlag vor die Brust, der ihn völlig aus dem Gleichgewicht brachte.

Die Menge schrie auf, denn alle konnten sehen, dass da etwas nicht stimmte. Urok brüllte wie ein Tier, bevor er sich erneut auf Bava stürzte, doch diesmal traf ihn ein unsichtbarer Schlag in der Körpermitte.

Keuchend klappte er zusammen, kaum noch in der Lage, das Schwert in seinen Händen zu halten.

Schmerzen wühlten in seinem Innersten. Unglaubliche Schmerzen. Es kam ihm beinahe so vor, als würde in seiner Magengegend eine Feuerkugel pulsieren, die sich in rhythmischen Abständen ausdehnte und wieder zusammenzog.

Das Nächste, was er wahrnahm, war Bava, der plötzlich wieder auf den Füßen stand und ihn am Harnisch packte. Urok versuchte noch das Schwert in die Höhe zu reißen, vermochte aber keinen einzigen seiner verkrampften Muskeln zu bewegen. Hilflos musste er zulassen, dass ihn Bava zur Seite zerrte und über den Steg hinausstieß.

Die Menge buhte. Selbst dann noch, als Ulke lautstark verkündete: »Das Blut der Erde selbst hat eingegriffen! Es will Bava Feuerhand als unseren neuen Erzstreiter!«

Lüge!, dachte Urok, während er, mit dem Gesicht voran, auf die glühende Oberfläche des Blutsees zuraste.

Uroks Brauen und Wimpern verschmorten unter der unbarmherzigen Hitze, und er musste die Augen schließen, damit sie ihm nicht in den Höhlen verkochten.

Doch statt in die feurige See einzutauchen, fiel er immer tiefer und tiefer, ohne den geringsten Widerstand zu spüren.

Von brüllender Hitze umgeben, öffnete er die Lider zu einem schmalen Spalt.

Gerade weit genug, um zu sehen, dass sich das Blut der Erde vor ihm teilte und ihn ungehindert passieren ließ, bis er auf den nackten Felsgrund schlug.

Obwohl er sich mit den Händen abfing, war die Landung mehr als nur schmerzhaft. Zweifellos verdankte er es ausschließlich Vurans schützender Hand, dass er sich dabei nicht alle Knochen brach.

Nach Luft ringend, wälzte er sich auf dem kochend heißen Boden, unfähig sich zu erheben. Um ihn herum rotierte die feurige Gesteinsglut wie in einem riesigen Mahlstrom. Mindestens acht, wenn nicht gar zehn Orklängen hoch türmte sie sich auf, und wenn sie auch nicht über ihm zusammenschlug, so machte doch die Hitze jeden Atemzug zur Qual.

Steh auf! Du hast keine Zeit zu verlieren!

War es wirklich Ursas Stimme, die er da hörte? Er wusste es nicht, nicht mal, ob es wirklich eine weibliche war. Eigentlich hörte es sich eher wie ein Chor aus unzähligen Kehlen an, der zu einer einzigen Stimme verschmolz.

Geh einfach geradeaus auf das Ufer zu – sofort!

Vielleicht war er es ja selbst, der sich da anfeuerte. Auf jeden Fall half es ihm dabei, auf die Beine zu kommen und vorwärtszutaumeln. Keuchend setzte er einen Fuß vor den anderen. Die Kehle brannte ihm längst, als würde er keine Luft, sondern klein gemahlenes Gestein atmen.

Das angesengte Hornschwert immer noch in Händen, schleppte er sich trotzdem weiter.

Seine Haare waren ihm bislang geblieben, das spürte er an dem Zopf, der ihm im Nacken klebte. Irgendetwas hielt also tatsächlich seine schützende Hand über ihn – oder war er in Wirklichkeit längst im Blut der Erde aufgegangen und trat gleich Vuran persönlich gegenüber?

Dieser Gedanke beruhigte und erschreckte ihn zugleich, doch als er, am Ufer des Blutsees angelangt, Ulkes Stimme aus der Höhe hörte, wusste er, dass er noch unter den Lebenden weilte.

»Es ist Vurans Wille!«, donnerte der Hohepriester erbost, um die Unmutsbekundungen der Scharen zu ersticken. »Bava Feuerhand soll unser neuer Erzstreiter sein!«

Erschöpft sah er die vor ihm aufragende Wand hinauf, die schon seit Äonen das Blut der Erde beherbergte und nun wirkte, als hätte es nie ein Becken für den Blutsee gegeben. Nicht einmal ein einziger glühender Tropfen klebte an den zahllosen Vorsprüngen oder hing in den Rillen, die sich durch den Fels zogen.

Müde griff Urok nach dem ersten Halt. Das Gestein war noch heiß, doch hatte die Hitze schon so weit abgenommen, dass sie seine Orkhaut nicht mehr zu verbrennen vermochte. Sofort begann er in die Höhe zu klettern, denn die turmhoch aufragende Glut rückte bereits wieder heran.

Er bewältigte den Aufstieg wie im Traum. Selbst wenn es ihn noch auf der letzten Körperlänge von der dampfenden Wand gewischt hätte, es wäre ihm egal gewesen.

Seine Instinkte und sein Überlebenswille kehrten erst wieder zurück, als er sich schweißüberströmt über den Beckenrand zog.

»Seht doch, er lebt!« Es war Gabor Elfenfresser, der ihn als Erster entdeckte. »Das Blut der Erde hat Urok zurückgegeben!«

Das Geschrei der Krieger und Priester verstummte bei seinem Anblick. Plötzlich war nur noch das saugende Geräusch zu hören, mit dem sich der Strudel, der ihn am Leben gehalten hatte, wieder hinter ihm schloss. Erst danach bemerkte er das laute Schaben einer Lederschürze, die rasch näher rutschte.

Ulke war der Erste, der seine Stimme wiederfand.

»Seht nur, dieses Wunder!«, verkündete er mit falscher Freude in der Stimme. »Das Blut der Erde hat uns den tapferen Urok zurückgegeben. Denn es wollte ihn nicht töten, sondern nur ein Zeichen setzen. Ein Zeichen dafür, dass die Streitkrone einzig und allein Bava Feuerhand gebührt.«

»Lüge!«, schrie Ursa aufgebracht, während sie den Kopf des Bruders fest an ihre Brust drückte. »Alle haben gesehen, dass Bava im Kampf unterlegen ist. Urok hat nur verloren, weil ihn eine unsichtbare Kraft angriff. Oder besser gesagt: jemand, der über solche Kräfte verfügt!«

Ein allgemeiner Aufschrei erschütterte das Gewölbe, denn es war klar, dass unter den Anwesenden nur einer – oder nur eine kleine Gruppe – über solche Kräfte verfügte: Ulke und die Hohen.

Für einige Krieger hatte Ursa damit ausgesprochen, was sie selbst schon gedacht hatten, andere Scharen beschimpften sie hingegen als Frevlerin.

»Lass das«, lallte Urok erschöpft. »Niemand wird mich je wieder ernst nehmen, wenn sich meine große Schwester für mich streitet.«

Doch Ursa hörte gar nicht hin, denn sie war damit beschäftigt, ihre Vorwürfe in präzisere Worte zu kleiden.

In diesem Moment baute sich Ulke mitsamt seinen Getreuen drohend vor ihr auf und verkündete lautstark: »Ruhe! Alle miteinander! Ich bin der Hohepriester, der das Blut der Erde als Einziger richtig zu deuten weiß! Und ich entscheide, dass Bava Feuerhand hier und jetzt zu unserem neuen Erzstreiter gekrönt wird!«

Auf seinen Wink hin trat Finske vor den siegreichen Streitfürsten und hielt ihm das samtrote Kästchen entgegen. Der Deckel war bereits hochgeklappt.

Doch Bava machte kein sonderlich zufriedenes Gesicht. Die langen Haare standen ihm immer noch wirr vom Kopf ab, und seine Miene wirkte wie aus Stein gemeißelt.

Trotzdem hob er mit beiden Händen die brünierte Krone heraus. Sie hatte eine doppelt gehörnte Stirnplatte und zudem zwei lange Seitenhörner auf Höhe der Ohren, die wie schmal zulaufende Zacken emporragten. Auf der eckig geformten Stirnplatte erhob sich der Schädel eines Orkkriegers, während unterhalb der hohen Seitenhörner ein Knabe und ein Greis als Relief abgebildet waren. Alle drei Darstellungen zeigten ein und dieselbe Person: Vuran in seinen drei Inkarnationen als Knabe, Krieger und Greis.

Indem sich Bava den aus Blutstahl geschmiedeten Reif aufsetzte, krönte er sich selbst zum Erzstreiter, dem jeder Krieger in der Zeit, in der Arakia äußere Gefahr drohte, militärisch zu folgen hatte.

Ohne dass irgendjemand Widerspruch erhob, rückte Bava die Krone in seinem Haar zurecht. Wohl noch kein Erzstreiter zuvor hatte dabei so verkniffen auf die vor ihm versammelten Scharen geschaut, und mit Sicherheit war es dabei nie so still gewesen. Einzig und allein Tabor stampfte mit dem Fuß auf und stieß begeisterte Schreie aus – bis ihm Elfenfresser mit der Faust so hart ins Gesicht schlug, dass man Tabors Nasenbein knacken hörte.

Danach wurde es ganz still in der Blutkammer. Bis Vandall Eishaar einen Schritt nach vorn trat.

»Ich zweifle das Ergebnis dieses Kampfes weiterhin an«, sagte er betont ruhig, trotzdem zuckten alle zusammen, als ob sie einen Schlag mit der Peitsche erhalten hätten.

Ulke, auf den sich danach alle Blicke richteten, riss sich die Kapuze vom Kopf, damit alle seine strenge Miene sahen.

Doch noch ehe er Vandall zurechtweisen konnte, wurden Schritte auf der Treppe laut.

Es war Grimpe, der über die Stufen zu ihnen herablief und dabei immer wieder schrie: »Elfenpack! Elfenpack in unseren geheimen Schmieden!«

»Es ist so, wie Bava es prophezeit hat!«, rief Grimpe. »Diese Feene und ihre Freunde haben versucht, bei uns zu spionieren. Doch wir haben ihnen eine Falle gestellt und sie gefangen!«

Alle Köpfe ruckten zu Tabors rechtem Arm herum, der auf halbem Wege stehen blieb und die Scharen zu sich hochwinkte.

»Kommt!«, rief er. »Kommt alle mit und seht, wie wir die Baumläufer für ihre Frechheit strafen!«

Ulke erkannte zufrieden, dass es nahezu alle Krieger danach drängte, Grimpes Aufforderung zu folgen, aber niemand wagte, den Kriegsrat zu verlassen, bevor Ulke ihn für beendet erklärte.

»Siehst du, Vandall«, wandte er sich selbstzufrieden an den Streitfürsten der Madak. »Es ist genau, wie ich gesagt habe: Das Blut der Erde weiß genau, wer die nötige Reife besitzt, die Krone zu tragen, und wer nicht. Urok wurde verschont, weil ihn dieses blonde Biest getäuscht hat, doch nur Bava Feuerhand hat die vorausschauende Weisheit, uns alle in die Schlacht zu führen. Und du – du hast Glück, denn dieses eine Mal will ich dir deine Frechheiten verzeihen, zu Ehren des großen Opfers, das wir Vuran heute bereiten. Aber wirklich nur dieses eine Mal! Und nun geht alle und seht mit an, wie wir die vier elenden Elfen dem Blut der Erde übergeben!«

Die ersten Krieger rannten schon los, während sich Ulkes Worte noch als Echo in dem Gewölbe fortpflanzten. Die übrigen folgten so rasch sie konnten, in der Hoffnung, noch einen Platz zu ergattern, von dem aus sich alles gut beobachten ließ. Nur einige wenige wie Vandall Eishaar und Hogibo rangen mit ihrer Enttäuschung, weil Ulke am Ende doch gesiegt hatte, obwohl der Kampf in der Blutgrube nach Betrug roch.

Ihre Blicke begegneten dem von Torg, der ihnen signalisierte, dass er bei Urok bleiben würde. Dann wandten auch sie sich ab, um zu sehen, was Bava und die Hohen Neues ausgeheckt hatten.

Ulke und seine Getreuen, die den neuen Erzstreiter in ihre Mitte nahmen, verließen die Blutkammer als Letzte in dem Wissen, dass nichts Entscheidendes vor ihrer Ankunft beginnen würde.

Urok versuchte sich in die Höhe zu stemmen, sackte aber sofort wieder zusammen. Sein ganzer Körper war so ausgedörrt wie seine Kehle, deshalb nahm er dankbar einen Schluck aus dem Wasserschlauch, den ihm Torg Moorauge an die Lippen hielt. Es war sogar tatsächlich Wasser, das er auf der Zunge schmeckte, wenn auch mit einem Schuss Wein gemischt.

Hustend wandte er den Kopf ab, nachdem der schlimmste Durst gelöscht war.

»Feene ist doppelherzig«, brachte er mühsam hervor, als ihm seine Stimmbänder wieder gehorchten. »Egal, was sie getan hat, sie darf nicht geopfert werden.«

»Es steht nicht mehr in unserer Macht, das zu verhindern«, antwortete Ursa traurig. »Ulke hat das alles von langer Hand geplant, und er hat auch vorausgesehen, dass Feenes Kameraden in den Hort eindringen und nach dem Geheimnis des Blutstahls suchen werden. Woher wüsste er sonst, dass es vier Elfen sind, die gefangen wurden? Nur bei dir hat er sich verschätzt. Sei also froh, dass das Blut der Erde wenigstens dich verschont hat.«

»Hat es das denn?« Mühsam löste Urok ihren fürsorglichen, aber harten Griff und brachte sich in eine kniende Position. »Oder hast *du* mich vor dem Verbrennen bewahrt?«

Ursa verzog die fleischigen Lippen zu der Andeutung eines Lächelns. »So weit reichen meine Kräfte leider nicht. Aber ich habe Vuran im Stillen um Hilfe angefleht; vielleicht hat das geholfen. Oder das Blut der Erde hat sich wirklich der Einmischung von Ulkes Seite her widersetzt. Ich weiß es nicht.«

Urok schnaufte verächtlich. So viel zu Vurans Willen, der bei solch einem Gottesurteil wirkte. Dann aber musste er wieder an die unsichtbaren Schläge denken, die er erhalten hatte, und es durchfuhr ihn ein schrecklicher Verdacht.

»Ist das denn überhaupt möglich?«, wollte er wissen. »Dass die Hohen dem Blut der Erde ihren eigenen Willen aufzwingen, statt zu verkünden, was es uns sagen will?« Sein Blick wanderte zu der Steinbrücke, die sich immer noch zwischen der Felszunge und der anderen Seite des Gewölbes erhob. Doch der Bogen hatte sich bereits gesenkt, und es würde nicht mehr lange dauern, bis sie sich wieder mit der Glut vereinigte, aus der sie erschaffen worden war.

»Für mich jedenfalls sah es auch so aus, als ob Ulke eingegriffen hätte, als sein Favorit zu unterliegen drohte«, mischte sich Torg ein. »Und für viele andere, die ihm nicht trauen, ebenso.«

»Ich kann es nicht beweisen«, gestand Ursa leise. »Doch manchmal kommt es mir schon so vor, als würde das Blut der Erde seinen eigenen Weg, jenseits von Ulke und den Hohen, suchen.«

Torg nickte, als ob damit nur seine Vermutungen bestätigt würden. Und wirbelte herum, als er ein Geräusch hinter sich hörte.

Doch es war nur Moa, Ursas Knappe, der wie üblich aus einem tiefen Schatten hervortrat, in dem er sich versteckt hatte, während alle anderen aus der Priesterschaft zum Portal hinaufgeeilt waren.

»Ihr habt alle recht«, erklärte der junge Novize ungewohnt ernst, während er näher trat. »Ich habe vor einigen Nächten selbst miterlebt, wie sich das Blut der Erde Ulke und den anderen Hohen widersetzte.«

Und dann begann er zu berichten, was er heimlich in der Blutkammer beobachtet hatte …

35

Aus der tiefen Grube gab es kein Entrinnen. Nicht für Peno, der unter schweren Verbrennungen litt, aber auch für keinen der anderen. Feibe und Todbringer hatten es versucht, nun hockten sie mit schmerzverzerrter Miene am Boden und pressten ihre Hände auf die blutenden Wunden. Auch vom Atem des Himmels beseelt ließen sich die hoch aufragenden Wände nicht schnell genug überwinden, um dem Hagel aus Pfeilen und herabgeschleuderten Steinen zu entgehen, der bei jedem Fluchtversuch auf sie niederprasselte.

Die Überlegenheit der Orks war einfach zu groß. Wenn sie es wirklich gewollt hätten, wären Feene und die anderen längst in ihrem eigenen Blut ertrunken. Doch man hatte Schlimmeres mit ihnen vor, als sie einfach nur zu töten.

Einige Zeit nach Grimpes Verschwinden kam Bewegung in die Reihen der Bewacher. Plötzlich strömten immer mehr Orks herbei und drängten sich an die über den vier Elfen liegende Öffnung, um einen Blick auf sie zu erhaschen.

Feene hielt vergeblich nach Urok oder Ursa Ausschau. Die beiden waren die Einzigen, von denen sie sich noch Hilfe erhoffte. Den anderen Orks, die auf sie herabgafften, ihre Unschuld zu beteuern, konnte sie sich sparen.

Obwohl Grimpe ihr mehrfach versichert hatte, dass Urok längst im Reich seiner Ahnen weilte, mochte sie einfach nicht glauben, dass der stolze Krieger wirklich schon tot war.

Die völlige Hoffnungslosigkeit ihrer Lage wurde ihr erst bewusst, als Ulke mit einem gekrönten Haupt an seiner Seite erschien und verächtlich zu ihnen herabschaute.

»Ihr Narren!«, rief der Hohepriester so laut, dass es alle hörten.

»Habt ihr Baumläufer wirklich geglaubt, dass ihr unbemerkt bei uns eindringen könnt? Ins Herz von Arakia, in dem das Blut der Erde durch jede Kammer und jeden Gang strömt? So nehmt denn das Wissen mit ins feurige Grab, dass nichts von dem, was im Hort geschieht, Vuran verborgen bleibt.«

Feene dachte unwillkürlich an die Glutrinnen. Konnte es wirklich sein, dass sie nicht nur Licht spendeten, sondern auch die Gegenwart eines jeden erspürten, der sich unbefugt in ihrer Nähe bewegte?

Furchtsam presste sie beide Hände auf den Bauch. »Mein Kind«, jammerte sie leise, während Ulke beide Arme zu einer beschwörenden Geste in die Höhe riss. »Was wird nur aus meinem Kind?«

Der Orkpriester zeigte nicht die geringste Spur von Mitleid, nicht mal als Feene laut um Gnade flehte für die Frucht ihres Leibes, die sie unter ihrem Herzen trug. Wenn ihre Worte denn überhaupt einen der vielen Krieger erweichten, so ließ es sich keiner von ihnen anmerken.

Ulke beachtete sie schon gar nicht mehr. Er war viel zu sehr damit beschäftigt, seine Hände in komplizierten Windungen über ihren Köpfen tanzen zu lassen.

»O Blut der Erde«, rief er dabei. »Unser Erzstreiter bringt dir diese vier unwürdigen Kreaturen dar, damit du ihm in all seinen Schlachten gewogen bist!«

Noch während er sprach, begannen die Wände der Grube zu beben. Feibe war der Erste, den es auf die Beine trieb, aber auch die anderen wussten, was ihnen bevorstand, noch ehe die erste Lava aus verborgenen Öffnungen hervorspritzte.

»Du Frevler!«, brüllte Feibe, den Kopf tief in den Nacken gelegt. »Aus diesem Opfer wird euch nichts Gutes erwachsen! Stattdessen weckt ihr damit eine Kraft, die auf euch zurückschlagen wird!«

Feuriger Sprühregen raubte ihnen jede Sicht auf ihre Peiniger, sodass sie nicht sehen konnten, ob Feibes Worte auch nur die geringste Wirkung zeigten. Dem anschwellenden Grollen nach, das die umliegenden Wände an immer mehr Stellen zum Platzen brachte, brachten sie Ulke allerdings nicht von seinem Vorhaben ab.

Rasch warf sich Feibe die Kapuze über den Kopf und sah auf seine weiterhin am Boden hockenden Kameraden herab. »Wir müssen Feene schützen, so gut es geht«, forderte er von ihnen, während erste Gluttropfen auf seinem Kopf und den Schultern landeten. Obwohl sie sich bis zu seiner Haut hindurch- und noch tiefer brannten, zeigte er nicht das geringste Anzeichen von Schmerz, während er die Arme ausbreitete und den Atem des Himmels in sich aufnahm.

Feene verstand nicht, was er damit bezweckte, doch dass er überhaupt etwas tun wollte, trieb ihr Tränen in die Augen.

»Für den Befreier!«, rief Feibe und warf sich auf sie.

Feene wurde von der ungestümen Attacke gegen die Wand gedrängt und rutschte an ihr zu Boden. Im ersten Moment wollte sie sich schon gegen das auf sie eindringende Gewicht stemmen, bis sie endlich begriff, dass Feibe sie mit seinem eigenen Körper zu schützen versuchte.

Immer mehr Glut regnete zu ihnen in die Tiefe, doch bisher war sie von Treffern verschont geblieben. Feibe stöhnte hingegen leise auf, während sich Lavatropfen in seinen Rücken fraßen.

»Für das Ungeborene!«, rief nun auch Peno, der sich halb auf Feibe und halb neben ihn warf. Und dann – als Letzter von allen, wie sie schmerzlich feststellen musste – folgte auch Todbringer, der Vater ihres Kindes.

Gemeinsam deckten die drei Feene so gut wie möglich ab und umgaben sich mit einer magischen Böe, die sie ein Stück weit in die Höhe hob und die ersten auf sie herabstürzenden Feuerströme zur Seite lenkte. Wie wirbelnde Sandkörner, mit denen der Wind spielte, so stoben auch die Glutpartikel durcheinander, von einer unsichtbaren Kraft kurz zu seltsamen Mustern gebannt und gleich darauf wieder in wildem Tanz zerstreut.

Feenes Verstand glaubte nicht an eine Rettung, doch ihre Instinkte befahlen ihr, alles zu tun, um das Unvermeidliche so lang wie möglich hinauszuzögern. Rasch winkelte sie die Beine an und zog die Knie bis an den Bauch, während sie die Arme vor den nackten Brüsten verschränkte und das Kinn fest gegen den Hals presste.

Nun ragte wirklich kein einziger Fetzen Haut mehr unter den anderen dreien hervor. Und da sie sich ebenfalls mit einem Wirbel umgab, spürte sie die Hitze erst, als sie mit aller Gewalt auf die vier Elfen herabbrach.

Über ihnen barsten die Wände unter dem Ansturm der entfesselten Lava, die in riesigen Wellen auf sie herabstürzte. Feene roch den Gestank von versengendem Fleisch, als ihre Kameraden verbrannten. Auf einmal wurde es unerträglich heiß, jeder Atemzug wurde zur Qual, und Rauch stieg ihr in die Nase.

Feibe und Todbringer schrien wie noch nie zuvor in ihrem harten Leben, während Penos Kopf bereits zu einem formlosen Klumpen verkohlte. Feurige Glut drang auf Feene ein, ohne sie zu berühren.

Bleib von mir!, dachte sie mit aller Kraft, so wie sie dem leuchtenden Magmastrang in Ursas Höhle befohlen hatte zu verblassen.

Der Atem des Himmels umwirbelte sie, während nun auch Feibe lichterloh brannte. Sie selbst schleuderte umher, derweil Todbringers Brust unter der Hitze auseinanderplatzte und den Blick auf seine garenden Organe freigab, die nur wenige Augenblicke später zu Asche zerfielen.

Nur Feene wirbelte noch durch das flammend rote Meer wie durch von Stromschnellen aufgepeitschtes Wasser. Ein unsichtbarer Sog zerrte an ihren Schultern. Sie spürte deutlich, dass sie aus der Grube herausgerissen wurde, doch weiterhin umschloss sie strudelnde, glucksende Lava von allen Seiten. Nur von einer fingerbreiten Lufthülle geschützt, schoss sie den unterirdischen Strom entlang.

Sie kam sich vor wie in einem Backofen, doch statt sich von ihrem Fleisch zu pellen, begann sich die Haut nur leicht zu röten. Übelkeit wallte in ihr auf, aber sie drückte den sauren Geschmack zurück, der ihre Speiseröhre emporschießen wollte.

Was sie erdulden musste, hätte einen Menschen längst umgebracht.

Ihr Herz schlug so stark, dass selbst die Trommelfelle erzitterten. Doch sie hielt aus, so gut sie konnte. Selbst als in ihrer Magengegend eine Feuerkugel zu pulsieren begann, die sich in rhythmischen Abständen ausdehnte und wieder zusammenzog.

Mein Kind!, dachte sie entsetzt. *Unser Befreier!*

Das Bild über ihr begann zu schrumpfen, ihr Blickfeld zog sich zusammen. An den Rändern drängte Dunkelheit nach. Feene drohten die Sinne zu schwinden.

Von nun an geriet jeder Atemzug zum Kraftakt.

Die rauschende Jagd durch die unterirdische Lavaschicht hielt unvermindert an, bis sie endlich, als sie schon zu ersticken drohte, in die Höhe gerissen und ins Freie geschleudert wurde.

Glühende Schleier zerfraßen das Dunkel der Nacht, während sie in dichtes Buschwerk stürzte, das ihren Fall nur ein wenig zu dämpfen vermochte.

Stöhnend wälzte Feene ihren zerkratzten Körper zwischen Blättern und gebrochenen Zweigen hervor und kämpfte sich in die Höhe. Vollkommen benommen fühlte sie keine Freude über ihre wundersame Rettung, nur Erleichterung über den kühlenden Regenschauer, der auf sie herabprasselte.

Die Nacht eroberte ihr verlorenes Territorium rasch zurück, obwohl nur zwanzig Schritte entfernt immer noch Lava aus einem schmalen Erdspalt quoll. Doch ebenso rasch, wie das flüssige Gestein an der Luft erstarrte, kehrte auch die schützende Finsternis zurück.

Ungläubig tastete die Elfin über ihren nackten Körper, der zwar zerschunden war, aber keine wirklich ernsthaften Blessuren aufwies. Erst als ihre Hände über den Bauch strichen, fuhr sie erschrocken zusammen. Irgendwie fühlte er sich ganz anders an als noch kurz zuvor in der Grube. Viel kühler, starrer und irgendwie lebloser.

Von einer bösen Vorahnung beseelt, ließ sie ihre Hände tiefer gleiten, bis sie das Blut an den Innenseiten ihrer nackten Schenkel spürte. Da wurde ihr endlich klar, dass der Preis für ihr Überleben hoch war.

Viel zu hoch!

»Mein Kind!«, flüsterte sie entsetzt. »Ihr habt mir mein Kind geraubt!«

Feene spürte, wie etwas in ihr zerbrach. Etwas Wertvolles, von dem sie erst seit kurzem wusste, dass sie es überhaupt besessen hatte.

Doch statt vor Qual und Pein zusammenzusinken, richtete sie sich zu voller Größe auf und starrte zu dem terrassenförmigen Eingang des Vulkans, der sich in einiger Entfernung abzeichnete. Die Pechfackeln, die dort brannten, entrissen mehrere Orks, die zu ihr herüberstarrten, dem Dunkel der regenumtosten Nacht. Zwei von ihnen waren trotz der Witterung auf Anhieb zu erkennen. Urok und Ursa. Die beiden Feiglinge, die sie ihrem Schicksal überlassen hatten.

Feenes Augen begannen unheilvoll zu glänzen, als die Schlange des Hasses ihr hässliches Haupt erhob und sie mit ihrem alles zersetzendem Gift bis in die letzte Fingerspitze erfüllte.

»Das sollt ihr büßen!«, schwor die Elfin laut. »Noch vor all den anderen Orks, die ich unter meinem Fuß zerquetschen werde!«

Die grenzenlose Wut, die sie erbeben ließ, fegte jeden Gedanken an Schmerz, Furcht oder Trauer davon. Selbst der schwere Flügelschlag einer Taube, die hinter ihr auf einem Ast niederging, konnte sie nicht mit Angst erfüllen. Feene hatte bereits damit gerechnet, dass der goldene Bote des Lichtbringers in der Nähe des Horts lauerte.

»Du kommst mir gerade recht«, sagte sie und starrte dem Tier dabei direkt in die Augen. »Bring mich zu deinem Herrn, damit ich den Untergang der Orks von Arakia für alle Zeiten besiegeln kann.«

Noch ehe sie ausgesprochen hatte, färbte sie Haut und Haar pechschwarz und verschmolz mit dem Dunkel der sie umgebenden Nacht.

Am Heiligen Hort

Der Wind peitschte den Regen beinahe waagerecht über die offene Steinterrasse. Mit der Nacht waren die Wolken vom Osten her gekommen, eine schwarze brodelnde Front, die das bleiche Licht des Vollmonds verschluckte und eisige Regenschauer auf die Erde herabstürzen ließ.

»Du hattest recht«, sagte Urok, als er Feene im Schutze des Waldes verschwinden sah. »Das Blut der Erde hat sie verschont.«

»Mein Gespür hat mich also nicht getrogen«, bestätigte sie mit einem Seufzer der Erleichterung. »Mag Ulkes Macht auch noch so groß sein, bei solch ehrlosen Taten findet das Blut der Erde seinen eigenen Weg.«

»Dass Bava zum neuen Erzstreiter gekrönt wird, hat es allerdings nicht verhindern können«, gab Torg, der Urok nicht mehr von der Seite wich, zu bedenken. »Ulkes Macht ist wirklich sehr stark.«

Stille breitete sich über den dreien aus wie eine luftdicht abschließende Glocke. Sie standen immer noch alle unter dem Eindruck von Moas Schilderungen, dass Ulke und seine Getreuen vor einigen Tagen große Mühe hatten, das Blut im aufgepeitschten See zu bezähmen. Dass dies in der gleichen Nacht geschehen war, in der Urok auf Felsnest genächtigt hatte und dass sich dabei in der Blutkammer eine seiner Visionen widergespiegelt hatte, nämlich der gemeinsame Sturm von Menschen und Orks auf eine fremde Festung, verstörte sie alle nur umso mehr.

Nur das Vuran die schlimmste aller Ruchlosigkeiten, die Ermordung einer Doppelherzigen, verhindert hatte, brachte ein wenig Ordnung in ihr wankendes Weltbild. Sicher war Feene deshalb unendlich glücklich und würde ihnen dafür eines Tages ihre Dankbarkeit beweisen.

Doch etwas anderes betrübte Urok sehr. »Die Doppelaxt ging für immer in den Fluten des Blutsees verloren«, brummte er. »Das ist ein wirklich großer Tribut, den Vuran für meine Rettung einbehalten hat.«

»Vielleicht.« Ursa zuckte mit den Schultern. »Vielleicht ist es aber auch ein Zeichen, mit dem dir das Blut der Erde sagen will, dass die alten Traditionen, wie Ulke sie vertritt, nicht mehr gelten.«

Urok antwortete mit einem tiefen Knurren. Der Verlust der Doppelaxt schmerzte einfach zu sehr, um ihm irgendetwas Gutes abzugewinnen. Verdrossen sah er auf den angesengten Griff des Hornschwerts, das wieder in seinem Gürtel steckte. Die nächste Waffe, die er schmieden ließ, brauchte einen stählernen Griff, der den Flammen seiner Feuerhand trotzte, so viel stand fest. Bevor er sich darüber Gedanken machte, wollte er jedoch noch eine Frage beantwortet haben. Und sosehr es ihn auch beunruhigte, dass ihm Torg als Rechter Arm nicht mehr von der Pelle rücken würde, so sehr freute es ihn nun, dass der Alte neben ihm stand.

»Erinnerst du dich noch, was du auf dem Boot zu mir gesagt hast?«, fragte er. »Vor ein paar Tagen, als wir uns schon voneinander verabschiedet hatten?« Der Alte nickte wissend, trotzdem fuhr Urok fort: »Du hast mir erzählt, dass mein Vater ebenfalls eine Feuerhand war. Stimmt das wirklich? Oder war das nur im Rausch dahergeredet?«

Torgs herabhängendes Augenlid zuckte kurz, als Urok seine Trunksucht ansprach, doch er zeigte keine Spur von Verärgerung. »Ramok hatte wirklich die Gabe der Feuerhand«, bekräftigte er mit fester Stimme. »Ich habe sie selbst während des Feldzugs gesehen, auch wenn er sie stets vor allen zu verbergen suchte.«

Ein Blick in Ursas überraschtes Gesicht offenbarte Urok, dass seine Schwester gerade zum ersten Mal vom geheimen Talent ihres Vaters hörte. »Ramok hat versucht, die Feuerhand zu verbergen?«, fragte er Torg, ohne ihn anzusehen. »Warum?«

Der Vendur lachte. »Weil er vollkommen anders war als du, darum. Es drängte ihn nicht danach, vor die anderen zu treten. Kriegsräte und lange Gespräche mit den Hütern des Horts waren ihm stets ein Gräuel.« Bei der letzten Bemerkung grinste er zu Ursa hinüber, doch es war ein um Entschuldigung heischendes Grinsen. »Geächtet zu werden so wie du, hätte ihn völlig aus der Bahn geworfen. Da hat er sein Talent lieber verheimlicht.«

»Das ist nicht alles«, mischte sich jemand in die Unterhaltung ein. »Es ging dabei auch um Ursa.«

Alle drei sahen erschrocken zu dem dunklen Eingang hinüber, aus dem die andere Stimme erklungen war. Doch es war zum Glück nur Gabor Elfenfresser, der zu ihnen in den Regen hinaustrat.

»Um mich?«, fragte Ursa betroffen, als sie den alten Freund ihres Vaters erkannte. »Was soll das heißen?«

Gabor hob das Gesicht in die Höhe, als würde er den kalten

Schauer, der ihm ins Gesicht schlug, genießen. »Ramok wusste, dass Ulke niemals jemanden neben sich dulden würde, der dem Blut der Erde näher steht als er selbst«, antwortete er, ein paar Tropfen von den Augenlidern blinzelnd. »Und euer Vater hätte sich niemals unterordnen können, so wie es Bava tut. Doch ein offener Konflikt zwischen Ramok und Ulke hätte Ursa im Hort sehr geschadet. Darum hat er sein Talent stets verheimlicht und war irgendwann heilfroh, als es auch bei Bava zutage trat.«

Die Stimme des Elfenfressers klang vollkommen anders als sonst. Es dauerte eine Weile, bis Urok begriff, dass es der fehlende spöttische Unterton war, der sonst jeden Satz des alten Recken tränkte. Das war es also, sein anderes Gesicht. Das des ernsthaften Kriegers, der seinem Streitfürsten ein guter Rechter Arm war. Urok hatte schon oft davon gehört, aber es noch nie zuvor zu sehen bekommen.

»Es gibt Krieger, die hinter vorgehaltener Hand behaupten, dass Ramok trotzdem einigen Hohen ein Dorn im Auge war«, meldete sich Torg zu Wort. »Und wenn ich mir ansehe, was Urok heute beinahe passiert wäre, dann …«

»An den Feuern der Vendur wird zu viel geschwätzt«, unterbrach ihn Gabor grob. »Vor allem von dir, Torg Moorauge!« Die Augen des Elfenfressers funkelten den alten Vendur böse an, doch schon nach wenigen Atemzügen glätteten sich die angespannten Züge wieder. »Sag, Alter, willst du wirklich zu deinem Eid stehen und der Rechte Arm in der Schar dieses Verrückten bleiben?«

»Und ob!« Torg war nicht mal kurz zusammengezuckt, als ihn Gabor angefahren hatte. Nun beugte er sich sogar ein Stück vor, um seinem Gegenüber fest ins Auge zu blicken, während er fortfuhr: »Was bin ich sonst schon? Nur ein alter Teerfischer, der im hintersten Glied stehen darf. So aber werde ich mit Urok an vorderster Front in die Schlacht ziehen.«

»Gut«, verkündete Gabor, sichtlich zufrieden mit der Antwort. »Dann pass auch gut auf ihn auf, auf deinen Ersten Streiter. Denn wer die Blutgrube lebend verlässt, ist wahrhaftig von Vuran erwählt – wozu auch immer. Uroks Ächtung ist aufgehoben, das war es, was ich euch eigentlich mitteilen wollte. Sollte es noch irgendwelche Schwierigkeiten mit einem Ranar geben, so lasst es mich wissen. Ich werde dann als Rechter Arm zu ihm sprechen. Was jedoch meinen Streitfürsten betrifft, so gilt ihm weiterhin meine unverbrüchliche Treue, das sollte keiner von euch dreien jemals vergessen. Bava ist genau der Richtige, um die eiserne Krone zu tragen, das hat auch schon Ramok erkannt. Denn Streitfürst und Hohepriester müssen uns gemeinsam führen, das war schon immer so und wird auch auf ewig so bleiben.«

Gabor wandte sich schon ab, um wieder zu gehen, überlegte es sich aber noch einmal anders. Mitten in der Bewegung verharrend, sagte er, in das Dunkel des vor ihm liegenden Tunnels blickend: »Auch ich habe die Gerüchte über Ramoks Felltod gehört, doch Bava hat mir bei seinem Leben geschworen, dass er nichts damit zu tun hatte. Ich glaube ihm und stehe deshalb treu an seiner Seite.«

Sein Kopf zuckte herum, bis sein Blick den von Urok traf, dann fuhr er fort:

»Sollte ich jedoch eines Tages den Beweis für das Gegenteil erhalten, bin ich es, der Bava töten wird – und sonst niemand. Hast du verstanden?«

AM VORABEND DER SCHLACHT

36

Sangor, im Thronsaal der Schwebenden Festung

»Ist das wirklich alles wahr, was du da erzählst?« Der König mit der Schlangenkrone gab sich aufs Höchste amüsiert. »Das ist ja besser, als ich je zu hoffen wagte!«

Wie er sich so auf dem Marmorthron räkelte, hätte ihn ein unbedarfter Beobachter für einen freundlichen, warmherzigen Herrscher halten können – doch alles das war Gothar nicht, ganz im Gegenteil.

Feene wusste nur zu genau, dass ihr Leben an einem seidenen Faden hing, an dem schon die ersten Ratten nagten. Trotzdem sah sie den Tyrannen furchtlos an, um nicht den geringsten Zweifel an ihrer Treue aufkommen zu lassen.

»Die Lava dieser hochnäsigen Orks lässt sich also durch den Atem des Himmels beherrschen?«, hakte er noch einmal nach. »Ich hab's ja schon immer geahnt, aber nun haben wir endlich Gewissheit. Das Rad des Feuers, auf das dieser Ulke und seine Hohen so sehr vertrauen, wird ihnen nichts nützen, denn mein treuer Maar wird in seine Speichen greifen und es für immer zerschmettern, nicht wahr?«

Gothars Blick glitt zu der schlanken Gestalt, die außerhalb der Lichtsäule im Dunkeln schwebte. Gleich neben dem Maar zeichnete sich ein einfacher Lichtbringer ab, dessen weiße Rückenschleier immer noch rote Narben trugen, dort wo Feenes Schwert durch sie hindurchgefahren war.

»Endlich!« Gothar warf das Frostbärenfell von seinen Schultern und streckte die Arme aus, als wollte er in dem hellen Licht baden, das seinen Thron aus der Dunkelheit schälte. »Endlich wird sich auch der letzte bewohnte Flecken zwischen Frostwall und Nebelmeer meiner starken Faust beugen müssen.« Seufzend flegelte er sich noch bequemer auf seinen Thron und bedachte Feene mit einem wohlwollenden Blick. »Du bist wirklich geschickt vorgegangen, meine hübsche Tote, deshalb will ich dir auch verzeihen, was meinen Maar aufs Höchste erbost – das du nämlich einen der Seinen so schwer verletzt hast.«

Die beiden Schleierwesen rührten sich die ganze Zeit über nicht von der Stelle, aber allein ihre Körperhaltung drückte pure Feindseligkeit aus.

»Das tut mir alles sehr leid«, versicherte sie rasch. »Aber ich musste das machen, weil …«

»Schon gut!« Gothar stoppte ihren Redefluss mit einer energischen Handbewegung. »Du hast wohl daran getan, dir das Vertrauen der Orks zu erschleichen, aus was für Motiven auch immer. Nur dadurch kennen wir jetzt so viele ihrer Namen und Ränge, und nur dadurch hattest du genügend Zeit, der Lava deinen Willen aufzuzwingen. Niemand weiß besser als ich, dass jeder Erfolg mit Blut bezahlt werden muss.«

Vor dem Aufstieg in die Festung hatte Feene wohl auf hundert verschiedene Weisen durchgespielt, wie die Audienz verlaufen könnte, doch sie war kein einziges Mal auf den Gedanken gekommen, dass sich der König die ganze Zeit über so übermütig gebärden könnte.

»Wie es scheint, bleibt mir gar nichts anderes übrig, als dich fürstlich zu belohnen«, fuhr er honigsüß fort. »Nun, der Rang des Todbringers ist gerade frei geworden, und ich wüsste niemanden, der für diesen Posten besser geeignet wäre als du.«

Feenes Lippen kräuselten sich zu einem feinen Lächeln. Dankbar neigte sie den Kopf …

Doch als sie wieder in die Höhe sah, hatte sich die Haltung des Königs vollkommen verändert.

»Glaub bloß nicht, dass mir dein Verrat verborgen geblieben ist!«, donnerte er, den Finger anklagend auf sie gerichtet. »Ich weiß genau, dass du nicht zum Schein übergelaufen bist!«

Feene erschrak wie selten zuvor in ihrem Leben, denn gegen zwei Lichtbringer war auch sie vollkommen machtlos.

Zum Glück lächelte Gothar schon wieder, sichtlich zufrieden, dass sie unter seinen Worten zusammengezuckt war. »Schon gut«, sagte er gönnerhaft. »Dein Verrat stört mich nicht. Und weißt du auch warum? Weil er vor unendlich langer Zeit geschah, als du noch eine andere warst. Ja, genau, weil du nicht mehr dieselbe bist, die meinen Lichtbringer verletzt hat, sondern dich seitdem zu meinen Gunsten verändert hast. Inzwischen hasst du die Orks so sehr wie kein anderer aus meinem Reich, und das will ich mir gern zunutze machen. Auch wenn das bedeutet, dass dein hinterhältiger Angriff ungesühnt bleibt.«

Gothar deutete auf den verletzten Lichtbringer. »Und um meine Großzügigkeit zu unterstreichen, wirst du nicht nur befördert, nein, ich gewähre dir auch noch die Erfüllung eines Wunsches, der dir besonders am Herzen liegt.«

Feene brauchte nicht lange nachzudenken. »Ich will mein Kind zurück«, verlangte sie mit trotziger Stimme.

Über Gothars Nasenwurzel entstanden zwei tiefe Zornesfalten. Selbst der Maar glitt ein Stück näher ans Licht angesichts dieser unverschämten Forderung.

»Es muss ein Wunsch sein, den ich dir erfüllen *kann*«, verlangte Gothar nach längerem Schweigen.

Feene ließ sich davon nicht verunsichern. »Das könnt Ihr, mein König«, erwiderte sie furchtlos. »Sogar ganz gewiss.«

Als sie gleich darauf erklärte, was sie damit meinte, kehrte Gothars Wohlwollen zurück. Mehr noch. Er lachte zufrieden über die Bosheit, die dabei aus ihrem Herzen sprach.

In der Kaserne

»Hörst du das?«, sagte Nera erschrocken, während sie ihren Sohn säugte. »Da kommt doch wer!«

Seine Gefährtin hörte laufend verdächtige Geräusche, deshalb sah Benir nicht mal von der Wiege auf, an der er gerade saß und schnitzte.

»Unsinn, da ist nichts«, antwortete er aus alter Gewohnheit heraus.

Bis ihm aufging, dass wirklich Schritte über den Flur hallten, war es schon zu spät.

Nur mit seinem kleinen Messer bewaffnet, fuhr er in die Höhe. Das Schwert lag auf einem Tisch, keine zehn Ellen entfernt, doch genauso gut hätte es auf dem Grunde des Nebelmeers ruhen können.

Die Tür zum Schlafgemach flog bereits zur Seite und spie ein halbes Dutzend alter Kameraden aus, die mit blanker Klinge auf ihn eindrangen. Gleichzeitig schwebten vier weitere zu den Fenstern herein.

Wären es Menschen gewesen oder Schädelreiter, er hätte sein Glück versucht, auch mit der nur daumenlangen Klinge. So aber blieb er reglos stehen, während ihn die anderen Elfen einkreisten.

Scharf geschliffene Schwertspitzen umringten seinen Hals. Hätten alle gleichzeitig zugestochen, sein Kopf wäre sofort Blut spritzend über den Boden gepoltert.

Nera unterdrückte einen Schrei des Entsetzens. Sie wusste genauso gut wie er, dass sie keine Gnade zu erwarten hatten. Selbst wenn sich hinter einem der maskenhaft starren Gesichter, die ihnen entgegenstarrten, ein Funken von Mitleid verbergen sollte, so würde keiner so dumm sein, Barmherzigkeit walten zu lassen.

»Also das ist ja wirklich eine Unverschämtheit!« Benir spürte, wie ihm alles Blut aus dem Gesicht wich, als Feene durch die Tür hereintrat, dicht gefolgt von Inea, ihrer Amme. »Ich freue mich hier auf mein weiches Bett, und dann muss ich feststellen, dass sich bei mir Fremde breitgemacht haben!«

Mit wenigen Schritten war Feene heran, packte ihn hart am Handgelenk und wand ihm das Schnitzmesser aus den Fingern.

»Verlauste Fremde«, bekräftigte sie, »die mir den ganzen Boden mit Spänen bestreuen. Schämt ihr euch denn gar nicht?«

»Feene«, begann er zu betteln, obwohl er wusste, dass es zwecklos war. »Warum tust du uns das an? Verstehst du denn nicht, dass wir …«

Die Elfin kehrte ihm längst den Rücken zu, doch auf ein kurzes

Fingerschnippen hin wurde ihm eine Schwertspitze so fest gegen die Kehle gedrückt, dass er vor Schmerzen verstummte. Der Schnitt verlief nicht sehr tief, doch der Stahl rückte nicht wieder von ihm ab. Selbst ein Auf-und-ab-Hüpfen des Adamsapfels mochte ihm eine tödliche Wunde zufügen. Etwas Warmes, Klebriges rann seinen Hals herab, während ihm die Hände auf den Rücken gerissen und gefesselt wurden.

Feene trat unterdessen ans Bett und betrachtete den Säugling, der weiterhin mit geschlossenen Augen an Neras Brust nuckelte und sich durch nichts stören ließ. Über das Gesicht der Wespe huschte ein kurzes Lächeln, bevor sie Inea heranwinkte.

»Nein!«, rief Nera und presste den Kleinen mit beiden Armen fest an sich. Nur einen Herzschlag später ruhte das Schnitzmesser an ihrem Hals.

»Gib ihn der Amme«, befahl Feene. »Oder dein Sohn wird gleich von einer Toten gesäugt.« So kalt, wie sie es sagte, bestand kein Zweifel daran, dass sie es ernst meinte.

Trotzdem musste Inea den Kleinen gewaltsam aus Neras Armen reißen. Derart geschüttelt und noch nicht richtig gesättigt, begann er zu weinen. Es klang nicht anders als sonst, wenn er unzufrieden war, trotzdem erschütterte es Benir so sehr, als würde ihm gerade das Innerste nach außen gestülpt.

»Dafür bringe ich dich um!«, drohte er der Amme. »Dafür und für deinen hinterhältigen Verrat!«

Seine Worte zeigten Wirkung. Inea erstarrte mitten in der Bewegung und sah ihn aus weit aufgerissenen Augen an.

»Einen Dreck wirst du tun«, widersprach Feene, nun wieder an Benir gewandt. »Außerdem hat sie euch verraten, weil Nera zuvor ihren Tod gefordert hat. Das war wirklich sehr dumm von euch.«

Ihr kalter Blick bohrte sich in den seinen, während er sich aus dem Griff der anderen Elfen loszureißen versuchte. In seiner Verzweiflung schrie er Feene an. Beschimpfte sie mit den unflätigsten Ausdrücken, nur um seiner Verzweiflung irgendwie Luft zu machen. Obwohl Nera mit im Raum war, wollte er Feene sogar daran erinnern, dass sie sich früher stöhnend unter ihm gewälzt hatte, selbst dann noch, als sie schon Todbringers Wespe gewesen war.

Doch ehe er sich selbst so weit erniedrigen konnte, trat sie schon an ihn heran und schnitt ihm mit seinem eigenen Messer das linke Ohr ab.

Er spürte kaum den Schmerz, sondern sah nur, wie es auf den weißen Marmorboden fiel.

Doch Orf, der Krieger, der ihn zu seiner Linken bewachte, spritzte ein dicker Blutstrahl ins Gesicht. Fluchend sprang er zurück, um nicht noch mehr besudelt zu werden, aber es gab genügend andere, die Benir weiterhin festhielten.

»Kein Wort mehr«, befahl Feene und presste ihm die rot triefende Klinge mitten auf die Stirn. »Oder ich schneide dir auch das andere Ohr ab. Und danach die Nase, die Lippen und deine Augenlider. Das wird dann sehr komisch aussehen, wenn du gegen die anderen Gladiatoren in der Arena kämpfst.«

Er verstummte tatsächlich. Es war sinnlos, sich gegen die Übermacht zur Wehr setzen zu wollen. Jetzt galt es nur noch zu überleben, damit er ausbrechen und sich rächen konnte. Und …

»Die Mutter!« Alle hatten sich so sehr auf den verstümmelten Benir konzentriert, dass zuerst niemand wusste, was Inea mit ihrem Ruf meinte, bis alle Blicke dem ausgestreckten Arm folgten, der auf die Fensterreihe deutete.

Benir spürte Übelkeit in sich aufsteigen, als er sah, dass Nera in einem der Bogenfenster stand. Nur mit ihrem dünnen Nachthemd bekleidet, sah sie noch einmal über die Schulter. Anklagend bohrte sich ihr Blick in den seinen, als sie rief: »Ich hab's dir immer gesagt: Einem Miststück wie Feene darf man nicht trauen. Aber du wolltest ja nicht auf mich hören!«

Der Vorwurf hallte noch in seinen Ohren wider, als sie sich schon kraftlos nach vorn fallen ließ und aus seinem Blickfeld verschwand.

Einige der überraschten Elfen rannten ans Fenster und sahen in die Tiefe. Als er ihre verzerrten Mienen sah, wusste er, dass Nera nicht den Atem des Himmels genutzt hatte.

Trotzdem befreite er sich aus der Umklammerung seiner Bewacher und eilte selbst an ein freies Fenster.

Den Blick auf die Straße hätte er sich lieber sparen sollen. Mit unnatürlich verrenkten Gliedern lag sie da, seine geliebte Nera, die Mutter seines Kindes. Dort, wo eigentlich ihr Kopf hätte sein müssen, befand sich nun etwas Zerschlagenes, das einer geplatzten Melone ähnelte.

Würgend wandte er sich ab und rang keuchend nach Luft.

»Wahrscheinlich ist es so am besten für sie«, sagte Feene, die neben ihn getreten war. »Nera hätte ohnehin nicht ausgehalten, was ihr bevorstand.«

»Wie kannst du nur ...«, begann er, musste jedoch abbrechen, weil ihm ein saurer Schwall die Speiseröhre emporschoss.

»Sie war zu weich für diese Welt«, beschied ihn Feene ungerührt, während er sich neben ihr übergab. »Genau wie du. Was würdest du wohl machen, wenn du mit glühender Lava übergossen wirst? Ich wette, du würdest einfach sterben, ohne noch einmal an deinen Sohn zu denken. Wie gut für ihn, dass ich mich von nun an um ihn kümmern werde.«

Benir verstand nicht, was sie ihm damit sagen wollte. Genau genommen verstand er überhaupt nichts mehr. Er wollte nur noch einmal sein Kind halten dürfen, bevor man ihn ins Verlies warf – um zu wissen, für wen er zurückkehren musste, nun, da Nera von ihm gegangen war.

»Feene ...«, bat er mit flehender Stimme, doch sie fuhr ihm scharf über den Mund, noch ehe er ein weiteres Wort sagen konnte.

»Feene ist tot!«, schrie sie ihn an. »Ab heute bin ich Todbringer. Und jetzt raus mit ihm, der Kerl blutet mir den ganzen Boden voll!«

Obwohl sich Benir mit aller Macht sträubte und dagegenstemmte, zerrten ihn ein halbes Dutzend Hände hinaus auf den Flur. Das Letzte, was er noch sah, bevor sich die Tür vor ihm schloss, war, wie Feene zur Amme trat und seinem schreienden Sohn zärtlich über die Wange strich.

Er konnte deutlich sehen, dass sie dem Kleinen niemals ein Haar krümmen würde, so rücksichtslos sie auch zu ihm und Nera gewesen war.

Trotzdem beschloss Benir in diesem Augenblick, dass Feene eines Tages unter seinen Händen sterben musste.

EPILOG

Auf Hatras Rücken lernte Ursa das Land auf eine Weise kennen, wie es ihr nie zuvor möglich gewesen war. Voller Begeisterung verbrachte sie mehrere Tage damit, hinter ihrem Bruder zu sitzen und all das Neue in sich aufzunehmen, was Arakias abwechslungsreiche Landschaft zu bieten hatte. Schon bald war sie auch selbst in der Lage, die Zügel zu führen. Trotzdem ritt sie am liebsten in Gesellschaft, entweder mit Urok oder ihrem Knappen Moa.

Der Lindwurm gewöhnte sich rasch an seine neue Besitzerin und wich ihr auch nicht von der Seite, wenn sie das Tier einmal anzubinden vergaß. Als Dank für dieses wundervolle Geschenk machte sie all ihren Einfluss im Hort geltend, um Urok eine neue Waffe zu verschaffen, die in der Form eines Hornschwertes geschmiedet wurde. Außerdem erhielt er persönlich aus Ulkes Hand einen reich mit Lindwurmhörnern verzierten Schild, der auch stärksten Hieben widerstand.

Dem Hohepriester war es nur recht, dass Ursa ihre Zeit neuerdings so häufig außerhalb des Hortes verbrachte. Vielleicht weil er ahnte, dass sie seinem Treiben auf die Schliche gekommen war. Doch im Vorfeld der Invasion, die sie alle erwarteten, gab es keinen Platz für Neid und Zwietracht mehr. Sie alle mussten Bava als Erzstreiter anerkennen, egal, was hinter ihnen lag.

Am neunten Tag nach Feenes geglückter Flucht, von der nur vier Orks in ganz Arakia wussten, begab sich Torg Moorauge wieder ins Dorf der Vendur, um seine persönlichen Angelegenheiten zu bestellen. Doch er versprach, rechtzeitig zur Schlacht zurückzukehren, um als Rechter Arm in Uroks Schar zu kämpfen. Dieses Versprechen würde er einhalten, daran zweifelte Ursa genauso wenig wie daran, dass das Blut der Erde seinen eigenen Weg suchte, wo es nur konnte.

Urok und Ursa nutzten die Zeit, um endlich den unbekannten Orkschädel zu bestatten, den er auf Arnurs Wehrhof erhalten hatte. Danach machten sie sich gemeinsam auf den Weg nach Felsnest, die lederne Schrift und den breiten Helm des Gepanzerten im Gepäck.

Hatra bereitete es keine Mühe, den schmalen Weg hinauf auf das Plateau zu bewältigen. Und so tranken sie noch in derselben Nacht zusammen von dem berauschenden Kräutersud in der Hoffnung auf weitere Visionen.

Doch das Blut der Erde hatte sich beruhigt. So blieb ihnen weiterhin verborgen, was es mit dem Tod des Vaters auf sich hatte oder mit dem gemeinsamen Sturm von Orks und Menschen auf Raams Festung.

Wer auch immer Raam sein mochte.

Sie wiederholten die Besuche auf Felsnest noch mehre Male, ohne zu neueren Erkenntnissen zu gelangen, sooft sie auch in der ledernen Schrift blätterten oder über den Tellerhelm strichen. Nur manchmal wiederholte der Wind, was er Urok schon bei seinem ersten Besuch zugewispert hatte.

Das Blut! Der Atem! Der Leib!

All das ist eins – und doch dreierlei!

Bis sich eines Morgens – inzwischen war bereits eine volle Mondphase seit dem Kampf um die Streitkrone vergangen – etwas in dem Grenzgebiet, in dem die Wehrhöfe lagen, über Nacht verändert hatte.

Zuerst glaubten beide, noch unter den Nachwirkungen des berauschenden Sudes zu leiden, doch so oft sie auch über ihre Augen wischten, das Bild blieb stets dasselbe wie zuvor. Zwischen den einzelnen Wäldern, besonders in der Nähe von Flüssen und Seen, kampierten plötzlich tausende von Bewaffneten, die sich in hölzernen Forts einzuigeln begannen.

Ursa erkannte dabei nicht nur Menschen, beritten und zu Fuß, sondern auch Lindwurmreiter und riesige Abteilungen von Gepanzerten.

»Ich fürchte, das ist nur die Vorhut«, war das Erste, was ihr Bruder dazu sagte. »Von nun an werden es sicher täglich mehr.«

Damit sollte er recht behalten. Gothars Streitmacht wuchs stetig weiter an. Bald wurde sie so groß, dass sie die gesamte Ebene bedeckte. Trotzdem griff sie einfach nicht an. Selbst einige gezielte Vorstöße der vereinten Orkstämme vermochten sie nicht aus der Reserve zu locken.

Doch alle spürten, dass der Tag der großen Schlacht näher rückte. Und zumindest Urok glaubte zu wissen, wann es endlich so weit war.

»In Ragmars Zauberschrift habe ich eine große Festung gesehen«, erzählte er jedem, der es wissen wollte. »Eine, die in den Wolken schwebt. An dem Tag, an dem sie über unseren Köpfen erscheint, wird sich Arakias Schicksal entscheiden.«

Damit sollte er recht behalten.

Wieder einmal.

PERSONENLISTE

Die Blutorks

Urok – ein junger Krieger voller Unrast
Ursa – seine Schwester und eine Hüterin des Blutes
Ramok – Uroks verstorbener Vater
Tabor – Erster Streiter und Uroks ärgster Widersacher
Grimpe – Tabors Vaterbruder
Bava Feuerhand – Streitfürst der Ranar
Gabor Elfenfresser – Bavas Rechter Arm
Moa – Ursas Knappe und Novize im Hort
Ulke – Hohepriester im Heiligen Hort
Vokard – einer der Fünf Hohen
Finske – einer der Fünf Hohen
Vandall Eishaar – Streitfürst der Madak
Hogibo – Streitfürst der Vendur
Torg Moorauge – Veteran aus den Reihen der Vendur
Narg – ein halbwüchsiger Vendur aus Mooranges Mannschaft

Die Schattenelfen

Benir – ein Abtrünniger aus der Legion der Toten
Nera – ebenfalls abtrünnig, weil sie sein Kind erwartet
Todbringer – der Name sagt wohl alles
Feene – Todbringers Wespe

Feibe – ein treuer Vasall aus der Legion der Toten
Peno – mindestens ebenso treu wie Feibe

Die Menschen

König Gothar – ein Tyrann auf der Spur des legendären Blutstahls
Magister Garske – die Gier treibt ihn zu weit ins Land der Blutorks
Herzog Garske – ebenso gierig wie sein Bruder, der Magister
Ragmar – ein Zeichner, dessen Werke Urok ins Grübeln bringen
Orgur – Ragmars Oheim und ein Söldner mit überraschender Kampfweise
Arnur – Ragmars Vater und ein Wehrbauer im Schatten des Grimmsteins
Morn – Halbling auf Arnurs Wehrhof
Inea – eine Amme aus Sangor

Danksagung

Für keinen anderen Roman habe ich mich bisher so lange aus meinem sozialen Umfeld verabschiedet, um in ferne Welten abzutauchen, wie für diesen. Ich möchte ihn deshalb vor allem all jenen Freunden widmen, die mich auch nach monatelanger Abwesenheit wiedererkannt und empfangen haben, als wäre ich nie fort gewesen, insbesondere aber: Markus, Conny, Rieke & Patrick, Tanja, Moni und Thomas.

Ohne euer Verständnis wäre es wirklich schwer geworden.

Beruflichen Dank schulde ich meinem Lektor Peter Thannisch und meinem Kartenzeichner Jürgen Speh, mit denen ich während der Arbeit an »Der Krieger« viele inspirierende Telefongespräche geführt habe, aber auch meinem Redakteur Holger Kappel, der die Blutorks-Trilogie erst ermöglicht hat.

Ganz besondere Grüße gehen natürlich an meine Kollegen Jörg & Corinna Kastner, Thomas Haufschild und Siegfried Tesche, mit denen mich nicht nur die hemmungslose Leidenschaft für Bücher und Filme verbindet, die wir uns alle zum Beruf gemacht haben, sondern auch wahre Freundschaft.